本书《双锁柜》演唱者、河南省民间艺术杰出传承人、河洛大鼓第三代艺人王周道
（王周道之子王怀中供图）

本书《回杯记》演唱者、河南省民间艺术杰出传承人、河洛大鼓第四代艺人尚继业
（尚继业供图）

本书《破镜记》演唱者、第四代河洛大鼓艺人段界平和本书《破镜记》伴奏者、琴师白治民（吕武成供图）

本书《丝绒记》演唱者、河洛大鼓第四代艺人张建坡（张建坡供图）

本书《彩楼记》演唱者、河洛大鼓第五代艺人、河洛大鼓网站创办者吕武成（吕武成供图）

河洛大鼓传统大书选

马春莲 林 达 编著

2014年·北京

图书在版编目(CIP)数据

河洛大鼓传统大书选 / 马春莲，林达编著. — 北京：商务印书馆，2014
ISBN 978－7－100－10927－7

Ⅰ.①河… Ⅱ.①马…②林… Ⅲ.①大鼓（曲艺）－鼓词－作品集－中国 Ⅳ.①I239.2

中国版本图书馆CIP数据核字(2014)第287210号

所有权利保留。

未经许可，不得以任何方式使用。

河洛大鼓传统大书选

马春莲　林达　编著

商　务　印　书　馆　出　版
（北京王府井大街36号　邮政编码 100710）
商　务　印　书　馆　发　行
三河市尚艺印装有限公司印刷
ISBN 978－7－100－10927－7

2014年12月第1版　　开本 710×1000　1/16
2014年12月北京第1次印刷　印张 51

定价：248.00元

资助项目及单位

河南省高等学校哲学社会科学优秀著作资助项目

河南省教育厅普通高校人文社科重点研究基地河洛文化国际研究中心

洛阳师范学院音乐学院

作者简介

马春莲，1954年生，籍贯山东菏泽，洛阳师范学院音乐学院教授，硕士生导师，洛阳师院河洛文化国际研究中心研究员，河南省教育厅学术技术带头人。77级河南大学艺术学院音乐学专业本科，2010级中国艺术研究院访问学者。专著有《视觉中的音乐——龙门石窟音乐图像资料的考察与研究》和《走进交响乐的圣殿》。曾在《中国音乐学》、《音乐研究》等核心刊物发表《口头传统艺术——河洛大鼓的程式化特征探析》、《河洛大鼓的音乐形态探析》等论文二十余篇，主持国家社科基金艺术规划项目"河洛大鼓的考察与研究"以及省、厅级课题十余项，获河南省社会科学优秀成果二等奖两项，厅级各类成果奖励十余项。

林达，1983年生，籍贯海南文昌，2005年获西安音乐学院音乐学系本科学位，2010年获美国匹兹堡大学民族音乐学专业艺术硕士，现为匹兹堡大学民族音乐学博士候选人。博士论文课题研究获安德鲁·梅隆奖学金以及匹兹堡大学校长奖学金支持。迄今已在《中国音乐学》等学术期刊以及民族音乐学会（SEM）和亚洲研究协会（AAS）等国际学术会议上发表、宣读论文十余篇。

序 一

《河洛大鼓传统大书选》的两位编著者都是从事音乐研究和音乐教育的专家，而我则是做汉语语音史和音韵学的。她们是两代人，都决定找我这个无论音乐、曲艺，还是说唱文学都是外行的人来给她们精心编著的著作写序，除了"冰心玉壶"的洛阳情结和友谊之外，大概是想借"第三只眼睛"来看看她们努力的成果。

我所从事的汉语音韵研究是语言学的一个学科分支，这个学科一方面要面对浩如烟海的古今文献，另一方面要面对千差万别的鲜活语料，因此，语言学研究者，就倡导"读万卷书""板凳需坐十年冷"之"学"，和"行万里路""绝知此事要躬行"之"问"。这个基于经验的学科之"问"，就是田野调查（fieldwork）。田野调查不仅是获得真正一手资料信息的关键，也是一件具有拯救意义且很紧迫的工作。世界上的许多语言随着地球村的"缩小"、随着强势语言影响的扩大而加速演变甚至消失；就汉语来说，汉语的方言也同样随着人口流动加快、共同语的普及和传媒用语的统一而迅速变化，方言间的特色和差异面临泯灭的局面。因此，语言学和语言人类学想获知多样的语言及其结构以至与此相关的人类文化知识的途径也面临着变窄的窘境。真实记录现在濒临消亡的语言、获得长篇的口语语料、编写相关的词典和参考语法，以及与此相关的文化现象就成了非常重要的工作。从这个角度来看本书编著者所做的工作，我觉得是有"隔行不隔理"的体会的。

在快节奏、高信息量的现代社会中，河洛大鼓这类说唱艺术也面临着衰落的境地，艺人后继乏人，听众越来越少，要保护传承这种百年历史的艺术形式自然需要多方面的努力。本书编著者所做的是最实在的工作，她们以田野调查和资料研究双管齐下的工作方式，忠实地记录下河洛大鼓的

II 河洛大鼓传统大书选

基本状况。在本书编著者投入河洛大鼓研究数年之后，河洛大鼓被列入国家第一批非物质文化遗产项目，其中无疑包含了两位编著者的努力。她们在《中国音乐学》、《音乐研究》和《黄钟》等学术刊物上发表河洛大鼓调查报告、音乐形态研究、程式化特征探析以及河洛大鼓传承方式、艺人社会行为分析、艺术风格和文化生态变迁等方面的讨论，涉及了音乐艺术、语言文学以至与此相关的社会学、文化人类学的许多方面，改变了简单介绍这种曲艺形式的局面，把研究引向深入。其中对于河洛大鼓与琴书、曲剧、豫剧等"亲属"艺术在唱腔的旋律形态、板式结构、唱腔特点等方面的比较、分析和结论，更是对这一民间说唱音乐形式的艺术表现及其形成和发展研究的高水平成果，在近年的同类研究中具有很大的学术影响力。毋庸置疑，是坐冷板凳、读万卷书的文献分析功夫在研究中发挥了作用。

但是，和许多"太师椅"（armchair）研究法的学者不同，本书编著者并没有满足于淹没在图书馆的文献中。过去那种坐"太师椅"的理论家往往会居高临下地对田野工作者说："你拿数据来，我们给你分析。"他们不屑于田野调查。而现在像本书编著者这样的学者则更倾向于通过自己的努力获取第一手资料。为了真正理解文化遗产的魅力，同时也出于拯救非物质文化遗产的紧迫感，两位编著者走出书斋，采用融入式的田野调查方式，深入地体验河洛大鼓的现场氛围，真切地感受其表现方式和艺术魅力，尽可能忠实全息地记录其整体面貌，她们作业的一个方面，就是呈现在读者面前的这部《河洛大鼓传统大书选》。这一文化遗产"场上本"的鲜活资料，是她们研究河洛大鼓的第一手资料，是她们理论探索的基础。如果说她们在著名学术期刊上发表的论文显示了她们研究的求是态度，那么这部资料选本就从另一个方面体现了编著者对保护文化遗产的存真态度。

从语言学"拯救"濒危语言的逻辑看，开发和保护非物质文化遗产工作中，保护是更加重要的；而保护的方法中，存真应该是先行的。这就要求我们的工作者必须是熟悉基本的理论、累积性的理论框架的全面学者，而且在进行田野记录时，尤其在处理濒危案例中，不是首先去考虑现在的同行重视、需要什么，而应首先对语言、艺术或文化现象中的各个部分都给予足够的重视，忠实地记录、描写、分析其中的关联。现在有些田野调查存在一些误解或误导，往往为支持某种理论，才从活的语言或文化现象中寻求材料，这种功利的做法往往只关注某个部分，而部分现象未必能用这种理论解释，需要在整体环境中才能求得合适的解答，因此真实全面地记录才是正确的态度。

本书编著者正是出于这样的想法，才从田野调查中搜集了这部信息量充足的选本。另外，她们注意到，中国音乐研究领域长期以来非常重视传承下来的"定谱"（声乐及器乐）研究，从姜夔自度曲、敦煌琵琶谱等器乐谱到昆曲的各种唱谱，凡是有谱传下来的，都有大批学者前赴后继地做解释。而对于没有谱和唱词的音乐文化，重点转移到对音乐的文献史研究；文献史料不多的研究主题，往往就徘徊于概念层面、陷入"理论化"的思考。因此对传统音乐的本体分析往往没有得到应有的重视。我不知道，这是不是就像传统语言研究（"小学"）只关注传世文献一样，重视文字而忽视声音、重视阅读而忽视倾听？活态的口耳之学变成了纯目治的学术。

尽管田野工作也是音乐研究的重要方法之一，许多学者致力于在民间记录民歌、音乐和曲艺材料，并且正如本书导言中提及的，对于民间音乐和传统曲艺八十年代曾有过整理集成工作，但这些被集成的作品中有相当一部分由于各种原因，在集成过程中被"整理"为"案头本"，成了一种理想状态的本子，因而在一定程度上失去了第一手数据的原生状态。有鉴于此，本书选定"场上本"为材料，尽可能地保留了原生态，保留了艺人自己的语言特点和音乐风格。它不是为某个理论寻求证据，也不是整理"案头定本"供人解释，它提供的是一份包括书词、唱腔的原生态"场上本"记录和初步的分析，这些可作为进一步研究的基础。对调查者来说，期待现在记录下来的现象和初步的分析，会有可能应用在远超乎目前想象的各种用途上；对研究者来说，真正获得完整的系统结构的方法是对材料的深入分析，因此材料的真实和全面就显得格外重要。

与这种"场上本"相比，"案头本"或许有其"典型性"或"代表性"，对比田野调查的实地考察可以看出，"场上本"与"案头本"的差距非常大，仅从文本记录比较，"案头本"更加"文从字顺"。可是在实际传播中，"场上本"往往是对"案头本"口语化、本地化的结果，人们所乐于接受的正是灵活多变的"场上本"。这意味着,对口传文化来说,不为"太师椅"学者重视的那种即兴添油加醋、临时插科打诨的书场实录才是"常态性"或"普遍性"的真实,而"场上"即兴创作文本所关联的音乐程式、所引起的现场互动效应、所展现的艺人个性风格等,更是口传艺术的魅力所在。"场上本"所具有的即兴因素等,确实会给研究者带来记谱困难等复杂问题,但正如本书导言中提到的,研究者若因此放弃对其灵活性的描述,就极有可能会忽略反映音乐文化发展变化的指示性特征。

也许这跟语言文化现象有着学理上的一致性:变动不居才是语言使用中的常态,这种动态往往就是语言演变的一种动因。语言学研究曾经有过封闭的、静态的研究阶段,认为语言中不典型的现象不符合语言规范,在研究中应该排除。但是现在研究者认识到,语言总处在不断的使用中,它有对历史的继承,也有不断的创新,还有跟周边语言的接触,不可能是一个静态的封闭的系统,那些"不典型的"、"不规范的"、"不整齐的"变异现象,往往是演变的开始和历史的遗留,因此不应该排除在研究范围之外。

语言学对语言的"不规范"变异有了新的认识,对讲唱文学中的"不典型"变动因素也有了足够的重视,音乐界对于口传音乐中那些"不传统"的变更是否也该有个新的态度呢?这或许就是这部选本的思路:要挑战那种将民间音乐经典化、"传统"观念固定化的看法。因此,本书编著者不采用"标本切片式"的经典片段作为材料的集成,而直接选用未被规范定型的大书"场上本"作为基本资料库,库中既有老辈艺人的经典整理,也有中年艺人的书场直录。书词和唱腔基本都是"活态的",这种处理方式反映了编著者的认识:"传统"不是某种静态的"规范",而是一个不断变化生长的文化习得及创造;"活态的"变动并不影响我们把它看作"传统",因为这些看似不同的版本背后有着传统的表现形式和传承的谱系,而活态流变正是传承"传统"的反映,也是非物质文化遗产的本质特点。

现在记录得越多,将来出现的问题就越少。这部以文本形式记录说唱音乐的传统大书选本得以出版,当然值得高兴。但从田野调查角度看,仍有一些工作要做。如果能够利用现代音像设备,在不干扰艺人的情况下,实时记录自然的、原生态的、未经转写的非文本的开放式档案,我们的资料就不仅能最真实地反映融入现场的体验，再现这项艺术的全部表现方式以及全部魅力，同时结合眼前这部转写成文本的选本材料，我们就能够反复检验并作全方位分析，那些超乎我们现在想象的未来问题或许就能够获得较坚实有据的答案。

黄笑山
（浙江大学 汉语史研究中心）
2014年冬于杭州

序 二

2014年盛夏，洛阳师范学院音乐学院马春莲教授致电于我，告知她与林达合作编撰的《河洛大鼓传统大书选集》即将交付商务印书馆出版，要我在这里写几句话。翻读这部长篇大书选集，对其潜心收集整理民间说唱艺术资料并努力争取出版，深怀敬佩之意。

河洛大鼓是流传于洛阳地区的说唱音乐品种，早在清末即已产生，至今仍属活态传承的民间曲种。但是，由于种种原因，目前表演河洛大鼓的艺人数量十分有限，且大多年事已高，后继乏人；表演环境与历史上相比也发生了较大的变化，观众群体逐渐减少，且由城镇转入偏远封闭的乡村。因此，保护、保存和研究这一传统音乐品种，就成为当今文化建设和学术发展的当务之急。进入21世纪，随着研究和宣传工作的推进，当地政府对河洛大鼓的生存状态和保护研究极为重视，积极促动河洛大鼓作为非物质文化遗产的申报工作。2006年，该曲种获得国务院批准，成为国家级非物质文化遗产。于是，河洛大鼓的保护和保存工作，开始受到社会有关方面的重视和支持。

河洛大鼓的大书，分为中篇和长篇两种。中篇大书的演唱时间为一至三个小时不等，长篇大书的演唱则为三个小时以上。如此长时间、高容量的大书说白和唱词，都由艺人们口传心授，全凭记忆来表演。因此，凡演唱大书者功力绝非一般，而大书自然成为河洛大鼓中的极品。

现代经济文化和科学技术的迅速发展，使得传播媒体发生了很大的变化，如今现场演唱和观赏大书者几无所见。由于大鼓艺人的文化程度一般不高，且很少有大书的抄本传世，又因长期没有演出活动，所以唱词遗忘在所难免。在这种情势下，记录整理大书文本，就成为摆在研究者面前的重要任务。对于说唱音乐研究而言，不仅要分析唱腔音乐本身，而且还要关注它的表演内容，即讲唱文学部分。本书作者正是基于这样的考虑，才着手河洛大鼓大书文本的集录工作。

对于区域音乐文化的研究，是当前中国民族音乐学研究的热门领域。中原地区历史上是中国文化的发展中心，河洛地区又是黄河文明生成的中心地带，因此，研究这一区域音乐文化的发展历史和现状，便成为中原文化和河洛文化不可或缺的组成部分。近年来，马春莲教授获批多项国家级和省级科研项目，大都集中于河洛地区传统音乐的研究。据我所知，她是较早从民族音乐学视角对河洛大鼓进行考察研究的学者之一。在本书编撰之前，她已经发表数篇有关河洛大鼓的研究论作。

《河洛大鼓传统大书选》一书，收录传统大书五篇，对说唱文本予以忠实记录，每部书都附有曲谱，以与唱词加以对照，为学术研究提供了资料便利。记录整理大书文本，对于研究说唱文学具有重要意义。在研究过程中，需要留心同一种讲唱文本在不同表演者之间的个体差异。作者已经注意到这些方面，如本书导言中所提到的演唱者根据演唱场合而对篇幅进行的缩扩，以及"案头本"与"场上本"之间的差异等问题。这恰好指出了大书即兴表演的艺术特点。

我与马春莲教授同为河南大学校友。大学时，她所学为声乐专业。毕业后，她从教于洛阳师范学院，逐渐开始担任音乐史论课程的教学，并从20世纪90年代起开始了音乐学领域的理论研究工作，包括音乐史研究，以及民族音乐学研究。从2003年起，她的研究方向主要集中在区域音乐研究上，一直从事河南地区尤其是洛阳地区传统音乐和音乐历史的考察研究，经年累月，矢志不渝。她曾花数年时间，对洛阳龙门石窟音乐图像资料进行考察和研究，撰成《视觉中的音乐——龙门石窟音乐图像资料的考察与研究》一书，成为音乐图像学方面的重要著作。她对河洛大鼓的考察研究，则是继龙门石窟音乐图像研究之后的又一课题。

马春莲教授对河洛大鼓的研究建立在长期深入细致的田野考察基础之上。在长达十年的田野调查过程中，她与河洛大鼓的局内人建立并保持了密切的关系，许多说唱艺人和伴奏琴师都是她的至朋好友。每逢节假日或大鼓艺人演出的高峰期，她都会来到演出现场，全程记录有关的仪式活动和曲艺表演。她既注重表演艺术本身，同时又特别关注与表演有关的社会文化背景，详细记录表演的全程，走访老艺人，采访相关人士，或书写描述，或录音录像，利用影视人类学手段，积累了大量第一手资料，为研究工作奠定了坚实的基础。

我个人与春莲教授交往多年，在研究工作上得到她的不少帮助。记得2003年"非典"（SARS）疫情肆虐期间，我从香港回内地考察博物馆收藏的古代乐器，是马教授陪我在洛阳、郑州和安阳等地一路走过，期间我们共同面对重重困难，终于完成了预设的考察项目。她那种不怕吃苦，乐观豁达，锲而不舍的性格特征，给我留下了深刻印象。我想，这也应该是她在河洛大鼓研究中获得成功的重要因素。

本书的合作者林达，大学就读于西安音乐学院音乐学系。我有幸在她班上任教，对其勤奋笃学，聪颖敏捷，获有鲜明印象。她后来赴美国留学，现为匹兹堡大学民族音乐学博士候选人。从2004年开始，林达开始参与马春莲教授主持的有关河洛大鼓音乐文化的田野调查。在美求学期间，她曾多次利用假期回国，继续考察工作，并与马春莲教授合著《河洛大鼓艺人社会行为的初步分析》等论文，她们的这次合作，是在过去数年调查基础上，对所收集的档案资料以及田野数据的一次系统整理。

音乐文化向来具有区域性特点。区域音乐文化研究，是多元音乐文化研究的组成部分。各区域音乐文化研究的总和，构成中国音乐的整体结构体系。目前，在马春莲教授的带领下，洛阳师范学院业已组建河洛大鼓研究的课题组，形成了一个研究的团队。相信他们今后的研究工作将会不断深入拓展，也期待他们为学界提供更为详尽的河洛大鼓的音乐民族志资料，为区域音乐文化研究做出更多的贡献。

方建军

2014年8月25日

于天津音乐学院

自　序

2004年夏，我们进行了一次有关河洛大鼓大书的田野调查，其间我们被许多艺人对传统书目的坚持所打动，同时也意识到大书的脆弱现状：许多大书并无唱本，在经过几代艺人传唱后，书词和唱腔仅存于艺人的记忆中。表演机会的日益减少，以及艺人年龄层的逐渐老化，更使得传统大书日渐衰微。于是，我们形成了记录河洛大鼓传统大书在传承过程中真实样貌的构想。本书集五部影响较为广泛的传统大书，以期记录保存这些传唱机会越来越少的大鼓书目，同时也可作为河洛大鼓的教学资料，为有读写能力的大鼓艺人提供一个参考唱本。

为了尽可能反映不同时代、不同地域的河洛大鼓艺人讲唱传统大书的风格，笔者选择了来自偃师、巩义、孟津、新安、登封等地，分属第三代、第四代和第五代的五位知名艺人的拿手传统书目，并根据他们的实际演唱进行记录整理。每部书都包含故事概述、版本来源、传承历史、演唱艺人简介、伴奏琴师简介、书词全文实录，以及经典选段乐谱等部分。

关于书词及乐谱的整理，我们在此做以下五点说明：

第一，文字及乐谱的记录都以作品的实际演唱录音为依据。这些录音尚未正式发表，因此笔者在每部大书的介绍中提供了被采纳版本的相关信息，包括年份、录制者，以及录音提供人。

第二，由于年代久远，有些录音的清晰度受损。例如，段界平表演的《破镜记》录制于1990年，保存媒介是盒式录音带。其中第十回、第十六回的结尾已消磁，无法恢复。为保证作品的完整性，笔者邀请河洛大鼓艺人吕武成根据前后情节对缺失部分加以补充。补充部分加脚注标示。

第三，许多方言俚语被视为区分本地曲种及外地曲种的标志性特征。对于河洛大鼓书词中经常出现"八稳"、"应记"、"不搭正"等洛阳地区的方言俚语，笔者均予以保留，并在脚注中加入解释。除方言外，说书人另有行内的习惯用语，如"单说"、"且不讲"、"把话明"、"把本升"等，由于这些用语的意思较为明确，故不另加注解。

第四，书词中包括说白和唱词两部分。说白部分用圆括号标记，包括（定场诗）、（白）和（夹白）。定场诗为开始唱正文前的熟套韵文，起到吸引听众注意力的作用。白，是不配唱腔的说话部分，既包括第三人称的叙述，也含有第一人称的对白。夹白，为在两段唱腔中加入的短小说白，多为说书人揣摩书中人物而作的对白。唱词中的板式用方括号标记，例如【垛板】、【二八】等，按照演唱顺序自上而下联缀。

第五，尽管口传大书多源自明清小说、鼓词等文本，然而在长期的传唱中许多艺人因为押韵的需要或为了符合演出时长截取书段等诸多原因对"案头本"进行了修改，而逐渐形成了场上的唱本。这些修改，小到对书中人物名称的变更，大到对具体情节的改动。笔者认为，这些改动是证明口头传统中版本差异的重要部分，因此均按照原唱记录，不做"纠正"，便于日后研究、对照。

在记录整理的过程中，我们感受最深的是说书人在"案头本"或基本书情的基础上进行的即兴演绎。这种演出形态上的灵活性打破了我们原先认为的一部书是一个完整"作品"的概念，因为说书人口中的大书是一部契合听众理解能力的，允许改动和变异的"活口书"。其演出形态与王国维所谓的"活文学"相似，都在不同程度上依赖表演者的口头编创能力对基本剧情进行补充。因此，每一部书的演出都不会是一次对照文本一字不易的复述。而我们通过对书词和唱腔的记录，试图呈现的也不是一部已定型的、不可修改的"大书作品"，而是说书人通过记忆在书场环境中与受众进行的一次交流。

是为序。

林达

2014 年 10 月 22 日

于洛杉矶

目录

导 言

河洛大鼓简史 / 2
唱　腔 / 13
书　词 / 19
传统大书的案头本与场上本 / 23
有关传统大书的整理研究 / 29
研究意义 / 32

破镜记

故事情节概述 / 36
版本来源 / 37
传承历史 / 38
演唱艺人简介 / 39
伴奏琴师简介 / 40

书词全文　/ 41

　　第一回　　杜老爷惨遭陷害　　杜文学蒙冤充军　/ 41

　　第二回　　余秀英别夫挥泪　　杜京郎找父离京　/ 46

　　第三回　　孟良塔患难结义　　临清州救侄相逢　/ 53

　　第四回　　文学卖诗救义弟　　胡爷仗义助忠良　/ 60

　　第五回　　王英怒劈邓国舅　　京郎寻父到襄阳　/ 67

　　第六回　　京郎街头述身世　　老汉假冒认儿生　/ 73

　　第七回　　京郎识破老汉计　　埋到雪中遇险情　/ 80

　　第八回　　京郎初见亲生父　　文学盘问儿亲生　/ 86

　　第九回　　文学搭救欲认子　　京郎执意对表记　/ 92

　　第十回　　文学回府取表记　　月英藏表遇难题　/ 99

　　第十一回　京郎受惊离店房　　再次遇难掉雪坑　/ 105

　　第十二回　京郎雪窝被搭救　　施计进到胡府中　/ 112

　　第十三回　京郎夯歌叙家事　　月英听出言外情　/ 119

　　第十四回　千里找爹寻不见　　谁知亲爹是女郎　/ 127

　　第十五回　杜京郎见表认母　　两手足释嫌相认　/ 135

　　第十六回　文学见儿不敢认　　月英替夫去讲情　/ 142

　　第十七回　患难夫妻重相见　　严嵩再次害九龙　/ 148

　　第十八回　文学入狱再受难　　秀英探监遇险情　/ 154

唱腔选段　/ 160

　　第一回　　大明朝嘉靖皇帝坐北京　/ 160

　　第一回　　对面跑过来几十匹大马好威风　/ 166

　　第一回　　杜文学满眼泪双倾　/ 170

　　第一回　　杜文学含冤把军充　/ 175

　　第二回　　杜文学挥泪别秀英　/ 178

　　第二回　　小京郎偷偷离开了北京城　/ 188

第二回　人生在世应该有志气 / 192

第二回　京郎随着人流往西行 / 198

第四回　再说说文学和王英 / 202

第九回　胡月英夜梦杜文学 / 210

第十三回　小京郎施计竟到胡府中 / 213

第十三回　好一个京郎小玩童 / 215

双锁柜

故事情节概述 / 220

版本来源 / 221

传承历史 / 222

演唱艺人简介 / 222

伴奏琴师简介 / 223

书词全文 / 223

第一回　王金柱卖诗遇灵姐　于蒲姐抗婚装病情 / 223

第二回　小夫妻绣楼诉衷肠　老康氏为女请巫医 / 235

第三回　巫婆下神哄骗钱财　蒲姐暗思逃身之计 / 252

第四回　于蒲姐无奈把轿上　王金柱箱内随轿行 / 265

第五回　王金柱箱内露破绽　灵姐相救再锁柜中 / 278

第六回　于蒲姐装疯寻金柱　蒋灵姐暗中查缘由 / 287

第七回　蒋武举厅堂把酒醉　姑嫂俩洞房结联姻 / 296

第八回　三人夜奔祠堂成亲　蒋奇天明于家问理 / 306

第九回　蒋奇衙前击鼓告状　金柱举证堂上胜诉 / 319

唱腔选段 / 326

第二回　王金柱余家问理 / 326

彩楼记

故事情节概述 / 342

版本来源 / 343

传承历史 / 343

演唱艺人简介 / 345

书词全文 / 346

  第一回　飘　彩 / 346

  第二回　逐　女 / 358

  第三回　借　银 / 368

  第四回　争　吵 / 379

  第五回　投　河 / 386

  第六回　赶　考 / 393

  第七回　送　银 / 406

  第八回　探　窑 / 416

  第九回　团　圆 / 425

唱腔选段 / 436

  第一回　大宋朝一统镇江山 / 436

  第一回　叫丫鬟端过来净面盆 / 440

  第二回　当一个穷人难不难 / 444

  第三回　叫一声姑娘太太把饭餐 / 450

  第四回　拗天裂地的瑞莲女 / 452

丝绒记

故事情节概述 / 458

版本来源 / 459

传承历史 / 459

演唱艺人简介 / 460

伴奏琴师简介 / 461

书词全文 / 461

  第一回 徐延昭回京 / 461

  第二回 银安殿封官 / 475

  第三回 私访国舅府 / 491

  第四回 白金庚许亲 / 507

  第五回 男扮女装 / 519

  第六回 定计救母 / 534

  第七回 误入兵部府 / 547

  第八回 国公府送印 / 562

  第九回 盗印宝安寺 / 577

  第十回 发兵救母 / 591

唱腔选段 / 607

  第一回 白金庚大街上自卖自身 / 607

  第二回 卖绒线的你可听清楚 / 616

  第八回 要与春红成婚配 / 619

回杯记

故事情节概述 / 624

版本来源 / 625

传承历史 / 625

演唱艺人简介 / 626

伴奏琴师简介 / 628

书词全文 / 628

  第一回 私访进王府 / 628

  第二回 二姑娘思夫 / 643

  第三回 花厅间相会 / 653

  第四回 计访王月英 / 669

  第五回 佳人诉冤情 / 683

  第六回 陈应龙除奸 / 696

  第七回 寻印结良缘 / 711

  第八回 被逼入赵府 / 722

  第九回 美人救钦差 / 734

  第十回 绣楼棚招亲 / 744

  第十一回 火焚绣楼棚 / 757

  第十二回 私访大结局 / 768

唱腔选段 / 780

  第一回 看大道上走来一位要饭穷 / 780

参考文献 / 791

鸣谢 / 793

导　言

　　大鼓，或称鼓曲，是中国北方民间说唱音乐的一种传统形式，由于主奏乐器是大鼓而得名。其标志性的演出特点是，说书人讲唱结合，自己击鼓掌握节奏并标记讲唱内容的结构。大鼓一般采用一人分饰多角的表演方式，表演者既需要用第三人称的叙事体来讲述故事，又需要在适当的时候用第一人称的代言体揣摩角色的口吻、性格、姿态等。在叙事与代言之间，表演者时而进入角色，时而跳出角色，甚至同时进行多个角色的模拟（周青青，1998）。这也是说唱艺术区别于一人饰一角的戏曲艺术的根本差别之一。在长期的发展中，大鼓在全国不同地区都有流传，除书鼓外，其他伴奏乐器也依流传地区内兴盛的乐器而不同，包括弹拨乐器，如三弦、琵琶，和拉弦乐器，如胡琴类等。

　　中国民族音乐学奠基人杨荫浏先生认为大鼓的早期形态"鼓词"可能是宋代的"鼓子词"（杨荫浏，1981，页830）。不论其在近代发展的形态如何多样，大鼓的本质还是中国的说唱传统，是民间的口头文学与歌唱艺术的结合体（周青青，1998，页46）。由于大鼓的受众大多不是特权阶级或文人群体[1]，大鼓和其他许多"俗乐"曲种一样鲜有被著录

---

[1] 杨荫浏认为也有少部分鼓词得以在"有闲阶层"中流传，比如清代乾隆年间（1736—1795）从满族贵族中产生的子弟书即为一个曾一度受八旗子弟青睐的鼓词支流（杨荫浏，1981，页831）。

的机会，因此其唱本也很少得到详细的记录，乐谱的记录和流传更是罕见。然而，大鼓就在这种没有文本辅助的情况下，依赖口头传统在各个地区流传开来，结合各地方言语音及音乐传统，衍生出许多旁支，形成了一种以不同方言、唱腔传统、器乐演奏惯例来传唱书词的大鼓文化。河洛大鼓即是这种文化在洛阳偃师地区本地化的发展。

河洛大鼓简史

有关河洛大鼓的起源，《洛阳市志》中记载了一段由琴书到大鼓的演变过程："清末以前，洛阳城乡流传较广的曲艺形式称'琴书'。约在清末民初，偃师县[1]琴书艺人较集中的段湾村，有段炎等人前往南阳学艺，学会了当地的鼓儿词。并与洛阳方言琴书结合。"（洛阳市地方史志编纂委员会，1998，页95）在清光绪三十年（1905）前后，在洛阳地区逐渐形成了具有地方特色的说唱表演"鼓碰弦"或"钢板书"[2]。之后五年内，大鼓书的受欢迎程度与日俱增，而其前驱说唱曲种琴书则于1915年左右在偃师地区销声匿迹（同上）。这个曲种的演变过程在笔者对一些河洛大鼓老艺人的音乐谱系研究中得到印证。比如，河洛大鼓国家级传承人陆四辈在访谈中提到，他的祖父陆明智和父亲陆更照都是由洛阳琴书改说河洛大鼓的艺人（陆四辈，私人通信，2003年10月3日；马春莲，2004，页46）。

琴书艺人改唱大鼓很大程度是由于演出生态的变化，这其中既包括社会环境变化的客观因素，也包括受众群体的主观因素。与河洛大鼓相比，洛阳琴书的乐队较为大型，除主奏乐器扬琴外还包括四弦、三弦、二胡、八角鼓、小铰子等。乐队的组织形制根据演出场合需要还可以进一步扩大，

---

[1] 偃师县从1955年后划归洛阳地区。1983年9月1日后实行市管县，偃师县归洛阳市人民政府管辖。1993年12月15日，经国务院批准，偃师县撤销，改立为县级市。

[2] 以上内容引自河南省艺术研究院提供的油印档案资料，《洛阳曲艺资料——曲（书）目》，第3页。该资料未出版，无装订，编著者不详，编纂时间为20世纪80年代中期。该资料分为"曲（书）目"、"机构"和"大事记"三章节，每部均有独立页码。在下文的引用中，统称《洛阳曲艺资料》，并加章节标题以及章节内页码。

可另加坠胡、京胡等拉弦乐器，及碰盅、手板、瓷碟等打击乐器。演唱声部除了一个主唱外，也有五六人的乐队帮腔合唱。场面大的演出，甚至有十人左右的清唱班。因此琴书的演出氛围比大鼓在规模上更为隆重。然而这种大规模的乐队较适合在固定地点演出，而不适合外出行艺。这个不足之处在艺人进行频繁流动性演出的时候就会体现出来。清光绪末年，豫西一带连遭灾荒，许多琴书艺人被迫逃荒。琴书乐队的扬琴等丝弦伴奏乐器因体积过大，不适宜外出行艺，进而成为迁徙过程中的负担。偃师县琴书艺人段炎、胡南方、吕禄等人在结伴行艺的过程中决定舍弃琴书的伴奏乐器，转而使用大鼓艺人的书鼓及钢板等小型打击乐器来为自己的演出伴奏。这种新的表演形态被称作"鼓碰弦"（张凌怡、刘景亮、李广宇，2007，页213）。段炎等人在演出形式上的突破为后来的河洛大鼓奠定了基础，他们也因此被后继艺人认为是河洛大鼓的创始人。然而仅一种"临时"的表演形式的突破是不足以演化出一个在固定区域得到长期发展的曲艺品种的。河洛大鼓作为一个说唱曲种，其风格的发展及稳定在很大程度上也是受众主观选择的结果。河洛大鼓的前身琴书在音乐上的特点是腔长词疏，少有说白，故事情节的展开大都通过唱来完成，再加上乐队的帮腔接唱，使得情节的发展更为缓慢。表演上则是以闭幕坐唱为特点。而河洛大鼓则与琴书很不相同。说白的加入不仅大大加快了大鼓艺人进入故事并展开情节的速度，这个特点被艺人们称为"进书快"，而且也同时增加了唱本的灵活性。艺人在说唱同时也加入声情并茂的表情及动作，增加了声音以外的表现力，也加强了和观众之间的交流[1]。大鼓艺人还可以根据演唱实境的需要，即兴创作一些说白，使用在鼓书的开头，或穿插在唱本段落之间。比如在为庆贺主人寿辰时加入敬贺辞，或在进行敬神仪式时加入司仪性质的引导词，等等。因此，大鼓艺人除可以提供娱乐外，也担任庆典司仪、祭拜活动祭祀的角色（马春莲、林达，2007，页50）。语言与歌唱相结合的灵活性再加上大鼓艺人的流动性，使河洛大鼓很快融入中原地区民众的文化生活。

河洛大鼓早期流行于农村，20世纪30年代后渐渐流传入城市。同其他

---

[1] 在某些仪式性场合演唱河洛大鼓时，比如在祭祀或祈福仪式中演唱"平安书"、"愿书"时，河洛大鼓艺人仍然保留了闭目坐唱的表演方式，以契合演出环境的严肃性。

许多传统音乐一样，河洛大鼓在城市环境的融入是一个娱乐化、商业化的过程，而河洛大鼓在表演形态上也呈现出"去仪式化"（deritualization）的特征[1]。在第二代艺人张天培等人的发展下，河洛大鼓脱离了许多庆典祭祀的仪式背景，而独立出来成为一个在河洛地区颇有影响力的纯娱乐性的曲艺品种。与在农村农闲时走村串户式的表演模式相比，艺人在城市中的演出不仅更频繁，场地也从祭祀节庆场所改换至商业化经营的书棚。在 20 世纪 30 年代中晚期，洛阳城区已经出现了相当稳定的曲艺市场，且艺人之间竞争激烈。河洛大鼓艺人张天培曾在洛阳老城区菜市场的书市[2]长期占据主要位置，经常以近乎打擂台的形式与其他曲种的艺人（比如"三弦书"）争夺听众，进行长期的"对书"[3]。当年河洛大鼓在竞争激烈的曲艺市场中的流行程度可见一斑。与此同时，艺人在洛阳附近的偃师地区演出的盛况也堪比今日流行音乐在青年中造成的疯狂。在访谈中，一些老艺人频繁地把当年喜欢听书的"书迷"比喻为当下的音乐"发烧友"和"追星族"，许多河洛大鼓代表性艺人，如张天培、程文和、段界平等，都有过被"追星"的经历。而当年他们在演出时也享有和今日"巨星天后"们类似的待遇。在许多老艺人的回忆中常常出现对当年"书迷"们崇拜行为的描述。比如，艺人在农村行艺时，常常有一群"书迷"尾随，"艺人走到哪个村，他们就跟到哪个村"（陆四辈，私人通信，2003 年 10 月 3 日）。很多"书迷"连听几遍之后竟然能把一部长篇大书完整地背唱下来。还有部分忠实"书迷"甚至放弃原有职业，拜师学艺也做了河洛大鼓说书人。

　　不断扩张的演出市场以及丰厚的收入使得越来越多的年轻人加入艺人群体，而新加入的艺人又进一步把河洛大鼓的影响力扩散至更广泛的地区。

---

[1] 需要特别指出的是，河洛大鼓在城市环境中的"去仪式化"发展并不意味着这个曲种与地方宗教仪式活动完全失去关联。事实上，河洛大鼓艺人在偃师、巩义及周边地区一直扮演者一种世俗化娱乐与宗教性娱神的双重角色。只是在城市环境中，越来越多的祭祀性仪式逐渐被认为是民俗传统而得以留存，因此在这些场合演出的民间曲艺中的宗教色彩被逐渐弱化而已。有关城市背景下中国传统音乐的去仪式化发展，参见 Lawrence J. Witzleben 著 "Silk and Bamboo" Music in Shanghai—The Jiangnan Sizhu Instrumental Ensemble Tradition，第一章。

[2] 老城区菜市场书市从 20 世纪 30 年代起一直是洛阳城区最重要的曲艺表演场所之一，该书市直到新中国成立时才关闭。

[3] 《洛阳曲艺资料——大事记》，页 5。所谓"对书"是一种河洛大鼓艺人的商业竞争手段，就是两个书场同时表演，互相争夺观众，用观众数量的多寡来较量各自演出的精彩程度。

自20世纪20年代至40年代，河洛大鼓开始在洛阳及偃师的周边地区，如宜阳等地迅速盛行[1]。大鼓书艺人群体在日益壮大的过程中，其内部也开始了一个自发的制度化过程。1920—1925年间，偃师的河洛大鼓艺人成立了一个由大鼓艺人组成的行会组织"三皇社"[2]。清末民初的许多民间说唱艺人都曾经组织过"三皇社"，敬拜曲艺艺人信奉的"天皇、地皇、人皇"[3]。同时也通过敬拜礼仪结成行会组织，约定行艺的职业规范。因此"三皇社"的成立，在很大程度上可以反映一个曲种职业化的发展程度。河洛大鼓艺人通过"三皇会"定期举行行会活动，安排说唱演出及考验表演技艺的竞技活动，同时也对艺人的社会行为进行监督和制约。行会制度的建立不仅规范了艺人的演艺行为，更重要的是，它在很大程度上反映出河洛大鼓艺人在20世纪初自发形成的一个包括演出制度、传承制度等规则在内的体制结构，以及艺人群体和当时文化市场之间的相互关系。

新中国成立后，许多原先存在的曲艺人员的行会制度逐渐被国家认可、资助的文艺体系所取代。在新的政治、经济环境下，河洛大鼓的发展进入一个新时期。艺人们遇到的首要任务是为他们所演唱的大鼓书定名的问题。1950年，洛阳专区文联秘书李冷文、戏曲部长李振山和艺人张天培[4]把张天培及其同业所唱大鼓书初定名为"河洛大鼓"，后在1952年河南省曲艺汇演中经中国曲协理事王亚平肯定后正式定名[5]。定名后，文化管理部门组

---

[1] 据《洛阳曲艺资料——大事记》记载，河洛大鼓在宜阳的流行最早可追溯到1924年。"偃师艺人白顺德在洛阳西南的宜阳县行艺过程中收宜阳东关街人冯光照为徒，之后河洛大鼓便在宜阳流行起来"。参见《洛阳曲艺资料——大事记》，页4。
[2] 《洛阳曲艺资料——机构》，页4。
[3] 关于"三皇"的具体指代，艺人尚继业认为应指的是一段传统鼓词《三皇姑出家》中的"楚庄王三皇姑"。"楚庄王的'三皇姑'，也就是千手千眼佛"（尚继业，2004，页19）。
[4] 张天培又名张天倍。尚继业在其著作中记录了一个有关张天培更名的轶事，认为张天培这个名字是张天培在1957年参加河南省曲艺会演后由河南省委领导建议的（尚继业，2004，页9）。笔者走访的河洛大鼓艺人仍称呼其为张天培，故本书也使用其原名。
[5] 《洛阳曲艺资料——大事记》，页7。关于河洛大鼓的定名，大鼓书艺人尚继业认为是张天培带着大鼓书赴朝鲜慰问志愿军前经周恩来总理建议定名（尚继业，2004，页2、5）。然而洛阳市群众艺术馆档案室存档的《洛阳曲艺资料》中并无有关张天培赴朝鲜慰问志愿军的记载，所记录的仅有张天培为支持抗美援朝在洛阳地区附近巡回演出募捐，"并募得小麦1000公斤"一事（《洛阳曲艺资料——大事记》，页7）。笔者目前尚未找到周恩来总理参与为河洛大鼓定名的直接文献，因此定名过程主要参考《洛阳曲艺资料——大事记》中的记录。

织了数批"河洛大鼓学习班",说明河洛大鼓在当地文化管理部门首肯下有序发展。然而,此时大鼓书艺人尚未纳入国家文化体制中,因此,大部分艺人仍然像新中国成立前一样依靠个体经营在文化市场上谋求一席之地。在1953年洛阳市内出现了个体的"茶棚书场",为河洛大鼓在新中国成立初期洛阳市的流行提供了场所。最有名的是位于洛阳市老城区青年宫广场东侧相继出现的六间书场,每个书场均用班主或经理的姓氏或名字命名,包括丁家茶棚、刘家茶棚、陈家茶棚、孙家茶棚、李玉柱书棚、李家茶棚。张天培、程文和、郑豫闵、李德修、戴跃庭、罗永艾、李玉柱等河洛大鼓知名艺人常年在此行艺,以说章回体长篇大书为主。每天,在这些用草木、席棚等材料搭建的茶棚书场中都挤满了忠实书迷,听完当日的新章回后散去,次日再来。那情形如同今日电视观众追看连续剧一般。据诸多艺人回忆,如此火爆程度一直持续到20世纪50年代末。据河洛大鼓国家级传承人陆四辈回忆说:"1959年偃师县曲艺队在县城火车站南建起一座曲艺厅,每天听张天培说书的,一场就有3000人,一个大厅挤得满满的,坐不下都站着、蹲着。人多到没有下脚的地方,书场安静得掉下一根针都能听见。张天培每次说到最精彩的地方就开始让徒弟收钱,每次光收钱都要花半个小时不止。"(陆四辈,私人通信,2003年10月3日)

然而,从20世纪50年代中期开始,演艺人员的自由流动演出被认为是"旧社会资本主义经营方式所形成的一种恶劣作风和习惯"。流动演员受体制内剧团邀请,通过签订合同联合演出的经济行为也被认为是"保存资本主义的自由市场,发展资产阶级个人主义思想""完全从个人利益出发"的错误做法(傅谨,2002,页86)。很快,洛阳地方政府就开始了对地方曲艺艺人的体制化收编。1957年6月,河南省文化局发出《关于开展全省民间曲艺、杂技、木偶、皮影等艺术表演团体及艺人登记工作的指示》。8月,洛阳市文化局组织对市内曲艺人员进行了考核登记,为22名艺人颁发了"河南省民间艺人登记证"。在此基础上,洛阳市成立了曲艺改进会,由河洛大鼓艺人程文和任会长。曲艺改进会中的艺人按照演出曲种、师徒、姐妹、叔侄关系等分为若干小组,分散演出。同时,嵩县、汝阳、栾川等洛阳管区各县也开始对曲艺艺人进行普查登记,并将他们组织成班进行演出[1]。

20世纪60年代初，传统戏剧曲艺的剧目及曲目受到了文化部门的高度重视。1961年9月20日文化部颁发了《关于加强戏曲、曲艺传统剧目、曲目挖掘工作的通知》。通知中提出了"传统戏曲"、"曲艺遗产"等概念，并要求"必须首先把有失传危险的剧目、曲目从老艺人口中记录下来"，以及对老艺人独特的表演技术"应当有计划地组织青年学习"。文化部的通知进一步加快了地方艺人群体的制度化。为了开展地方曲艺工作，自1961年到1965年，洛阳辖区成立了多个曲艺演出团体或以演唱曲艺为主的文艺宣传队。随着从艺人员数量的增加，许多曲艺表演团体所在的地区纷纷成立曲艺工作者协会。一些知名河洛大鼓艺人因其在文化生活中的影响力担任了这些组织中的领导角色，如张天培于1961年任偃师曲艺工作者协会副主席。这些被纳入国家文艺体制的曲艺表演单位不仅负责演出的安排，也同时负担着对从艺人员的艺术培训。1964年和1965年，巩县民政科和开封市文化局分别举办盲人曲艺培训班和曲艺学习班，由河洛大鼓艺人崔坤、康保乾、王周道、周凤同、杨二会等人执教，培养河洛大鼓演员及伴奏员60余人。

1966年开始的"文化大革命"给全国范围内的传统曲艺发展带来致命打击。其影响主要体现在三方面：1. 一切以"帝王将相、才子佳人"为主题的传统曲目被禁演[2]，所有传统戏剧曲艺表演也从舞台上绝迹（傅谨，2002，页125）；2. 由于传统曲目的封存，许多演出团体进入无戏可演的状态，无法进行正常的演出活动。多支本地曲艺演出团体解散（如汝阳县曲艺队于1966年解散），文化工作队撤销（如嵩县农村文化工作队于1967年撤销），部分曲艺人员被迫回乡或下放接受"再教育"；3. 由于传统曲艺的演出秩序受到彻底改变，许多先前的演出场地也相继关闭，如，洛阳市涧西区小李村书棚在1966年停业，1969年洛阳市青年宫曲艺厅改为浴池。这些由于政治环境骤变造成的影响直接导致了洛阳几乎所有传统曲艺表演的中止。从

---

[1]《洛阳曲艺资料——大事记》，页8—9。
[2]《洛阳曲艺资料——大事记》，页12。

20世纪60年代末至70年代初，许多传统艺人成为被批判对象。多位著名说唱艺人由于失去自我辩解的机会后不堪忍受精神折磨而选择极端的反抗方法，如戴跃庭在1969年冬被戴上"历史反革命"帽子后在老城区右安街13号曲艺说唱团家属院厕所上吊自尽[1]。还有些艺人因生活困苦，精神压抑，导致健康状况急速恶化，医治无效逝世，这其中包括河洛大鼓第二代艺人中的翘楚张天培（1970年卒）[2]。

洛阳地区传统曲艺界的境遇直到1977年才开始好转。诸多传统剧目曲目从20世纪70年代末开始逐渐恢复演出，曲艺活动也开始复苏。"文革"后对传统曲艺的"解冻"把河洛大鼓推向一次短暂的巅峰。一些正规曲艺演出场所终于恢复。在河洛大鼓艺人肖金德和李玉柱的奔走呼吁及多方筹措下，洛阳市老城东北隅办事处曲艺厅成立，成为当时洛阳市唯一的官办曲艺演出场所。各地县曲艺工作者协会等官方机构得到恢复，曲艺汇演等表演制度亦重新恢复。据洛阳地区文化局统计，到1982年为止，洛阳地区16个县市共有曲艺艺人579名，可上演曲目为176个。1985年，偃师县文化馆组织了第一届河洛大鼓书会，参加艺人总数为46人[3]。从20世纪70年代末到80年代中期，传统文艺作品的复苏造成了演出市场的突然膨胀，人们对于传统曲艺的兴趣空前高涨。尚继业认为1985年为河洛大鼓在"文革"后的最兴旺时期，巩义一市的艺人竟达百人之多（尚继业，2004，页2）。戏剧理论家傅谨将这一现象描述为"'文革'结束时突然出现的一种'报复性的传统戏剧热'"（傅谨，2002，页169）。据陆四辈、邓存志、李占土、吕武成等艺人回忆，"文革"后艺人们很快恢复了曾经被禁止的流动演出形式。至20世纪80年代末，他们每年除了农忙时间外几乎每天都在外说书。根据签订合同对象的不同，演出分为两种：与生产队签约表演的叫作"官书"，与个体农户签约表演的叫"愿书"。来自公家与私人的书约不断，艺人们往往在一个村说书一说就是三个月。在某一家驻演时又会接到另一家的邀请，时常发生请书人需要排队的情况。由于当时在农村仍然实行生

---

[1]《洛阳曲艺资料——大事记》，页12。
[2]《洛阳曲艺资料——大事记》，页12。
[3]《洛阳曲艺资料——大事记》，页15。

产队体制，农民下地干活仍然靠记工分换取收入，因此根据合同，按照表演时间长短来获取报酬的大鼓艺人成为了当时的高收入群体，因此许多年轻人选择了拜师学艺，从"书迷"变成"说书人"。艺人队伍也随之迅速扩大。

然而，从20世纪70年代末开始，中国的大众传媒就开始以惊人的速度增长。视听新媒体在政府的鼓励下在城市环境中渐渐普及。随着收音机、电视机及磁带播放机私人拥有率的提高，这些新传媒慢慢演变为真正的"大众传媒"。视听媒体的崛起几乎不可避免地引入了非本地的新鲜文化，这既包括了国内不同地区、省市媒体信息的交换和流通，也包括了港台地区及国外的"异域文化"产品的流入。在音乐领域，从港台地区引进的各种"港台"及外国流行音乐产品在20世纪70年代末、80年代初在城市青年的生活圈中迅速蔓延（Baranovitch，2003，页10—13）。到20世纪90年代，许多城市周边的较发达的农村地区也开始被新媒体覆盖。随着媒介的改变，文化娱乐节目的观赏途径及内容也在发生着变化。对文娱节目的获取方式从原先到特定地点（如庙会、婚丧嫁娶等仪式性场合）观看现场音乐演出，转向收听、收看通过媒体传送出的节目。在内容上，面对大量涌入的多元文化背景的文娱表演，原来高度本地化的传统曲艺表演不得不加入市场竞争。虽然传统曲艺仍有其支持者，但是观众群体已经被大量分散，其受欢迎程度与20世纪五六十年代以及80年代中期已不可同日而语。不仅是河洛大鼓，其他许多传统表演艺术都经历了类似的"由热变冷"过程。

在一个急剧膨胀的演出市场中，河洛大鼓艺人却不得不寻找一个逐渐被挤压的生存空间。尽管有少数艺人仍然活跃国家文化体制内，然而从20世纪90年代开始，河洛大鼓在城市以及一些郊县中则渐渐被边缘化。以《河南曲艺史》中对河洛大鼓简史的介绍为例，20世纪80年代至90年代二十年的时间里，被记录下来的艺人活动仅为河南省曲艺团河洛大鼓演员王小岳一人，而他得到特别记述的表演活动，仅仅是在1999年参加河南省庆祝中华人民共和国成立五十六周年文艺晚会演出时，演唱了新创作作品《满怀豪情唱河南》，以及2000年在天津参加"中国曲艺牡丹奖鼓曲唱曲大赛"时凭借参赛作品《鲤鱼跳龙门》获得金奖（张凌怡、刘景亮、李广宇，

2007，页311—312）。这些文艺汇演性质的演出虽然在一定程度上激励了艺人对地方曲艺的坚持，然而其自上而下的制度化及相应的筛选机制则注定了官方汇演作品与民间文化生活已经产生了一定距离，因此也难以对河洛大鼓的发展产生决定性的作用。

　　除了新媒体的崛起外，农村社会生活的改变也使得河洛大鼓曲艺传统的留存变得更为困难。随着洛阳周边地区城市化进程的加快，许多原先的河洛大鼓的仪式性和娱乐性演出场合渐渐消失。这个变化对河洛大鼓曲书目造成的负面影响是不可估量的，因为河洛大鼓的核心书目，即传统大书，主要是依托这两种演出场所来讲唱。只有一些重要的风俗活动，比如开业礼仪、祝寿、婚礼、丧礼，才能提供为期三天、一周甚至一月的演出时间。而只有这样的时间跨度才能让艺人完整讲唱一些中篇到长篇的大书。随着人们生活步调的加速，最经常演唱的河洛大鼓书目的篇幅也逐渐缩短，大书的表演机会逐年变少，这从"亮书场"制度的衰落中可见一斑。所谓"亮书"是指艺人们在台上轮流亮相说书，逛集市的人可以免费观看，如有需要"请书"者，可直接与中意的艺人洽谈（马春莲、林达，2007，页50）。大部分"请书订单"都涉及时间较长的礼仪事件。因此艺人们通过"亮书"可以获得不少工作机会，有些艺人通过"亮书"可以订满两三个月，甚至一年的表演（李占土，私人通信，2009年10月22日）。以偃师米河镇的"亮书场"为例，1999年以前，米河亮书场，每天最多可吸引百余位艺人亮书，亮书场的场面直接反映市场需求程度。然而从2000年开始至今，米河亮书场已经明显萧条。虽然某些现代通信方式（比如手机或互联网上的个人网页）有可能改变了艺人的"营销方式"而使订单从"亮书场"分流，但是亮书场的萧条仍可以在很大程度上反映当地民众对大鼓书需求的减少。

　　需求的减少也间接导致了大鼓艺人传承谱系的萎缩以及传承内容的改变。在对河洛大鼓的传承体制的研究中，笔者认为河洛大鼓的传承途径有宗亲制和师承制两种（马春莲、林达，2007，页50—51）。后者是当代河洛大鼓传承的主要体制。艺人学唱大书的主要原因是为了增加个人收入，而在大鼓变得"不景气"之后，"许多新艺人为了养家糊口，弃艺改行"

（尚继业，2004，页2），因此也更不会收徒传艺了。不少目前继续行艺的艺人都难以重现如同第二代艺人张天培那样"门里十人"的繁盛光景。此外，目前传统大书在传承内容上比例明显减少，像20世纪五六十年代那样能够熟练掌握七、八部长篇大书的艺人已不多见。河洛大鼓的基本教育模式是"口授心记"。由于早期许多艺人的读写能力不强，"许多师徒几代都不曾见过唱本，大量的曲书目都保留在他们的脑子里和口头上"[1]。在这种状况下，演出实践就成为了师傅传授技艺的最佳途径。据许多河洛大鼓艺人描述，他们都是通过随师父一起行艺，并为师傅伴奏大书来学唱中长篇作品的。然而，随着演出内容的变化，艺人们演唱传统大书的频率明显降低，如果按照口传心授的传承方法，许多大书极有可能面临失传的危险。

从20世纪80年代至今，国家文化管理部门、地方文化管理机构及艺人个体都开始意识到包括河洛大鼓在内的曲艺传统在开放文化环境下的遗存问题，并为传承尚存的曲书目付出过不同程度的努力。早在1985年，宜阳县柳泉乡大鼓书老艺人徐建生就曾经自办大鼓书培训班一期[2]。在此之后，河南数个地方文化馆及群众艺术馆在艺人群体中组织过对河洛大鼓传统的挖掘整理。20世纪80年代至今，规模最大也是最系统的整理工作是80年代初开始的对全国各省、市、自治区内的民族民间音乐、传统曲艺的集成工作。这一时期的成果主要在90年代中期以曲艺志或集成的形态出版，如《中国曲艺志·河南卷》、《中国曲艺音乐集成·河南卷》。

与此同时，一场在全球范围内实施的保护非物质文化遗产的计划也在慢慢发酵中。1972年联合国教科文组织正式提出"保护世界文化和自然遗产公约"这个议题，在1989年又出台"保护传统文化和民间传说的建议书"（Recommendation on the Safeguarding of Traditional Culture and Folklore），以进一步号召更多成员国参与并尝试立法或建立行政机构，以及草拟部分非物质文化遗产清单（曹本冶、陈婷婷，2006，页82）。这个针对"口头

---

[1] 《洛阳曲艺资料——曲（书）目》，页1。
[2] 《洛阳曲艺资料——大事记》，页15。

传说和表述"、"表演艺术"、"社会风俗、礼仪、庆典"、"有关自然界和宇宙的知识和实践"及"传统的手工艺技能"等"非物质文化遗产"的保护计划，要求成员国通过教育、立法等手段延续那些可以增强本地群体文化认同感的文化，以此来推动群体间的相互尊重，进而发展世界文化的多元性[1]。直到2003年，联合国正式公布了《保护非物质文化遗产公约》，标志着在所有成员国内形成对非物质文化遗产保护的统一共识。作为联合国重要成员国的中国，从2003年开始，非物质文化遗产保护也被提上议事日程。在相关讨论中，一个最突出的问题是，如何纠正长期以来形成的对农村地区文化的轻视，如何消除对这些地区"没有文化"，或"文化落后"的错误成见。萧梅等学者主张，相关保护工作应从给予传统文化传承人发言权开始（Rees，2009，页63），这也在很大程度上直接影响了日后"非物质文化遗产传承人"申报制度的建立。2004年，全国人大常委会批准了《保护非物质文化遗产公约》，这标志着中国对非物质文化遗产的保护工作正式开始实施。2006年4月河洛大鼓入选第一批国家级非物质文化遗产名录[2]，陆四辈成为河洛大鼓的国家级传承人。

尽管这些由官方发起的保护项目已经引起对这个边缘化曲艺传统的广泛社会关注，然而由于许多老艺人的过世，以及如前所述的诸多问题，如民众生活方式变更对传统曲艺需求的减少以及传承过程中的潜在问题等，都大大加快了河洛大鼓书目中的传统大书的消失。而记录和保护这些消失中的传统大书已经成为了对这个传统说唱艺术进行保护的核心任务，这也是本选集编纂的初衷。

---

[1] 有关非物质文化遗产保护的目的和措施的细则，参见联合国教育、科学及文化组织拟定的《保护世界文化和自然遗产公约》中文版，http://whc.unesco.org/archive/convention-ch.pdf。
[2] 2006年，国务院发布《关于公布第一批国家级非物质文化遗产名录的通知》（国发〔2006〕18号）。河洛大鼓被列为曲艺类非物质文化遗产，遗产序号248，编号V-12。

唱　腔

河洛大鼓中说白之外的人声歌唱部分即为其唱腔。中国声乐传统中的"腔"的概念是有多重含义的，一般可泛指一个曲调系统（system of tunes）（Yung，2001，页277），某些富有特征的旋律片段（洛地，1995，页133），或泛指演唱曲调旋律时的装饰音（vocal ornamentations）（Yung，页277）。作"唱腔"时，往往指的是一个声乐传统中演唱法的全部特点。

河洛大鼓的唱腔属于板腔体，即以对称的上下句作为基本单位，通过对节奏、速度进行改变形成不同板式[1]。唱词中的奇数句为上句，偶数句为下句。演唱者通过上下句的反复或变化反复构成一段唱腔，这便是河洛大鼓的唱腔结构的基础特点。在1980年代曲艺集成项目中记录的河洛大鼓的基本板式有 [引腔]、[起腔]、[送腔]、[二八板]、[凤凰三点头]、[飞板]、[叹腔]、[垛子板]、[五字垛]、[三字紧]、[散板]、[坠子口] 等（《中国曲艺音乐集成·河南卷》编辑委员会，1996，页1583）。笔者在实地采访老艺人时，他们还提供了其他一些常用板式，如 [落板]、[十字句]、[滚口白]、[小连口]、[武板] 等。

板式其实是一个将曲调、节奏、速度综合起来的结构单位，并且与表演过程中的戏剧性表现力有密切的关联。除了用来标记节奏、速度的基本特点外，基本板式也包括一些常用旋法[2]或曲调形态。以本书收录的两部大书（由段界平演唱的《破镜记》和由张建坡演唱的《丝绒记》）为例，其中所使用的 [起腔] 有着明显的在音乐结构上的相似之处。

---

[1] 在一些河洛大鼓名家总结归纳的板式特征中，存在一个被艺人们称为"主要调门"或"基本唱腔"的概念。例如，资深河洛大鼓艺人尚继业在其编著的《河洛大鼓初探》一书中定义道："河洛大鼓的调门，也称板式，也称唱腔。"（尚继业，第33页）然而这个所谓的"调门"并不等同于传统器乐曲中，例如"工尺七调"等术语中，表述的"调高"概念（中国艺术研究院音乐研究所《中国音乐词典》编辑部，1984，页80—81）。在大鼓艺人的音乐实践中，"调门"实际上指的是板式。

[2] 本文中的"旋法"指的是某些曲种中习惯性的乐音搭配或短小的旋律形态。

例 1. 段界平在《破镜记》第一回"大明朝嘉靖皇帝坐北京"中的 [起腔]：[1]

例 2. 张建坡在《丝绒记》第一回中的 [起腔]：[2]

对比以上两例均无散板，唱腔已入拍。例 1 中文句的上句"大明朝嘉靖皇帝坐北京"分为三个小的乐节（以①②③标记），并与文句的断句相对

---

[1] 此唱段的完整曲谱见《破镜记》谱例。
[2] 此唱段的完整曲谱见《丝绒记》谱例。

应，即：①大明朝／②嘉靖皇帝／③坐北京。乐节①和②由一个器乐伴奏间隔开，但是如果合并起来看是一个 $\dot{6}—\dot{1}—\dot{2}—\dot{3}—\dot{2}—$（$6$，下句的起始音）的上行接下行的倒影式旋律片段[1]。乐节③的主要旋律形态是 $\dot{3}—\dot{5}—7—6—5$，从 $\dot{3}$ 的上行小三度到 $\dot{5}$，再下行小六度大跳至 7，之后接下行的平稳进行，最后落在 5 上。对比例 2 中的起腔的上句"唢嘟嘟三声书归正"分为两个乐节（以①②标记），其对应的文句的断句为：①唢嘟嘟三声／②书归正。其中两个乐节中间由器乐伴奏隔开。乐节①的旋律形态为 $\dot{1}—\dot{2}—\dot{3}—\dot{5}—\dot{3}—\dot{2}—\dot{1}$，亦为一个先上行后下行的倒影式旋律片段。伴奏后接的乐节②，其旋律形态与例 1 中乐节③的主干相似，也是 $\dot{3}—\dot{5}—7—6—5$。不同的是，例 2 中从 7 到 5 并不是一个直接的平稳下行，而是由两个反向的小三度跳进（由 7 到 $\dot{2}$，以及由 6 到 $\dot{1}$），以及一个长达三拍的 3（即落音 5 的下方小三度），将旋律主干延长，使落音延迟出现。如果将起延迟效果的小三度音程删掉的话，这个乐节的旋律与例 1 中的③是一样的。如果从节奏上看，以上两个例子中，[起腔]这一板式中，每个乐节的尾音都长达三或四拍，并且立刻插入了器乐间奏。这个特点是由[起腔]的作用决定的。[起腔]主要是衔接开场的散白或定场诗和有稳定节拍的书词正文的板式，在音乐上起到一个由说入场的过渡作用，因此这样的节奏特征能够渐渐引导听众进入一个有固定板眼的唱段。在其他板式中，类似这样的特性音程、特性节奏型、甚至于短小旋律形态的用法不胜枚举。笔者将另著文详细阐述，此处不再做深入讨论。

河洛大鼓中基本板式中涉及的曲调来源非常广泛。从其衍生的历史来看，由于早期艺人是由琴书改唱大鼓的，他们承袭了琴书的部分曲调，其代表性特征就是河洛大鼓中常用的[起腔]与[送腔]中的拖腔的曲调形态，与琴书中的"四大腔"或转四个"腔弯儿"（即四个围绕结尾主音进行上行下行跳进或平稳进行而形成的分句）。如例 3 所示，在谱例上标注的 1—4 的短小腔句即为陆四辈所谓的"四大腔"。如果剔除一些经过音或装饰音的话，这四个腔句的核心旋律就是从 d 到 c，但是经过加小腔句扩充之后，这

---

[1] 当然这是个省略的倒影式片段。

个很简单的下行大二度就夹杂了三个上行纯五度和下行纯五度的跳进音程，乐句也因而延迟进行到结尾的落点。这正体现出琴书具有的"腔长词疏"的音乐特点，而琴书"四大腔"的使用也使河洛大鼓的声腔充满了婉转曲折的歌唱韵味。[1]

例3. 陆四辈演唱《刘公案》中的[送腔]：[2]

经过数代艺人的发展，河洛大鼓的基本曲调中吸收了河南坠子、曲剧及豫剧中的曲调形态（马春莲，2004）。经过数十年的借鉴及改变，这些来源丰富的曲调或旋法逐渐脱离原先的表演传统，被河洛大鼓艺人吸收整合成为河洛大鼓的基本乐汇，或常用调门。在这些常用"调门"的基础上，艺人常根据内容情绪的需要"结合其他调门穿插连接"，构成一些"派生调门"。[3]

无论演唱者选择、借鉴何种曲调，都必须符合两个基本条件，即唱腔必须能够满足叙事或抒情的功能，才能实现表演的戏剧性。在实际演出中，河洛大鼓艺人主要通过板式的多样化运用来实现叙事和抒情，以及两者间的转换[4]。在叙述故事情节的时候，说书人往往以每分钟144拍的速度运用

---

[1] 有关河洛大鼓中琴书曲调特征的分析，详见马春莲著《河洛大鼓的音乐形态探析》。此处不再赘述。
[2] 原谱例参见《中国曲艺音乐集成·河南卷》，页1586。
[3] 潘虹团著《河洛大鼓音乐》，页1。此文献为潘虹团手稿，未发表。
[4] 有关河洛大鼓中常见板式的介绍与谱例，参见《中国曲艺集成·河南卷》中"河洛大鼓"词条。此处不再赘述。

"似说似唱的吟诵体"唱腔来推进情节的发展[1]。常用板式包括[二八板](亦称[平板]),相当于2/4拍,唱腔常常起于眼而落于板[2]。中速演唱时是每分钟80到90拍,但也可酌情将速度加快或放慢。如要表达特定人物的各种情绪,则在基础速度上伸展或压缩,并使用与特定情绪相对应的板式来演唱。比如说书人用[慢二八]亦称([悲平板]或[叹腔])来抒发悲痛感情时,只需要在基本板式[二八板]的基础上增加上句尾音的拖腔,即在旋律中强调宫(do)到商(re)到宫或变宫(si)的音程,一般以下行居多。拖腔中某些支柱音往往长达五至七拍,以增加凄凉悲切的气氛。如果所要表达的悲伤情绪极为强烈,则可以在[慢二八]的速度基础上再加以延展,把伴奏节奏中的重拍密度加强,变为一板一眼,形成一种"紧拉慢唱"的效果,这样就形成了[大叹腔]。而这些不同性质的板式就成为了河洛大鼓唱腔的最基本的音乐单位。

基于对各种基础板式的熟练掌握,艺人在说唱中根据故事的需要将基本板式进行选择搭配,连接组织整场故事的音乐结构。在河洛大鼓的发展过程中,这些习惯性的选择搭配通过数代艺人的发展与传承逐渐形成了板式的连缀使用规律,比如,对于故事情节简单,长度在30句左右的短篇小故事,也叫"书帽",只要选五个板式就可以表达故事所需要的情绪变化了。常用的连缀方法是:[引腔]—[起腔]—[送腔]—[二八板]—[落板]。[引腔]—[起腔]—[送腔]主要是起定场作用,兼使说书人入板,即从说入唱,由较散的腔逐渐进入节奏明确的唱的部分。在嘈杂的书场中,艺人往往先吟一首定场诗,后接这三个板式用来吸引观众的注意力,慢慢进入正式的

---

[1] 潘虹团,《河洛大鼓音乐》手稿,页1。
[2] [二八板]是豫剧常用的基本板式。因此许多艺人认为用[二八板]演唱时,唱腔带有例如"眼起板落"等豫剧唱腔的特点。偃师艺人段界平曾试图规范河洛大鼓的板式系统,为了强调河洛大鼓本身风格的独立性,曾对许多借用板式重新命名,将[二八板]改成[平板],[慢二八]改成[悲平板]等。这些新板式名称在偃师一带被许多艺人广泛使用,然而在音乐风格上却并没有与豫剧板式产生根本性的差异。因此许多艺人坚持认为[二八板]就是[平板](尚继业,私人通信,2012年8月23日)。然而,在笔者记录书词的过程中,经常发现同一部书中有[二八板]与[平板]混用的现象,比如张建坡演唱的《丝绒记》,但是几经核实后,许多演唱者认为这两个板式主要的差别在于情感的表达,并坚持不做进一步统一。这些名称的混用很可能意味着[二八板]与[平板]之间已产生了细微的变化,只是说书人无法明确指出而已,或者这个差异并没有被广泛接受。两个板式的差异有待进一步分析。但是在本书收录的书词中,板式名称仍按照演唱者的原意标记。

演出。说唱 30 句以上的短篇书段或 100 句以上的中、长篇书段，为了使故事情节呈现饱满的戏剧冲突和情感起伏，艺人往往需要使用七、八种板式，有时甚至会使用十几种板式。以段界平演唱的中篇大书《刘秀喝麦仁》[1]中使用的板式排序为例：[引腔]—[起腔]—[送腔]—[二八板]—[送腔]—[二八板]—[飞板]—[叹腔头]—[叹腔]—[垛子板]—[三字紧]—[起腔]—[散板]—[二八板]—[飞板]—[二八板]—[散板]—[二八板]—[垛子板]—[送腔]—[飞板]—[散板]—[二八板]。这部书用了 10 个不同性质的板式，如果加上重复使用的共用 23 个板式。

板式的连缀使用形成了河洛大鼓艺人的口头作曲法，不仅给没有任何作曲理论的艺人提供了编排唱腔的便利，也让情节复杂的长篇大书在记忆过程中变得简单有序。任何一部书，不论长短，在音乐唱腔上其实都是一套对于板式的选择和排序。经过几代艺人长期的使用、发展和总结，河洛大鼓艺人对于板式的选择与组织已经呈现出相当高程度的程式化[2]，然而固定程式中也留有让艺人自由创作的余地。技艺高超的艺人又可在中长篇大书中间安排插部，根据情节需要加入更具戏剧性的板式。比如，中篇使用的程式化板式为：[引腔]—[起腔]—[送腔]—[二八板]—[插部]（飞板、叹腔、十字句、小连口、三字紧、五字垛、顿子口……）—[落板]。而长篇大书则在中篇的结构基础上更加灵活地在多处加入插部，使板式更为复杂多变。一些艺人由于表演前已经说过书帽等短篇，或者为了进书快，也可省略用来定场的[引腔]—[起腔]—[送腔]的搭配，而直接从[二八板]开始进入正文。以本书中段界平《破镜记》为例，由于是电台录音，而不是在书场中的完整演出，段界平省去了定场部分，直接用[二八板]演唱书词正文。大多数河洛大鼓艺人甚至在说书过程中根据书情和表演场合的需要，即席编写唱词组织板式，进行即兴发挥，使篇幅可以根据演唱的时长要求任意延长或缩短。

---

[1] 完整谱例参见《中国曲艺集成·河南卷》，页 1624—1648。
[2] 有关河洛大鼓的板式程式化的分析，参看马春莲著《口头传统艺术——河洛大鼓的程式化特征探析》。

书 词

　　说唱艺术是音乐与语言的结合。河洛大鼓的语言分为唱词与说白两部分，韵散结合。说白大多为议论叙事，常用散文，或本地方言的日常表达，在文辞上也没有严格规则，通俗易懂。唱词则基本上是齐言体，但时常夹杂衬字。以七言韵文居多，腔句结构一般为二、二、三，或四、三。部分书段也有十言[1]和五言的。十言的一般为三、三、四句式。也有许多艺人说唱的书词结构较为自由，以杂言居多，这也是许多民间讲唱文学的特征。[2]

　　中国的传统声乐艺术大多在不同程度上遵循着文体结构与音乐结构间的对应规则。戏曲、戏剧学家洛地在其著作《词乐曲唱》中指出，中国传统音乐中的"唱"在本质上是"文与乐的结合"（洛地，1995，页1），因此词曲文体结构中的辞式句读，平仄格律与乐体结构中的节奏规律、旋律法则等存在不同程度的关联。在各种不同类型的"唱"中，文乐关联的严格性也不同。根据唱词与音乐的关系，中国传统声乐艺术大致分为"以腔传辞"和"以字声行腔"这两种关系（同上，页2）。前者指的是"以稳定或基本稳定的旋律，传唱（不拘其平仄声调的）文辞"，而后者是"以文辞句字的字读语音的平仄声调，化为乐音进行，构成旋律"（同上）。后者的典型是演唱律曲，并根据字音的平仄来度音调的昆曲。而河洛大鼓的唱腔属于前者，也就是说，唱腔的曲调旋律，甚至于结构都基本上不受文词限制。与昆曲之类的律曲相比，河洛大鼓的书词有以下特点：

　　1. 律曲中的词调受格律限制，长度固定。而大鼓书词按照板式或板式

---

[1] 杨荫浏认为鼓词中的十言多为加了衬字的七言，转引自陈汝衡著《说书史话》，页220。一些戏曲学者认为，板腔体曲体结构中以七言和十言为主的齐言体反映出清代搬唱词话的影响，唱词中很可能还留有古时说书的痕迹（李连生，2007，页136）。

[2] 陈汝衡先生在其著作《说书史话》中认为，大鼓书的词句有酷似元曲的，是文人润饰的结果（陈汝衡，1958，页239）。笔者通过访谈得知，艺人确有因为要接受电台录音而特意修饰平时所唱词的做法，例如本选集所录《破镜记》的书词就是段界平为了录音而特意修改的，使之更为"工整"。

的组合划分成段，加一个板式又可以继续接唱一段词，篇幅是可以无限延长的。然而律曲中的词调受格律限制不能无限后续。因此，大鼓的篇幅是可以随意更改的。

2. 大鼓书词没有严格的句读要求，因此也不需要像昆曲的曲词一样有特定句数句式。所以大鼓书词行文也较为随意，往往可见在齐言的基础上加减字的处理方法。虽然昆曲也有添衬字的做法，但在板位上存在限制。

3. 大鼓书词有简单的句内平仄格律。《鼓曲研究》中提到，合律的大鼓书词要求上句末一字是仄声字，即演唱者使用方言[1]的第三声和第四声，下句的末一字都是平声字，即第一声和第二声。这个规律简称为上仄下平（王尊三、王亚平、白凤鸣、王决、沈彭年，1959，页33—34）。但是鼓曲中并不存在昆曲那种严格的词律，要求每个字都有特定的平仄，只要尽量避免全部平声或仄声就可以了。因此，鼓曲旋律形态的发展不受词四声的严格限制。笔者通过田野调查了解到，许多河洛大鼓艺人仍遵守上仄下平的规则。如，资深河洛大鼓艺人张建坡曾明确表示，去声可用在"上韵"，但不可用在"下韵"（张建坡，私人通信，2014年9月29日）[2]。这个规则也可以从本选集所录的唱本中得到印证。

4. 和许多戏曲、曲艺唱词一样，河洛大鼓书词要求押韵。用韵以上下句为基础结构，往往上句末尾一字不要求押韵，下句末尾一字必定押韵。一段书词中可以换韵。常用的四大宽韵是丁东韵[3]、天仙韵、人辰韵、之西韵（王怀中，私人通信，2014年10月7日）。然而也有通篇一韵到底的，比如通篇都是"丁东"韵的也会被认为是"韵脚单调"，需要通过换韵来改进书词[4]。

对于这种"以腔传辞"的歌唱传统，唱词受文体的句式、平仄等格律限制程度较低，因此，经过长久传承后，区别该传统的基本特征就在于音

---

[1] 在《鼓词研究》一书中，王尊三等艺人将"上仄下平"这一规则中的平仄声调与普通话的四声对应。其实许多不使用普通话来表演的说唱艺人也遵循这个规则，而在他们的唱词中，平仄声调是与表演者使用的方言音调相对应的。

[2] 上韵指的是上句的韵字位置，下韵指的是下句的韵字位置。

[3] 曲艺中的宽韵指的是字数较多的韵部。由于河南方言中属于丁东、天仙、人辰、之西四韵的字较多，因此河洛大鼓艺人称这四个韵为宽韵。

[4] 《洛阳曲艺资料——曲（书）目》，页4。

乐了。乐和词的关系是，"只要在其乐、其腔的容量范围内，就可以容纳不同文句的句数和句式"（洛地，1995，页243），音乐不必以律词的句内平仄规律为定则。而这种音乐较少文辞约束的特点正是民间通俗曲子与文人律曲之间的差别。[1]

然而，需要强调的是，尽管"乐"在"以腔传辞"的歌唱传统中具有相当高的独立性，不因文词平仄格律的改变而改变，然而"乐"在传承中仍然具有相当程度的流变性。在艺人口传心授的过程中，曲调传承的严格性是很低的，这与艺人不使用曲谱有直接关系。许多老艺人学书都是不依靠唱本，凭记忆力"硬记"的。不依赖曲谱的口传心授既有不能为的因素，比如艺人大多没有记谱技能，也有不可为的因素，比如传统大书本身的篇幅就为记谱造成相当大的难度。1959年鼓曲艺人王尊三、王亚平等艺人集体讨论编著的《鼓曲研究》中提到鼓书艺人中流传的行话："世上生意甚多，唯独说书难习，紧鼓慢板非容易，千言万语需记。"（王尊三等，1959，页9）这句话提到的就是说书人需要克服大篇幅书词和长唱段的困难。因此50年代的鼓书艺人就提到"鼓曲的唱，一两百句词要一气呵成，每次排练都可能有即兴的创造，而不是完全按谱而歌，也是和唱歌不同的地方"（同上，页11）。尽管从1950年代到至今，曲艺界已有过三次较大规模的集成性质的曲谱收集整理，到目前为止，大书的记谱仍然是一个难题。知名艺人张建坡在2014年9月接受笔者采访时表示：

"（河洛大鼓）不像唱戏的，徒弟模仿师傅，就是一句一句都得像。唱书不行，一句一句学不来。因为他那个（戏）词儿少，咱这个（书）词儿多。也没有人谱曲，主要是因为，你要是有人谱曲吧，一句一句太难了。你要是谱下曲，那肯定照谱子唱，那样的话（曲调）应该是一样。因为这个没人谱曲。谱曲的话，基本都是小段子，七八分钟，四五分钟的，可以。像这个大书，没法谱。"（张建坡，私人通信，2014年9月29日）

---

[1] 当然民间音乐亦有合律的，但洛地认为那些皆"系偶然，而非定规"，是民间曲子"所难能为、亦不必为的"（洛地，1995，页239）。

不仅是曲调，有些师傅在授艺过程中甚至对板式的传承都极为松散。例如，在笔者在记录尚继业所演唱的《回杯记》时，有特别向尚继业询问所用板式的师承来源。他对我们标记板式的做法表示不解，并且表示许多板式是他通过自己的行艺经历加工出来的，并非他的老师所传授。在他自己的教学过程中，最严格的仍然是对书情（即故事的梗概）及某些具体书词段落的传授，而对所传唱本中的板式是没有固定要求的。当然有些艺人的板式连缀主要来自师承，但是徒弟仍然可以较自由地加入新的曲调旋律，比如，张建坡演唱的《丝绒记》中主要板式承袭了师傅李玉山的连套，然而在曲调旋律上却与师傅并不相同。这些因素直接导致了河洛大鼓曲调形态和板式运用上的个人化风格，因此河洛大鼓的唱腔常有"十书九唱"或"十书九不同"的说法。更有趣的是，这种看似随意，高度个人化的表演风格常常被艺人认为是河洛大鼓的一个根本特征。在被问到为何音乐形态如此个人化、多样化时，几乎所有接受我们采访的艺人均表示："这就是河洛大鼓。"这些来源多样的旋法和乐汇极大地丰富了河洛大鼓的唱腔体系，也同时形成了一种"唱调的不稳定状态"（洛地，1995，页245），即在旋律、音区、调高、调式上没有固定的形态。这也是自唐以来，许多从教坊到民间的"以乐传辞"的口传声乐艺术的特点[1]。

然而唱腔旋律来源的多样化并不意味着艺人个体在使用"定腔"或乐汇时的不稳定性。尽管河洛大鼓艺人认为"河洛大鼓因吸纳了河南地方各曲种的精华"，将其中的标志性曲调形态"融为一体"，直接造成了河洛大鼓"唱腔变化大"的特点（尚继业，2004，页33），然而艺人们在使用自己借鉴和习得的定腔时却保持着高度一贯性。有些知名艺人甚至只采用少数几种旋律来演唱他/她所掌握的所有曲书目。在采访尚继业时，笔者得知，有些河洛大鼓名家几乎只用一种"调门"来说书。他介绍说，偃师知名艺人牛共禄的调门变化甚少，"基本上是[二八板]一通到底"，偶尔有[滚白]

---

[1] 洛地列举了《唐会要》中的几支唐教坊曲的宫调变动，并认为如果结合《羯鼓录》《教坊记》《乐府杂录》以及更后期的一些文献，例如《碧鸡漫志》来参考的话，唐曲子唱调不稳定的现象则更为明显，进而也认为"在民间状态中的曲子"在唱调的不稳定性上应该更有甚之（洛地，1995，页244—245）。

或[叹腔]，然而旋律的起伏较呆板。尚继业特别引用了已故河洛大鼓名家王周道对牛共禄的评价，认为牛共禄的唱腔"像'轧油'一样，一上一下"（尚继业，私人通信，2014年10月14日）。无论曲调的丰富程度如何，许多从艺时间较长的艺人往往都能够形成一些较为稳定的标志性的表演特点，并在一定程度上影响他们的徒弟，进而形成一种准流派风格。

传统大书的案头本与场上本

河洛大鼓书曲按篇幅长短一般分为三类，书帽、小段和大书。"书帽"是一种演唱10分钟左右的小段，常在演唱正书之前加唱，用来起到定场的作用，也有人把它归为小段书类型。演唱40分钟左右的书曲称"小段"。大书分中篇和长篇，一部书演唱1小时以上或2至3小时的就可称作"中篇大书"，成本大套的可演唱3小时以上，被称为"长篇大书"。许多艺人又在演出实践中根据大书的演唱时间以及连续演出场次数量把大书分为"小本头"和"大本头"。前者包括那些演唱3小时以上的书，即中篇大书中篇幅最长者，也包括连续演唱三场以内的书目，即长篇大书中篇幅较短者。"大本头"主要指的是那些需要连续演唱三场以上甚至数月以上的书曲。据《洛阳曲艺资料——曲（书）目》记载，洛阳艺人程文和演唱的《玉蝴蝶大闹开封府》能连演一年。

在所有篇幅中，大鼓书中的大书是最接近大鼓书前身鼓词的。曲艺理论家陈汝衡认为，大鼓书原是大套鼓词演变而来。鼓词原是供艺人们长期连续说唱的，许多鼓词书目是由章回体的说部改编而来，因此，鼓词也形成了整本大套。而自清中叶起慢慢形成"摘唱"的风气，即大套中摘取受欢迎的精彩片段出来作为独立作品演出，后来又逐渐形成小型的"段儿书"（陈汝衡，1958，页236）。河洛大鼓中的大书在篇幅和文体结构上都是与其前身鼓词极为接近的。许多鼓词的主题也被纳入河洛大鼓传统大书的题材范围，包括公案、袍带、义侠、言情、灵怪等。许多书目来自于明清及民国时期流传的通俗文学。陈汝衡曾提到清代乾隆年间北京西直门内有一个专卖戏曲钞本的"百本张",在他的书目里已包括大鼓书(同上)。而长篇大套的鼓词直到民国时期也是有刊印的,比如本选集中的《回杯记》就有民国时期的版本,被收在由上海锦章图书局印刷发行的六卷本鼓词《说唱三回杯》中。

既然通俗小说和鼓词都有印刷本留存,那么为什么还要根据艺人的实际演出记录整理演出本呢?这是因为,大书艺人在实际演出时的场上本与他们依据的案头本往往是有很大差别的。中国传统的戏剧传播主要有两个途径,一是"阅读传播",一是"场上传播"(戴健,2004,页50)。目前留存的戏剧本都是通过文本刊刻和销售得以传播的,而这些案头本经过戏班的搬演或民间说唱艺人的演出后就变成了"场上本"。对大书的场上本的整理记录是有其学术价值的,具体体现在以下三方面。

首先,艺人把案头本搬上舞台其实是一个在书场环境中将案头本口语化和本地化的过程。对那些有读写能力的艺人来说,编创新书就意味着挑选适当的小说或鼓词钞本,进行文体转换(纪德君,2008,页45—46),然后加入不同程度的改编。大鼓书艺人在演说古代小说或名著时,一般都不会逐字逐句记忆,而是以记故事梗概为主。因为将原著完整记忆下来演出显然需要大量的背诵。再加上小说中多有文言,对于经常在农村演出的大鼓艺人来说,在书词中包含文言不容易产生强烈的演出效果。因此,他们在将小说改编为书词的过程中,往往会根据演出地的方言、表演曲种的特点、自身的艺术风格,以及演出场合的实际需要对文本进行丰富或修改。文体的变化可以反映每一代艺人自身的语言习惯和表达方式,更重要的是,它也体现了传统书词在那个时代语言环境下的传播接受,因为听众的反应往往可以在很大程度上影响说书人对书词的改编。以本选集中所收录的,张建坡演唱于2006年的《丝绒记》为例,相比于1990年代初大鼓艺人段界平演唱的《破镜记》,张建坡唱本书词的叙事风格更接近当下的日常用语,主要体现在唱词段落中齐言体的减少,以及唱段与唱段之间起叙事作用的大量现代汉语插白。与老版本的《丝绒记》相比,张建坡的唱本在格律上显然不够"工整",然而这个版本却恰恰反映了明清通俗文学的叙述手法和表达方式在当代语言环境中经历"日常化"和"俗化"后的现状。因此民间说唱艺术的演出与改编本质上是使明清通俗文学"从案头走向书场"的一个过程（纪德君，2008）。记录这些当代书词的意义在于呈现这些源自明清小说的大鼓书词目前在洛阳地区流传中所体现出的口头文学的特征；也为其他做讲唱文学的传播接受，以及版本研究的学者提供一个参考性资料。

其次，艺人会对案头本进行一定程度的改窜。修改之处既包括对细节的扩充，也包括在原叙述内容基础上对部分书情的删节。对基本"书情"进行丰富的目的是为了使某些在案头本中被轻描淡写之处能够在表演中展开得错落有致，使剧情发展的脉络更加细密（戴健，2004，页50—52；连阔如，2005，页266；纪德君，2008）。在对案头本进行补充修改的过程中，艺人往往根据个人所掌握的赞赋或套语来对人物性格或情节场面进行补充。赞赋的内容一般是歌颂或描述性的段落，用来铺陈人、事物或景物，从结构上看，赞赋是字数不拘的韵文。在表演时，赞赋多使用节奏紧凑的垛板，形成一气呵成的效果，相当于相声艺术中的"贯口"。河洛大鼓艺人所使用的赞赋大部分来自于师承，其余来自艺人出师行艺后的积累。许多河洛大鼓艺人把赞赋称为"串儿"或"套子"。河洛大鼓名家尚继业说："串儿是前辈艺人们口传下来的宝贵财富，被艺人们叫作'趟口'，也就是'活词'。艺人记住了这些串儿，就等于记住了许多书中的人物和景色的描写。演唱同一类型的人和物，都可以使用这个内容。例如张小姐和王小姐同是小姐，在形容其服饰和容貌的时候，可使用同一个串儿。张状元和王状元同是状元，在服饰和打扮上也可用同一个'串儿'"（尚继业，私人通信，2012年8月23日）。这种公式化陈词套语的使用可追溯到元杂剧中许多由伶人口头编创的剧本，主要体现在对人名、上下场诗、家门、情节的雷同叙述描写上。伶人可以在表演过程中的恰当时机，灵活选取、搬用现成的熟套，充分发挥舞台上的临场创造性（郑劭荣，2012，页37）。

根据尚继业、陆四辈等艺人提供的资料，河洛大鼓中的串儿词所描述的内容很多，包括对自然景观的描述，对建筑环境的描写，还有对人物、器物、动物以及场景、事件的描述。举一例，比如描述寒日山景的"串儿"：

山套山山连山山山不断，
岭接岭岭挨岭岭岭相连。
云蒙蒙雾蒙蒙怪石点点，
风嗖嗖雨淅淅阵阵寒烟。
山脚下芦苇荡遮目障眼，
山顶上密松林百鸟声喧。
山前边小桥下流水潺潺，
山后边青竹林风扫叶残。
有苍松和翠柏悬崖挺站，
一线路曲曲弯弯直上青天。

中国传统曲艺中的赞赋实质上是一种不依赖书写媒介传承的描述性及颂赞性的文学程式，其在民间讲唱文学中的作用与美国比较口头文学专家约翰·迈尔斯·弗里（John Miles Foley）总结的口头创作程式（oral-formulaic composition）在西方口传史诗中的使用有惊人的相似。约翰·迈尔斯·弗里在《口头诗学：帕里——洛德理论》中写道："一个不会书写的诗人，帕里[1]解释说，在口头表演中必定会采用'常备片语（stock phrases）'和'习用场景'（conventional scenes）来调遣词语创编他的诗作。"（弗里，2000，页2）赞赋或"串儿"就是这样一种在河洛大鼓书词中被反复使用的文学程式，其中既包括修辞层面的"常备片语"，也包括用来描绘不同主题的"习用场景"。上文中列举的山景"串儿"即为描写场景的段落。无论是基于小说、戏曲钞本或完全依赖口耳相传的大书，艺人们都可以在不用书写的情况下利用程式化的片语、程式化的典型场景、程式化的故事范型，进行复杂的口头编创活动，使简单的故事脉络得以扩充。对于没有读写能力的艺人来说，串词的使用则更加为他们即兴创作和记忆大书提供了便利[2]。因此对传统大书书词实际唱本的整理能够为民间说唱中口

---

[1] 弗里的口头程式里在很大程度上是在"帕里—洛德理论"（Parry—Lord Theory）基础上而来。
[2] 有关河洛大鼓中口头程式的描述，参看马春莲著《口头传统艺术——河洛大鼓的程式化特征探析》。

头创作程式的分析提供样本。

尽管艺人会在案头本的基础上添加细节，使场上本的某些情节更加生动、丰富，但是场上本往往在整体叙事的完整程度上逊于案头本。在叙述内容大致不变的前提下，说书人会删改某些有可能无法引起听众热烈反响的段落甚至章回。这一点很大程度上是由曲艺说唱的传播方式决定的。大鼓书的传播接受是与说唱表演同时发生的，这也意味着说书人可以即时了解到听众对他选择书段的反应。这种即时的表演传播与文本的阅读传播极为不同。在阅读传播中，剧作家常常需要考虑情节前后连贯性和整体逻辑性，以期读者在反复推敲品读时难以找到纰漏。与此相比，说书人的要务则是快速洞悉一部书里最受欢迎的部分，进而对其渲染加工，并通过生动的演绎抓住现场听众的注意力，而对于那些听众反响较平淡的部分，则可以化繁为简，一笔带过。从笔者收录的大书中，可以较明显地看到，五部书中的重要叙述部分都涉及家长里短的生活小段或风云突变的爱情故事，据许多艺人们反映，这类书受到许多听书人的喜爱，被称作"针线笸箩"书。经过较长时间的选择，这些包含了不同家庭背景中悲欢离合的情节被渐渐固定下来，由师傅传给徒弟，也就渐渐形成了这些书词中的叙事重点。比如《破镜记》中杜京郎寻父，以及与同父异母弟弟相认等情节均在独立回目中有细致交代，而对于海瑞搭救杜京郎生身父母的公案情节，说书人则用"海老爷上殿把本升，家院杜忠做干证。走严府，救出小姐余秀英。海老爷金殿又把理来辩，救出了文学杜九龙"这三句书词就交代了。

除了艺人根据受众反应进行的选择外，大书的演唱时长也在一定程度上影响了叙事的完整性。根据请书事由的不同，河洛大鼓艺人的演出时间从几天到数月不等。一开书的时候，艺人会从头细细说起。而当书约到期，书棚快要撤掉的时候，艺人们会迅速地将故事收尾，并且常常在结尾处告知听众他/她所演唱的故事结局在原书中的位置。比如在《丝绒记》最后一回的末句中，张建坡唱道："这本是半部《丝绒记》，咱唱到这里完了功。"当笔者向他询问下半部《丝绒记》书词的时候，他回答说："下半部老也唱不到，每次（演出）都只到这儿。时间长了，（书词）就变成这样了。"（张建坡，私人通信，2014年9月29日）因此，说唱艺人把一部大书"说清"

或唱到"完了功"与案头本的"全本"概念是不同的；相应地，场上本的完整程度也往往难以用是否为"全本"来衡量。在书场中，故事发展的节奏是具有高度灵活性的，而说唱艺人根据表演场合所做的判断可以直接决定一部书在场上的样态。根据实际演出记录唱词，其意义在于可以如实地体现艺人通过长期演出实践的积累对一部长篇鼓词中回目做出的选择，以及场上本中叙事的细致程度。

最后，将小说文本改为唱本是一次将音乐与文学相结合的艺术创造。中国传统戏曲和曲艺的一个重要的特点是文词与音乐结构的对应。尽管许多板腔体声乐传统并不要求旋律完全与词的平仄对应，但是句子字数与乐句长短之间还是有呼应的。如前所述，不是所有唱词都是严格的"齐言"体，口语化使得长短见错的杂言越来越多。为了协调语言与音乐之间的关系，许多戏曲、曲艺艺人都在实际演出中添加衬字（Yung，1983）。这些衬字看似没有实际语义，却在听觉上大大增加了文词的音乐性。场上本的整理则可以体现说唱艺人这一创造性的技巧。除此之外，如何在表演大书时根据情节的发展灵活运用恰当的板式，在河洛大鼓艺人中也无疑是一门学问。河洛大鼓艺人对板式的选择虽然有一定的范式可依，比如在唱小段书时会遵循"慢——中——快——散"的构架，然而大书无论在情节的复杂程度、情感的丰富程度上以及戏剧冲突的张力上都是短篇的小段无法比拟的。那么，选择恰当的板式来传达书词中的感情起伏，推进情节的速度就直接关系到说书人所能制造的戏剧性了。许多板式都与情绪以及剧情的速度感有着较为固定的对应。比如，[平板]常被认为能够创造一种清新舒展的感觉，而加一板变为[流水平板]后就能营造出节奏紧凑、流畅俏丽的氛围[1]。还有一些板式可以用来控制情节推进的快慢，[笃板]被认为是河洛大鼓中最高昂激越的板式，往往用在情节紧迫的转折处。除此之外，由于部分书词在结构上的特点，比如赞赋等齐言韵文，艺人往往会选择与之搭配的板式进行演唱。例如，[垛板]常用在曲情发展的高潮处，尤其适合用来演唱速度稍快的排比叠唱。另有一些板式，在演唱者长时间说唱表演的过

---

[1] 潘虹团，《河洛大鼓音乐》，页3。

程中，存在某种实际的技巧性用途。例如，[滚口白]，无板无眼，节奏自由，常用来搭配半说半唱的吟诵体唱腔，除了可以与有板眼的板式形成对比，调节故事进行的节奏外，也能给演员和伴奏者提供喘气的机会，为再唱大段唱词做好准备[1]。如何梳理各种板式与情感表达、叙事功能间的对应关系已成为目前对河洛大鼓板式收集和研究的重点。笔者根据实际演出而整理记录的大书书词、板式及经典唱段可以忠实呈现艺人在演唱中长篇大书时的艺术处理。

有关传统大书的整理研究

从20世纪50年代至今，有关河南省内流传的传统曲书目的整理经历过三次较大的阶段，50年代、60年代和80年代（张凌怡等，2007，页349），然而有关河洛大鼓传统大书的文本整理和保存，却依然存在收集书目数量不多，且记录完整书词极少等问题。出现这些问题，有三方面的原因。

第一，50年代进行的许多整理工作，其目的并不完全是为了呈现并保存河洛大鼓在流传中的真实形态，而是为了响应文化部门对传统剧目的改造，把当时认为是旧剧目中占极大部分的"有害的部分"、"包括一切提倡封建压迫奴隶道德的……提倡民族失节的……提倡迷信愚昧的……以及一切提倡淫乱享乐与色情的"戏加以禁演或做重大修改[2]。这个"审定与修改"的过程在当时被称为"清理坏书"[3]。因此，传统大书中的诸多题材，比如描述才子佳人、儿女风月的爱情书，以名将贤相为主人公的袍带书等，在50年代的整理活动中其实都成为了有很高政治风险的题材，也因此难以得到重视。

第二，在60年代初的文化政策中对传统戏曲说唱的剧目、曲目的价值

---

[1] 潘虹团，《河洛大鼓音乐》，页3。
[2] 参见《有计划有步骤地进行旧剧改革工作》，《人民日报》1948年11月13日。
[3] 《洛阳曲艺资料——曲（书）目》，页3。

认定经历过一些调整[1]，因此有关传统曲书目的整理研究工作一直在没有稳定政策支持的状态下进行，直至60年代中期"文化大革命"开始前夕彻底中断。其实早在60年代初，文化部就提出过以抢救即将失传的传统曲目为目的的挖掘整理工作。在1961年9月20日由文化部颁发的《关于加强戏曲、曲艺传统剧目、曲目挖掘工作的通知》中，传统戏剧曲艺的剧目及曲目受到了高度重视。该通知要求，对传统剧目曲目的收集整理不仅局限于笔记、记谱等文本上的收集记录，也包括画图、录音、照相等辅助性视听信息的记录。除此之外，老艺人有关曲种发展史的相关记忆也被明确为记录内容。通知要求："对老艺人独特的表演技术，和艺术表演经验，应当派人听他们口述，作出记录，有些表演技术无法用文字表达，应当有计划地组织青年认真学习。对有特殊造诣的个别老艺人的卓越表演，有摄影厂的地区可以报经文化部批准后拍摄记录电影。对老艺人所知道的有关剧种、曲种，有悠久历史的戏曲班社、剧团、剧场、书场的史料，艺术创造方面的掌故、口诀、戏曲曲艺术语，名艺人和剧作家、评书家的历史、师承、轶闻以及训练演员的方法等，这些对于研究戏曲史、曲艺史和批判继承戏曲、曲艺遗产都有很大的参考价值，也都要尽可能地记录下来。此外，对于各种手抄秘本、孤本和现已少见的戏曲书刊、唱本的搜集工作，也应当注意。"[2]该通知对艺人个体及群体在继承传统"戏曲、曲艺遗产"中所起到的重要作用给予了充分的认可及关注。这与2003年由联合国教科文组织通知颁布的《保护非物质文化遗产公约》中记录的"承认各社区，尤其是原住民、各群体或个人，在非物质文化遗产的生产、保护、延续和再创造方面发挥着重要作用，从而为丰富文化多样性和人类的创造性做出贡献"[3]的共识在本质上是不谋而合的。而该通知所要求的收集整理工作的研究目的也与自2001

---

[1] 本文中所指的对传统戏曲曲艺的价值认定以及调整主要指的是1961年由文化部提出的"抢救遗产"、"发掘遗产"的概念，以及1963年由柯庆施在1963年12月25日会演开幕式上提出的提倡现代剧的观念，以及将传统作品的上演与"站在资产阶级、小资产阶级立场"的政治立场相联系，与脱离群众的实际生活、实际斗争相联系（傅谨，2002，页105—106）。

[2] 参见在1961年9月20日由文化部颁发的《关于加强戏曲、曲艺传统剧目、曲目挖掘工作的通知》[(61)文艺平字第1372号]正文。

[3] 联合国教科文组织，《保护非物质文化遗产公约》(中文版)，于2003年10月17日签署于巴黎，http://unesdoc.unesco.org/images/0013/001325/132540c.pdf。

年开始的各种对非物质文化遗产口述史研究及曲谱唱本整理研究是一致。文化部的通知间接鼓励了地方曲艺艺人群体的扩张。为了配合文化部的要求，河南省文化部门从1961年起开始了对地区传统曲艺的挖掘整理工作。这期间有多个市县编印了《传统曲目汇编》，比如南阳专区从1962至1963年就挖掘搜集大调曲子传统曲目千余篇，后由省文化局进行筛选内部编印为4集《河南传统曲目汇编》（张凌怡等，2007，页349）。为响应1961年通知的要求，洛阳地、市、县文化部门做了大量工作，挖掘整理了一批作品。1962年，刚成立的洛阳市曲艺说唱团也邀请了肖新营等五位老艺人对其所唱的洛阳琴书、大调曲的代表性曲目进行录音、记谱，并组织青年演员跟随老艺人学习一些经典小段[1]。然而，1961年的这份通知还没有来得及更系统地更彻底地展开就受到了很快袭来的政治风波的影响，最终半途而废。1963年中央提出禁演"鬼戏"，传统曲书目中有相当一部分作品的题材涉及禁演范畴。"文化大革命"开始后，这些录音及文本资料均被销毁[2]。由于文化政策的调整，这一时期针对河洛大鼓传统大书的整理工作无果而终。

第三，传统大书篇幅过长，这也为整理研究工作造成了一定困难。尽管中长篇大书是河洛大鼓艺人行艺时演唱的"正书"，即正式演出的部分，在三次大规模的曲书目整理中，传统中长篇大书所占比例却是极小的。即便是在1980年开始的迄今为止最全面系统的曲书目整理工作中，所录大书也极少。同样，因受篇幅限制，大书在文化系统内的演出机会也较为有限。传统大书既不适合在经典片段荟萃的各级汇演中演出，也不适合在各种曲艺说唱短期培训班里教授。除了城市的固定书场或农村因不同节庆或其他事由而组织的书棚以外，体制内的由政府出资组织的各种演出活动几乎无法为大书的表演提供机会，大书的传承情况也相应地受到了影响。许多传统中长篇大书在此期间"基本上都处于一种自发的状态"，而大书在艺人间的传授也主要依靠"组织艺人内部观摩交流演出或座谈会"，"促进艺人们自评自整，或边演边整"来实现（张凌怡等，2007，页349）。因此从新中

---

[1] 《洛阳曲艺资料——大事记》，页10。
[2] 《洛阳曲艺资料——大事记》，页4。

国成立后至今，河洛大鼓传统大书一直没有得到全面系统的整理，这也很大程度上造成了大书在传承上的危机和困境。

研究意义

有关中国口头传承说唱音乐的研究，长久以来一直因没有唱本和乐谱而受到限制，许多说唱音乐的曲种，包括汉族以及少数民族的说唱、叙事诗、叙事歌等，只存有文本而没有乐谱（刘振南，1992，页2）。就河洛大鼓书而言，出现这种状况有两方面原因：一是大书篇幅较长，许多艺人对一部大书的演绎可以长达数日甚至数月，而这个长度为记谱者带来了巨大的工作量；二是因为演绎过程中的灵活性为乐谱整理造成了困难。艺人在大书的演绎过程中往往掺杂即兴部分，艺人根据演唱实境以及场合的需要往往会添加或缩短篇幅。目前对传统大书记录主要以纯文本记录（即只记录说唱艺人表演内容的文学本）或唱本的"标本切片"式收集为主（即选择一部大书中的经典章回段落，或有代表性的板式进行记谱，例如1980年代中期开始的中国曲艺集成工作）。前者的问题在于，以此种方式得以记载下来的作品虽然能够较全面呈现其文学性，然而无法体现作品文本与音乐结构之间的关系。而后者的问题在于，经典片段虽然被誉为书词中精髓，但是片段不仅无法反映大书的全貌，也无法体现说唱艺术口头性的核心，即通过"程式化"套语的灵活使用而形成的即兴创作传统，因此也无法展现不同场上版本间的差别和关联。

本书是少数以河洛大鼓中的传统大书的书词并音乐为主题的研究，所录五部大书皆为常演的完整版本，从中可清晰地了解唱本的文词结构以及程式套语。更重要的是，为说唱艺术口头程式化与即兴性的研究提供了一手书面参考资料。笔者首次在河洛大鼓的书词记录中使用书词与板式对应的样式，将有代表性的音乐段落按照其板腔用简谱记谱，除了给读者呈现一个演唱的完整记录外，也试图揭示河洛大鼓大书中书词与音乐板式安排之间的关系。民间艺人在传承书目时，只重视文本书情的传授而轻视板式的传承。虽然此传统间接导致了河洛大鼓艺人演唱风格的个人化发展，然而这也使得许多老艺人处理板式的方法无法流传。这不失为非物质文化遗产传承中的遗憾。因此，笔者根据知名艺人的实际演唱，特别标记了与唱词匹配的板式，使同业及其他读者可以透过本书所录书目了解河洛大鼓艺人在处理腔词关系上的艺术。除此之外，笔者还挑选出大书中流传较广泛、旋律形态较为固定的部分进行记谱，以求通过曲调形态、常用板式与书词的结合，为说唱艺术研究提供一个具有生命力的样本。

如前所述，河洛大鼓的传统大书在流传过程中往往出现数个版本，我们根据说书人在艺人群体中的影响力以及该版本的传承情况进行挑选，以期为读者提供一个流传广泛的版本。由于民间说唱音乐在流传过程中具有极高的灵活性，许多艺人在无唱本的情况下学习、演绎、教授自己所掌握的书目，因此以口传心授为主要传承途径的河洛大鼓很难形成一个统一版本的书目。艺人在行艺过程中亦多采用记忆书情为要领，并加上具有个人风格的即兴演绎，不同艺人演唱的同一部书的不同版本中间是否存在一个"最权威"的版本有待商榷。由于本书的编纂初衷是为记录河洛大鼓传统大书在实际流传中的真实样貌，而并非寻找或考证某个版本的"真实性"（authenticity），因此本书所收集的传统大书并非"权威"版本，而主要来自目前仍在传唱中的或有在正式场合演出过的版本。

本书中，笔者还采用了图书馆学研究（library research）及田野调查（fieldwork）等研究方法，不仅挖掘每部大书的作品来源，梳理其传承脉络，而且根据演唱录音忠实记写书词、板式和经典曲谱。每部书都包括故事概述、作品来源、传承历史、演唱艺人简介、伴奏琴师简介、书词全文实录（含板式），以及经典选段乐谱七个部分，以期在最大程度上呈现这些作品经过几代艺人传承后的现状。

本书既可作为保存河洛大鼓传统大书的文献资料，传统大书的教学资料，也可为非物质文化遗产在特定区域对传承群体的依附性研究提供个案样本。

破镜记

故事情节概述

　　明朝嘉靖年间，为平息山海关刘金大王谋反，九省经略杜宏奉命前往押运银饷、粮草，行至严嵩府前，严嵩为谋取江山陷害忠良，假饯行之名，暗中将18车纹银全换成砖块。至山海关，将领李志浦见状，把杜宏解押进京问罪。严嵩闻知，上殿请旨将杜宏中途斩首。

　　杜宏之子杜文学，年方18，秀才。严嵩之子严家禄欲将其妻余秀英霸占到手，乘机将杜文学发配云南充军。此时，秀英已怀身孕。二人离别时，秀英将铜镜半块、耳环一只、手帕半幅，作为表记[1]送与杜文学，以便日后亲人相认。

　　解差王英，一路知文学为奸臣所害，且看杜文学为人忠厚，途经山东临清州时，二人结拜为兄弟，并暗中将杜文学放掉。其时，家居湖北襄阳的户部尚书胡进忠路经此地，见文学诗文颇好，人才出众，将他带回家中，先认为义子，后又将女儿月英许配文学。

　　解差王英改名为刘英，在临清州卖艺谋生。杜文学离京以后，其妻秀英生下一子，取名京郎，人虽聪明，但因无父常遭学童戏谑。京郎12岁，二月二那天，用酒灌醉母亲，携带其母留给其父的信物——破镜等物南下寻父。行至临清州巧遇王英，得知父亲下落。国舅邓文龙见京郎聪明可爱，

---

[1] 表记：即信物或标志物。

欲将京郎强行带走，王英不同意，与国舅争执中将其打死，王英服刑入狱。

京郎沿路乞讨，11月来到襄阳，因饥饿倒在雪中。正巧，杜文学路过此地，认出京郎。京郎却因父手中无表记不肯相认。杜文学只好回府去取，又恐月英得知此事，便把京郎安顿住下后回家取信物。不料被月英识破，月英谎说信物损坏已经扔掉。当文学返回去找京郎时，京郎已经离去。

聪明的京郎为了弄清杜文学的身份，趁胡府修建花园招收工匠之机进入府中。施工时，他把家庭身世编成夯歌来唱。歌声传入月英房中，月英命丫鬟将京郎带来，并取出信物让京郎认她为母，京郎不肯。京郎言明真情，月英被京郎的悲惨身世打动，遂认京郎为子，让其与自己亲生儿子随郎兄弟相称。杜文学回房，月英假意怨之，使其不敢认下京郎。戏耍之后，京郎父子才得以相认。京郎经过许多波折，终于以破镜为记找到父亲。月英又在父亲胡进忠面前讲明杜文学原有正室，并替杜文学求情，自己甘愿做偏房。

胡尚书大怒，但终被女儿说服，命文学回京去接前妻余秀英。杜文学回京消息传入严府，严嵩派人围楼，诬文学杀害解差，下至狱中。海瑞得知此事，上殿面君，救下文学与秀英。

之后，京都开科，京郎、随郎一同赴京应试，分别考中状元、榜眼。两人结交众进士，在海瑞帮助下参倒严嵩。而因杜文学一案受牵连的王英也终于恢复身份，举家搬回临清城。次年，其子王三元上京求功名，成为嘉靖钦点的武状元。京郎、随郎、王三元遂在京结拜，杜、王两家就此得团圆。

版本来源

本书收编的这部《破镜记》是根据1991年河南省广播电台为段界平制作的录音记录整理。当时为段界平伴奏的是15岁的白治民。2009年2月16日，笔者到时任洛阳市豫剧院院长的白治民家中采访。白治民回忆了他与段界平一起长达二十年的合作演出经历，而且拿出了他珍藏多年的两套由河南省广播电台录制的《破镜记》与《包公访太康》盒式录音带。白治民希望笔者将这18盘录音带转成数字刻录光盘保存，并提议将书词的文本记录整理出来，以便后辈艺人学唱和流传。由于段界平生前留下的录音资料极少，由白治民提供的这套录音对于研究段界平演唱风格无疑是具有极高学术价值的。

传承历史

《破镜记》亦名《杜京郎找父》，河洛大鼓中篇传统书目，是河洛大鼓艺人段界平演唱的代表曲目之一。

据《中国曲艺集成·河南卷》记载，这部书被艺人们称之为"抓地虎"书，即书词精彩，常演不衰。巩县河洛大鼓艺人杨二会擅演此书，是由其父杨绍亲口传授。三弦书、河南大鼓书、河南坠子、山东琴书均有此书目（《中国曲艺集成·河南卷》编辑委员会，1996，页180）。据老艺人讲，1950年代末，段界平曾跟巩县河洛大鼓艺人李富德学唱此书，1960年代初，曾与河洛大鼓二代艺人张天培一道行艺时演唱。在演出过程中，段界平对这部书进行了加工改编，成为其演唱的经典书目之一。

《洛阳市曲艺资料》记载了段界平改编《破镜记》的部分内容，认为："原书故事比较粗糙，人物刻画也欠细腻，段界平在长期的演出过程中，博采众长，不断进行加工创作，除了在唱与白的布局上作了多处改动以外，还增加了许多对人物的细节刻画。如，为争京郎，王英与国舅邓文龙打斗一节，段界平增加了（张三）对王英赔笑、（王英）怒火一按再按的描写，细致刻画了他仗义救人的行为。再如，原书胡月英让京郎认父部分主要是戏耍，段界平演唱时增加了对胡月英复杂心理的描写，表现了胡月英做偏房的委屈和责怪杜文学的心态，继而又面对现实，可怜京郎的善良举动。"其三，增加了部分情节。如临清州胡尚书遇文学一节，以及以画让文学题诗的情节等。[1]

---

[1]《洛阳市曲艺资料——曲（书）目》，页17。

由于这部书曲折紧凑，情节发展跌宕起伏，内容上既有官场忠奸斗争，又有普通家庭的悲欢离合，因此，此书不论在城市还是农村，一直都很受听众欢迎。1950 年代，偃师县曲剧团曾将其改编为连本戏搬上舞台，取名《杜京郎找父》。1991 年，河南广播电台将段界平演唱的这部书录制成盒式磁带，之后在电台按章回播放。

演唱艺人简介

段界平（1939—2000），男，河南偃师县段湾村人，河洛大鼓第四代著名艺人。1960 年从师张天培学唱河洛大鼓，1965 年参加洛阳地区文艺宣传队，后该宣传队改为地区豫剧团。1980 年段界平留职停薪，离开剧团成为独立的职业艺人。1995 年应聘到巩义小关丁岩村当村委主任，终止了演艺生涯。2000 年 12 月 12 日病逝，终年 61 岁。

段界平，自幼生活在河洛大鼓发源地偃师段湾村，那里也是河洛大鼓第一代艺人段炎的故乡。段界平青少年时期受同村同族的段炎之子段文标的影响，喜爱说书。1954 年在学校联欢时第一次登台说唱《李逵夺鱼》。1958 年读初中时辍学，经李富德介绍入巩县人民曲艺队，先后跟曲艺队杨二会、李富德、李得有、张德印、陈有功、王周道等前辈艺人一同演出。1960 年回偃师参加县职业曲艺队，曾跟随河洛大鼓名家张天培行艺，受其影响极大，遂拜其为传艺师。

段界平嗓音洪亮，吐字清晰，用词讲究，唱腔的节奏性强，台风潇洒大方。代表曲目有传统大书《包公案》、《破镜记》、《拳打镇关西》，也有现代作品《红岩》、《一柄短剑》、《巧摆地雷阵》、《黄河激浪》、《刀对鞘》等。

1964 年参加全省会演，段界平凭借演出《一柄短剑》，显露艺术才华。《郑州晚报》刊登其剧照，并在省电台播放其演出实况录音。1975 年和 1977 年，段界平两次入选河南省文艺代表团，进京参加全国曲艺调演，分别演出了《黄河激浪》和《刀对鞘》，获大会好评。他演唱的长篇大书《破镜记》和《包公访太康》等书目被中央人民广播电台和河南省人民广播电台录音。他的经典书目《刀对鞘》被灌制成唱片。

除了表演技巧外，段界平为同业广为称道的成就还包括他对规范河洛大鼓的唱腔体系所做出的努力。《中国曲艺音乐集成·河南卷》中有一段对段界平的描述："（段界平）通过长期的演出实践和广泛的收集总结，将河洛大鼓的板式归纳为［平板］、［悲平板］、［马踏子］、［五字垛］、［小数板］、［凤凰三点头］、［飞板］、［散板］、［玉林板］九种板式。在继承传统的基础上，他博采众长，改变了过去唱法中悲悲切切，只唱到'1'缺乏激昂情绪的弱点，扩大了音域，增强了河洛大鼓的表现力。"（《中国曲艺音乐集成·河南卷》编辑委员会，1996，页1650）他所创制的板式名称至今仍在偃师一带的河洛大鼓艺人中间使用。

伴奏琴师简介

白治民（1976—），男，中国曲艺家协会会员，著名坠胡演奏家，国家二级演员，曾任洛阳豫剧团团长，2008年获"河南省民间表演艺术大师"称号。

白治民8岁开始跟随舅舅王友欣学习坠胡，14岁考入洛阳地区说唱团，担任段界平的主弦手。白治民的坠胡演奏技术精湛，音色纯净，感情充沛，板式娴熟，伴奏中与演唱者的情绪协调一致，上呼下应，被艺人誉为善于"包腔领路"的"伴奏大腕"。除了坠胡外，白治民擅长其他多种弦乐器，精通豫剧、曲剧、河南坠子、山东琴书、河洛大鼓等伴奏技术，并可以为这些曲种的演唱者伴奏。在为段界平伴奏的过程中，白治民认真总结了段界平演唱的各种板式，琢磨他的演唱习惯，成为段界平十分默契的演出伙伴。在白治民与段界平合作的二十年间，他和段界平合作的多部作品被录音、录像，出版发行，其中《破镜记》、《包公访太康》两部作品于1991年在河南省人民广播电台录音并播放。《拉荆笆》、《刘秀喝麦仁》、《拳打镇关西》、《黄河激浪》、《刀对鞘》五部作品被黄河音像出版社录制成磁带出版发行等。

除此之外，白治民还为其他艺人在录像、比赛以及各种演出活动中担任伴奏。1992年为河洛大鼓艺人牛慧玲伴奏长篇大书《珍珠汗衫》，由陕西音像出版社出版，2004年河南省曲艺比赛为王鲜菊演唱河南坠子《洛阳颂》和张怀生演唱河洛大鼓《牡丹之歌》伴奏，获两项伴奏金奖，为豫剧电影《三全其美》，电视剧《处青春》、《洛阳水席》等担任领奏和伴奏，在同行中享有极高的专业声誉。

书词全文

第一回

杜老爷惨遭陷害　杜文学蒙冤充军

【起腔】

大明朝嘉靖皇帝坐北京

【送腔】

出了一个奸臣老严嵩

【平板】

依仗着丞相官位显

内欺天子外压卿

老贼他生来野心大

妄想篡权当朝廷

尘世上有反必有正

既有奸来又有忠

头一家忠臣老海瑞

二一家忠臣老杜宏

杜老爷九省经略威名大

一杆旗能调动天朝九省兵

两个忠臣一心把国保

被严嵩视为眼中钉

总想把两家人都害死

独霸这天下把基登

在这一年，山海关刘金大王造了反

李志浦领旨带兵去出征

杜老爷领了二道旨

押运着粮饷随后行

路过严府的府门外

老奸贼暗把毒计生

假意端起了饯行酒

把杜爷灌个醉酩酩

十八箱银子全盗净

把这砖头瓦块就往里面封

老杜爷他酒醒不解其中意

押运着粮饷登了程

这一天来到这山海关　　　　　　李志浦一见喜盈盈
【数板】
谁料想打开这一箱一箱假　　　　打开这两箱两箱空
十八个箱子全打开　　　　　　　俱都是砖头瓦块里边盛
【笃板】
李志浦一见怒冲冠　　　　　　　他一言喝住了老杜宏
我问你银子往哪里去　　　　　　你心想饿死我边关三万兵
吩咐一声绑、绑、绑　　　　　　把杜宏打进牢解回北京
人役们一见不怠慢　　　　　　　哗啦声抓住杜爷上了绳
把杜爷打进了木笼里　　　　　　八个人役押解着回北京
木笼走在这半路上　　　　　　　探马报到严府中

单说严嵩老贼闻听此信，心中暗想，且慢，如果让这老狗回京，上殿面君，倘若讲起宴请醉酒之事，于我大为不利，这便如何是好？有了！老贼随即上殿动本："吾主万岁，老臣有本！"

嘉靖皇帝说道："老爱卿，有何本奏？"

"万岁，那杜宏监守自盗，图谋不轨，丢失皇银三万余两，理应就地正法，碎尸万段！"

嘉靖皇帝闻听此言，信以为真，冲冲大怒，当即传旨。严嵩接过圣旨，赶到半路，截住囚车，说道："嗟呀，杜宏听旨！"人役们闻听把杜宏杜老爷拉出木笼，杜老爷跪在地上，这时老严嵩宣读圣旨说道："奉天承运，皇帝诏曰，九省经略杜宏押送粮草，监守自盗，图谋不轨，应就地正法，碎尸万段。钦此！"说罢将杜老爷拉到外面，咔咔嚓嚓乱刀给砍死。就这样，杜老爷被活活地害死！

这消息传到了北京，杜老爷有个儿子，名叫杜文学，字叫杜九龙。年方一十八岁，是个黉门秀才，明知道他爹是被严嵩害死，有心与他爹爹报仇，怎奈势力不济，无奈只得先安排他爹入土为安。

这一天，杜文学前边拉着他的妻子余秀英，刚刚走到大街，突然，大街上马铃声"咯铃铃铃……"马蹄声"咯踏踏踏……"跑过来二十多匹高

头大马，可就不好了——

【笃板】
杜老爷灵车走到了大街中　　　打对面跑过来几十匹大马好威风
马上人左挎弯弓右挎箭　　　　牵着猎狗架着鹰
为首的马上人一个　　　　　　横眉立目朝前冲
这本是严嵩的儿子严家禄　　　荒郊打猎转回程
只见他催马扬鞭他往前走

【滚口】
忽然看见大街上送殡的余秀英
吁喂一声勒住马　　　　　　　两眼盯住不放松

【三字紧】
见余秀英，好头发黑丁丁　　　不擦白油，光又明
杏子眼儿，忽灵灵　　　　　　柳叶眉，弯生生
脸皮白，那个粉浓浓　　　　　又没有麻子，又没有坑
圪瘩瘩，小鼻子　　　　　　　也正好长到脸当中
杨柳腰，风摆动　　　　　　　小金莲，一丁丁[1]
这个走步路，咯咯噔噔噔　　　她咋个哭得那么好听
撕绫罗，打茶盅　　　　　　　弹三弦，吹洋笙
都没有，这女子哭得这么好听
我见过女子多和少　　　　　　我从没见过，这女子长得这样的精
好像是天仙临凡世　　　　　　又好似月里嫦娥下天宫
今天我与她见一面　　　　　　难免到夜晚发吒症
我若是跟她能说句话　　　　　不穿棉袄能过冬

【平板】
严家禄看罢了淫心动　　　　　回头来把个家人严绵[2]叫一声
送殡的女子她是哪一个　　　　人材咋长得这样精

---

[1] 一丁丁，即一点点，这里用来形容余秀英脚很小的意思。
[2] 严府家丁"严绵"的名字系辨音记字，不排除音同字不同的可能性。

严府家人严绵跟过去一看,"啊,少爷,这就是老杜宏的儿媳妇、杜文学的妻子叫余秀英。"

"嗯,嘿嘿……严绵,这女子长得漂亮啊!"

"哦,嘿嘿嘿嘿……少爷,你若想要,我就想办法让这女子与你拜堂成亲!嘿嘿。"

"嗯,什么妙计?"

"嘿嘿,少爷,此处不是讲话之处,回头再说。"

说罢打马回府,严家禄坐到客厅,说道:"严绵,你有什么妙计?"

严绵说:"少爷,要想娶女到手,不费吹灰之力,只用三百两纹银将乡地[1]王佐买通,将行路客商杀死一个,将人头挂到杜文学门上,叫乡地报案,就说杜文学杀人行凶啦,有人头为证。你再给刑部大堂写一封信,让人把文学抓进刑部大堂,苦打成招,问成死罪,秋后处决问斩!嘿嘿,少爷,这一,可将杜家斩草除根,以免后患;这二来嘛,嘿嘿……这个小寡妇不就落到你手了?这就叫一箭双雕。嗯,这真是妙,妙,庙后边钻个窟窿,庙(妙)透了,一箭射到猫屁股上,喵、喵、喵(妙、妙、妙)啊。"

"好,就照此办。"

说罢依计而行,果然由刑部大堂将杜文学拉到刑部大堂,苦打成招,问成死罪,秋后处决问斩。再有三天杜文学就不能活了,诸位,你看冤枉不冤枉!

【滚口白】

杜文学在牢间想起父亲被害,自己蒙冤受屈,不由得两眼落泪,就哭起来了——

【悲平板】

杜文学满眼的泪双倾	想起来举家的冤枉好伤情
心暗想,都是父母生来都是父母养	为什么人间为人大不同
为什么有的恶来有的善	有的这个奸来有的忠

---

[1] 乡地:地方小吏。

为什么有人常常把人害　　　为什么有人生生受冤情
苍天爷你为啥不长眼　　　　尘世上为什么这样不公平
好人总是被人害　　　　　　坏人反倒享华荣
我本说举家冤枉大　　　　　哪一个能给我这把冤申
杜文学南监悲又痛　　　　　哭断了肝肠有谁疼
【笃板】
眼看看杜文学有命也难保　　不料想正宫娘娘把儿生
嘉靖皇帝龙心喜　　　　　　这一道赦旨下龙廷
赦免天下犯罪人　　　　　　在南监一律释放免罪名
【滚口白】
眼看着杜文学要把南监离　　严家禄一见他心中惊
心暗想，释放了文学不打紧　余秀英怎到我手中
无奈何对他爹爹讲　　　　　老严嵩上殿把本升

老严嵩上殿说道："万岁，老臣有本。"

嘉靖皇帝说道："老爱卿，又有何本奏？"

"万岁，天下犯罪之人都能放，唯有杜文学不能放！"

"却是为何？"

"杜文学他爹杜宏，监守自盗，图谋不轨，杜文学又杀人行凶，罪该焚尸。"

"那依卿之见呢？"

"依微臣之见，死罪免了，活罪难免，罚他云南充军，永世不能回京！"

"好，就依卿所奏。"

嘉靖皇帝随即传下圣旨到刑部大堂，刑部大堂把文学带上了刑具，派一个堂差叫王英，押解文学就要启程。严家禄心想，文学出京如果不死，总有一天要回来的，那时自然对我不利。罢，一不做，二不休，暗中派人把王英叫到府下，说道："王英，哼哼，听说让你押解文学？"

"是。"

"这一去少说也得一年半载啊。我知道你家境不宽裕，赏给你三百两银

子做安家之用，还有什么难处，只管讲啊。哦，呵呵。"

王英说道："多谢相爷，不知相爷有何训教，以求明示。"

"聪明，哈哈哈哈……王英，杜文学本乃是死罪，十恶不赦，你走到无人之处，将他一刀两断，回来重重有赏。此乃本相之意，只有你我知道，万万不可走漏风声。"

王英答应："请相爷放心，小人照办就是。"说罢，王英出了严府，南监里提出来了文学，给文学上了刑具，王英说道："杜文学，走吧！"

单说杜文学身带刑具，"哗啦，哗啦……"前边行走，后跟王英。此番充军——

【滚口】
可就不好了——
【悲平板】

| 杜文学含冤把军充 | 暗骂声奸臣叫严嵩 |
| 俺家与你何仇恨 | 为什么害俺一层又一层 |

【笃板】

| 此一番充军死了我杜文学 | 一笔勾销话不明 |

【笃板】

若说死不了我杜文学	我拼上命要与老狗把账清
杜文学他只知把执报	他怎知严家禄早已定下了计牢笼
单等他们走到无人处	要杀文学杜九龙
也不知后来怎么样	下回书中接着咱往下听

第二回

余秀英别夫挥泪　杜京郎找父离京

【起腔】　　　　　　　　【送腔】
小堂鼓一敲那个响叮咚　　书接着上回咱们往下听

【平板】
杜文学戴着刑具前边走　　　　　　　后跟着解差叫王英
行走来在这大街上　　　　　　　　　杜府不远咫尺中
【悲平板】
杜文学两眼掉下伤心泪　　　　　　　连连把解差大哥叫几声
我文学犯的是死罪　　　　　　　　　不死我不能回北京
今日路过我的府门外　　　　　　　　你全当行好积阴功
叫我回去跟我的妻子再见一面　　　　纵死九泉我忘不了大哥你的好恩情
【平板】
王英就说你去了吧　　　　　　　　　少说几句快登程
杜文学就说我多谢了　　　　　　　　俺这急忙转身回家中
小丫鬟报到那个东楼上　　　　　　　下来这小姐叫余秀英
【悲平板】
小夫妻二门这跟前见了面　　　　　　抱头痛哭好伤情
文学说我的小姐呀
严嵩贼他定我是死罪　　　　　　　　今生今世我永不能啊回北京
今一天我与你小姐见一面　　　　　　这一辈子再想见面可是万不能
我文学命苦遭陷害　　　　　　　　　怎忍心连累小姐受苦情
小姐青春正年少　　　　　　　　　　我走以后，但愿你改嫁你换门庭
余小姐听了这一席话　　　　　　　　珠泪这滚滚湿前胸
一把手拉住了杜文学　　　　　　　　出言叫声我奴相公
你去一年我等一年　　　　　　　　　你去十年，我等十冬
哪怕熬到一百岁　　　　　　　　　　我也要等着相公你转回程
文学说，但不知何年何月能回来　　　到那时，只怕是面貌改变难认清
余小姐就说你等一等　　　　　　　　转身回到东楼棚
把镜子一磕分两半　　　　　　　　　小汗巾一撕两半停
耳朵上环子摘一只　　　　　　　　　三件表记拿手中
说道相公啊，三件东西你带一半
家里留一半　　　　　　　　　　　　到久后你回来，这三件表记作证凭

【笃板】

夫妻俩正在悲哀痛　　　　　这一边厢解差催着快登程

（夹白）"不许说啦！快，该走啦！"

【滚口白】

余小姐拉住不放手　　　　　面红脸儿叫相公
为妻如今怀了孕哪　　　　　你临走给咱的儿子这留一个名
文学说是女还是娘把名起　　是男孩杜京郎就是我撇[1]的名
说罢文学充军走

【平板】

撇下了小姐余秀英　　　　　杜文学离了北京地

【笃板】

他一走可不打紧　　　　　　严家禄暗暗喜心中
叫家人严绵把计定　　　　　要霸占小姐余秀英
此是后话没讲到　　　　　　先打眼前往下听

【平板】

杜文学充军走了三个月　　　余小姐绣房把儿生
起名字就叫杜京郎　　　　　一转眼长到七八冬
送到那南学把书念　　　　　过目不忘好聪明
人人说那个个讲　　　　　　外人们送号"小先生"

　　咋叫"小先生"呢？原来有时候老师不在，别的小孩有啥不会念、不会写的都来问他，问啥会啥，他高兴啦他也说说，可有时候问烦啦，他也会说，"那，我也不知道。"别的孩子一生气，就说啦："京郎，俺都有爹，你咋没爹哩？俺有爹有娘，俺是正经子，你光有娘没爹，你是个野种，你知道不知道？"

　　京郎一听这话，背起了书包回家，见了他妈就哭，余秀英说道："孩

---

[1] 撇：方言，指留下。

子，你哭啥哩？"

"妈，我不上学了，人家都光说我。"

"他们说啥啦？"

"人家说人家有爹，说我没有爹。人家有娘有爹，人家是家里的，我没有爹，我是个野的。妈，我到底是家里的还是野的？"

"孩子，你有爹呀。"

"那俺爹……我咋没见过俺爹哩？"

余小姐说："孩子，严嵩把你爹云南充军去了。"

"那俺爹啥时候能回来？"

"说不定过几年你爹就回来啦。"

"那回来我也不认识他呀。"

"不要紧，你爹临走身上带了三件表记，面貌认不出来，就指表相认。"

"妈，你取出来叫我看看。"

余小姐就把三件表记取出，京郎接过一看，说："妈，我不上学啦，我去找俺爹哩。"

小姐说："孩子，你太小，吃饭不知饥饱，睡觉不知颠倒。等长大再去找你爹吧。"

八岁上小孩要去找他爹，所以余小姐不让他去，在家又使住劲儿等了四年，到十二岁，杜京郎决心要找他爹，趁着阴历二月二，北京家家户户都在府中饮酒，他把他妈用好酒灌醉，把柜子打开，取出了三样表记，三百两纹银子，打点一个包裹，出了北京，找他爹爹去了。

【笃板】

好一个京郎小玩童[1]	偷偷地离开了北京城
暗暗地把主意来拿定	要找他爹杜九龙
撒开两腿跑得快	怕只怕妈妈酒醒不放行
从中午跑到下半晌	下半晌跑到黑咚咚
眼看日落天色暗	抬头看这西北天边起了风

---

[1] 小玩童：指正处于玩耍年龄的孩童。

风吹乌云云遮顶　　　　　一霎时小雨唰唰往下倾
雷鸣电闪连声响　　　　　京郎他不由心中惊
看一看前不临村后没店　　我可到哪里把身停
京郎这里正为难　　　　　猛发现那有一座小庙雾蒙蒙
急忙忙跑进小庙里　　　　藏在墙角避避风
也是小孩跑乏了　　　　　不多时进入睡梦中
谯楼上打罢二更鼓　　　　庙门外传来脚步声

　　单说天交二鼓，雨越下越大，忽然由远而近传来了一阵脚步声和说话声："哥，老冷……""唉，一天没有要饱肚子，还受雨淋……"原来是两个要饭的，来到庙门跟前，"啪啪啪"把脚一跺，把京郎给惊醒啦。京郎"啊呀"声打了一个喷嚏，把那两个要饭的给吓了一跳"哎哟，妈呀——谁？！"

　　"……我。"

　　"你在这干啥？"

　　"我是赶路的，我在这避避雨。"

　　"你咋占住了俺的地方？"

　　"那我不知道是谁的地方啊，天一明我就走了……你们行行好吧。"

　　"啊？你地下放那是啥？"

　　"……包袱。"

　　这个花子上前伸手一摸，回头来到在庙门，对另一个花子说："伙计，碰上财神爷了！哈哈哈，小家伙掂那个包袱我摸了摸，硬邦邦，响当当，少说也有二三百两。深更半夜，荒郊下着雨，又没有人，咱俩把他卡死井里一扔，这银子咱俩一人一半，远走高飞，该咱享受享受啦，嘿嘿……"

　　京郎一听，两个花子要害他，急忙跪下求饶："大叔，饶了我吧，饶了我吧。你不要杀死我，包袱你拿走吧，我不要了，我不要了……"

　　"咦，好！你看这小孩还怪灵通哩。常言说得财不伤主，那……不行，不行，你得把你衣裳也脱了。"

　　"大叔，那衣裳脱了不把我给冻死了？"

"不要紧，我这衣裳给你穿上，棍一拿，黄瓷瓦罐一抱，请住我的业[1]，一辈子不用种地，要饭去吧。"

京郎无奈只得换了衣裳："大叔，我那包袱里边还有三件破东西，镜子半拉，环子一只，汗巾半拉，我就指望那出来寻俺爹哩，恁都有爹哩，要那干啥，恁都行行好，把那给我吧。"

两个花子一看，果然不错："给，拿去吧。"心想，俺爹，那还要这。说罢，两个花子扬长而去。

咱且说京郎，把这三样表记往这黄瓷罐里一装，一手提棍，一手掂罐，庙门前一站，抬头一看，黑漆漆的天空"唰唰……"地下着雨……

【滚口】
京郎两眼"咕噜噜"落泪　　　　　　可就放声哭起来了哇——
【悲平板】
小京郎两眼不住泪双倾　　　　　　眼望北京哭一声妈妈余秀英
我只说出来把我爹爹找　　　　　　不料想夜晚我遇住了贼强人
你在家里怎知道　　　　　　　　　孩儿我落了一个要饭穷
你再说不把我的爹爹找　　　　　　同窗们揭挑我的言语太难听
你再说我把我的爹爹找　　　　　　我这手中没有分文铜
又一想人生世应该有志气　　　　　任凭要饭也要找我爹杜九龙
【平板】
小京郎三更哭到四更后　　　　　　四更他哭到老天明
无奈何沾沾腮边泪　　　　　　　　寻找他爹爹登了程
他走了一里又一里　　　　　　　　走了这二里盼三程
白昼间饿了他进村把饭要　　　　　到夜晚孤单单住到破庙中
走一天这又一天　　　　　　　　　走到这天黑盼天明
二月二离了北京地　　　　　　　　到这三月三转到了山东临清城
这一天来到了山东临清州　　　　　大街上一街两行闹哄哄

---

[1] 请住我的业：即继承我的财产之意。

又只见男女老少往西走　　　不见有人往正东
小京郎不识其中意　　　　　走上前去问一声

单说京郎来到了一个担挑的中年人面前，深施一礼，说道："大叔，我这里有礼啦。"

"哟，小孩，何事呀？"

"大叔，这街上人都是往西，不见往东，这是为啥？"

"啊，哈哈，人都是往西去赶古庙大会哩，小孩，去吧，到那里管叫你要饭要个饱，吃不完，快走吧。"

"大叔，我多谢了。"

"不用谢，囫囵挂着吧。"说着，"咯吱吱，咯吱吱"，担着挑子扬长而去，京郎也随着人流，向西关走去。

【平板】
小京郎随着这人流往西走　　不多时西关在不远咫尺中
【马趟子】
又只见古庙大会他人不少　　成千上万可数不清
这一边，两台大戏对着唱　　那一边，一拉溜全是赌博棚
这一边，京货、碎货、杂货店　那一边，卖饭的吆喝喝是不绝声
大会上人山人海好热闹　　　小京郎忽然间一事上心中
心暗想我找上一块空闲地　　表一表家乡表表名
如若是有人认识爹　　　　　送个信马上俺父子能重逢
【平板夹数板】
小京郎来到了一处空场上　　跪在那地上表一表家乡那个表表名
把这家乡居住表一遍　　　　哗啦啦，围过来一群老斋公
这个说，这小孩他是一个北京人儿　那个说，来找他爹爹叫杜九龙
这个说，他本是他爹的背生子　那个说，他见他爹他可认不清
这个说，别看这个小孩他穿得破　那个说，呀，呀，这小孩长得还真聪明
光有人看没有人认

【飞板】

说话不及，从场外走进来了人一名

他这走上前拉住了京郎把儿叫　　把这京郎吓得一愣怔

也不知来了哪一个　　　　　　　下回书中咱接着往下听

第三回
孟良塔患难结义　临清州救侄相逢

【平板】

闲言不叙书归正　　　　　　再说说京郎小玩童

大会上去把他的爹爹找　　　围住了许多老百姓

光有人看，没有人认　　　　忽然间——

【笃板】

会场外跑过来了年轻小伙有几十名

一个个膀大腰圆力气大　　　拨开了人群往里冲

为首的两个愣小伙　　　　　手指着京郎说了一声

"呔！小孩，出去！去去去！快点！"

京郎说："咋？"

"咋？不咋，叫你出去你就得出去，没时间给你磨里磨蹭，狗吃萝卜圪里圪嚓。告诉你，你占的地方是我们的地方。"

"这是你们的地方，这地下写着恁的名哩？"

"咦，这孩子屎壳郎吃粽子，粘嘴铙牙动爪子。给你说，这地方也没写俺的名，人人都知道，这是俺的老地方，所以没有敢占！你来的时候，这时有人没有？"

"嗯，没有人我才占住这地方了，谁先占住就是谁哩。"

"啥呀？俺们比你占得早！"

"那你是啥时候占的？"

"五年多啦，俺赶会老是这个地方！"

"嗯，那恁没有我占得早……"

"那你啥时候占哩？"

"俺爷赶会在这，俺爹赶会在这，轮到俺都三辈啦。"

"哟！哎，这小孩粘牙得很哪！你起不起？你再不起我可敢揍你！"

说着拳头一举就是动手，猛听见后边"嗯"了一声，就这么回头一看，只见从那边过来一个人，年纪三十上下，头戴六纶扎巾，身穿紧身小袄，方脸大耳，四方口，两道浓眉下，一双大眼睛炯炯有神，有人说，嗨，看，这不是刘师傅，那个说，哟，他可是一身武艺啊。

说着就见那两个小伙急忙施礼，说道："师傅！"

刘师傅说道："刚才吵闹什么？"

"嗯，师傅，刚才有个小孩占住了我们的地方，我叫他腾他不腾，我举着拳头吓吓他。"

"嗯——，师傅再三教你们，不要仗势欺人，为什么又要打人？"

"啊，这……师傅，我真是吓他哩，我真是吓他哩。"

"站过去！"

"啊，是。"

徒弟们闪开，刘师傅进到里边一看，果然有一个小孩在地上跪着两眼流泪。随即探下身去，说道："呵呵，小孩，不要哭啦，刚才我这个徒弟是吓唬你哩，他不敢打你。现在我来给你赔礼啦。呵呵……不过说实在的，你占这个地方可真是我们的地方，现在我给你商量商量，你能不能换个地方，把这块地方让给我们。如果实在不行，哦，呵呵，我们再另换地方也可啊。"

单说京郎正在啼哭，忽然听见这个人说话这样好听，抬起头来说道："老伯，我听出来了，知道你是个好心人，我给你说实话吧。我是外乡人，就在这里赶一个会，以后就不来啦，老伯，你行行好，就把这地方让给我一回吧。"

刘师傅一听，说："啊，好，我听出来啦，你不是本地人，听你的口音，离这还不近吧？啊，家是哪里的？"

"小地方，北京哩。"

"呀？呵呵，小孩真会说笑话，小地方北京哩，你能住到天上？哈哈……以后可好啦，你是北京的，我也是北京的，常言说，美不美，泉中水，亲不亲，故乡邻。咱们是老乡，我就更应该照顾你啦。可是北京三百六十道胡同，三百八十道巷口，你在哪个地方住啊？"

"我就在手扒胡同。"

"手扒胡同？北京城有两个手扒胡同，皇城里一个，皇城外一个，你在哪个手扒胡同啊？"

"我住在皇城里手扒胡同。"

"你姓啥？"

"我姓杜。"

"你爷叫啥？"

"九省经略叫杜宏。"

"你爹叫啥？"

"俺爹叫杜文学，杜九龙。"

"这么说你是杜京郎！"

"老伯，你咋认识我？"

"京郎——你，你多大啦？"

"我十二岁啦。"

"你来这干啥？"

"我来找俺爹哩。"

"见你爹你认识不认识？"

"我不认识，俺爹走了三个月才有俺啦。"

"你怎么成这个样子啦？"

"我出来叫要饭的给我劫啦。"

"京郎——"

"哎……"

"你是京郎？"

京郎说："我是京郎。"

刘师傅上前一把抱住京郎，两眼落泪，说道："我的儿啊——"

【悲平板】

刘师傅啊两眼泪双倾	一把把京郎抱怀中
我的儿啊儿，我把你当成哪一个	原来是京郎儿娇生
一十二年没见面	可把人长成
我儿落成这个样	咋能不叫我心疼
刘师傅抱住京郎把儿叫	小京郎俩眼一瞪说一声

京郎说："老伯，你咋弄这哩？你问我，我给你说说。你捞住[1]说儿呀，儿呀。谁是你儿哩？拿来对对。"

"对啥？"

"对啥？照你说这可行啦？到哪里说找俺爹哩，人家这个说是俺爹哩，那个说是俺爹哩，都成俺爹啦。我北京城就这一个妈，要怎些爹回去杀杀喂牛哩。"

"京郎，你说对啥？"

"对表记，对不上表记，别说是俺爹哩，我到底是爷哩。"

"这个……啊，叫我看看你那表记。"

京郎取出。刘师傅接过一看，说道："不错，不错，就是他！京郎，我有这表记，未带在身上，你跟我到在僻静之地吧，我给你好好讲讲，你看行不行？"

京郎说："要说，你就在这说，你把我领到背地方，你把我杀了有谁知道？我哪里也不去。"

刘师傅无奈只好站起身，抱腕拱手，向周围使了一个转圈礼，说道："乡亲们，今天我碰着一个小老乡，心想跟他到一边说上几句话，他怕我是坏人害他。他不认识我，你们可都认识我，你们能不能给我做个保？叫我把小孩领过去说上几句话，还把他领回来。"

周围人一听，男女老少都开口啦："小孩，去吧，他是好人。俺们都认识他，尽管放心。"

---

[1] 捞住：即"拉住"的意思。

破 镜 记　　57

老头说啦：（学老头）"小孩，俺们管保你没问题啊，去吧。"老婆们也说：（学老婆）"小孩子，你去吧，他是好人，不会害你，啊。"

京郎一声说道："大伯大叔，婶子大娘，我多谢恁啦。恁都别走，等着我回来了再走，啊。"

这时刘师傅转身对年轻小伙说："徒儿们，你们打开场子先玩着，马上我就回来。去！"说罢领着京郎，来到无人之处，京郎说："老伯，你把表记拿来吧。"

刘师傅弯腰抱住京郎，一声说道："孩子，我不是你爹，我是你老仁叔啊。"

京郎说："我没听说我有个老仁叔啊。"

刘师傅说："我问你，在家恁妈给你讲过没有，恁爹充军是谁押解的？"

"俺妈说过，是一个堂差王英叔叔押解的。"

"孩子，你知道我是谁？"

"你是……？"

"我就是当初押解恁爹的那个王英啊。"

【滚口白】

京郎一听两眼落泪，"扑通"一声跪在地下，说道："老仁叔，你在这里，你把俺爹押到哪里去了？"

【悲平板】

| 这王英未曾开口泪双倾 | 走上前抱住了京郎小玩童 |
| 十二年前你爹被害充军走 | 我押解你爹离了北京 |

【平板】

临起身严嵩老贼交代我	半路上要害你爹活性命
俺两个行走到中途路	恁的爹路途上向我吐真情
我一听你家的冤枉大	才知道，老严嵩他把你全家坑
我怎能再把你家爹爹害	冤情上边再加冤情
又一想，虽然说我不把你的爹爹害	到云南，恁爹他还是活不成
我有心把你爹爹放	又恐怕事到久后漏风声
到那时，死了我一人实为小	要连累我举家带灾星

前思后想无主意　　　　　　左思右想无计生
那一天，来到了山东临清州　　忽然间一计上心中

话说当时王英押解着杜文学来到了山东临清州孟良塔下，王英说："文学。"杜文学说："王大哥。"王英说："你知道这是啥地方？""这不是山东临清州吗？"

"哎，对，走到这我想起一件事，我有一个舅在山东临清州做生意哩，写了一封信，叫我来一趟，总腾不出机会，今天到这一看，天赐良机，我想给你商量商量，来个公私兼顾，顺便去看看俺舅。"

"王大哥，有事你尽管去。我……"

"哎，那是这样，我要是带着你去，多有不便，我想把你留在这孟良塔下等着我，回来咱们再走，这啥样？"

"王大哥，你说咋好就咋好，你就去吧。"

"可是把你一个人撇到这，带着这枷锁，万一解个手啥的，不方便。干脆把这取掉，你也方便。……可是，你可不敢跑啊？"

"王大哥，你放心，我不跑。"

"哎，对，我看你这人不赖。"说着将那枷锁解开放在一边，"文学，现在天那可是快黑啦，我去临清州大街上找俺舅说说话，我得喝点水，还得吃吃饭，再吸袋烟，这吃吃，擦擦，刷刷，抹抹，回来也得后半夜啦。你可千万别跑，你要一跑，我可连一点办法也没有！就这吧，我去吧？"

"王大哥，你放心去吧，我不跑，我等着你。"

"哎，呵呵，我走了啊。"说罢王英转身而去，边走边想：我一挪地方，杜文学就可以跑啦，嘿嘿……所以他头也不回，直奔城里而去。

【平板】
好一个解差叫王英　　　　　一心心要放文学杜九龙
待给文学讲完后　　　　　　生怕文学听不清
交代已毕转身走　　　　　　迈步直奔着临清城
心暗想，我到在城里转一转　等到半夜再回程

杜文学今天把命逃	永远不再回北京
我写封假书回京去	我就说，杜文学病死半道中
死无对证不见人	永无后患一身轻
思量想着来好快	不多时来到大街中
东边走走西看看	一顿饭吃到了打二更
鼓打三更人觉定	大街上，生意家一个个都把门来封
王英一见心暗想	杜文学，这时候，他逃出去
五十里地要挂零	
转身迟迟往外走	嘴里边还不住把小曲哼
冷格里格冷 冷格里格冷	冷格里格冷格里格冷冷格里格冷
一边走着孟良塔下看一眼	猛发现有一个黑影看不清
走近跟前去一看	杜文学坐下没动静

"哎唉！"王英看见杜文学还在地上坐着，他走时啥样，现在还是啥样，一动也没动。王英说："文学。"杜文学说："王大哥。"

"你咋不跑哩，你！"

"王大哥，你不是不叫我跑嘛。"

"咦——，文学你这人咋这样老实，我哪有舅舅在这做生意？我是看你老冤枉，我想放你，可我不敢明放，我只好解开枷锁，腾空儿叫你跑哩，你咋不跑哩，你！"

文学说："王大哥，我不能跑啊。我文学是死罪，至死都不能回北京，我何必逃跑，连累你一家老小跟我带灾啊。"

王英说："算啦，文学，这一回我算是看见你这人的心啦，你真是个大好人哪！现在跟你明说吧，我不押解你啦，你赶紧跑吧！"

文学说："王大哥，你叫我跑，我也不跑，我不能连累你呀。"

两个人在那孟良塔下可就哭起来了——

【平板】

杜文学只哭得如酒醉	好王英两眼的泪水往下倾

他们两个人，心心相印难割舍　　在孟良塔下拜弟兄
发下誓，同生死，共患难　　　　王英为弟文学为兄
【平板夹数板】
两个人结拜可不打紧　　　　　　王英他再不敢回北京
从此，姓王改姓刘　　　　　　　王英改名叫刘英
杜文学也不叫杜文学　　　　　　改名就叫苦相公
好王英，领文学住到店房里　　　大街上，打拳卖艺收钱铜
挣来钱财度日月　　　　　　　　弟兄俩相依为命过营生
收来徒弟三十个　　　　　　　　一个个二十四五正年轻
常言说，人走时运马走膘　　　　不行那时运是白搭功
屋漏偏遇连阴雨　　　　　　　　行船偏遇顶头风
好日子不过仨月整　　　　　　　王英忽然把病生
害病倒在店房内　　　　　　　　可苦了文学杜九龙
收的银子全花尽　　　　　　　　服药是无效不见轻
眼看这半月没吃饭　　　　　　　店掌柜开口说一声
相公啊，你两个换个地方住　　　我这个店房住不成
恁两个，住我的店，不给钱　　　俺举家，都不能光喝那西北风
【笃板】
这店家今天逼着王英文学账　　　可苦了落难人两名
这才是哭天天不应　　　　　　　哭地地不灵
两个人暂住店房不打紧　　　　　想活一个万不能
也不知后来怎么样　　　　　　　下回书中接着再往下听

第四回

文学卖诗救义弟　　胡爷仗义助忠良

【起腔】　　　　　　　　　　　【送腔】
不讲西来不讲东　　　　　　　　再说说文学和王英

【凤凰三点头】
王英在这店房病情重　　　　　手中的银两全花清
店掌柜无奈才把他来赶　　　　杜文学两眼止不住泪双倾
我的好掌柜俺本是远方来逃难　我兄弟突然把病生
到这里人不生地不熟　　　　　举目无亲谁照应
你若是把俺赶出去　　　　　　俺两个恐怕哪一个也难活成
【悲平板】
我兄弟若有好和歹　　　　　　今生今世我怎报他的救命情
好心的掌柜你行行好　　　　　我求求你留下俺
俺的病好后，设法俺立马把账清　掌柜的说我想行好我可行不起
俺一家就指着开店过营生
【五字垛】
恁住店不给钱　　　　我留可留不成
光出不能进　　　　　老本要赔清
要是没计策　　　　　我与你把计生
毛笔手中拿　　　　　走到大街中
凭你的文采好　　　　卖诗把钱挣
虽然说不能发大财　　总比你坐吃山空强几层
【平板】
杜文学就说好好好　　　　掌柜啊你真是俺的救命星
杜文学沾沾腮边泪　　　　卖诗去到大街中
一天挣来钱几串　　　　　他自己，不舍得吃，不舍得用
饿着肚子转回程　　　　　给王英看病请先生
【悲平板】
眼看看饿得他两腿走不动　　面黄肌瘦不像人形
【连板】
这一天杜文学来到了大街上　只觉得天旋地转头发懵
东倒西歪站不住　　　　　　"扑通"声摔倒大街中

【笃板】

眼看着杜文学饿死大街上　　忽听得，大街上一阵铜锣响连声
铜锣不住喊开道　　　　　　紧接着彩旗仪仗排几层

【马趟子】

一杆大旗空中摆　　　　　　哗啦啦空中响连声
一龙二凤头前走　　　　　　三虎四豹随后行
五子登科六六顺　　　　　　七星八卦九连城
马队走过步队走　　　　　　打后边紧跟着过来校尉兵
群星捧月中间看　　　　　　忽闪闪抬过来这轿一乘
轿顶本是生金铸　　　　　　轿围子本是绿缎子蒙
轿两旁两个瞭望孔　　　　　四个角坠着四盏龙凤灯
轿帘掀开往里看　　　　　　这家大人好威风
一顶乌纱头上戴　　　　　　身穿蟒袍绣金龙
腰里边系着八宝玉带　　　　粉底朝靴二足登
观年纪要有五十岁　　　　　花白的胡须飘前胸
坐定八抬往前走　　　　　　忽听得有人禀一声

"禀老爷，前边有一卖诗后生，昏倒大街，挡住去路。"

"落——轿——！""喂——！""喂"的一声，大轿落下，只听里边说道："来！""到！"

"将那后生唤到轿前是问。"

"是！"人役们到前边将杜文学唤醒，扶到轿前，文学一看是一乘八抬大轿，他急忙跪下叩头，说道："大老爷万福金安，卖诗乞丐给老爷叩头。"

只见这家大人伸手挑开轿帘，探头往外一看，嗯，下跪的这个后生十八九岁，虽然衣服破烂，五官面貌倒也清秀，好像在哪里见过，一时想不起来，说道："这一卖诗后生，因何晕倒街上？"

"大人，只因饥寒交迫，昏倒在地，蒙大人相救，感恩不尽。"

"好说，好说，呵呵。"说着，这家大人从那轿内座底下盒里边取出一幅画卷，说道："我这里有一轴画，有画无诗，劳你加诗一首，重重有赏。"

文学说道:"我这粗笔草字,怎敢班门弄斧。"

"不必客气,呵呵。"说着,让人役们把画展开,文学一看,原来是一只老鹰,卧在一棵古松树上,抬头仰望,画得很有精神。文学掂笔在手,顺手题诗一首,下边落款"图云",这家大人一看,"哈哈哈哈,好!"脱口而出,合掌大笑,上边写着:"独站古松观地窄,展翅只觉恨天低。有朝居住凌霄外,不与杂鸟一处飞。"这意思是说:这只老鹰卧在古松树上,看地嫌小,看天嫌低,有朝一日能飞到天外头,再也不愿和杂鸟——也就是坏人混在一起。

这大人观罢,随手取银十两,赏给文学。文学伸手接银,这大人仔细一看面貌和印堂,又抽回去了,劈把手抓住文学:"你叫什么名字,你家住在哪里?"

文学见问机灵灵打了个寒战,说道:"小生□□□[1],家住临清州。"

"嗯……"这家大人说,"不对!"

【笃板】

这家大人猛一愣	只不住把文学看得清
不用人说我知道	大料你不敢讲真情
你家住就在北京地	手扒胡同有门庭
杜宏本是你的父	你叫文学杜九龙
杜文学听得这句话	忽一声,头上边只吓得走了真魂灵

【滚口】

忙说道,大老爷莫非认错了	我家住山东临清城
这大人伸手忙挡住	悄悄地叫一声文学杜九龙
你不要怕,不用惊	我就是户部尚书我叫胡进忠
跟你爹俺本是金兰依	

【平板】

他为弟来我为兄

---

[1] 由于录音质量问题,杜文学在山东改换的三字姓名难以辨认。

严嵩贼他把你爹爹害　　又把你充军云南城
老夫我想救你找不到　　全不料，咱今日山东两相逢

【笃板】

老夫我带职归郡往湖北走　　我的儿呀儿，你不如随我去到襄阳城
有朝一日得了地　　好与你全家把冤申
如果你在山东地　　老严嵩若得知消息也就了不成

【平板】

杜文学摇头说不能走　　多谢仁伯好恩情
并非本是孩儿不愿去　　店房内还藏着
孩儿的救命恩人叫王英
王英弟舍命将我救　　我必须等他病好再登程
胡老爷低头一计有，有，有　　暗暗把文学叫一声

"儿呀，你附耳来。"胡老爷对着文学耳朵悄悄讲了一遍，又叫两个人役带着纹银三百两，随着文学直奔店房，店掌柜一见，说道："奴相公，咱这个办事可不能不凭良心啊，恁吃我的饭，住我的店，半月不给钱，难道我不该问你要？你说没有钱，我赶紧想办法，让你卖诗，你说我哪一点儿对不起你！你带着兵来给我打官司哩。"

文学说："店家，你误会啦，我今天想和你商量一件事，我有个朋友在江南，想叫我去一趟，我走得把我的兄弟留到你的店房。"

"啥呀？你一走把病人留给我？治好病我得花钱，治不好我再赔副棺材？"

"不，店掌柜，治病我拿钱。"

"啊？那可不是十两八两银子。"

文学说："我现在给你留三百两纹银，劳你给我兄弟治病，病好后，叫他到在湖北襄阳找我。这三百两银子除了治病、店钱以外，剩下的全部归你，只要你给我兄弟个路费就行。你意下如何？"

"啊，你说这是当真？"

文学将银子递过去，说："这还有假？银子你点一下。"

掌柜的把银子一点，一点也不错："哈哈哈哈，奴相公，你放心吧，我保证把病给治好，治好之后，我亲自雇车给送到湖北襄阳。——伙计们，关门啦，生意不做啦，都去给我请医生看病，伺候病人啦——奴相公，你说这咋样？"

"多谢店掌柜的。"

"哈哈，我还得谢你哩，要是叫我做生意，一辈子也赚不了这么多的银子哩。"

"掌柜的，那店钱？"

"不要啦！别说外气话，情[1]走啦。早晚路过咱的店，还是不要钱！呵呵。"

就这样，杜文学面对王英的病床含泪而别，跟着户部尚书胡老爷直奔湖北襄阳而去——

【平板】

好一个文学杜九龙	把那王英留到店房中
咱记住文学且不讲	再说说好汉叫王英
店掌柜悉心地来照料	捧茶端水请医生
时间不满一月整	好王英他十分大病全好清
店掌柜把话讲一遍	王英又接到了信一封
才知道文学已到襄阳地	落脚就在胡府中
辞别店家把身起	要找文学到襄阳城

【笃板】

店掌柜刚刚把车子准备定	店房外来了这个徒弟几十名
走上前去忙跪倒	一个个先给师傅问安宁
师傅，好容易盼你病情好	好跟着你练练功
你今日一走不打紧	俺徒弟们前功尽弃一场空
众徒弟一齐跪下把好话讲	好王英他只得留在临清城

---

[1] 情：方言，一般放句首或主语后面，有"尽管"、"尽情"之意。

【滚口】

过了一年又一年　　　　　　　过了一冬又一冬
转眼间过了十二年　　　　　　今天在大会上，才碰着了京郎小玩童

【平板】

好王英，把那真情实话讲一遍　　小京郎双膝扎跪地溜平
我的老仁叔，适逢刚才孩儿不认识　惹得老人把气生
你高高手，我能过去　　　　　低低手来我都过不成
大人莫把小人怪　　　　　　　老人肚里把船撑
王英上前忙抱住　　　　　　　叫声京郎我儿听
你起来吧，你起来吧　　　　　你跪着你仁叔我还心疼

【笃板】

京郎说，既然俺爹他在襄阳地　　不等老人说，我要找俺爹到襄阳城
王英就说好好好　　　　　　　我领着你去找恁爹爹杜九龙
说着话儿，手扯着京郎把会场进　卖饭场不远面前停
粉汤锅跟前停足站　　　　　　王英他回头说了一声

"孩子，来，先喝碗热粉汤再说。"这时只听见掌柜喊叫："喂——来啦，热腾腾地粉汤——刘师傅，你喝一碗？""掌柜的，给我盛一碗汤，来一个烧饼，多冲几个汤，要热一点儿。""好嘞——"掌柜的边答应，边把烧饼撕成碎块，放到碗里，一边用汤沏过三四次，打筷子挑了半碗粉条，又撇了半碗汤，又特意加了几滴小磨香油，双手递过去。王英接过碗一看，哟，又细又嫩的粉条，泡得虚腾腾的烧饼，上边飘着喷儿香的葱花儿，圆圈飘着一层儿小磨香油圈儿，小圈儿挤大圈儿，大圈儿套小圈儿，闻着扑脸一股儿香气，嘿儿！钻进鼻子孔里，过三年再打个饱嗝儿，还闻着一股子香气儿。王英看罢，将碗递给京郎，说道："孩子，吃吧。吃饱咱们好走路。"

京郎要饭月余，从来没有吃过一顿饱饭，接过来这碗粉汤，恨不得一口把它喝下去，伸手拿过筷子，挑起了粉条就要吃，眼看就要吃到嘴里，不好，忽听马铃声"圪琅琅琅琅……"，马蹄声"圪踏踏踏……"，跑过来

二十多匹马，冲进会场，可就不好了——

【笃板】

小京郎要把饭来用	会场外跑过来，二十多匹马走龙[1]
当时来了哪一个	只来了国舅邓文龙
邓国舅今日把会场进	要抓叔侄人两名
眼看着京郎王英要遭难	下回书中接着往下听

第五回
王英怒劈邓国舅　京郎寻父到襄阳

【起腔】　　　　　　　　　　　【送腔】

小弦子一拉开啊响三声　　　　　再说说京郎小玩童

【笃板】

小京郎，端起碗才说要把饭用	会场外，来了国舅邓文龙
后跟着家将几十个	催马提刀挎弯弓
马蹄踏踏咴咴叫	尘土飞扬眼难睁
一边跑着一边喊	吙——赶会的人们你当听
有胳膊腿的快闪开	国舅爷来到会场中
哪一个闯了我爷的道	乱刀戳死不容情
会场人一听都害了怕	哗——好像猛虎啸了笼
这个说，邓文龙他可是一个不论理	那个说，碰上他可是活不成
这个说，他见了谁家田地好	犁耙犁耙他就耕
那个说，他见了谁家骡马好	他就拉到他马棚
他见了谁家姑娘好	捞住就要把亲成
人家要是不愿意	抽宝剑，咔嚓一声两半停

---

[1] 马走龙：说书人习惯用语，原应为走龙马，或走龙大马，形容马奔走时的形态。本处为了押丁东韵，调整为"马走龙"。

这个就说快跑吧	那个说，跑得晚了跑不成
老百姓，哗啦一声都跑净	会场上，单剩下京郎和王英
好王英，为让京郎把饭用	惹恼了国舅邓文龙
邓国舅，"吁哦"一声勒住马	鞭子一指说了一声

"哇！前边什么人，敢闯国舅爷我的码头！"

王英急忙回头拱手施了一礼，说道："国舅爷，你老人家的身旁可好，贵体可安？草民刘英，晚走一步，闯了国舅爷的大驾，罪该万死，罪该万死。"

"啊，原来是刘师傅。好说，好说。刘师傅，你身旁站着个一娃娃，他是哪个？"

王英一见，急忙回头说道："京郎，快，把碗放下，给国舅爷磕头。"

小京郎赶紧把碗放下，趴在地下磕头，说道："国舅爷可好，我给你磕头来了。"

邓国舅回头，盯着京郎一看，说道"好，哈哈，好一个娃娃，穿戴虽然不济，长得确实一副贵相，聪明！哈哈哈哈！刘师傅，这个娃娃聪明哇，你看，你国舅爷暂时乏子无后，你就把这个娃娃送给国舅爷吧。"

"什么？"

【滚口】

邓国舅一言既出不打紧	吓坏了好汉叫王英
机灵灵浑身打冷战	慌忙施礼说一声
国舅爷，你老人家真会开玩笑	

【平板夹数板】

我要不说你不知情	
这小孩，他是我朋友的膝下子	一年四季把病生
吃饭他不知饥和饱	睡觉他不知天黑明
出门走在大街上	不晓得南北和西东
憨憨傻傻不懂事	怎配给国舅爷爷当儿童
国舅说，当不成儿子他不中用	国舅爷收他当侍童

王英说，这孩子他哪有那福气　　他是个拙嘴笨腮迷瞪生
小家的孩子见识浅　　　　　　带上他，会惹你老把气生
国舅说，老夫我说话如山倒　　只要我出口难改更
今日里你想送也得送　　　　　你要不送算不中

【散板】

王英说，我要把小孩送给你　　到久后，朋友问我咋应承
国舅爷，你不看僧面看佛面　　不念鱼情念水情
你高高手我过去　　　　　　　你低低手我过不成
大人莫把小人怪　　　　　　　宰相肚里把船撑

【飞板】

国舅说，刘英你给我少啰唆　　送与不送快说清
王英说，小人我实在不敢送　　邓国舅，他一听怒冲冲
恶狠狠，打马鞭子高举起　　　照住了王英头上棱[1]
只听得叭的一声响　　　　　　打得王英，鲜血顺脸往下冲
打得王英心好恼　　　　　　　满腔怒火往上涌
有心开拳我打了吧　　　　　　怕的是惹出了大祸误事情

【散板】

无奈何，强压恶气变好气　　　满面苦笑说一声

国舅爷，你就是打死我，我也不敢答应送给你呀。国舅挥起手，"啪"又是一鞭子，打得王英两眼嗖嗖冒火，脸上火辣辣地疼。他把拳头一举，欲打又止，再一想，不能啊，不能打啊！惹不起啊。又强压住恶气说道："国舅爷开恩，国舅爷开恩。"

国舅把鞭子一举，又要打，王英把脸一板，说道："国舅爷，你，你不要再打我了。你要再打我，我，我……""你想怎样？""我，我可对不起你了！"

"哈哈哈哈……刘英，你家国舅爷长这么大，我还没听见过这话，好！今天我应不打你也要打你！我要看看你敢把国舅爷我怎么样。哈哈哈哈！"

---

[1] 棱：辨音记字，疑本字为"扔"，读作"棱"，意为"扔"或"往下砸"。

说着把鞭子一举,照王英头上"叭叭叭",乱打起来。好王英怒火中烧,按捺不住,眼一瞪,牙一咬,打个箭步,"嗖"窜上去抓住国舅爷一条腿,往下一拽,说道:"你给我下来吧!"只听"叭嚓"一声,把国舅摔落马下,邓国舅随即"呛啷",腰里面抽出宝剑,"噗"照王英劈身就刺,好王英他一身武艺,将身一闪,宝剑落空。王英趁势一飞脚,"嘣啷",把那宝剑一下子踢出三丈多远,两个人一来一往可就打起来了——

【飞板夹散板】

邓国舅,仗势欺人太行凶　　好王英,满腔怒火往上冲
两个人,话不投机把脸变　　拦挡不住动刀兵
好王英,泰山压顶朝下打　　邓文龙二郎担山架在空
好王英,黑虎掏心打过去　　邓文龙,使个老君把门封
好王英,打一个凤凰双展翅　　邓文龙,黑虎钻裆往下冲
好王英,在地下打了个扫堂腿　　叭嚓声,把国舅踢到地溜平
这王英,扑上去踩他一条腿　　两只手,抓住他右腿不放松
两膀用上十分劲儿

(夹白)国舅爷,我给你分分家吧!"啊"一声——

把国舅撕成两半停
好王英打死了邓国舅　　惊动了,国舅府那些众家丁
这个就说抓他,抓住他　　那个说,抓住小子叫刘英
刘英小子你太胆大　　你竟敢,打死国舅爷爷邓文龙
众家丁,哗啦一声往上闯　　把王英围到那正当中
又听见,呛啷啷啷连声响　　众家丁,一个个抽刀往上迎
这就叫,会者不忙忙者不会　　好王英,他一不怕来二不惊
手里边,掂着半个邓国舅　　上下左右抡得凶
左一甩,叭嚓打倒人两个　　右一甩,一连倒下人四名
前边来了用拳打　　后边来了用脚蹬

众家将扑扑通通倒在地　　好王英，浑身上下血染红
这王英，就在高处中间站　　骂一声小子你们听
哪一个再敢往上闯　　我叫恁，一个也别想再活成
众家将一见事不好　　爬将起来扔了崩
这个说，刘英打折我一条腿　　那个说，把我眼窝打得乌烂青
这个说，踢折我肋子两根半　　那个说，打得我口吐鲜血满腹疼
这个说，咱到在衙门去报案　　叫他给咱把冤申
众家将，一瘸一拐往前跑　　一个个，好像兔子见了鹰
不多时来到大堂上　　咚咚咚，把堂鼓敲得不绝声
州官一听堂鼓响　　慌慌张张把堂升
国舅府家丁把堂上　　手指州官骂连声
好个狗官太胆大　　你管不住这么多老百姓
国舅爷今天去赶会　　被刘英他一撕两半停
狗官你快点去办案　　与国舅爷爷把冤申
如果迟了误了事　　我叫你狗官全家活不成

【散板】

众家将说出了这些话　　啊，可不对了，吓坏了州官叫王何升
我这心中不把旁人怨　　暗暗埋怨声好汉叫刘英
虽然说，打死国舅除了一害　　你可知，这杀人偿命你要犯罪名
我有心不把你来抓　　怕的是，我这满门抄斩活不成
罢罢罢，飞签火票拿在手　　叫一声八班众老总
我命你去到大会上　　速速捉拿凶手叫刘英

【飞板】

拿住刘英我有赏　　拿不住，问罪重责不容情
唰啦啦，飞签火票扔下去　　只吓得，八班老总直愣怔

（白）单说八班老总一听此言，目瞪口呆，心惊肉跳，暗想，国舅爷带着几十个家丁都不是对手啊，凭咱这几个毛人，不是白去送死！这个说："叫我看这事啊，还得张三哥出头，他是个办案老手，叫他去准行。"

张三说："算了吧，别往我身上推，我不中。"

那个说："三哥，你要不出头，咱可是全完啦。"张三说："弟兄们，这事要叫我出头，恁可都得听我中啊。到那里，我叫恁哭，恁就哭，我叫恁笑，恁就笑，我叫恁跪，恁就跪，这号人可不能硬碰硬啊。常言说，柔能克刚。恁要是板着脸，瞪着眼去抓人家，恁可知道刘英那身体，体壮如牛，膀开一弓，几十个徒弟，一身的武艺，那伸出来指头跟那棒槌一样，巴掌跟簸箕一样。我亲眼见他一巴掌把砖头拍稀酥，恁想想咱这脑袋会受住他这一拍？恁要是到他跟前耍威风，他'啪吃'一巴掌，把恁的头拍到肚里，买二十八烧饼都哄不出来。可是这种人最讲义气，恁只用好话多说，说不定不费气力就把他给带来了。"

"得啦，好，张三哥，大家都听你的。"众人边说边走，不多时来到大会上，只见人山人海都在远处观看，中间站着刘英。这时，只见王英还瞪着两眼，手里还掂着半个国舅，血还往下边"扑嗒扑嗒"滴着。众人们一听衙皂们来拿刘英，心中暗想，看吧，看着今天这群衙皂咋挨打吧，嘻嘻。

这群衙皂正往前走，看见王英，不敢走啦。张三满面赔笑，先施一礼，说道："这边那不是刘师傅？"

"说！"

"刘师傅，你手里掂那是啥？"

"国舅！"

"国舅咋那样哩？"

"我把他撕开啦！"

"啊，这……，刘师傅，这不怪你，只怨国舅爷长得不结实。可是这事老爷知道啦，老爷叫我们来请你老人家到衙门坐坐。还说啦，要把你请去拉倒，若请不去，把俺们下半截子打掉。俺就知道，你老人家仗义疏财，抱打不平，是个好心人啊，不会跟俺不去。这叫当差不自由，自由不当差，刮风也得去，下雨也得来啊，人家动动嘴，咱们跑断腿。你是明白人，这事儿你就看着办吧，啊。你说去，咱们都去，你说不去，俺们扭脸就走。可是你要是不去，回去俺老爷非得把俺屁股打脓不中。到那时再卧床几个月，家中孩子大人都非饿死不可。我想你决不会这样做吧，因为你不是那号人。刘师傅,你说,你说是去还是不去?"

"嗨——"王英听罢心中暗想,他们说得不错,我王英要不是当差,也不至于落到今天!也罢,我何必与他们为难?想罢说道:"来,我跟你们走一趟。"

张三一听可高兴坏啦,说道:"跪下,都跪下,给刘师傅磕头!"众衙皂赶紧磕头:"刘师傅,你真个好人,够朋友啊!"说着将锁链轻轻地往地下一放,说道:"老人家,请吧。"王英拾起来锁链仔细带上,前边行走,后跟衙皂,就要进城。

【滚白起腔】

这才惊动了小京郎,紧走几步扑上前,紧抱住王英的双腿,"扑通"一声跪倒地下,可就哭起来了——

【悲平板】

小京郎,两眼泪双倾	抱住了,王英不放松
问仁叔,你往哪里去	撇下了,小侄儿谁照应
王英回头掉下泪	连把京郎叫一声
老仁叔,打死了邓国舅	此一去,少有吉来多主凶
好孩子,你快把山东离	到湖北,去找你爹爹杜九龙
这好王英,说罢衙门进	判死罪,这一回下到死牢中
眼看王英命难保	下回书中接着再往下听

第六回
京郎街头述身世　老汉假冒认儿生

【悲平板】

好王英,打死了国舅邓文龙	衙皂们,拿他上堂中
王英掉下了伤心泪	回头来,叫一声京郎我的儿娇生
老仁叔,打死了邓国舅	此一去,凶多吉少可是难活成

你赶快，去把你爹爹找　　　　老仁叔，再不能送你到襄阳城
小京郎，他拉住叔叔不松手　　好王英，低言悄语说了一声
我叫你走，你就快点走　　　　怕的是，国舅府抓你你就走不成
只说得京郎不敢动　　　　　　万般无奈才把手来松
眼看着仁叔被带走　　　　　　心里边好像滚油生
这个好王英，此一番到那大堂上　去见州官王何升
判罪下到死牢内　　　　　　　准备着秋后处决问斩刑
【散板】
且记住王英身遭难　　　　　　回头来，且说说京郎小玩童
心暗想，我不如赶快去到襄阳地　找我爹，再设法搭救我仁叔的活性命
想到此，狠狠心离开了临清州　　不分昼夜赶路程
【数板】
饿了他进村把饭要　　　　　　要罢饭来再登程
走过了一村又一村　　　　　　走过去一程又一程
翻过了一山又一山　　　　　　越过了一岭又一岭
也是小孩跑得快　　　　　　　一抬头来到襄阳城
【平板】
三月三离开了临清州　　　　　到襄阳，已是数九正严冬
十一月天气正寒冷　　　　　　小京郎，身穿着单衣尽窟窿
【散板】
在这一天，小京郎来到了大街上　又只见，一街两巷闹哄哄
心暗想，也不知俺爹在何处　　我到底到哪里去打听
我不如就在大街上　　　　　　表一表家乡再表表名
哪一个要是认识俺的爹　　　　马上就能与我把信通
【平板】
小京郎，行几步来至到十字街口　三件表记拿手中
双膝跪倒在溜平地　　　　　　两眼止不住泪双倾
我尊一声襄阳城　　　　　　　大伯大叔你跟前来
婶子大娘你们听

都来认，都来认　　　　　　　　都来这里认个清
恁不知我是哪一个　　　　　　　恁听我，表表这家乡表表名
我家住就在北京地　　　　　　　皇城里，手扒胡同有门庭
我的爷爷在朝把官做　　　　　　官拜着，九省经略名杜宏
虽然说官职不算大　　　　　　　一杆旗，能调动天朝九省兵
我的爹爹名字杜文学　　　　　　有一个学名叫个杜九龙
我母亲本是余氏女　　　　　　　不该我说，她名字就叫余秀英
皆只为，严嵩贼给俺家结仇恨　　十二年前，把俺爹充军云南城
俺爹充军还没有我　　　　　　　走够仨月，俺的妈在家把我生
俺的妈在家生下我　　　　　　　杜京郎，本是俺爹给俺撒的名
那时我长到八岁上　　　　　　　送到南学把书攻
南学院，我把书念　　　　　　　同窗们，揭调[1]我的言语太难听
他们都是说，人家有爹有娘都是正经生　　杜京郎，光有娘，没有爹
爹多娘少是野种
回家去我问妈妈　　　　　　　　我妈妈才给我讲了真情
八岁上我就要找父亲　　　　　　我妈妈她不叫我离京
那时我长到十二岁　　　　　　　一心心，要找我的爹杜九龙
这个北京城二月二　　　　　　　家家户户银烛明
我好酒里边兑好酒　　　　　　　把我妈醉得醉朦胧
三件表记我拿出来　　　　　　　打了一个包袱我就离了京
头一晚我没有赶到招商店　　　　住到土地小庙中
住到小庙可不打紧　　　　　　　半夜里遇着了贼两名
把我行李包裹都拿去　　　　　　浑身的衣裳全都脱清
欲再说，不找我的爹爹回去吧　　同窗们，揭调我的言语太难听
欲再说，我把爹爹找　　　　　　我的手中没有分文铜
我又一想，人生世就该有志气　　要着饭，也要找我爹杜九龙
二月二，我离了北京地　　　　　三月三，赶到了山东临清城

---

[1]　揭调：洛阳方言，揭短、挖苦之意。

西关外会场去赶会　　　　　　碰见我的仁叔叫王英
王英叔叔他对我讲　　　　　　转眼说，来到了湖北襄阳城
三月三，我离了临清州　　　　要着饭，十一月才来到湖北襄阳城
来襄阳不为别的事　　　　　　为的是找俺的爹爹杜九龙
京郎俺长到十二岁　　　　　　没见过俺爹啥面容
哪一个对上我这三件表　　　　你就是，要饭叫街我也不嫌穷
你们要是对不上我这三件表　　恁就是，九卿四相，八大朝臣
十子连科也都认不成
谁是俺爹你头前站　　　　　　不是俺爹不要吭声
哪一个要是认识俺的爹　　　　请你给我把信通
能叫俺父子见一面　　　　　　忘不了恁的好恩情

【散板】

小京郎，从头至尾讲一遍
嘭，嘭，嘭，惊动了襄阳城　　一街两巷众百姓
"哗啦"一声围过来　　　　　　把这小孩围在了正当中

【数板】

只围得里三层，外三层　　　　挤得是挤来拥的拥
张哥便把李哥叫　　　　　　　李二又叫王三兄
这个说，这个小孩他是个北京人　那个说，来找他的爹爹杜九龙
这个说，别看这人小孩穿得破　　那个说，小家伙长得真聪明
这个说，咱不知哪个叫杜文学　　那个说，没听说谁叫杜九龙
还有的说，十冬腊月天这样冷　　这个小孩，他穿的衣裳尽窟窿
还有的说，冻得小孩直打战　　可是看着叫人真心疼
众人们光有人看，没有人认　　前道上来了一老公
观年纪要有六十岁　　　　　　两鬓白发白丛丛
行走拄根龙头拐　　　　　　　一部银须飘前胸
众人回过头来看　　　　　　　原来是老汉胡老明

这个说："胡老明，去哪啦？"那个说："胡老明，去哪啦？"

"那前边围一群人是做啥啊？"

这个说："胡大伯，你来得可真凑巧啊。哎，我看这事儿还真是你的事哩。"

"啊，咋是我的事儿？"

"大伯，那里边围了一个小孩，十一二岁，家是北京，来找他爹哩，可他见他爹不认识。小孩说话可聪明，可喜欢人[1]啦。你跟前闺女小子没一个，你进去，就说是他爹哩，哈天糊涂[2]领到家，不就安插[3]住啦，嘻嘻……"

"你说这是当真？"

"你看，谁还能哄你？当真！"

老汉说："那要是这，你就给我帮帮忙吧，要是事成以后，我请客。"

"中！嘿嘿。"就听有人喊叫，"闪开，闪开！让大伯进去看看。""哗啦"一声，闪开了一条胡同，胡老明进到里边，左手拄拐棍，右手摅胡须，弯腰低头一看，果然不错，见一小孩穿着破烂单衣，都是窟窿露着肉，冻得小孩浑身塌塌乱颤，嘴唇乌青，在地下跪着两眼落泪，叫人好可怜。忙问道："嗯，小孩，你家是哪里的？"

京郎抬头一看，原来是个老头问他，说道："俺家是北京哩。"

老汉一听心想，他说他是北京的，我就不能说我是南京的，南京的咋会是人家的爹哩？"对啦，小孩，你是北京的，你看我也是北京的。美不美，山中水；亲不亲，故乡邻。咱是老乡啊，小孩，你姓啥？"

"我姓杜。"

"叫啥？"

"我叫杜京郎。"

"嗯，你爹叫啥？"

"叫杜文学，杜九龙。"

"你妈叫啥？"

"叫余秀英。"

---

[1] 喜欢人：招人喜欢。
[2] 哈天糊涂：方言，"稀里糊涂"之意。
[3] 安插："安排"之意，安插住，即安排好的意思。

"你多大啦？"

"我十二岁啦。"

"你出来干啥？"

"我出来找俺爹哩。"

"那你见你爹认识不认识？"

"不认识，我是俺爹的背生子，没有见过面。"

"嗯，你见面一点儿也不认识？"

"一点儿也不认识。"

老汉问罢，一扭脸，嘻……（做窃笑状），暗想道，可真是个好机会啊，他见面一点也不认识，这还不好办？我就说我是他爹，哈天糊涂领到家续个香火，啥都有啦。对，常言说，装哩像，强似唱。老头一背脸，用唾沫把眼窝一湿，好像要落泪的样子，回头一把抱住京郎，说道："京郎，你是京郎？"

京郎说："老伯，我是京郎。"

【散板】

"京郎，我的儿，我是你爹的啊——"

【悲平板】

胡老明，假意两眼泪双倾	抱住京郎放悲声
我的儿呀儿，你把我当就哪一个	我就是，你爹杜九龙啊
老夫我出来十二年	我的儿，可把人长成
先问声，北京城你的妈她可好	再问声，你何时离开北京城
我的儿呀儿，你来到这里把我找	你咋会落个要饭穷
眼看着，十冬腊月天气冷	你浑身单衣都是窟窿
咋不叫，恁爹我心疼	
我的儿呀儿，咱快走吧	快与你爹爹回家中
这胡老明，拉住了京郎把儿叫	小京郎，把眼一瞪说了一声

"慢着，老伯你咋弄这哩？""咋？""你问了我半天，捞住儿呀儿乱

叫，说得给真的样[1]，拿来对对！"

"对啥？"

"对啥？照你说这可行啦，我是背生子，没见过俺爹，到哪里一说找俺爹哩，人家这个说是俺爹哩，那个也说是俺爹哩，俺北京就这一个妈，我要那些爹，回家杀杀喂狗哩？"

"嗯……"

"你不用哼，我找俺爹有凭据，谁对上这三件表记，他是俺爹，谁对不上三件表记，他说是俺爹，我倒是他爷哩！"

"哎哟，我的乖乖，这事还怪麻缠哩这。"老头弯腰往地下一看，见一块破布上放着三样东西，镜子半拉，环子一只，汗巾半拉。心想，刚才我是没看见这，要是这东西，我家不缺。我回去拿一套给他对对，说道："孩子。"

"先别叫，对上再叫！"

"啊，好。京郎，我根儿[2]有这三样表记呀，我可是不知道今天你来找我的呀，没有随身带，走吧，跟我到家，咱爷俩好好对对。走吧。"

京郎说："我哪儿也不去！谁知道你是啥人？到你家把我害了谁知道。要对，你拿到这对。"

"中。也行，也行。京郎，你不要动，等着我啊，我回家给你取表记啦。"

京郎说："你快点儿来，来得晚了我就走啦。"

"中，你等着。"单说老汉就回家取表记而去——

【坠子口】

好一个，老汉胡老明	不由得一阵喜盈盈
心暗想，我老汉今年六十六	俺老婆，闺女小子没有生
盼儿盼得两眼干	想儿想得眼发红
今天真是天赐良机到	碰见住个北京的小玩童
他本是他爹的背生子	父子俩见面认不清

---

[1] 给真的样：方言，像真的一个样。
[2] 根儿：系辨音记字，方言，有"地方"之意，我根儿，是我家里的意思。

我对上他的三件宝	马上我就能把爹应 [1]
俺这两口没生子	京郎家中当亲生
单等俺二老百年后	也有人，摔盆守灵哭几声
胡老明，行街过路来好快	自家门不远面前停
回家来，取来三件破东西	准备着，大街上对表闹古董
小京郎，不把这老汉认	活活地冻死到大街中
也不知后来怎么样	下回书中接着听

第七回

京郎识破老汉计　埋到雪中遇险情

【起腔】	【送腔】
小钢板一敲响连声	书接着上回往下听
【平板】	
胡老明兴致勃勃来得快	自家的大门面前停
手拍门环连声响	没有啥他娘快快开门庭

"没啥他娘 [2]，快快开门。"

老婆正在纺花，听见门响，停下了车子，来到门里头："嗯，你个老东西，老杂种，刚才出去，咋一扭脸回来啦？"说着将门打开。

老头一头钻进门里，说："快，快，把你那照脸镜子拿来我用用。"

"咦，你个老头子啦，照你那啥鳖形哩。"

"你快拿来，快拿来！"老婆取出来递给老头，老头一看，差不多，照住那桌子边上，"啪"一磕两半。老婆说："咦，你咋给我……"

"快别说啦，你再把你年轻时候用那手巾给我取一条。"老婆取出来，老头挑出来一条，"嘶——"，从中间一撕两半。老婆说："咦，你咋给我撕

---

[1] 应：洛阳方言，这里是"做"、"当"的意思。

[2] 没啥他娘：丈夫一般称妻子为"孩儿他娘"，没有孩子则称"没啥他娘"，此处略带戏谑的意思。

开啦？"

老头说："嗯，不要吭气儿，有用处。你再把你戴的耳环抓一把过来。"

老婆拿过来几只耳环，老头从中间挑选了一只，拿起来扭头就走。老婆说道："老头子，你慌得跟拾炮一样，是干啥的啊？"

老头说道："没啥他娘，咱俩过了半辈子，闺女小子你没给我生一个，我看你真不中啦，我只该[1]去拾一个啦。"

老婆说："咦，你个老东西，没见过你这叫驴会下驹儿，老公鸡会繁蛋[2]哩。"

老头说："你不信，我今天就叫你看一看，老公鸡下这蛋啥样哩。"老头把真情实话一说，老婆说："咦，要是这，太好啦，太好啦！那你把这半个镜子也拿上啊。"

老头说："你啰唆！拿那半个干啥？""你拿着，万一那半个对不上，你好对这半个啊。"老头说："中，这是个好办法。"说着直奔大街对表而去——

【起腔】	【送腔】
胡老明，一阵阵兴冲冲	把那几件东西拿手中
【凤凰三点头】	
心中不住暗暗祈告	尊一声，空中的神圣你们听
保佑保佑多保佑	保佑我，今天拾下这小儿童
若能把这孩子领回来	我满斗，焚香谢谢众神灵
一边想着来好快	人群不远就在这面前停
乡亲们一见忙闪步	胡老明开口说一声

"哎，京郎，咱对吧？"

这时京郎抬头一看，这个老头真来啦，咦，我咋觉着有点不对呀，你说他不是俺爹吧，他给我对表来啦，再说他是俺爹吧，我在家见俺妈还不到三十岁哩，这个老头六十多啦，他会是俺爹？再不然俺妈从小太娇，

---

[1] 只该：方言，"只能"的意思。
[2] 繁蛋：方言，"下蛋"的意思。

俺外爷给俺妈寻了个老女婿？不管他，只要对上表记算是。想罢说道："那……，对呗。"

"先对啥？"

"先对环子吧。""嗯，好。"老头取过来一只环子，京郎接在手中，一手拿过自己的一只，站起身，先使了一个转圈儿礼，说道："襄阳城大伯大叔，婶子大娘你们听着，我是从北京要着饭来这里找俺爹哩，我是对表相认，这老伯他跟我对表记啦，对上了，你们就说对上啦，没有对上，你们千万不敢说对上啦，你们要是不说实话，我就找不着俺爹啦。"

一圈儿人一听这话，就说："小孩，放心吧，对上就是对上，没有对上就是没有对上，俺们做证，谁也不准昧着良心说瞎话！啊。"

京郎这时拿着这两只环子往那一块儿一对，老头说啦："这一回对上了吧。"

京郎说："没对上。"

"咋啦？"

"你看看，我这大，你这小；我这短，你这长。我这是黄色的，你这是发蓝的。对不上。"

老头说："对不上，那，咱对汗巾吧？""中。"老头说："那汗巾要是对上，我可就是你爹的啊。"京郎说："中。"老头递过来汗巾，京郎接过来一块一对。老头说："这一回，对上啦。"

京郎说："对不上。我这汗巾小，你这汗巾大；我这布纹细，你这布纹粗；我这是草红的，你这是水绿的。没有对上。"

"对不上。拿来，咱对镜子，镜子对上，我还是你爹哩，啊。"

京郎说："中。来吧。""那……，拿来，叫我先看看你那。"京郎拿起来叫老头看看试试，老头扭过来脸儿，挑了半个镜子："给，对吧。"

京郎接过来往一块一对，老头说："嗯，啥样，这一回可对上了吧？"

京郎说："这厚薄不一样，中间有个大窟窿，这会能对上？"

老头说："没对上？给，再对这半个。"京郎一看说："老伯，你这是一个镜子打开啦，你咋会跟我这对上哩？"老头说："京郎，这可不是对不上啊，这都怪我又给你找了个妈啦，当初我叫她给我收藏好，谁知道她收藏的地方太潮啦，年数一多，就潮走样了。你跟我回家去吧，过几天晒晒就对上啦。"

京郎说:"不中,你这走样儿,我这咋没走样哩?对不上就是对不上!"

老头说:"京郎,我真是你爹哩。走吧,把你冻坏把我心疼死啊。"

京郎说:"慢着,你这老头,再说是俺爹,我就说话难听啦。"

老头一看,不中啦,恼羞成怒:"你这孩子,我看天这么冷,你冻得浑身打战,可怜你,我又没儿没女,把你领到家里,不叫你受罪。你这不中啦,那不中啦,算啦!我不是恁爹!冻死你不屈!"

小京郎一听,两眼落泪:"这个老头,别走!""咋?""你这老妖毛,欺人太甚啦!"

【笃板】

小京郎一阵阵怒冲冲	用手一指喝连声
你老头跟前没有儿	你不该昧着良心把爹爹充
一声声只把儿来叫	还口出狂言太欺生
我若不看你年纪大	我定要骂你老祖宗
小京郎,说出几句可不打紧	这一回,气恼了老汉叫胡老明
胡老明气得浑身颤	我喝住胆大的小畜生
认不认来全由你	你不该,污没老头真难听
今天犯到我的手	不打你,我是老龟种
想着恼,带着怒	"呼"一声,蹿步拳头举高空
牙一咬,眼一瞪	照住京郎往下棱
眼看京郎要挨打	街坊们一见挡住说一声

"咋哩,咋哩!胡老明,你想打人哩?你捞住人家孩子认啦半天,人家还没说你两句,你想耍厉害哩。那中!收拾他!看他敢打你一下,捞住他,头给他扭啦,膀子给他卸啦,胯给他掰啦,腿上毛给他摘啦。你敢打人家一下,不叫你丢人才怪哩。"

这一下子一说可不要紧,可把胡老明给吓坏啦。有人说:"不是说你这老头,你打人家一下不大要紧,叫湖北街上这么多人都得跟着你当坏人?

人家小孩说啦,咱这湖北襄阳的人都是真混账的人,咋啦,跟着你当王八蛋,当混账?"

众人这一说,一挡,胡老明算不敢打啦。他知道这一打就糟糕,少不待一会儿,只得拄起拐杖,扭头走了。

他这一走,众人们这才回头看看京郎,有人说啦:"小孩,老头走啦,俺们再说说你。老头跟前没有小孩,他很喜欢你,可他没有什么恶意呀。啊,认不认由你,你不该说话恁难听啊。他恁大岁数啦,连俺们都得给人家叫大伯大叔哩,他叫你几声儿,你能吃多大亏?你说得老头下不了台,他不打你他打谁?今天要不是俺们挡住,不就打到你身上啦?常言说,出门三里地,就是外乡人。不管谁,他对上表记是你爹,对不上表记你不认他,可不敢说难听话。啊,小孩,走吧,这里人不少,没有恁爹。多找几个地方,说不定在哪里就能碰上恁爹啦。快走吧。"

京郎两眼落泪说:"我谢谢大伯大叔,你们说得对。"

"不用谢,不用谢。趁着天还不黑,快走吧。"

【滚白】

这时众人一哄而散,单撇下京郎,拾起三件表记,拿起了打狗的枣棍,直奔西街找他家爹爹去了——

【悲平板】

众人们,一哄而散都回家中	在这街上,单撇下京郎小玩童
无奈何拾起来了这三件表	把这黄瓷瓦罐掂手中
心暗想,也不知俺爹在何处	他在谁家把身停
我到这,哪里把他找	啥时候,能找着俺爹杜九龙
小京郎,一边想着一边走	可是不料想,西北角偏偏可就起了风
呼呼呼,这大风刮过两三阵	一霎时,青天又被乌云蒙
眼看着,天气越阴越来越重	不多时,小雪籽儿唰唰唰唰往下冲
刚开始,小雪往下下	到后来,鹅毛的大雪漫天空
风卷雪,雪卷风	铺天盖地白腾腾
也不知下得有多大	不多时,那地上下的有半尺还有零

十冬腊月天寒地冻　　　　　　西北风刮得刺骨冷
街上人越来越得少　　　　　　家家户户把门封
大街行人都走净　　　　　　　单剩下京郎人一名
小京郎，独自走在大街上　　　身穿着，破衣都是窟窿
多少天，都没有要饱饭　　　　肚内无食腹中空
只冻得浑身打打战　　　　　　嘴唇乌青怀抱冰
两只小脚都冻烂　　　　　　　走过去，鲜血把雪地积雪都染红
小京郎两眼落下泪　　　　　　哭一声爹爹杜九龙
我的爹爹你在哪里　　　　　　你在谁家把身停
问了声，爹爹你怎知道　　　　孩儿找你到襄阳城
早来一会儿还能见　　　　　　再晚来一会儿可就见不成
快来吧，快来吧　　　　　　　眼看着，要把我冻死襄阳城
眼望着北京落下泪　　　　　　叫一声妈妈余秀英
你在北京你怎知道　　　　　　孩儿我襄阳遭灾星
今天孩儿我要冻死襄阳地　　　我的妈呀妈，是哪个，
百年后，给你披麻戴孝送坟茔
从此后，咱们母子难见面　　　再见面，除非是夜晚打三更
孩儿我给你托梦胧
小京郎哭得如酒醉　　　　　　真可叹，大街上无有一人冷清清
眼看着黄昏天色暗　　　　　　没有一人问一声
小京郎，他走着走着身发硬　　只觉得眼发黑，头发懵
两眼不住冒金星　　　　　　　栽棱栽棱几栽棱
扑通声倒在雪窝中
大雪不住往下下　　　　　　　小京郎，他的身上边下了一层又一层
再迟一会儿没人救　　　　　　小京郎有命难活成
欲再说，京郎他该死　　　　　到后来，是哪个上京中头名
欲再说，京郎不该死　　　　　眼前边谁是他的救命星
【飞板】
眼看着，小小京郎命难保　　　来了——打东边，扑棱棱扑棱棱

跑过来一匹马白龙[1]

马上边骑着人一个	观年纪三十上下正年轻
鼻直口方面庞正	目如朗星好聪明
一顶圆帽头上戴	身穿着虎氅子皮袄甚威风
拱腿皮靴穿一对	手里边，掂着一个小火笼
打马扬鞭往前走	鞭打马蹄一阵风
马后边，看一眼	紧紧跟着二家丁
要知这是哪一个	这就是杜京郎，他的亲爹杜九龙
杜文学来到了大街上	正碰着京郎小玩童
也不知父子怎见面	下回书中接着再往下听

第八回

京郎初见亲生父　文学盘问儿亲生

【起腔】　　　　　　　　　　【送腔】

闲言咱不叙书归正　　　　　　书接着上回咱们往下听

【飞板】

眼看着，京郎命难保	打东边，跑过来一匹马赛龙
马上边骑着人一个	三十岁上下正年轻
一顶圆帽头上戴	身穿着虎氅子皮袄甚威风
打马皮鞭高举起	手里边掂着一根小火笼
要知来了哪一个	这就是杜京郎，他的亲爹杜九龙
杜文学跨马前边走	身后边还紧紧跟着二家丁
杜文学催马来到大街上	猛发现，雪窝里躺着一个小玩童

哪位先生问啦：杜文学是充军出来的，怎么现在这样威风？原来杜文

---

[1] 马白龙：即白龙马。为押丁东韵，此处做"马白龙"。

学在山东临清州跟随着户部尚书胡老爷,来到了湖北襄阳以后,胡老爷跟前乏子无后,就让文学认到他的跟前,作为螟蛉义子,让文学每天在书馆读书。这一天,胡老爷到书馆内问道:"儿啊,你北京的家中还有何人?"

文学说:"除我并无他人。"

"嗯,你北京可曾娶过妻房?"

文学一声说道:"没有娶过。"敢说为啥文学欺骗胡老爷呢?原来杜文学充军出来以后,无论是谁问起家中还有何人,为了避免奸臣陷害,总是随口答曰"没有人啦",至于胡老爷问起来,杜文学仍是随口说出。

胡老爷听罢心中高兴,说道:"儿啊,既然如此,你看老夫乏子无后,只有一女,名唤胡月英,人才相貌与我儿也还般配。老夫有心从中做妁,把你月英妹妹许你为婚,不知我儿意下如何?"

"这个……"杜文学万万没有想到胡老爷会有此意!心中暗想,欲再说答应吧,我北京现有前妻余秀英;说不答应吧,又恐怕伤了胡老爷的心;现在说实话,又恐怕胡老爷说我是故意推托;不说实话吧,还恐怕招下胡小姐之后,胡老爷得知我文学北京有前妻,又招下了户部尚书的千金做偏房小姐,那时若胡老爷怪罪下来,只怕我生命有险。"这……"

胡老爷说道:"你这个什么?一切由老夫我做主,我看今日就是良辰吉日。呵呵,人来,香案伺候!"

就这样笙吹细乐,吹吹打打,推推拥拥,推进洞房。洞房之中,杜文学见胡小姐人才出众,品格超人。又想,我北京虽然有前妻,可是我永远不能回北京啊,跟没有前妻一样。如今招下胡小姐,也好有个照应,即使以后余小姐知道,也会谅解,只好瞒住胡老爷和胡小姐万事皆休。就这样杜文学招亲之后,小两口如胶似漆。胡老爷怕文学生活寂寞,就在大街上给他开了一座当店,配了两个家丁伺候着,从此以后襄阳城大街上男女老少都知道,户部尚书的门婿,也是干儿子,胡府的当店一品大掌柜。

这天,文学正在当店里算账,忽然天气变冷啦,又是下雪,又是刮风,文学慌忙加了件衣服,生着了暖手的小火炉,又听见院里边房檐下这喜鹊"喳喳,喳喳"喜鹊乱叫——

【散板】

心暗想，常言说喜鹊一叫就有喜　　乌鸦一叫可就有凶

今日这喜鹊喳喳叫　　但不知，这喜事应的是哪一宗

【玉林板】

忽然间想起一件事　　心里边止不住暗想情

半月来，我本说没有回府去　　不用说，胡小姐盼我回楼棚

急忙把账本收起来　　叫了一声胡定和胡平

拉过来蝴蝶这白龙马　　咱们收拾收拾把门封

天气寒冷生意少　　咱回到府下去避避风

胡定胡平不怠慢　　他们里里外外准备成

杜文学搬鞍上了马　　追着后边胡定和胡平

杜文学马上抬头看　　老天爷下雪刮着风

忽然间两只喜鹊迎头过　　喳喳喳喳不绝声

喜鹊不住喳喳叫　　惊动文学杜九龙

杜文学，喳喳喳　　杜九龙，喳喳喳喳

快去吧，喳喳喳　　快去吧，喳喳喳

你的儿来到了襄阳城

去得早了还能见　　要去得晚了可就见不成了

杜文学不解鸟中语　　只急得，两只喜鹊乱扑腾

杜文学摧马那就往前走

猛发现，在这大街上一个小孩倒在雪窝中

【三字紧】

他急慌忙，哟一声　　勒住马，探探绳

放出小孩问一声

【玉林板】

杜文学一连问了好几句　　小京郎一声也未吭

话说杜文学顶风冒雪，催马正走，忽然发现大街上雪窝里躺着一个娃娃，眼看着马到跟前，文学勒马一看，大街上除了风卷大雪，冷冷清清，

并无一人。再看小孩,侧身在雪窝之中,身上下了多厚的一层雪。脸上的雪已经不会融化,可见这个小孩已是奄奄一息!文学不由动起恻隐之心,大声喝道:"小孩,天下这么大的雪,刮这么大风,你为什么躺在雪窝之内,不回家,难道你不冷啊?"

再说这时京郎已经浑身发僵,牙关紧咬,连说句话的气力都没有啦。听见耳旁有人喊叫:"你不冷?"他这才慢慢把眼睁开一条缝一看,只见一个人在马上骑着问他,就一言不发,又把眼合住。

文学一看,感到奇怪,不由问道:"小孩,我是问你呀,你为啥不回答?你不冷?"

京郎睁眼又一看,他还在马上骑着,又把眼合起来,好像没有看见。

这下文学可真生气啦,马鞭子一指,说道:"哇,你个娃娃,岂有此理!连问你几句,你看看我,一言不答,一语不发,真乃招打!"

京郎一听此人要打他,害怕啦。心想,他要再打我几下,我可就没有命啦。这才又把眼睁开,用尽全力说了一句话:"老伯,你是问我哩?"

这个声音几乎让人听不见,文学一听:"啊,我是问你哩,我当你是哑巴。你既然会说话,为什么不理我?"

"老……伯……刚才……你问……我……我,不想……理你……你不知礼。"

"啊!啥呀?拿着我一个红门秀才,读的孔孟之书,善知周公大礼,你竟敢说我不知礼。难道我这红门秀才不配跟你这要饭吃花子讲话!"

京郎说:"这是谁瞎眼啦,点你个秀才。你读的是孔孟之书,我看你读的是破鞋底子,你知礼,你知狗屁!"

"你!咦——"这下可把文学给激恼啦,"你这孩子说话真乃放肆,竟敢羞辱于我!好,今天我叫你给我讲出礼来,我怎么不知礼。为啥你说我读的是破鞋底子,我怎么是狗屁。你讲出来倒还罢了,你若讲不出理来,看!这鞭子就是你的对头!"

京郎说:"老伯,你当真想听?"

"我当真想听。"

"你当真想听,你下来马,蹲到我的跟前,我才说。你骑在马身上,我不说。"

"好！"文学下了马，蹲到跟前，"你说吧。"

京郎说："老伯，你这襄阳城的人，是论理哩，是仗势的？"

"是论理的。有理走遍天下，无理寸步难行。"

"要是论理，那你不一定打成打不成。"

"只要你说的是理，我就不打你。"

"老伯，刚才你问我哩啥？"

"我问你，天这么冷，你躺在雪窝里冷不冷。"

"老伯，你戴的啥？"

"暖帽。"

"穿的啥？"

"虎氅皮袄。"

"手里掂的啥？"

"暖手的火炉子。"

"你冷不冷？"

"冷啊。"

"老伯，你穿着这种衣服还嫌冷。我穿着破烂单衣，躺在雪窝里，冻得连起都起不来啦。你在那马上骑着，问我冷不冷，冷不冷！我问你，你是明知啊，还是故问？"

"哎——呀——这……"

"眼看着我冻得打战战，连动都不会动啦，你连说几句：你咋不回家！我要能回家，我早就走啦，还用叫你来问我？你问我这是啥意思？"

"这……我——！我是可怜你呀。"

"你可怜我？眼看我快冻死啦，哪还有力气跟你说话哩？你要真是可怜我，下来马，把我找个地方暖和暖和，再问不迟。可你骑在马身上，高一声低一声地喊叫我，我给你说大声点，说不动；我给你说小声，你听不见。我没有办法说，我说不动，你还说招打，要打我。你心疼我可怜我还要打我，你要不可怜我，你还准备把我杀了哩？就这你还是说是秀才，读的是孔孟之书，善知周公大礼，叫我说，你知狗屁。"

"哎唉——"这一下可把文学真说住啦,文学一想,是啊,小孩说得在理呀,"好吧,小孩,你说得有理。我今天不打你,可我是真心可怜你呀。现在我问你,天这么冷,你怎么躺在雪窝之中,为什么不回家?你的家在哪里呀?"

【滚白起腔】
京郎说,我的老伯呀,我没有家啦——

(夹白)"哎,小孩,且慢,你这话可就不对了,人生在世,谁能无家?不过家穷、家富、家远、家近而已。你怎么能没有家哪?你给我讲讲,不管你家有多远,我都能想办法把你给送回去。你家是哪里的呀?"

京郎见问两眼落泪　　　　说道老伯听我听我讲来——
【悲平板】
小京郎两眼泪双倾　　　　尊一声老伯你当听
说起家来我的家也有　　　俺并不是少姓没有名
俺家可不在襄阳地　　　　我的家住在北京城

(夹白)"且慢,娃娃,你是北京的?""我是北京的。""好啊,我也是北京的,这一说,咱们俩个还是老乡啊。呵呵,常言说,美不美,泉中水,亲不亲,故乡邻。既是这样,我就更应该照顾你啦。啊,娃娃,北京城地方很大啊,有三百六十道胡同,四百八十条巷口,你在哪个胡同,哪个巷口住啊?"

【平板】
我的老伯呀,我家就在北京地　　手扒胡同有门庭

(白)"慢——"杜文学心中暗想,想俺文学家住皇城里手扒胡同,这个小孩他……会不会?"小孩,北京城有两个手扒胡同,皇城里有个手扒胡同,皇城外还有一个。你在哪个地方住啊?""老伯,俺在皇城里那个手

扒胡同。""什么——？嗨嗨——"文学心想越凑巧了，说着说着，这个小孩和我成一条街坊的人啦。是啊，想我文学出得京来，一十二年没有回去，不知我那家中情形如何。既然小孩和我是近老乡，我何不趁此机会打听打听我家里情况？想罢说道："小孩，你姓啥呀？你是谁家的小孩啊？"

【平板】
我的老伯呀，俺自幼姓杜一个字　　　一个杜字传万冬

（白）"且慢——"文学暗想，却怪了？皇城里手扒胡同只有我一家姓杜，这个小孩他姓杜？说着说着，成我们家的小孩啦！可是我们家并没有小孩呀。嗯……，哦——若非这个小孩他……？想到这里，急忙问道："你姓杜，你爷是谁？咹，你爹叫啥？快与我讲来！"

【平板】
京郎说，我的老伯呀，俺自幼姓杜一个字　　　一个杜字传万冬
我的爷爷在朝把官做　　　官拜着九省经略名叫杜宏
虽然说官职不算大　　　一杆旗，能调动天朝九省兵
我爹爹名叫杜文……
"杜文"两字刚出口　　　一边厢，吓坏了文学杜九龙
急忙捂住小孩的嘴　　　小京郎满脸憋得乌蓝青
杜文学捂住京郎不打紧　　　把京郎捂死大街中
眼看父子难见面　　　下回书中接着再往下听

第九回

文学搭救欲认子　京郎执意对表记

【起腔】　　　　　　　　　　　　　【送腔】
闲言咱不论书归正　　　　　　　　　书接着上回咱们慢慢听

【笃板】

小京郎一个"学"字没出口　　一边厢，吓坏文学杜九龙
急忙忙伸手他捂住小孩嘴　　把小京郎小脸憋得乌蓝青
小京郎急忙推开文学的手　　把眼一瞪说了一声

"老伯，你这弄啥，我不说你叫我说；我说你捂住我嘴不让说，你想把我捂死哩？老伯，咋回事儿你？"

是呀，敢说文学为啥捂住京郎嘴不让他说？原来杜文学听到这里他早已明白，知道这个"杜文"下边不用问就知道要说"学"字。可是说出"学"字不打要紧，这身后边还站着两个家丁胡定、胡平。如果这两个家丁听见这话，回去走漏风声，那胡小姐知道，不能到底[1]。更怕的是胡老爷知晓此事，杜文学有命难保。因此杜文学不敢再让他往下讲。这时把手松开说道："娃娃，我不是不让你讲，天这么冷，我怕你说话时间久了，喝了凉气，生出毛病。你先稍等，马上咱们找个暖和地方再说，好不好？"

京郎说："好。"文学这才回头说道："胡定、胡平？""哎，姑爹何事？""你看姑爹今天碰见一个小孩，我想和他说几句话，天这么冷，你们不必陪着受冻。你二人回府对姑娘言讲，就说姑爹马上就回府去了。""哎，好，是是是。"再说这两个家丁早就冻得站不住啦，哪还有闲心听他说话？一听叫回府，高兴迷啦，急忙拿过鞭子，接过火炉子，拉马回府而去。

单说杜文学见他二人走远啦，这才回头俯下身去，双手将京郎扶起，将身上的雪给掸去，见京郎面黄憔悴，摸摸身上冰冷。说道："娃娃，你饿不饿？"

京郎说："老伯，我要饭要了快一年啦，出来都没有要饱过，咋能不饿哩？"

文学说："我领你到饭铺，咱们先吃点饭再说，好不好？"

"老伯，我没有钱啊。"

"我拿钱，我管你饭。"

---

[1] 不能到底：不会就此罢休之意。

"老伯，你要管我饭，我先给你商量商量。"

"商量啥？"

"你管我饭，得叫我吃饱。"

文学听罢这句话，眼泪"扑嗒、扑嗒"顺脸往下流，说道："好，我叫你吃饱。我一定管你吃饱。"

"老伯，你对我真好，我先谢谢你。以后我找着俺爹好好报答你。"文学说："不用谢了，不用报答。"说着用双手把京郎紧紧抱在怀里，用皮袄严严地裹住，迈开大步往东街饭馆而去——

【平板】

杜文学，急忙把京郎抱怀中	顶风冒雪一阵风
一边走着还心暗想	埋怨声贤妻余秀英
你千不该你万不该	把咱儿放出北京城
咱的儿若有好和歹	百年后，哪一个给你披麻戴孝送坟茔
杜文学他一边想着一边走	但只见那店房面前停
迈步只把门槛上	店家店家叫几声

"店家哪里，店家哪里？""哎——来啦！哟，姑爹，你老人家里边请。""嗯，里边可有个僻静的地方没有？""有，上房屋三间，宽敞利落。""前边带路。""哎，是。"文学跟着堂倌来到上房一看，果然不错，文学先把京郎放在椅子上，用手扶着。小京郎坐在了凳子上，堂倌急忙擦着桌子，抹着板凳，问道："姑爹，你想要点什么？"文学说："今天我要招待一位贵客，你给我来一个。""哎，好嘞——前边灶上听真，户部就要招待贵客，来个上等酒宴，八大碟、八小碟，除了只八拐弯儿……""慢，堂倌，我不要这些东西。""那，那你……""我问你有素面没有。""这……"堂倌一听，哎哎，这么大一个葫芦没有把儿，"呵呵，姑爹，有……""好，你给我来一碗素汤面，再来一盘羊肉馅的小包子。""好嘞——，前边听着，出锅的鲜羊肉馅肉包子，再来一碗素汤面嘞——"

小堂倌他哪里知道杜文学是怕小孩饿过度了，猛吃不宜消化的肉食会把胃撑坏,可不是怕花钱啊。单说不大一会儿,小堂倌就把饭端了上来,文学一看,真好,又细又嫩又白的面条,加点青菜,油烹葱花儿,圆圈儿飘了一层小磨油,腾腾冒着热气,扑脸一股香喷喷的香气。再看那羊肉包子,一个一个皮薄面优,闻着蹿鼻子的一股羊肉气儿,说道:"娃娃,趁热吃吧。"

京郎说:"老伯,你真叫我吃?"

"我真叫你吃。"

"那你可不要离这房子。"

"咋啦?"

"我遇着这种人可太多啦,叫我饭铺吃饭他掏钱,我吃着吃着,他走啦。吃完饭,不见他,人家非逼着我要钱不行,我没有钱,人家把我打得半死不活哩。"

文学说:"放心,我不走。"说罢,叫过堂倌,先付了二两银子,京郎一看:"老伯,我出来快一年啦,还没碰着像你这样的好人。那我吃吧?""好,你快吃吧。"

这时,京郎看看一碗面条,还有那一盘热包子,恨不能一口把它吃掉。随手抓住那热包子一嘴一个,一嘴一个,吃了几个包子,又喝了一碗面条。文学说:"啥样?""差不多啦。""好,哎,娃娃,那这样吧,咱俩说几句话,说完啦,再端点热的再吃,好不好?""好……"

文学说:"刚才我在大街问你,你还没有说完,你说你爹叫杜文……,杜文什么呀,你妈妈叫什么呀?她身体啥样?你叫啥?今年你多大啦?你不在北京,来到湖北襄阳干啥?给我说说吧。"

【滚口白】

京郎见问,两眼落泪说道:好心的大伯,你既问,稳坐在店房,听我讲来——

【悲平板】

小京郎,未曾开口泪双倾　　　尊一声,好心的大伯你当听
我的爹爹名叫一个杜文学　　　有一个学名叫个杜九龙

我的妈妈本是余氏女　　　　　　不该我说，她的名字叫个余秀英
皆只为，严嵩贼要把俺的爹爹害　　十二年前，把俺爹充军到在云南城
俺爹充军还没有我　　　　　　　　走后仨月，俺的妈在家把我来生
我的名叫杜怀英，杜京郎　　　　　本是俺家爹爹给我撇的名
八岁上南学把书念　　　　　　　　同窗们都说我有娘没爹是野种
回家去，我把我的妈妈问　　　　　我的妈妈才给我讲了真情
那时我长到了十二岁　　　　　　　背着我的娘，出来找我爹杜九龙
夜晚我，住到一个土地庙　　　　　半夜里去了贼两名
行李包裹全夺去　　　　　　　　　浑身的衣裳全脱清
我心想，人生在世应该有志气　　　任凭是要饭，也要找我爹杜九龙
二月二，我离了北京地　　　　　　三月三，赶到了山东临清城
王英叔叔他对我讲　　　　　　　　俺爹爹就在湖北襄阳城
三月三，我离开了临清州　　　　　要着饭，到十一月，来到湖北襄阳城
来这襄阳不为别的事　　　　　　　为的是，找俺的爹爹杜九龙
大街上，我找爹找不见　　　　　　也不知，俺爹他谁家把身停
十冬腊月天气冷　　　　　　　　　老天爷刮的西北风
鹅毛大雪往下下　　　　　　　　　家家户户把门封
人家有爹有娘都回家走　　　　　　大街上，单撇我一个人孤伶仃
又冷又饿，我走不动　　　　　　　倒在了大街的雪窝中啊
眼看着，京郎我就没了命　　　　　多亏着，好心的大伯救性命
老伯呀，襄阳城找不着俺的爹　　　一笔勾销话无明
襄阳城找着俺的爹　　　　　　　　一层恩我报你十一层

【悲平板】

小京郎，哭哭啼啼讲一遍　　　　　在一边厢，叹坏了文学杜九龙
心暗想，我把他当作哪一个　　　　果然是我的儿娇生
多亏的，我到得早一步　　　　　　晚一步，我的儿冻死襄阳城
杜文学，越思越想越悲痛　　　　　他急忙忙，把京郎一把抱怀中
我的儿，儿啊儿，你把我当就哪一个　我就是，你的爹爹杜九龙啊
我的儿，受尽人间苦　　　　　　　咋不叫恁爹我心疼

杜文学声声只把儿来叫　　　　杜京郎把眼一瞪说了一声

"老伯,你咋弄这哩?我都说过,你待我真好。我都说了啦,你也是这号人,捞住儿呀儿呀,谁是你儿哩?拿来对对。"

"对啥?"

"对啥!叫你说这可糟糕啦。我到哪里一要说找俺爹哩,人家这个说是俺爹哩,那个说是俺爹哩,俺北京城就那一个妈,我要恁些爹回去杀吃哩。"

"那你说对啥?"

"对表记,对上表记,才是俺爹哩,对不上表记,他说他是俺爹哩,我倒是他的……"

"嗯——"

"你不用'嗯',要不是你对我这么好,我说话可难听着哩。"

"什么表记,拿来我看看。"

京郎从那黄瓷瓦罐里取出三样表记,放在桌上,文学一看,暗想,不错,我倒想起来了。当初一日,充军出来之时,我妻拿出三样东西,说要我拿一半,家里留一半。久后若认不出面貌,指表相认。今日我儿果然拿着三件东西找我来了,可惜这三件东西不在我手。那时我来到襄阳,招下胡氏月英小姐,新婚之夜,我酒醉不醒,胡小姐与我宽衣,从我身上取走了这三样东西,直到如今一十二年未要到手。今日我儿要与我对表相认,这便如何是好?有了!说道:"儿啊……"

"你先别叫儿,对上再叫。"

"好。京郎,我有表记,只是我没有随身所带,如其不然,你随我到在当店等候,你给你取表相认,你看意下如何?"

"我不去,有表记,你拿来再对对。"

"这里太冷啊。"

"我不嫌冷。万一你把我骗到一边给我害啦,谁知道?"

"唉!好吧。堂倌过来——""来啦——胡姑爹,有何吩咐?""你给我把桌子拉开,腾个地方,拿八条褥子,八条新被子过来,快点儿。""好嘞——"堂倌把东西准备妥当，杜文学让他把席铺成双层，下边铺两个被子，上边盖两个，四边再用四个被子给堵起来，一点风也不透，让京郎躺在里边。京郎这时怀里边紧紧抱着这个黄瓷瓦罐，文学一见天这么冷，怀里抱着个那东西，伸手摸住说："来，天这么冷，叫我给你接住放在一边。"

京郎说："别动，别动，俺爹在这里头哩。"

"什么，你爹咋会在这里边哩？"

"我这表记在这里边哩，你把它拿丢，我就找不着俺爹啦。"

文学说："好，你就先抱着吧。"说罢，文学回头说道，"堂倌过来。""哎，来嘞——胡姑爹，有啥事吩咐吗？"

"堂倌，上房屋我这一个小客是我的贵客，今天我要你好生伺候着，他吃啥拿啥，要啥端啥。你记着，花多花少，姑爹我一人包啦。你可千万给我看好啦。"

"呵呵，胡姑爹，你就放心吧。我任凭不做生意，也要给你招呼好，回来你请给我要人啦。"

"你可给我看好了啊！"

"哎，放心吧，我这么大的人啦，还能看不好一个小孩？"

文学说："好吧。"说罢迈步出离店房，直奔胡府去了——

【玉林板】

咱们接着说，杜文学取表暂不讲　　折回来，咱说说小姐胡月英
胡小姐楼上正把那花来绣　　忽然间下起雪来起了风
手扒着楼门往外看　　铺天这盖地白雪蒙
风吹尘飞有寒意　　不由得想起了文学奴相公
胡小姐凝视着苍天来思念　　猛想起昨夜晚一梦心中惊
我梦见奴相公变成一只金翅鸟　　一展双翅要腾空
我问夫君你往哪里去　　奴丈夫二目落泪不出声
我急忙着伸手抓一把　　只抓住鹏鸟的一只翎
那鹏鸟不住哀声叫　　转眼间鸟化清风影无踪
急得我出了一身汗　　梦醒来，半截枕头都哭湿清

多亏这是一场梦　　　　　　　若当真，胡月英可就活不成
胡小姐，楼上正把那文学盼　　楼下边，上来了文学杜九龙
也不知究竟怎么样　　　　　　下回书中接着再往下听

第十回
文学回府取表记　月英藏表遇难题

【起腔】　　　　　　　　　　【送腔】
小钢板一敲叮当叮　　　　　　紧接着上回书半封
【平板】
咱记住文学暂不讲　　　　　　再说说小姐胡月英
胡小姐，楼上边正把文学盼　　忽听见，小丫鬟秋风禀一声
小姐呀，适刚才胡定来禀报　　发言说，俺姑爹他马上就要回楼棚
【玉林板】
哎呀，胡小姐一听心高兴　　　叫丫鬟，快把这酒席给我准备成
丫鬟答应把这楼下　　　　　　胡月英，梳洗打扮不消停
胡小姐刚刚梳洗好　　　　　　忽听见，楼下边传来了脚步声
听声音，不用问　　　　　　　一定是文学回楼棚
正要抬腿往外移　　　　　　　忽然间一事想心中
奴相公半月没回来　　　　　　我何不开个玩笑，玩玩我的奴相公
胡月英想罢主意定　　　　　　来到案边，衣柜子后边藏身形
且记住小姐且不讲　　　　　　再说说文学杜九龙
心有事急急忙忙把楼上　　　　上了楼梯格十三层
进楼门，只把那个小姐叫　　　小姐，小姐不住声
看一看，喊了几声没人应　　　这个里间外间空又空
丫鬟、小姐全不见　　　　　　杜文学不由得一阵喜盈盈

单说文学叫了几声："小姐哪里，小姐哪里？"不见人。"丫鬟走来，

丫鬟走来。"结果一看，里里外外空无一人。文学一见，不由得心中高兴，仰面合掌大笑："哈哈哈哈，哈哈哈哈……"不由得将心中之话说了出来，说道："胡氏贱人哪，今日我回到绣楼，你正好就不在楼上，看起来真该我们父子相会了啊。哈哈哈哈……"又一想，对，我何不趁她不在，赶快把表记找出来？也好。想罢文学便来到案边，将所有的抽屉箱柜都翻了一遍，又到外边翻了一阵，结果一无所获。心中暗想，这个贱人，她把这三件东西放在哪里去了？无意间来到外间，猛然发现，半截柜上放着一个皮箱，用锁锁着。心中暗想，哦，这个箱子她从未当着我的面打开过，莫非说这东西……好，待我打开一看便知。为找钥匙，将里里外外杜文学又翻了一遍，结果是不见钥匙，心急如焚，心想，我急需东西，何惜这一把锁？罢，常言说，好锁扛不住三破鞋。他就这样弯腰将靴子一脱，照箱锁上，用力一甩，"叭啦"一声，一看未打开，"叭啦"又一声，还未打开。文学最后将手一举，眼看要打这第三下，怎能料到胡小姐已蹑手蹑脚来到了杜文学的身子后边，伸出右手，照住杜文学的肩膀上"啪"，轻轻击了一掌，说道："相公。"

"哟，这……"文学大惊，打了寒战，回头一看，说道："小姐，这……，我。"

"相公，你回来啦？"

"我……这个……"这时文学双手举起那靴子，是打也不敢打是放也没法放，就举到那不会动啦。这时胡小姐说道："相公，把靴子举那么高干啥？放下吧，穿上吧。"

"啊……呵呵，对，我就是先举起来看看，看看这个靴里头有啥没啥，呵呵。我这就是要穿……"

"相公，请里边坐吧，你饿不饿？""不饿，呵呵。""你渴不渴？""不渴，不渴，呵呵。""你不冷吗？""不冷，不冷，呵呵。""啊，相公，少等一会儿，马上丫鬟就把酒席给端上来啦。""嗯，呵呵，好啊。还是小姐待我好啊。"

"相公，你说自从你来到俺府，俺爹待你如何？"

"呵呵，我那岳父待我恩重如山哪。"

"那……你说为妻我哪?"

"你嘛,只厚不薄,呵呵。"

"那为妻我曾经犯过什么毛病?抛米洒面,败坏人伦,或者伤风败俗……"

"哪里,哪里。小姐,你要算是天下最贤惠的妻子啦。呵呵呵呵。"

"那么既然俺父女待你这么好,我又没犯什么毛病,刚才你回到楼上,高声喊着:'胡氏贱人哪',我问你,我贱在何处?"

"啊,这,这——我是说你这个,这……"

"说呀。"

文学一想,糟啦,这话刚才都让她听见啦。转念一想,合掌大笑:"哈哈哈哈,哈哈哈哈……小姐,怎么年纪不大,你就耳沉了。我回到楼上,既想见到小姐,我开口正要喊叫,忽然想起来,小姐你平日里吃斋行善,念经祈告,也算是个善人。我就随口顺道:'胡氏善人来',谁说是贱人啦?"

"啊,这么你说是'善人'?嗯,也许是音同字不同,我听错啦。可你又说:'我今天回到楼上,你正好不在楼上,可该俺们父子相会的日子到啦'我问你,你跟那个父子相会?"

"啊,这个……呵哈哈哈……小姐,看来你可真是耳沉了啊。我有半月没有回来,我今日回来,刚好你又不在楼上,我说'真该我们夫妻相会了'。哪个说'父子相会'?"

"嗯,就算你说是'夫妻相会',那我再问问你,我那箱子跟你有仇?"

"啊,没有。""有恨?""没有。"

"那你举起你那靴子砸我这箱子干啥?"

"我砸那个箱子嘛,我砸……这个……啊哈哈哈哈,小姐,你哪曾晓知,今日我是走着回来,靴子上沾了不少的雪花和泥块,一进楼门,我看小姐你把这楼板擦得是干干净净,我怕走进来把地板给弄脏了,我就先到外边,脱下靴子搁这箱子上摔打摔打,呵呵。"

"啊,你再没地方摔啦,你在我这箱子上摔打起来了,你就不怕把那锁给我砸坏,把箱子给我摔脏?"

"啊,小姐,我一时疏忽,还望小姐海涵,如果不行,我叫那丫鬟擦擦不就行啦。"

"不对,相公我看你今天回来心神不定,说起话来藏头露尾。我总觉得,你好像有什么事在瞒着我。"

"哎,小姐,你太多心了。我还能瞒你不成?呵呵。"

"不,相公,我听你话里有话,话外有音。总好像北京你有前妻,是呀不是?"

"哎,小姐,这就是你的不对了,你我夫妻一十二年,此事我再三讲过,没有前妻,怎么今天又提起此事来了?"

"这么说相公你当真没有前妻?"

"当真没有。"

"果然没有?"

"千真万确。"

"既然没有,相公,你可敢跪在楼棚对天盟誓?"

"这个……"

【散板】

一句话出口可不打紧	这一回,难坏了文学杜九龙
心暗想,千不该,万不该	背后失言我露真情
欲再说今天我明誓	我现有前妻余秀英
欲再说今天不明誓	胡小姐必然把疑心生
胡老爷如果再追问	怕的是,我少主吉来多主凶

【平板夹笃板】

前思后想无主意	左思右想无计生
罢,罢,罢,今天我就明明誓	我就不信,哪有神圣那么样的灵
杜文学双膝扎跪到楼板上	空中的神圣你当听
也不管神通大,神通小	把俺的闲事就管清
我杜文学北京有我前妻在	你叫我回北京,碰着奸贼老严嵩
他把我下到南监中	

杜文学明摆了洪誓愿　　　惊动了小姐胡月英
忙上前捂住文学的嘴　　　出言来叫声我的奴相公
我给你说的是玩笑话　　　谁叫你当真把誓明
相公若有好和歹　　　　　撇下了为妻谁照应
杜文学一听心生气　　　　把脸一板哼一声
胡月英一见事不好　　　　飘然下拜说了一声
我的相公啊，为妻我本是女流辈　有不周之处你多宽容
适刚才惹你生了气　　　　如今为妻我赔情
杜文学他正要这句话　　　回过头来说一声

"呵呵呵呵……小姐，你当我真生我的气不成？岂不知我也是和小姐你开个玩笑，哈哈。"

"怎么，相公你当真不生气？"

"当真不生气。"

"那，不生气就好。我叫丫鬟给你备酒席上来。"

"慢，小姐，我忽然想起了一件事，十二年前，你我夫妻成亲之时，当晚你给我宽衣，从我身上取出那三件破东西，镜子半拉，环子一只，汗巾半拉，你把它放到哪里去了？"

"相公，怎么今日为何突然提起此事啊？"

"呵呵，小姐哪曾晓知，那是我朋友的东西，托我暂时保管。谁料时至今日，我那朋友前来到当店讨要那些东西来了。小姐，你快把它给我取出来，物归原主才是正理啊。呵呵。"

"相公，你这朋友是男朋友，还是女朋友？"

"哎，当然是男朋友。"

"既是男朋友，为何带的全是妇道人家的东西哪？"

"哎，这我就不得而知了。"

"相公啊，既然是你的朋友，也是我的朋友，你何不把请到家中来，待为妻也好设宴款待款待，尽一下朋友之谊，岂不是好吗。"

"哎，言之有理，怎奈我已讲过多次啦，他说家事紧急，不能逗留。"

"哎呀,相公,他要不来,那这事还真不好办哪。"

"啊,这却是为何?"

"相公,你哪曾晓知,十二年前我见到了那三件东西,当时收藏了起来,谁知道过了多年,你也不要,有一次丫鬟收拾箱子,看见那三件东西都沤坏啦,丫鬟说:'姑娘啊,这东西都沤坏啦,还要它有什么用处,都扔了吧。'我说:'行啊,就扔了吧。'直到现在,已经扔了多年啦,你又来要,叫我哪里给你取呀?"

"什么?你,你,你,你把它给我扔啦?""扔啦。"

"嘿——,你坏了我的大事了啊。"

"相公,为这件小事,你何必大动干戈?你把你那朋友唤到咱家,为妻我当面给他赔礼,再把咱家的东西让他多拿几套,咱们还他不行吗?"

"啊咦——这东西你怎么知道,你,你赔不起啊——"

这时文学看看没有了表记,再看看天色已晚,生怕京郎在店房等不着,再走往他处。心想,这便如何是好?就又回头说道:"小姐,既然东西丢失,唉,也罢,待我前去,与我那朋友说明也就是了。"说罢转身就要下楼,胡小姐一把拉住,说道:"相公,何必这样慌张?今日天色已晚,明日一早再去不迟。"文学说道:"小姐,你快撒手。""我不撒手。""你撒手!""我不。"杜文学心中好恼,照小姐脚上一踩,胡月英"哎呀,娘啊——"一声,身子一歪,"扑通"一声,倒在楼上。杜文学把脚一踩,哼了一声,迈步下楼,直奔大街去了——

【笃板】

杜文学一阵怒哇冲冲	一抬脚,踩倒小姐胡月英
迈开大步往外走	出了府门一阵风
文学来到大街上	眼看老天黑咚咚
大雪纷纷往下下	西北风刮得刺骨冷
顶风冒雪往前走	心里边暗骂贱人胡月英
你千不该,你万不该	把三件表记全丢清
失落了表记不打紧	还恐怕我儿他不认成

破镜记　　105

今天我到店房内	我的儿，他要问我怎应承
罢，罢，罢，有，有，有	忽然间一计算心中
见我儿我只把真情讲	俺父子两个回北京
我不要你贱人胡月英	
杜文学，一边想着来好快	抬头看，这店房不远面前停
且记住文学咱暂不讲	花开两朵另有更
接回来再讲哪一个	

【散板】

再说说京郎小玩童	
在那被窝里，这么等，那么等	不见取表人转回程
睁眼再往外边看	眼看着老天黑咚咚
心暗想，(录音止)[1]	
这个人取表咋不来	肯定是把俺爹爹充
我赶快趁早跑了吧	免得一会儿遭灾星

【笃板】

眼看父子要相见	这一走文学来了可咋中
要知京郎如何做	下回书中交代清

第十一回

京郎受惊离店房　再次遇难掉雪坑

【起腔】	【送腔】
鼓板一敲叮咚叮	再说说京郎小玩童

【数板】

在店房，他这么等，那么等	不见取表人转回程
心中暗想，我明白了	这个人想把俺的爹爹充

---

[1] 由于磁带年代久远，有部分已消磁。第十回结尾的【散板】有部分内容已无法恢复。为了给读者呈现连贯的书情，缺失部分由吕武成补充。

我不如趁早走了吧	也免得一会儿遭灾星
小京郎主意才拿定	把黄瓷瓦罐掂手中
这只手拿起打狗棍	行一步来到前店中
小京郎迈步正要出店房	小堂倌一见说一声

"哎，我的妈呀，小孩，你往哪去哩？"

"我走哩。"

"哎，刚才不是说好啦，叫你睡觉在这店房等着，人家一会儿就来啦。你走啥哩？回去睡吧，你饥了我给你端饭，渴了我给你端汤。你要啥我给你啥，千万别走，你要一走，人家问我要人，我咋交代哩这？"

"那，我不，我走哩。"京郎说着走着。小堂倌急忙挡住："小孩，你咋说着走着哩？"

"那，我不等啦。"

"哎呀，不好！"堂倌心想，这孩子，我要一眼不见，他真走啦，胡姑爹要是回来跟我要人，我给人家捏一个泥人不会走，镟[1]一个木人不会动。他不活剥我！对！常言说，哄着不怕吓着怕，干脆我吓吓他。想到这里，把眼一瞪："站住！你想走哩！呸，你跑不了！"

"咋？""咋？不咋！我给你说，俺掏了三十两银子把你买下，还没有用哩，你想跑？"

"谁把我卖给你啦？"

"就是领着你来的那个人。那就是俺这有名的拐娃子的，俺店里专门收这三岁以上，十二岁以下的小孩子，你管拐，俺管买。你多大啦？"

"我十二岁啦。"

"嗯，那正好。"

"那你们买这孩子弄啥哩？"

"弄啥哩？你看见没有，那边是啥？"

"做饭的锅。"

"煮人锅！那边是啥？"

---

[1] 镟：音 xuàn，即削的意思。

"蒸馍的笼。"

"哼,蒸人笼!把小孩子买够数以后,先脱扯肚子[1]洗净,放到那大锅里煮,煮三煮,凉三凉;再放在那大笼里蒸,蒸三蒸,晒三晒。然后剔去骨头,再放到锅里炼成小孩油。"

"蒸小孩油干啥哩?"

"卖哩。小孩油值钱着哩,能治百病。听说只要是多年的腰疼、腿疼、胳膊疼,一抹就好。眼花啦,耳聋啦,一抹一滴,马上就好。只要是秃子头上一根头发也没有,小孩油一天抹一次,那头发'噌、噌、噌',不到七天,那头发就都长出来啦。俺掌柜打算再买几个一块煮,你跑啦,俺煮谁哩?"

京郎说:"大叔,饶了我吧。"小京郎说着"哇"地一声可就哭起来了——

【悲平板】

小京郎,只吓得浑身战兢兢	扑通声跪倒地溜平
连连不住把头叩	泪水不住往下倾
大叔,大叔你行行好	千万饶过我一条活性命
我千里迢迢到此地	找爹爹来到襄阳城
京郎死了不打紧	撇下俺妈妈谁照应
今日你要饶了我	一辈子,忘不了你的好恩情
小京郎,跪在地下来求饶	小堂倌,他"扑哧"一笑说一声

话说小堂倌见京郎信以为真,扭过头来,"扑哧"一声笑啦,嘿嘿嘿……心中暗想,这法儿还真妙哩,随即说道:"嗯,那大家儿我当不了,小家儿我还能当[2]。就看你听话不听话。"

"我听,我听。"

"你要是听话,我回来给掌柜说说,想办法救救你;你要是不听话,现在捞住先把你煮煮!"

---

[1] 扯肚子:方言,指把衣服脱干净。
[2] 当家儿:方言,指一家之中做主的人,当大家儿,是指全权负责的人,当小家儿是只能负责部分事务的人。

"我听话,我听话。"

"要听?赶紧去,上房屋睡觉去!一动也不准动,不准跑!"

"我不动,也不跑。嘤嘤……"

"也不能哭!"

"嘤嘤,我不哭。"小京郎一边说着,一边后退着,往上房去了。小堂倌一看心中好笑,心想,真是个小孩子,这家伙可把他吓孬了。好,这一回叫他跑,他也不敢跑啦。回头放心大胆地干起活来。

【滚白】

再说京郎急忙来到上房,盖住被子蒙着头,两眼流泪,偷偷地喊了一声"妈",可就哭起来了

【平板】

小堂倌,一席话说得可不打紧	吓坏了,京郎小玩童
拉过来被子忙盖住	偷偷地,叫一声妈妈余秀英
我的妈呀妈啊,你在北京怎知道	孩儿我在襄阳遭灾星
我心中不把别人恨	骂一声,拐娃子的你个老杂种
少爷我跟你何仇恨	你把我卖到店房中
今生我有个好和歹	是何人,在妈妈的跟前把孝行
小京郎他哭了多一会儿	

【笃板夹数板】

忽然他一计上心中

他心暗想,既然后店没有人	我何不,找个机会逃性命
小京郎想到此偷偷出门看	只有前店有人声
趁着没人把手动	把这被窝虚虚叠叠伪装成
到后院四下一看	到处是,白茫茫大雪看不清
仔细往那墙角看一眼	有一个茅房咫尺中
猛发现,墙上边塌了一个大豁子	小京郎一看喜心中
攀上墙豁往外看	墙高不过七尺零
京郎用棍子扫掉墙上雪	顺着豁子往外蹬

只听"扑通"一声响	他翻过墙,爬将起来逃性命
两步并成一步跑	四步并成两步行
跑着止不住回头看	直跑得浑身出汗像笼箩
真好似,打开玉笼飞彩凤	撑断金锁跑蛟龙
双手撕开生死路	一步跳出是非坑
小京郎,自以为得计逃了命	他怎知,眼下又遭大祸星
且记住京郎且不讲	记回来,再说说文学杜九龙
急忙来到东街上	店房不远面前停
迈步就把店房进	店家店家叫几声

"店家哪里,店家哪里?"

"哟,哎唉,胡姑爹,你回来啦?""我问你,娃娃……""正在上房屋睡觉,睡得美着哩,嘿嘿嘿……""好,将他唤来见我。""哎,是。"小堂倌答应一声,往后就走,走着喊着:"小孩,起来吧,人来啦。——哎,姑爹,你看小孩睡得多美,叫都叫不应。"走进上房掀开被窝一看,"小孩!——哎哟,我的妈呀!被窝里咋不见人哩?小孩!小孩!"叫着赶紧上房屋里边,屋子上,墙角下,四面八方找了一遍,"哎哟,姑爹,我在前店没看见他出去,现在不见啦,你看咋办哩?"

"什么?你!你把小孩给我放跑啦!这个小孩他是珠宝客人,身上带的宝贝价值连城,你把这个小孩给我丢掉,我要拿你是问!"

"哎哟,我的妈呀,哎哟——哎,姑爹,我想起来啦,八成他去后院解手啦。这不,这一路脚印还能看得见。"顺着脚印来到后院,往那厕所里边叫,"小孩,解了手快点出来吧,听见没有?"光叫不听见答应,到这厕所门口往里一看,"哎哟,我的妈呀,咋回来呀,这墙上有印儿,墙外有脚窝,八成他从这跑啦呀!——姑爹,跑啦呀。"

杜文学一阵好恼,照堂倌脸上"叭叭"两个耳光:"你把他给我找回来!"

掌柜的一见也慌啦:"伙计们,封火关门,四门四关,分头去给胡姑爹找小孩去,快点儿,生意不做啦。"

记住店家这话不讲,杜文学来到大街抬头一看,天漆黑漆黑,呼呼呼刮着风，唰唰唰下着雪，不由得仰面朝天，大喊一声：我的儿呀——

【滚板起腔】
你急煞为父了——
【悲平板】
杜文学，心急如焚好伤情	暗暗地，叫了一声我的儿娇生
为父如何交代你	你为何跑得无踪影
十冬腊月天这么冷	老天爷下雪还刮着风
我的儿你往哪里去	咋不叫为父的我心疼
苍天爷，保佑保佑多保佑	保佑着我的儿娇生
保佑俺父子早见面	我满斗焚香谢神灵

【笃板】
一边走着抬头看	东城门不远在面前停
城门洞前停足站	叫了声两个守城兵
你两个在此把门守	怎可见一个小孩走出城
守城兵只把胡姑爹叫	但不知小孩是啥形容
文学说，他今年刚刚才十二岁	他本是一个要饭童
一只手掂着个黄瓷罐	打狗棍掂在右手中
天刚黑他把大街离	怎可曾见他出了城
守城兵一听把姑爹叫	没见这小孩走出城
文学一听忙施礼	开口来便把兄弟称
早晚你见到这小孩	怎千万可不敢放出城
到店里给我送个信	每个人，我赏你银子整一封

【平板夹数板】
二差役就说好，好，好	胡姑爹你不必把心应[1]
杜文学东城门前交代过	扭向这回头一阵风
西城门前安排定	南北城门也交代清

---

[1] 应："惦记"、"操心"之意。疑本字为"萦"，即"萦怀"之"萦"。

杜文学，他站在十字街口	两眼不住泪双倾
我的小娇儿，我四门四关安排定	大料你插翅也难腾空
杜文学回到当店里	单等着众人把信通
且记住文学咱不讲	记回来，再说说京郎小玩童
小京郎一边跑，一边骂	骂了声，拐娃子的你个老杂种
少爷如今不得势	一笔勾销话不明

【笃板】

少爷以后得了势	我拿住你，千刀万剐还嫌轻
小京郎一边想着一边跑	只累得浑身汗水冲

【散板】

心暗想，眼看天交二更鼓	若不然，找个地方把身停
单等着明天东方亮	再找我爹爹杜九龙
一转身来到一家门楼下	他蹲在了墙角避寒风
也是小孩他累了	两眼一合他就睡朦胧

【悲平板】

他那不料想，汗水一落浑身冷	只冻得浑身如抱冰
眼看着手脚发木又疼痛	心里边不住暗想情
再迟一会没人救	大料我难活到天明
起身来到门前站	手拍着门环叫连声
大爷，大爷恁行行好	全当恁老人家积阴功
大爷，大爷恁救救命	眼看把我冻死大街中
小京郎，哭哭喊喊多一会儿	忽听得里边有人声

"谁？""大爷，是我。""干啥哩？""大爷，快救救命吧。"只听见门"呼啦"一开，京郎一看，是一个二十多岁的小伙子，京郎慌忙作揖说道："大叔，救救命吧，有那麦秸、干草借给你点用用，明天我还给你哩。"

小伙子一看心中好恼："你他奶奶的！"说罢，"叭"地一耳光，打得京郎一愣，几乎摔倒："奶奶的，刚才我正睡觉，听见你大爷，大爷，叫得怪亲热。我想长这么大没当过大爷，这回当当大爷！谁知道刚刚开门，成

'大叔'啦！我再给你掐点麦秸就成'大哥'啦，再给你点火烤烤，我还得给你叫点啥哩！滚！敢在我门前不走，我一脚踢死你哩！"

京郎忙说："大爷……""不中啦，晚啦！"

京郎说："大爷，我啥也不要啦，让我就在这门前躲躲吧，一出去我就没有命啦。"

"不行！你走不走？不走，我摔死你哩！"说着他一伸手抓住京郎的一条腿，京郎看势不对，急忙黄瓷瓦罐怀里一抱。就见小伙一掂，把京郎掂了个脚不挨地，往头上一举，舞舞棱棱可就抡起来了——

【笃板】

小京郎，多说了一句话	赌恼了这个愣头青
抓住京郎一条腿	在手上，舞舞棱棱乱舞棱
小京郎一见心害怕	大爷，大爷叫连声
你饶饶吧，你饶饶吧	全只当你是俺八辈的老祖宗
小京郎声声来哀告	愣头青，他听见全当没有听
两膀用上十分劲儿	抡着抡着猛一松
只听见"朴咄"一声响	这一下，把京郎扔进窨雪坑
窨雪深有七尺多	小京郎他"朴咄"一声影无踪
愣头青转身回家走	小京郎一下撇到雪窝中
二更天扔到雪窝内	一下子冻到打三更
眼看看小京郎命难保	下回书中接着再往下听

第十二回

京郎雪窝被搭救 施计进到胡府中

【平板】

| 杜京郎，出了店房遭灾星 | 深夜被扔到窨雪坑 |
| 眼看着京郎他命难保 | 打东街走过来一老公 |

破镜记

这个老汉年今六十岁	家住在西城以里大门朝东
外号就叫王好善	他的名字就叫王福生
王老汉去把他女儿看	到了深夜三更才转回程
顺着北街往前走	忽听是哪里传来哼哼声
顺着声音寻过去	猛发现声音就在这窖雪坑

单说王老汉听从他老伴的吩咐,下午到东街他闺女家去帮助垒煤火哩,一下子忙到大半夜,老汉冒雪回家。半路上听见"哼……哼……",顺声音找到一个粪坑前,原来这个粪坑没粪,雪都刮满啦。老汉听见这声音在粪坑里头,不由心中高兴,俺老伴早就交代叫我去买个猪娃子,老是舍不得花钱,凑巧,今天这谁家的猪娃子掉到这雪窝里啦,我抱出算啦。想至此,他慢慢下去扒开雪,往下一摸,哟,不是猪娃子,这是谁家小孩掉到这里啦,他急忙伸手将小孩托起来,上了粪坑,喊叫:"喂——这是谁……"老汉转念一想,俺两口只有一个女儿,出了门啦,乏子无后,我何不……对!老汉想到此处,解开棉袄,把小孩紧紧揣住,只奔西街跑下去了——

【平板】

好一位,老汉王福生	急忙把京郎抱怀中
细暗想,俺们夫妻半世没有后	我把他抱到俺家中
他如果有爹又有娘	就认到跟前做螟蛉
他如果少爹没有娘	就留到跟前当亲生
不管他有用没有用	全当行好积阴功
王老汉,今天他把这京郎救	他怎知,到后来这京郎中头名
杜京郎接他夫妻俩	一同到北京享华荣
此是后话没讲到	先把这眼前咱们往下听
王老汉,只累得浑身直冒汗	来到了自家头门庭
手拍着门环连声响	连把这凤她娘叫连声

单说老太太一直纺着花,等到后半夜,听到叫门声,才说道:"你个老

杂种，咋到这时候才回来啦。可把人给急死啦。"说着将门打开，见老头慌慌张张抱了个啥东西闯了进来，把门上好，回头一看，见老伴解怀开，露出一个小孩，老婆一见吓了一跳："老头子，你在哪里偷了一个孩子？"

"孩他娘，快，快弄点柴禾点着，让我把这孩子烤烤，这孩子快冻死了啊。快！"

老婆抱着柴禾点着火，老头抱着京郎在一边暖着，把前前后后说了一遍，老婆说："咦，要是这，叫我赶紧去给孩子做碗热汤喝喝。"说罢把一碗酸辣汤做好啦，端过来，老头抱着，老婆用小勺子一口一口灌着，小京郎外有火烤，内有热汤，不多一时一股暖流传遍全身，慢慢睁开两眼一看，微微弱弱地说道："这是啥地方？我这咋到这来啦？"

老婆老头将前前后后讲了一遍，小京郎急忙挣扎着爬起来，跪到地下磕头，说道："大伯大娘，我苦命的孩子多谢了——"

【平板】

小京郎，爬到了地下泪双倾	多谢过，大伯大娘好恩情
要不是二老将我救	纵然我有命难活成
老婆说，不谢不谢不用谢	老头说，叫了一声孩子你当听
你家住哪州并哪县	姓啥叫啥是个什么名
为什么来到襄阳地	为什么掉在窖雪坑
小京郎见问他的眼落泪	不由得一阵好伤情
从头至尾讲一遍	老两口心疼得两眼泪双倾
老婆有语开言道	叫一声，这京郎你当听
来襄阳人生面不熟	哪一个，他能把你来心疼
俺两口半世没有后	只有一女叫凤英
去年闺女出了门	单撇下，俺老俩孤伶仃
如果你要不嫌在[1]	俺二老，收你跟前当螟蛉
早晚寻着你的爹	恁父子两个回北京

———————

[1] 嫌在：方言，嫌弃之意。

一日找不着恁的爹　　　　　你还回到咱家中
【笃板夹数板】
小京郎，他这一听心高兴　　急忙忙，扑噔生跪倒地溜平
开口便把干娘叫　　　　　　干娘，干娘你当听
说什么亲，说什么干　　　　咱只当，孩儿我是你的亲生
老人家在世我行孝　　　　　百年后，披麻戴孝去送终
我的干大[1]啊，干娘啊　　　你们看我说的中不中
小京郎，一句话他把干娘叫　老两口不由得喜盈盈
走上前去把他忙搀起　　　　再叫声孩子你当听
快起来吧，快起来吧　　　　你那里跪着娘心疼
你跟干爹烤着火　　　　　　老干娘，我给你做[2]饭把饥充
【散板】
也是老婆手头快　　　　　　一转眼把饭来做成
三个人吃罢一顿饭　　　　　老婆开口说一声
老头呀，你先跟孩子脱脱睡　也免得孩子一人冷冰冰
孩子把衣服脱下来　　　　　我给孩子补补窟窿缝一缝
【平板夹笃板】
老头就说好，好，好　　　　京郎说，多谢过干娘好恩情
老婆就说不用谢　　　　　　一家人，光说谢谢不好听
且记爷俩去睡觉　　　　　　这老婆，她一补到老天明
第二天一早做中饭[3]　　　　一家人亲亲热热把饥充
小京郎，刚刚吃罢这一顿饭　这老婆，拉住京郎说一声
我的好孩子，吃罢饭到在那大街上　找恁的爹爹杜九龙
找着恁爹爹就送个信　　　　也免得干娘把心应
如果说找不着恁的爹　　　　天黑你就回家中
小京郎，答应说好，好，好　手掂着这瓷罐往外行

---

[1]　干大：方言，即干爹。
[2]　"做饭"的"做"，洛阳方言念 zóu。
[3]　此处的"做中饭"并不是做午饭的意思。"中"在洛阳方言里是完成、好了的意思。做中饭指的是做完饭。

临出门，老婆拿过来了两块馍　　急忙忙，塞到京郎他手中
小京郎，眼含着热泪他往外走　　老两口，手扶着门框泪盈盈
且记住两口咱不表　　　　　　　单说说京郎小玩童
一边他想着一边往前走　　　　　这天底下，人与人来大不同
愣小伙把我扔到雪窝里　　　　　拐娃的，把我卖到店房中
看起来，有钱人心狠手又毒　　　穷人倒把穷人疼
到久后我若是不得地　　　　　　一笔勾销无话明
到久后我若得了地　　　　　　　你个拐娃子，愣头青
我拿住你，不杀你把我的杜字更
还要为，王英叔叔把仇报　　　　我还要报，干大干娘好恩情
小京郎，踏雪顺路往前走　　　　抬头看，人市不远面前停
心暗想，人市上都是穷人在　　　都是些打短工的和长工
说不定，俺爹会在人市上　　　　我何不表表家乡表表名
若有人认识俺的爹　　　　　　　也好与俺爹把信通
【数板】
想到此，将身来到人市上　　　　双膝扎跪在地溜平
怀里边取出来个三件宝　　　　　要找爹爹杜九龙
小京郎这还没有把话讲　　　　　忽听得有人喊一声

"哎——，人市上人们都听着，胡府要盖花园凉亭，需要打夯短工三十二个，全要男壮劳力，每人每天四顿饭，两串钱儿，愿干者都过来排队喽——"

这一喊叫，"哗"一群人都跑过去，京郎灵机一动，心中暗想：哎，对，王英叔叔讲过，俺爹就是让姓胡的大人给领走的，今天是姓胡的大人府下要盖观花凉亭，我何不想办法也跟进胡府，乘机打听打听，说不定还能找出俺爹的下落哩。想到此，他忙把表记收起来，掂起了瓦罐也往里边挤。

单说这胡府的两个家丁，一个胡定，一个胡平，从人群里挑足了三十二个人，排成队就要走，忽然看见最后边多了一个小孩，胡定用手一

指:"嗨,小孩,你干啥?"

"嗯,我也去打夯。"

"啥呀,你打夯?你站那有那夯高没有,你打夯?人都挑够了,快走吧。"

"嗯,我能打,个低我不会少要点钱儿。"

"不中,不中,少啰唆!"说着把京郎推到了一边。京郎趁他俩不注意,夹在人群里边,来到了胡府门口。可谁料到胡老爷预先安排,在胡府门口要一个一个亲自验看。这一验,结果把京郎一个人给洒出来了。京郎一想,不行,我得想办法进去,想罢,不由分说,掂着瓦罐就往里边挤。胡定一看,急忙拦住:"不,不,小孩,你往哪去哩?""我往这里头。""干啥哩?""你不是说打夯哩。""哎,只管给你说不行,谁叫你来哩?""那不是你俩叫我来哩?""哎,你这小孩,我只管给你说不行,你又说我叫你来哩,哪龟孙叫你来啦?你要不走,我巴掌扒你哩,把瓦罐给你摔啦。"

小京郎灵机一动,掂住他那罐往那门墩上"嚓"地一下,罐打啦。一打了罐他哭啦:"我不,我不,你不叫你进拉倒,你摔我罐,你赔我,你赔我。"

两个家丁一瞪眼:"你这孩子,哪龟孙给你罐摔啦?我打你哩!"

这时,吵闹声传到里边,胡老爷听见啦:"胡定、胡平过来!""是。"二人来到里边,胡老爷说道:"何事吵呀?"胡定胡平前后说了一遍,胡老爷说道:"我明白了,一定是你们招人不够,叫小孩凑数。后来人够了,你们又不让小孩来了。更不应该仗势欺人,将罐给摔坏,还要动手打人?"

"老爷,俺冤枉啊。"

"好吧,把小孩叫来我问问,若有此事,我定然不容。"

"是。"两个人一听,坏啦,急忙来到门口,说道:"哎,小孩,咱凭良心说,真不是俺俩叫你来的啊。你那罐可也不是俺俩摔哩,现在老爷叫你去,要问你,你咋说哩?"

京郎说:"我就说你俩人叫我来哩。""咦,我的爷呀,你这样一说,俺老爷非把俺屁股打脓[1]不中。小孩，是这，你要是去说实话，俺俩再给你找一个大罐，再给你挖[2]一罐肉菜，拿十几个大蒸馍，早晚你再来，俺俩照样打发你。你要是说瞎话，俺俩不揍死你哩！你说，你咋说？"

"那，咱走吧，见了老爷再说吧。""咦，我的妈呀。咱在这就梗儿[3]说好啊。"

京郎说："那中，就照你俩这说吧，说实话。""哎，对，小伙计，咱走吧？""走。"

【平板】

| 二家丁一见心高兴 | 领着这京郎往里行 |

【五字垛】

这个京郎往里走	心中暗想情
主意已拿定	要耍二家丁
来到二门前	抬头用眼睛
一把柳圈椅	坐着一老公
年约六十岁	气魄好威风
两鬓白如霜	胡须飘前胸
两眼有精神	面如老月明
头戴员外巾	开氅四尺零
腰系丝蛮带	皂靴二足蹬
虽然说年纪大	气势大不同
京郎初见面	敬意油然生

【笃板】

| 小京郎，这里双扎跪 | 他怎知，这就是，他的外爷胡进忠 |
| 也不知后来怎么样 | 下回书中接着再往下听 |

---

[1] 打脓：方言，这里是"打烂"的意思。
[2] 挖：方言，这里是"盛"的意思。
[3] 就梗儿：方言，有"必须"的意思。

第十三回

京郎夯歌叙家事　月英听出言外情

【起腔】　　　　　　　　　【送腔】

闲谈咱不论归了正　　　　　书接着上回往下听

【平板】

问问这书哪一个　　　　　　再说说京郎这个小玩童

杜京郎，来到那胡府里　　　见了胡老爷急忙忙双膝跪溜平

先问声你老身可好　　　　　再问声贵体可安宁

小花子，我到了为难处　　　求求老爷多照应

胡老爷闻听低头看　　　　　不由得呵呵笑连声

小小年纪会讲话　　　　　　举止言谈好聪明

问娃娃，刚才你在大门外　　吵吵闹闹为何情

你要依实对我讲　　　　　　老爷我与你把理评

小京郎，听了这句话　　　　趁趁磨磨[1]说一声

"嗯，老爷爷，我，我不敢说实话。"

"为什么？"

"我怕。"

"呵呵呵，不怕，有老夫做主，你只管讲。"

"老爷爷，恁这两个人到人市上去觅人，他一看我年纪小，不要我。这真是饱汉子不知饿汉子饥，这大冷的天，我要不想办法挣钱糊口，冻也不把我给冻死啦，饿也不把我给饿死啦？为了保住我这一条命，我就随后跟着来啦，到了门口，他俩不叫我进。老爷爷，人都说年老人都好行善积福。他俩人也不帮你行善，岂不耽误恁老爷爷的好恩好心啦？这不罐也打啦，要饭吃家伙也没有了。老爷爷，恁还是行行好吧，将我留下，叫我在这干

---

[1]　**趁趁磨磨**：方言，这里是"小心翼翼"的意思。

活吧,哪怕光管饭,不要工钱也行。老爷爷,恁行行好吧,行行好吧。"

胡老爷一听,暗想:咦,呵呵,好一个会讲话的娃娃!心里边就喜欢了三分,说道:"可怜的孩子,我倒有心留你,只怕这活你干不动哪。"

"那都是干啥活哩?"

"我要盖观花凉亭,修地基,打夯啊。"

"那一共几架夯?"

"四架夯。"

"那总共得多少人?"

"一架夯八人,四架夯,四八三十二人。"

"老爷爷,你说这不对。"

"怎么不对?"

"那,四八三十三呀,你咋说三十二哩?"

"哈哈哈……娃娃,你可真会说笑话。这四八只有三十二,哪有个三十三不成啊。"

"那俺北京就是四八三十三哪。"

"啊?那多一个是怎么一回事啊?"

"多那一个是夯头,夯头领着他们唱夯歌,唱一句儿,他们打一下,四架夯才能打齐,地基才能打均匀,盖成房子能用几十辈子不塌不歪。要没有夯头唱夯歌,四架夯打不齐,地基不牢,盖房不好,过不了几天,房倒屋塌。"

"啊?这么说我还得到北京请个唱夯歌的?"

"老爷爷,不用跑恁远,我就会呀。"

"啊,你小小年纪,怎么学会唱的?"

"那俺爷俺爹都是唱夯歌哩,轮着我三辈啦,我是门里出身。"

"好,呵呵,那好吧。我就请你当个夯头吧?"

"中是中,就是当夯头必须得有两个人专门伺候着,一切都得按照夯头说的办。"

"好。"胡老爷回头说道,"胡定胡平过来。""有,老爷,小人在。""这个小孩是我雇的夯头儿,由他统领打夯,你们两个小心伺候,不能再欺负于他。如有半点差错，小心我把你们下半截子打掉。"

"是。"家丁一听，心想，我的爷呀，这个小孩可真不简单哪，连老爷都叫他给拾掇住啦。

胡老爷吩咐："准备开工。"两个家丁把眼一瞪："走！"京郎说："老爷，你看他俩……"

胡老爷把脸一沉："嗯——"二家丁赶紧说好话："哎，对不起，对不起，那咋，咱走吧？""走呗。"二家将把京郎让至前边，二人随后，直奔后花园打夯去了——

【平板】
好一个京郎小玩童　　　　　　施巧计竟到胡府中
【凤凰三点头】
家丁那前边把那路来领　　　　小京郎那心中暗暗思想情
说什么我要把夯歌来唱　　　　我要找俺的爹爹杜九龙
但愿得今日找着俺的爹　　　　俺父子俩早早回到北京城
思思想想来好快　　　　　　　不多时来到花园中
但只见遍地白雪尺余厚　　　　花草这树木被雪蒙
假山玉池紫竹林　　　　　　　楼台这高阁藏树丛
眼前美景虽然好　　　　　　　正中间正缺少一个观花亭
小京郎正来观看　　　　　　　二家丁开口说一声

"头儿，你说吧，就中间这块地皮，你说咋干吧。"

"那你先把人都叫来，一半人清地皮，一半人去抬东西。"

"抬啥东西？"

"四张八仙桌子，一张小桌子，一把椅子，一挂梯子，一个火盆儿，两个被子。"

"啥哟？这是叫你来干活哩，可不是来睡觉哩。"

"谁给你说睡觉哩？叫你拿你就拿，我有用处。"

"有狗屁用处？不拿！"

"那中，我去给恁老爷说说，我就说……"

"哎，不不不……，拿，拿，拿。"单说胡定、胡平叫人把东西都拿来，"头儿，拿来了，咋用哩？"

"把四张桌子摞起来，梯子靠上边绑结实，上边放一个小桌子，一个椅子，椅子上铺上被子，小桌子下边放个火盆。你快点拾掇。"

"这是做啥哩？"

"一会儿就知道啦。"

"哎，中——"胡定、胡平照吩咐弄好，说，"头儿，干吧。"

"准备好了，那咱就先吃饭吧。"

"啥哟！不干活，先吃饭？不行！"

"那人是铁，饭是钢，不吃饭干活心肯慌。你问问他们小工们，要不饿了，咱就先干活。"

小工们一听都说："头儿说得对，这一看人家年纪小经验多，不吃饭咋干活哩。咱都听头儿的。"

二家丁一看，只好先安排吃饭了，吃罢饭快晌午啦。胡定说："头儿，吃饱没有？"

"嗯，差不多啦。"

"那咋着，干吧？"

"来，你俩搀着我，叫我上去。"

"你上那么高干啥哩？"

"俺有用处。"

"你自己上，不搀！"

"不搀？中，那我给老爷说说，我就说……"

"不，不，不，搀，搀，搀！"二家丁搀着京郎上到了那四张桌子的上头，椅子上铺了一个被子，腿上还搭了一个，身上不冷。下边那两只脚往那火盆边上一放，暖暖和和。心想，我的妈呀，我真美啦，真拽啦。我会唱大龟孙夯歌，谁知道那夯歌啥样？对，反正我是来找俺爹哩，我就把找俺爹那些话编成歌唱唱？想罢说道："小工们都准备好了，我开始唱啦，我唱着。你们打着。"

"头儿,你先说说,咋打法?"

"那我说说,我唱'说起来我家我也有呀——',你们就'哎哟哩哼呀——',跟着就打一下。这会不会?"

"会——,反正你唱一句,俺们打一下,不就行啦?"

"啊,对,那现在开始。"

【平板】
好一个京郎小玩童　　　　　　要找他的爹爹杜九龙
找爹编成了夯歌唱　　　　　　唱一下来哼一声

【夯歌】
说唱的是,说起家来家也有哇　　(嗨哟哩哼哟——)
说俺无名也有名啊　　　　　　(嗨哟哩哼哟——)
俺家住就在北京地呀　　　　　(嗨哟哩哼哟——)
手扒这胡同有门庭啊　　　　　(嗨哟哩哼哟——)
我这爷爷在朝把官做啊　　　　(嗨哟哩哼哟——)
九省的经略叫杜宏啊　　　　　(嗨哟哩哼哟——)

【玉林板】
虽然官职不算大呀　　　　　　(嗨哟哩哼哟——)
能调天朝的九省兵啊　　　　　(嗨哟哩哼哟——)
我的爹爹名叫一个杜文学呀　　(嗨哟哩哼哟——)
有一个学名叫杜九龙啊　　　　(嗨哟哩哼哟——)
杜文学呀(嗨哟哩哼哟——)　　杜九龙啊(嗨哟哩哼哟——)
谁人知,恁赶紧给我这说一声啊　(嗨哟哩哼哟——)
小京郎上边正把这夯歌唱　　　在下边,气坏了胡定和胡平

【数板】
扒住梯子爬上去　　　　　　　照住京郎的耳刮棱
只听得"叭吃"一声响　　　　　你唱这是恁大那灯[1]

---

[1] 大那灯:是骂人的俚语。

京郎说:"打啥哩?欺负人哩不是?"

"你唱那是啥狗屁夯歌?"原来京郎在上边唱,一唱杜文学和杜九龙,可把他俩给吓坏啦。胡定说:"胡平,你听?""咋啦?""咋啦?我听说咱姑爹原来姓杜叫杜文学,字叫杜九龙。这孩子上那么高提着咱姑爹的名字,杜文学呀——,嗵!杜九龙呀——,嗵!这离咱姑娘绣楼三十多步远,要叫咱姑娘听见了,说胡定、胡平,你们俩胆子不小哇,在哪里找来个小孩,提着你姑爹的名字,'嗵哧,嗵哧'用夯夯哩?咱姑娘只要鼻子哼一声,咱老爷不把咱活剥了才怪哩。"

说到这,胡平才急忙爬上去,照住京郎耳朵上"叭"地一个耳光:"你唱的是啥狗屁夯歌?"

"咋?""咋?啥'家住北京'呀,'杜文学'呀,'杜九龙'呀?"

杜京郎说:"你打啥哩打?你听我说嘛,家住北京,就是说这夯歌是北京来的。"

"那啥是'杜文学'?"

"杜,就是说这些小工们都不会,我教他们哩,这不是渡徒弟的'渡'?"

"那'文'字哪?"

"'文',是要文文明明的打,要是慌张就打出错来。"

"那'学'哩?"

"他们都不会,不是跟我学哩?"

"那……'杜九龙'是咋着?"

"'杜'就不用说啦,九龙是说他们三十几个人抬起四架夯,好像九条龙,飞的一样,打的地基又好又结实。咋,你打我干啥?"

胡平一听:"啊,我的妈呀,原来是这回事儿?那,这个……嘿嘿,头儿,你还接着唱吧。"

"下去,不唱啦!我给老爷说说,恁俩打着不叫我唱啦。"

胡定说:"哎,别,别,别,他打你,我可没打你啊。"胡平说:"哎,伙计,你咋弄这哩,不是恁叫我上来打哩?打出事啦,你不管啦?头儿,对不起,你高抬贵手,我不敢啦,你随便唱吧。"

"那恁还打不打?"

"我再也不敢啦。"

"下去！""是！我这就下。"

京郎一见两个人不敢犯犟，少不得二次开口又唱起来了——

【平板】

好一个京郎小玩童	制服了胡定和胡平
二次开口把歌唱	声声叫的杜九龙
绣楼就在那东南角	老天爷刮的西北风
东南角，西北风	这声音，他呢正好刮到绣楼棚
且记住京郎暂不讲	再说说小姐胡月英
胡小姐独坐绣楼上	坐不安，睡不宁
茶不思，饭难咽	不由得一阵好伤情
心中不把旁人怨	埋怨声文学我的奴相公
咱夫妻成亲十余载	恩恩爱爱过秋冬
既然齐眉两相敬	知饥知渴知热冷
昨一天回到绣楼上	为什么脾气大改更
言语支吾多含混	倒叫月英我把疑心生
我听话音，看面容	总觉得好像有前妻在北京
欲再说他有前妻在	他怎敢楼间把誓明
欲再说他没有前妻在	为什么一十二年没吭声
昨日间忽然讨表上楼棚	他不见东西把气生

【玉林板】

胡小姐，独坐在楼上正思想	猛听见，后花园传来夯歌儿声
头一句喊的是杜文学	二一句唱的是杜九龙
杜文学，杜九龙	家住就在北京城
胡小姐一听猛一愣	忽然间一事想心中
忙起身，手扒着楼门往外看	又只见，后花园
高台上，坐着一个小玩童	
高一声，低一声	扯着嗓子把歌哼

胡小姐，低头一计有，有，有　　回过头来说一声

（夹白）"丫鬟。""在。"

"你看，恁姑娘心中烦闷，后花园有人唱歌，你去把那个小孩唤到楼上，唱给咱们听听，如果唱得好了，姑娘我重重有赏。赏你两串铜钱。快去。""是。"

【数板】

小丫鬟，心高兴	飘然一拜一阵风
扑腾腾腾，扑腾腾腾	下了楼梯十三层
两步并成一步走	四步并成两步行
为什么跑得这样快	心里边想她那两串铜
失急慌忙来好快	花园不远面前停
只望着里边看了一眼	原来是胡定和胡平
抬头又往当中看	高台上坐着一个小玩童
小丫鬟，把定哥叫	定哥呀，定哥呀。我来说说你听听
咱姑娘绣楼上面正做活	忽听见后边花园里面有歌声
叫我到花园找你俩	把小孩，领到她那个绣楼棚
给咱姑娘把歌唱	咱姑娘想把那个好歌听
唱得姑娘心高兴	每个人，最少赏你两串铜，你看中不中？

【山东快书】

哟，中（吃哩）中	中（吃）中（吃）中（吃哩）中
叫了一声丫鬟小秋风	
楼上唱罢快下来	咱这后花园，还等着他唱歌才开工

【笃板】

小丫鬟答应说好，好，好	小小京郎上楼棚
小京郎，绣楼上去把他二妈见	下一回才叫闹古董
也不着[1]后来怎么样	下回书中接着再往下听

---

[1] 不着：方言，不知道之意。"着"，念 zhuò。

第十四回
千里找爹寻不见　谁知亲爹是女郎

【起腔】
小坠子一拉响连声

【平板】
小秋风急忙把花园进
小丫鬟来到那个花园里
这个小孩夯歌他的唱得好
唱得姑娘心里高兴

【数板】
二家丁就说好，好，好
只要他小孩他答应
小孩若要不愿去
俺们两个都得听他的话
小丫鬟就说好，好，好
说着来到高台上

【送腔】
急回来再说这个胡月英

叫京郎上楼把这夯歌哼
叫了一声胡定和胡平
俺姑娘叫我请他上楼棚
你们每个人，最少赏恁两串铜

你先给小孩商量通
俺过会歇会儿再开工
俺们两个也不敢哼
要不听，老爷重责不留情
不耽误你们多少工
把脸一仰说一声

"哎，小孩？""做啥哩？""你唱歌唱得好听啊，俺姑娘都听见啦，叫我来请你上楼上去唱歌哩。"

京郎一想，我唱这是大狗屁，就这姑娘就听热啦，我是来找俺爹哩。"那恁楼上的那男人多不多？"

"咦，楼上哪来恁些男的？"

"那，楼上打夯不打？"

"嘿，不打夯。"

"那我不去。"

"你不去？好！我回去给俺姑娘说说，俺姑娘一生气，给俺老爷一说，料桶给你掂了。"

"料桶是啥？"

胡定说："就是叫你蚂蚁夹豌豆，连滚带爬，不叫你在这干啦，吃不成啦。"

"那……不要慌，叫我想想。"京郎心想，这一看，不敢不去呀。又说道，"那咱先说好，要到楼上，不打夯，光叫唱歌，那身价可高啦。"

丫鬟说："高就高呗，得多高？"

"那我在这一天八顿饭，四串钱。""好，就照这。""那不中，要到楼上唱，一天得十六顿饭，八串钱。""撑死哩！那中，只要你能吃下去。""那你不用管。你只要端上饭，只要让我看看，哪怕我倒到河里喂鳖哩。""那中，就照你说这，咱走吧？""中，走。"

京郎一想，我多赚几个钱，找俺爹也有用处，想着下了梯子，跟着丫鬟秋风上绣楼去见他二妈去了——

【连板】

小丫鬟，叫秋风	领着这京郎小玩童
此一番走到绣楼上	准备着，绣楼以上闹古董
这是后话没讲到	先把眼前往下听
小丫鬟，小秋风	一边走，扭回头看了一眼小玩童
只见他天庭饱满多主贵	地阁方圆福禄增
眉也清，目又秀	唇红齿白长得精
双手过膝人少见	两耳垂肩不曾经
这孩子，要不是衣裳穿得破	亚赛过上方左金童
见过小孩长得好	没见过，这个小孩长得怎聪明
他要是后来成人大	一定在朝里把官升
谁家的闺女要寻了他	官太太落到手心中
口中无言心暗想	苍天爷爷叫几声
苍天爷，苍天奶	秋风有话怎当听
保佑我找一个女婿能像他	我许下，早烧香来晚点灯
我这三年吃素不吃腥	不穿棉被过三冬

常言说，女孩家也不图天，也不图地　　只图积攒一个好女婿
若能积攒一个好女婿　　俺这走走娘家也神气
哪怕拉棍去要饭　　河里洗脸庙里宿
任凭三天不吃饭　　扭回头，俺这看看女婿也不饥
女孩家，若要是积个赖女婿　　他娘那嘴，不跟着也会生闲气
看着女婿窝囊菜　　整天吃肉也没滋味
小花子，小玩童　　他实实打动我的心中
他要是将来能跟我　　我情愿，端水捧茶来侍奉
哪怕他一天把我打三顿　　再踢我九脚也不嫌疼

【平板】

小丫鬟，一边想来一边走　　绣楼不远面前停
小丫鬟前边把楼上　　后跟着京郎上楼棚
来到了明间停足站　　小丫鬟回头说一声

"小孩，稍等，叫我给你通禀。"说罢进了暗间禀于姑娘，然后出来领着京郎进了暗间，往里边一指，说道："小孩，这就是俺家姑娘，还不快快上前见礼？"

单说京郎来到了楼上，里外看了一遍，来到暗间，又把姑娘看了一眼，然后恭恭敬敬上前作了一个揖，说道："见过姑娘，大婶子。"

这一句话说得胡小姐"扑哧"一声笑啦："你这个小孩真乃笑人，叫我姑娘，就叫姑娘，叫我大婶子，就叫大婶子，你怎么叫了一个姑娘，大婶子，叫我咋答应啊。"

京郎说："我没法叫。"

"咋？"

"我叫你大婶子吧，我看你这是绣楼，绣楼上住的都是姑娘；我叫你姑娘吧，看你头发挽恁高，不像个姑娘。我就只好叫姑娘，大婶子啦，哪头对，你就答应哪头。"

胡小姐一笑："都不错，好吧，那你就叫我大婶子吧。"京郎复又施礼，说道："见过大婶子。"

胡小姐说:"小孩,刚才是你在花园里边唱歌?""嗯,是。"

"你唱得好听啊。"

"大婶子,给你说实话吧。我会唱大狗屁夯歌,那都是我瞎胡编哩。我是外地人,来找人哩,唱这都是俺家里事儿,不好听。"

"小孩,我觉得很好听,我最爱听这歌啦。我问你,你家是哪里的?你咋来到这啦?你爹是谁?你为啥到这唱夯歌哩?"

【滚白】

京郎一听此言两眼落泪,说道:"大婶子,你稳坐在绣楼,听我讲来——"

【平板】

小京郎,未曾开口泪双倾　　　　大婶子,稳坐你这慢慢听

我的家就住在北京地

(夹白)"北京什么地方?"

(唱)手扒胡同有门庭　　　　我的爹爹名叫一个杜文学

(夹白)"还有名没有哇?"

(唱)有一个学名叫个杜九龙　　　　俺妈妈本是余氏女

(夹白)"叫个啥?"

(唱)不该我说

(夹白)"说也无妨啊。"

(唱)她的名字就叫个余秀英

（夹白）"你叫啥？"

（唱）我的名字叫杜京郎

（夹白）"谁给你起的名？"

（唱）
本是俺的爹爹给我起的名　　　　　皆只为严嵩把俺害
把俺爹充军云南城

（夹白）"你爹充军，你多大啦？"

（唱）
俺爹爹充军还没有我　　　　　　　走后仨月，俺妈妈在家才把我生
八岁上南学把书念　　　　　　　　同窗们，都说我有娘无爹是野种
回家去我把妈妈问　　　　　　　　妈妈才给我讲真情
我暗暗地只把决心下　　　　　　　找我爹爹杜九龙
二月二我把那北京离　　　　　　　半路遭难，变成了一个要饭童
十个月受尽了人间苦　　　　　　　到十一月，来到湖北襄阳城

（夹白）"那你找着你爹没有？"

（唱）大街上我把我的爹爹找　　　找来找去无影踪

（夹白）"真没见你爹？"

光听说，俺爹在襄阳地　　　　　　不知道，他在哪里把身停
我来到，你府把夯歌唱　　　　　　为的是，找俺的爹爹杜九龙

（夹白）"见你爹认识不认识？"

（唱）我本是俺爹的背生子　　　没见过俺爹啥面容

（夹白）"那你咋找哩？"

只要能对上三件表　　　　　　他就是俺爹杜九龙
如果是对不上三件表　　　　　他就是阁老宰相也都认不成
我的大婶子，这本是前后实情话　并没有虚言把你蒙
【悲平板夹连板】
小京郎，从头至尾讲一遍　　　在这绣楼上，惊动小姐胡月英
胡小姐听罢这一番话　　　　　好也似，热身子掉到冷水坑
心中也不把旁人怨　　　　　　埋怨声文学奴相公
当初我再三盘问你　　　　　　你言说，没有前妻在北京
我以为你说的是实话　　　　　不料想，花言巧语将我蒙
既然北京城你有前妻在　　　　你就不该找下我
千金之体把偏房应
怪不得昨天回楼你这把表取　　却原来，要与你儿两相逢
我这好心好意把你挡　　　　　你好的狠心，一脚跺我倒楼棚
既然你不念夫妻意　　　　　　胡月英，我还怎念夫妻情
我到前厅给我爹爹讲一遍　　　管叫你，人头落地活不成
【散板】
可是又一想，如果说杀了杜文学　我胡月英，要空帷独守后半生
苦了我月英是我的命　　　　　真可叹，还有前房姐姐余秀英
襄阳城若死了杜文学　　　　　余小姐苦守空房十二冬
再看看眼前的小京郎　　　　　为找爹十二岁当了要饭童
小孩子受尽了人间苦
【悲平板夹笃板】
小孩子受尽了人间苦，　　　　我怎忍心，害他们父子各西东

小小孩子他没有罪	怨只怨文学杜九龙
罢，罢，罢，我先把孩子来留下	回头来，再跟文学把气生
胡小姐想罢多一会儿	回过头来问一声

"小孩，这么说，你是出来找恁爹哩？""是。"

"那要是有人说他是你爹，你可咋办呀？"

"那，谁只要对上这三件表记，就是俺爹哩；对不上表记，那就不是俺爹。"

"好。"姑娘说，"你把那表记拿出来叫我看看。"

京郎从怀里边取出来三样表记，放在桌子上边。胡小姐低头一看，果然不错！正是文学十二年前身上所带之物？说道："来，小孩，我问你。无论谁只要对上表记，你都叫爹？"

"对，不管是谁对上表记，我都叫爹。"

胡月英说道："你在家问没有问过你妈，你爹是男人哪，还是女人。"

京郎一听，把小嘴一噘，眼一瞪，心中好不愿意，说道："那人家当爹都是男人，哪有女爹？"

小姐说："那，我要是对上你这表记，你叫爹不叫？"

"我……"京郎心想，啥稀奇事儿都有，人家男人想充俺爹，没见过这女的也想充俺爹，一想，说道："那我，你只要对上这表记，我也叫。"

"那咱可是一言为定，我要是对上，你可得叫爹呀。"

"那……，叫就叫。"

胡小姐说："丫鬟？""在。""给，钥匙你拿去。俺孩子找我来啦，你把那皮箱打开，把我那表记取出来，给俺孩子对对，我等着当爹哩，快去！"

丫鬟秋风接过钥匙，到外面打开皮箱，取出了一个红缎子小包包。小丫鬟解开了红缎子，又一层绿缎子，解开了绿缎子，又一层蓝缎子，一连解了十几层，才露出了三件东西。

胡小姐说："京郎，对吧？"京郎往这桌子上一看，暗想，糟啦，我也看着像啊。"那先对啥？"

京郎说:"先对环子吧。"

"好,你自己拿着对吧。"京郎把这两只环子一块儿一放,一点不错,一模一样。一下子愣住啦。

胡小姐说:"对上没有?""……对上啦……""那快叫爹吧。""你不要慌,还有两件哩。""那你说对啥?""还有汗巾儿吧。"小姐说:"那你对吧。"

京郎又往一块儿一对,小姐说:"对上没有?""……对上啦……""那你就叫爹吧。""不中,还有镜子没对哩。"

小姐说:"那行,你自己拿上随便对吧。"京郎拿过来两块镜子往一块一对,严丝合缝,一丝儿不错!

小姐问啦:"这一回对上没有?"

小京郎把两眼一瞪,小嘴一噘不吭声啦。小姐说:"对上没有,这回该叫爹了吧,快叫啊。我等着当爹哩。"

"不叫。"

"那你咋不叫?"

"不叫,我就是不叫。"

"啊,好啊,你妈养活你这么大,见你爹连声爹都不叫。你可知道,见爹不叫,就是不孝。丫鬟,去把那鞭子给我拿来!我生的儿子竟敢不叫爹,这还了得,看我不打你才怪哩!"

说着,丫鬟取过来鞭子,小姐接在手中,说道:"你到底叫不叫?"

"不叫,不叫,就是不叫!"

【连板】

小京郎,泪巴巴	埋怨北京我的妈
我只说俺爹是一个男子汉	不料想,俺爹是个女娇娃
我的妈呀妈,俺爹既是个女流辈	你整天想她做什么

【笃板】

小京郎他不住放悲声	一边哭着暗想情
天底下哪有这种事	这里边定有鬼吹灯

是，是，是，我明白了　　　　走上前，一把手抓住小姐胡月英
说什么你是俺爹　　　　　　　分明你是杀人凶
俺爹出门做生意　　　　　　　路过你们襄阳城
你见财起意把人害　　　　　　这表记落到你手中
走，走，走，今日大堂打官司　我叫你抵俺爹爹的性命
小京郎，拉了小姐不松手　　　大街上，回来了文学杜九龙
也不知后来怎么样　　　　　　下回书中接着听

第十五回
杜京郎见表认母　两手足释嫌相认

【起腔】　　　　　　　　　　【送腔】
小堂鼓一敲这就归板正　　　　急回来再说绣楼棚
【平板】
小京郎他不把这爹爹叫　　　　一把手拉住了胡月英
声声要把官司打　　　　　　　胡小姐回头叫一声
出言来叫了一声小丫鬟　　　　你快给少爷讲个清
那个小丫鬟，把京郎拉到外边去　嘴里就把少爷称
小京郎一听猛一愣　　　　　　两只眼瞪横几瞪横
咱两个从来没见过面　　　　　谁是恁的少爷胡乱称
小丫鬟一听抿嘴笑　　　　　　低言悄语说一声

"少爷。""谁是你少爷？""你就是俺少爷。""俺家在这几千里，谁认识你？"

"不认识，一说不就认识啦？刚才捞住俺姑娘吵哩，闹哩，你知道她是谁？"

"她是谁？"

"她就是你妈。"

"不对！俺妈在北京哩。"

"给你说，你爹十二年前来到俺家，他看俺姑娘长得好，就嫁给俺姑娘啦。"

"不对吧？只怕是她嫁给俺爹了吧？"

丫鬟说："不管他俩谁嫁给谁，你说，你不得给俺姑娘叫个二妈？"

"那……，你说这是当真？"

"不当真，那表记从哪来的？"

"那俺爹哩？"

"你爹在大街上当店里做生意哩，说不定马上就回来啦。你看，你刚才拉住你妈，把你妈都气哭啦。快去，不给你妈赔个礼？"

"那……，你说这咋说哩？"

"咋说哩？她是恁妈哩，还能咋说，到跟前说几句好话不就行啦？"京郎想，既然有表记，谅也不会错。这就蹭蹭磨磨走进了暗间，轻轻来到胡小姐面前，见胡小姐两眼泪水"扑嗒、扑嗒"往下直滴。京郎急忙走近跟前，恭恭敬敬作上一揖，叫了一声："妈——，我错了。"说着"扑通"跪到楼上就哭起来了——

【连板】

小京郎，两眼的泪水往下倾	双膝扎跪在这地溜平
开口便把妈妈叫	叫一声妈妈你当听
千错万错我的错	千悔万悔我悔清
适刚才孩儿失孝道	惹得妈妈把气生
孩儿跟妈妈没见过面	得罪了妈妈儿赔情
求妈妈千万别生气	多把孩儿来宽容
说什么生，说什么养	全只当，孩儿我是恁的亲生
妈妈在世儿行孝	百年后，披麻戴孝儿送终
我的妈，我的好妈妈	你看儿说得中不中

【悲平板夹笃板】

小京郎，一句话两头把这妈妈叫	这一回，难住了小姐胡月英

心暗想，我答应一声可不打紧　　这偏房小姐就落手中
欲再说今天不答应　　对不起，前房姐姐余秀英
我要是不把孩子认　　也对不起强盗杜九龙，我的奴相公
罢，罢，罢，孩子跪下把妈叫　　我不心疼谁心疼
想到此，急忙忙上前来搀起　　叫一声，京郎我的儿娇生
你不哭吧，你起来吧　　你那里跪着妈心疼
快起来吧，叫丫鬟快快把热水打　　给你少爷沐浴把衣更

【数板】

小丫鬟答应不急慢　　忙把浴盆准备成
箱柜里已把衣服取　　回过头来说一声

丫鬟说："少爷，过来吧。"把京郎领到了里间，把帐幔拉开挡好，说道："这盆里边是热水，你洗好就穿上我给你取的这身新衣裳。""中。"京郎光答应就是不动，丫鬟说："哎，你咋光说就是不动哩，脱呗。""你不出去我咋脱哩？""咦，小孩子家道道还不少哩，好，我出去。"

丫鬟说罢走出去，京郎洗罢换上新衣服，一掀帐幔，丫鬟一看，咦，老天爷呀，人都说人是衣裳，马是鞍杖，一点也不错。你看小少爷穿上这身衣服，不大不小，不胖不瘦，正合体。可把少爷衬得一表人才，更聪明，更可爱。说道："少爷，你还不上前谢谢你妈？"

京郎上前走了一步，作了个揖，说道："谢谢妈，你看我穿上啦。"胡月英一看，这衣服又合体，又得劲儿。

这事儿算了吧，那胡月英就知道那京郎要来哩？预先可把衣服做好啦。非也。这是胡月英和文学结婚以后又生了个小孩，叫随郎。这是随郎的衣服。两个小孩相差也不到一岁，京郎穿上，跟照着身子量着做的一样。胡小姐说道："好吧。丫鬟快去，摆一桌上等酒宴，给你少爷接风。"

"是。"丫鬟慌忙将酒席摆上，让京郎坐上，胡小姐一旁陪伴，丫鬟一旁伺候。正在吃饭，忽听楼下"踏、踏、踏、踏"脚步声乱响，可就回来了——

【笃板】

胡月英正陪着京郎把饭来用　　忽听见，楼下边脚步响连声
要知回来哪一个　　　　　　　南学院，回来了随郎小玩童
肩膀上背了个小书包　　　　　他一蹦三跳上楼棚
声声叫妈没人应　　　　　　　掀开软帘往里冲
小随郎进到内间他睁眼看　　　不由得站下一愣怔

【笃板夹散板】

见一个小孩上边坐　　　　　　下边坐着小秋风
俺妈妈陪着把酒用　　　　　　看见我，大模大样不吭声
还穿着我的新衣裳　　　　　　坐到俺家装大葱
回头便把妈妈叫　　　　　　　他是谁？为啥坐到咱楼棚
胡小姐看见随郎把楼上　　　　再看看京郎小玩童
两个小孩长得一模样　　　　　真好像一母同胞生

【平板夹笃板】

我知道，假装不知道　　　　　装聋作哑我不吭声
小弟兄，两个没见过面　　　　我看看，他弟兄两个闹不懂
小随郎，他一见妈妈不言语　　急得他，把书包一扔问了一声

"你是谁？来到我家，坐在楼上，还穿着我的衣裳。"

京郎说："我是我。这是俺家，我穿着是我的衣裳。"

"你在哪弄的衣裳？"

"这是俺妈给俺做哩。"

随郎说："哪是你妈？"

"坐的就是俺妈。"

随郎说："这是俺妈。"

京郎说："这是俺妈。"

随郎说："妈，我去上半天学，他把妈给我抢走啦。——你，你脱，把我衣裳给脱了！"

京郎说："不脱！这是俺妈叫我穿哩。"

"你脱不脱？不脱我揍你！"

京郎说："你敢！你要敢打我，俺妈打你！"

"妈，你咋不说话？"随郎一急，伸手抓住了京郎的袄领。京郎也不示弱，伸手抓住了随郎的胳膊。两个人一推一拉，"扑通"声倒在楼板上，可就打起来了——

【笃板】

胡小姐，坐在一旁不吭声	两小孩，扑通声摔倒楼板中
这一个，上前抱胳膊	那一个，上前撕衣领
这一个，上边用拳打	那一个，下边用脚蹬
只听见，古里咚乒乓喳	乒乓喳喳连声响
好像是，饭铺打烧饼	
这才是，大水冲了龙王庙	一家人见面认不清
胡小姐，她不顾说话只顾看	只可爱一对小后生
心暗想，虽然打得乒乓响	小孩家，小手小掌不会疼
天保佑，两个小孩成人大	给他杜家把冤申
胡小姐，见小孩打了多一会儿	把脸一翻说了一声

"住手！你们给我站起来！"

两个小孩"骨碌"一声，都爬起来啦。胡小姐说道："随郎，你不等妈给你说清楚，伸手就打。你可知道他是谁？"

"他是谁？"

"他是你哥！"

"啊？"两个小孩你看看我，我看看你，回头又看看胡月英，都愣住啦。随郎说："他……他是……"

胡小姐说："他是你亲哥！是北京你大妈给你生的亲哥哥，名叫杜京郎，来找你爹来啦。你敢打你哥？还不上前赔个礼？"

这时京郎两眼泪水往下"扑嗒、扑嗒"直滴。随郎觉得怪不好意思，蹭蹭磨磨来到了跟前，先作一个揖，说道："哥，你别哭啦，我不知道是哥哥你来啦，刚才我对不起哥哥。你打我吧。"

京郎说："我来到你这啦，你情打啦。要是在北京……"

【悲平板】

小京郎一句话儿说出口	胡小姐，心里苦凄凄
急忙把京郎抱在怀	叫了声，我儿你这亲端底
虽然我，不是你生身母	妈妈也不会亏待你
你和随郎亲兄弟	为娘我待你都是一样的
任凭着妈妈受为难	也不让小儿受委屈
从今你说话要留意	恁弟兄可不能伤和气
在襄阳只要有妈妈在	任何人也不敢把你欺
妈妈我若有不当处	我的儿千万别嫌弃
并不是妈妈要这样讲	我的儿呀儿，这舌头碰牙是常有的
胡小姐说到伤心处	不由得两眼把泪滴
小京郎忙把妈妈叫	妈妈你原谅孩儿这一回
适刚才我惹妈妈生了气	对不起我的小弟弟
忙折起身，望着弟弟施一礼	抱着脖子亲如蜜
胡小姐一见心欢喜	满天乌云可都随风飞
叫随郎快陪你哥哥把饭用	再慢待你哥我可不依
小随郎拉着京郎上边坐	自己在下边这陪着席

【笃板】

母子们正然把饭用	大街上，回来了文学姓杜的
杜文学，找不着京郎心着急	暗暗埋怨胡氏妻
你失落表记不打紧	害得俺父子分东西
我的儿，也不知道哪里去	天寒地冻何处栖
襄阳城，我的儿若有好和歹	回北京，咋见我的余氏妻
杜文学，一边想着一边走	不多时进到大门里
行步来到中宫院	心有事走路把头低
绣楼上，胡小姐无意窗外看	猛然间，杜文学走到当院里

一霎时，怒气油然起　　　　　　回头来，叫一声京郎随郎听心里

京郎随郎跟前站　　　　　　　　胡小姐开口把话提

"南学院先生讲过没有，什么恩情大，天下何为先？"

京郎说："妈，我知道。父母恩情大，天下孝为先。"

"那，我问你，啥叫孝顺？"

两个小孩异口同声说道："谨遵父母之命，顺应父母之心。"

"好，今日我就试试你们俩，看你俩孝顺不孝顺。去，随郎，领着你哥，藏到那暗间箱柜后边，不要吭声。我叫恁出来，恁再出来，不叫恁，谁也不许出来。"

"是。"两个小孩进到暗间藏好，胡小姐吩咐丫鬟将两套表记藏起来，暗暗交代一遍。这时就听楼梯声响，文学可就上楼来了——

【平板夹笃板】

杜文学迈步上楼梯　　　　　　　胡小姐迎接不迟疑

杜文学，回楼来长叹一口气　　　出言来叫声我的妻

昨天都怪我多贪了几杯酒　　　　回楼来，我的言语不周太偏激

望小姐别往心里去　　　　　　　今天我当面作揖赔个礼

小姐说，昨天你到底为何事　　　不妨对为妻实话提

文学说，朋友的东西朋友要　　　物归原主是应该的

小姐说，为妻昨晚做一梦　　　　我梦见，我的相公北京有前妻

杜文学他一听好奇　　　　　　　小姐呀，你不要胡思乱想瞎猜疑

胡小姐闻听这些话　　　　　　　不由得两眼把泪滴

杜文学，你竟敢当面说瞎话　　　十二年夫妻全是虚

叫丫鬟把三件表记取　　　　　　叫你姑爹去大街，把朋友领到咱家里

杜文学听说表记在　　　　　　　恨不得，抓住表记街上飞

小丫鬟，暂把表记取出来　　　　杜文学，他抓住就要下楼梯

小姐说，问相公你往哪里去　　　文学说，我的朋友还在大街里

胡小姐说你算了吧　　　　　　　对表记不用下楼梯

眼看着，胡小姐要把京郎来叫　　下回书中接着再往下提

第十六回
文学见儿不敢认　　月英替夫去讲情

【起腔】　　　　　　　　　　【送腔】
不讲东来不讲西　　　　　　　书接着上回往下提
【笃板】
胡月英，回身随手取出三件宝　　杜文学一见喜心里
抓起来就要下楼走　　　　　　胡小姐，急忙挡住把话提
问相公你往哪里去　　　　　　对表记不用下楼梯

"啊，小姐，你说这话可是从何说起？"

小姐说："丫鬟。""在。""把少爷领出来吧。""是。"丫鬟来到暗间箱柜后边说道："大少爷，你爹回来啦。"

京郎说："哪是俺爹？""你掀开门窗看看。"京郎掀开一条缝，往外一看，"哎哟"吓了一跳："那可不是俺爹哩，这是拐娃子。"丫鬟说："你胡说个啥？拐娃子会到咱家来？快去叫你爹，这回是真的。"京郎说："兄弟，这真是咱爹？"随郎说："哥，那真是咱爹，那不是拐娃子。"

【滚白】

京郎一听两眼不住落泪，急忙掀开软帘扑上前去，"扑通"一声跪到地下，抱住了文学的双腿可就哭起来了——

【悲平板】
小京郎，扑通一声跪楼棚　　　　抱住了爹爹放悲声
我的爹呀爹，自从你充军出来十二年　　把俺母子撇到北京城
俺妈妈日夜盼望你　　　　　　　　只哭得两眼都看不清了
孩儿我长到了十二岁　　　　　　　没见过爹爹啥面容

破 镜 记

同窗学友都揭调我　　都说我，有娘无爹是野虫
我背着我妈妈不知晓　　要着饭，找你来到襄阳城
我的爹呀爹，多亏了妈妈把我认　　把孩儿，留到绣楼棚
今天得与爹爹见一面　　要不然，孩儿冻死襄阳城
小京郎，跪倒了在地上把爹爹叫　　这一回，吓坏了文学杜九龙
杜文学，急忙低下头来看　　果然是我的儿娇生
霎时间，眼发黑头发懵　　就好像，扬子江翻船断了绳
跟跟跄跄急转愣　　一步摔倒楼板棚
心中不把旁人怨　　我埋怨声，你不懂事的小畜生
襄阳城，你哪个地方摸不了　　可咋偏偏摸到绣楼棚
一句爹叫得可不打紧　　你给爹爹扒了一个大窟窿，叫我咋缝
我有心上前把儿认　　胡小姐，怪罪下来可就了不成
胡老爷若还知道了　　咱父子难免遭灾星

【飞板】

罢，罢，罢，我不免假装三分怒　　喝住了大胆的小畜生
素不相识你胡乱叫　　冒认官亲你犯罪名
狠狠心，一咬牙　　一抬脚，照京郎猛一蹬
只听扑通一声响　　把京郎踢在了地溜平

【悲平板】

小京郎，两眼掉下伤心泪　　连把爹爹叫几声
儿要着饭千里迢迢把你找　　你见儿为何不认承[1]
你不认孩儿不打紧　　我落一个，天不收地不留
少爹无娘谁心疼
胡月英一旁掉下泪　　埋怨文学杜九龙
亲生儿子你不认　　你怎忍心照住孩子用脚蹬
走上前忙把京郎抱在怀　　狠心人，你不心疼我还心疼

---

[1] 认承：即承认，为了押韵而前后字倒置。

【平板】

杜文学万般无有奈	腿一软，扑通一声跪溜平
我的贤妻呀，千错万错我有错	千悔万悔我也悔不清
千不该，万不该	隐藏了真情把小姐蒙
也是我，万般出于无计奈	万望小姐多宽容
你的高高手来我过去	你低低手来我就过不成
不看僧面也看佛面	不念鱼情也看水情
你千不念，万不念	念及咱，一十二年的夫妻情
今天饶了俺父子	全只当，你是开笼放了生
叫一声，京郎随郎我的俩孩子	你们快跪下，给恁的妈妈赔人情
俩孩子双膝跪倒地	抱着了妈妈喊连声
胡月英掉下伤心泪	埋怨声文学杜九龙
为妻我没有错待你	俺爹爹待你如亲生
你不该当初说谎话	害得我，千金体我把这偏房应
只如今生米做熟饭	也只得错打错处行
即然是为妻我这容了你	怕只怕，老爹爹知道了不成
杜文学就说多谢了	先谢过贤妻多宽容
胡小姐，先把父子三人搀起来	杜文学开口说了一声
京郎啊，随郎他是你的亲弟弟	从今后，你兄要让来弟要恭
你妈妈他本是贤良女	你们在妈妈跟前多要把孝行
俩孩子答应说儿知道	杜文学又把小姐称
这件事怎样对岳父讲	还望小姐把计生
胡小姐有语开言道	为妻我给你把法生
我带着孩子把客厅进	见爹爹，客厅里我给你讲人情
准人情你再往客厅进	不准情，千万你不要进客厅
文学就说好，好，好	你说怎行就怎行
胡小姐，手扯着娇儿前边走	后跟着文学下楼棚
转弯抹角来好快	一抬头来到待客厅
杜文学站在那外边等	胡月英，手扯着京郎进客厅

胡老爷就在客厅坐	胡小姐,开口就把这爹爹称

单说胡月英上前飘然一拜,说道:"爹爹万福,孩儿有礼了。"

胡老爷闪开二目一看:"嗯,儿啊,不必多礼,一边坐下讲话。""是。"

"不知我儿这般时候下得楼来,究竟为了何事?"

"来给爹爹问安来了。"

"嗯,呵呵,好一个孝顺的女儿啊!嗯,这……"

胡小姐转身说道:"儿,来,快给外爷磕头。"

两个孩子急忙跪倒,说道:"外爷,你好吧?外孙给外爷磕头啦。"

胡老爷低头一看:"儿啊,这一边这个娃娃他是谁家的娃娃?长得如此聪明。"

胡小姐说道:"爹爹,这孩子聪明不聪明?""聪明啊。""可爱不可爱?""可爱啊,可爱。呵呵。"

胡小姐说道:"爹爹,这孩子不是别人,他正是你的大外孙,名叫京郎。"

"什么?这话是从何说起啊?"

【滚白】

胡月英,见问两眼落泪,说道:"爹爹,我好命苦啊——"

【悲平板夹笃板】

胡月英,珠泪滚滚往下出	不由得一阵阵好伤情
这个胡小姐,从头至尾她讲一遍	在这客厅里,惹恼了户部胡进忠
手拍桌案破口骂	骂一声文学你个狗畜生
老夫哪点错待你	你竟敢花言巧语把我蒙
我的女本是千金体	怎能给你把小妾应
恼上来,到这衙门走一趟	管叫你有命活不成
胡老爷客厅他发了怒	吓坏了小姐胡月英

【散板】

胡小姐一阵泪纷纷	手拉着两个娇儿跪埃尘

我的爹爹呀，遭不幸俺母亲死得早　　撇下了咱父女两个人
（录音止）[1]

【散板夹平板】

你拉扯女儿不容易　　　　　　　　女儿没有报你的恩
杜文学纵有千般错　　　　　　　　好不该女儿已经托终身
你要将文学问了罪　　　　　　　　撇下女儿靠何人
女儿尝尽了没娘的苦　　　　　　　您外孙不能再没父亲
劝爹爹且息雷霆怒　　　　　　　　得饶人处且饶人
一席话说得胡老爷头低下　　　　　不由得捋着胡子暗沉吟
女儿啊，依你说该怎么办　　　　　胡小姐说，爹爹呀，
倒不如做个大好人
大人有错，孩子没有错　　　　　　你认下这个大外孙
叫京郎赶快过来吧　　　　　　　　还不快跪下把外爷尊
小京郎二次又扎跪　　　　　　　　外爷，外爷叫得亲
胡老爷一见心高兴　　　　　　　　满天怒气化烟云
叫声外孙快起来　　　　　　　　　跪坏了外孙不忍心

【平板】

胡月英朝客厅外使眼色　　　　　　进来了文学杜九龙
杜文学双膝跪在地　　　　　　　　连把岳父大人口内称
小婿自知身有罪　　　　　　　　　还望岳父把俺容

【笃板】

胡老爷一见冲冲怒　　　　　　　　用手一指杜九龙
当初好心收下你　　　　　　　　　不该把老夫来瞒哄
瞒哄老夫且不讲　　　　　　　　　你让我女儿把二房应

【平板夹连板】

恼上来把你送官问了罪　　　　　　多亏我女儿来讲情
今日暂且饶了你　　　　　　　　　还恐怕你心系前妻余秀英

---

[1] 由于磁带年代久远，有小部分已消磁。第十六回【散板】后的内容已无法恢复。为了给读者呈现连贯书情，缺失部分由吕武成补充。

破镜记

有心不叫你把前妻探　　负情负义理不通
有心让你与前妻去团圆　　苦了我女儿孤伶仃
仔细一想有，有，有　　我让你速速回北京
北京城接来你的前妻　　到襄阳一同享福荣
夫妻父子都团圆　　咱举家吃个团圆盅
杜文学一听忙叩谢　　谢过岳父大恩情
一夜光景且不表　　第二天，杜文学收拾行李回北京
胡月英送出大门外　　京郎随郎也送行
胡月英拉住文学的手　　临行的话语交代清
此番你把京城进　　可不比在咱襄阳城
路途之上多小心　　遇事三思而后行
日落西山早宿店　　太阳高升再登程
住店莫住村头店　　小心着贼店把人坑
坐船莫在船头坐　　小心着艄公歹心生
到北京千万莫声张　　小心着掉进是非坑
北京城接着了你前妻　　你可是早去早回程
京城的繁华莫留恋　　杜府的田园莫要争
你在京一日不回转　　你的妻昼夜挂心中
杜文学就说我记下了　　贤妻不必多叮咛
杜文学辞别母子上了路　　打马离了襄阳城
走了一日又一日　　走了一程又一程
走过了张家牌坊李家店　　王家庄来孙家营

【飞板】
杜文学行程了许多日　　这一天终于看见北京城
远看城门高三丈　　近看垛口赛流星
一个垛口一门炮　　一杆旗下一营兵
护城河中寒鸭叫　　张开翅膀几扑棱
杜文学心有事不观城头景　　催定大马要进城
杜文学不把北京进　　一笔勾销无话明

杜文学要把京来进　　　　下一回，少有吉来多有凶
也不知下回怎么样　　　　休息休息接住听

第十七回

患难夫妻重相见　严嵩再次害九龙

【起腔】　　　　　　　　【送腔】
小鼓板一敲咱们开正风　　再说说文学回北京
【平板】
这一天来到了北京地　　　西方已坠落太阳星
白天他不敢把城进　　　　关外他等到了黑咚咚
趁着天黑往里走　　　　　进了北京一坐城
刚走进胡同没多远　　　　打对面走过来人一名

单说这个人是谁？就是十二年前昧着良心陷害文学的乡地王佐！这真是冤家路窄啊。真该文学倒霉啦，正走碰见了王佐。文学情知不妙，赶快把圆毡帽往下拉一拉，盖住了眉毛。王佐却看见了杜文学，光看见帽檐靠下边，看不清面貌。身上穿着长袍短褂，滚地龙靴，牵着一匹马，提着马鞭子。走过去的走势王佐一看好熟悉。一时想不起来了，少不得他站在路旁回头偷看，只见这个人一直走到这杜府门口。王佐心中"咯噔"一下，暗想：不好！这不是十二年前充军的杜文学回来了？当年我贪图严相爷的三百两银子，假做伪证，陷害杜文学是个杀人凶手，满以为将他害死，永无后患，不料想今日他又回来啦。这于我大大不利啊！如其不然，待我立即报告严相爷得知。想罢，立即掉转回头，一拐弯儿，直奔严相府而去——

【平板】
乡地王佐狗娘生　　　　　要到相府把信通

今日王佐这把文学害　　　到后来，碰上了京郎中头名
十四王海瑞把本动　　　　午朝门外打严嵩
严嵩无奈招了供　　　　　准备着把王佐一卷点天灯
此是后话没讲到　　　　　先拿这眼前往下听
回文书单讲哪一个　　　　再说说文学杜九龙

单说杜文学来到了门口，只见大门紧闭，手拍门环轻轻喊道："里边谁在？开门来。"叫了几声，听见里边一个老人搭腔："哎——那是谁啦？"文学一听是家院老杜忠的声音，低声说道："杜忠，我是少东家回来啦，快开开门。""嗯，啥呀？少东家充军都十几年啦，至今音信皆无，恐怕连骨头都不会有啦，你还来充俺少东家哩。有话你就直说吧，你到底是干啥哩？"

"杜忠，你听不出来？叫你少奶奶来认好啦。"

"哎呀，还少奶奶？自打俺少东家充军走没到半年，俺少奶奶就扑楼死啦。这不，都十多年啦，哪还有少奶奶哩，恁就死了这份心吧，别再操俺少奶奶的心啦，啊。"

"什么？那京郎是……"

"小少爷是奶妈养大哩，现在也丢啦。"

"不中，你……"杜文学见杜忠不肯开门，心中着急，忽然想起来，急忙将一个布包从门缝塞进去，"杜忠，你认得这东西吗？"

杜忠解开一看，是三件表记！心中全然明白，急忙开门，让文学拉马进府，把门上结实，盯住文学上一眼，下一眼，左一眼，右一眼，一看真是少东家！急忙"扑通"一声跪在地下，可就哭起来了——

【平板夹笃板】
老杜忠，双膝扎跪泪双倾　　少东家连连叫几声
且只说今生今世难见面　　　全不料咱今日又重逢
这真是老天爷睁了眼　　　　少东家安全转回程
适才老奴不知礼　　　　　　万望东家多宽容
杜文学就说不妨事　　　　　走上前慌忙搀起老杜忠

杜文学说，适刚才你说少奶奶	杜忠说，那是我把别人蒙
皆只为，十年前东家充军出门走	没多久，严家禄逼婚气势汹汹
少奶奶设下巧机关	假报扑楼丧残生
灵堂设到大街上	棺材埋到荒郊中
自那以后，都知道少奶奶已经丧了命	消息传遍北京城
若不是杜忠把计定	怕只怕，少奶奶早已遭灾星
杜文学一听肝火动	骂一声奸贼你个老严嵩
有朝一日我权在手	我把你，剥皮抽筋下油烹
回头来又把家院叫	快与你少奶奶把信通

【散板】

老杜忠一听不怠慢	二门前，敲得云板响连声
云板一响不打紧	惊动了小姐余秀英
心暗想，往日里不听云板响	今日里云板乱响为何情
莫非说府里出大事	再不然杜忠他发了疯

【平板】

出言只把丫鬟叫	快到在外边看个清
小春红，一溜小跑把楼下	二门跟前问一声

"杜忠哥，往日常不见你发脾气，今日里逮住云板'当啷、当啷'敲啥哩？"

"春红，快，快去向少奶奶知道，少东家回来啦。"

"啊，杜忠哥，你说的是当真？"

"我能骗你？嗨，拿上这，咱少奶奶一看就明白啦。"

小丫鬟一看又惊又喜，心中明白，接着东西，扭头就跑，一气跑到楼上，喘着粗气说道："哎呀，少……少奶奶，回……回来……"

"谁回来啦？""你，你……，你看……"

余小姐接过来一看是三样表记，真是惊喜若狂，说道："丫鬟，是谁回来啦？""俺，俺大叔……"小姐一听此言，真是喜从天降，急忙说道："丫鬟，快领我下楼。"

主仆两人"咯噔噔噔"可就下楼迎接来了——

【笃板夹平板】
小丫鬟手掂金丝红纱灯　　　　　后跟小姐余秀英
飞步来到二门里　　　　　　　　见迎面过来人一名
头戴一顶圆毡帽　　　　　　　　身穿长袍好齐整
滚筒子马靴多好看　　　　　　　一根马鞭掂手中
趁着灯光仔细看　　　　　　　　果然是文学杜九龙
余小姐，急忙抬起头扑上去　　　两眼的热泪往外涌
千言万语何说起　　　　　　　　悲喜交加难出声
这才是，不能相见又相见　　　　不能重逢又重逢
这真是久旱逢甘露　　　　　　　枯木逢春把芽生
小丫鬟，老杜忠　　　　　　　　激动得眼泪擦不清
丫鬟说，院内风大天气冷　　　　大叔赶快上楼棚
夫妻俩跟定丫鬟把楼上　　　　　余小姐交代管院的老杜忠
杜忠啊，你大叔今晚回家来　　　千万这消息不敢露风声
老杜忠答应我明白了　　　　　　大婶子不要把心应
交代罢夫妻两个把楼上　　　　　余小姐摆下酒宴忙接风

【散板】
夫妻俩双双灯下坐　　　　　　　久别重逢喜盈盈
小姐说，相公离家十二载　　　　你都在何处把身停
是何人开恩把你救　　　　　　　咋不见解差叫王英
文学他未曾开口先掉泪　　　　　我的贤妻呀，真想不到
今生咱夫妻还能重逢

【平板】
多亏这王英贤弟他把我救　　　　他与我八拜相交拜弟兄
为救我打拳卖艺他得了病　　　　服药无效不见轻
大街上我去把诗来卖　　　　　　碰住了户部尚书胡进忠

胡老爷，跟咱爹他本是金兰依　　他把我，带到湖北襄阳城
临起身，店房里撇下银子三百两　　好关照兄弟疗病情
我到在湖北襄阳城　　认到了胡老爷跟前当螟蛉
胡老爷乏子他没有后　　只有一女叫作胡月英
我的贤妻呀，也是我一时糊涂了　　对不起贤妻余秀英
小姐说，相公有话你只管讲　　对为妻何必难为情
文学说，胡老爷从中做了主　　他叫我，招下了小姐胡月英
我为了有一个安身处　　也只好糊里糊涂把亲成
小姐说，胡小姐她待你怎么样　　文学说，知书达礼甚有情
今日我能够回家来，也都是胡小姐　　她让我来请你去到襄阳城
她言说，你为大她为小　　她情愿，端水捧茶来侍奉
万望着贤妻多海量　　你原谅文学我这一宗
小姐说，看起来胡小姐是个明白人　　要不然，千金体怎能把这偏房应
多亏她照料你十余载　　就连这为妻也承情
说什么大，说什么小　　一夫二妻两相停
说想到此，为妻也做错了一件事　　想起来叫人好伤情
相公走后这三个月　　为妻绣房把儿生
今春适逢二月二　　他偷偷地找你离开了北京城
到如今眼看一年整　　直到这今天还没影踪
杜文学一听呵呵笑　　我的贤妻啊，我见到了咱的儿娇生
若不是咱儿把我找　　我还回不了北京城
胡小姐她先把娇儿认　　才叫我搬你回北京
余小姐就说我多谢了　　谢谢老天把眼睁
夫妻俩这时候越说越高兴　　千言万语说不清

【散板】

罗帏帐柔情绵绵表不尽　　谯楼上忽然打二更
夫妻沉浸在甜蜜梦　　你恩我爱甚有情
杜文学刚刚才入睡　　适逢谯楼打三更

【笃板】

谯楼上打过三更鼓	忽听见，大街上跑过一哨兵 [1]
马队只在前边走	后边紧紧跟行步兵
要知来了哪一个	严家禄，带兵来抓杜九龙
将杜府，三更围到四更后	四更等到天将明
给刑部大堂写个信	刑部派来人四名
一个个打扮成秀才样	暗带着，飞签、火票、铁索绳
黎明来到杜府外	手拍门环叫连声

"杜忠，开门来！"叫门声故意捏着腔，里边杜忠刚起来，问道："那是谁？""我，是你大叔的朋友刘秀才。""干啥哩？""这不能在外边说呀，杜忠，将门打开吧。"

四个人在外边等着，杜忠一开门，就要往里边进。杜忠一看都不认识这几个读书的后生："哎，你们是……""杜忠，不认识啦？都是你大叔的知己朋友，听说恁大叔昨天晚上回来啦，俺们才来看看他，恁大叔回来没有？"

杜忠正要开口说话，一想，不对，俺大婶子交代啦。虽即改口说道："俺大叔出去都十几年啦，你说他回来啦，我没见。"

"嗨，有人见他骑着马回来啦。"

"没那回事儿。""那好，你不愿意说就算啦，俺们走啦。"几个人走了几步，只有一个人回来，对着杜忠的耳朵说："杜忠，昨晚上恁大叔回来，先拐到我家，谁知道，就那也有人看见啦。听说都报告到严相府啦，俺们跑来想办法搭救恁大叔哩，你要不传禀，俺们只好走啦。"说罢转身就要走。

杜忠说："慢，你们当真是俺大叔的朋友？""你看，这还有假？""要是这，我说实话。""回来啦没有？""俺大叔……回来啦。""啊，这才是自己人嘛。快去，里边通禀一声。"杜忠说："行，少等啊。"说罢转身回去通

---

[1] 哨：为古代军队的一个编制单位。"一哨兵"指的是一队人马，并非"一个哨兵"。

禀,这就不好了——

【散板】

这一群狗头衙皂兵	骗住了家院老杜忠
杜忠回去一声禀	出来了文学杜九龙
衙皂们"哗啦"一声冲上去	抓住了文学上了绳
也不知后来怎么样	下回书中接着再往下听

第十八回

文学入狱再受难　秀英探监遇险情

【起腔】　　　　　　　　　　【送腔】

小堂鼓一敲响连声　　　　　　书接着上回往下听

【平板】

杜忠他一禀报可不打紧　　　　出来了文学杜九龙

【笃板】

衙皂们"哗啦"一声闯上去	抓住了文学可就上了绳
推推拥拥往前走	不多时来到大堂厅
又只见,人役们只在两旁站	大堂上坐着刑部刘少卿
各种刑具在这堂下摆	血迹斑斑人为惊
大堂上,虽然不是阎罗殿	大老爷,却好似那五帝阎君一样同
杜文学跪到这大堂上	人役们堂上禀报一声

"禀大人,杜文学带到。"刑部大人刘少卿往下一看,说道:"咳!杜文学,你可知罪?""这……""咳!你'这个'什么?十二年前叛你死罪,多亏了严相爷开恩,改判你云南充军,永远不准归城,时至今日,你又潜回京城。我问你,刑部堂差哪里去了,你是怎么回来的?如实讲了,倒还罢了,如不实讲,定叫你皮肉受苦。讲!"

【滚白】
一句话勾起了文学的伤心之事，不由得两眼落泪可就哭起来了——
【悲平板】

忽听得，堂上问一声	杜文学，往事历历好伤情
想起来，王英兄弟情义重	为救我落难在临清城
我的儿倒在临清州	为救我儿，打死了国舅邓文龙
州官在大堂把案定	秋后处决问斩刑
好兄弟等我去救命	全不料，我的儿十一月才到襄阳城
刑期已过难保命	我的好兄弟，为救我活活丧残生
王贤弟恩深情意重	文学我铭记在今生
今生今世我难以报	到来世，结草衔环也要报恩情
杜文学想罢开了口	青天大人在上听
十二年前，王英他押我把京离	半路上得病丧性命
我在外流浪十余年	我这思念故乡才回了京

【笃板】

杜文学，从头至尾说一遍	刘刑部，大堂上面怒冲冲
杜文学，本部面前你休狡辩	瞒天过海罪难容
你怎样把王英来害死	这些年，你在何处把身停
说了实话还则罢	不说本部要动大刑
杜文学连把冤枉喊	那个刘少卿，他听见只当没有听
叫来人，快把文学拉下去	剥皮抽筋不容情
人役们一齐把手动	"呛啷啷"，一把子剪刀拿手中
这一个端着一碗盐	那一个手拿皮麻绳
查查查查往前冲	
如狼似虎扑上去	抓住文学要动刑
文学想，招了口供也是死	不招口供我也活不成
若不然堂上招了供	也免得，刑逼身亡更伤情
万般无奈招了供	刘刑部当堂定罪名

上写着，十二年前杀人犯　　　杀死解差又行凶
判处死罪押监内　　　　　　秋后处决问斩刑
杜文学押在死牢内　　　　　身带着铁镣铁索绳
铁窗前翘首眼落泪　　　　　想起来妻子余秀英
【散板】
我的贤妻，我蒙冤充军十二载　你空帏独守对孤灯
实指望回京搬妻襄阳去　　　不料想一步又跳进是非坑
今日我被害在牢狱内　　　　只恐怕我这有命难活成
【悲平板】
也不知，文学我生的是什么命　连累的举家好苦情
又想起来，襄阳城胡小姐　　又想起京郎、随郎二娇生
咱今生今世难见面　　　　　要见面，除非是夜晚打三更
文学我给你托梦胧
杜文学南监哭得痛　　　　　铁打的人心也心疼
杜文学哭得悲哀痛　　　　　监禁卒开口说一声

"杜文学，别哭啦，外边有人来看你来啦。"单说文学隔着铁窗往外一看，只见来了两个人，前边是家院杜忠，后边跟着个丫鬟，走近再看，原来是余小姐乔装改扮！

【滚白】
文学一见两眼泪"咕噜噜"，可就哭起来了——
【悲平板】
杜文学，看见了小姐余秀英　　两眼泪不住往下倾
余小姐，紧走几步扑上去　　隔着铁窗叫连声
孩儿他爹，咱夫妻生的是什么命　为什么，灾难一层又一层
回家来一夜没有过　　　　　滔天大祸从天生
孩他爹若有好和歹　　　　　撇下了为妻谁照应
恨老天你怎不长眼　　　　　为什么，偏让好人受苦情

杜文学暗暗把贤妻叫　　　　　为夫有话你记心中
严嵩贼和咱死仇恨　　　　　　大料我到斩秋后难活成
贤妻你，为我把青春来丧送　　孤身单影受苦情
我劝你回身早改嫁　　　　　　也免得后世无照应
文学死无遗憾　　　　　　　　还有一事挂心中
京郎儿还在襄阳地　　　　　　胡府内还有个小姐胡月英
还有一个随郎小娇儿　　　　　那本是胡氏小姐生
贤妻你，若是不愿另改嫁　　　还望你去到湖北襄阳城
你姊妹母子在一处　　　　　　可千万不敢在北京城
到久后，养活孩子成人大　　　要给咱全家把冤申
杜文学，两眼掉下伤心泪　　　余小姐，泪流满面泣不成声
说道相公呀，为人不办亏心事　老天爷总会把眼睁
【笃板】
夫妻俩越说越悲痛　　　　　　监管一旁催得凶
杜文学，探监时间已超过　　　再要迟延要受刑
【散板】
余小姐，叫过了杜忠把饭送　　十两银，买通了监管人两名
举目含泪把南监离　　　　　　心里面好像是刺钢钉
【笃板】
两个人刚刚来到大街上　　　　不对！打对面跑过来二十多匹马能行
马铃子"咯嘟嘟嘟"连声响　　　只来了，严家禄这个狗娘生
【数板】
严贼骑马头前走　　　　　　　后跟严府众家丁
荒郊狩猎回家转　　　　　　　催马来在大街中
大街上男女老少都跑净　　　　单剩下杜忠余秀英
两个人正在无处躲　　　　　　正好被这严贼看个清
"吁喔"一声勒住马　　　　　　两眼盯住余秀英
心暗想，这个女子好面熟　　　人材长得这样精
莫非说她是天仙女　　　　　　再不然，是月里嫦娥下天空

我把此女弄到手	也不枉，来到尘世把人应
【笃板夹数板】	
回头来只把严绵叫	严绵哇，你看看，这女子她是哪一名
严绵一看面带笑	严少爷，这就是十二年前的余秀英
什么，这么说，这个女子没有死	十二年前，她假设灵棚把我蒙
我想她想了这十几年	今天，我拨云望月见星星
杜文学已经下到南监内	这一回不能再放松
叫家将快快与我抢，抢，抢	谁先动手谁有功
众家将，扑上前抓住余小姐	背上马背一阵风
把小姐驮回严相府	要与小姐把亲成
余氏本是千金体	宁死不肯把亲成
眼看小姐命难保	就听见南门外炮九声
"扑通通"放罢九声炮	哇哇这大叫过官兵
马队本在前边走	后边走的是步兵
正中间，看一眼	忽闪闪，忽闪闪，抬起来八抬轿一乘
要知来了哪一个	只来了十四王海瑞海刚峰
海大人他阅边回京转	风尘仆仆进了城
老杜忠上前把状告	海老爷上殿把本升
家院杜忠做干证	走严府，救出小姐余秀英
海老爷金殿又把理来辩	救出了文学杜九龙
到后来，大比之年[1]王开选	打湖北，又来了京郎、随郎人两名
弟兄两个去赶考	得中了状元、榜眼公
结交下进士三百六	午朝门外打严嵩
海瑞带头把本动	一本折参倒了老严嵩
当初王佐把人害	绑赴法场问斩刑
家人严绵作恶重	发配充军边关城
拿住了贼子严家禄	千刀万剐碎尸灵

---

[1] 大比之年：科举制度中会试和殿试是每三年在首都举行一次，为寻常例试。举行例试之年也称"大比之年"。

【笃板】

嘉靖传下一道旨	把这老严嵩，罢官赶到大街中
赐他金碗把饭要	不准他出离北京城
看见金碗人人恨	老严嵩，活活地饿死大街中
临清州，州官曾把王英救	把王英举家搬到了临清城
王英的儿子王三元	第二年上京求功名
嘉靖钦点武状元	官封镇京大总兵
京郎、随郎、王三元	三个人，八拜所交拜弟兄
杜王两家都团圆	严府的奸党全扫清
这本是一本《破镜记》	抑恶扬善传万冬

唱腔选段

大明朝嘉靖皇帝坐北京

《破镜记》选段第一回（之一）

段界平 演唱
白治民 伴奏
潘红团 马春莲 记谱

破镜记

(sheet music notation)

【平板】
依仗着丞相官位显，
内欺天子外压卿。
老贼他生来野心大，
妄想篡权当朝廷。
尘世上有反必有正，
既有这奸来又有忠，
头一家忠臣老海瑞，二一家忠臣老杜宏。

河洛大鼓传统大书选

破镜记

3 - |(3 6̣ |3 5 |1̣ 6̣ 1 2 |3) - |6 3 5 |6 6 6 - |
旨， 押运着粮饷

(6̣1̇ 3 5 |6 5 6 |6) 1̇ |3 5 3 2 |1 . (1̇ |6 . 5 3 2 |1) 7̣ |0 7̣ |
随 后 行。 路 过

7̣ 7̣ 6̣ 5̣ 6̣ 7̣ |6̣ - |(7̣ - 6̣ 6̣) |0 6̣ 6̣ 6̣ |3 5 |
严府的府门外， 老奸臣暗把

(6̣ 7̣ 5 6̣ |7̣ 6̣ 5̣) 6̣ |5̣ 3̣ |1 0 |(7̣ - |1) 3 0 6̣ |
毒 计 生， 假意

3 3 2 |1 1 2 |3 - |(4 - 3 . 2 |1̣ 6̣ 1 2 |3) 7̣ |6̣ . 1 |
端起了饯行酒， 把杜爷

3 5 |(6̣ 7̣ 5 6̣ |7̣ 6̣ 5̣ 5̣) 6̣ 1̇ |5 . 6̣ |0 |(7̣ - |1) 3 |
灌个 醉 酩 酊。 十

3 3 |5 3 |2 1 7̣ |6̣ 0 |(7̣ - |6̣) 6̣ 6̣ 6̣ 6̣ |3 5 |
八箱银子全盗净， 把这砖头瓦块

(6̣ 7̣ 5 6̣ |7̣ 6̣ 5̣ 5̣) |6̣ 6̣ |3 5 6̣ |1 . 0 |(7̣ - |1) 3 5 |1 . 2 |
就往里边封， 老杜

3 . (5 |1 . 2 |3) 3 5 |6 5 |6 2̇ |7 . 6 5 (2̇ |7 6 |
爷 他这酒醒不解其中意，

5 6 7 6 |5 5) |6 3 5 |1̇ 1̇ 1̇ - 1̇ |3 3̇ 1̇ 3 2 |1 . 0 |
押运着粮饷 登 了 程。

(6̣ 1 2 3 |1) 6̣ |3 3 5 |6̣ 6̣ 1 1 2 |3 - |1̣ 6̣ 1 2 |3) 3 |
这一天来到这山海关， 李

164　河洛大鼓传统大书选

破镜记

对面跑过来几十匹大马好威风

《破镜记》选段第一回（之二）

段界平　演唱
白治民　伴奏
潘红囯　林达　记谱

1=♭A 2/4

(3.333 | 3333 | 2323 | 2323 | 2 4 | 4 - | 5656 | 5 5) |

【鸾板】

2 - | 2 7 | 7 7 | 7(7 7) | 7 - | 7 6 | 5 6 |
杜　　老爷　灵车　　　　　走　到了　大街

7 6 | 6 - | 0 (2 | 2 2 | 2 7 | 7 7 | 7 7 | 6767 |
中，

6767 | 6 6) | 6 - | 6 - | 6 - | 6 6 | 6 6 |
　　　　　打　　　对　　面　　　跑　过来

0 0 | 0 5 | 1 1 | 1 1 | 5 1 | 1 - | 1 6 | 6 - |
　　　　几　十　四　大　马　好　威　　风。

6 5 | 5 - | 0 (2 | 2 2 | 2 7 | 6 6 | 5 5 | 65#46 |

5 5) | 0 7 | 7 6 | 0 5 | 5 6 | 7 6 | 0 6 | 6 6 |
　　　　马　上　人　左　挎　弯弓　右　挎

6(767 | 6767) | 0 6 | 6 6 | 6 6 | #4 5 | 5(656 | 5656) |
箭，　　　　　牵　着　猎狗　驾着　鹰，

0 6 | 6 6 | 6 6 | 6 6 | 3(6 | 6 6) | 0 3 | 3 6 |
为　首的　马上　人　一　个，　　横　目

6 6 | 6 65 | 5(#45 | 5 5) | 0 7 | 7 6 | 0 6 | 6 6 |
立　眉朝　前冲，　　　　这　本是　严　嵩的

破镜记　167

6 6 | 6 6 | 6 ($\frac{5}{6}$ 6$\frac{5}{6}$) | 0 i̇ i̇ i̇ i̇ i̇ i̇ i̇ |
儿子严家禄，　　　　　　　荒　郊打猎转回

i̇ - i̇ $\frac{\dot{1}}{6}$ 6 5 5 - | 0 (2̇ | 2̇ 2̇ 2̇7̇6̇ | 6 $\frac{5}{6}$ |
程。

6 5 #4 6 | 5 $\frac{4}{5}$ 5) | 0 6 6 6 | (6 $\frac{5}{6}$) 0 6 | 6 6 6 |
　　　　　只见他　　催　马扬鞭

（慢）　　　　　　　　　　　【滚口】
(6 $\frac{5}{6}$) | 0. 6 | 6 - | 6 - | 6 0 | (6) ‖ - 6 2 6 5 3 |
他往　前　走，　　　忽然看

i̇ - (5 3 5 6 i̇) - | 6 i̇ 4 3 2 1. 1 | 7̣ 6 5 6 | 1 - 0(7̣ 6 5 6 |
见　　　　　　大街上送殡的余秀英。

i̇) - 6 3 3 2 1 2 | 3 - 0(3 2 1 2 | 3 3 3 3 |
吁　喂一声勒住马，

3 3) 6 7 2 7̣ 6 5 6 | 1 - (7̣ ‖ - 1) 0 0 | 0. 1 |
两眼盯住不放松。　　　　　　见

【三字紧】
2 $\widehat{6 6}$ | 1 (1) | 2 $\underline{3 2}$ | 1 (1) | 2 $\underline{1 6}$ | 1 (1) | 2 2 | $\underline{6 3} \underline{2 1}$ |
余秀英　好头发　黑丁丁　不擦白油

1 $\underline{6 2}$ | 1 (1) | 0 2 4 | 4 (4) | 2 $\underline{1 7̣}$ | 1 (1) | 2 2 | 2 (2) |
光又明，　杏子眼　忽灵灵　柳叶眉

2 $\underline{1 7̣}$ | 1 (1) | 2 2 | $\underline{2 1}$ | 2 $\underline{1 7̣}$ | 1. $\frac{3}{—}$ | i̇. 3 | 3. 2 |
弯生生　脸皮白那个粉浓浓又没有麻子

2 $\underline{1 7̣}$ | 1 (1) | i̇. 4 | 4 (4) | 2 $\underline{3 2}$ | 1 (1) | 0 2 | $\underline{7̣ 3} \underline{2 1}$ |
又没有坑　圪垯垯　小鼻子　也正好长到

脸当中，杨柳腰，凤摆动，小金莲，
一丁丁，这个走步路咯咯蹬蹬蹬，她咋个哭得是
那么好听，撕绫罗，打茶盅，弹三弦，
吹洋笙，都没有这女子哭得这么好听，
我见过女子多和少哉从没见过这女子长
得这么样的精。好像是天仙临凡世，又好似
月里嫦娥下天宫，今天我可跟你见一面，
难免到夜晚发癔症，我若是跟她能说句话，
不穿棉袄能过冬。

破镜记

【平板】

6̣ 1 2 3 | 1 6̣ 5 3 | 2 1 6̣ 2 | 1 $\frac{6}{1}$ | 1) 3̇ | 3̇ 3̇ | 2̇ 3̇5̇ | 2̇i̇ i̇6̇ |
　　　　　　　　　　　　　　　　　　严　家　禄　看　罢　了　淫　心

5 - | (3̇2̇ 3̇5̇ | 2̇3̇ 5̇5̇ | 2̇i̇ 6̇i̇ | 5 #4̇5̇ | 5) 6 | 3 6 | $\frac{6}{3}$ (3 5 |
动,　　　　　　　　　　　　　　　　　　回　头　来

6 i 3 5 | 6 $\frac{5}{6}$ | 6) 3 5 | 3 5 3 2 | 1 2 3 | (3 5 3 2 | 1 2 3 | 3) 7̣ |
　　　　　　把　个　家　人　严　绵　　　　　　　　　叫

7̣ 3̣2̣ | 1 (3̣2̣ | 1 2̣ 1̣ 6̣ | 1) 3 | 6̣ 3 | 3 3 6̣ 3 | 2 1 | 6̣ (3
一　声,　　　　　　　送　殡　的　女　子　她　是　哪 一　个?

2 3 1̣ 7̣ | 6̣) 6 | 5 6 | i 7 | 6 5 | 6 1 | 2 3̇2̇ | 1 -
　　　　人　材　咋　长　得　这　样　精。

1 (1 2 | 5 5 3 | 2 1 7̣ 2 | 1 - | 1 -) ‖

杜文学满眼泪双倾

《破镜记》选段第一回（之三）

段界平　演唱
白治民　伴奏
潘红囝　潘胜辉　记谱

【滚口白】
不由得两眼落泪
就哭起来

【悲平板】
杜　文　学
满眼的泪双倾，

破镜记

172　河洛大鼓传统大书选

（乐谱）

有的恶来

有的善，　　有的这个奸来

有的忠，　　为什么

有人常常把人害，为什么

有人这生生

受冤情。　苍天爷为啥

你这不睁眼，

　　　　　尘世上

为什么这样

不公平，　好人总是被人

害，　坏人反倒　　　享

破镜记 173

174　河洛大鼓传统大书选

杜文学含冤把军充

《破镜记》选段第一回（之四）

176　河洛大鼓传统大书选

破镜记

【连口】

5̄ 6̄ 5̄ 6̄) | 0 3 | 3 3 | 3 0 | 3. 2̲ | 3 - | 3 3̲5̲ | 3 - |
　　　　　　　杜　　文　学　他　只　知　把　仇　报，

3 3̲2̲ | 3 - | 3 3 | 3 - | 0 3 2̲ | 3 3̲5̲ | 3̲2̲ 1̲2̲ | 1 - |
他　怎　知　严　家　禄　　早　已　定　下　了　计　牢　笼，

3̲ 3̲ 3̲ 3̲ | 3 3 | 3 3 | 6̣. 3 | 3 3 | 3̲5̲ 3̲5̲ | 2 3̲2̲ | 1̲(2̲ 1̲6̲) |
单等他们走到　无　人　处，要　杀　文　学　杜　九　龙。

（慢）　　　　　　　　　　（回原速）

2̲ 3̲ 2̲ | 1 2 | 5̲ 3̲ | 2 0 | 0 5̲ | 3̲ 5̲ | 1̇ - | 1̇ - |
也不知后　来　怎　么　样，　　下　　回　书　中

1̇ 1̇ 1̇ 1̇ | 3 | 2 1̲ 1̲ | 1̇ - | (6̲ 6̲ 6̲5̲ | 3̲5̲ 6̲5̲ | 1̇ - | 1̇) - ‖
接着咱往下　听。

杜文学挥泪别秀英

《破镜记》选段第二回（之一）

段界平　演唱
白治民　伴奏
潘红囡　林达　记谱

破镜记 179

后跟着解差　　　　　　　　　　叫

王英，　　　　　　行 走 来 在 这 大 街 上，

杜 府 不 远

咫 尺 中。

【悲平板】

杜 文 学

两 眼 掉 下

伤 心 泪，

连 连 把　　解 差 大 哥 叫 几

声，　　　　　我 文 学 犯 的 是 死 罪，

不 死 我 不 能 回 北 京，　　今 日 路 过 我 的 府 门 外，

你 全 当 行 好 积 阴 功，叫 我 回 去

180　河洛大鼓传统大书选

破镜记

河洛大鼓传统大书选

破镜记

184　河洛大鼓传统大书选

破镜记 185

河洛大鼓传统大书选

破镜记　187

$5\ \dot{6}\ |\ 1\ (\widehat{6\ \dot{1}}\ |\ \underline{\dot{1}\ 3}\ \underline{3\ 2}\ |\ 1)\ \widehat{6}\ |\ 6\ \underline{\dot{1}\ 3}\ |\ 3\ 3\ |\ 2\ 1\ |\ \dot{6}\ -\ |$
八　冬。　　　　　　送　　到那　南学　把书　念，

$3.\ \underline{6}\ |\ \dot{1}\ 3\ |\ 2\ 3\ |\ \overset{3}{\underline{1}}\ (\underline{2\ 1}\ \dot{6})\ |\ \dot{1}.\ \underline{3}\ |\ 3\ 5\ |\ 1.\ 2\ |\ 3\ -\ |$
过 目　不　忘　好　聪　明。　人 人　说那　个 个　讲，

$0\ 6\ |\ 5\ 6\ |\ \dot{1}\ -\ |\ 6\ 5\ |\ \dot{1}\ \dot{1}\ |\ \underline{\dot{1}\ 3}\ \underline{3\ 2}\ |\ 2\ 1\ |\ 1\ -\ |$
　外　人们　送　　号　小　先　　　　　生。

$(\underline{\overset{6}{\dot{1}}\ \overset{6}{\dot{1}}}\ |\ 6\ 5\ |\ 3\ 5\ |\ 6\ 5\ |\ 1\ -\ |\ 1\ -\ )\ \|$

小京郎偷偷离开了北京城

《破镜记》选段第二回（之二）

段界平 演唱
白治民 伴奏
潘红囤 潘胜辉 记谱

1=♭A 2/4 急板

(3.333 | 3333 | 2323 | 2323 | 2 4 | 4 - | 4 - | 5656 |

5656 | 5656 | 5656 | 5 ⁴/₅) | 2 - | 2 - | 2 2 | 2 0 |
　　　　　　　　　　　　　　　好　　一　个

【哚板】

(2. 2 | 2 2 | 2 1 2) | 2 - | 7 - | 7 - | 7 - | 7 - |
京　郎　　小　　玩　童，

7 7 | 6 0 | (6765 | 6 ⁵/₆) | 5 - | i i | i i | i i | i ⁵/₆ |
偷偷地　　　　　离　开　了　北　京　城。

6 - | 6 5 | 5 - | 0 (2 2 | 2 2 | 7 6 | 6 6 | 6546 |

5 ⁴/₅) | 3 - | 2 - | 2 7 | 7 - | 6 - | 6 - | 6 - |
暗　暗　地　把　主　意　来

6 - | 6 0 | (67 67 | 67 67 | 6 ⁵/₆) | 0 5 | 5 5 | 5 - |
拿　定，　　　　　　　要　找　他

i - | 5 - | i - | i ⁵/₆ - | 6 5 | 5 - | 5 (6 2 | 2 2 |
爹　杜　九　龙。

2 2 | 276 | 5 5 | 6546 | 5 ⁴/₅) | 0 7 | 7 7 | 7 - |
　　　　　　　　　　　　　撒　开　两

6 - | 6 - | 6 - | 6 0 | (6767 | 6767 | 6765 | 6 ⁵/₆) |
腿　跑　得　快，

破镜记

190　河洛大鼓传统大书选

破镜记　　191

急忙忙跑进小庙里，藏在墙角避避风，也是小孩跑乏了，不多时进入睡梦中，谁（慢）楼上打罢二更鼓，庙门外传来脚步声。

人生在世应该有志气

《破镜记》选段第二回（之三）

段界平 演唱
白治民 伴奏
潘红团 林达 记谱

破镜记

194　河洛大鼓传统大书选

贼强人。　　　　　　　　　　你

在家里　　　怎知道,

孩儿我　落了一个要饭

穷。　　　　　　你再说　不把我的爹爹

找, 同窗们　　揭挑我的言语太难听,

你再说 我把我的爹爹 找, 我这

手中 没有 分文钢。

又

一想　　　　人生世应该有志

气, 　任凭要饭　　　　也

破镜记

3 i | i - | (i̲.̲i̲ 6̲ | 5̲ 6̲ i | i) $\frac{6}{4}$ 4 3̲ 2̲ | 1 (i | i̲ 3̲ 3̲ 2̲ |
找我爹　　　　　　　　　　　杜　九　龙。

【平板】
1 -) | 0 2 | 2 2 | 2̲ 1̲ 1 | 1 ($\frac{5}{3}$ | 2̲ 3̲ 2̲ 3̲ | 2̲ 1̲ 1) | 2
　　　　小　京　郎　　　　　　　　　　　　　三

2 2 | 2 2 | 2 2 | $\frac{2}{7}$ - | 6 6 | 6̲ 5̲ | 5 - | 5 (6̲ 2̲ |
更哭到四更后，

2̲ 2̲ 2̲ 2̲ | 2̲ 2̲ 2̲ 2̲ | 2̲ 7̲ 6̲ | 6 | 5̲ 6̲ | 5 5 | 5 -) | 0 2 | 2 2 |
　　　　　　　　　　　　　　　　　　　　　　　　　四　更　他

2 1 | (5̲ 3̲ 2̲ 1̲ | 1 1) | 2̲ 3̲ 2 | - $\frac{3}{1}$ | - 1 | (2̲ 5̲ | 2̲ 3̲ 2̲ 1̲ |
哭到　　　　　　　老天　　　　明。

1 - | 1) 5 | 5 5 | 5 5̲ 3̲ | 2̲ 3̲ 2 | 3̲ 2̲ 1 - | (0 5̲ 5̲ |
　　　　无奈何沾沾腮边泪，

5̲ 5̲ 5̲ 5̲ | 5 $\frac{5}{3}$ | 3 2̲ 5̲ | 2̲ 5̲ 2̲ 1̲ | 1̲ 2̲ 1) | 5 1̲ 2̲ | 3̲ 5̲ 3 | (3̲ 5̲ 1̲ 2̲ |
　　　　　　　　　　　　　　　　　　　　　　寻找他爹爹

3̲ 5̲ 3 | 3) i | 3. 2̲ | $\frac{3}{1}$ (3̲ 1̲ | $\frac{i}{3}$. 2̲ 1) | 6̲ | 3. 2̲ | 3 (3) |
登了　程。　　　　　　　　　他走一里

1. 2̲ | 3 (3) | 3̲ 3̲ 2̲ 1̲ 2̲ | (3̲ 5̲ 3̲ 2̲ | 1̲ 2̲ 3 | 3) 2̲ 2̲ 3̲ 2̲ |
又一里，走了这二里　　　　　　　　　盼三

$\frac{3}{1}$ (3̲ 1̲ | 3. 2̲ 1) - | 0 i̲ | i̲ 6̲ | 1 - | 0 5̲ | 5 $\frac{5}{3}$ |
程。　　　　　　白昼间　饿了他

2 2 | 2̲ 3̲ 2̲ 1̲ | 1 - | (2̲ 5̲ 2̲ 1̲ | 1) - | 2̲ 3̲ 1 | 2 (2̲ 3̲ | 1̲ 2̲ 3̲ 1̲ |
进村把饭要，　　　　　　　到夜晚

196　河洛大鼓传统大书选

破镜记

<u>1 2</u> <u>1 6̣</u> | 1) 2 | 2 <u>3̂2</u> | 1 (<u>3 2</u> | <u>1 2</u> <u>1 6̣</u>) | 3 3 <u>5 6̣</u> | 1 <u>1 2</u> | 3 (<u>3 3</u>) |
　　　　　　　又　　只见　　　　　　　男女老少往西　走,

⁰5. 3 | <u>2̂ 3</u> 1 | (<u>1̇ 3 2</u> | <u>1 2 3</u> 3) <u>3̂ 6</u> | <u>1̇ 3̂ 2</u> | 1 (<u>3 1̇</u> | <u>1̇ 3 3̂ 2</u> |
不 见 有 人　　　　　　　　往　正　　东。

1) 6̣ | 5 3 | 3 <u>3̂ 5</u> | 2 1 | 6 - | 0 6 | <u>5 6</u> | <u>1̇ 7</u> |
　小　京郎　不识　其中　意,　　　走　上　前

<u>6̂ 5</u> | <u>6̣ 1</u> | 2 <u>3̂ 2</u> | 1 - | 1 (<u>1 2</u> | 5 <u>5 3</u> | <u>2 1</u> <u>7̣ 2</u> | 1 -) ‖
去　　问 一 声。

京郎随着人流往西行

《破镜记》选段第二回（之四）

段界平　演唱
白治民　伴奏
潘红团　林达　记谱

1=♭A　2/4　中板稍快

(0　0　|0　(5̇5̇　|5̇3̇　3̇2̇　|1̇∨　5̇5̇　|5̇3̇　3̇2̇　|1̇　6̇1̇　|1̇　-　|6̇1̇　6̇5̇ |
　　　　　叮　咗　　　　　　　　　　　　　　叮

6̇4̇　3̇2̇　|1.　1̇　|6̇1̇　2̇3̇　|1̇6̇　5̇3̇　|2̇1̇　5̇6̇　|1̇　6̇1̇　|1̇)　1̇ |
　　　　　　　　　　　　　　　　　　　　　　　　　　　【平板】
　　　　　　　　　　　　　　　　　　　　　　　　　　　　小

1̇　2̇　|3̇5̇　3̇5̇　|2̇　3̇2̇　|1̇　-　|1̇　(5̇5̇　|5̇3̇　3̇2̇　|1̇.2̇3̇5̇　|2̇2̇　3̇2̇ |
京　郎

1̇　6̇1̇) |2̇1̇　2̇　|3̇　3̇5̇　|7̇　6̇1̇　|5　-　|(3̇2̇　3̇5̇　|2̇3̇　5̇5̇　|2̇　1̇　6̇1̇ |
　　　　　随　着　这　人　流　　往　西　走,

5　3̇5̇　5)　-　|1̇　5　|1̇　-　|(6̇1̇　5̇6̇　|1̇)　-　|0　3　|3　3 |
　　　　　　　　不　多　时　　　　　　　　　　　　　　　西　关

1　2̇　3̇　|(3̇1̇　6̇5̇　|1̇　2̇　3̇)　|3̇1̇　|1̇　3̇2̇　|1　(6̇1̇　|1̇　3̇2̇　|1　-) |
在　不　远　　　　　　　　　　　咫　尺　　　中。

【马趟子】
3.　3̇　|6̇　-　|3.　3̇　|3̇　6̇6̇　|3̇1̇　2̇　|3̇　-　|3̇5̇　3̇5̇　|3̇5̇　3̇2̇ |
又　只　见　　　古　庙　大　会　他　人　不　少,　成　千　上　万　可

3̇2̇　1̇6̇　|1̇(2̇　1̇6̇)　|3.　2̇　|3̇　(3̇)　|0　6̇　|6̇　6̇　|6̇　6̇　|6̇　6̇ |
数　不　清,　　　　　这　一　边,　　　　两　台　大　戏　对　着

3̇　-　|3.　2̇　|3̇　(3̇)　|3̇3̇　3̇　|3̇　3̇　2̇　3̇　|3̇1̇(2̇　1̇6̇)　|6.　3̇ |
唱,　那　一　边,　　一　拉　溜　全　是　赌　博　棚,　这　一

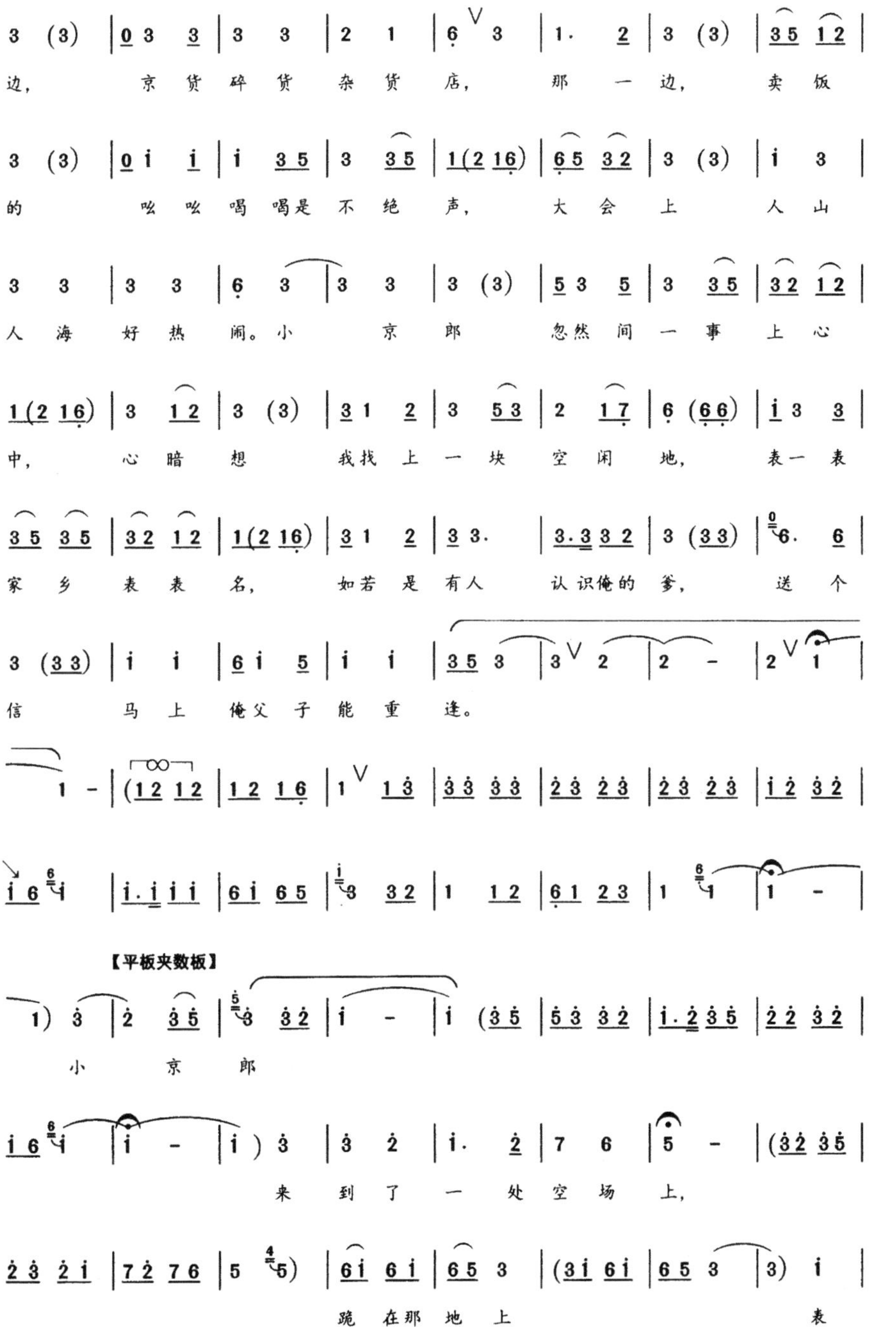

边， 京 货 碎 货 杂 货 店， 那 一 边， 卖 饭
的 吆 吆 喝 喝 是 不 绝 声， 大 会 上 人 山
人 海 好 热 闹。小 京 郎 忽 然 间 一 事 上 心
中， 心 暗 想 我 找 上 一 块 空 闲 地， 表 一 表
家 乡 表 表 名， 如 若 是 有 人 认 识 俺 的 爹， 送 个
信 马 上 俺 父 子 能 重 逢。
【平板夹数板】
小 京 郎
来 到 了 一 处 空 场 上，
跪 在 那 地 上 表

200　河洛大鼓传统大书选

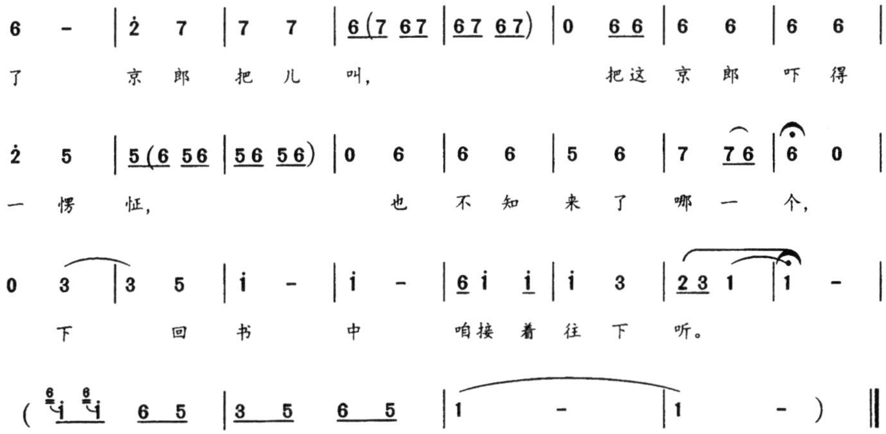
了京郎把儿叫，把这京郎吓得
一愣怔，也不知来了哪一个，
下回书中咱接着往下听。

再说说文学和王英

《破镜记》选段第四回（之一）

段界平 演唱
白治民 伴奏
潘红团 林达 记谱

破镜记

【凤凰三点头】

1 6̂ 1) | 6 i | 3̂5 3̂2 | 1 (3̂2 | 1̂2 1 6 | 1) | 6̂ i | 6 5 3 5 |
　　　　　　　王　英　在这店房　　　　　　　　　　病　情

2(3̂ 2 1 | 6̂ 2) | 0 6̂ 5 6 | i — | i — | 0 i | i 6 |
重，　　　　　　手　中的银　两　　　全　　花

1. (i | 6 5 3 2 | 1) 2 | 3̂5 3̂2 | 1̂2 1 | (3̂2 1) | 0 1 2 | 3 1 |
清。　　　　　　店掌柜无奈　　　　　　才把他来

2. 1 | 6̂ 1 2 | 0 7̂2 7̂ 6 | 7̂ 5 6 | 7 — | 7̂2 7̂ 6 | 5. 6 |
赶，　　　　杜　文　学两　眼　　止不住泪双

1(2̂ 7̂ 6 | 5̂ 6 1) | 0 2̂ 2 | 2 1. | (3̂ 2 3 | 1) | 0 5 | 5 5 |
倾。　　　　　我的好掌柜　　　　　　俺本是

4 3 | 2 — | 0 2̂ 3 | 2̂ 3 2 | 1. (3̂ | 2 3 1) | 0 2 | 2 2 |
远　方　　　来　逃　难，　　　　　我兄弟

3̂2 3̂2 | 2 — | 0 2 | 1 7 | 1. (2̂ | 1 6 1) | 0 3 | 3 3 |
忽　然　　　把　病　生。　　　　　到这里

3̂1 2 | (3̂1 2) | 0 5 | 5 5 | 5 3 | 2 — | 0 3 | 2̂3 2 |
人生　　　　　地　不　熟，　　　举目

1 — | 2 — | 0 5 | 2̂3 2 | 1(2̂ 7̂ 6 | 5̂ 6 1) | 0 2̂ 3 | 2 2 |
无　亲　　　谁　照　应。　　　　　你若是

1 1 | (1̂2 1) | 0 i | 3̂5 3 | 2. (1̂ | 6 1 2) | 0 3 | 6 5 |
把俺　　　　　赶　出　去，　　　　俺两个

6 5̂ 6 | i i | 6̂ i 6̂ i | i 3̂2 | 3̂2 (i | 6 5 3 2 | 1) 2 | 5 2 |
恐怕哪一个　一个都活不　成。　　　　　　我兄弟

河洛大鼓传统大书选

【悲平板】

若有好和歹，今生今世我怎报他的救命情。

好心的掌柜你行行好，我求求你留下俺，俺的病好后设法俺立马把账清。

破镜记

掌柜的说 我想行好 我可行不起 俺一家 就指着开店 过营生。

【五字垛】
您住店不给钱 我留可留不住 光出不能进 老本要赔清 要是没计策 我与你把计生 毛笔手中拿 走到大街中 凭着你的文才好 卖诗把钱挣 虽然说不能够发大财 总比你坐吃山空强几层。

206　河洛大鼓传统大书选

(1 2 1 2 | 1 2 1 6 | 1 ³⁵ | ³⁵. 2 | 1 ³⁵ | ⁵8. 2 | 1 6 | 1. 1 1 1 |

【平板】

6 1 6 5 | 1 3 2 | 1 - | 6 1 2 3 | 1 1 1 | 1) 3 | 3 3 |
　　　　　　　　　　　　　　　　　　　　　　　　　　　杜 文 学

0 2 3 5 | 7. 6 | 6 5 | (3 3 3 3 | 2 3 2 1 | 7 2 7 6 | 5 5) | 1 6 5 |
就说 好 好 好，　　　　　　　　　　　　　　　　　　　　掌 柜

4 - | (3 1 6 5 | 4 -) | 3 1 3 | 1 1 | (6 1 5 6 | 1 1) | 6 1 |
啊　　　　　　　你真是俺的　　　　　　　　　　救

3. 2 | 1 (3 1 | 1 3 2 | 1 -) | 0 2 | 2 2 | 2 2 | 2 3 2 1 |
命　星，　　　　　　　　杜 文 学 沾 沾 腮 边

1 (5 3 | 2 5 2 1 | 1 -) | 2. 5 | 5 5 3 | 2 - | 2 (5 5 | 5 5 |
泪，　　　　　　　　　卖 诗 去 到

5 5 3 | 2 3 2 | 2) | 7 7 | 2 | 1 (2 5 | 1 2 1 5 | 1) 3 | 3 3 |
　　　　　　　大 街 中，　　　　　　　　一 天 挣

3 2 (2) | 2. 2 | 1 (1) | 2 5 1 | 1 (1) | 5 5 2 | 5 (5) | 2 2 1 |
来　钱 几 串，　他 自 己　　不舍得吃　　不 舍 得

1 (1) | 0 2 5 | 2. 5 | 2 5 | 2 (2) | 0 5 | 5 5 | 5 2 |
用，　饿着肚 子 转 回 程，　给 王 英 看 病

0 5 | 5 5 1 | 1 3 | 3 - | 3 3 5 | 2 2 | 2 1 | 1 - |
请 先　　生。

0 2 | 0 1 | 1 - | (1 1 | 1 5 1 | 1 6 3 | 3 3 | 2 3 2 3 |

破镜记

河洛大鼓传统大书选

破镜记

$\underline{3(2\overset{\frown}{3}3)}\ |\ 3\ \underline{\overset{\frown}{3}2}\ |\ \underline{3(2\overset{\frown}{3}3)}\ |\ 33\ 2\ |\ \underline{35}\ \underline{35}\ |\ \underline{32}\ \underline{1\overset{\frown}{6}}\ |\ \underline{1(2\overset{\frown}{1}\dot{6})}\ 3\ 3\ |$
走　　　　打　后　边　　紧　跟　着　过　来　校　尉　兵　　　群　星

$33.\ |\ \dot{1}\ 3\ |\ \underline{3(2\overset{\frown}{3}3)}\ |\ \overset{\circ}{3}\ \underline{\overset{\frown}{3}2}\ |\ \underline{3(2\overset{\frown}{3}3)}\ 3\ \underline{\overset{\frown}{3}2}\ |\ \underline{3(2\overset{\frown}{3}3)}\ |\ \dot{1}\ \dot{1}\ \dot{1}\ \dot{1}\ |$
捧　月　　中　间　看　　忽　闪　闪　　　忽　闪　闪　　　抬过来这

$\dot{1}\ \underline{\overset{\frown}{3}2}\ |\ \underline{1(2\overset{\frown}{1}\dot{6})}\ |\ 03\ 3\ |\ \underline{3\overset{\frown}{5}}\ \underline{32}\ |\ 33\ |\ \overset{\vee}{6}\ 6\ |\ 3\ 3\ 3\ 3\ |$
轿　一　乘　　　轿　顶　本　是　生　金　铸　轿　围　子　本　是

$\underline{3\overset{\frown}{5}}\ \underline{32}\ |\ \underline{1(2\overset{\frown}{1}\dot{6})}\ |\ 3\ 3\ |\ 3\ 33\ |\ \underline{1\overset{\frown}{2}}\ \underline{3(2\overset{\frown}{3}3)}\ |\ 03\ 2\ \underline{(33)}\ |$
绿　缎　子　蒙　　轿　两　旁　两　个　瞭　望　孔　　四　个　角

$03\ 3\ |\ 6\ \underline{6\overset{\frown}{1}}\ |\ \dot{1}\ \overset{\bullet}{6}\ |\ \underline{1(2\overset{\frown}{1}\dot{6})}\ |\ 3\ 3\ 3\ 3\ |\ \underline{3\overset{\frown}{5}}\ \underline{35}\ |\ \underset{(3}{\overset{\frown}{6}}\ 2\ \underline{36})\ |$
缀　着　四　盏　龙　凤　灯　　　轿　帘　掀　开　往　里　看

$3.\ 5\ |\ 6\ 5\ |\ \underline{\dot{1}3}\ \underline{\overset{\frown}{3}2}\ |\ \underline{1(2\overset{\frown}{1}\dot{6})}\ |\ 31\ 2\ |\ 33\ (33)\ |\ 3\ \underline{\overset{\frown}{3}5}\ |\ \overset{\bullet}{6}\ (6\overset{\bullet}{6})\ |$
怎　知　大　人　好　威　风　　　一　顶　着　乌　纱　　头　上　戴

$31\ 2\ |\ 3\ \underline{\overset{\frown}{3}5}\ |\ \underline{\overset{\bullet}{7}2}\ \underline{32}\ |\ \underline{1(2\overset{\frown}{1}\dot{6})}\ |\ 33\ 3\ |\ 12\ 33\ |\ 1\ 2\ |\ 3\ 3\ |$
身　穿　着　蟒　袍　绣　金　龙　　腰　里　这　系　着　一　个　八　宝　玉　带

$3\ 3\ |\ 3\ \underline{\overset{\frown}{3}5}\ |\ \underline{\overset{\frown}{3}2}\ \underline{1\overset{\frown}{6}}\ |\ \underline{1(2\overset{\frown}{1}\dot{6})}\ |\ 33\ 3\ 3\ |\ 3\ 3\ |\ 5.\ 5\ \overset{\bullet}{6}\ (6\overset{\bullet}{6})\ |$
粉　底　朝　靴　这　二　足　蹬　　观　年　纪　要　有　五　十　岁

$\dot{1}\ \dot{1}\ |\ \dot{1}\ \dot{1}\ |\ \dot{1}\ \dot{1}\ |\ \underline{1(2\overset{\frown}{1}\dot{6})}\ |\ 33\ 3\ |\ 3\ 3\ |\ 3\ 3\ |\ 3\ 3\ 3\overset{\vee}{6}\ |$
花　白　的　胡　须　飘　前　胸　　坐　定　这　八　抬　往　前　走　忽

$5\ 6\ |\ \dot{1}\ -\ |\ 6\ -\ \downarrow\ |\ \underline{56}\ 1\ |\ 2\ \underline{\overset{\frown}{3}2}\ |\ 1\ -\ |\ (\underset{\bullet\bullet}{7\overset{\frown}{6}}\ 65\ |\ 35\ 65\ |$
听　见　有　人　　禀　一　声。

$(\overset{\frown}{1}\ -\ |\ 1\ -\ |\ -\ -\ |\ -\ -\ |\ -\ -\ |\ )\ ||$

胡月英夜梦杜文学

《破镜记》选段第九回（之一）

段界平 演唱
白治民 伴奏
林　达 记谱

咱们接着说杜文学取表那暂不讲，折回来咱说说小姐胡月英。胡小姐楼上正把那花来绣，忽然间下起雪来起了风，手扒着楼门往外看，铺天这盖地白雪蒙。风吹尘飞

破镜记

有寒意，不由得想起了文学奴相公。
哎胡小姐
凝视着苍天来思念，
猛想起　　昨夜晚一梦心中惊，
我梦见　奴相公变成一只金翅鸟，一展双翅要腾空，　　我问夫君　　你往哪里去，
奴丈夫二目落泪不出声，
我急忙着伸手抓一把，只抓住鹏鸟的一只翎，
那鹏鸟不住哀声叫，

河洛大鼓传统大书选

2 1 6 5 | 4 5 4) | 6 4 | 5 - | (4 5 6 4 | 5) 2 | 2 6 | 2 2 |
　　　　　　　　转眼间　　　　　　　　　鸟 化 清 风 影

0 2 | 6 1 2. 4 6 5 | 4 - | (5 5 3 2 4 2 1 | 2 1 6 5 |
无　　　　　踪。

4 5 4) | 6 6 2 6 6 6 6 | 2 - | 6 2 | 2 6 | 6 1 |
急得我出了一身汗，　梦醒　来半截

6 1 6 5 | 4 4 2 | 1 2 1 | (4 6 1 | 6 1 6 5 | 4 4 2 1 2 1) 5 | 5. #4 |
枕头都哭湿清，　　　　　　　　　　　　多亏

5 6 5 4 | 5 4 | 1 4 | (1 4 | 2 4 2 1 | 2 1 6 5 | 4 5 4) | 6 4 |
着这是一　场梦，　　　　　　　　　　　　若当

5 - | (4 5 6 4 | 5 5) | 2 | 2 2 | 2 6 | 0 2 | 6 2 |
真　　　　　　　　胡月英可就　活　不

4 - | 6. 5 4 - | (1 4 | 2 4 2 1 | 2 1 6 5 | 4 5 4) | 6 2 |
成。（啊）　　　　　　　　　　　　　　　胡小

6 (6) | 6 6 | 2 6 2 6 6 | 2 6 6 6 6 | 6 - | 6 6 6 |
姐楼上正把那文学盼，那楼下边　上来了

6 1 6 5 | 4 4 2 | 2 1 | (1 1 | 6 1 6 5 | 4 4 2 1 2 1) | 5 5 5 |
文学杜九龙，　　　　　　　　　　　　也不知

5 5 | 6 5 6 1 | 5 - | (5 #4 5 | 5 #4 5 | 4 5 6 1 | 1 6 5) | 0 4 |
究竟怎么样，　　　　　　　　　　　　　　下

4 5 | 6 1 6 | 5 - | 1 6 1 1 | 3 2 1 | 1 - | (1 6 6 5 |
回书中　接着再往下　听。

3 5 | 6 5 | 1 - | 1 -) ‖

小京郎施计竟到胡府中

《破镜记》选段第十三回（之一）

段界平 演唱
白治民 伴奏
潘红团 潘胜辉 记谱

214　河洛大鼓传统大书选

216 河洛大鼓传统大书选

破镜记

$4\ \widehat{4\ 2}\ |\ \widehat{1\ 2}\ 1\ |\ (^1_4\ \widehat{4\ 2}\ |\ ^6_{12}\ ^6_{15}\ |\ 4\ \widehat{4\ 2}\ |\ \widehat{1\ 2}\ 1\ )\ |\ 4\ 4\ |\ 4\ -\ |$
说 一 声 呀 嗨 哟 哩 哼 呀。　　　　　　　　　小 京 郎

$(\underline{2\ 4}\ \underline{1\ 2}\ |\ 4\ -\ )\ |\ \dot{1}\ 4\ |\ \underline{\widehat{2\ 4}}\ \underline{\dot{2}\ \dot{1}}\ |\ \dot{1}\ \underline{\widehat{6\ \dot{1}}}\ |\ 5\ 6\ |\ (\underline{2}\ 4\ |\ \underline{2\ 4}\ \underline{\dot{2}\ \dot{1}}\ |$
　　　　　　　　　　上 边　正 把 这 夯 歌 唱，哎

$\underline{\dot{2}\ \dot{1}}\ \underline{4\ 5}\ |\ \underline{6\ 5}\ 6)\ 6\ |\ \underline{\widehat{6\ \dot{1}}}\ 4\ |\ 5\ -\ |\ (\underline{4\ 5}\ \underline{6\ 4}\ |\ 5\ \overset{4}{5})\ |\ 0\ \dot{2}\ |\ \dot{2}\ \dot{2}\ |$
　　　　　　 咳 在 下 边　　　　　　　　　　 气 坏 了

$\dot{2}\ \dot{2}\ |\ \dot{2}\ \dot{2}\ |\ 7\ -\ |\ 6\ 5\ |\ 4\ -\ |\ (\dot{1}\ 4\ |\ \underline{2\ 4}\ \underline{2\ 4}\ |\ \underline{2\ 1}\ \underline{6\ 5}\ |$
胡 定 和 胡 平。

【数板】
$\underline{4\ 5}\ 4)\ |\ \underline{6\ 6}\ 6\ |\ \underline{3\ 0}\ |\ \underline{6\ 6}\ |\ \underline{3\ 0}\ |\ \underline{0\ 6}\ \underline{6\ 6}\ |\ \underline{6\ \dot{1}}\ |\ 2\ 4\ |$
　　　扒 住 梯 子　爬 上 去，　照 住 京 郎 的 耳 刮

$4\ -\ |\ \underline{6\ 6}\ 6\ |\ \underline{6\ 3}\ 0\ |\ 6\ 5\ |\ 6\ \underline{0\ 6}\ |\ 3.\ \underline{6}\ |\ 3\ 6\ |\ 5\ 2\ |\ 1\ 0\ \|$
梭， 只 听 得 叭 叱　一 声 响，你 唱 这 是 怹 大 那 灯！

双锁柜

故事情节概述

　　河南正阳县于家集的员外于洛一，将女儿于蒲姐与其表妹的儿子王金柱定了亲。表妹夫王员外不幸早亡，家又遭火灾，王家顿时一贫如洗，全靠公子王金柱卖诗要饭来维持母子俩的生活。王金柱在武举蒋奇的门口卖诗，蒋奇的妹妹蒋灵姐对王金柱一见钟情，并赠予十两银子周济。王金柱无意中从蒋家长工口中得知，次日蒋奇娶亲，新娘正是自己的表姐，也就是自己的未婚妻于蒲姐，而表舅于洛一在一年半前说女儿已经亡故，人死怎能复生？方知表舅嫌贫爱富，假设灵棚昧亲。

　　王金柱一怒之下，到于家店找表舅于洛一理论。恰逢表舅和妗子都不在家，王金柱在绣房与于蒲姐相会，彼此倾诉衷情。用饭之际，妗子康氏请巫婆来给于蒲姐看病，情急之中，于蒲姐将表弟王金柱锁于描金柜中。因全家上下筹备婚礼，于洛一家中人来客往，王金柱困在柜中，一直没法脱身。抬嫁妆时，王金柱连同描金柜一同被抬到蒋家。洞房里，蒋灵姐来看嫁妆，听见柜中响动，开柜查看，发现了王金柱，万分吃惊。王金柱把前因后果讲述一遍，求灵姐相救。蒋灵姐思考再三，让王金柱藏在席筒内，带到绣房，又把他锁到自己的描金柜中。

　　于蒲姐上了花轿，被抬到蒋家。因惦记着表弟，故而装疯卖傻，不与蒋奇拜天地，径直来到洞房，打开描金柜，不见表弟踪影。在蒋灵姐的左盘右查下，只得说出了实情。蒋灵姐告知她金柱的去处，并透露了自己也对金柱颇为倾心，愿与蒲姐共侍一夫。蒲姐应允，一同来到绣房，打开描金柜，夫妻终于重逢。三人乘夜深人静之时，逃出蒋家，回到王金柱家拜堂成亲。

第二天，蒋奇酒醒，发现新娘与妹妹失踪，到于洛一家找人。于洛一反怀疑蒋家将自己女儿害死或拐卖。二人争执不下，一怒对簿公堂。县衙内，蒋奇与于洛一各执其词，互不相让。知县正在为难时，来了一个王家湾的乡约，称王金柱拐骗了两个女子成婚，立即把他们带到公堂盘问。衙堂上，王金柱的母亲拿出当年的龙凤大契证明金柱与蒲姐的亲事，而蒋灵姐也表示愿与蒲姐共侍一夫。县令在一番审理后发现于洛一嫌贫爱富，故意悔婚，而媒人因贪小利而两边欺瞒，最后当堂宣判：王金柱、于蒲姐、蒋灵姐婚姻合法；蒋奇纯属被媒人所骗，婚姻无效；于洛一罚四十亩田地、十间房，判与王金柱；媒人先退银一百五十两，再打四十大板，再坐大牢半年。王金柱一家终人财两全。

版本来源

此书根据2005年王周道77岁高龄时演唱的《双锁柜》的录音记录整理，该录音由尚继业录制并提供。笔者在记录整理这部书的过程中发现，王周道的这部《双锁柜》符合河洛大鼓艺人们所说的"活口书"，也就是"即兴说唱的书"（吕武成，私人通信，2014年10月12日）。艺人在说活口书时，常有忘记情节或者重复叙述情节的状况。有时人物名字会说错，或者换韵有问题，等等。相较于"活词"来说，"死词"是经过整理的书词，因此在叙述方式上更精炼，而且每次重复演唱差别不大。目前，越来越多的河洛大鼓艺人都是以唱"死词"为主。相应地，"活口书"已经变得较为少见。

在河洛大鼓名家吕武成的帮助下，笔者在记录整理过程中尽量保持王周道演唱原词，只对若干错处进行了纠正，比如名字说错，或有重复情节。或许这样即兴的书词显得有些拉杂冗长，但这却能反映河洛大鼓艺人即兴说大书的真实水平。这是目前为止，笔者找到的河洛大鼓第三代艺人唯一一部留存于世的"活口书"。

传承历史

《双锁柜》是王周道的师父赵卫新亲传。赵卫新是偃师赵沟人，与张天培齐名，为河洛大鼓第二代艺人。据王周道的儿子王怀中、王振中回忆，《双锁柜》是王周道最常说的一部大书。兄弟二人对父亲模仿书中神婆的动作仍记忆犹新。

演唱艺人简介

王周道（1928—2011），男，巩义涉村人，河洛大鼓第三代艺人，与河洛大鼓名家程文和齐名。1975 年迁居登封唐庄郭村。2006 年被河南省委宣传部、河南省文学艺术界联合会授予"河南省民间文化杰出传承人"称号。

王周道从小受其二叔王松枝的影响学习河洛大鼓。王松枝是一个演奏坠琴的弦手，经常给当地艺人叶刺猬等人伴奏河洛大鼓。12 岁那年，王周道被父亲送到偃师赵沟，跟随河洛大鼓第二代艺人赵卫新学唱河洛大鼓，拜师仪式后，王周道在赵老师家度过了三年学徒生活，15 岁出师，开始独立行艺，很快成为当地著名艺人。王周道保持了传统的河洛大鼓传习方式，传艺给三个儿子及两个儿媳，这种教习关系是目前已越来越不多见的宗亲制传承关系。王周道一家亦被誉为"河洛大鼓世家"，在洛阳、巩义、登封等地享有盛名。

王周道天生的嗓音条件极好，据同行回忆，他面对 3000 人的观众可不用麦克风，人称"声传五里"。王周道的"独门绝技"是在说唱时辅以生动的表演。他善于以眼神、声音和动作表现书中人物，其惟妙惟肖的模仿甚至能将在临近处观看歌舞表演的观众吸引过来听书。长期的演出使王周道练就了惊人的记忆力和编创能力。许多大书，他只需听一遍就能立刻上场演出，即兴编出书词，再演不忘。其子王怀中说，小时候他经常跟着父亲演出，担任"念书"的角色，即他白天把书词念给父亲听，晚上王周道就能上场把听过一遍的书情变换成鼓词表演出来。很多艺人或善说文书或善说武书，而王周道则是文武双全，不仅能表现武书中英雄的侠义豪放，又能表现文书中的儿女风月，因此他会说的书目异常丰富，在同业中有"大鼓书王"的雅号。其代表大书有《大宋金鸠记》、《大八义》、《小八义》、《回杯记》、《双锁柜》等。

伴奏琴师简介

李宏民（1948—2013），男，巩义喂庄人。河洛大鼓第三代艺人，系第二代艺人李富德的儿子，拉优于唱，以拉琴为主。对王周道以哥相称，经常为王周道等巩义第三代、第四代艺人伴奏，由于掌握豫剧、曲剧、坠子等调门，李宏民能够灵活配合艺人的演唱，常使艺人能够随心所欲、表达自如，充分发挥其演唱水平，因此受到业内艺人高度评价，被誉为"伴奏高手"。

书词全文

第一回

王金柱卖诗遇灵姐　于蒲姐抗婚装病情

【平板】

不讲东来不讲西	说一说金柱姓王的
王金柱居住正阳县	离城十里地有个王家集
他的父姓王人称富户	家中有吃有穿的
他的父也算是个文人	在这村里是个绅士

王金柱他的母亲本姓康　　他们夫妻二人过日期
未生多男并多女　　　　　所生下金柱独自一
王金柱后来把学上　　　　这孩子聪明多伶俐
长大了就给他把亲定　　　定亲就在于家集
他岳丈姓于称个富户　　　他的名字姓于叫于洛一
于洛一就有一个女　　　　许配给金柱成夫妻

【悲平板】

不料想，王金柱父亲下世去　单撇下他们娘儿两个过日期
一年四季遭下了天火　　　万贯家财化为泥
万贯家产都卖尽　　　　　无奈何
王金柱也不能把学上　　　天天卖诗过日期
王金柱大街把诗卖　　　　卖诗来到韩冬集
街南卖罢街北去　　　　　街东卖罢到街西
上写着，下山的猛虎被犬欺　落架的凤凰不如鸡
得时的狸猫欢如虎　　　　休笑贫人穿破衣

【平板】

王金柱写罢诗一首　　　　闪开二目看仔细
门楼下边看一眼　　　　　门楼下，只坐着端端正正
起漱恰当，不胖不瘦　　　温柔典雅一个大闺女
大姑娘坐本到门楼下　　　门楼下边绣月菊
王金柱看罢把门台上　　　恭恭敬敬作个揖
王金柱上前施一礼　　　　大姑娘你是好心的
你有那残茶剩饭舍给俺一碗吧　久后我得地来谢承你
王金柱施礼已毕在一旁站　门楼下惊动这个闺女
闻言抬起头来看　　　　　哎哟嗨，门前站个要饭哩
多者不过十八岁　　　　　少者不过十六七
天庭饱满多主贵　　　　　地阁方圆有福气
头上长着罗汉印　　　　　谁家的小皇上下了天梯
谁家的大姑娘许给他　　　一辈子算她有福气

尘世上男子汉见得多和少　　没他长得恁整齐
天保佑，到后来寻个女婿照住他　　粗茶淡饭心里如意
小姑娘越看越爱看　　才把他记到我心眼里
姑娘观罢忙站起　　出言叫声要饭哩
要饭哩，你不要走，等等我　　回到家给你取点好东西
说罢她就使眼色　　她的眼圪挤圪挤几圪挤
临走姑娘还撇嘴儿笑　　她给金柱还留情意
转过款就把绣房进　　低下头来想情意
欲再说衣服我给他拿上几件　　外人看见说是非
想罢多时有，有，有　　取出来十两好银子
十两银子拿在手　　用手帕包了个严严的
手一拿丢到袖筒里

大姑娘咯噔噔噔往外走　　门楼下边停住足
扑棱把银子搁在了　　搁得近了我掌[1]脚踢
拿走吧，拿走吧　　拿到家里买米吃
久后要是得了地　　莫忘我的好东西
大姑娘说着留情意　　惊动金柱王定思
王金柱弯腰忙拾起　　硬圪抵这是啥东西
慌忙抖开只一看　　哟呵嗨，原来是十两好银子
金柱观罢又抱好　　慌忙揣到他的怀里
抱首躬安又施了一礼　　我谢谢姑娘好心意
今生我要不得地　　一笔勾销话不提
今后我要得了地　　我一定……

（夹白）"你一定咋着？"

（唱）
　　一定搭轿我来娶你

---

[1] 掌：方言，同"用"、"拿"。

姑娘闻听抿嘴笑　　　　　　我出言叫声要饭哩
走了吧，走了吧　　　　　　省得外人说是非
王金柱扭脸才说走　　　　　小大姐把身子一转回家里
刚刚才把大门离　　　　　　那背墙来个做活哩

【武口】

一个长工来担水　　　　　　门楼下边停住足
咦，要饭的倒有十七八　　　最少也有十六七
十七八，十六七　　　　　　看着他俩有情意
才把水桶放在溜平地　　　　一伸手，我捞住了要饭哩
你不要走，不要走　　　　　偷俺掌柜的啥东西
大姑娘回头只一看　　　　　俺那长工他在那捞住要饭哩
长工，我给他拿块黑馍　　　他还能偷咱啥东西

（夹白）"好管闲事，啰唆！咋不叫人家走？"

（唱）大姑娘说罢回家走　　　长工低头想主意

（白）同志们，说了半天啦，说是哪一回？中篇节目也就是《双锁柜》。要知意思如何，往后听我给你解释。

这个长工一捞住王金柱说："不要走！"大姑娘说："特啰唆，管那闲事干啥？给人家拿了块黑馍。"大姑娘说罢回家一走，长工脑子嘟儿一转：不错呀，他姓蒋，我姓王，王蒋两家不一个祠堂，还不一行。我当长工，管担水，还管怎些闲事儿弄啥哩？放着两头人不为，我为一头人？最后还说我无理。长工说："伙计，我捞住你做啥哩，你知不知？"

金柱说："这位大哥，咱二人一无冤，二也无仇，你捞我也不知为了何事。"

"啥事也不为，还是为你打算哩。我这个人哪，也是惜老怜贫，你家老穷，俺家也不富，我是来给人家看长工哩。我说是——"

双锁柜

【顿子口】
今天你来得不凑巧　　　　　　　　明天俺家赶酒席
金柱说，明天掌柜办啥事　　　　　长工说，明天俺掌柜搬娶妻

（夹白）"啊！"金柱说，"娶儿媳妇哩？"
"不是！——"

【顿子口】
俺掌柜今年四十五　　　　　　　　四十五岁克了妻
仗着他是有钱户　　　　　　　　　不娶寡妇娶闺女

（夹白）金柱说："四十五啦，还娶大闺女哩。"
"人家有钱儿，有人急着跟人家！现在这个世道，只要有钱，不要说四十五，五十也能娶个大闺女，有人跟！"

（唱）啊，我问你定亲可在哪乡住　　姓甚名谁你可说详细

（夹白）"看这伙计多麻烦，我说叫你明天赶酒席哩，是不是？到这，给你拿几个蒸馍，舀几碗菜，掂起来就走，到家情吃啦，情喝啦！那不是怪好吗，啊！你还问问人家定亲是哪里，啥村哩，你还准备把轿哩，还准备掂钥匙哩？"
"啊，大哥，不是为这。我问这有意思。"
"啥意思？"
"我想着先在那头赶了酒席，然后再来这头儿，两头赶酒席，我不多要点饭？"
"啊，你算得还老美哩，买个鸡子拴到门槛上，你还想里外叨哩！伙计，你成了不露汤儿皮笊篱了。你成了两头忙啦，这头赶赶酒席，那头赶赶酒席，好，打算得不赖，我赞成你！可以，要是这了，我跟你说说。"

【顿子口】
我掌柜定亲不老远　　　　　　西边就在于家集

（夹白）"那于家集村也通大哩，东头里，西头哩，南街哩，北街哩。你给我说说，叫我听听。"

"哎，我给你说这个人，最有名气啦。"

"他是当官哩？"

"不是。"

"村里绅士？"

"土户！就是有俩钱！"

"姓啥叫啥？"

【顿子口】
姓于名字叫于洛一
金柱闻听这些话　　　　　　腹内辗转想情意
老亲戚就那一个女　　　　　从小是俺结发的妻
去年表舅给俺送个信儿　　　俺的表姐染黄的
表姐死了一年多　　　　　　是咋着又给蒋家结亲戚
想到此跟着往下问　　　　　长工大哥听心里
你说定亲有多少天数啦？
定亲没有个月满　　　　　　丈人催着搬娶妻
有心跟你多说话　　　　　　伙计，我还紧着担水哩

（夹白）"伙计，我得赶紧担水哩，得几十担水担哩。明天你情来啦，拿一个布袋，蒸馍掉[1]得多，拾一布袋你背着。"

金柱说："没有布袋呀。"

"面布袋也中。"

"面布袋也没有哇。给俺娘那裤子拿来中不中？"

---

[1] 掉：方言，即"剩余"、"余下"。

"裤子会中？穿过的衣裳，那不腌臜啦？"

"不是，俺娘才做的裤子，才上好腰儿，还没穿过哩。裤腿一捆，你给我装那两裤腿，上边扎住口，我往头上一套，走着可得劲儿啦。"

"咦，那老得劲儿，就跟带着夹板样的，中，中，中！再交代你，俺掌柜杀两仨猪哩，那肉块子二三指宽，挑着忽闪忽闪的。你拿一个罐儿，给你弄一罐儿！"

"俺没有罐儿。"

"没有罐儿？拿一个桶也中。"

"桶俺也没有，我掂个茅罐中不中？"

"盛饭哩，你掂个茅罐？恁腌臜人哩！"

"俺才买的茅罐，还没使唤过哩，是新的。"

"中，中，中！你打算得老美哩，可以。你走啊，明天早些来！"

【叹腔】

王金柱下了门台走几步　　　腹内辗转想情意
我今天不把诗来卖　　　　　回到家，见了俺娘我问详细
回到家我把俺娘问　　　　　俺舅家到底有几个大闺女

【平板】

俺舅家他要昧亲戚　　　　　我正阳县里把堂鼓击
正阳县里官司打　　　　　　要告俺舅个老东西

【武口】

王金柱他不把诗来卖　　　　大跑小跑走得急
时间不长走了三四里　　　　王家湾不远面前立

【数板】

迈步才把庄村进　　　　　　不多时来到祠堂里
迈步才把上房进　　　　　　尊声俺娘听端底

【悲平板】

王金柱把眼一闭一旁站　　　他的娘开口说详细
往日里长街卖诗回来得晚　　今天你回来得恁早干啥哩

【平板】

金柱说，娘呀娘，今天孩子把诗卖　　卖诗到本在韩冬集
卖诗我到在门楼下　　　　　　　　　遇着了蒋奇他的妹子
那个姑娘心底好　　　　　　　　　　给我十两好银子
拿着银子我要走　　　　　　　　　　身背后出来了蒋家做活哩
做活的上前捞住我　　　　　　　　　捞住了孩子他不依

（夹白）老婆说："孩子，你做活的捞你做啥哩？你跟人家闺女说啥话啦，叫人家听见。"

（唱）

他言说，今天去得不凑巧　　　　　　明天跟上赶酒席
我言说明天有啥事儿　　　　　　　　他言说明天他掌柜搬娶妻
我言说她家在哪乡住　　　　　　　　他言说就在于家集
我言说姓啥他叫啥　　　　　　　　　他言说，他丈人姓于叫洛一
于洛一本是俺的舅　　　　　　　　　俺舅家就一个大闺女

（夹白）"娘，俺舅家有几个大闺女，于家店有几个于洛一？重名重姓的还有没有？"

老婆说："孩子——"

【悲平板】

不提这事谅拉倒　　　　　　　　　　提起这事儿，我的儿呀儿
倒叫老婆我把泪滴
你舅家他就那一个女　　　　　　　　侄女随姑结亲戚
去年你的舅他给咱送个信　　　　　　孩子，你的表姐她染黄泥
一听说你表姐死故了　　　　　　　　你的娘，哭哭啼啼，现在气得有了病疾
那一个闺女真不赖　　　　　　　　　刺绣扎花描鸾熟悉
再一个咱家这样穷　　　　　　　　　从今后，我咋着给你定亲事

双锁柜

不提这你娘谅拉倒　　　　　　　提起这气得你娘我眼泪滴
金柱说，娘呀娘不要掉泪　　　　今天回来我问问你
今天回来把你问　　　　　　　　俺舅家，究竟几个大闺女
照你说这俺舅家没道理　　　　　一定是昧咱这好亲戚啦

【武口】
娘呀娘，今天你家中把我等　　　我去到正阳县里把堂鼓击
我正阳县里击堂鼓　　　　　　　要告倒俺舅个老东西

【数板】
老婆就说好，好，好　　　　　　孩子呀，到你舅家看详细
不昧亲事谅拉倒　　　　　　　　要昧亲事，儿呀儿，上堂去
为娘给你当证据　　　　　　　　告告你舅这混账东西

【武口】
王金柱说罢话十两银子忙掏出　　叫声俺娘听详细
我把银子交给你　　　　　　　　我去找找俺舅叫于洛一
老婆就说快点去　　　　　　　　要是真事儿我还不依
王金柱辞别他娘出门走　　　　　大跑小跑走得急

【平板】
王金柱暂时记在中途路上　　　　把书拆开另有提
书回文单表哪一个　　　　　　　再说他舅于洛一
于洛一正在客厅坐　　　　　　　上房内来了他妻老康氏
康氏女才把客厅进　　　　　　　叫声恁爹听详细

（夹白）"恁爹，老龟孙！——"

【悲平板】
现在恁闺女身得病　　　　　　　哼哼嗨嗨我心里急
咱闺女到明天就要出嫁走哩　　　天到现在气劳迷
不知东来不知西
眼看咱闺女身有病　　　　　　　坐在客厅你干啥哩

（白）"你爹，你爹呀，你看这事咋办哩。闺女有病，一会儿不是一会儿，一阵不是一阵儿啊。一会儿昏，一会儿迷，一会儿不知道东，一会儿不知道西，几天她不吃饭也不知道饥。看这咋办哩，我的老天爷！你坐到客厅里坐冷板凳哩，塌瞜着你那眼儿，圪邹着你那脸儿，成天带着你那豆夹驴子脸，你个老龟孙货！"

于洛一说："闺女有病，那明天不会不嫁不中！"

"哎哟，你个老龟孙，不懂得事儿啊。闺女的好儿[1]到跟前啦，出门的日期大好日期呀，你给好儿动动？该起嫁走，抬着轿都来啦，空轿重抬走？算啥道理哩这？"

"那有病嘛，该不嫁就不嫁，再晚一年也中，半载也行。"

"不行！孩子请先生看病。请谁哩？"

于洛一说："去，还给那王先儿请来。老医生，少江湖，经验也多啦，人家书看得透，脉理也真。王先儿叫来，摸摸脉，下个药单儿，搓副药，搁锅里一熬，一喝，明天不耽搁娶她，中药通治事儿[2]哩。"

老婆说："不中！过去那老王先儿中，真这儿[3]那老王先儿都老啦，脑子都浑啦。你不记得隔墙狗蛋他爹病啦，给老王先儿叫来啦，老头可能是感冒啦，老是冷，连头带脚裹得严严的，手伸出来，没有露出脸儿。老王先儿一摸，咦，老婆这病不轻啊！闺女、孩子、媳妇都在跟前哩，问是啥病，你摸摸。老头儿在被里边暗想，咦，老天爷，他不知男女了啊。中龟孙，不中！"

"你说谁中？"

"我说谁中，她大姨中。"

"她大姨咋？她大姨会审！"

"咦，看你说那叫啥？那是咱姐哩。"

"你姐哩！不是俺姐哩！"

"哎呀，你是人老不懂得道理了啊。你姐我也是喊姐哩，俺姐你也是喊

---

[1] 好儿：指定下的婚丧嫁娶日子。
[2] 治事儿：方言，管用的意思。
[3] 真这：方言，指"现在"。

姐哩。谁都没有两头老的，谁都没有两头姐妹，嗯？是不是！"

"她会治啥？"

"俺姐在家会看病，老人家一坐宫，闺女病就轻。会多花多少钱？你没想想，那是咱闺女她大姨哩，咱这亲戚多近，俺是亲姊热妹，一奶吊大，一母同胞，她能多要咱的钱？"

"你放屁啦，她大姨榷[1]咱也不是三回两回！你给她一回花（棉花）都是一二十斤，没粮食吃，来咱家拉一车，三布袋五布袋都拉走啦，她啥时候给咱过钱？她急成那，跟咱样，总啥都有？她家人不好干活，少吃的，没喝的，少穿的，没戴的，少铺的，没盖的，你看看她那一家儿都成啥样儿啦？她跟咱比啥哩！"

老婆说："你个老龟孙货，又夸富哩！你家有几个钱，嗯？"

"哎，就这钱多少，你爹寻到咱家，非叫你跟我不中。硬撮[2]来啦，卖老撮哩。娶个你我真后悔透啦，通有那好哩我没有定，咋定住你啦。"

老婆说："你娘那脚，年轻的时候都不愿跟你。老龟孙货，看你能成啥啦！这是老啦，不老我非再嫁一家儿不中！不说恁些闲话，还得赶紧给咱闺女看病。我给她大姨叫到咱家，一烧香，一念经，一下神，一坐宫，闺女病，一看就轻，头也不蒙，明天出嫁不耽搁事儿。"

"我不在家啊，还得出去要账哩，人家还争[3]咱钱哩，狗蛋家还争咱几斗麦哩，我去跟他要回来。这些家儿你不要，他也不打算给你，天数老多啦，他跟你说赖话哩。"

老婆说："你去吧，成天都打算这事哩。坑坑这一个，骗骗那一个。"

"坑谁啦？"

"咦，你坑谁啦，我会不知道？咱这一家儿成天就是置下大斗小秤，坑人哩！我去叫她大姨去哩。"

"你去吧！咱俩是山神爷不管野狼，各走各的路，我去要账，你去叫她大姨。"

---

[1] 榷：本义为"卖"，此处有"骗"的意思。
[2] 撮：辨音记字，方言，即强加于人的意思。
[3] 争：这里是"欠"的意思。

老婆来到那绣房屋里,"闺女,闺女呀,病现在啥样儿?"

"哼——,娘啊,不知东,不知西,几天不吃饭我也不知道饥呀。我这病可是不中了啊!"

老婆说:"咦,不要吓唬我了,闺女。"

"不是吓唬你哩,眼也黑,头也蒙,要不然一会儿就不中啊。"

老婆说:"唉,就这一个闺女,娇得跟命疙瘩样,可不敢给娘撒这儿啊,闺女!我去叫你大姨去哩,你大姨一坐宫,闺女你病就轻。"

"娘呀,不要叫俺大姨来来骗人啦,那是下假神呀。"

"可不敢胡说,不管她真神假神,只要咱的病好,啊!"

"娘呀,那你就去叫俺大姨去吧。"

【滚口白】
老康氏去叫她大姨走　　　　绣房屋,就撇下蒲姐那个闺女

【悲平板】
于得水他去讨账走　　　　　老康氏去请蒲姐她大姨
老两口他往两家去　　　　　绣房屋单剩下蒲姐那个闺女
小蒲姐睁开了流泪眼　　　　绣房屋单剩下我自己
埋怨爹来埋怨娘　　　　　　就这样苦坏你的闺女
从小小你给我寻婆家　　　　才给我许下金柱俺表弟
表弟聪明多伶俐　　　　　　人样长得差不离
不料想老公公下世去　　　　家中撇得老孤凄
他家穷也是我的命　　　　　俺娘跟俺爹出些瞎主意
跟俺爹定了一条计　　　　　要昧了我的好亲戚

【数板夹叹腔】
买了白楂棺一口　　　　　　白楂棺抬到俺家里
只装上三锨炉灰二斗土　　　还有一块锤布石
家郎院公全守孝　　　　　　俺的娘,死哩活哩哭闺女
俺的娘哭着没有泪　　　　　眼角起,贴了两块秦椒[1]皮

---

[1] 秦椒:即辣椒的一种。

把棺材殡埋到荒郊外　　与俺的表弟退亲戚
与俺表弟通个信儿　　　言说奴家染黄泥
昧了亲戚这也不讲　　　又与俺小奴寻女婿
尘世上男子汉多和少　　好不该把我许给那蒋家庄上老蒋奇
老蒋奇今年四十五　　　俺的爹才四十一
老丈人没有女婿大　　　我咋去跟他拜天地
知道说俺是小两口　　　不知道，人家还说我是他闺女
俺两个要去把亲戚串　　捂不住人家说是非
蒋奇明天把我娶　　　　我得跟蒋奇拜天地
心中不把别人怨　　　　埋怨金柱俺表弟
那几年不断往俺家里来　这几年，为啥不来俺家里
叫声表弟快来吧，快来吧　咱两个打个包裹远高飞
打个包裹出门走　　　　咱收拾收拾窜到陕西

【武口】

小蒲姐正然掉眼泪　　　来啦！来了这金柱姓王的
下一回来了王金柱　　　夫妻俩定计要下陕西
也不知跑了没有跑　　　单等着下午正本提

第二回

小夫妻绣楼诉衷肠　老康氏为女请巫医

【平板】

战鼓那个一打弦定齐　　俺说说蒲姐那个闺女
只见她坐本到那绣房以里　埋怨声爹娘无有道理
好不该把我的亲事昧　　又把我许给了老蒋奇
老蒋奇今年他都四十五　老爹爹他才过四十一
老丈人没有他女婿大　　我咋着跟他配夫妻
俺两个要把亲戚串　　　走在路中说是非

知道了说俺是小两口　　　　　要不知道，人家说我是他的闺女
表弟那几年不断你往俺家来　　这几年为什么他不来俺家里
叫了声表弟你快来吧，哎呀快来吧　咱两个打包裹上陕西
想着想着心里急躁哇　　　　　那个不由一阵想茶吃
站将起来往前走　　　　　　　咯噔一噔才来到厨房里
扎开火，添上锅　　　　　　　看见了灶爷她也不如意
老灶爷你本是一家之主　　　　你那主管着俺家的闲是非
保佑俺那表弟快来吧，快来吧　给你杀几只老公鸡，我这供飨[1]你
【笃板】
在这里她可正然许口愿　　　　打门外只来了金柱她的表弟
王金柱大跑小跑往前走　　　　不多时来到于家集
这几年没往舅家来　　　　　　哪一个门楼我还记哩
门东边还有那个一口井　　　　门西边有一棵槐树弯弯哩
迈步只把大门进　　　　　　　小黄狗叽哩咣当咬得急
小黄狗它不住上下溅　　　　　汪汪汪咬着想撕衣
王金柱这里高声叫——　　　　大舅来妗子叫来急
出来吧，出来吧　　　　　　　看看这是啥亲戚
【叹腔】
小蒲姐她正在屋里站　　　　　有人叫舅有人叫妗子
又叫舅，叫妗子　　　　　　　不用说来了俺姑家儿
【数板夹叹腔】
款动那金莲往外走　　　　　　二门不远面前停
靠着门闩往外看　　　　　　　哎哟海，当面站着个要饭的
观前相好像王金柱　　　　　　看左右好像那金柱俺女婿
认得我假装不认得　　　　　　我就问问也可以
大小姐观看了多一会儿　　　　我出言叫了声要饭哩
要饭你没在门外要　　　　　　为什么来在俺家里

---

[1] 供飨：摆供品祭祀，飨，音 xiǎng。

（夹白）"要饭哩，不在外面要饭，到俺家做啥哩？"
"啊，你也不认识我啦？"

我这眼色有点疲

（夹白）"你老啦？眼色老疲，不认识我啦，你一家人都带着那昧亲事脸哩。"

【笃板】
要知道我是哪一个　　　　站到门里听仔细
你的爹本是俺的舅　　　　俺的娘是你姑哩
你娘本是俺妗子　　　　　我是金柱你表弟
要说咱是小两口　　　　　我是金柱你女婿
【数板】
于蒲姐闻听这些话　　　　出言叫声俺表弟
这二年不往俺家来　　　　到现在见了我都不认得
今天来这有啥事儿　　　　从头来至尾说详细

（夹白）"表弟，你来有啥事儿？"
"跟你说不着话，给俺舅叫出来！"

（唱）你的舅他去讨账走了啊

（夹白）"给俺妗子叫出来也中！"

（唱）俺的娘去请俺大姨

（夹白）"哎，知道我来了，都出去躲了！蛤蟆躲端午哩？躲过去就算啦？回来跟他说，我走了啊！"

（蒲姐）表弟啊你往哪里去
【武口】
（金柱）正阳县里堂鼓击
正阳县里官司打　　　　　　我告俺舅这老东西

（夹白）蒲姐："你告他做啥哩？"
"你知道，比我知道得还清楚！你还装迷哩，嗯！"

（唱）
想当年咱是小两口　　　　　　我是你的穷女婿
如今他把我亲事昧　　　　　　不告你，我是个鳖炸鱼

（夹白）"打官司去，饶不了你！"

【数板】
表弟呀，写张呈子一千五　　　　递上去三天才能批
遇着清官，银子断给你几十两　　遇着赃官，哈天糊涂算结局
【悲平板】
叫声表弟你别去　　　　　　　　表弟呀，走，走，走，你随我去到绣房里

（夹白）"我跟着你老排场，老光彩？叫我去你怪好！我在这干啥哩，明天出嫁走，我给你帮轿？我给你送嫁妆去？俺，叫我在这干啥哩？"

【顿子口】
叫声表弟你别走　　　　　　　　表姐我给你拿主意
单等今夜晚三更后　　　　　　　人脚定，咱两个打个包裹远朝西
打个包裹咱俩跑　　　　　　　　跑到祠堂拜天地
拜拜天地咱往远处去　　　　　　不管他家闲是非
明天蒋家把亲娶　　　　　　　　你舅没闺女他咋着急

老蒋奇不依你的舅　　　　　　哪怕剥他二层皮

【数板】

金柱就说对，对，对　　　　　表姐呀，你咋说得怪美哩

叫声表弟走，走，走　　　　　随我来到绣房里

【对话平板】

小蒲姐拉着金柱把绣房进　　　出言叫声俺的女婿

搬过凳儿，你坐下　　　　　　我给你淘火装烟吸

饥不饥，渴不渴　　　　　　　你跟表姐说详细

饥了我给你去做饭　　　　　　渴了我给你烧茶吃

金柱就说我不饿　　　　　　　三天不吃饭肚里也不饥

（夹白）"表弟，三天都不吃饭啦，还说不饥？"

"那虚火往上攻着哩。不饥，我气哩！"

【顿子口】

叫声表弟你坐下　　　　　　　千万你可别谦虚[1]呀你

叫声表弟你坐下　　　　　　　厨房里我给你做饭吃

让得金柱落了座　　　　　　　咯噔噔来到当院里

这一撵，那一撵　　　　　　　逮了一只老公鸡

到厨房她把鸡来杀　　　　　　腾上锅，又是洗又是褪

掭住放到盘子里

老灶爷，保佑表弟他来到　　　这只鸡子我供飨你

（夹白）这闺女说话算话，许口愿敬神。有些人许口愿呀，三年五年他都不还，七年八年都不还。娶媳妇时，哎呀，我这口愿许得可大，给你说三天书啊。媳妇娶来啦，等生了孩子再还吧。生下孩子长到十二啦，还不还愿，还推，推到多大哩？孩子再娶媳妇了吧。再一娶媳妇都忘了啊，净哄神哩！神都不灵！你看人家许的，说啥算啥。

---

[1]　谦虚：这里是"矜持"的意思。

【平板】

整了两碗茄瓜面　　　　　　又包了两碗肉饺子
只见她炒了四盘菜　　　　　四盘儿俩碗儿都备齐

【数板】

小蒲姐她掂了一壶酒　　　　这一盘蒸馍是热的
两只酒杯，两双筷　　　　　端住来到绣房里
盘子摆到桌子上　　　　　　出言叫声俺表弟
表姐手头老是笨　　　　　　少盐无醋无吃的
叫声表弟你吃点吧，吃点吧　表弟你今天不要嫌屈
金柱闻听老高兴　　　　　　俺表姐说话老谦虚
叫声表弟快吃吧　　　　　　尝尝这菜啥滋味
王金柱叼住尝了一口　　　　表姐呀，你还做得怪美哩
于蒲姐只嫌金柱吃得少　　　她怕表弟忍了饥

【武口】

小两口正在来用饭　　　　　忽听得，小黄狗叽哩咣当咬得急
黄狗咣咣咬　　　　　　　　吓坏了金柱姓王的

【流水】

小蒲姐站起来靠住门板往外一看　回头来我再叫声俺的表弟
表弟呀，不好啦　　　　　　只来了俺的娘，你妗子
还有巫婆俺大姨那老东西
叫声表弟你没有想一想　　　要遇见这事儿可算咋着哩

（夹白）"表姐，我说走，你还不叫走哩，还说往陕西路哩，关住门儿逮鸡儿，非跑不脱！这咋办哩？俺妗子一回来，跟我可不能善罢甘休啊，跟我又吵又闹，又蹦又跳哩。这事儿咋办哩，表姐？"

【顿子口】

叫声表弟你别害怕　　　　　表姐我给你拿主意

（夹白）"我，我，我……不，不害怕啊，就是心里老怯乎[1]。进来屋看见我，这事儿咋办哩？"

【顿子口】
叫声表弟别害怕　　　　　　　　我给你藏到绣房里

（夹白）"绣房就这么大，藏到哪里哩？连个老鼠窟窿也没有，叫我站到哪里？"
"表弟，不要害怕。"
"我不害怕，身上光撒……要是不能走，这咋办哩？"

【顿子口】
叫声表弟别害怕　　　　　　　　表姐我给你拿主意

（夹白）"拿啥主意哩，来了呀！眼看要进来啦，叫我拱你那床底下吧？"
"不敢。俺大姨来了，她说我这屋有妖啦，有怪啦，有邪啦。拿着那磨杠子往那床底下捅，捅住你那头咋办哩，老天爷？"
"那叫我站到哪哩？我看我站到你的门后，掂着半截板凳腿，扎着架子硬着腿，龇着牙，咧着嘴……"
"那是啥？"
"俺妗子不问算完，问就说门神爷来啦。"
"门神奶奶她都不认识，认识门神爷？"
"老天爷，这叫我咋办哩。"

【顿子口】
叫声表弟别害怕　　　　　　　　表姐给你拿主意
走上前开开了描箱柜　　　　　　掂出来好些好东西

---

[1]　怯乎：方言，即"胆怯"。

这东西摆到牙床上　　　　　　　叫表弟赶快跳到箱子里

（夹白）"我不跳，箱子恁严，给我捂死咋办哩？告状也不能告啦。"

【顿子口】
叫声表弟你快进去　　　　　　　表姐心里有主意
王金柱颤颤搛搛走了几步　　　　光打圪颤就是不能进到箱子里
小蒲姐上前忙搀住　　　　　　　搀住金柱姓王的
王金柱鹞子翻身箱子里进　　　　赶紧箍缩到箱子里
王金柱身子一收箱子藏住　　　　小蒲姐失急慌忙盖箱子
失急慌忙把箱子盖　　　　　　　手帕放到墙角里
为什么手帕墙角里放　　　　　　还恐怕捂住金柱她的女婿

【悲平板】
王金柱箱子里刚刚藏好　　　　　小蒲姐她哼哼嗨嗨又装病疾
哼哼嗨嗨去装病　　　　　　　　躺到牙床眼一圪挤[1]

【平板】
小蒲姐哼哼嗨嗨去装病　　　　　她忘了收拾那桌上一桌席
记住了小蒲姐咱且不表　　　　　再说说蒲姐她娘还有她姨

（夹白）康氏说："狗，爬过去！来一个客人啦，咬啥哩！出去，卧那儿，不准动！"

【对话平板】
姐姐呀，咱往哪里走　　　　　　妹妹呀，走，走，走
绣房里先看咱闺女　　　　　　　绣房里去看咱闺女
姐妹俩商商量量把绣房进　　　　一进绣房，老康氏瞅瞅东来望望西
瞅瞅东，望望西　　　　　　　　桌子上摆了一桌席

---

[1] 圪挤：方言，这里是闭着眼睛的意思。

双 锁 柜　243

咦，两只酒杯两双筷　　　　　又见菜汤儿两边滴
老婆观罢心好恼　　　　　　　出言叫声俺闺女
我跟你爹不在家　　　　　　　陪着哪个把饭吃

（夹白）"你这死闺女，我跟你爹不在家，你陪着谁吃饭哩？"

【叹腔】
小蒲姐在床上只装病　　　　　少气无力把眼圪挤
娘呀娘，你跟俺爹不在家　　　你闺女醒着我肚里饥
我到在厨房去做饭　　　　　　心想着，吃点这饭我如意
你闺女我做了一桌菜　　　　　还没用，犯了我的旧病疾啦
【数板】
老婆就说我不信　　　　　　　想哄你娘哄不得

（夹白）"就别哄我！"

【顿子口】
你言说一个人来吃饭　　　　　你看，叨这菜汤儿往两边滴

（夹白）"一个人会是两双筷子？剩俩酒杯，叨这菜汤儿往两边滴。这是一个人？你给我说不说！陪着谁在这吃饭哩？你就不用哄我，你娘搁这些不白气，都是娘年轻时办掉下的事儿[1]。说吧，陪着谁吃哩？"这老婆说漏底啦龟孙！

【悲平板】
蒲姐说，娘呀娘，女孩家得的都是那样病　　你问恁清那是咋的
到明天闺女要出嫁　　　　　　　　　　　　到在人家要陪女婿

---

[1] 掉下：方言，"剩下"。办掉下的事儿，意指"玩剩下的把戏"。

【垛板】

我装装男，男子汉　　　　　　装装闺女我自己
装男带女都是我　　　　　　　娘啊娘，你问恁清都是干啥哩
老婆闻听这些话　　　　　　　一撇嘴，会做精[1]的死闺女
会做精的死闺女

（夹白）"哎哟，真会做精。这用学学？那就不用学，到跟刚儿[2]都是自来的。老姐，你看这闺女身体都这样啦，一会儿轻，一会儿重，一会儿不想动，一会儿又觉得要命。咦，成天过这日子呀，真真是熬煎！"

（唱）既然闺女没吃饭　　　　你就坐下饮酒席

（夹白）"老姐，我也没吃好，咱这闺女做这菜通中吃着哩。来吧，咱就趁水和泥，趁桌子吃饭。姐，我都不用再做了，趁住一吃，可给咱闺女看病啦。"

（唱）

巫婆就说对，对，对　　　　　来，来，来，咱两个饮酒哩
说着巫婆把饭用　　　　　　　巫婆是个下作皮[3]
坐下先吃了茄瓜面　　　　　　又吃下两碗肉饺子
她又叨吃多碗菜　　　　　　　又吃俩碗
这些东西都吃净　　　　　　　又吃囫囵一只鸡
【叹腔】
姊妹俩用罢了这顿饭　　　　　小蒲姐眯缝着俩眼儿看得仔细
大姨轻易[4]没吃饭　　　　　　一张嘴，酒席吃个净净的啦

---

[1] 做精：方言，意指做出不应该做的事或超出行为规范的举动，含贬义。
[2] 到跟刚儿："到时候"、"到跟前"之意。
[3] 下作皮：这里是"贪嘴"之意。
[4] 轻易：方言，这里是"平常"、"正常情况下"之意。

【落板】
老康氏这里开言道　　　　　　　叫声俺姐听详细

"老姐，吃够了没有？"
老巫婆说："吃够啦，咦，吃得老美哩。吃得太饱啦，吃得光想往上蹿！"

【顿子口】
看着他们吃个够　　　　　　　　把桌子抹得净净哩

（夹白）
"舀点水，叫我漱嗽嘴。"为啥漱嘴哩？吃得太饱啦，光往上蹿，一股水儿窜得臭烘烘的。

（唱）
老巫婆这里漱罢了嘴　　　　　　老康氏说，姐呀姐，给咱闺女看病疾吧

（夹白）
"姐，好好给咱闺女看看病。"

（唱）
巫婆就说对，对，对　　　　　　横里坐那床边起

（夹白）
"闺女，我是你大姨来啦，你认哩[1]不认哩我？"

（唱）
蒲姐她嘴里不说心里想　　　　　从早都看见你这老东西

---

[1]　认哩：认识。

（夹白）

"嗯……，我不认哩你是谁啦……"

"姐，你看看，病成啥啦，你是她大姨哩，她都不认哩，平素常见了大姨喊得亲热着哩。这闺女都病成这样啦，你就赶快看吧，姐，别说恁些啦。"

【垛板】

巫婆这回来坐好	叫闺女伸出手一只
捞住蒲姐的一只手	她大姨捏住蒲姐的手脖子
塌瞜着眼儿，圪皱着脸儿	沉住气儿，不敢出气儿
她给蒲姐扣脉哩	

（夹白）有的说啦，这巫婆学过药书，懂得脉理哟。她懂得屁！恶老雕戴皮套儿，假充鹰哩！这是做样儿哩，六指头挠痒，多这一道儿。

（唱）

塌瞜着眼儿，圪皱着脸儿	沉住气儿，稳住劲儿
她给蒲姐扣脉哩	
品罢脉，一松手，猛一惊	出言叫声俺妹子
早些有病不叫我	病成这样还做啥哩

（白）"妹子，闺女病成这样啦！你一家人哪，死榆木头儿，一百斧子破不开，掉地下一个钱儿，四面下钢锨！你这家人精成这样，一个钱儿都不舍得花啊，嗯？有病熬哩，恁些钱儿，跟肥鳖样，不舍得花啊。都不给闺女看病，病成这样，太晚了啊，通费气[1]哩，这可费事！"

"老姐，那咋办哩？"

---

[1]　费气：浪费力气。

"咋办？得给你闺女看病！"

"那咋看哩？姐。"

"我给人看过几十年病啦，你说咋看哩？你没吃过猪肉，没见过猪咋走哩？"她把话说反啦，把自己比成猪啦，这些人说话太没把握，反正也不想。

"你也不想想，得坐宫。"

"咦，看病哩，咋还得坐弓，坐弹弓？"

"啥坐弹弓！'嘣'一声把老人家打到天上？"

"咦，坐弹花弓？看嘣出去了，那你可得坐好。"

"啥坐弹花弓！下神就叫坐宫哩。得请神，请神得花钱哩，得要东西呀！"

"那得要啥哩，姐？"

【顿子口】

说起看病不算啥　　　　　　　妹妹呀，还照往常那旧规矩

（白）"那天数多了，我都忘了啊，姐，啥规矩？"

"啥忘啦？你就不是那出血筒子！你这一家人哪，吃老竿看里头，放屁嘣出来个豆儿，还想放嘴里吃掉！你这女婿就是这种人啊，死夹榆木头货！我都不知道？"

"那是要啥哩，你说吧。你得给闺女看病儿，病成这样，明天得出嫁走呀。"

"唉，要这东西老多呀。"

"东西再多也得看啊，你说吧，有东西。"

"那我开始要啊，你准备好，我就坐宫，只要一坐宫，闺女病就轻。"

"中，中，中，只要能给闺女病看好。"

（唱）妹子呀，烧香麦子得一斗

（白）"大斗，可不是那小斗。烧好些香哩，得烧大香，一百二十炷儿。

麦少了那会烧住？"

"姐，这二年麦不多啦，不好收啊。"

"你真出坦[1]还会没有麦？"

"要说有点儿，就是不老多……"

"只要一斗！你家只怕要三石两石都有，跟肥鳖样，会没麦？"

"没有小麦，那大麦中不中？"

"得小麦，还得饱麦！不饱还不中哩。"

"中，中，中，还要啥？"

（唱）这铺坛红布得八尺

（夹白）"要窄里可不中，得五百二，宽布面儿，好红布，得染那好颜色。有没有？"

"哎呀，办这事哩，打发客哩，红布都使唤脱节了啊。"

"有蓝的没有？"

"有。"

"中，那得一丈。"

"中，中，中，有，有，有。"

"这换换外人可是不中，咱亲姊热妹哩，代替！"

（唱）还得一桌花花供　　　　花花供可不要衬底子

（夹白）"将那肉方儿切那长长的，厚厚的，装个十碗儿，可是不能披[2]，净大肉。"

"哟，姐，那人得吃哩？"

---

[1] 出坦：即舒坦，这里指日子过得舒服。疑"舒"为本字，方言读作"出"。
[2] 披：在河南地区的饮食风俗中，在做菜时将便宜的菜做底，将贵些的菜如肉、鸡蛋等覆在上面，称作"披菜"。

"敬神哩，啥吃哩？说啥你准备啥，不要给我对嘴[1]！不来咱姊妹家看病就是这儿，我还没说哩，跟我搞价钱！"

"中，中，中。"

（唱）利市好钱儿得八串

（夹白）"哎呀，咋得恁些钱哩，太贵啦。"
"你能没有钱？别搞价钱！再不搞价钱不给你看啦，我走哩。"
"中，中，中，有，有，有。"

【数板】
利市好钱儿得八串　　　　　　　再要一只老公鸡

（夹白）"就那一个老公鸡，俺闺女杀杀你也吃完啦，就这也算是吧？"
"啊？敬神哩，那我都吃了啦，还能算是？"
"那俺没鸡子啦。"
"啊，那没有鸡娃？"
"咦，买了一二十个鸡娃哩，都一捧坦[2]恁大啦。"
"就那也中。把鸡娃逮住，搁到篮里，草帽盖住，走时候我捎着。"
"要一个鸡子都中啦，要恁些做啥哩？"
"万一有母鸡，母鸡不利啊。恁些哩，我想着要有一只老公鸡哩。我逮走后你可不能再掂回来啊。"
"那剩下的母鸡我掂回来吧？"
"那掂回来的东西都是病根儿！"
"中，中，中，俺这二十个鸡娃，你都掂走吧。"

（唱）节子香得两大捆　　　　　　箔裱还得两箱子

---

[1] 对嘴：即反驳，发表不同意见。
[2] 一捧：方言，体积量词，指双手能捧起来的体积。

（夹白）"中，中，中，箔裱两箱子。你回去开杂货店哩。"

"神老多啊。就这你还少多哩。神多，得好多吃哩。"

（唱）朱砂、神砂得四两

"真麻烦，还得写符哩。朱砂、神砂，你家有没有？"

"那没有，得现去包哩。"

"真没有，折成钱儿也中。"

"咦，没有钱啦。"

"没有钱，你家不是有花？折几折花吧，剩下的不够，你姐我赔点吧，来你家看病真麻烦。"

"中，中，中。"

（唱）朱砂、神砂得四两　　　　还得要一对儿大红锤

"咦，啥红锤？俺家有铁锤中不中？"

"啥铁锤？"

"俺家隔墙儿有个孩儿叫铁锤，叫铁锤来立这中不中？"

"那会中？铜锤！啥是铜锤？一头俩钱儿，红布一包包住，跟个大铜锤样。老神家下来，拿着大锤子，妖魔鬼怪都打窜啦。"

"咦，这还得要钱儿哩，老天爷。"

"再说这？没有锤老神家下来看哩？你姐我起来走！不管你这些事儿，你这一家人也真搅缠。"

"咦，姐，真是没有钱儿啦。"

"没有钱儿，再包十斤花，我走的时候捎走哩。"

"中，中，中。"

"这些东西你可要准备到啊，准备到我就给你看病，老神家坐宫。"

"啥东西都准备来啦，姐。"

双　锁　柜　　251

"钱儿哩？"

"哎呀，还得八串钱哩，姐，没有恁些呀。"

"哄神哩？空说可不中！走，走，走！"

"真是没有钱儿啦……"

巫婆抬头看见啦，墙上挂了两嘟噜子线穗哪！我回去织布还没有纬哩："妹子，这线穗儿叫我掂走，你女婿他是个男人家，也不管那事儿。那多少线儿？"

"咦，那十五斤线哩。"

"用单子包住，我走了捎走。"

"中，中，中。"

"来，你去端盆水，叫我漱漱口，净净手，赶紧烧香。有蜡没有？去，取两把儿蜡！大粗蜡，红的哟，可不要白的。"

"这有，有，有。"

拿来点着，往这桌子上一放，一焊焊好。拿过来香，劈了劈，搁上点着。这请神吧，都得烧烧香。先给家宅六神烧香。土地爷，你在门跟前坐着哩，叫那妖魔鬼怪都跑到他家，咦，给这家闹得神鬼不安哩。这个不害病，那个害病，成天药砂锅不断。门神爷，照护着啊，等一会儿，我给他撵出来时候，把那妖魔鬼怪都给他敲死完！中宫爷，我给我烧烧香，管管天，管管地，一家人不生气啊！老神家，年年给你多烧香，蒸蒸馍先供飨你。给老灶爷跟前烧烧香。"妹子，还得念经啊。这叫烧香经。"

"这咋念哩？"

（唱）
三炷清香顺手开　　　　　　老灶爷面前拐三拐
左三拐，右三拐　　　　　　是神是鬼上归来
保佑闺女无事灾

（白）"嘣儿"，香可插住啦。"咦，看这香着得多顺当啊。哎呀，老灶爷呀，老灶爷，你可是一家之主啊。上神都请到了，全凭你老人家照看这

身体啊。话说到，闺女这病就好得快点儿。闺女明天是大喜日子哩，叫她顺利出门走啊。——烧好啦，妹子，请神吧。"

"那咋请哩？"

"我念经，你打符儿。只要一念经，老神家就坐宫。老神家一坐宫，闺女病就轻！"

眼看就要敬神，于得水这个夹钢老头回来啦！他最反对神啦："你大姨，又来诳东西哩不是？"

老康氏说："咦，老龟孙，你给我爬出去，我给闺女看病哩！"

眼看一场大闹，单等下回再说！

第三回

巫婆下神哄骗钱财　蒲姐暗思逃身之计

（开场诗）

吃罢饭当时不饥　　　　　　往东去腿肚儿朝西

【滚口白起腔】

我说这话你不信　　　　　　老丈人算一门儿正经亲戚

（白）上场来这几句诗言推板在后，听我弦定准帮腔领路，书家们稳坐到两旁，你就听我慢慢地道来一回——

【平板】

小战鼓一打响叮咚　　　　　同志们稳坐到两旁慢慢听
今下午说一本儿清官断　　　咱还有半本本半没有说清
哪里打断哪里找　　　　　　哪里脱节咱都[1]哪里缝
人人都说我说不上　　　　　同志们，想当初学徒我用过功
书回文单表哪一个　　　　　单说说巫婆要坐宫

---

[1] 都：即"就"的意思。

各样的东西都要停当	连把妹妹叫了几声

（白）闲谈不论，书接上回。说到这个地方停止，现在重从这个地方接续住。巫婆说东道西，说来说去都是为钱，要点东西。东西要全啦，也要够啦。说："妹妹呀，这些东西都准备齐楚啦，在这当间哪，有些不当之处，老神家要是要的话，还得拿。咱啥也不为，为咱闺女的病。"

"姐，你情看势啦，我的闺女跟你的闺女一样，事儿不大，你看着情办啦，啊。"

"那行，就这吧。现在就开始念经，老神家也都催我好几次啦，催着我赶紧办事哩，官办了，回家还统忙着呢。"

"姐，那咋请哩？"

"烧着香念经嘛，你给我打着符啊。老神家要是要啥，你就承当[1]啥。"

"那好。"

"就这啊，念经。"

（唱）那巫婆一切安排多停当　　准备念经来坐宫

（夹白）"我要念经啦，妹子，打着符，叫老神家下来快点。"

【念经调】
拈住清香插在炉中	我请老母来落宫，哎嗨嗨呀
嗨嗨弥呀哎嗨嗨佛儿	哎嗨嗨佛呀哎嗨嗨呀
请你不为别的事	给俺外甥女看看病情，哎嗨嗨呀
嗨嗨弥呀哎嗨嗨佛儿	哎嗨嗨佛呀哎嗨嗨呀

（做下神状）"啊——哎——嗯……，啊……，咦……。"

（夹白）"老神家，请您老神家下来，给俺闺女看病哩，不要捆您那弟子，这年纪大啦，吃不住捆，赶紧传传话，给俺闺女的病看看，看咋摆治

---

[1] 承当：即承认。

好哩。只要能摆治好,给您老神家传名,给您还愿,初一、十五给您烧香、磕头。"

"嗯……,唉……"

【请神坐坛调】

观音老母坐了官	迷世众生你是听
请我下来有啥事	将事从头说分明,问你懂清懂不清

(夹白)"老神家,不为旁的事儿,我有个闺女有病,俺闺女明天就出嫁走哩,一会儿不是一会儿,一阵儿不是一阵儿;头蒙眼黑,几乎想哭;心里咚咚乱跳,俺闺女急得光想上吊。你赶紧给俺闺女看看病吧,老神家。"

唉……如今我当老是忙	又顾西来又顾东
阳世阴世都一样	只忙得老神家我不消停哪

(夹白)"老神家,叫您给俺闺女看病啊。再忙您也得抽出点时间给俺闺女看看,救人哩,老神家。今儿要啥我给你准备啥。"

唉……要叫我看你的病	银子少了可看不成
今天就是这世道	神不要钱儿也不中啊

(夹白)"老神家,可是知道,这都是要钱儿哩。这也是要钱儿哩,那也是要钱儿哩。您只要给俺闺女病看好,要多少钱儿给你多少钱。"

嗯……你闺女不是凡间女	本是天上的九女星
错打了玉皇爷的一个盏	打到了你手来托生
凡间改过十八岁	到明天正当午时就不中啊

(夹白)"老神家,可不敢啊,就这一个闺女,娇得跟那疙瘩样。老神

家，赶紧给俺闺女的病扭转扭转吧。叫俺闺女活那长命百岁，老神家，我给你磕个头啊。"

唉……你们老两口办事儿有点错　　见天光把老神家来榷
老神家有点看不上　　　　　　　　要想看病，还得一百块大金箔

（夹白）"还得一百块大金箔啊，少了可不中，这是人命啊！全凭老神家给你跑跑办事哩。求求这个神，求求那个神，那也不是一尊神。一个神也不能当这些家儿，一百块箔。"

"老神家，那买不来……"
"买不来，变成钱儿也中。我那弟子走，叫她捎走啊。"
"中，中，中，老神家，算是。你看看咋着救她的命。"

唉……你闺女她不是凡间女　　　为这事儿还得上天宫
为这事儿我还得把钱用上　　　　老神家面前我去求人情
老神家准了我的本　　　　　　　应势[1]给你添一冬
玉皇爷不准我的本　　　　　　　也是我当无法生
问你懂清懂不清

（夹白）"可不敢啊，您老神家也去求求上神吧。"

唉……为你这事儿老费功　　　　无奈还得上天空
跪到地下你别动　　　　　　　　你得磕头还不成功啊

（白）"行，我就跪到地下不起去了，我给你磕个头，老神家，你上天吧。"

"老神家我上天了啊。"（做上天状）

---

[1]　应势：方言，"也许"之意。

老康氏说:"咦,你扒啥哩?"

"闲话少说,上天梯哩!"

(巫婆做下神结束状)

"妹子,老神家下来说啥没有?"

"哎呀,姐,她说咱闺女是九女星啊,明天午时就不中啦。还得许一百块钱大箔呀。"

"许下了不是?买来没有?"

"我上哪买哩?买不来。真这儿[1]也没钱儿,走着再说吧。"

"又推哩不是?阎王爷推碾槽,净鬼推哩,不敢推!没有箔准备点钱儿,老神家走时候交代我啦,叫我捎走,回去买点箔纸,自己烧哩。"

"那行,也算事儿。"

(巫婆又做下神状)

老神家当时回了宫	迷人众生你是听
你的闺女那点病	老神家上天求人情
好话说了几千斤	才又给你添了几冬
十八岁添到九十九	你看老神家灵不灵
到在明天要是出嫁	头一个孩子是玩童
到明年这时候叫你抱外甥啊	

(夹白)"咦,老神家连这事儿都给我办啦,老灵,老灵啊。给你磕头啊,老神家,给你磕个响头啊。中不中?"

"嗯……,磕个头算啥?磕一千头都不胜[2]你给老神家忠诚一点儿。"

"老神家,咋忠诚?"

唉……,黄文还得二百铜	清香上捆也不中啊
多磕头,多烧香	老神家才会很样的灵

---

[1] 真这儿:方言,"眼下"、"现在"之意。
[2] 不胜:方言,有"不如"、"不及"、"比不上"的意思。

（夹白）"咦，老神家说得是，敬神如神在，得烧香、磕头，得敬他。"
"九十九岁，给你闺女添得少不少？"
"不少。"

哎，给你闺女添得真不少	给你添得真不轻
老神家上天给你说好话	另外还得十串铜

（白）"这十串钱儿可是不多啊。"
"咦，老神家，俺真是没钱儿啦……"
"老神家给你闺女收走啦，叫你办事儿！问你要点钱儿，你没有。没有家里有麦，灌几布袋，叫俺那弟子捎走，粮食不会变价！"
"咦，看老神家多活套[1]，叫粮食变价，中，不管灌几布袋都中。"
"行，就是这哩，得听话啊。"
"听话，听话。"
"旁哩啥不问了吧？"
"旁哩啥不问，俺明天那个好儿好不好？"
"好儿可好，到明年这个时候叫你抱外甥哩。"
"咦，老神家老灵，行，行，行。老神家，俺多磕个头，旁的事俺没有啦，给俺家照看好点儿。"

旁的啥事要没有	老神家打驾回天空
家务事儿闹得我的脑疼	老神家即刻要回宫

（巫婆做下神结束状）
（白）"妹子，老神家下来都说点啥？"
"姐呀，老神家老灵呀，到过年真是叫抱外甥哩。"

---

[1] 活套：指说话、办事灵活的意思。

"看看，好不好，老神家多灵验，嗯！"

"还许东西啦没有？"

"旁的也没要啊，她光说你走时候灌几布袋麦。"

"灌几布袋？"

"灌两三布袋。"

"行，老神家走时还交代我一点儿。"

"交代哩啥？她咋没给我说哩？"

"走得老急脚，没顾上给你说，暗话跟我说哩。"

（唱）还得许老神家一对大纱灯

（白）"还得一对大灯，灯小还不中！"

"中，中，中，买对大纱灯。姐，我去弄钱儿啦。"

"中，没有钱儿，只要有粮食都中，没有粮食，只要有花都中，你不是喂的有羊？我牵点羊也中。"

"姐，那好说，咱姊妹又不是外人，过去今儿，能要的就要，不能要的就不要啦。"

"啊，那会中？前头说着，后头脚祛[1]着？不算，不算，那可不中啊。拿个布袋，麦倒里头，捎走；给那鸡娃都逮住搁那篮里，草帽盖住，不能叫它窜，捎走，撒到你家都是病根儿；给那十大碗供都收住，倒那篮里，我都捎走。"

"姐，你捎回去谁吃哩？"

"俺会吃？妖魔鬼怪！夜至三更我送到十字路口叫他们吃，给你闺女消灾哩。憨子，我会吃？咱是亲姊热妹啊，一奶吊大，一母同胞，你姐发你的财哩？我就不发财！神都不是为了财，是为了名誉啊。你给老神家传传名，多烧点香，多放点炮，闲了没事儿多进庙。"

"中，中，中，姐，回头我也跟你敬神去吧，我看这老发财啊。"

---

[1] 祛：方言，指用脚抹去地下的痕迹。

"胡说八道!收拾东西走哩。"
才在那收拾东西,回来啦!

【起腔】
于洛一要账可回来了啊——
【平板】
巫婆家里要东西　　　　　　　大门外回来于洛一
【武口】
于洛一今天要账回来转　　　　进了大门怒不息
这一个巫婆把神来下　　　　　拾掇了怎些好东西
赶紧给钉爬出去　　　　　　　光天日,你来俺家哄东西
【叹腔夹垛儿】
巫婆气得眼中落泪　　　　　　我的妹妹呀,看看你那死女婿
今天你去把姐叫　　　　　　　叫给你闺女看病疾
才进门你闺女又哭又是闹　　　到现在,她睡在床上也不吭气
你闺女现在稳定住　　　　　　这老头他回来跟我说是非
为你闺女跑了好几趟　　　　　这事儿你叫我白出力
从今往后不姊妹　　　　　　　从今往后再不亲戚
【武口】
于得水就说你放屁　　　　　　叫声骗子听详细
大碗的大肉你还不了　　　　　还要这小麦和小鸡
香表纸箔啥都要　　　　　　　还有蓝布,一齐装到布袋里

(夹白)"掏出来!"

(唱)从今往后赶紧滚走　　　哪鳖孙跟你家有亲戚
【叹腔夹垛儿】
于得水乱吼乱叫乱吵闹　　　　那巫婆出门哭啼啼啊
今天我白跑这一趟　　　　　　临走我落了一肚气

恁啥东西都不要啦　　　　　　　　往后去再不来你家里
这巫婆哭哭啼啼扬长走啦　　　　　咱这记回来，单说蒲姐这个闺女
【顿子口】
小蒲姐躺在了牙床上　　　　　　　眯缝着俩眼儿想情理
俺大姨胡充来骗俺　　　　　　　　她言说奴家有病疾
实际我没有一点病　　　　　　　　还是应记着箱子里边俺的女婿
【悲平板】
俺女婿还在箱柜里　　　　　　　　又想想，到现在心里是啥滋味
俺大姨她不把人情念呀　　　　　　你没想咱是啥亲戚
恁啥东西你都要　　　　　　　　　俺大姨真是个老杂皮
【平板】
大姨一走我心里定　　　　　　　　单等着今夜晚三更起
单等着今晚上三更以后　　　　　　开开箱子叫俺女婿
我这绫罗绸缎包上几件　　　　　　包上十两好银子
今天铜钱我都多带　　　　　　　　到在路上做盘费
听人说陕北路往北　　　　　　　　搭上火车要上陕西
过上三年并五载　　　　　　　　　生下一男养下女
到那时俺夫妻转回来　　　　　　　老蒋奇，气死你个老炸鱼
这本是小蒲姐心腹之话　　　　　　想想北来我都想想西
今天晚上没有客　　　　　　　　　再不忧虑巫婆俺大姨
只要大姨不在这　　　　　　　　　半夜黄昏要逃飞
又一想，只怕大姨还有病　　　　　想起来舅家踢死驴
早晚间办下红白事儿　　　　　　　这男女老少都来串亲戚
一来就是十几口　　　　　　　　　到晚叫他住到哪里
去哪里我都叫他住　　　　　　　　我这屋想立他也不得立
今天晚上，也不是不叫俺舅家住　　我恐怕大妗子，二妗子
还有隔墙俺三姨　　　　　　　　　这些人都是没出息
一来好吃二来好喝　　　　　　　　说不定还到这偷东西
偷点东西我也不说啥　　　　　　　还恐怕，耽搁得

小两口不能出去是啥道理

今晚上小两口要不能跑　　　　　　到明天这事儿咋叫结局哩

小蒲姐思思眼前想想后　　　　　　想一想东来想想西

我有心立到柜子跟前跟表弟说上几句话　　那人家听见可是了不得

【笃板】

记住了蒲姐胡思乱想　　　　　　记回来还说于洛一当院里风灶火都盘好

厨下忙得了不得

有的投火去割肉　　　　　　　　有的杀鹅有的宰鸡

有的杀鸡做变蛋　　　　　　　　还有的他们炖卤鸡

邻居们厨下里慌张一大片　　　　明天好好准备酒席

记住洛一准备把客待　　　　　　记回来再说说，蒲姐她秃舅秃妗子

（白）记住于家集慌成一堆，忙成一片，前前后后，左左右右，丘丘叽叽，吡吡啦啦，杀猪宰羊，正然做菜，预备明天待客暂且不提，把书插将过来到哪？小蒲姐她舅家。她舅家在哪住哩？康家庄。她舅叫啥？康大秃、康二秃。咋康大秃、康二秃哩？她大舅是个秃子，也没给起名字，叫啥？叫大秃。生她二舅也是没头发，就叫二秃。大秃、二秃亲弟兄两个搬亲啦没有？哎呀，凭咋都定不下。日子也不行，家里没有领事人，过得是片片瓦瓦，破破烂烂，少吃没喝，见天也腾不上锅，少穿没戴。家里弄得跟马粪渣样，就不敢进人。后来离他村一里半地有个小康庄，有两个秃妮儿，高低寻不下婆子[1]，那一个秃妮儿跟着康大秃，一个跟着康二秃啦。老三家啥样？他弟兄仨俩秃子，老三整齐！清气刷刮，干净利亮，早晚也是事场儿里的人[2]，前前后后，左左右右庄村谁办点啥喜事儿，都离不了他。老三媳妇啥样儿哩？起漱恰当，干净利亮，外人送号"女光棍"。人家这光棍支棱啊，给谁家招呼个客，虑个家事儿，谁家吵闹啦，说个事儿，解决点问题。能言善劝，给人消消气儿，解解闷儿，也是这村里的大好人儿。康大

---

[1] 婆子：这里指婆家。
[2] 事场儿里的人：指善于交际或善于在公众场合办事的人。

秃、康二秃娶这俩女人啥样？唉，送饭屙那罐系儿上，提不起来啦！董[1]得不像样儿，满街响！吃罢饭，没事干，抱着孩子各家串。串东家，到西家，说说这，说说那，一屁股蹲到冷地下，光给人家翻闲话！好吃懒做，做活老肉[2]，就是这种人。不管谁家待个客，她跟那麻尾雀似的："坐桌，吃酒席，走啊——"就是这，外号叫"满街响"。

康大秃说："二秃，二弟，回去跟他婶子商量商量，明天咱外甥女要出门走哩，咱是舅哩，姐姐就这一个闺女，咱得去添箱[3]啊。明天就得出嫁走哩，今黄昏都得去。去得老晚了，人家箱子都抬走了，咋添箱哩？"

"中！"康二秃说，"哎，老婆子，来，来，来，咱大哥给我说啦，咱外甥女明天就要出嫁走哩，一场大鼓，二姐家就这一个闺女，去那串亲戚去。"

他老婆说："我不去！"

"咦，看你声音小点儿。叽啦啦，叽啦啦，跟那马尾雀拖个小虫儿样儿。我是跟你商量哩，你不去那会中？光我一个人去，人家问你老婆子哩，我咋说哩？"

"不是我不去，老想去，急着吃你姐那肉哩。"

"俺姐家杀那猪肉，可不是俺姐那肉。"

"我统想吃那肉哩，就是没衣裳穿！"

"你那布衫不是才洗了？"

"嗯，洗了三四天啦。"

"那不是怪干净哩。"

"我那裤子不中，老脏！"

"你去咱三弟妹那取个裤子不中？"

"啥，叫我去！"康二秃老婆子不多一时来到三弟家："三弟妹，我来找你呀。"

三弟妹是个女光棍呀："二嫂，你说啥哩？啥事儿，跟我商量商量。"

"咱外甥女出嫁走哩，你都不添箱？"

---

[1] 董：洛阳一带方言，辨音记字。其义有二，一是挥霍、浪费。二是不讲究、不收拾、太脏乱之意。
[2] 老肉：河洛方言，有动作慢、拖拖拉拉之意。
[3] 添箱：为别人嫁女送礼金或礼物。

"前两天我都去了啦,东西都给她送去啦。"

"咦,哟,嗨!你老出展。你遇着好男人啦,家里啥都有,早早地都去到二姐家添了箱啦,俺还没有去哩。我现在就走,天黑都到啦,添箱不耽搁事儿。"

"那你做啥哩,二嫂?"

"我跟你借件衣裳叫我穿上,我这衣裳老不干净。"

"行,给你拿个上身吧?"

"可以。"

"拿啥样儿哩?"

"中,这一件儿都中!咦,我穿上怪得劲哩。"

"你还要啥?"

"我没有裤子哩。"

"你那裤子不中?不会洗洗?"

"就那一个裤子,叫我咋洗哩?我四五天啦还没洗过哩。"

"咦,嫂子呀,那四五天啦,汗溻溻,那衣裳还咋穿哩你?"

"哎哟,老脏,我想着晚上回来洗吧,还得搭黄昏哩。谁知晁一黑干不干?我就没有洗。你那裤子借给我,叫我穿上。到明天我回来给我那裤子洗了,我穿上啦,好给你那裤子拿过来。嫌脏了我在俺家就势洗洗。"

"二嫂,给你的裤子我都不要啦。给,你拿去吧。就是这条裤子,才做成,我连试都没试,你穿吧。"

"中,中,中,就这怪好!"二件衣裳可搭到胳膊上啦,"三弟妹,我还没有鞋呀。"

"那我的鞋你能穿上穿不上?"

"啥能不能?拿来,叫我看看。"一拿拿出来两只鞋,"咦,你这前头太尖啦,后头太短啦,这不中!"

"那你三弟的两只鞋你穿上中不中?他的脚掌瘦一点,他的前头大一点儿,你穿上试试。"

"叫我看看。"一试扑通可穿上啦,"行,怪得劲儿。我穿走了啊。"脱下来的破鞋扑嚓可擤到人家当屋里啦。

"咦——"老三媳妇捂住鼻子,"咯噫[1]死我啦。"弄两根棍儿挑着,嗖,嗖,撂到街上那粪坑哩啦。

康二秃老婆来到家:"孩子他爹,叫咱孩子今儿在家啊,一个也不去!咱不带孩子,光咱俩去。"

康二秃说:"中。给俺姐家拿点啥哩?"

【顿子口】
黑白蒸馍拿了四个　　　　　里边放了四个梨
这些礼物准备好　　　　　　叫声老婆子快换衣
康二秃老婆把衣裳换　　　　前捞捞,后拽拽
看着她咋不整齐

【平板夹垛儿】
二秃说,叫叫咱大嫂吧　　　老大媳妇把话提
给,给,给,捎去两仨片　　给爱菊捎去布八尺
我不能去　　　　　　　　　然后间我再到姐家看端底
康二秃,他两口挎着一个篮儿　里边放了四个梨
黑白蒸馍放四个
康二秃穿一个布衫没有胳膊　穿条裤子多说有二尺一
下边露着两条腿　　　　　　腿上一腿黑毛羽
这两口厮跟[2]着串亲戚
康二秃,抬头看　　　　　　上下打量面前妻
平素看着不咋着　　　　　　今天穿上衣裳老整齐
你娘,咱两个中途有一比

(夹白)"你比啥哩比?"

(唱)
好比那老汉送闺女

---

[1] 咯噫:有膈应的意思,疑为"膈应"的方言念法。
[2] 厮跟:即一起走的意思。

双 锁 柜　265

小佳人感觉着吃了亏　　　　　　抬起头来看着女婿
俺男人不胖也不瘦　　　　　　　长得个子也不低
俺男人长得也不丑　　　　　　　没有头发，好像葫芦差不离
他爹呀，弯刀对着瓢切菜　　　　你不嫌我，我不嫌你
咱两个活到一百一
咱两口中途路也有一比　　　　　我说他爹呀，好比淘气送他姨

【武口】

你不嫌我，我不嫌你　　　　　　你看咱两口多整齐
说说笑笑往前走　　　　　　　　不多时来到于家集
这一回添箱不打紧　　　　　　　挡住了蒲姐大是非
今夜晚去到家中住　　　　　　　要去到外甥女绣房哩
去到绣房不要紧　　　　　　　　两口子今天不能朝西
也不知走了走不了　　　　　　　略微一歇朝下提

第四回

于蒲姐无奈把轿上　　王金柱箱内随轿行

【平板】

小战鼓一打颤习习　　　　　　　咱说说康二秃串亲戚
康二秃小两口说说笑笑往前走　　不多时来奔到于家集
不多时才来到于家店　　　　　　于洛一头门停足
姐夫姐夫连声叫　　　　　　　　那黄狗叽哩咣当咬得急
于洛一听说狗咬往外头走　　　　原来是二秃他们夫妻

（夹白）"恁舅，你来啦不是？""啊，姐夫，我来啦。"

（唱）叫声恁舅回家去　　　　　恁二姐给你备酒席

（夹白）"回家吧，我也不接啦，自己人，不外气啊。你来也不会拿好多东西，也不值当。你二姐等着哩，进去吧，该吃就吃，该喝就喝。"

康二秃本是前边走　　　　　　康妮随后紧跟齐
将身儿才把二门进，姐，我来啦　康氏一听，听声音好似我兄弟

（夹白）"兄弟，来啦是不是？""姐，我来啦。""她妗子来啦没有？""她会不来？俺们厮跟着哩。"

康氏抬起头来看　　　　　　看见俺兄弟他夫妻
不看见兄弟我不气里慌　　　　看见兄弟气得我倒出气
兄弟媳妇穿得也不赖　　　　　俺兄弟今天穿得不整齐
叫我说你往上房去　　　　　　上房里放了几桌主要东西
叫我说你往牛屋去　　　　　　她妗子说，姐呀姐，叫我说
到绣房看看咱的闺女
康氏就说不用去　　　　　　　咱闺女有了病她心里不如意
姐呀姐，我一定进去看看她　　看看蒲姐咱的闺女
说着说着绣房进　　　　　　　夫妻俩来到绣房里
【悲平板】
小蒲姐一听说妗子来到了　　　呃……咯噫得她光想恶心闷闷地
叫了声妗子不去吧　　　　　　娘，你给她让到上房里
【平板】
二秃的老婆子说："不出去！"　外甥女你咋没出息
在家不来由不着你　　　　　　我是来给你添箱哩
我今天专门来给你添箱哩　　　二秃说，你妗子单股[1]给你捎了四个梨

（白）康二秃说："外甥女，你妗子来给你拿了四个梨儿。咦，那梨放

---

[1] 单股：河洛方言，辨音记字，"专门"、"特意"之意。

了半月啦，都没舍得吃，梨可好啦，可甜！你妗子来看看你哩，平素来吧，总是没有东西。那一天，俺俩去梨园啦，你妗子偷了四个梨，给你收拾着，俺都没舍得吃，好东西啊，吃吧。"

【顿子口】

小蒲姐挺[1]到牙床上　　　　　　牙床以上也不搭理
她妗子说：外甥女，箱子摆了好几个　东西都放得怪整齐
今天你的妗子来到了　　　　　　叫我看看你的嫁妆衣

（夹白）"咦，你舅娶我的时候，啥都没有。你看你出嫁走的时候，咋真[2]些东西哩？咦，你看这嫁妆多排场，我得看看你的嫁妆。"

箱子里装的都是啥东西
蒲姐就说你不能看　　　　　　　妗子呀，你咋哩真咯噫
人家说你的手不净　　　　　　　串亲戚你肯偷东西

（夹白）"谁偷东西啦？我就偷你家一回，那是大圪婆，净懆气[3]哩！我轻易都不偷，就偷那一回。"

她娘来到跟前："闺女，别吭气啦，你妗子来看你哩。高声协呼[4]，看人家笑话，这是你舅家，是你妗子哩。再别说偷人家啦，老丑，不敢吭气啊。我不叫你妗子看你的嫁妆，中不中？"

"不叫她坐这，出去！"

"不出去！我非坐这屋里不中！哎呀，我来你家串亲戚，你爹看见我不高兴，你娘看见我不如意，你再不叫我往屋里坐，我咋着啦！"

（唱）妗子呀，你来这屋坐一会儿　　我闻着这气咋真咯噫

---

[1] 挺：方言，"躺"的意思。
[2] 真：方言，读去声，指这么、怎么的意思。
[3] 懆气：河洛方言，意思是揭别人的短处。
[4] 协呼：河洛方言，辨音记字，指吆喝、大声喊叫。

（白）"咦，我有点恶心，头也有点痒。你来这屋里，我浑身都是发烧啊。"

"就这我也不出去，今黄昏非住这屋里不中！哪里也不去。"

"闺女，别吭气啦，叫你妗子吃吃饭。天都黑啦，赶紧端饭。"

"姐，给你拿了四个蒸馍啊，有黑哩，有白哩，想吃黑哩有黑哩，想吃白哩有白哩。四个梨，给咱闺女装到那箱子里，明黄昏叫他两口分着吃。"

"你说这是啥？梨都不叫分啊。"

"那四个梨，一个人俩不中？"

"你管人家咋吃哩，别说分那一句话，不能分梨，分离，分离不好，知道不知道？"

"那中，我就不说啦。"

"她妗子你坐着，叫我去给你端饭。"

"做的啥饭？"

"啥饭？今黄昏做的大锅面条，炒的烩肉倒在锅里，可好喝啊。"

（唱）她的姐到在厨房屋　　　　叫声厨下听端底
给我舀上半桶饭　　　　　　到在屋里客人吃

（夹白）"都是内客，叫我掂一盆儿，叫他们自己舀着情喝啦，省得到在厨房里碰住这个啦，碰住那个啦。"

"中，中，中，哎呀，还是老当家的，真会打算。盛半桶！"

面条盛了多半桶　　　　　　两个碗慌忙拿在手里
几双筷子已拿到　　　　　　出言叫声俺兄弟
先喝喝俺的面条饭　　　　　你看如意不如意
随后拷来半篮儿馍　　　　　今天晚上尽你吃
康二秃光面条喝了六大碗　　他媳妇喝了七碗还不解饥
【平板夹垛儿】
吃又吃来喝又喝　　　　　　康二秃，老婆子，肚子喝得圆圆的
光面条她喝了七大碗　　　　四个蒸馍一齐吃

这女人不知饥饱吃得多　　　　　　啊……，只觉着肚子里边不如意
"你妗子，今黄昏你俩歇哪哩？"　　"姐呀姐，我就歇到这绣房里。"
蒲姐说，我这屋里不叫你睡　　　　俺妗子你就是一个咯噷皮
你要是滚开谅拉倒　　　　　　　　不滚开，我跟你豁出去！
康二秃说，老婆子　　　　　　　　外甥女不叫住咱出去走
康妮说，不出去，不出去　　　　　今夜晚就住绣房里

【武口夹垛儿】
来，来，来，我和咱外甥女就在床上睡　拿条席，你铺到咱门里
小蒲姐闻听越发气　　　　　　　　俺妗子你是个咯噷皮
你要出去谅拉倒　　　　　　　　　不出去我给你轰出去
小蒲姐说着忙爬起　　　　　　　　人要一恼挺有气力
在床上把她的妗子推下来　　　　　嗡[1]住她妗子像撵驴
又是推，又是嗡　　　　　　　　　扑哩通，把妗子推倒在地埃池
肚子担到门槛上　　　　　　　　　吃得饱，急着解手，这一回她可窜了稀

【垛板】
姐呀姐，你家闺女不听说　　　　　把我推到门槛起
肚子扳到门槛上　　　　　　　　　这回扳得窜了稀
姐呀姐　　　　　　　　　　　　　这裤子还是我借哩
在屋里吵得多热闹　　　　　　　　康氏上前把话提
叫声恁妗子千万不要吵　　　　　　叫人家听见没出息

（夹白）"你妗子，别协呼啦。老天爷，我要这娘家是来丢人哩，你看这！咱家里客多少，攒忙的几十个，这院里挤得满当当的。别吭气啊，闺女，你有病儿，你挺这吧。"

【顿子口】
小蒲姐挺在牙床上　　　　　　　　真是越闻越咯噷
又是潮骚又是臭　　　　　　　　　再不懂这是啥味气

---

[1] 嗡：辨音记字，有推、拥的意思。

康二秃老婆子生来有狐臭　　这一回呛得蒲姐把泪滴
呛得蒲姐头老疼　　　　　　两只手掐住脑袋皮
记住蒲姐咱不讲　　　　　　二秃老婆吓得把泪滴
姐呀姐，来你家串亲戚不打紧　这裤子还是我借哩

（白）"不要吭气，看别人听见了。快起来，起来！我给你拿条裤子，二秃你去后院那井台上绞桶水，把你那裤子洗洗，趁着现在后院没有人，你也身上抹抹啊。看你身上脏成啥啦，我的老天爷，我捞住你胳膊，身上都觉着粘咚咚的，我的老天爷！看你身上咋成这啦？"

"扳倒都怨你闺女啦！裤子是我借哩，老天爷！"

"不要吭气儿，一会儿我再给你一条裤子，回去还给人家。"

"老三家的裤子呀，人家今儿都不借给我，这回强着借给我啦。"

康二秃说："你真丢人！起来走！"他掂着裤子，拿着衣裳，她姐后头跟着，康二秃前边抱着，来到井台上，赶快绞桶水，一边一个石槽，往里一倒："哎呀，咱家都没水，咱姐家都这些水，赶紧洗吧，趁住也洗洗澡。"

康二秃老婆赶紧把身了洗了洗，裤子一下洗了三四遍儿，那水稠杠杠的。把身上抹了抹，裤子也拧干，往那一搭，身上一抹，然后给这新裤子穿上："哎呀，真这儿的肚子还不老撑里慌了！"

康二秃说："你吃得太多了啊，你鳖孙一下子喝了六七碗，吃了三四个蒸馍，吃得鳖饱大肚哩，还说外甥女嗡你啦。今晚上去哪歇哩？"

"走，还歇她那绣房屋里！哪里也不歇，非歇她那屋里不中！"

【顿子口】

小蒲姐一来是身上困　　二来是身上没有气力
躺在床上不吭气　　　　又来了秃舅秃妗子
康二秃一条席铺到地　　出言叫声俺的妻
外甥女不叫你在床上睡　来，来，来，咱就睡到当门里

【悲平板夹垛儿】

二秃说，今晚上我咋没有瞌睡　秃妮说，我瞌睡跑得光光哩

双锁柜　271

康氏女搬把椅子床前坐　　　瞪着眼，攒着劲儿看着俺闺女
我跟前长了十七八　　　　　到明天出嫁韩冬集
你的爹给你去打听　　　　　闺女呀，给你寻了个好女婿
恐怕女婿好了你不回来　　　你娘天天多想你
今晚上你娘我不睡啊　　　　蒲姐说，娘睡吧，出嫁了经常来瞧你
老婆说，你娘我舍不了　　　你的娘睁眼我看着你
瞪着眼才把那闺女看　　　　小蒲姐心里好像滚油驱
心中不把别人怨　　　　　　埋怨俺娘太没道理呀你
你不该给俺的爹定下计　　　嫌俺的表弟家中急
那天闺女是黑丧脸儿[1]　　 你跟俺爹你们拿主意啊
背着奴家把亲戚昧　　　　　白楂棺埋到荒郊里
你闺女没有死你说死呀你　　把我许给老蒋奇
今黄昏相公就在箱子里　　　今天半夜远逃西
谁知道今天你们看着我　　　娘啊娘，你真算一个老炸鱼
金柱现在还在箱子里　　　　到现在表弟也还没吃的
今天咱俩要不能跑　　　　　咱娘还在那祠堂想着你
若不然拿一个剪子我好自尽哪　奴相公还在箱子里
欲再说今天我不死　　　　　天一明，人家要来抬嫁妆衣
思前想后无主见　　　　　　思前想后没主意
小蒲姐想着想着时候不小　　老天爷三更还有余
小蒲姐到在半夜睡不着　　　俺妗子扯呼噜放屁她没出息
俺的娘，我偷眼看看还睁着眼啊　睁着俩眼还看闺女
【武口夹垛儿】
急得蒲姐手抓头　　　　　　思前想后没有主意
往日间夜咋那样长　　　　　不大会儿听着四更足
说着说着五更鼓　　　　　　小蒲姐想起了老蒋奇
天要一亮就要娶我　　　　　花轿来到头门齐
花轿来到头门外　　　　　　我不上轿他不依

---

[1] 黑丧脸儿：指脸色很不好看的样子，意指生气、不满意。

又一想，上轿去主意我准备好　　剪子装到我裤腰里
一把剪子腰里藏　　我跟那蒋奇拜天地
拜罢天地入洞房　　单等着入洞房俺俩用酒席
添上好酒喝好酒　　我给他灌个醉醉的
我把那蒋奇来灌醉　　打发那蒋奇安了息
打发蒋奇安歇下　　这剪子，扑出，扎到他的心口起
我把这老龟孙来戳死　　然后间，箱子里捞住俺的表弟
夫妻两个逃命飞

【垛板夹悲平板】

蒲姐定下害人计　　要闹个家败人亡命归西
蒲姐下想绝户计　　天到五更还有余
现在老天都五更鼓啦　　到天明人家要管娶妻
这时候俺娘她还没有睡　　我听见，箱子里
圪挠挠，咕咚咚　　箱子里还有俺女婿
我顾不住前，顾不住后　　顾不住东来顾不住西
小蒲姐心里如刀绞啊　　老天爷、神圣你们都去哪里
箱子里捞出王金柱　　叫俺们夫妻远逃飞
现在忧心也不定　　不管俺家的闲是非
思前想后无主意　　现在天明要娶妻
当院里人来人往多吵闹　　这都是准备待客哩

【顿子口】

小蒲姐整整哭了一夜　　她一夜晚上都没有安息
小蒲姐啼哭暂且不表　　她的娘叫声俺兄弟

（白）"二秃，起来吧，天明啦。你看院里攒忙的，做饭的，捞家具的，都是忙成一堆，慌成一片，赶紧起来吧，在那地下挺着，多不好看。起来吧，兄弟，你不是给你姐壮光[1]哩，是给你姐丢人哩。赶紧去看看那后院的裤子干了没有，干了给你那裤子先穿上，给这个裤子叠住搁那，回去好还

---

[1] 壮光：增添荣耀。

人家啊。"

康二秃老婆就说："啥？这条裤子我不脱啦，两条裤子都穿上，回去我穿一条，还一条！"

"给，给，给，你不要协呼。赶紧喊喊，都装箱。"

这回才把绣房进	又抬铺盖又装衣
几个箱子都装好	走上前去开这个箱子
蒲姐急得忙挡住	谁开我的箱子是鳖炸鱼
这个箱子你不能开	我里边装的是好东西
哪个要开我的箱子	我一定要骂你娘哩

（夹白）老婆说："闺女，我都是你娘哩，你骂俺娘不是骂住你外婆了吗？不骂啦，闺女，为你装箱哩。"

恁啥东西我都不要啦	老炸鱼你真是一个咯噫皮
"你看看，这闺女真是疯了啊。"	
她东一扭来西一转	站起来，一把斧子掂手里
谁要开箱子我砍你	一斧子把你脑袋劈
把你劈死河哩撂	撂到河里去喂鱼

【平板】

屋里闹得天昏地也暗	前院来了管事哩
迈步只把绣房进	叫声嫂嫂听详细
咱的闺女有了病	你千万别给她来硬的
她要得下急心疯	一辈子叫你后悔不及

（夹白）"闺女出嫁哩，东西不叫她带着？箱子开开，她不叫开啊。"

"不叫开拉倒，不用开，三天回门了，打个包袱也会捎去。"

（唱）蒲姐说，这个箱子我得带着　　你不叫我带我还不依

（夹白）管事的说："嫂子，这箱子闺女要带哩，就让她带着。"
康氏说："这里边没装东西呀。"
蒲姐说："我装啦，我装的我知道！"
管事的说："去俩人抬抬，这箱子沉不沉。"去俩人一抬，"咦，箱子沉腾腾地。这闺女不憨哪，不知把啥好东西装里头啦，真沉！"
蒲姐说："装了啦，我走非带这个箱子不中！"

| 管事说，大家不要吵 | 不能叫闺女心里急 |
| 闺女她得的急心病 | 急得很了可没治哩 |

（夹白）"这疯子不敢逗，越逗越疯。"

（唱）蒲姐说，哪一个敢把我箱子动　　我斧子照你头上劈

（夹白）管事的说："闺女，你别管！你上轿的时候，我招呼着给你抬！任何人都不能开！"

| 这把钥匙交给你 | 任你开来任你管理 |
| 蒲姐就说对，对，对 | 大叔你真是有出息 |

（夹白）"你看这闺女，你咋说个这哩？"

（唱）小蒲姐在一旁把钥匙取下　　谁拿我钥匙我不依

（夹白）"这东西，该带的带走，不该带的，没装箱子的不带了啊，撇到家。铺盖、箱子赶紧都抬出去。这一个箱子也抬出去，锁住了啦，谁也不能看。""中，抬！"

双 锁 柜　　275

【武口夹垛儿】

箱子柜子往外抬　　　　　　　一齐都抬到大街里
箱子都抬到大门以外　　　　　绑箱子的不安义
不多时箱子都绑好　　　　　　抬一抬，样一样[1]
这箱子都不轻　　　　　　　　这上边没有搭被子

（夹白）"搭个被子！"

一说这被子也搭上　　　　　　头门以外准备齐
头门外边准备好　　　　　　　只听得庄村外，
咚咚响了九声铳　　　　　　　两班鼓乐吹得急
嘀嘀嗒，嗒嗒嘀　　　　　　　嘀嘀嗒嗒搬娶妻
嘀嘀嗒嗒搬娶妻　　　　　　　哪呢哪哪哪哪呢

（夹白）哐——哐，哐，哐哐乙哐——

头门外吹打得多热闹　　　　　忽闪闪，轿里边坐着老蒋奇
老蒋奇今年四十五岁　　　　　为迎亲把脸刮得都没有皮啦
脸上的胡子完全刮净　　　　　坐着花轿准备娶

【顿子口】

不多时来到于家店　　　　　　来到了洛一的头门齐
来到了于洛一的头门外　　　　出来了迎新客的都是执事的
武举才把轿来下　　　　　　　男女老少都往跟前挤
一个个都是伸头看　　　　　　上下打量这个武举
这个说，蒋武举都有五十岁　　那个说，五十七八也有余
这个说，他的面咋真老　　　　那个说，人家是识字哩

---

[1] 样一样：方言，测试、试验的意思。

（夹白）"不老啊，人家是识字的，一辈子操着心哩，人家有办法呀，可有钱儿。"

这个说，也不知他是啥职务	那个说，他在家是个好武举
啊，武举？就这年龄不咋对	你没看，刮胡子脸上刮得都没有皮

（夹白）"你没见胡子刮得多净。""再刮得净也不中，年龄不饶人啦。""你们知道他多大？俺舅家和他一个村里，一道街住哩。"

今年整整四十五岁	那个说今年四十一
四十五，四十一	哎，真正是寻个老女婿

【凤凰三点头】

这一个说来那一个讲	指指东，指指西，男女老少净胡指
大家纷纷前去指议	记回来还说老蒋奇
施礼打躬往里让	女婿让本到客屋里
让得新人落了座	开口礼慌忙拿到厨房里
厨房里接住开口礼	慌忙给他发酒席

【数板】

只端上，八大碗儿，八小碗儿	八个热的，八个凉的
这个说，这桌做得真不赖	那个说，这桌做得有滋味

【平板转武口】

武举他本在中间坐	陪席的客都是好邻居
说得快了来了吧	不多一时饮罢酒席
客厅内正把饭来用	老总开口说详细

（夹白）"伙计们，快点儿来呀，这嫁妆先头起走，一会儿吃饱饭就发人！嫁妆抬着沉，走得慢，嫁妆先走！"

这一喊叫不打紧	众家郎，小伙子来了二十七

箱子柜子都摽[1]好　　　　　　　一个个分工配配劳力

（夹白）"高的跟高的抬，低的跟低的抬，不能使到一个人身上老压得慌。人家这箱子里可都是好东西，于得水就这一个闺女，陪嫁妆陪得老足。"

这两个说，这箱子都有八百斤　　　那个说，九百也差不离
抬住金柱这个箱子　　　　　　　咦，这里头装的东西不多
是少也是五百七
抬着箱子往前走　　　　　　　　扑甩甩，扑甩甩，抬嫁妆才离开于家集
出门来一气就抬有五六里　　　　一个个头上的汗珠往下滴
这个说，送嫁妆送得可真不少啊　都没有这嫁妆真出力
于得水也不知陪的啥东西　　　　一个个使得[2]汗水滴

（夹白）这个说："伙计，你那个箱子抬着啥样？俺那箱子抬着可跟你那箱子不一样。"

我听着箱子里边来回晃　　　　　一会儿倒东，一会儿倒西
这里边放的不是死东西　　　　　八成放的活东西

（夹白）"歇歇，搁这都歇歇。"

才把这嫁妆都放下　　　　　　　小伙子一个一个意见提

（夹白）"你这箱子我看不老沉。"
"哎呀，不轻。"
"来，咱都看看，看哪个沉，哪个轻。"

---

[1]　摽：方言，这里是扎紧、捆绑的意思。
[2]　使得：即累得。

大家都来架一架	咦，这一个箱子沉沉哩
叫我说，箱子开开看一看	箱子里究竟装的啥东西
王金柱捂得时间真不小	咕哩咚，咕哩咚，一会倒东一会儿倒西
这一咕咚不要紧	一背厢惊动老伙计
这箱子里咕咕咚咚连声响	不用说，这老鼠窜到箱子里啦

（夹白）"胡说，老鼠咋钻进去啦？"

这个说，叫我说开开箱子看	那个说，没有钥匙白费力

（夹白）"没有钥匙咋开哩？""我有破鞋，好锁搁不住三破鞋，我给他打开！打开一看，也不犯法，他也不是畜生，这些人看着哩，如果是老鼠，活东西。"

大家都商量多停当	看一看，箱子里装的啥东西
下一回打开箱子不打紧	装着金柱王定思
下一回见了王金柱	准备着大堂以上论是非
大堂以上打官司	你看这事儿咋着哩
也不知开了没有开	停了吧，单等明天重往下边提

第五回

王金柱箱内露破绽　灵姐相救再锁柜中

【平板】

战鼓一打弦定齐	咱说说武举来娶妻
一家准备娶媳妇	一家准备嫁闺女
才把嫁妆都抬走	抬嫁妆人等都是乱咕嘀
这个说，于得水是一个富足户	那个说，他是一个叽咕鱼

双锁柜

这个说，抬的东西真不少　　　那个说，这里边可都是好东西
这个说，我这箱子足有二百斤　　那个说，我这箱子倒有七百也差不离
这个说，我的箱子也不轻　　　　那个说，只有大家咱出点力
这个说，我的箱子抬着来回晃　　那个说，有时晃东有时晃西
这个说，我这箱子里边咕咕咚咚
来回响　　　　　　　　　　　　那个说，不用说老鼠钻到箱子里
一抬抬到半路上　　　　　　　　咱大家放下箱子前来休息

（夹白）同志们，开书啦。于得水嫁闺女，抬嫁妆哩。到在半路上，这个说，这个箱子咋真沉哩。那个说，好东西儿。这个说，我这箱子抬着咋咕咕咚咚哩，装有活宝？

【顿子口】
也不知里边陪女婿

"闺女出嫁走哩，里边陪个女婿？哪有这事儿？哎，休息休息，压得吃不住。"

把箱子统统搁下，大家坐那休息了一会儿。"这箱子究竟是啥？你听听，迟会儿咕咚，迟会儿咕咚，咋真奇怪哩！"有的说，开开箱子咱看看吧。那个说，不中，没有钥匙。听那些年轻人说，没有钥匙？给那破鞋脱下来，好锁搁不住三破鞋。俺的箱子上放的被子也不多，两三条被子，咱把被子一掀，箱子一打，看看究竟装的啥东西。那个说，不能看，坚决不敢看啊。一看都也纰漏啦！大家轮，心不齐，不定谁放句闲话，这事都了不得！半路上开人家的箱子犯法。人家的东西不丢算完，一丢，那都成麻烦事啦。

大家纷纷议论，暂且不提。

记回来再把武举提上一提
武举坐到客厅以内　　　　　　　客厅以内饮酒席

时间不长，酒过三巡，菜过五味　　十字披红坐到客厅里
两朵金花插到帽上　　　　　　　　那鼓乐吹着要娶妻
【平板】
嘀嘀嘀嘀，嘀嘀嘀嘀　　　　　　　打发闺女上轿哩
娶到人家拜天地　　　　　　　　　嗒嗒嘀嗒嗒嗒嘀
出到门外，鼓乐吹得聒耳朵　　　　只出来，左右的两个嫂嫂挽闺女
要知道惊动哪一个　　　　　　　　惊动了蒲姐那个闺女
【悲平板夹垛儿】
箱子抬走我都心不净啊　　　　　　箱子里还藏着俺的表弟
欲再说今天我不去　　　　　　　　表弟现在箱子里
欲再说今天上轿走　　　　　　　　我得给他拜天地
只急得在屋里又是协呼又是蹦　　　头发乱得像马踢
衣服包裹都包好　　　　　　　　　一把剪子塞到腰里
单等着今晚入洞房　　　　　　　　那武举陪我把酒吃
新媳妇都兴喝个交心酒　　　　　　到那时，扑出扑出灌成泥
我跟他亲，我跟他耗　　　　　　　到那时候，掏出来剪子我惹是非
我准备一剪子戳死他　　　　　　　到那时救出来俺女婿
小蒲姐主意多拿定　　　　　　　　她一蹦三跳往外边挤
一蹦三跳外边跑　　　　　　　　　她两个嫂嫂捞住衣
来，来，来，盖头顶到底脑[1]上　　小蒲姐把盖头撕得像马尾
嘶嘶啦啦都撕毁　　　　　　　　　我还顶它干啥哩
她娘说，闺女，出门都兴顶盖头　　要不顶人家耻笑你
这一个大叔开言道　　　　　　　　叫声嫂嫂听心里

　　（白）"不吵吧，新女婿都骑上马啦，叫闺女上轿，叫我说说，不是不顶盖头？赶紧暂时找点啥盖住，遮个丑算啦。到门外我有办法。"

　　还是这个大叔有经验哪，这闺女抛头露面，不顶盖头，弄成这样，人

---

[1]　底脑：方言，即头、脑袋的意思。

家娶个疯子,娶个憨子?我有门儿!"大家都听着点儿——这闺女呀,人家看好时候都跟她说啦,方十二相!各自都躲躲。"

一说,大家听着都笑啦:"哎呀,方十二相,都方完啦,都没有敢近前啦,那咋办?"

"嗨,不方属驴的啊。"

"哄——"大家都笑啦。"你不用笑,这时人家说哩,进紧都躲躲!谁要不能躲,圪挤住眼儿,不能看新媳妇啊!"

一说这话,有人说:"那要看了咋着?"

"谁要看眼瞎,谁要是多说话,嘴都叉!"

这一说,有人捂住嘴,有人圪挤着眼儿。"都快点啊,你们可是不敢睁眼!"

【顿子口】

这两个嫂嫂忙挽住　　　　　捞住蒲姐那闺女
盖头搭不到她身上　　　　　扑通通来到头门齐
花轿跟前停足站　　　　　　蒲姐坐到花轿里
她的嫂嫂把轿帘放　　　　　她的娘就在轿门跟前立

【平板】

闺女呀,今天是你的出嫁日期　你不要蹦来也不敢踢
到那里你要少说话　　　　　可招呼着人家耻笑你
还说你娘家不懂得礼　　　　还说闺女你没有出息
要记住你娘交代的话　　　　你走我就想闺女
交代已毕鼓乐吹打

(夹白)这大叔说:"没有事啦,该睁开眼情睁开眼啦,上了轿都没事儿啦。"

抬轿的上前抬住轿　　　　　帮轿的也在两旁立
娶女客送女客样样都有　　　嘀嘀嗒嗒吹得急

这武举骑着一匹高头大马	今天娶来了于家的大闺女
抬着花轿扬长走	顺着大道走得急
花轿记在中途路	记回来咱再说说抬轿哩
抬着嫁妆走得快	大路以北跑得急
不多时走了那五六里地	可就来到蒋家集
来到武举府门外	头门里，只来了整整齐齐一个大闺女
蒋灵姐今年一十八岁	长得是聪明伶俐又调皮
今天大哥把亲搬	全盘都是她管哩
她的爹娘下世早	就撇下，武举一个小妹子
自从爹娘死得早	家中事都是她料理
听说嫁妆抬回来	蒋灵姐门口把话提

（白）这是谁，蒋奇她妹子。他这个妹子娇得很，他都四十五了，她才十八啦，年龄咋真不对哩？这是他姨家一个闺女，生下来长到三四岁以后，爹娘都死啦，就来到他家啦。他们是两姨姊妹，是武举把她照看大。虽说是表妹子哩，不亲，可给她惯得啊，在家可当家儿。说往东别人不敢往西，说打狗别人不敢撵鸡，说要吃稠的，就不能喝稀，说哭就哭，说闹就闹。从小就养成了这种习惯啦，家儿都是她当着哩。特别是她嫂子死了以后，她哥就说："妹子，你只要别哭别闹，上下的家儿都是你当。爹娘死得早，我就这个小妹子，可娇啊，啥事都由得你。"今天搬亲，她哥就交代她啦：我走了以后，家里事儿都是依你管，连大老总也得听她说哩。

蒋灵姐来到门口啦："老少爷们听着啊，嫁妆都抬回来啦，放下来，给那杆子都解解，被子都掐掐，慢慢抬箱子啊，我屋里都布置好啦。"

众人掐被子的掐被子，抬箱子的抬箱子，拿盆架儿的拿盆架儿，拿衣架儿的拿衣架儿……一样一样给那屋里摆得停停当当。

【顿子口】

才把那洞房里边摆布好	叫声大家听详细

双 锁 柜　　283

（夹白）"统统出去，我要关门了啊。"

（唱）
蒋灵姐把大家都撵出去	照看那抬嫁妆的吃饭去
前院里吃饭咱也不讲	蒋灵姐来到后院里

（夹白）一宅一院，前院后院，这个洞房是在后院里。

迈步才把洞房进	看见箱子柜子搁得怪整齐
缎子被子几十条	一条一条摆得齐
在这里看的时间也不短	走走东，搁搁西
箱子都是新油[1]的	
她在这里正观看	再把金柱提一提
金柱里边一翻身	咕哩咚，吓得大姐心惊惧

【平板夹垛儿】
我在这里正观看	箱子里边响啥哩
里边装得有活宝	再不然老鼠钻到箱子里
蒋灵姐这里正思想	咕哩咚，王金柱在里边翻身响得急
王金柱在里边憋得屈	这个时候他这心里边急啦
我忖着[2]时候真不小	这表姐也不知上哪里
在箱子里边来回碰	蒋灵姐低头想情理
不免打开箱子看	我看看，箱子里装的啥东西
上前一看这把锁	我这心里有主意
跟我那锁咋恁一样	赶快去到我绣房里
蒋灵姐跑到自己绣房屋	一把钥匙拿手里
二次她才把洞房进	箱子跟前停住足
才把被子掐过去	瞅瞅东来望望西

---

[1] 油：这里做动词，给家具刷漆称为"油家具"。
[2] 忖着：有"揣摩着"、"觉着"的意思。

【笃板】

才将屋门来关住	箱子跟前停住足
"咯嘣"声投开三簧锁	箱子里惊动公子姓王哩
听见外边开着锁	八成是,俺表姐放我外边远逃飞
蒋灵姐开开了三簧锁	王金柱里边有气力
王金柱里边攒住劲儿	朝着上边猛一立
"扑通"一声,箱盖可顶过去	蒋灵姐闪开秋波看仔细

【悲平板】

闪开秋波只一看	那里边站个小伙子
仔细一看我认识他	难道说,这女家儿,嫁闺女还陪女婿
王金柱一见事头有点不对	慌忙又钻到箱子里啦

(白)王金柱吓得浑身呵啦啦乱颤,又箍缩到箱子里啦:老爷,咋弄哩这?这个闺女咋在这立着哩?

有的说啦,关着屋门咋看见啦?同志们,人家那窗户大,可不像咱这小窗户。大户人家,窗户也大,里边明晃晃哩,能看见。

他看见蒋灵姐,蒋灵姐也看见王金柱啦。

【顿子口】

蒋灵姐箱子跟前停足站	轻轻地,出言叫声要饭哩
"要饭哩,你咋在这箱子里站着哩?"	
金柱说,这个声音也怪熟悉	叫声姑娘你听端底
姑娘,现在我都不敢说了啊	全指你救救我的命息

(白)"不要急,叫我先看看外头。"蒋灵姐慌忙把箱盖儿一盖,把外头门一开,到外边一看,后院没有人,都是慌着去前院了,轿快回来啦,都应急着这事儿哩。蒋灵姐慌忙又回来,洞房门一关:"你跟我说实话。"

"那,那是俺表姐哩,从小都许给我啦。俺家穷了,就昧了俺的亲事。我从你这走了以后,就去寻俺表姐去啦。俺表姐叫我吃罢饭,把我藏到箱子里，昨天晚上客老多，就把我抬到这里啦。"

| 王金柱简单地说了几句 | 蒋灵姐外边听得仔细 |
| 灵姐聪明多伶俐 | 出言叫声要饭哩 |

（白）"你真胆大呀！昨天你跟我说的啥话？你知道不知道，我听着统丑哩。我恐怕人家听见了，也没敢跟你多说话。你从这走，敢又跑到俺嫂子家，叫俺嫂子锁在箱子哩？你想死哩，还是想活哩？"

金柱说："蝼蚁贪生，谁还想死呀？"

"咦，你不用嚷！啥叫蝼蚁？蚂蚁！不用说我知道。你想活啦，我叫你咋着你都咋着。"

金柱说："行，你是个好心人，人不赖。你叫我咋着我咋着。叫我上东，我不上西；叫我打狗，我不撵鸡；救命是大，救命是大啊！我都想跪这给你磕个头啊。"

"哎呀，别磕头，磕头到时候再磕。"

"哎呀，你说不磕就不磕。我啥也不敢说啦，你赶紧救我的命，你是我的救命恩人哪。"

| 蒋灵姐越听越爱听 | 出言叫声要饭哩 |
| 你在这里等等我 | 小奴家给你拿主意 |

（夹白）

"你给我拿啥主意哩？蒋奇回来，这事儿咋办哩，老天爷！"

"你不用深管，有我负你的责哩，请放心啦。我叫你咋着你咋着，少等。"

（唱）才把箱子来盖住　　　慌忙扣上是严的

（夹白）慌忙把洞房门一开，来到那二门跟前："统统不要动啊，人家看好的给俺说啦,俺哥娶的是二房,娶的是二房,也是个大闺女,席得换换。不能铺俺哥的席,得铺我那席。我的席铺到俺嫂子屋里,嫂子的席得铺到我的床上。大家都不能看,人家看好的说啦。"

她一说这,老总说:"都听她说啊,人家是全盘指挥哩,当着家儿哩。他可啥事儿都交给她啦。大家都不要上后院!"

这样一交代,把这二门一关,二门一上——

慌忙来到洞房以里　　　　出言叫声要饭哩
我把这席来揭下　　　　　快快箍缩到席圈儿里
千万不敢大步走　　　　　你一步一步往外趋
【平板夹垛儿】
叫你咋着就咋着　　　　　慌忙去到我那屋里
不要惊,不要怕　　　　　今天只有我瞧你
金柱吓得塌塌颤　　　　　谢谢姑娘的好心意
叫我上东我不上西
蒋灵姐掀开箱子来吧你　　再说说金柱姓王的
鹞子翻身往外跳　　　　　蒋灵姐恐怕绊住要饭哩
慌忙挽住王金柱　　　　　王金柱才跳出箱子落到地
蒋灵姐抓席卷得急
金柱来本到屋门外　　　　蒋灵姐掂住席圈儿套上去
掂住席圈儿遮苦住　　　　金柱箍缩底下不敢立
王金柱慢慢地一步一步把门台下　走到了平地才慢慢趋
蒋灵姐掂着席圈儿往前走　口里不住念得急
谢谢天,谢谢地　　　　　今天俺哥搬娶妻
今天俺哥娶媳妇　　　　　还得给咱换换席
掂着席圈儿来得快　　　　绣房也不远面前立
一步一步门台上　　　　　席圈儿慢慢往上提
提着席圈儿把绣房进　　　一回头,绣房关得严严地
才把箱子来开开　　　　　箱子里边掐东西

完全掐到牙床上　　　　　　　出言叫声要饭哩
下去吧，下去吧　　　　　　　赶紧跳到箱子里
金柱说，这是干啥事儿　　　　难道说这是玩把戏
今天拿着活人玩　　　　　　　那柜出来往这柜里
蒋灵姐就说你快进去　　　　　今天你就受点委屈吧

【武口夹垛儿】
挽住金柱不撒手　　　　　　　王金柱鹞子翻身往上提
鹞子翻身箱子里跳　　　　　　蒋灵姐才把手帕拿手里
才把手帕拿在手　　　　　　　手帕支到箱角起
为什么灵姐真小心　　　　　　她恐怕捂死要饭哩
这不是灵姐真小心　　　　　　她在那金柱身上可就打主意啦
才把箱子来盖好　　　　　　　慌忙又掀起那条席
掂起席圈往外走　　　　　　　不多时来到洞房里
把席铺到牙床上　　　　　　　箱子还盖个严严的
才把被子放上去　　　　　　　屋里边准备得多整齐
蒋灵姐聪明多伶俐　　　　　　救出来金柱王定思
王金柱锁在绣房里　　　　　　大门外，那铳"咚，咚，咚"
那响锣"咯嘟嘟，咯嘟嘟"　　　当啷当啷响得急
蒋奇娶妻回来转　　　　　　　下一回要闹出大事非
眼看就是一场闹　　　　　　　同志们，单等下回听详细

第六回

于蒲姐装疯寻金柱　蒋灵姐暗中查缘由

【平板】
小战鼓一打咱的弦定齐　　　　说说蒋奇搬娶妻
老蒋奇娶亲他回来转　　　　　慌坏客人们前来拥挤
也有老，也有少　　　　　　　也有那老妈妈还有大闺女

小孩们叽叽哇哇跳得高　　　　花花轿来到了大门齐
两旁鼓乐对着打　　　　　　　嘀嘀嘀嘀，哒哒哒哒
嘀嘀嗒嗒吹得急
花花轿搭到大门外　　　　　　呼噜噜娃娃转得急
左转三圈避妖仙　　　　　　　右转三圈避邪气
吩咐一声轿落地　　　　　　　大老总在这里把话提
在至这里来吩咐　　　　　　　看女客来本到花轿齐

（夹白）"搀新人下轿啦——"

【平板夹垛儿】
搀亲人把轿帘刚揭开　　　　　轿里边惊动蒲姐那个闺女
哭了一声往外走　　　　　　　大跑小跑走得急
吓得众人往后退　　　　　　　一个一个要吓迷
这个说，这是一个半疯子　　　那个说，这是一个二不足
小蒲姐一蹦三跳她把门台上　　这一回惊动了老蒋奇
看见新人跑进去　　　　　　　大老总这也把话提
叫声武举快进去　　　　　　　到在当院里拜天地
男女挤着都把大门进　　　　　小蒲姐，看上一看，天地桌子面前立
走上前把红蜡摔到在　　　　　只见她一斗麦抽[1]一个净净的
转眼看二门挂红带　　　　　　进二门，"腾儿"声笑
她一直跑到洞房里
小蒲姐不为别的事儿　　　　　应记着金柱她的女婿
迈步来到洞房屋　　　　　　　箱子柜子放得齐
心里想，表弟就在箱子里　　　咱两个也不能把话提
就有心掀开叫一叫　　　　　　人家知道还不依
看她是个半疯子　　　　　　　她的心里可不迷

---

[1] 抽：方言，这里是"掀翻"的意思。

双 锁 柜

小蒲姐坐本到牙床上	心里想，谁敢动我的柜子我可不依
咱记住蒲姐暂且不讲	再说说当院里众男女
这个说，姐，既然新媳妇娶到家	咋不跟新媳妇拜天地
老蒋奇把手一摆算了吧	心里不清楚，现在这几天有点迷

（夹白）"老少爷们，众位客人，新媳妇这几天有病，憨憨傻傻，蹦蹦跳跳，惹大家见笑啦。拜天地不拜天地都是小事儿，请大家放心啦。不拜天地啦，大家都准备开桌，叫客人们赶紧吃饭啊！谢谢大家的一片好意，给我祝兴啦。"

老蒋奇才把二门进	出言来叫声灵姐小妹子
小妹妹你往我跟前来	你哥有话说给你
蒋灵姐，往前走	见了俺哥笑嘻嘻
今天我俺嫂子娶到家	你这心里可如意
俺的哥，你说吧	从头至尾对我提
蒋奇说，小妹妹，你嫂子回来得多不易	你捧茶端水可得周密
这几天你嫂嫂身体有病	恁哥我要麻烦你
她的吃喝我都交代你	我的妹呀，从今后你哥对你有心意
蒋灵姐答应好，好，好	俺哥也不用再忧虑
俺的嫂子俺照看	哥呀哥，你陪着大家用酒席吧
老蒋奇嘱托已毕把心放下	里外全靠我的妹子
陪着客人还有岳家	对厨房讲，速速你要早开席
打发她娘家送客统统坐	招呼客的对新客多顾地

【顿子口】

且记住外边咱不讲	再把那搀女客提上一提
蒋灵姐才把洞房进	搀女客也是跟着往里边挤
嫂嫂呀，来给你上上头	喜庆事儿今天都如意

（夹白）"新媳妇——这几天身体有点不舒服，新郎官都交代了啦，俺

们都知道啦。来把头梳梳啊……"

（唱）小蒲姐就说我不梳　　　谁要来梳我咬你

（夹白）"咦，老天爷，还咬哩。"搀女客说，"应当是这哩，一木梳，两篦子。不要篦子啦。一木梳，两拢子，生个孩子戴顶子！咦，以后生个孩儿，比他爹那职务还大，他是个武举，这戴顶子，大官儿戴顶子，小官儿也戴顶子。那以后进北京戴顶子啦！"

一梳金来二梳银　　　　　　三梳儿女一大群
小蒲姐闻听不愿意　　　　　哎呀，你们都是坏东西
啰哩吧嗦我不听　　　　　　赶紧给我爬出去

（夹白）"嫂子们，你们费心啦！嗯……嗯……"摆摆手的意思是说，俺嫂子又不应啦，你们出去吧。

这时候外边端来了疙瘩汤　　蒋灵姐上前笑眯眯
嫂嫂啊，一路上你没有喝茶水　小妹我得照望[1]你

（夹白）"嫂子，你不敢这样啊，喜庆事儿。吃个枣儿，明年你再生个小儿。俺哥跟前还没小孩哩。吃个花籽儿，到过年生个小女儿。双胞胎！"

小蒲姐闻听不愿意　　　　　把眼一瞪话也不提
我叫嫂嫂不是她的哥　　　　她也不说她是俺妹妹
小妹子聪明多伶俐　　　　　个子长得也不低
我要是个男子汉　　　　　　我要跟她拜天地

---

[1] 照望：即照护、看望。

双 锁 柜

【平板夹叹腔】
心里想，俺要是个男子汉　　　　　一定娶你当我的妻
看见她就想起了我　　　　　　　　今天我心里乱如麻秕
表弟还在箱子里　　　　　　　　　没见表弟我都不如意
不到晚上不能见面　　　　　　　　到了晚上，我们夫妻才能相聚
天黑了整整锁了一个对时[1]　　　 心里想，表弟呀，你在箱子可受了委屈
蒋灵姐到外边端来鸡蛋汤　　　　　叫声俺嫂听详细
你的身体不太好　　　　　　　　　来，来，来，喝口汤心里才能如意
小蒲姐就说我不用　　　　　　　　赶紧给我端过去

（夹白）蒋灵姐说："都出去吧，叫俺嫂子冷静一会儿，这几天心里不太好受。"

说得客人都往外走　　　　　　　　洞房里光剩两个大闺女
蒋灵姐说，嫂嫂，暂时坐在牙床上　我到外边看详细
咯噔噔噔往外走　　　　　　　　　将身来到房外起
这一回来到洞房外　　　　　　　　窗户下边停住足
小蒲姐一见那闺女出门走　　　　　瞅瞅东来望望西
站起来立到门口往外看　　　　　　外边无人我心里如意
扭回头再把洞房进　　　　　　　　箱子跟前停住足
这个箱子放得好　　　　　　　　　那个箱子放得整齐
我不管箱子好不好　　　　　　　　听一听箱子里俺的表弟
千万不敢再乱咕咚啦你　　　　　　那人家知道还不依
钥匙就在我身上带　　　　　　　　早晚开开都可以
老想看你我不敢开　　　　　　　　还恐怕疯狗咬着你
小蒲姐急得头上光发汗　　　　　　两只脚发软也无法立
气得小姐直跺脚　　　　　　　　　我不能见到俺女婿

---

[1]　对时：指一整天。

这时候蒋灵姐才把洞房门进　　见嫂子就在柜子前立

　　（白）蒋灵姐这闺女啊，聪明伶俐。她藏到窗户台下，小蒲姐扒住门儿只是往外大约摸[1]看了一下，没看见蒋灵姐。她瞅东望西，看着柜子。光是看也不敢哼啊。一看这锁锁得好好的，光我有这钥匙，他们都没有。等到天黑再说。她就想过来哩，蒋灵姐门一推进来啦："嫂子，你看这箱子搁得是地这儿[2]不是？搁得好了好，搁得不好，三天以后兴[3]挪啊，现在不能挪。"

　　"妹妹，你搁得真好，你真有眼色。咦，你搁得多是地这儿！"

　　"咦，妹子我老笨，惹你生气啦。嫂子，那箱子可是没人敢动。"

　　"动不动也没啥，箱子里也没啥好东西。"

　　"咦，可是有好东西！你那箱子会没有好东西，老天爷？你娘家多出坦哩，要啥有啥。嫂子，坐那歇着吧，不用看那柜子。看也没事儿，不看也没事儿，谁也不会偷你的一针一线。"

　　"那嫂嫂我就放心啦。"

　　"咦，你请放心啦。我去外边照护客啊，今天客老多。你不知俺哥的威信老高啊，俺哥也老能干，四乡的绅士人家都认识。里里外外，前前后后，左左右右……今天待百十桌客哩。"说罢，出门就走。

　　于蒲姐就坐在牙床以上，往外边看看，往那边箱子上看看。白天我不敢动手，又往腰里一摸，嗯，剪子还在腰里。好，单等今晚老蒋奇进门，我就只用一硬手脖儿，"扑出儿"，心口上一戳，我叫你丧命而去，想活都比登天还难！这一回你要娶着阎王奶奶啦，我非跟你拼命不行！

　　这本是小蒲姐的心腹之话，并没讲出唇外！

　　你看这端饭的，端菜的，倒酒的，招呼客的……前前后后慌成一片，大家吃吃喝喝，眼看太阳要落西，一百多桌客呀，一下待到天黑，这个时候客才退啦。客都吃了啦，家具还没送啊。老蒋奇就吩咐着，该送家具的就送家具，不该送的就不送啦，今天晚上还有夜客哪，绅士人家，我的同

---

[1]　大约摸：即大概、大致。
[2]　地这儿：即地方。
[3]　兴：根据传统习俗可以做某事称为"兴"；反之则为"不兴"。

学哩，今天晚上还要来喝酒。叫我跟妹子交代交代，也跟厨下交代交代。不是厨下的人，只留三五个人，端盘哩，端饭哩，端菜哩，倒酒哩，这些人统统都有。"妹子，你还得安排啊。"

"哥呀，我白天安排，到晚上我都不安排啦。"

"那有你哥哩，妹子你情休息啦。"

有的同志说啦，你是说书哩，心里也怪清楚，大家都知道。新媳妇来，没人闹洞房？没人闹。为啥哩？都知新媳妇有病，蒋奇交代啦，大老总也交代啦，跟他妹子也交代啦，统统不要让大家去打扰她。让她清静下来，知道她脑子混乱，任何人不准进去，因此洞房没人。

有的说：老王（说书人的姓），你咋不叫表姐把箱子开开，给王金柱放走哩？谁的胆比天还大？白天里里外外这多人，他敢出去不敢出去？不能！小蒲姐她心里清楚啊。这个人会精打细算，也会考虑后果，因此白天无论如何不能动手。虽然白天不能动手，今天晚上就是一场大闹！这都是后话，无有讲到。

【顿子口】

说着说着天色晚　　　　说着说着点着灯
说着前院拉桌子　　　　说着后院要腾清
不能把新人来打扰　　　清着[1]有病还不轻
蒋灵姐她在后院内　　　蒋灵姐她把后门封

【平板】

蒋灵姐把二门前来闩住　　只见她窗户下边把脚来停
窗户下不见人踪影　　　　一下子到至打一更
一下子到至一更鼓　　　　咱把那蒲姐细说分明
小蒲姐一人就在那洞房里坐　桌子上放着一盏长明灯
这时候前院里热热闹闹还坐桌　招呼客的还在支应
我没见蒋奇长得什么样　　　没见他长得啥龟形
听人说脸色黢黑大麻子　　　一个一个净是坑

---

[1] 清着：方言，辨音记字，有"明明知道"的意思。

罗圈胡子不中看　　　　　　好像八戒他祖宗
也别说叫我跟他拜天地　　　他娘那脚，炸肉吃也嫌那肉老腥
反正是好赖我也不能跟他过　我跟俺表弟去打半冬
俺表亲，我比他大半岁　　　长得伶俐多聪明
从小他就把学上　　　　　　写写算算数他能
我管他做官儿不做官儿　　　我管他家穷家不穷
哪怕俺拉棍要饭吃　　　　　情愿跟他过秋冬
河里洗脸也没事儿　　　　　见天打我三顿、踢我九脚也不嫌疼
三天五天不吃饭　　　　　　扭回头，看见女婿老支棱
只要跟表弟把天地拜　　　　我喝口凉水能甜八冬
单等着老蒋奇把洞房进　　　喝得多，他必定头上矇腾腾
他来到屋里床上躺　　　　　我拿上钥匙用上功
我叫表弟他出来　　　　　　两个人拧成一股绳
叫表弟年轻少壮用力捺　　　掏出剪子我用功
我只用把牙一咬心一狠　　　打发他鳖孙可就鬼吹灯
这本是小蒲姐心腹之话　　　同志们，小蒲姐并没有讲出真大声
只要事前准备好　　　　　　只要马到就能成功

【顿子口】

小蒲姐思想上准备好　　　　腹内辗转打消停
这时候外边都正喝酒　　　　刚刚上桌饮刘伶
俺娃娃外边没进来　　　　　我看看箱子可也中
站起来连忙往前走了几步　　砖铺地木靠底圪哩噔噔响了两声
要知惊动了哪一个　　　　　惊动了灵姐女花童
在至外边清听见　　　　　　悄悄迷迷不动静
只见她站在窗户下　　　　　捂住嘴，捂住鼻子出气儿也要轻
我听听俺嫂子干啥事儿　　　真大时候都不吭声
在窗户下偷听暂且不表　　　记回来再说蒲姐女花童
蒲姐她是假装病　　　　　　浑身有力还正年轻
圪噔噔噔走几步　　　　　　箱子跟前把身停
拿钥匙"咯嘣"投开三簧锁　　又一想，有人来到咋应承

（夹白）又一想，不会来人，这会儿都正喝酒哩。要有人进来，那门非响不中。开开，没事儿！

【悲平板】

揭开箱子往里一看	箱子没人都成空啦
天哪！俺表弟他往哪里去啦	箱子里边都成空
这是哪一个鳖孙办的事儿	没防住偷走奴相公
偷走俺表弟是小事儿	恐怕俺表弟有灾星
无奈何只得把箱子盖	还恐怕有人来到了不成
就这样爬到箱子上	一行热泪擦不清啦

【笃板】

她只管爬在箱子来啼哭	她不防，蒋灵姐，蹑手蹑脚进房中
轻轻飘飘洞房进	进了屋门儿，靠住了门闩搁劲儿[1]听

【悲平板】

小蒲姐爬在那箱子上边哭哩痛	老天爷你咋着把我坑了啊
是谁把我的东西都偷走了啊	狠贼呀，把我的东西都偷走清
偷走东西坏良心	坏了良心，老天爷夏天响雷要把你崩
贼呀贼，你没有好落个	贼呀贼，你没有好下场
她爬到箱子上边哭得痛	声音不大，哼哼哼，好比那大苍蝇
这事儿完全都怨我啊，表弟	都怨我拦挡住不叫你进城
拦挡着不叫你把城进	我保你一身无事情
谁知道天色有奇变哪	咱大计不成可又跳坑啦
表弟，表弟在何处	我千言万语你不答应啊
我为你昨夜晚一夜都没有睡	在床上翻过来，想过去
一夜晚上都没有停	
俺的娘瞪眼看着我	瞪眼看我没有熄灯
我为你把我的心操碎	为你愁得脑袋疼

---

[1] 搁劲儿：可着劲儿。

费脑子光想着咋着能起身走　　俺的舅，俺妗子，他两个躺到屋当中
俺的娘坐到床边上　　把俺看得紧绷绷
天明等到大饭时　　送嫁妆你表姐我又装疯
我揽住箱子不松手　　俺爹爹掂住刀子要砍崩哩
送嫁妆抬着那箱子出门走　　我在屋里，脑子里边乱咚咚
恐怕路上出了事儿　　还恐怕，你箱子里边乱扑腾
小奴家大跑我又上轿　　都知道我是一个二斗疯
表弟呀，我也不迷，我也不疯　　我是为了奴相公
坐到轿里且不讲　　恨不得我一步来到蒋家营
到这里遇住了聪明伶俐的小妹妹　　说句话好像那小蜜蜂哼
小妹妹她来陪伴我　　至如今照看客人没有回程
招呼客人没来到　　我打开箱子咱好相逢
只说咱姐弟能相见　　不料想，打开柜子一场空
为了你我哭的时候真不小　　我哭你没有放悲声
背后只好流眼泪　　我狠狠把贼人骂几声

【武口】

见了你我要咬几口　　见了你我用刀子捅
见了你我要拼了命　　哪怕咱告状进北京
小蒲姐哭到最后没有把握住　　肚里东西都抖清，我落一个空
这一放声，一眨眼不打紧　　蒋灵姐在至那边，大点的声音都听清
蒋灵姐听到不要紧　　你看这事儿彭不彭
眼睁睁地一场闹　　暂时休息五分钟

第七回
蒋武举厅堂把酒醉　姑嫂俩洞房结联姻

【平板】

战鼓一打弦定齐　　咱说说蒲姐这个大闺女

双锁柜

趴到柜子上只哭得悲哀悲痛　　眼泪不住滴湿胸
只见她哭得时间真不短　　蒋灵姐，悄悄地，轻轻地
只来了灵姐大闺女
蹑手蹑脚把洞房进　　靠住了门扇听得仔细
嫂子里边来倾诉　　把苦水倒了个差不离
也知道她是为啥事儿　　也知道她是哭啥哩
这时候紧走几步房门进　　隔扇跟前把身立
隔扇旁边停身站　　唧唧她的声音低
叫声嫂嫂你别哭啦　　嫂嫂不要把泪滴
嫂嫂你可过得好　　我问嫂嫂你哭啥哩
蒋灵姐问了这几句　　哟哟嗨，吓坏蒲姐这个闺女
我只说自己来啼哭　　不料想，这闺女啥时候隔扇跟前立
只见她随口答曰把妹妹叫　　叫声妹妹听心里
嫂子来到你家这要依靠你呀　　真好比一母吊大同胞的
只见她说的是亲密话　　蒋灵姐款动金莲往里边移
嫂子跟前施礼拜　　嫂子，嫂子听详细
到这你妹妹哪一点对不起你　　为什么不给真言提
从头到尾你对我讲　　前前后后说详细
再不然我哥对你不好　　再不然嫌妹妹说话不通理
再不然你嫌我脾气不老对　　嫂子呀，你哭得多了我怜惜
咱两个初次见面有缘分　　我的嫂嫂呀，你不要哭，你不要叹
你哭着我心里不如意
你缺啥，你少啥　　你妹妹，情愿给你补补虚

【悲平板】
小蒲姐听此言都越发痛　　我捞住妹妹动悲凄
妹妹呀，啼哭没有旁的事　　嫂嫂有话我对你提
嫂嫂你有什么事儿　　说了半句留半句
蒲姐说，妹妹，咱一家人家有多好　　大门大户谁不知
房高墙高团风聚气　　你嫂子到咱家可丢东西

你嫂子我把东西丢　　　　　　你叫哪个不怜惜

【平板夹垛儿】

蒋灵姐闻听这些话　　　　　　心里边甜得像蜂蜜
俺嫂子又伤风，又败俗　　　　在家办事不检点
也不知谈的哪个才相好　　　　过门来，把女婿带到俺家里
女婿锁到箱子里　　　　　　　现在她说丢东西
想罢我说有，有，有　　　　　问声嫂嫂可也不依

"嫂子，在咱家丢啥东西啦？你说给我听听，真是这东西不老值钱啦，我赔你。"

【顿子口】

娃娃呀，恐怕你赔不起　　　　咦，嫂子，你还不知俺哥银钱足

（夹白）"俺哥是个武举，有的是银子，有的是钱儿，威名多大？来这儿你是到福窝里啦，嫂子。"

（唱）妹妹呀，你嫂子我把箱子里的东西丢　　不见东西我可不依

（夹白）"啥东西？嫂子。金子？银子？绫罗绸缎？啥东西，你说说叫我听听，啥东西真主贵，嗯？咱家有没有？"

（唱）妹妹呀，咱家没有那东西

（夹白）"啥东西？开门见山，不用转圈。你请跟我说啦，不管丢啥，能给你寻着，就给你寻着；不能寻着的，哪怕掏钱儿给你买哩。"

掏钱儿你也买不下　　　　　　俺要没这东西，嫂嫂我可不能活
我不如一死染黄泥
蒋灵姐就说，你不敢死呀，嫂子　你的人材数第一
俺哥派人去说媒　　　　　　　好不容易才娶到俺家里

双锁柜　299

你不知俺哥心事有多好　　　　俺哥的个子也不低
俺哥是个绅士大人家　　　　　　他知道东来知道西
嫂子，你还啥事不愿意　　　　　莫非你还想要啥东西
【叹腔】
蒲姐说，妹妹呀，我东西一丢不要紧　　你嫂嫂，我也难以过日期
我有心给你讲一讲　　　　　　　妹妹呀，外人知道得笑破脸皮
【平板】
蒋灵姐说，嫂子，你也不要哭啦　　你也不要怕，你哭得多了我怜惜
你真情实话对我讲　　　　　　　说真的不要说假的
这些事儿都是你内心事儿　　　　嫂嫂呀，偷嘴吃你想哄灶爷
老灶奶奶也不依

（白）"嫂子，打开窗户说亮话，偷嘴吃不能哄老灶爷！有啥说啥，有话说给那真人，有饭送给那饥人。你是俺嫂子哩，我是你小姑哩。咱这种关系，以后时间统长哩。我看咱俩呀，大小差不多，我听俺哥说，你只比我大半岁，那也不大。可以说咱是亲姊热妹，搁一块时间统长哩。实话跟我说说，有办法的有办法，没有办法咱再想办法。你说吧，丢的啥东西。"

（唱）妹妹呀，我有心跟你把实话讲　　你哥知道还不依
【顿子口】
欲再说不跟你说实话　　　　　　俺的妹妹对我真怜惜

（白）"嫂子，别着急哩，叫我出去看看，看看他们喝酒的喝得啥样儿啦，我恐怕他们喝醉了。"
"妹妹呀，速去早回。"
"放心吧，我一会儿就回来啦。"
蒋灵姐离开了洞房，到二门跟前把门儿一开，出了二门，回头门一关，来到前厅，看着她哥陪着客人正在喝酒。"三三、六六、五金、魁首……"一声高，一声低，都在那喝酒，喝得脸红脸子粗："今天晚上咱喝不好，就

不散酒场儿！""哎呀，武举呀武举，今天你搬亲哩，娶了个好老婆子，可得好好喝！"武举说："喝！喝……，喝不到天明，绝不收兵！"

武举喝酒喝到这个时候，都酒醉到九分啦。蒋灵姐从那客厅门扒住往里一看，啊，俺哥喝得醉醺醺的，脸上颜色都变啦，大家还是叫他喝酒。这事儿咋办哩？我给俺哥喊出来："诸位老兄们，诸位老客们，叫俺哥出来，跟他说句话。"

"啊，妹子，叫我哩不是？"武举站起来东倒西歪才来到客厅门口，"妹你说啥哩？跟你情说吧。"

"哥呀，我跟你说两句悄密话。"

"说啥悄密话哩？你情给你哥说啦。今黄昏我得喝好哩，给你娶个好嫂子，我老高兴，今天得喝饱、喝好哇。"

"哥，不用喝啦，马上入洞房去。"

"今天晚上不入洞房，明天晚上再入洞房。"

"哥，俺嫂子不能守空房，你得赶紧去入洞房啊。"

"妹妹，今天晚上由你代替，你哥我不生气！你去陪着你嫂子入洞房，啊！去，不能叫人家守空房，来到咱家啦。我要一走，对不起这些朋友们！我得喝好、喝饱！"一说完，东倒西歪进了客厅，"喝……喝……"他又坐下喝酒去啦。

这一回蒋灵姐扭项回头，来到二门跟前把门一推，进了二门儿，把门一上，转身来到洞房："嫂嫂，实不瞒你，俺哥喝酒喝醉啦，今天晚上恁两口想说话也不能说啦。实话说哩，今天晚上你妹妹我就是新郎官哪。"

【顿子口】

小蒲姐抓住了妹妹的手	抓住了灵姐泪涟涟
伸手抓住蒋灵姐	叫声妹妹听嫂言
嫂子今儿要求你	嫂嫂跟你说清干
我的东西找不着	我要上吊，再不然我往井里钻

【平板】

| 小蒲姐说出来这些话 | 蒋灵姐就把泪沾沾 |

双锁柜　301

嫂嫂呀，不管你啥话对我讲　　你要想死难上难
小妹妹也不是哄骗你哩　　我对天盟誓细听我言
"扑通"一声跪倒地　　上神爷爷听俺谈
俺的嫂子东西丢　　嫂子给俺说实言
这话要对外人讲　　天打五雷死神前

【悲平板夹垛儿】

这一回蒋灵姐来盟誓　　小蒲姐急忙把妹妹搀
叫了声妹妹你起来吧　　在下边跪着老是可怜
小蒲姐把妹妹来搀起　　她一头趴在地上哭苍天
今夜晚上嫂嫂东西丢　　你看可怜不可怜
小妹妹给我找着好东西　　一笔勾销话不谈
今晚上找不着好东西　　今天我也活着难啊，妹妹

【平板】

这一回，小蒲姐说出心里话　　蒋灵姐脑子里边乱转圈
男女都有这种事　　俺嫂子才能把重担子担
这是他的知心人　　我不说出不保全
想罢多时有，有，有　　叫声嫂子听我谈
现在我哥哥快喝醉　　走，走，走，到在我绣房去看看
到在我绣房坐一坐　　到那里，小妹妹对你说实言
小蒲姐就说好，好，好　　妹妹呀，我这千斤重担可得叫你担
蒋灵姐急忙来站起　　搀住了嫂嫂的胳膊弯
搀起蒲姐往外走　　出来洞房不清闲
出洞房只把那绣房进　　地方又大房子又宽
箱子柜子两边放　　一张床放到正中间
叫声嫂嫂你坐下　　坐下咱把心事谈
只让得小蒲姐落了座　　蒋灵姐与蒲姐落座肩靠肩
捞住蒲姐的两只手　　嫂嫂嫂嫂喊得甜
嫂嫂啊，实话说你带的啥东西　　你要一五一十向我谈
我都给你领到这　　难道说你都不给我说实言

为人不办亏心事儿　　　　　　看看地来看看天
只要你给我说实话　　　　　　你想逮贼不作难
小蒲姐停的时间真不短　　　　也好似东方发白明了天
想到此我捞住妹妹的手啊　　　小妹妹就是嫂嫂靠山
到现在我给你说实话，妹妹　　你嫂子我不胜一盘端吧
实话说，从小俺爹就给我结亲眷　俺侄女随姑有牵连
侄女随姑把亲定　　　　　　　我给俺表弟配姻缘
我比俺表弟大半岁　　　　　　表弟比我只小半年
后来俺姑父下世早　　　　　　他的家中多贫寒
家中少吃没有喝　　　　　　　家中少戴没有穿
俺婆婆成天把花纺　　　　　　俺表弟卖诗到街前
姓王就叫王金柱　　　　　　　从小南学念文篇

【悲平板带垛儿】

昨天他突然去到俺家内　　　　舅爹舅爹叫几番
开口叫舅叫妗子　　　　　　　款动我的小金莲
到了门外，只一看　　　　　　原来是表弟到门前
见了我他的脾气赖　　　　　　一蹦八丈他把眼翻
他言说，蒋家门前把诗卖　　　他言说，你哥要把亲搬
他听说这话回家转　　　　　　见了婆子说实言
他的娘跟他说实话　　　　　　听说他往俺家窜
要往堂上去告状　　　　　　　大堂以上去见官
我言说明天就要把亲搬　　　　你纵然告状也是枉然
走，走，走，随我到在绣房内　绣房里边做商谈
三天他都没吃饭　　　　　　　你看他作难不作难
你嫂子我的心老软　　　　　　听说他穷我也可怜
做熟饭还没有动筷子　　　　　俺的娘，她把俺大姨叫回还
俺的姨眼看到门前　　　　　　无奈何我把他藏到箱子里边
谁知道俺的大姨看罢病　　　　俺的爹爹转回还
俺爹把大姨来撑走　　　　　　俺的舅，俺的妗子添箱又到俺家院

双锁柜

到在俺家来添箱　　　　　　　到晚上睡到绣房里边
俺的娘床前看着我　　　　　　她一夜晚上都没合眼
想叫俺表弟起身也不能起身　　想叫他窜来也不能窜
那时候，我想跟他去逃远　　　远走高飞离开河南
一直等到东方亮　　　　　　　东方亮等到明了天
等到饭时还不能走　　　　　　你的哥坐轿都到门前
人家轿夫抬箱柜　　　　　　　那时节我把轿夫拦
那时想拦也拦不住　　　　　　只得叫人家来抬窜
你家把箱子来抬走　　　　　　你的嫂嫂，没顶盖头我都坐到轿里边
不知道说我人老疯　　　　　　我内心知道得最清干
还是应记俺表弟　　　　　　　恐怕表弟不安全
坐上轿，恨不得一步来到咱家里　一步来到咱家院
下了轿我就把大门进　　　　　人家说，我又是疯来又是憨啊
到在屋里只一看　　　　　　　箱子放得多安全
我想着瞅空开箱子　　　　　　俺夫妻两个跑到外边
谁知道天黑都不断人啊　　　　心想动身难上难
那时候妹妹你出门走　　　　　开开箱子我看看
开开箱子没有人　　　　　　　才知道俺的表弟被抢窜啦
这本是前前后后，从头至尾说实话　没有这虚言把你瞒
妹妹呀，咱们两个有缘分　　　今天你可得帮助俺啊
小蒲姐只哭得悲哀悲痛　　　　只哭得小灵姐眼泪也不干
人家为女婿多大劲儿　　　　　为女婿忧心好几年
为女婿哭得悲哀痛　　　　　　为女婿心上似刀穿
真好的人材都不能要　　　　　我不能把便宜都占完
我有心跟她说实话　　　　　　恐怕嫂子还笑话俺
俺哥哥今夜不能来　　　　　　我不胜跟她讲实言
她要愿意也愿意　　　　　　　她要不愿意，我硬硬手脖儿一筐儿端
蒋灵姐想了多一会儿　　　　　拦住嫂嫂开了言

【顿子口】

就说，嫂子你不要哭啦	你哭得多了我可怜
说了半晌为这事儿	为啥你咋不早点谈
俺嫂子说着我心里也痛	到现在一直眼泪都没有干
你在那洞房屋里哭着我也知道	我悄悄密密摸到屋里边
我知道你得的是什么病	你不清楚，你那女婿多安全
小蒲姐这里猛一颤	捞住妹妹的胳膊弯
妹妹，俺的表弟在何处	嫂嫂啊，我要拉开你看看

（夹白）"他在何处存身，你快点叫他出来吧。"
"出来？你说了你的啦，我还没有说我的哩。"
"你说啥哩？"

俺哥做事多霸道	坑坑北来骗骗南
仗着他的势力大	乡亲们看见都不稀罕
小奴家今年十八岁啦	没人提媒到这边
常言道，男大当娶，女大当嫁	当闺女，不能当上一百年
古之常言讲得好	鲜花她能开几天

【平板夹垛儿】

我的嫂嫂呀，那日我在至大门口	人家把嫁妆抬回还
俺哥安排我把嫁妆摆	俺家中一切大事儿都交我管
有的说我管得是地方	有的说，当闺女管得可真宽
实际是俺嫂子死后没人执事儿	就我一人把家揽
家中大事儿叫我管	就是我掌着这一把钳
我到屋里看一看	又听见箱子里，"扑扑通通"响得欢
箱子盛的是嫁妆	咕咕咚咚为哪般
因此我才开开看	嫂嫂啊，谁知道是你表弟在里边
他经常来到俺门外把诗来卖	卖诗才来了好几天

（夹白）"不隔三天五天不来，经常来写诗。"

那个人聪明又伶俐	会写会画我最爱见[1]
那一天他卖诗来到大门口	我看他穿得多贫寒
虽然说他的人材好、文采好、口才好、写得好	
就是家中老贫寒	谁人看见也可怜
在我面前施一礼	你不知道，我这一记就记到今天
你结发夫妻感情浓厚	从那天，俺俩认识，说了话
也好比相隔了好几年	
欲再说我就跟了他	不知住北还是住南
早知道他在哪里住	前几年就往他家窜
不知道说我是不要脸	知道了，男女都是为姻缘
男大当娶，女大当嫁	嫂嫂呀，咱把这耻笑撂到一边
我开开箱子只一看	谁知道他在箱子里边
我看他，他看我	俺两个观看多一言
那时候才给我说实话	真情实话，前前后后，左左右右
从头至尾，一句不留他都说完	
我才把他换了地方，嫂嫂	谁知道，又叫你哭了大半天
嫂子明哭我暗哭	我心里好比刀子穿
换的地方你不知道	你可知是北还是南
到现在给你说实话	从头至尾说实言
你要想见你女婿	想见那人不艰难
想见他，你先得许给我	咱三人就在一处过百年
你为大，我为小，你为正，我为偏	捧茶端水我就是你小丫鬟啦
你要不答应这一言	想见你女婿难上难

【笃板】

蒋灵姐从头至尾讲一遍	小蒲姐闻听心里喜欢

---

[1] 爱见：方言，指喜爱、喜欢。

往后去你不要把嫂嫂叫啦　　你连把姐姐叫几番
妹妹呀，你为大，我为小，你为正，我为偏　　我铺床叠被给你们当丫鬟
刷锅洗碗全靠我　　你坐下我给你把饭端
你就是我的大恩人　　你搭救咱的女婿多安全
你快把咱的女婿挽出来　　挽出来咱的女婿我看看
灵姐就说对，对，对　　下一回要把女婿观
也不知见了没有见　　一言说得黑了天

第八回

三人夜奔祠堂成亲　蒋奇天明于家问理

【平板夹垛儿】

小战鼓咱这一打弦定齐　　咱说说蒲姐、灵姐两个好闺女
她两个一见有情拿好主意　　也好似骨肉相连很亲密
你敬我来我敬你　　咱好像亲姊妹差不离
小妹妹你疼我来我还疼你　　我情愿让服小妹妹
要不是妹妹你在此　　还恐怕奴的相公惹下是非
灵姐说，姐姐，要不是你给他定巧计　　咱两个咋能在一处立
妹妹，说半晌我咋不见表弟的面　　咋不见兄弟姓王哩
你把表弟放在何处　　他在东来他在西
蒋灵姐就说你不要害怕　　大权就在我手里
说罢话才把钥匙拿在手　　她的左手，上前捞住姐的衣
走，走，走，咱一齐去　　到那里看看咱的女婿
她两个说着脸持[1]后　　箱柜不远面前立
"咕咚"声投开了三簧锁　　站出来金柱姓王的

---

[1] 持：方言，这里是"朝着"、"向着"某个方式的意思。

在里边他憋得吃不住[1]　　　　　　他在里边猛一立
慌忙站起睁眼看　　　　　　　　哟哟嗨，面前站着两个闺女
她姊妹俩急忙忙伸出两只手　　　　搀住了金柱姓王的
蒲姐说，表弟，表弟你下来吧　　　你叫你表姐着大急啦
王金柱也不知这是咋回事　　　　　她两个咋在一处立
慌忙忙才能把箱子跳　　　　　　跳出箱子落在埃池
两个姑娘忙搀起　　　　　　　　搀起金柱姓王的
叫声相公你坐下　　　　　　　　来，来，来，我给你倒茶吃
叫声相公你别害怕　　　　　　　我保你一身没有是非
王金柱坐在牙床心害怕　　　　　心口里，"扑通通，扑通通"
"扑扑通通"像驴踢

尊声姑娘你行行好　　　　　　　今夜晚放我们早早飞
只要我今后得了地　　　　　　　登门叩谢拜访你
俺娘在家把我等　　　　　　　　恐怕俺娘着了急
蒋灵姐听说此言也不接这个话　　　小蒲姐出言来叫声俺的表弟
叫了声表弟你都别害怕　　　　　我有实话嘱托你
幸喜我的小妹妹搭救了你　　　　才把你救到绣房里
小妹妹她的心情老好　　　　　　无事无非给你凑趣
昨夜晚你箱子住了一夜　　　　　真真地不知我着的大急
到这边前后不见你　　　　　　　小妹妹才给我说详细
前后之事讲了一遍　　　　　　　表弟呀，相公呀，我有言语听心里
这点恩情一定要报　　　　　　　我有良言劝告你
小妹妹对你有情意　　　　　　　她给你十两好银子
银子多少都不算　　　　　　　　咱姊妹又是好情意
舍断亲，搭救你　　　　　　　　照这样好人世间稀啊
见我啼哭表同情　　　　　　　　真情实话说个净净哩
自从俺姊妹俩到在一处　　　　　又有情来又有意

---

[1]　吃不住：即吃不消，受不了。

从今以后不外气　　　　　　咱三个人就往一处立
她为大，我为小，她为正，我为偏　我情愿当个丫鬟侍奉你
到后来，俺生下男，养下女　　那真是咱三个的大福气
金柱吓得塌塌颤　　　　　　表姐，表姐听详细
俺是穷人讨茶要饭　　　　　恁两个跟我不少忍饥
没有房住到祠堂庙　　　　　没有席，下边铺的是地皮
一口小砂锅只盛三碗饭　　　饥很点，要是吃饭，一个人喝得净净哩
一锅饭叫我都吃净　　　　　剩下你，咱的娘，你们三人吃啥哩
蒋灵姐，笑眯眯　　　　　　也不嫌穷，也不嫌饥
出言叫声俺的女婿
姊妹两个商量好　　　　　　你不愿意我也不依
不用管你家老是穷　　　　　吃喝不叫你应记
她织布，我纺花　　　　　　俺两个，织成布，卖成钱儿
买成粮食好度饥
咱娘请吃又坐穿　　　　　　俺情愿做一个孝顺媳
只要咱三人合一起　　　　　搬一个梯子也能当天梯
金柱说，当时说得也怪好　　到后来，吵吵闹闹过日期
蒲姐说，我要是跟俺妹妹去吵闹　天打五雷把我劈
蒋灵姐说，相公，我要跟俺姐去吵闹　走步路掉到墓坑里，把我扳得死死的
俺两个可都不惹你生气　　　孝敬咱娘伺候你
【顿子口】
她两个说的都是贤惠话　　　王金柱这时候还差不离

（白）哎呀，这真比在那箱子里窝憋着强，昨天晚上天不黑一下窝到现在，在那个里头出来跳到这个里头："咦，恁两个说得心投意合。"

蒋灵姐说："三人合一心，黄土变成金。一不要担惊，二不要害怕。"

金柱说："不行，你哥是武举呀，官上要知道，哪是咱存身之地，你们在此再想啊。"

蒋灵姐就说："那你就不用怕啦，那就叫周瑜打黄盖。"

王金柱说:"那咋说哩?"

"有人愿打,有人愿挨。"

"那你哥要是不愿意,告咱咋办?"

"他有来言,我有去语。"

"表姐,你咋说呀?"

"哎,咱是明媒正娶。老爹爹昧了你的亲事,你没有上堂告状。虽说你没有告状,俺爹把我许给蒋奇,年纪太大,错位太远。老夫少妻,我咋给他去过日期?他不告我,堂上我还要告他。我情愿跟你在一处过到白头到老。"

"蒋家姑娘,你哥要是到堂上,他说我把你拐来了,咋办?"

"相公,到在堂上,他有来言,我有去语。兵来将挡,水来土屯。与你无事。"

"谢天谢地。到那个时候,官司,遇不住清官,把我官司打反,押到监狱怎么办啊。"

"他要把你押到监狱,我们两个统统上告!"

"好,好!那今天晚上咱们咋办?"

蒋灵姐就说咱赶紧走　　　　　坚决不能在这里
俺的哥客厅吃醉了酒　　　　　那时候到客厅看,俺哥都九分迷
我恐怕到在天亮他醒不过　　　咱赶快跑到祠堂拜天地
拜拜天地过上一夜　　　　　　明天一早堂鼓击
他不告咱咱告他　　　　　　　奴相公,保你一身无是非

【平板】

王金柱答应好,好,好　　　　就是心里有点惊惧
到现在主意拿不出来　　　　　全凭两个努点力
蒋灵姐说,银子我先带三百两　再给俺相公拿点单衣和夹衣
每个人背上被一条　　　　　　赶紧去奔到祠堂里
金柱说,咱该哪里走　　　　　蒋灵姐说,开开后门远朝西
金柱就说对,对,对　　　　　赶紧准备远朝西

趁此机会快点跑　　　　　　　还恐怕叫你哥知道咱跑不离
【笃板】
蒋灵姐说着将箱子忙打开　　　一张包单拿在手里
包单掂起撅几撅　　　　　　　铺到床上展习习
只见她单衣服夹衣服包几件　　拿出来银子白习习
金元宝就往包袱里包　　　　　包袱包得沉沉的
包住了银子三百两　　　　　　身上又套了几件衣
蒋灵姐她两个衣服都穿了几件　等到了家里也好刷洗
【平板夹垛儿】
叫相公俺姐屋里等等我　　　　我到前院看看信息
这时候天气也不早　　　　　　起码有三更半还得有余
蒋灵姐出去把门来关住　　　　款动金莲走处急
款动金莲往前走　　　　　　　二门外边把身立
开了二门往外走　　　　　　　院里人，攒忙的走个净净的
急忙忙厨房里都把丫鬟看　　　小妮们这几天身上累
瞌睡着挺那像堆泥
家郎院子都睡下　　　　　　　急忙忙跑到客厅屋里
见俺哥就在地下躺　　　　　　躺在地下像堆泥
嘴上不说心里想，躺着吧　　　年年轻轻，你娶了一个大闺女
谁知道娶妻你也不能要　　　　今天又贴了你妹子
不是我的心肠狠　　　　　　　哥呀哥，王金柱长得老整齐
【笃板】
蒋灵姐咬咬牙，狠狠心　　　　开开二门也不息
扭项她把门搭住　　　　　　　转身来到绣房里
叫声俺姐快点走　　　　　　　叫声相公你出点力

（夹白）"这三百两银子，我背着这包袱，叫姐拿一个被子，你得背俩儿。"

金柱说:"一个被子多沉[1]?"

"一个被子八斤半。"

金柱说:"我背成仨!咱仨一个人一个,还有咱娘盖的呀。咱娘盖的你说是啥。"

"啥?"

"咦,破布衬对了个被子,里边没啥装,你知道装的是啥?里头装的是麦秸啊!咱娘盖的都是那。"

蒋灵姐说:"走吧,咱背成四个,你背成仨,叫俺姐背成一个。"

蒲姐说:"我背成俩!"

"你背不动吧,你不是有病?"

"哎呀,表弟呀,那不是因为你害的病?一看见你病都好光啦。"

"咦,比那医生还强啊。"

【笃板】

三个人定成了一条计	今晚上咱
蒋灵姐背着包袱前边跑	后跟着蒲姐那个闺女
蒋灵姐说,有人问了不要说话	我就说搭--个黄昏送亲戚
蒋灵姐交代已毕前边走	后边跟着他夫妻
不多时来奔到后门里	才把那钥匙拿手里
"咯嘣"声投开三簧锁	慌忙扣开门上的鼻儿
"嗯啦"抽开门上闩儿	后门开得圆圆的
蒋灵姐将身跳出是非坛	打后边,蒲姐走路好像飞的
蒲姐说后门咋不关上	灵姐说关那做啥哩
叫声俺姐快点跑	别管他家闲是非
小灵姐她跑了一身汗	小蒲姐她也跑得汗湿了衣
王金柱虽说背着被子怪暖和	头上出汗,好比那揭笼差不离
三个人只顾跑也不顾看	才下罢雨,腿上拖了两腿泥

---

[1] 多沉:这里是"有多重"的意思。

三个人，有心叫他慢慢走	啥时候才到在祠堂里

【顿子口】

这样子跑了五六里	王家湾不远面前立
将身来到祠堂门外	金柱说，你俩往后边立

（白）"我叫俺娘出来。开开门的时候，你两个不要露头，站到两边。等我把这被子拿回去，一进去门儿，把门一关，不叫她上，我还要出去哩。到这个时候，你俩到在门跟前，等着俺俩进上房啦，你们就立在那门楼底下，我给俺娘说好，才叫你进屋哩。猛一进去，万一把咱娘吓坐那咋办哩？"

蒋灵姐说："姐，他说这对。吓着咱娘了，咱指望谁哩？咱要动动身儿，没人给咱看门儿。有个老娘通好着哩。家里有个聒[1]不聒，一辈子不少吃来不少喝；家里有个老年人，强似坐了十尊神。你看这多好，人不要老的会中！"

蒲姐说："好，好，就照这样。"

她两个往外边一站，王金柱拍门："娘，开门儿！"

老婆睡啦没有？刚才还在那祠堂屋里，愁了一天多啊。从昨天天带黑儿一下愁到现在，孩子也没回来。我听人家说都娶了媳妇啦，俺孩子也不知哪去啦，我的老天爷！谢天谢地，祖先保佑啊。俺王家也没有作恶，也没有害人，咦，咋里积作成这啦，也不着[2]流落到哪一步哩，老天爷！纺纺花，停停，停停，老婆哭哭，哭哭，老婆想想，咦，这叫我咋过哩。天啥时候啦，恐怕多半夜了吧，只怕四更都有啦。咋还不回来哩？俺。老婆在那坐着想哩，没有睡。

金柱一拍门："娘，开门儿！"

老婆老不老？不太老啊，才五十多岁的老婆呀。王金柱今年都十八九啦，他娘才五十来岁，要说老婆不老，可是过那日期不好。老婆瘦了又瘦，瘦得浑身没肉，成天纺花，虽说五十多岁，头发都白完啦。听见孩子叫，

---

[1] 聒：声音喧闹，令人烦躁的意思。
[2] 不着：不知道的意思。

慌忙起来，把这上房门一开，一出来，听见"娘，开门儿"的声音。听着孩子的声音咋不大哩？慌忙下了门台儿，一步一步，来到大门以里，左手扣搭儿，右手扣闩儿，把闩一抽，门一开，"唧钮"，"啪"。

"孩子，我也看不清楚，那是啥，黑咕咚哩？"

"娘，走，走，走，回上房。"

王金柱进来把门儿一关，害怕他娘看见藏那两个人。背着被子，来到上房："娘，叫我把这东西放这。"

老婆说："那这东间。你拿这是啥东西？"老婆她没看见，同时也没点灯啊。

王金柱来到东间，把那被子往地下一撂，出来说道："娘，灯点着。"

老婆说："咦，还点那灯做啥哩。我就灌了一斤油，连吃带点一个月啦，老天爷！"

同志们，那老婆过日子积攒着哩。有的说，啥灯？没尾巴灯啊。啥叫没尾巴灯？哪有灯？穷成那！搉[1]蒜哩，把蒜臼上半截搉烂个龟孙啦，光剩下半截啦。搁根捻儿，倒点油，就那点着啦。没尾巴灯实际是半截蒜臼啊。

把那没尾巴灯点着，跟那明火虫儿[2]大点儿。"娘，拨大点儿。"

"孩子，你背那是啥？"

"你不用管那，娘，实话跟你说哩，你媳妇儿可是回来啦。"

"没那……蒲姐她不是又寻个家儿？"

"娘，她不跟他啦。"

"撺叫她走吧，老天爷，可是不敢叫她在这！咱穷得叮叮咣，不喝米汤；少醋没盐，成年不能过年；少吃没喝，做饭添不上锅。叫你姐走吧，咱养活不起，老天爷！"

"娘，不用害怕，这是周瑜打黄盖，有人愿打，有人愿挨。俺舅昧了亲事，她不知道。咱是明媒正娶，咱有三金合同。他们来送信说俺表姐死啦，是欺骗咱哩！我告他欺骗罪。"

"咦，孩子，不敢戳事啦，这戳出大事咋办哩？我的老天爷！"

---

[1] 搉：音què，河南一些地区读quě，即敲击、捣砸。
[2] 明火虫儿，即萤火虫。

"娘，不用害怕，天塌有地顶着哩。只要俺表姐愿意，我愿意，旁的不愿意白搭！可是还有个人来哩。"

"还有谁哩？"

"蒋奇她妹子。俺表姐把我锁到箱子里，抬到她家，那闺女心底老好啊，娘。那闺女把我救到她那屋里。那天我给你撒的十两银子都是那闺女给我哩，她老想跟我呀，娘。"

"咦，我的老天爷哪。孩子，你可戳出勃糊[1]，戳住马蜂窝了啊。这叫老蒋奇知道，你我的性命不保啊，孩子！你也不是没打听过，他家人多，户家大，谁都不害怕！你没想想咱家，你单根独苗，你娘是个老婆子家，会顶个啥事儿？你爹他死啦，人在人情在，人不在，人情也亡了啊。孩子，你给我戳真大的事儿，这咋办哩，天爷！"

"娘，你可不敢哭啦，也不敢闹啦。蒋奇他妹子也告她哥。"

"她咋告她哥哩？"

"娘，你不清楚，以后就知道啦。你别管，人家给咱带来了三百两银子，刚才我背了三个被子，俺表姐背了一个，今后咱有被子盖啦。娘，今后再不叫你盖那破补丁装麦秸的被子啦。咱家也真受啦，娘。回来俺要拜天地，一拜天地，成一家人啦。我不害怕，闯一闯，长一长！他不告咱，明天我还去告状，去堂上打官司。"

老婆说："老爷呀，你给我把窟窿戳得给天恁大，要给娘吓死哩。"

"娘，你可不要害怕啊，与你无事儿。"

【顿子口】

老婆坐在屋里哭得痛	两个姑娘在门外听
老婆说，今天晚上老害怕	咱独个儿壮胆也不中
小蒲姐大门来开放	走进来灵姐女花童
两个人才把大门进	回过头来把门封
东西拿到上房内	看见那个没把儿灯
走上前"扑通"跪倒地	我连把俺娘叫几声

---

[1] 戳出勃糊：方言土语，辨音记字，意思是"惹下乱子"、"闯出祸"。

双锁柜

叫声俺娘别害怕　　　　　　　我是你媳妇儿把孝行

【平板】

小蒲姐急忙忙跪倒地溜平　　　我连把俺姑叫声
叫声姑娘你可好　　　　　　　再问声姑娘你安宁
过去之事咱不讲　　　　　　　当前的事情对你说明
俺的爹他给我寻婆家　　　　　四十五岁年龄不同
今夜晚跟你的孩子跑回来　　　我来到老人家面前把孝行
明天堂上打官司　　　　　　　姑娘啊，我情愿给你挡挡风
蒋家姑娘开言奉　　　　　　　婆母娘啊你听听

【平板夹垛儿】

你孩子蒋家把诗卖　　　　　　看他弄得有多穷
有心来到你家内　　　　　　　还恐怕人家说我疯
在俺家我把你孩子救出来　　　今晚上，俺跑到祠堂拜花灯
单等着明天打官司　　　　　　我当堂上，咬住俺哥可不松
由我说，没他辩　　　　　　　娘啊娘，往后去，我在你面前把孝行
你看这事儿中不中
往后去织布纺花有俺们两个　　娘啊娘，你只管坐到那太阳底下眼塌瞳
也不缺吃，也不缺喝　　　　　从今后再不叫你受穷
老婆听说这两句孝顺话　　　　心中不怕她又高兴啦
起来吧，起来吧　　　　　　　下边跪着娘心疼
天也不早安歇吧　　　　　　　蒲姐说，娘呀娘，我有言语你听清
来，来，来，给俺上回头　　　我跟你孩子拜花灯

（夹白）"恁啥东西都没有，咋拜天地哩？"

（唱）

祖先堂就是天地全神　　　　　趁住这供台儿要拜花灯
这两个姑娘也不嫌丑　　　　　王金柱也不嫌这里边红
拜罢天来拜罢地　　　　　　　夫妻交拜是正经

然后又把婆婆拜　　　　　　　娘呀娘，往后去，俺在您面前把孝行
【武口】
这一回拜罢天地在西屋里住

（夹白）"金柱，都住到西屋吧，咱没有床，受点委屈。"
蒲姐说："真大个床哩，这地铺儿不是床！"

一条被子铺到地　　　　　　　拿裤子搁到正当中
把老婆床铺转到东屋内　　　　老婆说，今天晚上热腾腾
【顿子口】
咱记住金柱咱不讲　　　　　　把书拆开另有更
书回文单表哪一个　　　　　　再把蒋奇对恁明
待客把酒喝醉啦　　　　　　　喝酒客完全都走清
把他撇到客厅内　　　　　　　啊，真渴哩！站起来矇怔几矇怔
桌子板凳扳了一院　　　　　　里外摆得乱腾腾
摸着舀了一盆水　　　　　　　这回一洗就会轻
老蒋奇又喝了两碗水　　　　　这个时候心才清
扎住架子当院里站　　　　　　这时候头还有点蒙
今天就是大喜日　　　　　　　我不胜到在洞房把话明
我跟新人把话讲　　　　　　　我们两个得建立感情哪
把门一嗡二门儿上
"奶奶的，妹子也不知去哪啦，都歇啦？"
使劲儿他就打[1]脚蹬
只听"扑通"一声响　　　　　　门闩蹬折两下崩
迈步才把二门进　　　　　　　我看着洞房还没点灯

（夹白）"奶奶的，今黄昏得点长命灯哩，咋洞房屋里黑咕咚哩。咋看着真骚气哩，嗯。"

---

[1] 打：这里是"用"的意思。

双锁柜

他一步一步洞房进　　　　　　把门开得圆睁睁

（夹白）"哎，这得点着灯呀。叫我去！"

（唱）
端着灯来到厨房以内　　　　　厨房那火没有灭清
打嘴一吹火又着　　　　　　　急急慌忙点着灯
到在洞房只一看　　　　　　　洞房没人都成空啦

（夹白）"嗨嗨，都往哪去啦？"

看罢洞房往绣房里去　　　　　先把灵姐叫几声

（夹白）"妹妹，妹妹，你往哪去了你！你嫂子哩，嗯？"

叫了几声没人言语　　　　　　没人吭来没人哼
到了妹子屋里看了一遍　　　　咦，箱子掀得圆睁睁
里边乱成一团窝　　　　　　　不见妹子哪里行
来到前院高声叫　　　　　　　家郎们——长工们——丫鬟们——
都起来吧，咱家没有都成空啦

【武口】
大喊大叫多一会儿　　　　　　家郎、院子、丫鬟、仆女个个都惊
急急慌忙来爬起　　　　　　　慌忙爬起点着灯
有的是拿着袜子往头上戴

（夹白）"咦，咋戴不上哩？这帽子口小，底脑大不是？"

还有的，拿着帽子脚下蹬

拿着上身儿当下身儿	"咯嘣"声,袖子都蹬嘣啦
家郎、院子、丫鬟、仆女都起来	明灯蜡烛照得红
前后院里找了一遍	不见两个女裙英
这两个闺女哪里去	咋喊他也喊不应
来人,快到于家店	找一找老丈人问分明
蒋奇骑了一匹马	于家店不远面前迎
骑马来到于家店	来找洛一把账清

(夹白)"开门!"

【垛板】

于洛一往日间睡得着	这一晚上他觉着浑身都惊啊
我屋内一夜都没有睡	我觉着心里咋真别经[1]
听见有人叫门往外就走	开开门,只一看,来了一匹马能行

【武口】

马上骑的是哪个	武举马上报上名
我是你的新女婿	我的名字蒋会卿啊

(夹白)"蒋奇就是我!"

"门婿,天不明来这干啥事儿"	"你闺女如今又回程!"
"俺闺女不是你抬走了呀?"	"俺家如今又成空!"

(夹白)"你家是空的,来问我要人?我还问你要人哩!我还不愿意哩!"

"你不交人?"

"我家没人,咋交人哩?你欺骗我哩,你说你三十多啦,谁知你都

---

[1] 真别经:这么别扭。

四十五啦！今天你走了以后，人家都是乱说乱讲，都是咕哝我，捣我的脊梁筋哩，寻恁大的女婿。我不找你吧，你还找我，说我闺女跑回来啦。我告你哩！"

"我要人哩！"

蒋奇说，你告我也告	走，咱见面告状我要进城里
蒋奇下回把状告	打官司，不知谁输与谁赢
也不知告得怎么样	停了吧，单等明天接住重听

第九回
蒋奇衙前击鼓告状　金柱举证堂上胜诉

【平板】

钢板一打弦定齐	还说说武举老蒋奇
虚喜一场没有入洞房	不少我操心地上立
好不该昨夜晚上我喝多了酒	谁知道酒醉我发了迷
到屋里不见了新媳妇	我又恼混账的于洛一
走，走，走，咱把这官司打	到堂上问一问，看你养的是啥闺女
于洛一是一个夹钢头	到堂上也会说道理

【武口】

他两个拉拉扯扯往前走	正阳县，大堂不远在面前立
迈步才把那衙门进	抬头看，大堂盖得真整齐
这厢盖的琉璃瓦	明柱漆得明漆漆
越看越恼大堂上	才把那鼓槌掂到手里
走上前，吃住劲儿敲了一下	"喂——"八班六房听得仔细
睁眼一看，天还不明	哪一个他把堂鼓击
拿着夹棍并板子	各样的刑具带得齐
刑房书办正堂坐	一班东来一班西

大堂上摆了一个雁别翅儿　　管堂的太爷也吓迷
天不亮哪一个击战鼓　　　失急慌忙穿好衣
栽拎[1]着帽子不会戴　　　身上斜着披着衣
将身坐到大堂以上　　　　两边"喂——唔——"多整齐
掌起身来大堂坐　　　　　惊堂一拍怒不息
哪里出了凶杀案哪　　　　击我的堂鼓太无道理

【垛板】

击堂鼓的人堂上带　　　　从堂下来了武举老蒋奇
我又带羞来又带气　　　　他的脸好像破鞋踢
身上滚了一身土　　　　　实际上身上还有泥
将身到在大堂上　　　　　父母堂尊听心里

有的同志说啦，武举来打官司咋不跪到堂上哩？武举不跪。不管文举、武举，只要当上黉门秀才，来在堂上就不叫大老爷啦。父母堂尊！武举来到堂上："见过父母堂尊，冤枉啊。"

县官闪开二目一看，哟，这是武举到来，失急慌忙站起，抱手当胸："不知年兄何事上堂？有失远迎，多多有罪。"

"好说，好说。父母堂尊，我有冤枉哪。"

县官一声说道："书童——看座！年兄请坐。"

"我就谢坐了。"

"年兄，哪个欺压于你？与哪个斗殴打架，再不然是生了气，告的为何呀？"

"父母堂尊，我姓蒋，叫蒋奇。今天告状来到堂上，皆只为我妻去世，半路失家，又定了一房于洛一的女儿，昨天搬亲到在府下，我陪着客人喝酒喝了一夜，到天明一看，屋里没人。常言道，丢了女人娘家寻。我去找，于洛一他不但不承认，还跟我吵吵闹闹，问我要人哪。父母堂尊，你与我做主啊。"

---

[1] 栽拎：方言，辨音记字，指头朝下。

县太爷一声说道:"好,来人!去带于洛一!"

"于洛一现在来到。"忙双膝跌倒,"见过大老爷。"

"下跪你是于洛一?"

"你是哪村的?"

"于家店。"

"你的女儿许给哪个呀?"

"我的女儿许给了……武举。"

"什么时候过门?"

"昨天。"

"你的女儿是不是回到你家呀?"

"没有!他问我要人,我还问他要人哩!他给人抬走啦,半夜五更来问我要人。大老爷,你没再思再想,我闺女她真要回来,我给她送回去。谁知道他给她打死啦,还是给俺闺女卖啦,这我都说不来呀!"

"啊,你都不知你女儿哪里去了?"

"那我不知道,真是不知。"

正在吵闹,大老你问堂,从堂下踏、踏、踏、踏,来啦!来了一个乡约[1]呀。这乡约叫啥哩,王三儿,是王家湾的乡约。大跑小跑,来到堂上,急忙跪倒:"见过大老爷。"

"啊,你是谁呀?"

"王家湾的乡约王三儿。"

"王三儿来干啥呀?"

"老爷,俺村有一个穷读书哩,姓王叫王金柱,他不知道在哪拐人家两个闺女呀!咦,你没想想,我是个乡约,他是拐带,不赶紧报于官上,我觉着有罪。老爷给我做主呀。"

"啊!好!衙皂,去王家湾把他带来!"

说时迟,那时快。不多一时,带来了王金柱还有两个姑娘蒲姐、灵姐,后边还有一个老妈妈,就是王金柱他娘。一齐来到堂上:"见过大老爷,

---

[1] 乡约:吏名,是明清时乡中小吏,由县官任命,主要负责传达政令,调解纠纷。

冤枉！"

"啊！大堂上跪得乱咚咚的，都是冤枉！就老爷不冤枉？啊！一个一个说！王金柱，乡约告你拐带。家贫如洗，每日街上卖诗，拐骗人家妇女是什么道理？"

金柱说："老爷，我没有拐人啊。"

"啊！那乡约说的是假哩？"

"不假。"

"说说你的道理。你从小都没定过？"

"老爷，我从小爹爹在世与我定亲，是俺舅家的闺女。"

"你舅是谁家？"

"于洛一。"

"哪个于洛一？"

"于家店的。"

"是这个于洛一不是？"

"就是他！表姐许给我，侄女随姑，俺是亲上加亲，他是我的岳父，也是我的舅爹。"

"啊，那你为什么拐人家的闺女呀？"

"我没有拐，你听我说到底。俺舅前一年多给俺送个信儿，他说俺表姐死了啊！死了罢啦，往后再不去啦，跟他断亲啦。我就回到家天天卖诗，过我的穷日期。前天我才听说他闺女又许给了蒋奇。我就去问俺舅，俺舅和俺妗子都没在家，遇着俺表姐。这不是她，由她说吧。"

"好！你（蒲姐）说！"

"大老爷，都怨俺的糊涂娘和俺那爱财的爹呀！俺当初从小订婚，是亲上加亲。他不该昧了俺表弟的亲事啊。俺两个是同年同岁呀，俺这多好！他昧了我的亲事，抬了一口棺材，装上三斗陈灰二斗土，搦布石放在当间，埋到坟上，拐回头给人家送个信儿，说我死啦。一年多后，又把我许给蒋奇。老蒋奇今年四十五岁，俺爹要把我许给他，叫我到他家跟他拜天地。大老爷，你没有想一想，我能不能跟他拜天地？我在家成天哭，黑地哭，白日哭，哭着见天不出屋。哭死哭活，谁能问我的冤枉？俺表弟去啦，一说告状,我不叫他告,我说,走,我跟你回祠堂。我有龙凤大契啊,老爷。他(武举)有啥东西?他是猪八戒犁地,凭嘴拱哩。他说许给他,拿的啥彩礼,我没见他的彩礼!他就是拿了一千串,一万串,我也不会跟他,我有龙凤大契。我把俺表弟藏到箱子里,谁知道添箱的人老多啊,他们都不走,一直到天明,把俺表弟抬走,我就随后到那里(武举家)。我到那里一看,有箱子没有人啦。"

"这人往哪里去啦?"

蒋灵姐说:"我给他救出来啦。"

"你咋给他救出来啦?"

"平素常俺们两个认识,不断在俺门口卖诗。我听那箱子里'扑通通、扑通通'是啥,一开箱子,哎,就是他啦。见人不救,一行大罪。再一个,我也不能把他捞出来,大惊小叫的,吵吵闹闹的,俺正办事哩。叫出来一问到底,是他舅昧了亲事,他表姐把他藏到里边,'你救救我吧。'那个人长得好,说话也好,办事也公道,我想着不胜跟他吧。这才许了亲事,这可不怨王金柱,我要跟他哩啊。这一担儿我都担起来,该打我哩,该押我哩,该判我罪哩,请判我罪啦。男大当嫁,女大当娶。俺哥成天哪不行正道,作恶多端,欺负百姓。大老爷,没人给我说婆家,不能在家当个闺女种啊!不是王金柱拐的俺,俺嫂子在那哭哩,要死哩,要活哩,要上吊哩。要是我不管,俺嫂子非死不中!死了人好,不死人好?唵?我知王金柱俺们三个人一齐跑到祠堂,不是拐哩,是俺跑哩,我愿意去!"

蒲姐说:"我临死也非得跟他(王金柱)不中!"

"王金柱,怨你不怨?"

王金柱说:"俺姐把俺装到箱子,万般无奈啦。我也真不忍心拐她。俺家少吃没喝,吃饭腾不上锅,你没想想,大老爷,看我冤枉不冤枉?我真没有拐人哪。"

"啊,好。于得水,于洛一?"

"哎……"

"你是不是假设灵柩,昧了亲事?"

"啊……不错。"

"特乃无礼！有龙凤大契没有？"

"有！"

"赶紧回去给我取来，有龙凤大契为证。"

老婆说："我捎着哩，不用去拿啦。大老爷看！"

"果然不假！"一声说道，"年兄（蒋奇），你定亲花了多少银子？"

"花了一百五十两。"

"花给谁啦？"

"花给媒人啦。"

"叫啥？"

"叫孙六。"

"啊！孙六叫来！"

"于得水，孙六跟你说武举多大年纪？"

（于得水）"三十二啦。"

"年兄（蒋奇）今年多大啦？"

（蒋奇）"四十五啦。"

"啊，好哇！孙六，这一百五十两银子谁花啦？"

孙六说："我花啦。"

"好！一个一个处理！王金柱，你去告状应该，又是表姐，又是夫妻，锁到箱子里不犯罪。这个姑娘（蒋灵姐）救你啦，你愿意要不愿意？"

"她是我的救命恩人，我能不要？"

"好！你三个无事下堂，回家好好安居乐业，当上一个守法的百姓，走吧！与你无事。暂且站到一边儿啊，还有事儿。"

"年兄，你花了一百五十两银子，你没想想，人家十七八岁，你四十五啦，像一回事儿不像一回事儿？能过日期不能过？"

"哎呀，媒人说那闺女二十八九啦。"

"啊，武举，年兄，你也不用打发客啦，你妹子也找下家儿啦。你没龙凤大契，又没啥证据，光说拿恁些银子，那是媒人骗你哩，回去吧，好好回去，没事儿，啊。"武举这回下堂而走。

"于得水，多少地？"

"八十亩地，不多。"

"你这一回昧了你外甥的亲事，又给你闺女寻个大女婿。给你的地罚四十亩，给王金柱，给他盖上十间房。王金柱，问他要啊。我给你做主！一定得给人家盖房，地一定得给王金柱。"

"下去走！"于得水下去啦。

"你这个孙六，说媒两头瞒，叫人家十七八的闺女找一个四十五岁的老头，真乃无道理呀！人来！先退银子，一百五十两，拉下去，再打四十大板！按照律条，判你有期徒刑半年，押到监狱！"

"还有王家湾的乡约，有事就报，报得很好。你要不报，那还不对哩，对你有利。今后好好当你的乡约啊。王金柱不是拐带，就这吧。"

【滚口白】

乡约扬长而走，孙六押到南监，禁监半年。老百姓一听心中高兴，真是遇着青天大老爷啦

【平板夹垛儿】

王金柱高高兴兴回家走	从今往后再不艰难
他娘闻听心高兴	从今后，又有吃来又有穿
遇住两个好媳妇	见天她来伺候俺
于得水赔里头田地四十亩	还得盖上房十间
劝人莫嫌贫又爱富	不能昧了好姻缘
拿着闺女把生意做	拿着闺女能挣钱
谁要出嫁定媳子[1]	要把年龄问清干
夫老妻小缘不对	他们怎能配姻缘
谁好说媒听一听	不要说瞎话，更不要花人家银子钱
哪一个不听我的话	准备着说媒要坐监
这本是清官断一回事	说到这里就算完

---

[1] 媳子：巩义一带方言中把媳妇称为"媳子"。

唱腔选段

王金柱余家问理

《双锁柜》选段第二回（之一）

王周道 演唱
李宏民 伴奏
潘红围 林达 记谱

双锁柜

[平板]

2 1 5̣ 6̣ | 1 ⁶⁄₁ | 1) 3 | 6 6̲5̲ | 5̲5̲. 5 (1̇6̲ | 5 3̲5̲ | 6̲5̲3̲6̲ |
　　　　　　　　　　战　鼓那个一打

5 ³⁄₅ 5) | 6 6 6 | 1̲̇5̲ - | 5 - | 0 (1̇ | 1̇ 1̇ 1̲̇6̲ | 5̲6̲1̲̇6̲ |
　　　　　　弦　　定　齐,

5̲3̲5̲6̲ | 5 6̲6̲ 5) | 3 | 2 2̲1̲ | 2 1 | (2̲3̲ 2̲1̲ | 1̲2̲ 1̲6̲ | 1) 3 |
　　　　　　俺 说说蒲姐　　　　　　　　　　　那

3 2 | 1 (1̲3̲ | 2̲1̲ 5̲6̲ | 1̲2̲ 1̲6̲ | 1) 5 | 5 5 | 5̲5̲ 5̲3̲ | 3̲3̲ 2 |
个 闺 女。　　　　　　　　　　　只 见 她 坐本到那绣房以

2 3 | 2 - | 2 1̲2̲ | 0 1 | 1 - | (1̇ 1̲̇1̲̇ | 6̲1̲̇ 6̲5̲ | 6̲5̲ 3̲2̲ |
里,

1 6̣3̣ | 2̲1̲ 5̲6̲ | 1̲2̲ 1̲6̲ | 1) 3 | 2̲3̲ 2̲1̲ | 1̲2̲ ²⁄₁ | (2̲3̲ 3̲2̲ | 1̲2̲ 1 |
　　　　　　　　　　埋 怨声爹娘

1) ⁰⁄₅ | 3̲5̲ 6̣ | 1 (1̲3̲ | 2̲1̲ 5̲6̲ | 1 1̲1̲ | 1) 1̇ | 1̇ 5 | 0 5 |
无 有 道 理。　　　　　　　　　　好 不 该 把

5 3 | 2 ³⁄₃ | 2 - | 0 5̲3̲ | 2 2 | 0 1̲2̲ | 0 1 | 1 - |
我 的 亲 事 咪,

1 - | 0 (2̲5̲ | 5 5̲1̲̇ | 1̲̇6̲ 6̲5̲ | 5̲3̲ 3̲2̲ | 1 3̲2̲ | 1̲2̲ 1 | 1) 1̲2̲ |
　　　　　　　　　　　　　　　　　　　　　　　　　　又

2̲3̲ 2̲1̲ | 3̲2̲1̲ | (2̲3̲ 3̲2̲ | 1̲2̲ 1̲5̣̲ | 1) 2 | 5 3̲2̲ | (1̲3̲ | 2̲1̲ 5̣̲ |
把 我 许给了　　　　　　　　　 老 蒋 奇。

1̲2̲ 1̲5̲ | 1) 1̇ | 1̇ 5 | 0 5 | 5 5̲3̲ | 1 2 | 2 ᵛ1̇ | 5 - |
老 蒋 奇　今 年 他 都 四 十　五,

328　河洛大鼓传统大书选

双锁柜

330　河洛大鼓传统大书选

| 1 1̣6̣ 6̣ 1 | 1 (25 | 5 5i̇ | i̇6 65 | 53 32 | 1.1 13 | 21 5̣6̣ |

| 1) 11 | 22 1 22 1 | (12 32 | 12 15̣ | 1) 5 | 1 - | 1 (13 |

你那　主管　着　俺家的　　　　闲事　非，

| 21 5̣6̣ | 1) i̇ | i̇ - | 0 (25 | 53 32 | i̇2 32 | i̇2 i̇6 | i̇ i̇ |

保　佑

| i̇ 56 | i̇ 6 | 05 5 | 25. | 5 - | 5 3 | 3 2 | 2 (53 |

俺那　表弟　快来吧，

| 23 23 | 23 13 | 2 2 | 2) 5 3 | 2 - | 2 53 | 2 - | 5 5 |

快来吧　快来吧，　给你

| 25 5 | 55 | 2 - | 0 55 | 2 5 | 5i̇ 3 | 3 2 | 2 53 |

杀几　只老公　鸡　　我这　供　给　你。

| 2 2 | 0 12 | 1 1 | 1 - | (12 15̣ | 1 3̇ | 3.3 33 | 23 23 |

| i̇2 32 | i̇ i̇i̇ | i̇ | | 5i̇ 65 | 65 4 | 4 23 | 23 12 | 1̣6̣ 53 |

【垛板】
| 21 5̣6̣ | 12 15̣ | 1 13 | 21 5̣6̣ | 1) i̇ | i̇6 i̇ | 0 55 | 5 5 |

在　这里　她可正然

| 5 5 | 0 6̣ | 0 2 | 0 2 | 0 1 | 1 - | (i̇ i̇i̇ | 6i̇ 65 |

许口　愿，

| 6i̇ 32 | 1 6̣3 | 21 5̣6̣ | 1) 6 | 6 - | 6 (56 | 6 56 | 6 56) |

打

双锁柜　　331

0 7 | 6 0 | 0 (2̇2̇ | 2̇ 2̇ | 2̇ 7 | 7 6 | 6 5/6 | 6 5/6) |
门　外

0 7 | 7 7 | 2̇ 6 | (67 65 | 65 66 | 6) 6 | 6 6 | 3 1̇ |
只　来　了　金　柱　　　　　　　　他　的　表　弟。

1̇ - 1̇ 3 | 3 5 | 3. 2 | 1 2 | 0 2 | 0 1 | 1 - |

0 (3̇ 5̇ | 3̇ 3̇ | 2̇ 3 2̇ 3 | 1̇ 2 3̇ 2 | 1̇ 2 1̇ 0 | 1̇ 1̇ 1̇ 1̇ | 6 1̇ 65 | 6 1̇ 3 2 |

1. 2 | 6 1 2 3 | 1 0 5 3 | 2 1 5̣ 6̣ | 1) 4 | 4 3̂2 | 3 - | (3 2 1 2 |
　　　　　　　　　　　　　　　　　　　　　　王　金　柱

3 3 | 3) 3 | 3 3 | 3 (3 5 | 3 2 1 2 | 3) 3 | 3 3 | 3 0 (3 5 |
大　跑　小　跑　　　　　　　　　往　前　走，

3 3 3 2 | 1 6̣ 1 2 | 3̂ 2/3) | 0 3 | 3 3 | 2̂ 3 1 | (6̣ 3 2 3 | 1 2 1 |
　　　　　　　　　　　　　　不　多　时　来　到

1) 5 | 5 3 5 | 1 (1 3 | 2 1 5̣ 6̣ | 1 6̂ 2/3 | 1) 3 | 5 5̂3 | 2 2 |
于　家　集，　　　　　　　　　　　　这　几　年　没　往

1 3̂ 2 | 1 - | 2̂ 3 1 2 | 5 1 | (5 3 3 2 | 1 2 1 6̣ | 1) 5 | 5 6̣ |
舅　家　来，　哪　一　个　门　楼　　　　　　我　还　记

1 (1 3 | 2 1 5̣ 6̣ | 1) 6 | 6 6 | 0 6 | 6 5̂5 | 6 5 | 6 0 |
哩，　　　　　　　门　东　边　还　有　那　个　一　口　井，

6 5 | 6 - | 6 5 | 6 - | 0 5 | 5 5 | 6 5 | 5 5̂6 |
门　西　边　有　一　棵　　　有　一　棵　槐　树　弯　弯

332　河洛大鼓传统大书选

5 0 |⁴5 ⁴5 |6 i 6 5 |4 5 6 i |5 -) |0 6 |5 0 |0 6 |
哩,　　　　　　　　　　　　　　迈　步　　尺

6 0 |0 6 |6 7 |6 - |0 (2 2 |2 7 |6 7 6 5 |6 ⁵6) |
把　　　大　　门　进,

6 7 6 |6 - |0 6 6 |6 5 |2 7 6 |5 - |(i i i |6 i 6 5 |
小黄狗　　　叽哩咣当咬得急,

3 5 6 i |5 ⁴5) |0 5 |6 6 |0 6 |6 6 |6 6 |6 - |
　　　　　　小黄狗　它　不　住　上　下　溅,

(6 3 5 |6 ⁵6) |0 6 |6 6 |i 5 |2 5 |5 0 |(i i i |
　　　　汪　汪　汪　咬　着　想　撕　衣。

6 i 6 5 |3 5 6 i |5 ⁴5) |0 6 |6 6 |3 5 |6 6 |6 - |
　　　　　　　　王　金　柱　这　里　高　声　叫,

6 3 5 |6 ⁵6 |6 3 5 |6 ⁵6) |0 6 |6 i |3 5 |6 7 6 |
大　舅　来　妗　子　叫　来

5 - |(i i i |6 i 6 5 |3 5 6 i |5 ⁴5) |6 6 |3 - |6 6 |
急,　　　　　　　　　　出　来　吧　出　来

3 - |3 5 |6 5 |3 6 |5 - |(⁴5 ⁴5 |6 i 6 5 |4 5 6 i |
吧,　看　看　这　是　啥　亲　戚。

5 ⁴5) |0 5 |5 2 |2 - |0 5 |5 - |5 3 |3 - |
　　　　小蒲姐　　　　　　哎

3 2 |2 - |0 (5 3 |2 3 2 3 |2 3 1 3 |2 2 |0 5 5 |2 1 |

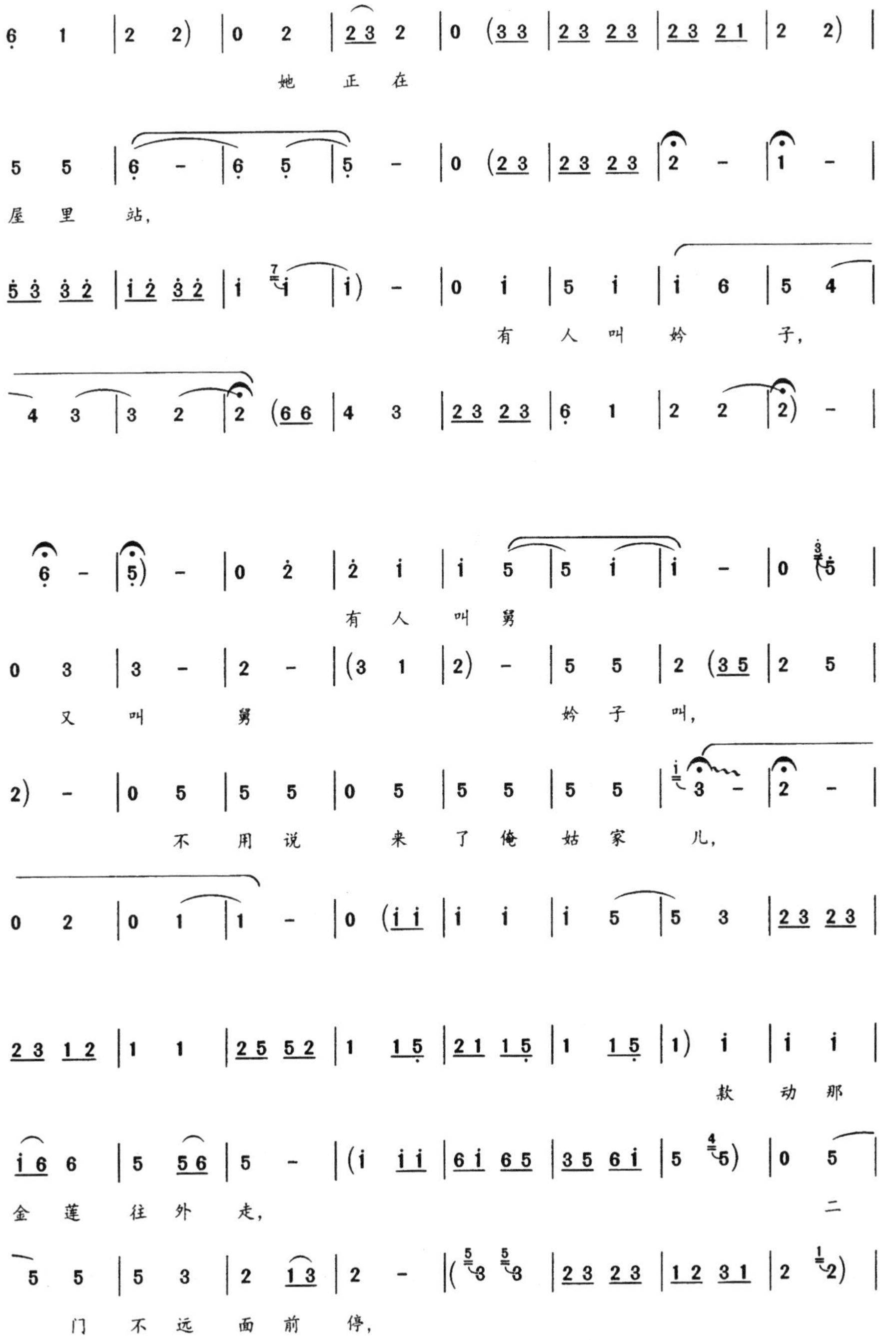

双锁柜 333

(sheet music with lyrics)

她正在 屋里站, 有人叫妗子, 有人叫舅 又叫舅 妗子叫, 不用说来了俺姑家儿, 款动那 金莲往外走, 二门不远面前停,

334　河洛大鼓传统大书选

靠住门闩往外看，哎哟嗨当面站着个要饭的。观前相好像王金柱，看左右好像那金柱俺女婿。认得我假装不认得，我就问问也可以。大小姐观看了多一会，我出言叫了声

双 锁 柜　　335

要　饭　哩，　　　（夹白）哎，要饭哩！

（唱）要饭你

没 在 门 外 要，　　为 什 么 来 在 俺 家 里。

（夹白）哎！你不在外面要饭，到俺家做啥哩？

（唱）哎我 这 眼 色 有 点 疲，

（夹白）你老了？眼色老疲，你不认识我了？你一家人都带着那昧亲事脸哩！

【鸳板】

要 知 道 我 是

哪 一 个，　　　　　　　　　　　　站 到

门 里 听 仔 细，　　　　　　　　　　你

336　河洛大鼓传统大书选

歌谱（略）

的爹本是俺的舅，俺的娘是你姑哩，

你娘本是俺妗子，我是金柱你表

弟，要说咱是小两口，我是金柱你女

婿，

于蒲姐闻听这些话，

出言叫声俺表

弟，这

二年不往俺家来，

到现在见了我都不认得，

今天来这有啥事，

从头来至尾说详细。

双锁柜　337

(夹白)"表弟，你来有啥事？""跟你说不着话，给俺舅叫出来。"

(唱)你的舅他去讨账走了啊，

(夹白)给俺妗子叫出来也中。

(唱)俺的娘

俺的娘去请俺大姨，

(夹白)知道我来了，都出去躲了！蛤蟆躲端午，躲躲就算了啦，回去跟他说，我走

我走了，啊！(唱)表弟啊你往哪里去，

正阳县里堂鼓击，

正阳县里

官　　司打，

我　告俺舅

338　河洛大鼓传统大书选

这老东西。(夹白)"你告他啥？""你知道，你比我知道的还清楚，你还装迷哩。"

想当年咱是小两

口，　　　　　　我是你的穷女

婿，　　　　　　　如今他把我

亲事昧，　　　　　　　不告

您　　　　　不告您我

是个鳖炸鱼。

(夹白)打官司去，饶不了你！

表　弟　呀

写张呈子一千五　　递上去三天

才　能　批，

双锁柜

0 2 | 2 3 | 2 - | 5 53 | 2 21 | 3 1 | 2 - | 0 2 |
遇 着 清 官 银 子 断 给 你 几 十 两， 遇

2 5 | 2 - | 5 3 | 2 - | 5 3 | 2 - | 5 5 | 5 3 |
着 脏 官 哈 天 糊 涂 哈 天 糊 涂

2 3 | 2 - | (5 3 | 23 23 | 12 31 | 2) - | 0 2 | 2 2 |
算 结 局。 叫 声

5 21 | 1 2 | 5 - | 0 (53 | 23 23 | 2 1 | 1 2 | 2 5 |
表 弟 你 别 去，

5 -) | 1 1 | 1 - | 0 (55 | 5 3 | 23 23 | 12 52 | 1 7̇1 |
表 弟 呀

1 -) | 0 1 | 1 1 | 1 - | 1̇ 3 - | 2 - | 0 (35 | 1 3 |
走 走 走，

23 23 | 12 31 | 2 ½2 | 2) 2 | 3 - | 2 - | 0 5 | 5 5 |
你 随 我 你 随 我

5 2 | 0 (5 | 5 2 | 2 -) | 1 1 | 1 1 | 3 3 | 1 1̇3 |
去 到 绣 房 里。

3 2 | 2 - | 0 53 | 2 2 | 2 2 | 1 1 - ‖

彩楼记

故事情节概述

　　宋真宗年间，洛阳城告老还乡的刘丞相刘懋为独生女刘瑞莲搭彩楼飘彩招亲，却不料小姐竟中意寒儒吕蒙正，用彩球打中他。刘懋气恼，千方百计阻挠这桩婚事，可是女儿和吕蒙正却执意要成亲。盛怒之下，刘懋让两人草草拜堂成亲，打前门赶出吕蒙正，打后门撵出女儿刘瑞莲。

　　夫妻俩离了相府，城南寒窑存身。吕蒙正大街讨饭，刘瑞莲织布纺棉，苦度寒窑三载，适逢东京皇王开科，吕蒙正因缺盘费无法赴考，刘瑞莲为了能让丈夫顺利求取功名，决定回娘家借钱。回到相府后，刘瑞莲直接到堂楼上去见母亲，母女欢聚，悲喜交加。其母听说女婿赶考之事，随即安排丫鬟给女儿打点包裹，为她备下盘缠及衣物。然而，此时刘懋回府，父女相见，针锋相对，争吵起来。刘丞相与女儿打赌，吕蒙正若能当官，情愿追鞍认镫给他牵马。刘瑞莲伤心离家，空手出了相府。其母让丫鬟带上衣物盘缠追赶刘小姐，刘瑞莲却赌气没有接受。

　　吕蒙正听说刘丞相打赌之事，愤懑不平，立志沿途靠乞讨和提笔卖诗筹措路费，上京应试。刘丞相在夫人的劝说下，决定资助吕蒙正考功名。又恐吕蒙正拒绝，遂命家郎刘三化名王三，带上银两衣物，骑马追赶上吕蒙正。吕蒙正路遇刘三，不知一切均是岳父的安排。两人结拜为生死弟兄后，刘三将马匹盘缠赠予吕蒙正，助他进京。

　　刘夫人因惦记女儿安危，逼刘懋前去探望，并接女儿回相府。刘懋到了寒窑，见女儿受罪，不觉心酸。而刘瑞莲见老父亲来探望自己，重新唤起隔断三年的父女之情。父女终于相认，尽释前嫌。刘瑞莲即随父亲回到了相府。

吕蒙正皇榜高中头名状元，想到妻子寒窑苦盼，无心留恋京城的繁华，奏请皇上，官封八抚巡按，私访河南，兼回洛阳探亲。吕蒙正日夜兼程，赶回寒窑，却发现人去窑空！方知昼思夜念的妻子已回相府。为了试探妻子刘瑞莲是否变心，吕蒙正仍扮作要饭花郎，进了相府。刘瑞莲安慰吕蒙正，愿陪他吃糠咽菜，同心百年。不料刘丞相听说吕蒙正落榜而归，不由得又数落吕蒙正无缘仕途，复又提起打赌之事。恰在这时，人役们来相府寻找巡按大人，吕蒙正及第之事被众人知晓。刘懋赌输，吕蒙正坚持让刘丞相追鞍认镫牵马。刘太太、刘小姐相劝不下，让刘懋无地自容。关键时刻，刘三出现，讲明与吕蒙正相遇缘由，道出刘懋好意。吕蒙正知情后，心怀感激拜见岳父。至此，矛盾烟消云散，客厅设下酒席，举家同庆团圆。

版本来源

本书收录的这个版本是由河洛大鼓艺人吕武成根据自己的演唱记录并整理的。2012年1月16日，笔者到焦作吕武成家中采访时，吕武成得知笔者正在做收集河洛大鼓长篇大书的工作后，主动为我们提供了他的"看家书"——《彩楼记》。大书的书词部分是吕武成于2007年记录整理的，曲谱是2012年6月吕武成本人根据回忆记写。

传承历史

《彩楼记》的唱本源自明清传奇《彩楼记》，再向上则可以追溯到杂剧《破窑记》[1]。在流传过程中，《彩楼记》存在许多不同版本，其中既有留存至

---

[1] 戏曲学家俞为民认为《破窑记》最早的版本应是宋元南戏（俞为民，1990，页8）。然而，无论此戏的源头是南戏还是杂剧，我们今天能见到的早期版本皆为明代的刻本和钞本。

今的全本明刻本和钞本，也有明清曲谱中所选收的《彩楼记》佚曲，以及明清戏曲选本中所选录的折子戏。例如，明周之标辑，梯月主人编《吴歈萃雅》中，就选了《彩楼记》中《选俊》、《闺诉》、《愁思》、《闺思》、《离情》、《喜庆》等六折（俞为民，1990）。明许宇编《词林逸响》亦选《彩楼记》四折，曲文与《吴歈萃雅》同。这些选本属于"昆山腔选本"（同上，页20），用曲牌演唱，曲词为律曲，所以无论从音乐结构还是文学结构上来说都与大鼓书差异很大。而对说唱艺人影响最大的选本是"青阳腔选本"。"青阳腔"在余姚腔滚唱的基础上"插入了一些五、七言诗句，用流水板唱念，插入的滚白句格、字数都没有限制，文辞通俗，从内容上看，或是对原曲文的引申，或是对原曲文的解释"（同上，页23）。这些特点与后世的曲艺唱本都存在相似之处。当然，说唱艺人是否借鉴了青阳腔进而将《彩楼记》改变为板腔体的鼓词，有待进一步考证。但是从吕武成演唱的这个版本来看，尽管章回标题与戏曲版《彩楼记》不同，女主人公的名字也由刘千金改为刘瑞莲，但是回目不用鼓书常见的七字上下句，而使用颇似明清传奇折子名的两字标题，这在河洛大鼓书词中是不常见的，说明这部书的书词来源很可能有别于大多数书词的来源——明清章回体小说。

　　从演唱者吕武成的求艺经历来看，他的师傅的师傅就已经在使用这样的回目来演唱河洛大鼓版的《彩楼记》了。据吕成武回忆，在他尚未踏入河洛大鼓的圈子时，新安县河洛大鼓艺人王新章、王何清到他所住的村子说《彩楼记》。书中的情节精彩纷呈，吸引他走上了说书的道路。那时吕武成19岁，他做了王新章和王何清的学徒，经过长期的耳濡目染，逐渐学会了这部书。《彩楼记》也成了他出师后的"看家书"。据吕武成介绍，此书是新安县河洛大鼓艺人王震松传授给王何清的。王震松学唱的版本是一个能唱一个多小时的中篇书段，内容包括《飘彩》、《逐女》、《借银》、《别相》等回目[1]，除了刘瑞莲小姐与刘丞相争吵的高潮部分描写较细致外，其余部分均比较粗糙。王震松将这个中篇书段进行扩展，将其发展为能够唱一晚

---

[1]　王震松学唱的版本长度为中篇，也说明这部书最初有可能并不是从全本戏借鉴而来的。

上，即三个小时左右的大书。王何清学会这部书后，又进一步对情节进行加工和细化，使其长度达到能演唱两晚上，内容从"飘彩"到吕蒙正中状元均十分详细，然而中状元以后的情节则一笔带过。吕武成则在老师王何清的版本基础上，继续对情节进行扩充，加入了吕蒙正中状元以后的详尽书情，如"探窑"、"蒙正私访"等部分。于是形成了目前这个可以连续演唱三个晚上的版本。

演唱艺人简介

吕武成（1965—），男，原籍河南省新安县仓头乡寺上村，1999年因小浪底水库工程搬迁，移居至焦作孟州市西虢镇寺上新村。吕武成是河洛大鼓第五代艺人，新安县文联会员，河南省民间文艺家协会会员，河南省曲艺家协会会员，"河洛大鼓网"、"河南曲艺网"的创办者。

吕武成自幼爱好文学和艺术，19岁师从新安县河洛大鼓艺人王新章，学习演唱和伴奏。21岁独立行艺，逐步具备编词和设计唱腔的能力。1992年7月，吕武成加入新安县文联的"戏剧曲艺协会"（会员证号0196），曾先后与新安县的王管子、王何清、侯秀英及孟津县的乔新甲等知名艺人，以及宜阳的王建平、孟津的杜子京和新安的高银虎等一批青年演员合作，演出足迹遍布新安、孟津、巩义、荥阳、偃师、灵宝、济源等地。与文化体制内的曲艺工作者不同，吕武成所获得的主要认可来自于非官方主办的曲艺比赛，如2005年10月，他参加了河南省首届民间艺术节会演，演唱曲目《大换房》获得银奖。

与一些没有读写能力的老艺人不同，高中毕业的吕武成具有良好的文学修养。这也使得他对大书的掌握不仅局限于学习前辈传授的书目，而且还根据文学作品自己编写新书。1990年，26岁的吕武成创作了长篇大书《贞烈墓》（又名《侠女英雄传》），并在书场演唱。2006年2月，他在正月十三马街书会河南鼓曲大赛上演唱了自己创作的《鼠药记》，获得二等奖。同年9月，他参加河南省"建设新农村曲艺征文大赛"，《鼠药记》获得二等奖，并刊发于《河南曲艺》2010年第1期和第2期。

  吕武成不仅从事专业的创作和表演，同时也致力于河洛大鼓的推广。2005年12月他参加了河南省曲艺理论征文大赛，撰写文章《即将凋谢的艺苑之秀——河洛大鼓》，获得二等奖。这篇文章后来刊发在《洛阳月谈》2006年第2期上。2008年，他出版了专著《河洛大鼓》，充分利用自己的说书人身份来介绍这个地方曲种。2005年6月，吕武成独立创办"河洛鼓韵"网站，后更名为"河洛大鼓网"，以期为曲艺爱好者提供一个了解、学习河洛大鼓的平台。无论是利用传统的印刷媒体还是互联网等新媒体，吕武成这一代艺人对河洛大鼓的推广和发展，与完全依赖口传心授的老一辈艺人相比，都已经产生了较大的变化。

书词全文

第一回

飘　彩

【三起头】

大宋朝一统镇江山	五谷丰登民安然

【二八】

宋真宗皇爷登龙位	阶前许多宝贵官
文官本有三百六	武将倒有四百三
文官提笔安天下	武将跨马保江山
咱不唱国泰民安乐	单表表，河南的才子出哪边
洛阳城有一个吕蒙正	相姑庄上有家院
吕蒙正当年不得地	大街上，讨茶要饭度日难
白天大街把饭要	到夜晚，城南寒窑把身安
吕蒙正虽然身贫穷	满腹的文章压圣贤

【连口】

咱记住蒙正且不表	再说说，洛阳城有一个城东关
城东关有一个刘丞相	他有一个闺女刘瑞莲
刘小姐，长到了二八一十六岁	低门不就高门不攀

（白）众位，咱今天说一部《彩楼记》，前半本《吕蒙正讨饭》，后半本《吕蒙正中状元》。有的问啦：你说的是哪一个吕蒙正呀，是不是新安县仓头横山[1]的那个吕蒙正呀？不是。那个不是叫吕蒙正，而是叫吕明正，再说他是明朝的。咱今天说的是宋朝吕蒙正。大家都看过《打銮驾》吧，老包公见皇姑时唱的"十保官"中的这样唱道："一保官王恩师延龄丞相，二保官南清宫八主贤王，三保官扫殿后呼延上将，四保官杨招讨乾国忠良，五保官曹太师皇亲国丈，六保官寇天官理政有方，七保官范尚书人人敬仰，八保官吕蒙正执掌朝纲……"好啦，咱今天唱的就是这个吕蒙正！

吕蒙正家住在洛阳相公庄，这个"相公庄"音读转了，就叫成"相姑庄"啦，不过"相姑庄"这个地名现在也没有了，也许就是现在的"相庄"吧。

吕蒙正官拜内阁大学士，曾保过大宋朝三个朝廷，被尊为"三朝元老"。可是他当年不得地时啥样呢？哎呀，那可真是"下无立锥之土，上无片瓦遮身"哪！走一步掉一块儿，穷酥啦。白天在大街讨茶要饭，晚上就住在城南寒窑。寒窑啥样儿？是不是咱乡下打的土窑洞？不是。咱乡下住的土窑洞是神仙洞呀，冬暖夏凉，好着哩。这寒窑实际上就是破烂砖瓦窑。你想连砖瓦都不能烧了，还能好吗？上边露着天，八面透着风。铺的是啥哩？烂秫秫杆儿；盖的是啥哩？烂麻包片儿。仨砖头支了一个火可拉儿[2]，还有一个瓦罐没有沿儿。好啦，吕蒙正就这么点大的家业！

你别看吕蒙正穷成这样，可他是个才子哩。啥样的才子？他能眼观千行字，耳听万人言。什么叫眼观千行字呀？咱们一般人看书是咋看哩，翻

---

[1] 仓头横山：即新安县仓头乡横山村。
[2] 火可拉儿：方言，指就地支起的炉灶。

起一页看上半天，人家拿起一本书从后到前"唰唰唰"翻上一遍，就把书从头到尾背会啦。为啥不从前边往后翻，却从后边往前翻呀？看过古书的人都明白，在过去所印的书，字都在竖着念的，书页也是从后边往前边看的。什么叫耳听万人言哩？打个比方，学堂里边有百儿八十个学生在念书，也不管你念的是《四书》，还是念《五经》；也不管他念的是《上论语》，还是《下论语》；也不管这个念《三字经》，那个念《百家姓》……人家吕蒙正到学堂跟前过上一过，听上一听，就把所有人读的书印化到脑子里了！简单不简单？所以说人家是一个过目不忘的才子。

话说洛阳城东关有一个刘丞相，有一个闺女叫刘瑞莲。刘小姐一十六岁，尚未拣郎择婿。什么叫拣郎择婿呢？用咱农村大老粗的话说，就是还没有给她找下婆家哩。

单说刘丞相这一天打坐客厅，命丫鬟将女儿叫到跟前，一声说道："女儿，你如今已经年方二八一十六岁，低门不就，高门不攀，尚没有给你拣郎择婿。为你的婚姻之事嘛，老夫常常挂念在心。今日把你唤至客厅，就是要问上一问，爱上何等人品，看上何等人家，说与为父，也好给找啊。"

刘瑞莲说道："爹爹，婚姻大事，全凭父母之命，媒妁之言。爹爹看何等人家合适，给女儿找上一家也就是了，何必与女儿商量呢？"

"嗯，倒要先问问闺女，为父心里也好有个打算啊。"

"爹，俺要找一个当官的、为宦的才郎公子，不知爹爹意下如何？"

"哈哈，好，好！当官的马上来，轿上去的，门当户对，也显得老夫我的体面，可以啊。"

"那，俺要是找一个穷人家的秀才，穷书生，不知爹爹可愿意？"

"这……"老丞相暗想：穷人家的读书子，只要有才华，眼下虽穷，以后要是皇王开科，能考个一官半职的，这也凑合。"呵呵，只要闺女你愿意，为父也没啥说啊！"

"那，爹爹，俺要是找一个讨茶要饭的，爹爹你可愿意？"

"这……"刘丞相暗自想道，俺闺女自幼生长在相府，水来释手，饭来张口，吃不尽的真酒美味，穿不尽的绫罗绸缎，丫鬟仆女好好地伺候。难道她会找一个要饭花子？呵呵，我明白啦，小丫头她跟老夫使心眼哩，不用说是故意试探为父是不是嫌贫爱富。哈哈,小小的黄毛丫头,十七还想哄十八哩,才不上你的当哩!不免就答应下来,看你敢找一个要饭花子?"哈哈,只要闺女你愿意,老夫也没有话说!既然如此,待为父命家郎院公在洛阳城大街十字街口,热闹繁华之处,高搭彩楼,飘彩招亲,不知女儿意下如何?"

"一切全凭爹爹做主也就是了。"

"好,既然如此,女儿且回绣楼,待我吩咐下去,速速办理也就是了。"

刘小姐回到绣楼暂且不提,且说刘丞相在客厅一声唤道:"家郎刘全过来!"

"来啦,来啦!"刘全应声进了客厅,拱手说道:"听见相爷喊,急忙到跟前,见过相爷,不知有何吩咐?"

"刘全,速速带领家郎院公,在洛阳城大街十字街口,热闹繁华之处,高搭彩楼,你家小姐要飘彩招亲,不得迟误。"

"是!相爷。"

刘全来到当院,高声喊道:"呔——家郎院公听真,咱家老爷吩咐,咱家小姐要飘彩招亲,命咱们在洛阳城大街十字街口,高搭彩楼,快点来哟——"

刘全这一喊,家郎院公"呼啦啦"来了一群,有的拿杆子,有的拿绳子,有的拿芦席,有的买彩绸彩缎……众人前呼后拥,来在十字街口,有的栽杆儿,有的搭架子,有的罩围席,有的蒙绸缎,一句话,彩楼搭好啦。

哪位说啦,搭得这样快?不是搭得快,主要是俺说得快啊。实际上彩楼搭了七八天哩,但我要是也说上七八天,大家早等不及回家,不听我说书啦。

话说刘丞相的女儿刘瑞莲小姐飘彩招亲的消息好像是插上了翅膀,一传十,十传百,一霎时就传遍了整个洛阳城。惊动了洛阳城里所有的才郎公子可真是慌啊忙啊,四面摸不着墙啦,一个个议论纷纷。这个说:"伙计,你听说没有?刘丞相家闺女要飘彩招亲哩。我准备去试试,你去不去?"那个说:"去!哪龟孙不想去?走吧,碰碰运气,说不定,刘小姐彩还会打住咱哩。"这两个刚要走,那边又来一个小伙:"哥,你们去哪呀?""去哪，你还不知道吧？刘小姐飘彩招亲，俺们准备去接彩球哩。""哎呀，哥，你们咋不早说，我也去哩。""啥，你也去哩？不中！看你穿那一身衣裳，这样破旧，人家小姐会看中？回去换一身新的。""中，那你们可得等着我呀。""看你说的，俺们能不等你？快回去吧。"

众才郎公子就这样你攀扯我，我喊喊他，前呼后拥，来到了彩楼下面，一霎时聚了黑压压一大片人，有男的、女的、老的、少的、黑的、白的、丑的、俊的、胖的、瘦的、高的、低的。有的说，他们都是来接彩球的？这可不一定，像这老的、少的、女的，人家绝不会来接彩球的，是来看热闹的。

众人议论纷纷，这个说："伙计，叫我说呀，你们不用再应记[1]啦，今天呀，我看刘小姐非得打住我不中！"那个说："就这吧，看你那三榜撬劲儿，啥鳖样儿，还想让刘小姐打住你哩，叫我看，非得打住我不中！"那个说："去你的吧，就你那三尺半高，镰把儿腿，罗锅腰，肚子好像大草包，还想接彩球哩，真是做梦娶媳妇，净想美事儿。"这边来一个豁子嘴，还带着岔鼻子的说道："你们都不行，非得打住我不可！""算了吧，没尿泡尿照照你的样儿，嗑囔鼻儿[2]说话还带着嘴跑风，爬到那一边儿歇着去吧。"

这时候，来了四个做生意的，这个就出了个主意："伙计，是这样吧，我带了一个大卧单[3]，咱们把它伸开，咱四个人一人捞住一个角，好等着接刘小姐的彩球。如果接住了，咱们四个开始扛拳头，谁打赢了，彩球就是谁的，你们看啥样儿[4]？"

那边过来了一个卖笊篱的，说："你们都不用争了，只要彩球落上去，我用笊篱把它舀出来，就是我的啦。"

众人正然议论，哟！从西边"出塌、出塌"就走过来了一个人，这个人长得啥样哩？先表穿戴后表名，只见他：

---

[1] 应记：方言，惦记的意思。
[2] 嗑囔（ke nang）：为辨音记字。在洛阳方言中，嗑囔鼻，意为塌鼻子。
[3] 卧单：新安县方言，指床单。
[4] 啥样儿：方言，"怎么样"、"如何"之意。

（韵白）

头戴烂毡帽儿	身穿烂棉袄儿
后头露着背	前头露着套儿
腰里束根稻草要儿，	手里拿根葛针[1]条儿
胳膊上挎着要饭的篮儿	里边搁着要饭的瓢儿
脚上穿着差合板[2]鞋	走一步"扑塌、扑塌"还是争着掉

（白）这是谁？不用说大家也能猜个七八十来分！这就是咱书开头交代的那个要饭花子吕蒙正啦。有的说，吕蒙正来干啥？也想让刘小姐打住他哩？不，他可没那份心思。这吕蒙正呀，今天运气好，要饭要得多，吃饱了，喝足啦，闲着没事干，听人说刘丞相的闺女要飘彩招亲哩，就赶过来看热闹啦。

吕蒙正往这边一来，众才郎公子可就乱啦，议论纷纷，这个说："伙计，这要饭花子吕蒙正来干啥哩？也想让刘小姐打住他哩？"那个说："拉倒吧，洛阳城的人轮遍也轮不到他！"这个说："赶快闪开，看他身上的穷气往外'咝咝'直窜，看扑住咱了。"那个说："离他远点，他身上的虱尾巴也长恁长，看染到咱身上了。"

吕蒙正走到哪，哪里的人就"哗"的一声散开，自动闪开一条路。咋？都嫌他身上脏啊，恐怕不小心把自己的新衣服弄脏了。吕蒙正一看，好啊，他们都怕我，看见我赶快躲。这不错，你们挤成那样，我倒还怪宽松哩。抬头一看，咦，那东彩楼角儿人不多，还怪松散哩，又照日头[3]，就去东彩楼角吧。吕蒙正就不紧不慢地踱到了东彩楼角儿，刚好地下有一块烂砖头，就弯腰拾了起来，靠墙一放，慢腾腾地坐了下来，心想：今天倒要看看，能打住哪家才郎公子哩。

记住众才郎公子聚齐在彩楼下边暂且不表，单说刘小姐在绣楼上一声

---

[1] 葛针：即酸枣树，一种野生灌木，有刺。
[2] 差合板鞋：指两只鞋不是一双，故称差合板。
[3] 照日头：洛阳方言，意指太阳能照到的地方。

说道:"丫鬟,赶紧给我端过一盆清泉,我要梳洗打扮来了——"

【二八】

刘小姐绣楼上把话云儿　　　叫丫鬟端过来净面盆儿

【连口】

水盆放在木架上　　　　　梳妆台前停住身儿
捧起北方壬癸水儿　　　　洗去了脸上旧官粉儿
抓过一把香皂蛋儿　　　　擦到脸上香喷喷儿
象牙梳子拿在手　　　　　打开了青丝散乌云儿
左梳右梳盘龙髻　　　　　右梳左梳水波纹儿
盘龙髻里插香草　　　　　水波纹里香茸熏儿
打中间梳上一尊庙　　　　庙里边梳上三尊神儿
红脸关公中间坐　　　　　关平周仓两边分儿
庙东山梳了几个小和尚　　庙西山梳了几个老道人儿
小和尚,吹管子儿　　　　老道人,捧笙子儿
滴滴滴滴溜溜一庙人儿
打左边理出发一缕儿　　　金簪别成小蜜蜂儿
这蜜蜂儿,伸个腿儿,蜷个腿儿　　瞪着眼儿,张着嘴儿
吱啦吱啦喝露水儿　　　　还要那一个劲地偷看人儿
不看那,七八十哩老头子儿　　她嫌那,老头嘴上有胡子儿
光看那,十七大八的小伙子儿

【二八】

小丫鬟端过来那胭脂粉儿　　姑娘她擦罢官粉点嘴唇

【连口】

小嘴唇儿只点成明珠一颗　　小脸蛋只擦得呀赛银盆
用手打开了描金柜　　　　取出几样衣裳怪合身
上身穿缨哥绿粉红紧衬　　系一副紫罗裙实在景人
前一幅只绣下一老一少　　后一幅只绣下一武一文
老的是老寿星八百单八载　少的是少甘罗他一十二春

武的是伍子胥临潼斗宝　　　文的是姜子牙斩将封神
一不长二不短多么可体　　　紧缀着大飘带七十二根
飘带上坠铃铛叮当作响　　　走一步摇三摇如同驾云
红绣鞋本是她亲手所做　　　穿脚上不歪不斜不倒跟

【二八】

刘小姐梳洗打扮就　　　　　叫丫鬟你领我下楼门

【连口】

穿宅过院来好快　　　　　　不多时出了相府门
府门外上了四人轿　　　　　不多时，彩楼下边停住身
主仆两个把彩楼上　　　　　刘小姐叫一声丫鬟听原因

（白）"丫鬟，快到彩楼口看看，下边有没有才郎公子。"

"是！"小丫鬟答应一声，款动朴莲[1]来到彩楼口，往下一望，咦，下边黑压压一片人，看起来今天来的才郎公子还不少哩。

小丫鬟往下一看，下边可就乱啦。这个说："快看呀，伙计，刘小姐出来啦，咦，长得就是好看呀。"

那个说："还愣着干啥哩，赶快准备接彩球吧。"

那边有人搭腔啦："哎呀，我看你们两个是越吃越闷[2]，不胜去年一春，没长眼看看！这是人家相府里的丫鬟，刘小姐还没出来哩。"

"啥？胡说！相府的丫鬟会长得这样好看？我不信！你咋知道是相府的丫鬟？"

"人家丫鬟经常出相府到大街上去买针买线的，我见过好几次哩。你们知道个啥？看见人家个丫鬟，你们就高兴成这样，告诉你们，人家刘小姐可比丫鬟长得强上百倍！真是井里蛤蟆酱里蛆，没有见过大天地。"

"丫鬟？乖乖，丫鬟都长得这样好看，那小姐长得就更漂亮哩！好，沉住气，今天一定要看一看长得啥样。"

---

[1]　朴莲：辨音记字，此处指丫鬟的大脚。
[2]　闷：方言，有"呆"、"笨"之意。

且不说众人议论,单说小丫鬟在彩楼口看罢,回刘小姐道:"小姐呀,可不得了啦,下边那才郎公子黑压压一片,多着哩!今天呀,小姐你别说找一个,就是七八十来个也能找到啊!"

"啊,丫鬟,你说的啥?"

"姑娘,你听俺把话说完,再从那七八十来个里边挑出一个好的,做你的如意郎君呀。"

"丫头,不要给俺耍嘴皮子了,走,俺到彩楼口看看。"

刘小姐来到了彩楼口,暗闪秋波往下边瞄了一眼。这一瞄可不打要紧,下边的才郎公子"哗"的一声可就乱啦。这个问"伙计,这一回出来的是不是刘小姐?"那个答:"是呀,千真万确。"

"那好,咱们就准备着接彩球吧。"

单说刘小姐往下边看了一眼,这么多才郎公子,连一个都没看中!

有的说啦,这小姐也太难说话了吧?这么多人就挑选不出来一个好的?那……人家看不中,咱一个说书的也没有啥办法呀。

刘小姐非常扫兴,转身正要往回走,顺便往东彩楼角瞟了一眼:咦,东彩楼角坐那个人是干啥的,也想让俺打着他哩?再细一打量,呀,这个人虽然衣裳破烂,长得可是不错啊。

哪位说啦,吕蒙正究竟长得咋样?长得非同一般:天庭饱满,地阁方圆,双手过膝,两耳垂肩,五岳四渎,上下配符,东岳西岳,趁住地阁,文武过场儿,八字旱船儿,鼻子眼长得都是有地这哩。单说那刘小姐上一眼,下一眼,左一眼,右一眼,不啷啷看了几十眼,可就打量起要饭花子吕蒙正来了:

【二八】

刘小姐暗闪秋波用目寻　　　　细打量吕蒙正这个人
衣服穿得虽破烂　　　　　　　面容长得爱煞人

【连口】

天庭饱满多主贵　　　　　　　地阁方圆福禄尊
恰似潘安和宋玉　　　　　　　又好比唐朝的罗将军

他好比爹姓金，娘姓银	外婆住到银山根
好里好表套好袄，	好爹好娘好子孙
又好比刚降生，金盆里边洗过澡	银盆里边净过身
洗过澡，净过身，	胭脂盒里熏三熏
放到雪窝一骨碌儿	从头白到脚后跟

【二八】

莫非说他现在不得地	才流落大街要饭身
倘若他以后得了地	定然是朝中第一品
罢，罢，罢，今天不把别人打	就打蒙正这个人

（白）"丫鬟，把彩球递过来。"刘小姐接过彩球，往上一举，下边可就乱啦。这个说："往这打呀。"那个说："快打我呀。"一个个都是瞪着眼，张着嘴，伸着胳膊，扎着腿，准备接彩球哩。刘小姐就把彩球举起来，往东彩楼角轻轻一送。哈，这下可乱了，众人喊着："快呀，彩球往东边扔哩，快往东边去呀。"就一窝蜂地涌向了东边。刘小姐一看可犯愁啦：这么多人争着接彩球，那个人还坐在那里不动，一点也没有打算接彩球的样子。俺把彩球投下去，让别人抢走了咋办？脑子一转，计上心来，就把彩球又收了回来，往西彩楼角送去。下边的才郎公子都中了计策，一边喊着："快呀，彩球又往西边扔哩，快往西边跑呀。""哗"的一声，人群又卷向西边。这下可乱了套啦：东边的人只顾低着头往西边挤，西边的人还没反应过来，却一个劲地往东边挤，这可苦坏站在中间的人，有个背背锅可倒霉啦，嘴里喊着"别挤，别挤！"可谁听他的呀，"喀嘣"，脊梁上的疙瘩一下子给挤平啦！嘿，哪位想治背背锅，就来这里挤吧，不用看医生就好啦！

话不必啰唆，单说刘小姐一见众才郎公子中了计，就虚晃一下，把彩球猛地从西边收回，突然转向东彩楼角，照定吕蒙正，"嗖"的一声，把彩球抛了下去。

那吕蒙正只顾仰着头看哩，咦，这彩球怎么冲我来啦？再一看这周围没人呀。咦，要打着我的头哩，赶快接住吧。他就急忙站了起来，把要饭篮往高处一举，就听得"扑棱棱"，"扑通"，"哐当"，"咔嚓"。哪位说啦，咋恁些零碎？零碎零碎，句句够数，多了用不完，少了不够数。"扑棱棱"，是彩球飞来的声音；"扑通"，彩球落到要饭篮里了；"哐当"是咋回事儿？我刚才不是说过，篮里有个要饭的瓢呀，打着瓢啦；"咔嚓"，把要饭的瓢给打碎啦。

打着了要饭花子吕蒙正，众才郎公子都傻眼啦。这个说："伙计，这刘小姐是看中吕蒙正啥啦？也不知是刘小姐太热啦，看吕蒙正身上那穷气'呲呲'往外窜，冲着老凉快哩？"

那个说："也许是刘小姐家没有油吃，看中那吕蒙正穿的棉袄露着脂油套子哩。"

这个说："我看都不是，刘小姐是看中他身上那虱出出往外直窜，尾巴长恁长，一伸手能抓一把哩。"

那个说："不管咋说，小姐打住人家啦！你看咱们恁大一群人来干啥哩？来看吕蒙正娶媳妇哩！"

这个说："你看咱，穿得怪新，不值一文；穿得怪排场，不值一巴掌。"

那个说："不用再说啦，走吧伙计！咱们是推磨不拿杆儿，白跑一大圈儿，都回家去吧。"

且不说众才郎公子一个个扫兴散去，单说惊动了相府的家院[1]刘全。你看他大跑小跑，跌倒起来重跑，一口气跑到了相府的客厅内，双膝跪倒："见过相，相……相爷，大，大……大事不好了。"

惊动了刘丞相一声说道："啊，刘全，何事这样慌张，你看连话都说不流利啦！不要慌，慢慢说。"

"相爷，你，你不，不知道，小，小姐她，她……"

"哎呀，慢点说吧，你家小姐她打住哪家才郎公子啦？"

"相爷，你，你猜猜看。"

"大胆的奴才，老夫岂能猜着？少啰唆，就快说吧。"

"那相爷，我给你说，俺家小姐她打的这家才郎公子呀，好着哩。"

"哎呀，你快说，究竟打着哪家了。"

---

[1] 家院：指相府的男仆。

"相爷，就是在这洛阳城大街上这家门口站站，那家门口靠靠，挨家挨户查门鼻儿那个呀。"

刘丞相暗想：查门鼻是干啥哩？莫非是查户口哩？真是查户口的官职也不算小呀，"刘全，莫非是查户口的不成？"

"哎呀，相爷还不明白，这家门口站站，那家门口靠靠，挨家挨户查门鼻儿，挨门去讨，挨门去要的要饭花子吕蒙正啦。"

"嗯——，此话当真？"

"相爷，哪还有假呀。"

"啊？"刘丞相气得半天说不出话来。唉，心中暗想，既然在众目睽睽之下，俺闺女打着人家了，只得暂且带至相府再做道理。想到这里，长叹一声："唉，也罢，刘全，去！把那个要饭花子吕蒙正带进相府。"

"是！"刘全答应一声，急忙离了相府，来在大街彩楼下边，叫道："吕蒙正，走吧，俺家相爷请你到相府去哩——"

【二八】
刘全前边把路领　　　　　　后跟着河南才子吕蒙正
想起来今天接彩球　　　　　真好似，坠入了五里云雾中
刘小姐，那么多才郎公子她不打　偏偏打着了俺吕蒙正
承蒙小姐情义重　　　　　　有远见，她不嫌俺蒙正穷
罢罢罢，此一番我把相府进　客厅里见机而后行
倘若以礼来相待　　　　　　一笔勾销无话明

【武口】
刘丞相他要敢小看俺　　　　吕蒙正，我也不是省油的灯

【连口】
正然思想往前走　　　　　　相府不远面前停
穿宅过院来好快　　　　　　不远来到待客厅

【二八】
吕蒙正只把客厅进　　　　　虎目睁睁看分明

【连口】

但只见，天棚扎就奇花朵	紧衬着四盏绣球灯
八砖铺就溜平地	石灰糁粉把墙蒙
花梨木条几七尺半	上面放着古瓷瓶
古瓷瓶斜插孔雀尾	摇摇摆摆三尺零
八仙桌子中间放	乌木斗椅列西东
桌上放，广西的茶壶银粘底	江西的瓷碗带茶盅

【武口】

桌后边坐着刘丞相	你看他紧皱双眉虎目睁
刘丞相不见蒙正谅拉倒	一见蒙正怒气冲
我只说吕蒙正把饭要	想不到他穿戴打扮这样穷
我的女儿本是千金体	怎能与他拜花灯
眉头一皱把计定	有一个计策想心中
单等着今天夜晚三更后	用绳子把他勒死待客厅
后花园有个枯水井	枯水井里扔尸灵
枯井上边石板蒙	上面再用黄土封
石板蒙，黄土封	神不知来鬼不惊
刘丞相，起下了害人的意	这一回，吕蒙正可是要遭灾星
也不知下回怎么样	休息休息接着听

第二回
逐　女

【二八】

板打弦拉书归正	接住上回书半封
刘丞相起下了杀人的胆	他要害，河南的才子吕蒙正
恼上来要与刘全把计定	再一想，不行，不行，实不行

（白）话说刘丞相心中暗想：单等今天夜晚三更之后，命家院刘全用绳子把那吕蒙正勒死到客厅，把死尸拖到后花园，扔到枯井里边，上边盖上石板，石板上边再封上黄土，真乃是神不知鬼不觉！再一想，不能，不能啊。常言说得好，"要想人不知，除非己莫为"啊。杀人者犯法，杀人者偿命，乃是自古常理。老夫乃一品首相，岂能不知国家法典？再说，唉，老夫身居朝廷一品，官位显赫，一生荣华富贵，不料缺少后代儿男，莫非是前生办了什么短事，老天罚我乏后的不成？唉，可不能办缺德事啊！可再一想，让女儿与这个要饭花子拜堂成亲，久以后到在朝中，岂不在那满朝文武面前落下笑柄？若见了那些年兄年弟，这个问："刘年兄，听说令千金嫁个叫花郎？"那个道："刘年弟啊，难道说令爱真的就寻不下人家啦。"……咦——，七言八语，叫老夫人前怎能抬起头来？再说不与那吕蒙正拜堂成亲吧，众目睽睽之下，不争气的闺女打着人家了，又不是人家把彩球抢走啦，老夫身为丞相，岂可言而无信？想了半天，终于计上心来，有了！一声吩咐："刘全，快与那吕蒙正看下座来。"

刘全心中纳闷：相爷今天是吃错药啦？不但不生气，还以礼相待哩。既然吩咐下来，只好胡乱拉过一把椅子："吕蒙正，你坐吧！"

刘丞相叹了一口气，说道："吕蒙正呀，老夫有一件事情要同你相商。"

"啊，丞相大人，有话请讲当面。"

"吕蒙正啊，老夫有心用百两纹银，买下你要饭篮里的彩球，可不知你意下如何。"

吕蒙正一听暗自好笑：嘿，我今天发财了，不动一枪一刀，不费吹灰之力，就能得到一百两银子，强似我要十年饭呀。中，这生意能做啊！哼，刘丞相啊，刘丞相，你把俺吕蒙正看作何等人了？承蒙小姐看得起，赐予我彩球，这真情厚谊岂是区区的百两纹银可以买得？吕蒙正俺人穷志不穷，岂能为了百两纹银，舍弃了小姐的一片深情？想到这里，一声说道："丞相大人，卖彩球如卖妻，且别说是百两纹银，就是万两黄金也卖不得啊。"

"啊，你……"刘丞相气得半天说不出话来。唉，既然人家不愿意卖，老夫也不能强求啊，总不能把彩球夺回来？只得吩咐道："刘全，暂且领吕蒙正到在后边书房安歇去吧。"

"是，相爷。"

吕蒙正走后，刘丞相独自在客厅长吁短叹：唉，叹只叹老夫命苦，一辈子没有多男多女，就一个独生女，从小娇生惯养，娇，娇，娇，一下子娇了恁么高。老夫舍不得打她、骂她，由着她的性子，娇惯任性，不听话，总爱跟为父作对。我说东，她偏要西；我说二，她偏说一；我叫她坐，她偏要立；我叫她吃稠的，她偏要喝稀；我要打狗，她偏要撵鸡。老夫我真是拿她没办法。唉，那日客厅之内，老夫问她要找上何等人家，她竟说要找一个要饭花子，老夫当时认为是开玩笑罢了，谁知道小丫头竟敢当起真来了！其他事儿吧，老夫就不跟你计较，可怎么敢把自己的终身大事视同儿戏？唉，事到如今，说啥也晚了。罢了，若不然把那丫头叫至客厅，数落她几句，出出心中闷气。如果啥事她都能顺着茬儿说，别惹为父生气，唉，谁叫积下这个不争气的女儿呢？老夫我就认了吧，忍个心疼肚疼，把吕蒙正收留下来，在相府的书房之内攻读诗书，单等皇王开科，上京考个一官半职的，也算是凑合。如果小丫头还是不听老夫的话，叫她坐，她偏要立；叫她吃稠，她偏要喝稀；叫她打狗，她偏要撵鸡……哼，恼上来叫你个不知天高地厚的丫头知道，这生姜是辣的，老枣芽儿是扎的！就别怪老夫不念父女之情，叫你哭天无泪，后悔不及！刘丞相想到这里，一声说道："丫鬟，过来。"

小丫鬟来到跟前躬身施了一礼："见过相爷，不知有何吩咐？"

"快去，让你家小姐来到客厅，越快越好。"

"是！"小丫鬟就来到绣楼上，见了刘小姐，说道："小姐，俺家相爷让你到客厅回话。"

"好，丫鬟，前面领路，到客厅见俺爹爹去了——"

【二八】

头前走的是小丫鬟	后跟着小姐刘瑞莲
走着路低头暗盘算	老爹爹唤我为哪般
今日里彩球打住吕蒙正	俺的父一定怒冲天
此一番到在客厅里	见机行事巧周旋

老爹爹认下了吕蒙正	一笔勾销话不谈
老爹爹要不认吕蒙正	我把那客厅来闹翻
穿宅过院来好快	客厅不远在面前
刘小姐只把客厅进	暗闪秋波仔细观
往常日，欢声笑语多热闹	今日里，冷冷清清好威严
往日里，老爹爹见面先带笑	今日里，双眉紧皱面带寒
看起来老爹爹生了气	你看他，胡须撅起有三尺三
刘小姐，小心谨谨施一礼	问了声爹爹可安然

（白）"见过爹爹，贵体可好，贵体可安？"

刘丞相气呼呼地把手一摆："算啦，坐那吧。闺女，今日把你唤至客厅，是有一事不明，要来问你。"

"取笑了。老爹爹满腹经纶，才高八斗，会有啥不明白的，来问女儿。"

"女儿啊，我且问你，这人生在尘世上，是由人不由命啊，还是由命不由人？"

"爹，你说呢？"

"嗯，我问你哩！"

"爹，俺会有您老人家知道得多？你就给俺说说吧。"

"好哇，依老夫之见，这人生在世是由人不由命。"

"爹，你说反了吧？女儿听说是'由命不由人'呀。"

"胡说！常言说得好，事在人为。所以说是'由人不由命'。"

"不对。常言说，人的命，天造定，先造死，后造生。所以说是'由命不由人'。"

"嗯——由人不由命！"

"由命不由人！"

"哇呀呀呸，气死我了。"刘丞相一拍桌子，"胆大的黄毛丫头，竟敢跟老父作对！好啊，你说由命不由人，看起来你的命好，就叫你过你的好日子去吧！——刘全过来！"

刘全应声跑了过来："见过相爷，有何吩咐？"

"去，把那张八仙桌子拉到当院！"

"相爷，拉桌子干啥？"

"让你家小姐和那要饭花子吕蒙正拜堂成亲！"

"啊？相爷，这么大的事儿，总得看个良辰吉日吧。"

"不看！今天就让他们成亲！"

"那……相爷，这么紧，给亲朋好友下帖也来不及啦。"

"下什么帖？都省了。让他们来干啥，来看老夫的笑话哩？"

"那……相爷，总得收拾一下吧？把咱的相府红毡铺地，绿席罩天，两廊鼓乐，吹吹打打，总得像个办喜事的样子吧。"

"刘全，声张起来，你还嫌本相人丢得不够，是不是？统统地给我免了！"

"那好吧，我就照您吩咐的办。哎，相爷，那八仙桌子上要不要放斗、尺子和秤？"

"哎呀，休得啰唆，都免了。"

刘全只得把八仙桌子拉到当院。刘丞相接着吩咐："刘全，你去到那书房，把那要饭花子吕蒙正拉到天地桌前；丫鬟，你也把你家小姐拉到当院，不要让她梳洗打扮，让他们拜堂成亲！"

刘全从书房里拉出了吕蒙正，领到天地桌前；小丫鬟万般无奈，只得说道："小姐，走，拜天地去吧。"

就这样他们两个拜了天地，刘丞相仍然怒气不息："刘全，把要饭花子吕蒙正从前门给我哄出去！丫鬟，把你家小姐从后门给我撵出去，门闩住！叫她过好日子去吧，一辈子休想再回相府！"

【散板】

就这样，打前门赶出了吕蒙正	打后门，撵出了小姐刘瑞莲
两个人大街以上见了面	止不住两眼泪不干
刘小姐看看吕蒙正	吕蒙正看看刘瑞莲
刘小姐羞羞答答无言语	吕蒙正满怀内疚无话谈

（白）刘小姐毕竟是女流之辈，不想先开口，等着那吕蒙正先问她，谁知吕蒙正自知对不起小姐，一时不知说啥是好。他们两个就僵持住了。等了半天，刘小姐见吕蒙正不吭声，只得自己先开口说话："相公，你还愣着干啥？走，咱回家吧。"

"小姐，我哪有家呀。"

"啊。你没有家？是鸡也该有个鸡窝，是狗也该有狗窝，难道说你连鸡狗都不如？你白天大街讨茶要饭，晚上住在哪里呀？"

"唉，小姐，俺白天大街讨茶要饭，夜晚住在城南寒窑啊。"

"那你还说没有家？寒窑也算是有家呀。走，相公，咱就回到你那寒窑去吧。"

【曲剧慢垛儿】

吕蒙正前边开着道　　　　　后跟着小姐刘瑞莲

夫妻俩离了相府里　　　　　准备着城南寒窑把身安

出相府好似离巢的燕　　　　吕蒙正好像飘荡的船

路途上景色无心看　　　　　寒窑不远在面前

【二八】

吕蒙正只把寒窑进　　　　　弯腰搬起了块半截砖

出言小姐一声叫　　　　　　叫小姐，歇歇你的小金莲

刘小姐坐在了砖头上　　　　连把寒窑打量一番

但只见八面透着风　　　　　上面露着蓝蓝的天

仨砖头支了一个火坷膛　　　有一个瓦罐没有沿

【连口】

扒住瓦罐看一看　　　　　　那里边没有米半碗

盖的是一张麻包片儿　　　　铺的是一掐[1]玉米秆

【叹腔】

刘小姐看罢多一会儿　　　　不由得一阵好心酸。

---

[1] 一掐：方言，数量词，指用双手合拢能拿起的一捆东西。

【叹腔夹连口】

在相府，我吃的是珍酒和美味	到如今，粗茶淡饭也艰难
在相府，绫罗绸缎穿不尽	至如今，破衣烂衫也难穿
在相府坐的是太师椅	至如今，坐上一块半截砖
在相府水来释手，饭来张口	有的是家郎院公和丫鬟
离相府，就好像鱼儿离了水	这穷日子往后可过着难
刘小姐想到伤心处	止不住泪水擦不干

（白）吕蒙正说："小姐，不哭吧。在大街俺说没有家，你还不相信。回到寒窑一看，心凉半截了吧？"

刘小姐说："俺只说寒窑比不得相府，却不料你却一贫如洗，穷成这样啊。"

"后悔了吧？现在后悔也还来得及啊。小姐呀，你本是相府千金，金枝玉叶之体，怎能相伴一个要饭花郎？小姐就听俺劝告，及早回到相府，另攀高枝，不要误了小姐终身啊。"

"相公说到哪里去了？常言说得好：嫁给鸡，随鸡飞；嫁给狗，随狗走[1]。我与你已拜堂，就是夫妻，岂能儿戏？再说老爹爹把俺轰出相府，咋还有脸回去？既然随你来到寒窑，再苦再穷，这穷日子也得过啊。"

"承蒙小姐器重，蒙正不胜感激！可我大街讨要，吃上顿没有下顿，往后的日子如何来过啊？"

小姐从头上拔下一只金簪，交给吕蒙正："相公啊，你在大街讨茶要饭，为妻也不能跟在后边抛头露面。这金簪你暂且拿着，到在大街变卖，换回几两纹银，买上一辆纺车，再贾些棉花。你在大街讨茶要饭，俺在寒窑织布纺棉，穷日子就当穷日子过吧。"

吕蒙正万般无奈，只得接过金簪，到在大街变卖，换上了几两纹银，给刘小姐买了一辆纺花车，又贾了些棉花——

---

[1] 有的艺人说："嫁给乞，随乞乞；嫁给叟，随叟走。"

彩楼记

【散板叫板】

就这样，吕蒙正大街把饭要　　刘小姐寒窑里来纺棉

熬过了一日又一日　　　　　　熬过了一年又一年

【二八】

春天的日子还好过　　　　　　夏天的日子过着难

吕蒙正头顶着烈日把饭要　　　刘小姐寒窑里织布纺棉

臭虫咬，蚊子叮　　　　　　　小姐累得热汗涟

到秋天秋风扫落叶　　　　　　难就难在过冬天

鹅毛大雪纷纷下　　　　　　　那北风吹来透骨寒

有时候大雪封住门　　　　　　漫天飞雪乞食难

忍饥挨饿还好受　　　　　　　冻坏了一双小金莲

熬过了一日又一日　　　　　　过日子好像过刀尖

熬过了一天又一天　　　　　　熬过了一年又一年

就这样整整熬过三年

【二八】

这一天，吕蒙正大街把饭要　　一街两巷乱讲谈

这个说，东京的皇王开科选　　那个讲，普天下举子前去求官

这个说，咱河南才子出哪里　　那个讲，洛阳的才子出哪边

这个说，论才子还数吕蒙正　　那个讲，满腹的文章压圣贤

这个说，是才子咋不上京去赶考　那个讲，八成是赶考没有盘缠

大街上，一街两巷乱谈论　　　吕蒙正

【连口】

字字句句听心间

是呀是，东京皇王开科选　　　普天下的举子去求官

没有钱，就不能上京去赶考　　你看看，当一个穷人难不难

【二八】

想到此，大街上再也无心把饭要　回寒窑，且与俺娘子做商谈

【连口】
吕蒙正,手里边拿着要来的半碗米　　胳膊窝夹着一掐儿玉米秆
冬天的花子快如飞　　又会跑来又会颠
一路行程来好快　　寒窑不远在面前
瓦罐里倒上半碗米　　放下了一掐儿玉米秆

【二八】
吕蒙正只把寒窑进　　惊动了小姐刘瑞莲
出言来俺只把相公叫　　为妻有话你听言
你不在大街把饭要　　这么早回来为哪般

（白）"相公呀,天不到晌午,你不在大街要饭,急着回寒窑干啥?"
"叹,气死我了,还要什么饭?"
"相公何故唉声叹气?"
"娘子有所不知啊——"

【散板】
适刚才大街上把饭要　　一街两巷乱讲谈
这个说,东京皇王开科选　　那个说,普天下举子去求官
都说论才子还数着吕蒙正　　满腹的文章压圣贤
这个说,是才子咋不上京去赶考　　那个说,八稳是[1]赶考没有盘缠钱
娘子呀,没有钱就不能把功名求　　你看看,咱当个穷人难不难

（夹白）"啊,相公,这是好事呀。既是皇王开科选,你就该上京前去赶考呀。"
"唉,娘子说得轻巧,有心上京前去求取功名,怎奈手无分文,没有盘费难以启程啊!"
"好哇——相公。"

---

[1] 八稳是：方言,"八成是"之意。

彩楼记

既然你要上京去赶考	盘缠钱，为妻不叫你作难

（夹白）"拉倒吧，娘子。我一个男子汉大丈夫还无计可施，你一个女流之辈上哪里去弄钱呀。"

相公呀，我今天回到相府去	到俺娘家借盘缠
先借上纹银二百两	再借上靴帽和蓝衫
吃穿花费都不欠	相公呀，打发你欢欢喜喜去求官

（夹白）"啊，娘子，你还打算回你娘家哩？"

一听说娘子要回娘家	不由得想起了三年前
打前门赶出了吕蒙正	打后门推出了刘瑞莲
到如今，咋还有脸回娘家	叫我说，穷死咱也不把那高门攀

【二八】
小姐说，爹爹虽然把俺撵	母亲娘可是好心田
今天相府把娘看	堂楼上，给俺母亲娘问个安
一来闺女把娘探	二来与娘做商谈
俺的娘若念母女意	借给咱上京赶考的盘缠钱

（夹白）吕蒙正一想，嗯，说得有理！常言说，黄楝树，根连根，老婆都待闺女亲。也许中哩！

娘子呀，你回娘家把娘看	闺女看娘理当然
也不管能不能把盘缠借	你都要早去早回还
要是相府回来得晚	为夫寒窑把心担
刘小姐就说知道了	相公不必挂心间
半截梳子拿在手	打开了青丝三尺三

（夹白）哪位说了，刘小姐咋使唤[1]半截梳子呢？就这半截梳子也来之不易。那是吕蒙正在大街讨饭的时候，在人家的垃圾堆里扒出来的，好好地洗洗刷刷，刘小姐就使上了。

河水做镜照容颜　　　　　　梳洗打扮不消闲
收拾打扮多一会儿　　　　　这才要回到洛阳城东关
回到娘家把钱借　　　　　　也不知是否能借回还

第三回
借　银

【凤凰三点头】
小钢板一打响连天　　　　　紧接着上回书半篇
上回书说的是刘小姐　　　　咱再唱一唱刘瑞莲
刘小姐要回到她娘家　　　　为她的丈夫借盘缠
款金莲一边走来一边叹　　　想起来三年之前好心酸
彩楼前，打住花子吕蒙正　　老爹爹只气得怒冲天
客厅内话不投机把脸变　　　把父女之情扔一边
打前门，赶出了奴夫吕蒙正　打后门，撵出了女儿刘瑞莲
临行前来不及见娘面　　　　堂楼上不能给娘请声安
三年来常把娘想念　　　　　不知她老人家身体可安然
闺女是娘身上的肉　　　　　打断了骨头筋相连
三年来未见娘的面　　　　　不能尽孝道在膝前
【连口】
想到此，恨不得插翅飞回相府　堂楼上，扑进母亲怀里边

---

[1] 使唤：这里是"使用"的意思。

【二八】

思思想想往前走　　　　　　不觉来到了洛阳城东关

远看城门高三丈　　　　　　近望垛口三十三

城楼上面彩旗展　　　　　　护城河里寒鸭喧

刘小姐过了吊桥把城进　　　这才来到了大街前

刘小姐来到了大街上　　　　但只见，一街两巷闹喧喧

也有老，也有少　　　　　　也有女来也有男

【自由调】

当铺对着贾衣棚　　　　　　生药店对着熟药店

那边有个老酒店　　　　　　一副对联挂上边

上一联，李白问道谁家好　　下一联，刘伶答曰此处鲜

那边有个老药铺　　　　　　对联写成一洞天

上一联，四百四病催人死　　下一联，八百八方保周全

那边有个煎炒馆　　　　　　对联写得叫人馋

上一联，一人能做千人饭　　下一联，五味调和百味鲜

那边有个木匠铺　　　　　　对联写得怪稀罕

上一联，刀刻猛虎满山跑　　下一联，笔描彩凤飞上天

那边有个杂货铺　　　　　　一副对联对笑玩

上一联，花椒、胡椒不心焦　　下一联，黑矾、白矾不耐烦

那边有个成衣店　　　　　　倒有一副好对联

上一联，女爱花红男爱素　　下一联，冬喜棉来夏喜单

刘小姐有心进店看一看　　　穷人家身上没有半文钱

【二八】

心有事不观大街景　　　　　心急忙忙奔东关

穿街过巷来好快　　　　　　抬头看，相府不远在面前

来到了娘家大门口　　　　　心里边，又是高兴又是酸

【叹腔夹连口】

眼前是巍巍丞相府　　　　　生我养我十六年

昔日里，出相府坐的是花花轿　　　簇拥着，丫鬟仆女和家院
今日里，回娘家
脚踏地跑汗涟涟　　　　　　　　　衣不遮身好羞惭
三年前，打前门赶出了吕蒙正　　　打后站，撵出了奴家刘瑞莲
有心从这相府大门进　　　　　　　还恐怕家郎院公耻笑俺

【连口】
罢，罢，罢，不如绕到后门去　　　后花园，喊喊我那个小丫鬟
刘小姐拿定了大主意　　　　　　　款动了金莲一溜烟
不一会儿绕到了相府后门口　　　　"当，当，当"敲了三下门环

（白）刘小姐不想从相府大门走，怕的是碰到家郎院公难堪，更害怕碰到爹爹，丞相再数落她，引起争吵。于是就绕到了相府后门，一推，后门上得紧紧的。这后门紧挨着相府的后花园，唉，往日在相府的时候，闲暇无事，常和小丫鬟到后花园观花赏月，游玩散心，何等的快乐！如今落魄潦倒，娘家门上告借。花园犹存，昔日风光不再啊！小姐禁不住感叹一番，抬手"当，当，当"拍了三下门环。

相府的小丫鬟今天在哪里呢？她今天就在后花园里浇花！有的问，那样巧？嘿，无巧不成书嘛。

小丫鬟看见盛开的牡丹花，不由得想起了小姐刘瑞莲。三年前，也是像这个牡丹花开的季节，俺家姑娘被相爷撵出相府。时间过得好快，转眼三年就过去了。唉，虽然俺丫鬟身份低贱，但从小与小姐一块长大，一块绣楼描鸾绣凤，一块后花园扑蝶赏花，一块花厅上追逐嬉戏……日子是何等的快乐！虽系主仆，却两小无猜，情似姐妹。自从姑娘离了相府，丫鬟俺倍感失落啊！盼望着姑娘早日回到相府，也好一块玩耍啊。唉，哪知道天天想，夜夜盼，就是不见姑娘的面！花开花谢，冬去春来，不觉三年已过！

姑娘啊，你可知道，三年前俺家老太太在堂楼上听说你被相爷逐出相府之后，当时气得害了一场大病，昏迷之中还常常喊着瑞莲的名字。后来病虽然好了，可仍然天天在念叨着自己的女儿。三年来，俺家老太太是朝

也思，暮也盼，吃着饭在念叨着闺女，睡觉做梦也在念叨。想女儿是想疯了，入迷了，成神经病了！唉，姑娘，你也好狠的心啊，不念咱们的主仆情分也就罢了，怎么一走不回头，连你的老娘都不肯回来看一眼？相爷得罪你了，难道说俺家太太也得罪你了？眼看着老太太的身体一天不如一天，如果为了你气出个好歹，姑娘你岂不后悔终生！

【散板】

小丫鬟一边想来一边叹　　　猛听得，后门外"当当当"响了三声门环
听声音不像别一个　　　　咋好像，俺家姑娘转回还

（白）有的说啦，小丫鬟一听声音就能辨别出来是小姐敲的，也太神了吧？小丫鬟也是瞎猜的，想不到就猜到点子上啦。有一种说法，叫"说曹操，曹操到"，丫鬟念叨小姐，恰巧小姐就回来了。

【连板】

小丫鬟，不急慢　　　俺到后门去看看
款动朴莲往前走　　　后门不远在面前
拉开门闩只一看　　　哎哟哟，真是俺家姑娘转回还

（夹白）"哎哟，姑娘，真的是你回来了？这不是在做梦吧？"
小姐长叹一声："唉，丫鬟，不是做梦，俺真的回来了。"
"唉，姑娘啊——"

【对口二八】

一去寒窑三年整　　　是哪阵风，今天把你刮回还！

（夹白）"哎，俺家姑娘可回来啦，我得好好看看俺家姑娘——哟，姑娘，你瘦得可不少，也黑得不少哇。原来又白又胖的，怎么现在成这个样子了。"

姑娘啊，俺问你，出了相府到哪里去　　小姐说，城南寒窑把身安

（夹白）"姑娘，什么城南寒窑，是不是烂瓦窑？那怎么能住人啊？"

姑娘啊，俺问你，你们在寒窑吃点啥　　小姐说，吃糠咽菜两三年

（夹白）"啊，怪不得瘦成这样！小姐，这一回来不要再走了！"

此一番回到相府里　　　　　　不住上十年也得八年
小姐呀，走，走，走
咱们到在花园里　　　　　　　后花园抓籽儿[1]再去玩玩

（夹白）刘小姐哭笑道："唉，丫鬟，我哪还有那样的心情哩？"

丫鬟哪，你家相爷可在相府　　丫鬟说，俺相爷，他到王府去饮宴
小姐说，王府饮宴何时转　　　丫鬟说，至少也得两三天
【二八】
刘小姐闻听心暗喜　　　　　　老爹爹不在府里边
今日不见爹的面　　　　　　　也免得，父女见面把脸翻
丫鬟啊，先问声你家太太她可好　再问声，我那老娘可安然
小丫鬟一听就埋怨　　　　　　叫了声姑娘做事理不端啊
出相府一走三年不回转　　　　老太太，堂楼上盼女儿把眼都望穿
三年来不见女儿的面　　　　　想女儿茶饭难思病来缠
不是俺丫鬟把你怨　　　　　　三年来书不捎来信不传
眼看看她身体一天不如一天　　再不回来，恐怕是母女两个见面难
只说得刘小姐泪满面　　　　　心里边好似钢刀剜

---

[1] 抓籽儿：是一种孩童常玩的抛接石子、猪骨或琉璃球以比赛胜负的游戏。

叫丫鬟快领俺到堂楼上　　　　　堂楼上探母赔礼带问安

【连口】

小丫鬟前边把路领　　　　　　　后跟着小姐一溜烟

穿宅过院来得快　　　　　　　　抬头看，堂楼不远在面前

刘小姐款金莲要把堂楼上　　　　"慢！"小丫鬟拉住开了言

（白）"姑娘，先别着急，让俺先到楼上给太太报个信，然后你再上去。"

"哎呀，丫鬟，你啰唆个啥？我是她闺女回来啦，报什么信？自己上去就行了。"

"唉，姑娘有所不知。俺家太太想女儿，盼女儿，害了一场大病，茶不思，饭难咽，精神恍惚，身体虚弱，经不起大惊大喜啊。今天如果看到你，猛一高兴，情绪过分激动，说不定还会惊喜过度。万一有个好歹，咱们后悔也晚了啊。"

"丫鬟，那你说怎么办？好不容易回趟娘家，总得见她老人家啊。"

"姑娘先等等，别急。让俺到楼上慢慢地向太太说透了，让她老人家慢慢地高兴，一步一步地'喜'，等她有个心理准备，然后你再上楼去问安，你看可好？"

小姐点点头："嗯，丫鬟说得有理。那你快上去吧，我急着见俺娘哩。"

"姑娘放心，慢不了。"小丫鬟款动朴莲，"腾，腾，腾"跑上了楼梯一十二层。

有的说，说书的，你拉倒吧。小姐绣楼、太太的堂楼都是十三层楼梯，十二层是烟花妓院！怎么把太太的堂楼说成十二层楼梯了？你这书不是嘴上抹石灰——说白一圈儿啦？众位别急，俺先说十二层，再说十三层，还有一层没上去哩。为啥不上啦？小丫鬟站住啦，暗闪秋波，往堂楼里边瞅哩。瞅一瞅老太太是睡着，还是坐着，是高兴，还是忧愁。也就是看老太太今天的情绪正常不正常，精神好不好，也好见机行事啊。

老太太正坐在桌子跟前，一边擦着泪，一边嘴里还不住在念叨："哎，瑞莲，我的闺女啊，都是你爹个糊涂东西，不念父女情分，把你逐出相府，

一去就是三年啊。唉，你这死鳖闺女[1]，怎么一走不回头啊？三年来，连个照面都不打，也不回来看你老娘一眼！你爹得罪你了，难道娘也得罪你啦？唉，也不知你和我那门婿吕蒙正到哪里去了，日子可怎样过的，连个信儿也没有啊，怨我大清早说一句不吉利的话，难道说你在外面遭了凶险，难道……哎，我苦命的闺女啊。"

小丫鬟在外边一看，嘿，俺家太太正在想念闺女哩，赶紧进去告诉她吧！小丫鬟急忙进了堂楼，"扑通"双膝扎跪，"见过太太，丫鬟给你问安来了。"

老太太头也不想抬，眼也不想睁："唉，丫鬟，'安'啥哩。不见俺闺女，我心里会安吗？——哎，闺女，你在哪里啊。"

"哎，太太，别难过，我来给你报喜来了。"

"哎，丫鬟，啥'喜'我也不会喜！不见闺女，天大的喜俺也'喜'不起来啊。——哎，闺女……"

"哎呀，太太，今天呀，从天上掉下来一个喜疙瘩，落到天井院的捶布石上，'砰'的一声，散开啦！前庭也是喜，后院也是喜，家郎院公也是喜，丫鬟仆女也是喜！太太，俺不给你说，你就是不得喜！"

老太太微微地睁了睁眼："死鳖丫头，啥喜都把你们给喜成那样？"

"哎呀，太太，我给你直说了吧，俺家姑娘她可是回来了啊！"

老太太头也不抬："丫鬟，你不用哄我了，俺闺女哪会回来啊。——哎，闺女……"

有的问，老太太为啥不相信刘小姐回来了？原来是这样，刘瑞莲小姐走后，老婆就天天在绣楼上哭，想闺女，盼闺女，茶不思，饭不想，小丫鬟怎么也劝不下，没有办法，就骗老太太，说小姐回来了。这一招还真管用，老太太当时就不哭了，连忙追问："闺女，她回来了，在哪啊？"小丫鬟就指东画西，绕了半天还是一个空！哄得时间长了，老婆说啥也不相信了。

小丫鬟万般无奈，只得朝楼下喊道："姑娘，快上来吧，俺家太太可是

---

[1] 死鳖闺女：同下文的"死鳖丫头"、"死闺女"、"憨闺女"等都是骂人的俚语，有嗔怪之意。

正在想你呀——"

【二八】
刘小姐闻听不怠慢　　　　　　上了楼梯一十三
秋波闪闪往里看　　　　　　　但只见她的娘泪涟涟
女想娘想得肝肠断　　　　　　娘想女想得好可怜
刘小姐越看越难过　　　　　　心里边好像钢刀剜
紧走几步扑过去　　　　　　　"扑通"声跪倒在娘前

【叹腔】
娘啊娘，您睁开泪眼看一看　　我是你不孝的闺女小瑞莲
老太太，慢慢地睁开了流泪眼　啊，闺女！果然是俺闺女转回还

（夹白）"闺女——"
"娘啊——"
"啊，闺女啊，今天老娘我是不是在做梦？"
"娘，不是做梦，不孝的闺女回来看你来了。"
"啊，看起来丫鬟今天没哄我，真是俺闺女回来啊。"

刘小姐扑进娘怀里　　　　　　老太太，紧紧把女儿揽怀间
天天想，夜夜盼　　　　　　　终于盼回了小瑞莲

（夹白）"闺女，你今天可回来啦！来，乖，抬起头来，叫娘好好看看。唉，没原先白啦，也没原先胖啊，衣裳还是这样烂！我可怜的闺女啊——"

闺女啊，娘问你，出了相府到哪里去
小姐说，娘呀娘，城南寒窑俺把身安

（夹白）"啊？怪不道闺女瘦成这样！那城南寒窑是一个烂砖瓦窑，连烧砖都不能用了，四里透风，上面露天，怎么住人啊？憨闺女，怎么一住

就是三年，也不回来说一声啊。"

【对口二八】
闺女，我问你在寒窑吃点啥　　　　　小姐说，娘啊娘，吃糠咽菜两三年

（夹白）"啊，那咋吃下去哩？怪不得闺女又黑又瘦的。唉，心疼死我啦！"

闺女啊，在寒窑，你们的日子可怎样过
小姐说，娘呀娘，穷人的日子过着难
吕蒙正大街把饭要　　　　　　　　　你闺女寒窑里来纺棉
要上一碗俺吃一碗　　　　　　　　　要不来，俺夫妻俩寒窑受饥寒

（夹白）"唉，受[1]死了，可怜的闺女！"

闺女啊，那吕蒙正平时在寒窑做点啥
小姐说，娘啊娘，才子也不过读圣贤

（夹白）"啊，不赖！我那女婿还有点出息，俺也听说他是个才子。哎，闺女——"

【二八】
我听说东京皇王开科选　　　　　　　普天下的举子去求官
是才子他咋不上京去赶考　　　　　　咋不上京去求官
小姐说，娘呀娘，俺有心上京去赶考　可就是，赶考没有盘缠钱

（夹白）"啊，你这死闺女！没有盘缠你咋不吭气哩？你们没有，你娘我有啊！"

---

[1] 受：方言，"难受"、"承受"的意思。

既然俺那女婿要去赶考　　　闺女啊，盘缠钱，为娘不叫你作难
叫丫鬟在那里莫久站　　　　赶快给你家姑娘取盘缠
先包上靴帽蓝衫整两身　　　再包上两匹好绸缎
雪花纹银二百两　　　　　　再包上八块乌金砖

【连口】
小丫鬟就说好，好，好　　　三簧钥匙拿手间
掀门帘进了隔扇里　　　　　来到了描金大柜前
"哗啦啦"打开了三簧锁　　 描花手腕把柜盖掀
取出了一个兰花包裹　　　　把包裹铺在地平间
先包上靴帽蓝衫整两身　　　再包上两匹好绸缎
雪花纹银二百两　　　　　　又包上八块乌金砖
小丫鬟封又封来包又包　　　把包裹放到了桌上边

（白）"太太，东西都包好了，看看中不中。"

"老婆我就不看了——闺女，包恁些东西少不少？要是少了，娘重给你添！"

"娘，可不少！那两身靴帽蓝衫吕蒙正赶考的路上穿一身，带一身，连替换的都有了。光那二百两银子也够他路上做盘缠了，那八块乌金砖，还有两匹绸缎还用不着哩。"

"憨闺女！用不着，你在寒窑里慢慢花！——哎，闺女，你看娘真是老糊涂了，咱娘俩见了面光顾[1]说话哩，都没先问问闺女饥不饥，渴不渴。唉，真是老了，少三可四[2]的！"

【散板】
闺女呀，饥不饥来渴不渴　　你拿实话给娘谈
渴了给你去烧水　　　　　　饥了给你去做饭

---

[1]　光顾：即"只顾"。
[2]　少三可四：方言，即"丢三落四"。

小姐说，昨天早上已经吃过了饭　　　见了娘，饥饿早就忘一边

（夹白）"啊，昨天早上吃的饭，现在都快晌午了，一天多没吃饭了？憨闺女，咋不早吭气啊！唉，我也该死啦！都不先问问闺女吃饭没有？——丫鬟，站那干啥？还不赶快给你家姑娘做饭去！"

"太太，知道啦，去给俺家姑娘做饭去哩——"

【二八夹连板】

小丫鬟，不怠慢	款动朴莲一溜烟
穿宅过院来好快	厨房不远在面前
一根火棍掂在手	扎开炉子把锅添
心暗想，俺姑娘不好喝那糊涂饭[1]	
我给她，和块面，赛石蛋	掂起擀杖一大片
操起刀，一缕线	下到锅里团团转
盛到碗里莲花瓣	兑上油，撒上葱
吃到了肚里最舒坦	
俺姑娘不好吃蒸馍	我给她，烙烙馍
一斤细白面	能烙三十三
皮儿薄，个儿圆	对着烙馍吹口气
滴溜溜溜能上天	
姑娘不好喝烧酒	俺给她，一壶凉酒顺手掂
丫鬟把饭菜来做好	一盘一碗往上端
酒席放到桌子上	叫一声，姑娘太太把饭餐

（夹白）"姑娘，太太，饭做好了，你们赶快吃吧。"

刘小姐一看："咦，丫鬟，做了这么多，又是擀面条，又是烙馍，又是掂酒，又是炒菜，我哪能吃这么多啊。"

丫鬟说："姑娘啊，你回来一回不容易，我给你多做点，想吃啥就吃啥。"

---

[1] 糊涂饭：即面糊糊。

老太太说："对，闺女，你拣着吃！"

【散板】
叫了声闺女你上边坐　　　　　　老婆我陪你把饭餐
小姐说，叫声老娘你上边坐　　　闺女俺怎敢坐上边

"咦，闺女，你今天回来了，就是客哩！坐上边，娘陪着你！"

【散板】
刘小姐无奈上首落了座　　　　　老太太和丫鬟坐两边
太太说，闺女啊　　　　　　　　喝一口酒来吃一口饭
再趁热快把肉来拣

【二八】
刘小姐高高兴兴把饭用　　　　　阵阵暖流涌心间
常言道，论穿还是娘家衣　　　　论吃还有娘家饭
知热知冷生身母　　　　　　　　亲生母女心相连

【武口】
母女俩正把饭来用　　　　　　　忽听得，相府外，大炮"咚咚"响连天
要知道来了哪一个　　　　　　　刘丞相，王府饮宴转回还
刘丞相要回到相府里　　　　　　下一回，与小姐见面堂楼前
下一回父女两个见了面　　　　　相府之内闹翻天
也不知下回怎么闹　　　　　　　休息休息接着谈

第四回
争　吵

【二八】
紧打鼓板慢拉弦　　　　　　　　书接着上回往下谈

上回书说到刘瑞莲　　　　　　　堂楼上，母女两个细商谈
母女俩正把酒席用　　　　　　　猛听得，大街上，大炮"咚咚"响连天
要知道来了哪一个　　　　　　　刘丞相王府饮宴转回还
【曲剧慢垛儿】
回府来一边走一边长叹　　　　　想起了家务事愁锁眉间
昨晚上做了一个梦　　　　　　　梦见了闺女转回还
猛醒来原是南柯梦　　　　　　　不由得想起了三年前
打前门，赶出了要饭花子吕蒙正　打后门，撵出了亲生女儿叫瑞莲
火头上说出了绝情话　　　　　　事过后心里边甚不安
嘴里边虽说是不把她连念　　　　父女俩打断了骨头还筋相连
昨晚上梦见了我的女　　　　　　莫非是，闺女她要转回还
她要是心回意转回相府　　　　　相府里，拨开了愁云见青天
【连口】
正思想来到了府门外　　　　　　进二门八抬落在地平川
穿宅过院来好快　　　　　　　　堂楼不远在面前
撩袍端带要把绣楼上　　　　　　猛听得，堂楼上边闹声喧

（夹白）且慢，往常日老夫回来，堂楼上总是冷冷清清，今日为何欢声笑语，这般热闹？再一听，嗯，那说话粗声粗气的不用说是俺那老婆子，那说话尖声尖气的一听就知道是丫鬟，嗨，那说话带着沙哑的声音是谁？——啊，我听出来了，

【散板】
听声音好不像别一个　　　　　　咋好像俺的闺女转回还

（夹白）哈哈，丫头，你终于回来啦。回来就好！老夫我也是盼女儿回来啊！且慢，三年都没回来，今天回来是干啥哩？不用说是在外边受不了啦，回娘家来啦。这一回丫头她该服气了吧？

【散板】

一听说女儿回府转	老夫不由喜心间
明里我把闺女撑	暗中盼女转回还啊
今日虽然要见面	教训她几句何相干
今天丫头要是问到我	我一定要数落她老半天

（夹白）哼，谁叫她当初不听我的话，受症[1]屈不屈？

【散板】

今天丫头要不问我	想叫我问她一声难上难
刘丞相拿定了大主意	再说说小姐刘瑞莲
刘小姐正然把酒席用	忽听得下边闹喧喧
听声音不像别一个	就知道俺的爹爹转回还
今天他要是问到我	我一定喧他老半天
今天他要是不问我	想叫我，问他一声比登天难
父女俩拿定一个主意	一个在楼上，一个在楼下
楼上楼下怄得欢	
楼上边，刘小姐平安无事把酒席用	楼下边，刘丞相站得腿发酸

（白）刘丞相站了一会儿，就受不了啦。往常日不是坐太师椅，就是坐轿，哪站过这么长时间呀。站了一会儿，两腿发酸，腿肚发木，直想转筋，心想：楼上边怎么还没动静哩？莫非她们只顾喝酒吃饭说笑哩，没有听见，不知道我回来了？不行，我得给她们打个响儿[2]，刘丞相就"嗯"大声地咳嗽了一声，再往楼上看看，咦，还没有动静。莫非还没有听见？我再把声音放大点儿："嗯——呔——，刘全，赶快把八抬大轿抬到后院！"

刘全根本就没在，刘丞相是故意说给楼上听的。迟了一会儿，还是没有动静。唉，看起来小丫头是没打算问我啊，罢了——

---

[1] 受症：方言，"受罪"的意思。
[2] 打个响儿：即弄出点响声。

【散板】
既然丫头她不问我　　　　　我先问她一声何相干

（夹白）哈哈，忍不住啦。丞相道："楼上边听着——"

【散板】
楼上边，那不是我拗天裂地的瑞莲女

（夹白）刘小姐说道："楼下边听着——"

（唱）楼下边那不是我嫌贫爱富的老年残
【对口二八】
丞相道：你咋说老夫我爱富　　　　小姐说：你咋说闺女我裂天
丞相道：不裂天，你咋不听老夫我的话
小姐说：不爱富，为啥把俺夫妻赶外边
丞相道：我嫌贫爱富为了你　　　　小姐说：穷死俺也不叫你连念

（夹白）刘丞相想，啊，小丫头还撑我哩，不叫连念，我就不连念！嘴上说不连念，可心里又忍不住，不由地问道：

【对口二八】
丫头，我问你，出了相府哪里去　　　　小姐说：城南寒窑把身安

（夹白）哈哈，我当你去哪里享福了，原来去那城南寒窑安身啦。丫头，寒窑住着不赖吧，比相府强吧？

【对口二八】
丫头，我问你，你在那寒窑吃点啥　　　　小姐说：顿顿五碗四拼盘

（夹白）你拉倒吧，住到那烂砖瓦窑里还能吃五碗四拼盘？小丫头是故意气老夫我哩，哼，偏偏不气！

【对口二八】
　　吕蒙正，他也不是东西吃来南北管　　　　小姐说：大命人吃饭靠的天

（夹白）屁！那吕蒙正他算什么大命人？丫头气我哩，哼，老夫也得反过来气气你吧！丫头，这回你不说那羊肉包子吃着有膻味了。

　　小姐说：稀溜溜溜米汤喝着甜

（夹白）哈哈，我就不知道是真酒美味好吃，还是米汤好喝？故意气老夫我哩，我……还不气！丫头，这一回你不说那绫罗绸缎穿着不光了。

　　小姐说，论穿还是粗布棉

（夹白）啊，我就不知道绫罗绸缎穿着好，还是粗布棉穿着好，故意气老夫我哩，老夫我……唉，不气，我还是不气！丫头，这一回你不说那四人抬轿坐着不稳当了？

　　小姐说脚踏地跑老清闲

（夹白）就这吧，我都不知道是坐轿好呀，还是跑路好，故意气老夫我哩，老夫我……哎呀，我……我还是不气！

　　丫头我问你，那吕蒙正他在寒窑做点啥？　　小姐说，才子不过读圣贤

（夹白）哼，那吕蒙正算啥才子？他是吃才！是笨才！是奴才！丫头——

是才子，为啥不上京去赶考？　　　小姐说，赶考恐怕做高官

（夹白）哼，人家都是急着当官还当不成哩，你说恐怕做官！分明是气老夫我哩。啊，我明白啦——

不用人说我知道　　　　　　　　八稳是，赶考没有盘缠钱

（夹白）哈哈，小丫头没钱还不想说没钱，强装骨气哩！三年都没回来了，今天她回来干啥哩？肯定是借盘缠哩！小丫头，没有钱才想起你娘家啦，今天可算该求我了吧？哈哈，看你这一回顺着我不顺，别和我抬杠，别惹我生气，相府里有的是银子，要多少都有；如果你今天还是不顺着我，我东你西的和我抬杠，哼，这银子一钱你也拿不走！楼上边听着：丫头，

【散板起板】
我相府银子如粪土　　　　　　　我就是不舍给穷人的钱
【紧二八】
小姐说，相府银子如粪土　　　　眼前无儿也枉然
老爹爹你到百年后　　　　　　　我叫你头顶着犁铧往土里钻
【大叹腔】
一句话揭着了老丞相的短　　　　止不住两眼泪水擦不干
出言来我不把别人来埋怨　　　　恨了声老天爷你咋不长眼
老夫我做官不曾伤天理　　　　　为什么让我缺少后代儿男
是呀是，谁与俺床前行孝道　　　百年后，谁与俺披麻戴孝送坟前
【散板起腔】
我要这银子有何用　　　　　　　倒不如周济周济闺女叫瑞莲

（夹白）刘丞相道：楼上边听着——

【武口夹连板】
楼上边谁要给我拜三拜　　　　　　好银子赏她万万千

（夹白）小姐说：楼下边听着——

楼下边谁要给我作个揖　　　　　　好文章赏他两三篇
丞相道：我要文章有何用　　　　　小姐说：爹爹你凭啥做高官
丞相道：那一年东京皇王开科选　　普天下举子去求官
老夫我三篇文章写得好　　　　　　万岁爷，钦点我是头名状元
吕蒙正他可不能把官做　　　　　　他想做官难上难
吕蒙正他要能把官做　　　　　　　我情愿给他追鞍认镫把马牵
小姐说，你也不是东京宋王主　　　一句话不能封死俺
丞相道：吕蒙正他也不会害点病

（夹白）刘丞相也是气急啦，没啥说啦，一时慌不择言，糊里糊涂地说了这样一句。刘小姐也不饶人，立即回奉道：

爹爹替俺害伤寒　　　　　　　　　害他七八十来年

（夹白）刘丞相一听，哇呀呀，好你个丫头，竟敢咒老夫，真乃气煞人也！心中一急，话就越来越不中听了——

清晨起死了吕蒙正　　　　　　　　我女儿，明日午时就见天
【紧二八】
小姐说，清晨起死了吕蒙正　　　　俺情愿守节到百年
清晨起要死了老爹爹　　　　　　　俺许下三台大戏庙院还
哇呀呀，呸！
【武口夹连板】
黄毛丫头你气死了我　　　　　　　小姐说，气你一番又一番

把你气得白瞪眼
刘丞相道：我今天要不把你来管　　久以后你要反了天
小姐说，管你坐家和幼女　　　　　管不了三尺门外边
丞相道：再气我上楼把你打　　　　小姐说，说着容易打着难

【紧二八】

刘丞相，怒气冲冲把堂楼上　　　　惊动了小姐刘瑞莲
刘小姐，忙立站　　　　　　　　　蹬翻了桌子打碗盘
刘丞相巴掌忙举起　　　　　　　　要打小姐刘瑞莲
刘小姐上前猛一推　　　　　　　　不好了，把丞相推个面朝天
丞相倒在溜平地　　　　　　　　　惊动了太太拐棍掂
老太太一根拐棍掂在手　　　　　　要打丞相一品官

【武口】

正在紧要关头处　　　　　　　　　打寒窑，来了蒙正一生员
吕蒙正要到丞相府，　　　　　　　下回书相府之内闹翻天
也不知下回怎么闹　　　　　　　　休息休息吸根烟

第五回
投　河

（白）上回书说到，吕蒙正从寒窑来相府了。来没有？没来。哪位埋怨了：没来你就说来啦？瞎炸呼个啥！众位不知，这是说书人的噱头，大家的听头，好歹是个接口，咱接住重说。

话说刘丞相和女儿话不投机，就在楼上楼下吵了起来。刘丞相一怒之下，冲上堂楼，举起巴掌就打。但毕竟上了年纪，手脚跟不上了，还没打到女儿，倒被刘小姐一推，"咕咚"，仰面朝天倒在堂楼上了。一边惊动了老太太恼了："你这个老东西，咱闺女三年都没回来了，好不容易今天回来一趟，你就跟她吵，和她闹！今天我也破上了，和你拼啦！"说着举起拐棍就要打刘丞相。刘丞相一看慌了，慌忙拉住老婆的拐棍："别打。老婆子，

你这是干啥啊？"

就在老两口撕撕拽拽的时候，刘小姐在一边看着，禁不住一阵伤心难过，两眼落泪：唉，俺三年没回娘家了，想不到今天回来又跟俺爹吵得一塌糊涂，把俺娘气成这样。看着他们两个为我这个不争气的女儿打打闹闹，更觉得无颜在堂楼上待下去。想到此处，银牙一咬，擦擦眼泪，二话不说，"咚，咚，咚"跑下了堂楼。

老太太只顾和刘丞相闹呢，丝毫没发现女儿已经下楼了。倒是小丫鬟眼尖，见刘小姐哭着跑下了堂楼，急忙追了下来，在后花园追上了小姐，伸手拉住："姑娘，你现在去哪？"

刘小姐含泪说道："回寒窑去！"

"哎呀，姑娘，你怎么连声招呼不打就走啊？你这样做能对得起俺家太太吗？你就这样走了，俺家太太还不知会伤心成啥样。姑娘，说啥俺也不让你走啊！"

"唉，丫鬟，三年没回趟娘家，今天回来，你都看见啦，相府里闹成了这个样子，让俺爹俺娘生了这么大的气。作为女儿，还咋有脸待在娘家？丫鬟，不必阻拦，俺是非走不可！"

"姑娘，你走了，俺家太太不是会更生气吗？说什么你也得给她老人家打个招呼吧？"

"丫鬟，俺没脸再回堂楼上了。丫鬟，念及咱主仆之情肠，俺走后，到堂楼上给太太解释一下，好好劝劝她老人家，千万别再为我这不争气的女儿生气了！我走了。"

"哎，姑娘慢走。你就是走，也得等我上堂楼把包裹拿下来，让你带走啊。"

刘小姐苦笑一声："丫鬟，和俺爹把话都说到了这种份上，还有脸拿娘家的东西！东西一点儿也不要！"说罢扭头就走。小丫鬟一把没有拉住，刘小姐跑出后门，一溜烟而去——

【二八】

刘小姐跑出后门一溜烟　　　　一旁边气坏了小丫鬟

暗暗把姑娘来埋怨	你的脾气太裂天
三年来没回相府里	你不该，和俺家相爷吵翻了天
既然走就该带包裹	你不该，空着双手转回还
到寒窑咋见俺姑爹的面	没盘缠，你让他怎么去求官
罢，罢，罢，既然姑娘也走了	俺只好，堂楼上边把信传
小丫鬟万般无奈把楼上	老太太正把棍来掂
小丫鬟上前忙拉住	连把太太叫一番

（白）"太太，你们只管打哩，没看看俺家姑娘去哪啦？"

老太太这才住了手，忽然想起女儿来：唉，只顾和老东西结孽[1]呢，却把闺女给忘一边啦。忙揉着眼四下瞅："闺女，闺女，你在哪里呀？"

老太太只顾瞅女儿在哪里，拐棍搁了下来。刘丞相一看，这是个空儿，这老婆子我惹不起，躲得起。干脆来个五舟加一舟，六舟（溜走）算啦。刘丞相赶紧从地上爬起来，顾不得拍一拍身上的土，趁太太不注意，轻手轻脚溜出楼门，"突，突，突"跑下了堂楼去了。

老太太瞅了半天，也不见她的闺女，就问道："丫鬟，你家姑娘去哪里了？"

"太太，你和相爷只顾吵哩，打哩！俺家姑娘她走啦。"

老太太一听急了："啊，走啦？你这死鳖丫头！咋不拦住不让她走哩？"

"哎呀，太太，她怒气冲冲，一心要走，我哪能拦得住啊。"

"丫鬟，她走啦，把包裹带走没有？"

"太太，你没看看，包裹还在桌子上原样不动地放着哩，她走的时候什么也没带！俺让她等一下，把包裹取出来带上，她说什么也不肯要，头也不回地走了。"

"啊？！"老太太瘫坐在椅子上，气得半天说不出话来，小丫鬟急忙上前，又是捶背，又是揉胸："太太，不要难过，俺家姑娘临走时再三嘱咐，

---

[1] 结孽：方言，赌气、生气的意思。

让俺好好劝劝你，千万别让您老人家生气。"

"丫鬟，你说这样子，能让老婆我不生气吗？"

唉，我的闺女呀，你的犟脾气啥时候能改一改啊。就说三年没回娘家，好不容易回来一趟，你爹不该这样对你，可你也有不对的地方啊！你爹王府饮宴回来，在那堂楼下边听见说话的声音，知道你回来了。他不是没法儿上来给你见面吗？你是小的[1]，你爹是老的，当小的总得先问老的一声吧，这是礼式[2]啊。可倒好，你爹打了几次响儿，你硬是不理不睬。你爹忍不住了，才先开口问你。哪知道你爹说一句，你就敢顶两句！也是他气极了，才上楼要打你。谁知道还没打到你身上，却一下子被你推个仰面朝天！唉，你娘我赶紧护着你，要拿拐棍打你爹。闺女啊，难道娘还不向[3]你吗？你连个招呼都不给娘打就跑了，娘也得罪你啦？！唉，你爹糊涂了，你这鳖闺女也好不到哪去啊！走就走吧，把包裹拿着，娘心里也好受些。憨闺女，你连包裹都不拿，俺那女婿咋上京赶考哩？唉，这样不听话的女儿，真要把老娘我气死了啊！

小丫鬟在一旁劝道："太太，不能再生气了，事已经出来了，再埋怨也没用啊。赶快想个办法才是啊。"

一句话提醒了老太太："丫鬟，你还愣在那里干啥？趁你家姑娘还没走远，赶紧拿包裹给她送去，越快越好。"

"这……太太，我要送去，俺家姑娘不要咋办？"

"老婆我不管你这么多！反正你想尽一切办法把包裹交给你家姑娘。这点事你要办不成，你也不用再回来见我啦！"

"是，太太。"小丫鬟急忙拿起包裹，下了堂楼，出了相府，要去给刘小姐送包裹去了——

【二八】

小丫鬟出了相府一溜烟　　　　要追赶小姐刘瑞莲

---

[1] 小的：洛阳一带，晚辈有时称为"小的"，下文中的"老的"指的是长辈。
[2] 礼式：即礼节。
[3] 向：这里是指偏向、袒护的意思。

穿街过巷往前赶	不觉追出了城南关
擦擦香汗举目看	啊，那前边不是俺家姑娘刘瑞莲

（夹白）啊，姑娘跑得好快啊。待俺赶紧喊她："姑娘——，等等啊——。姑娘，你停一停啊"

刘小姐一气之下出南关	恨不得一步回到寒窑间
一边落泪一边叹	想起来今日之事更心酸
我只说回娘家把钱借	谁料想惹下祸一端[1]
和俺爹爹吵破了天	又把他推倒在堂楼里边
今日里离了丞相府	一辈子，再不来娘家门上求吃穿
刘小姐发下了宏誓愿	猛听得后边喊连天
听声音好不像别一个	一定是相府的小丫鬟
她今天喊我不为别的事	一定是给俺送盘缠
送来俺也不能要	穷死俺，也不拿娘家一文钱
罢，罢，罢，听见俺只装没听见	擦擦泪，头也不回快如烟
要知气坏了哪一个	打后边气坏了小丫鬟

（白）嘿，俺姑娘倒好。不喊还好些，我一喊，反倒越跑越快了！该不会是连丫鬟俺也不想搭理了？看起来姑娘已经猜到了我是给她送盘缠的，是铁了心不打算要包裹了！好啊，姑娘，你跑吧。你跑，我就撵！看你那三寸金莲跑得快，还是我这一双大脚跑得快，就不信撵不上你！

【二八】

小丫鬟越想越有气	撒开了一双大朴莲
撵姑娘顾不得擦把汗	累得她香汗淋淋气直喘
一边跑嘴里一边喊	姑娘啊，我是你的小丫鬟

---

[1] 祸一端：说书人为了配韵的习惯用语，即"一场祸事"的意思。

你停一停，站一站	丫鬟有事要跟你谈
小丫鬟喊得喉咙干	刘小姐跑得脚脖儿酸
有心停下站一站	怕的是丫鬟追上惹麻烦
我要是不把包裹拿	小丫鬟生来老粘缠[1]
我要是把这包裹拿	想起来，老爹爹的言语就心寒
不能停，不能站	对不起我的小丫鬟
想到此咬咬银牙往前赶	先把这主仆的情分扔一边
刘小姐金莲窄小跑得慢	怎抵上小丫鬟一双大朴莲
眼看着距离在缩短	小丫鬟紧走几步拉住了衣衫

（白）"姑娘，可撵上你了。哎呀，累死我啦！拉住你的衣裳，看你还往哪跑！"小丫鬟累得上气接不住下气，"姑娘啊，你是耳朵聋啦，还是不想搭理俺啊？俺咋得罪你啦？"

"唉，丫鬟，哪里会得罪俺啊。不知丫鬟追俺有何事啊？"

"唉，姑娘啊，俺来给送包裹了，你可得务必收下啊。"

刘小姐看了看包裹，问道："丫鬟，这包裹是谁让你送的？是你家相爷，还是你家太太？"

小丫鬟琢磨不出小姐问这话的意思，心想：要是说相爷让送的，小姐正生他的气，肯定不会要，不如照实话说了吧："小姐，这包裹是太太让俺给你送来的啊。临来时俺家太太交代了，要不把这包裹交给你，俺也就不能再回相府了。姑娘啊，你就快收下吧，不然俺也没法向太太交差啊。"

刘小姐听了这话，止不住心中一阵难过：唉，如果是爹爹打发丫鬟送的话，说明他眼里边还有这个女儿，我们之间还有一点父女情肠！这包裹嘛，还可以考虑收下。可说了半天，这包裹还是俺娘让送的！俺爹爹他，他仍没有回心转意啊！不能落下他的话柄，这包裹嘛，说啥也不能要啊！

刘小姐想到这里，银牙一咬："丫鬟，把包裹给我！"

小丫鬟心中一阵高兴：哎，看起来俺家姑娘回心转意了。就是嘛，人

---

[1] 粘缠：指很能纠缠，不好应付。

到房檐下，不得不低头，没有银子咋赶考，姑娘也是个明白人啊。"姑娘，包裹在这里哪。"小丫鬟连忙把包裹递了过去。

哪知道刘小姐接过包裹，银牙一咬，撕撕拉拉几下，把包裹连同里边的靴帽蓝衫撕得粉碎！

"哎呀，姑娘，你这是干啥？"小丫鬟明白过来，想阻拦已经来不及了，八块乌金砖，还有二百两雪花纹银撒了一地。

就在小丫鬟弯腰去拣的空儿，刘小姐头也不回地哭着跑了。

【二八】

好一个小姐刘瑞莲	撕碎了包裹和蓝衫
头也不回奔南关	一旁边难坏了小丫鬟
暗暗把姑娘来埋怨	小姐做事理不端
怪不得穷得要了饭	谁叫你脾气恁裂天
小丫鬟万般无所奈	拾起了银子和金砖
先不说丫鬟回相府	单表表小姐刘瑞莲
忍泪含悲往前赶	不由得又是心酸又作难

【悲平板】

在寒窑奴家夸海口	一定能借下盘缠钱
至如今，一钱银子没借到	回寒窑咋跟相公谈
有心跟他把实话讲	落下了话柄耻笑俺
越思越想越难过	想不到，人活到世上咋这样难
走一步来一行泪	走上两步泪不干
今早上，回娘家浑身都有劲儿	至如今，两腿好像灌了铅
挪一步来退一步	不觉来到了洛河边
眼望着清清的洛河水	心里边好似波浪翻
人活百岁也是死	还不如早死早安然
在尘世，受尽委屈作尽难	倒不如投河自尽染黄泉
刘小姐，想到此一头青丝都拨乱	脱绣鞋，露出了一双小金莲
眼望着相府里边落下了泪	哭了声，母亲老娘听心间

你只管堂楼上把你女儿盼　　　哪知道，你女儿，洛河边上活着难
不要怨，狠心的女儿将娘舍　　处在万般无奈间
俺死后，娘不要把女来连念　　都只怨，不孝的女儿不该来这尘世间
单等着，夜已深，人已静　　　阴魂回到堂楼前
闺女俺好好地给娘托个梦　　　咱母女重逢在南柯梦里边
刘小姐哭得肝肠断　　　　　　咬咬牙，就要扑进河里边

【武口】

欲再说小姐这样死　　　　　　到后来，状元娘子叫谁担
欲再说小姐她不死　　　　　　眼下可是活着难
把书唱到交关口　　　　　　　一言对于大家谈
今晚上时候已不早　　　　　　赶紧回家去安然

第六回
赶　考

【凤凰三点头】

小书段咱不唱归正板　　　　　书接着上回往下谈
上回书说的是刘小姐　　　　　咱再唱一唱刘瑞莲
刘小姐无颜见蒙正的面　　　　一心要投河自尽染黄泉
把小姐先寄在了洛河岸　　　　花开两朵另有缘
回文书再唱哪一个　　　　　　再表表吕蒙正一生员
吕蒙正打坐在寒窑里　　　　　只觉得耳热眼跳不安然
今早上，我的妻回娘家把钱借　为什么，天到半晌不回还
莫非是，三年没见娘的面　　　母女俩堂楼上边长叙谈
莫非是，贪恋相府好酒宴　　　莫非是，母女们难舍难分情意牵
再不然碰见了刘丞相　　　　　他们父女再次把脸翻
刘丞相为人禀性傲　　　　　　我的妻脾气太裂天
父女俩若是碰了面　　　　　　还恐怕相府里边闹翻了天

如果借不到盘缠钱　　　　　　我的妻，她必定无脸转回还
怕的是，一时想不开寻短见　　怕的是，路途上面有灾难
我的妻，若要有三长并两短　　吕蒙正，我抓起石头去撞天
想到此，坐在寒窑心慌乱　　　且到在外面走一番

【二八】
吕蒙正迈步出了寒窑门　　　　举目遥望城南关
一眼望到了洛河岸　　　　　　啊，岸边上站定一个女婵娟
观前相好似我的妻　　　　　　观后相，咋好像娘子刘瑞莲
既回来就该到寒窑里　　　　　站在那洛河岸边为哪般
莫非是真的要寻短见　　　　　看起来晚一步我后悔难
想到此赶紧高声喊　　　　　　声声喊的是刘瑞莲

（夹白）"娘子——，娘子——，你站在河边干啥？赶快回来啊——"

【悲平板】
刘小姐正准备把河跳　　　　　猛听得远处有人喊
抬起头擦一擦流泪眼　　　　　远远地看见了蒙正一生员
看见了丈夫好难过　　　　　　不由得心里做了难
小奴家一死如蒿草　　　　　　真可叹，难舍夫妻好情缘
三年来同甘苦来共患难　　　　患难的夫妻情意宽
我有个三长并两短　　　　　　寒窑里，撇下了蒙正谁挂牵
是何人，寒窑织布同做伴　　　是何人，寒夜漫漫伴君眠
是何人，粗茶淡饭分着用　　　是何人，月光下给君补衣衫
是何人，打发他上京去赶考　　是何人，去给他凑盘缠钱
罢，罢，罢，不能死　　　　　天大的事情俺二人担

【二八】
刘小姐拿定了大主意　　　　　整了整青丝把绣鞋穿
款金莲，提提精神往前赶　　　不觉就回到了寒窑前
吕蒙正急忙迎上来　　　　　　连把娘子叫一番

（白）"啊，娘子，你回来啦？"

"相公，我回来了。"

"啊，娘子，刚才我看见你站洛河边上却是为何啊？"

"啊，这……没啥，走热了，俺想洗一下脚。相公，走，咱到寒窑里边再说吧。"

夫妻俩进了寒窑，吕蒙正急忙搬了一块半截砖："娘子，跑这么远的路，走累了吧？快坐下，歇歇你的金莲。——哎，娘子，我看你脸上有好多泪道儿[1]，像刚哭过一样，又愁眉不展的样子，是谁惹你生气了哇？"

刘小姐长叹一声："唉，丈夫，一言难尽啊。"

"哎，怎么两手空空的，借的盘缠呢？啊，明白了，不用说你娘家给的银子太多，拿不动，派丫鬟仆女往这里送呢，再不然派家郎院公套车往这拉呢！是不是？用不用我出去接一接啊？"

刘小姐苦笑一声："相公，你就别想好事啦。"

"哎呀，到底是咋回事儿？"

"唉，相公啊——"

【散板】

今早上俺回到娘家把钱借　　绕到了相府的后门前
后门前门环拍了三下　　　　迎出来相府的小丫鬟
她把俺领到了堂楼上　　　　母女俩抱头痛哭泪不干

（夹白）"啊，怪不得哩，我看你脸上有好多泪道儿，原来是在娘家哭的啊！三年没见面，母女相见，肯定要哭一场啊！哭罢了，你也记着打盆水把脸洗一洗啊，把眼泪都带回到寒窑里来了。娘子，哭罢以后怎么样了啊？"

---

[1] 泪道儿：方言，指泪痕儿。

【散板】

俺的娘堂楼上把闺女问　　　才知道你上京赶考少盘缠
先包上靴帽蓝衫整两身　　　再包上两匹好绸缎
雪花纹银二百两　　　又包上了八块乌金砖

（夹白）"哇，这么多？二百两银子和靴帽蓝衫打发我上京赶考也多多有余，剩下的你在寒窑用。哎呀，娘子，就这你还不知足？可不少啊！包裹在哪？是不是打发丫鬟一会儿送来啊？"

"哎呀，相公，你就先别打岔啦，听俺说到底。"

"啊，你说。"

【散板】

小丫鬟把酒席端到了堂楼上　　　俺母女，堂楼以上用饭餐

（夹白）"啥？你还吃了一桌酒席？就这你还不满意啊！你娘待你可真不赖啊。我到现在还没吃饭，听你一说，涎水都流出来了啊。"

【散板】

俺娘俩，堂楼上边把酒席用　　　府门外大炮咚咚响连天
你知道来了哪一个　　　俺爹爹王府饮宴转回还

（夹白）"哈哈，你爹回来了？太好啦！他一定嫌你娘包的银子太少了吧，又给你添多少啊？"

【散板】

俺父女俩一个在楼上，一个在楼下——

（夹白）"啊，父女一别三年，楼上楼下见了面，肯定可亲热啦。都是说些啥啊？娘子。"

【起板】

吵了半天——

（夹白）"啊，怎么吵起来了？我明白了，这一吵，把包裹盘缠也给吵丢了吧。"

【二八】

相公啊，他说别的俺不生气　　他说你这辈子不能做高官
你要是能把官来做　　　　　他情愿追鞍认镫把马牵

（夹白）"啊，你待怎讲？"

"相公啊，俺爹说你天生就不是做官的料，你要能做官，他情愿给你牵马。"

"哇呀呀，气煞我也！"

【武口】

一句话气恼了河南才子吕蒙正　　万丈怒火往上蹿
手指着相府咬牙恨　　　　　　　恨了声，丞相说话太欺天
你不该把俺蒙正来小看　　　　　更不该对你女儿吐狂言
吕蒙正人穷志不短　　　　　　　大丈夫胸怀大志天地间
不能赶考偏赶考　　　　　　　　不能求官我偏求官
此一番定要把京进　　　　　　　考不上高官不回还
只要我把高官做　　　　　　　　到相府，定叫你追鞍认镫把马牵
你要牵马谅拉倒　　　　　　　　你不牵，吕蒙正俺也不好缠
叫娘子寒窑把我等　　　　　　　俺这就上京去求官

（夹白）"娘子，你把我的破烂衣衫好好洗上一洗，补上一补，打点一个包裹。明天一早我就启程，上京前去赶考！"

【散板】

相公啊,既然想上京去赶考　　盘缠钱,为妻俺还不叫你作难

(夹白)"就这吧,娘子。今早上你说盘缠钱不让我作难,回娘家借。借的还真不错,没借到银子,倒借来一场气!现在还说盘缠钱不叫我作难,你一个女流之辈还能想来什么办法不成?"

【悲平板】

相公啊,为了凑足盘缠钱　　拿定了主意在心间
为妻头顶插蒿草　　自卖自身大街前
有人买俺当妻妾　　万两黄金也不粘 [1]
有人买俺当丫鬟　　十两八两心也甘
为了丈夫去赶考　　俺情愿,再受一次委屈作一次难
卖身的纹银你拿去　　上京的路上做盘缠
若要以后做了官　　千万别把为妻嫌
到那时,如果还念咱夫妻意　　拿银子,你把为妻赎回还
等到功成名就日　　咱们夫妻重团圆
一席话,感动地来感动天　　吕蒙正,泪水在眼里打转转
紧紧抱住了刘小姐　　擦擦泪,大丈夫有泪不轻弹
贤妻啊,你的深恩比天高　　你的情义比海宽
你为俺抛却了荣华和富贵　　你为俺寒窑三年受饥寒
你为俺把父母亲情都舍去　　你为俺把委屈都咽到了肚里边

【武口】

出言来又把贤妻怨　　说这话你让我脸面放哪边
俺身为顶天立地男子汉　　大丈夫岂能花老婆的卖身钱
分明是当面羞辱俺　　恨不得找个地缝儿往里钻
娘子呀,你再敢提"卖身"两个字　　小心着,一巴掌,把你扇到寒窑外边

---

[1] 不粘:方言,"没门儿"的意思。

（白）"娘子，不是俺要生气。你爹小看俺吕蒙正倒也罢了，想不到你也小看俺！身为男子大丈夫，花老婆的卖身钱，让俺蒙正颜面何存？娘子，这事休再提起！"

"唉，相公，不这样做，咱哪来的盘缠上京赶考啊。"

"娘子不必担心。我只要有这一支竹笔，就是一路上讨茶要饭，提笔卖诗，也要上京前去求取功名。"

"啊，好，既然丈夫下了这样大的决心，为妻也就放心了。"

"娘子，你把我的破蓝衫好好地洗上一洗，补上一补，打点一个包裹。明天一早我就动身前去赶考。"

一夜光景暂且不表，单说第二天一早，吕蒙正怀揣包裹，就要启程。刘小姐送出了寒窑外边，依依难舍，拉住丈夫的手，一声说道："相公啊，此一番上京赶考，可不比在咱的洛阳。常言说，出门三里地，就是外乡人啊。临行时为妻交代你几句言语，你可要牢记啊。"

【悲平板】

相公啊，此一番赶考进京川	可不比在咱寒窑里边
常言说，出门之人三分小	凡事忍让理为先
十字路口迷了路	逢人就问嘴要甜
太阳落山早住店	临启程要等到日出三竿
住店不要住村头小店	怕的是遇上个黑店就麻烦
要走就走阳关道	山间小路莫要粘
深山密林莫要睡觉	怕的是狼虫虎豹将你餐
陌生之人少来往	怕的是小人算计咱
一人不要去看庙	二人不要站井前
坐船别在船头坐	河当中风大船不安
到汴梁，繁华的京城莫久恋	更不要游山览水贪耍玩
考场上心无二用把文章做	中不中你都要早回还
倘若是皇榜不得中	为妻也不会将你嫌
重新回到寒窑里	咱夫妻早日得团圆

倘若是一步侥幸得中了　　　　莫忘了你的妻，寒窑里边受熬煎
奏请皇上回家转　　　　　　　且莫把，咱夫妻恩爱扔一边
妻的话你可要牢牢记　　　　　莫要当作耳边的烟
吕蒙正就说俺记下了　　　　　娘子的言语记心间
娘子呀，此一番上京去赶考　　撇下你寒窑里边受孤寒
白天莫到外边去　　　　　　　到夜晚你把寒窑门关严
陌生之人莫要见　　　　　　　过路之人少攀谈
俺走后你，再莫要梳洗打扮　　再不能游玩散心大街前
大街以上疯狗多　　　　　　　小心着歹人将你缠
万一要做下伤风的事　　　　　回来后，咱夫妻两个难团圆
刘小姐就说俺记下了　　　　　丈夫你不必多挂牵
夫妻俩说不尽的离别话　　　　不觉太阳已三竿
吕蒙正虎牙一咬上了路　　　　大丈夫，儿女情肠扔一边
刘小姐一直望到看不见　　　　这才回到寒窑间

【二八】
把吕蒙正先记在了中途路　　　把书插到了相府里边
小丫鬟回到堂楼上　　　　　　把送包裹的事情对太太谈
老太太一急之下得了病　　　　只觉得天也转来地也旋
"扑通"声昏倒上堂楼上　　　　一旁边慌坏了小丫鬟
请来了大夫把病看　　　　　　端汤灌药忙不闲
三天后病情才好转　　　　　　老太太睁开眼就叫小瑞莲

（白）"瑞莲，我的女儿，你在哪里啊？"

老太太一醒来就叫着女儿的名字，小丫鬟在一旁说道："老太太，你终于醒来了啊。太太，你不要再叫了，俺家姑娘早已走了，你喊她也听不见啊。"

"啊？"老太太这才愣过来，想起了三天前的事情，就喊道："丫鬟，过来。"

"太太，有何吩咐？"

"去，到在下面客厅里，把你家相爷那个老东西给我叫上来！"

"是，太太。"小丫鬟下了堂楼，来到客厅，见了刘丞相，双膝扎跪："禀相爷，俺家太太堂楼上面请你哩。"

刘丞相一听，心中暗想，不好了！唉，听见老婆请，心里直发憷啊。俺老婆喊我上堂楼准没啥好事啊。

有的说，刘丞相为啥听见说太太请他，心里就害怕呢？原来你别看刘丞相乃当朝一品，在朝堂上一呼百应的，十分威风，却害有一种病。什么病啊？气管炎！我说的不是呼吸道的疾病，而是"妻管严"，老婆管得严，怕老婆啊。

哪位问啦：怕老婆有记号没有？有！啥记号，顶门盖上有一块地方没头发。怎么会没有头发呢？因为妇女们做针线活儿，指头上要戴顶针儿。女人吆喝男人："去，把猪喂喂！"男人不想去："嗯，你不会去嘛……"女人就用指头照男人的顶门盖儿[1]上使劲儿一兹。男人怕疼："哎，去，去。"就赶紧去了。晚上该睡觉了，女人说："去，把尿盆掂回来！"男人心中不情愿："我不想去……"女人伸出指头，"兹儿"又一下："你去不去？""去，去，去。"捂着头就跑去掂尿盆了。你想，戴着顶针儿经常照顶门盖上兹，兹得次数多了，还不把那一块儿的头发给兹掉了？所以说怕老婆人的顶门盖上一般都没有头发。当然，刘丞相脑门上还长着头发，咋着哩，老太太不做活，没戴顶针呀，所以即便是兹两下，头发也不会掉啊。

其实咱说的都是笑话，脑门上没有头发的人也不一定都怕老婆，特殊情况例外。哪位大哥顶门盖没长头发也别多心，我也不是说你的，哈哈。

闲言少叙。单说刘丞相问道："丫鬟，你家太太喊我有啥事啊？"

"相爷，太太没说，俺也不知道。您到堂楼上看看不就明白了。"

"唉，既然如此，丫鬟，头前带路，领俺到堂楼上去吧。"

【二八】

刘丞相跟着丫鬟把步跨　　　太太喊，只吓得浑身颤塌塌

---

[1] 顶门盖儿：方言，指头顶。

老婆生来禀性焦　　　　　　动不动就好把脾气发
老夫我，天不怕来地不怕　　就害怕，老婆她把拐棍抓
不由得想起了那年夏　　　　禁不住用手摸了摸后脑瓜
俺两个堂楼上面抬了杠儿[1]　老婆她，爱顺茬儿怕呛茬儿
一句话不合她的意　　　　　气冲冲就把拐棍拿
只听得"啪"的一声响　　　　应应地[2]打住了我的后脑瓜
疼得我两眼冒金星　　　　　后脑门儿，一霎时起了一个大疙瘩
至如今疙瘩虽然没有了　　　连阴天，头皮还是阵阵麻
我有心不把堂楼上　　　　　恼上来，不知她还会做什么
有，有，有，罢，罢，罢　　堂楼上顺她说话别抢茬儿
正思想来到了堂楼下　　　　老相爷咳嗽一声把话发

（白）"丫鬟，你上去禀报一声，就说老夫我来了。"

"是，相爷。"小丫鬟上了堂楼，"见过太太，俺家相爷来了，在堂楼下边等着哩。"

老太太说道："来了，还不赶快滚上来，还等着老婆我去请他不成？！"

"是，太太。"小丫鬟来到堂楼口，朝下边喊道："相爷，快上来吧，俺家太太有请。"

刘丞相在下边听得清楚，听得明白：唉，说什么"请"哩，我都听清楚了，俺老婆让我滚上去哩。听口气，就知道火气还不小哩。我今天上楼，可得小心应付哇。

刘丞相小心翼翼地上了堂楼，来到楼门口，捋着胡子往里边瞅。瞅啥哩？瞅瞅老婆的拐棍在哪放着哩。这一看，啊，不好了，只见老婆坐在太师椅上，拐棍就在椅子旁边靠着。哎哟，拐棍放在手边，拿着可老方便啊。看起来今天可得紧小心，弄不好就要吃大亏啊。

刘丞相看见拐棍，不由一阵阵心惊肉跳，越看越害怕，在门口迟疑半

---

[1] 抬了杠儿：即抬杠儿，两人争执，互不相让。
[2] 应应地：方言，"正好"、"刚好"之意。

天不敢往里边进。正左右为难呢，老太太一抬头看见了："老狗，来了，还不赶紧爬进来，在门外做啥哩！"

刘丞相连忙打着哈哈："老婆子，我这不是正往里进的嘛。"一边应着，一边盯着拐棍，进了堂楼，"老婆子，你今天好点了吗？"

"死不了！"老太太转向丫鬟，"丫鬟，这里没你的事啦，赶快出去吧。"

刘丞相一见慌啦，心中暗想，丫鬟可不能走啊。有丫鬟在，老婆她还碍于面子，不敢把我怎么样，一旦打起来了，丫鬟还能在一旁拉拉架。她一走，连拉架的都没有啦。想到这里，忙说道："老婆子，丫鬟又不是外人，让她出去干啥？再说咱老夫老妻啦，还有啥话得背着丫鬟啊。她在这还能给你端个茶，送个水啥的，多方便啊。"

老太太理也不理："丫鬟，出去！"

"是，太太。"丫鬟暗想：出去就出去！俺还真不想在这哩，万一你们打起来了还招惹我这邻居哩。丫鬟一溜风地跑了出去。

老太太说："老狗，把门给我上（闩）住！"

"哎呀，老婆子，有啥话你就说吧，大天白日的，上门干啥？叫别人看见算咋着哩。"

"叫你上住你就上住，再啰唆！"老婆说着就去摸拐棍。

"哎，老婆子，你别摸你那拐棍啦，我把门上住还不中吗？"

刘丞相心中暗想：俺老婆看起来今天是准备关门打狗啊！只得闩住了楼门，战战兢兢来到老太太跟前："老婆子，这一回有啥话就说吧。"

老太太又瞪了一眼："老狗，你站着干啥？还不赶快卧那！"

刘丞相嘟囔道："坐就是坐吧，还要说是'卧'。我是人，又不是狗啊。"暗想：坐着不如站着啊，站着跑得利索，坐着跑也来不及，还不是挨死打啊。算啦，坐着就坐着吧。反正我的眼得管事点儿，紧紧地瞅着她的拐棍，只要发现不对头，起来就跑！

老太太见丞相坐稳了，这才说道："唉，老狗啊，不是我要数落你！咱闺女就是再不听话，也是亲生骨肉啊。你一点父女情意都不念，把她撵出相府，一去就是三年啊！这三年来就不问问闺女在外边受得啥样苦，作得啥样难！女儿在外面受罪，你于心何忍？老狗，你的心可真扎实[1]啊，黑地[2]就能安心地睡着觉，一点也不想女儿？你还长颗人心没有，有你样当爹的吗？唉，就这样，老婆我不想和你计较。三年啦，闺女没回过娘家，好不容易回来一次，你见了面，跟她吵啊，跟她闹！这不，把女儿给气走了，把老婆我也气害了一场病，老狗你心里也高兴了吧，称心如意了吧？哎哟，我越说越有气——拐棍呢？"老婆说着就去摸拐棍。

"哎，老婆子，别，别，别。别拿你那拐棍啊。"刘丞相赶紧拦住，"唉，老婆子，你说的是，三年前，我在气头上，一怒之下，把女儿逐出相府，过后就后悔了，可是泼水难收啊。表面上碍于相府的尊严，对女儿不管不问，可内心岂不挂念！那天把咱闺女盼回来，我心里也高兴啊！可你都看见啦，老婆子，我在楼下站了半天，她都装作不知道，只管有说有笑地吃饭。好歹我也是她爹啊，她当晚辈不应该问我一声吗？太不知好歹啊！也是我实在忍不住啦，就先问了她。你没看看，我说一句，她就顶十句，把我气个够本儿！也是气急啦，才上楼说要打她。说是说，我打没有？只是吓吓，她倒好，给我来起真的了，一下子就把我推了个仰面朝天！老婆子，你说这丫头走了还能怨我吗？"

"老狗啊，咱那闺女从小看着长大，你还不知她啥样？就说她年轻，不懂事儿，不该对你那样。可你恁大年纪，土都快拥着脖子的人啦，也不懂事，咋能和咱闺女一般见识啊？你和她吵，和她闹，老婆我还不说啥。可你这老狗，说话也太欺天了，说吕蒙正这一辈子都不能做官，要能做官，情愿给人家追鞍认镫牵马！常言说得好，能吃过头饭，不说过头话，你这话说得也太过分了吧！闺女回到寒窑，跟咱那女婿一学，那吕蒙正可是个别子儿[3]啊。记着了你这句话，上京赶考，要是考上个官儿，回到洛阳，还真叫你给人家追鞍认镫牵马哩！到那时你那老脸还要不要？老婆我陪着你丢人不丢人啊？唉，越想越有火！——老狗，你别按着拐棍儿！"

"哎呀，老婆子，你消消气。那不是闺女把我逼急了，说的气话嘛！我

---

[1] 扎实：这里是"心狠"的意思。
[2] 黑地：洛阳方言，指夜间。
[3] 别子儿：新安县一带的方言，指性格倔强的人。

也知道那吕蒙正是个才子，话一说出来，就后悔了。可是路走错了，还能再拐回来，话说错了，收不回来了啊。"

"我不管你收回来收不回来！反正你得赶紧拿主意，别等到那吕蒙正考上官，回到洛阳的时候，后悔也跟不上了。你要再不想办法，我今天非跟你拼命不可！"

"别，别，别，老婆子，我想办法还不行吗？把那银子多多地备上一些，另外再备两身靴帽蓝衫，打发家郎刘全送到寒窑，交给咱那闺女，和那吕蒙正说清楚，你看这样中不中？"

"去你的吧！我让丫鬟送包裹，都叫咱闺女给撕啦，你让家郎送去他们会要啊？再说那吕蒙正还会在寒窑等着要你的盘缠？人家就是要着饭，也肯定上京赶考走了。就是派人撵上给人家送去，依吕蒙正那禀性，他也不会要你的东西。"

"这……要不这样，咱府不是刚来一个家郎刘三吗？我让他改名换姓，叫王三，带足银两衣物，扮成做生意之人，骑上快马，去追赶吕蒙正，别提相府的事儿，和他结拜为兄弟，再想办法把银两马匹都交给他。那吕蒙正赶考不就有盘缠吗？他要是能考上功名，回到洛阳，必定要拜访他的恩人王三，感谢周济之恩。才知道王三就是刘三，银两马匹还是我送的。那吕蒙正他还敢让我给他牵马吗？"

老太太一听，咦，中，庙后头钻个窟窿儿——庙透（妙透）了。猫娃屁股上扎一针，喵（妙），喵（妙），喵（妙），妙极了！看起来，这老东西做一辈子的官儿，心眼儿就是比我的多！老婆我一急，只会吵呀，打呀，这门儿[1]我咋想不出来哩？"中，老东西，事不宜迟，你赶快去安排吧。"

"好，老婆子，你放心，我这就去安排！"

刘丞相松了一口气，退出堂楼，来到当院，一声喊道："——家郎刘三过来！"嘿，下了堂楼，刘丞相的威风就抖起来了。

"来啦！"刘三急忙来到跟前，"见过相爷，不知有何吩咐。"

"刘三，附耳来。"

---

[1] 这门儿：洛阳方言，即"这些门道"、"这种办法"。

刘丞相如此这般向刘三交代一番，刘三就说："俺记下了，相爷尽管放心。"

单说刘三准备停当，来到马棚之内，拉过一匹能行大马，刷又刷，抱又抱，一把麸子两把料，喂得那马"咴咴"叫，前搭鞍子后搭鞯，又给那马戴笼头，马鞍子紧了三紧，马环扣了三扣，翻身上马，出了相府，要追赶吕蒙正去了。

【二八】

刘三打马出南关	要追赶蒙正一生员
心急只嫌跑得慢	止不住快马又加鞭

【连口】

马呀马，加把劲儿	立功就在这一天
只要能撵上吕蒙正	好料我给你加一坛
这匹马它能通人性	"咴儿，咴儿"直叫唤
"咚吃，咚吃"放仨屁	蹶起四蹄一溜烟
也不知能不能撵上吕蒙正	下回书中见底端

第七回
送　银

【二八】

小钢板一打响连天	接住了上回书半篇
上回书唱的是小刘三	要追赶吕蒙正一生员
吕蒙正本是在地下跑	小刘三骑的是马雕鞍
吕蒙正一天只能走上百十里	小刘三一天能跑上三百三
小刘三只追了大半天	就看见吕蒙正不远在前边

（白）啊，那不是吕蒙正了吗？可追上了！待我喊喊："吕先儿，你等

一等啊——，吕先儿，先不要走啊——"

吕蒙正听见后边有人喊，扭头一看，见一人骑着一匹高头大马飞驰而来，又是招手，又是喊叫的。喊谁哩？明明听见好像喊的什么"吕先儿"，我是个要饭花子，总不会是在喊我的吧？况且我又不认得这个人，肯定不会是叫我的，可又看看四下又没有别人啊！管他哩，他喊他的，我走我的路。吕蒙正想到此处，又转过身，继续往前边走。

刘三一看，咦，这吕蒙正，叫你等等偏要走！好哇，看你走得快，还是我的马跑得快，就不信撵不上你！刘三照马屁股上，"啪"的一鞭，那马腾起四蹄，不几下就蹿到了吕蒙正的前边，一勒马头，把马一横，拦住了吕蒙正的去路，翻身下了马，叫道："吕先儿，你的架子可真够大啊，喊叫半天，你回头看看也不应声啊。"

吕蒙正愣了半天："你是……，我不知道你是喊哪个'吕先儿'的。"

"费话！洛阳城有几个'吕先儿'？谁不知道你吕蒙正是河南才子，在洛阳一带很有名气啊，不喊你'吕先儿'，喊个啥啊？"

"你怎么认得我呀？你是……"

"哎呀，吕先儿，我也是洛阳的呀，咱们是老乡啊。怎么？不认识吧。你不认识我，俺可认识你啊。在洛阳城谁人不知，谁人不晓啊。"

"唉，既是老乡，就不要取笑俺了。不知老乡你尊姓大名，前往何处啊？"

"哈哈，姓也不尊，名也不大。俺姓王，叫王三，家住洛阳城东关。上东京汴梁做生意，路上就碰见吕先儿啦！哎，吕先儿，看你这样子，像是上京赶考的吧？"

"唉，正是上京赶考啊。"

"哈哈，巧啦！我进京做生意，你去赶考，咱们正好同路，一块儿走吧，吕先儿？"

"唉，老乡啊，你骑着高头大马，我脚踏地跑，咋同行啊？况且俺又是个穷要饭的，老乡不怕和俺一块儿行路丢人啊。"

"吕先儿说这话就外气啦！常言说，老乡见老乡，两眼泪汪汪啊。美不美，山中水，亲不亲，故乡邻嘛。能和吕先儿同行是俺王三的福气。别看现在你是要饭的，可进京考上了官，恐怕到时候还不认得我这穷老乡哩。不如趁早巴结巴结吧。是这样吧，我骑了这一路，屁股都坐疼啦，骨头都快晃零散啦！这马我真是不想骑啦！吕先儿，现在你骑着我的马，我在前边给你牵着，咋样？"

"哎呀，老乡，这可使不得！哪有让我骑马你牵马的道理？说啥也不敢！"

"咋啦？吕先儿，还巴结不上哩？不用客气，谁叫咱是老乡哩！咱俩轮换着，你骑一会儿我再骑。不用再推辞了。"

"哎呀，那多不好意思啊。"

"再不同意我可就生气了。来吧，吕先儿，我扶你上马！"

【二八】

吕蒙正上了马雕鞍	刘三前边把马牵
吕蒙正骑在马上心暗想	这一个老乡不一般
在洛阳，大街上要饭都躲着俺	嫌俺穷来道俺酸
这老乡他不嫌弃俺	让我骑马他来牵
我骑马，他跑路	倒叫蒙正心不安
就这样走了三四里	刘三回头叫一番

（白）"哎，吕先儿，你下来。"

吕蒙正想，肯定是人家走累啦，叫我下来，人家骑哩。想到这，忙说："哎哟，老乡啊，我就是急着下哩。你的马让我骑着，心里真有点过意不去。好，我下去，你骑上，我牵着吧。"一边说着就被刘三扶了下来。

刘三说："吕先儿，不是我想骑哩。我在前边骑着马，回头一看，觉得老丢人[1]啊！你看你穿这身衣裳吧，吕先儿，真够寒碜啦。烂毡帽，破棉袄。穿的衣裳连我这个牵马的都不如。叫过路的一看，不实称[2]啊。人家不得笑话咱啦？"

---

[1] 老丢人：指极为丢面子。老，"极"、"很"之意。
[2] 不实称：洛阳方言，指不相搭配，不协调。

"这……唉老乡，就知道和我一块走，丢你的人。是这样吧，你只管骑马走，别管我啦。我还是要着饭慢慢走吧。"

"吕先儿，说这叫啥话？你要着饭去赶考，啥时候才能到东京汴梁啊？等你到啦，人家考场过啦，你考官？考个鸡冠（官）吧！哎，吕先儿，你手里边拿那是啥东西？"

"老乡，这你不认识？一手拿的是要饭碗儿，一手拿的是七寸竹笔和砚台。"

"吕先儿，和我一块儿，再也不叫你要饭啦，丢我的人！拿来吧！"刘三说着，一把夺过吕蒙正手中的破碗。吕蒙正来没来得及挡，只听"叭"一声，摔得稀烂。吕蒙正说："哎哟，老乡，你把我饭碗砸了，可叫我咋办啊。"

"咋办？一路上我管你饭，怕啥？你拿毛笔和烂瓦片儿是干啥哩？"

"一路提笔卖诗，也好上京赶考。"

"拿过来我看看。"刘三接过来一看，"咦，这毛笔又尖儿又成啥啦，还能用吗？我当是啥砚台，原来是一个烂瓦片儿。吕先儿，你上京赶考哩，拿这东西就不中！人家主考的一看，凭你这东西能写出好文章？你写的文章再好，人家也不看。你得中？中个老鼠吧！不要这东西啦！"说着"叭"地又往地下一摔。

吕蒙正急忙弯腰去捡，已经摔得粉碎，顿足叹道："哎呀，我的老乡，可苦了我啊。你让我拿什么上京赶考啊？"

刘三哈哈一笑："吕先儿，看把你愁的？不打紧，摔坏了旧的，我赔你新的；摔坏了赖的，我赔你好的。"说着从自己包里边拿出一支崭新的七寸竹笔和牛角砚台，"给，吕先儿，你拿着。看这胜你那（东西）不胜[1]？"

"哎，这……我没钱……"

"看你说的？给你啦，还要啥钱？吕先儿，你这身叶子[2]我咋看着不顺眼。你去赶考哩，往那考场门口一站，别说是人家主考官啦，就是把门的见你穿成这样，也不会放你这个要饭的进去。进不去考场，你考个屁官？"

---

[1] 胜你那不胜：方言，"比你的强不强"之意。

[2] 叶子：衣服的戏称。

"这……"

"哈哈，不用这那啦。我这包袱里还有现成的一身新衣裳，做得太大啦，穿身上嘟连搭嘟的不得劲儿，一直没有穿过。哎，我看你的身架儿，穿上还许中哩！来，吕先儿，你就穿上试试吧。"说着就打开了包袱取了出来。

吕蒙正慌忙摆手："使不得，使不得呀。"

"咋使不得啦？试试怕啥？又没说让你要啊。来，这四周又没人，把你的衣裳脱了吧，快点，不要茨磨[1]。"说着，也不管吕蒙正答应不答应，连拉带扯，可把原来的衣裳脱了下来，把新衣服抖开，给他穿戴齐毕，一看，笑着说道："哟，常言说，人是衣裳，马是鞍杖。哈哈，吕先儿，这一打扮，就是不一样啊。好啦。这衣裳反正我也穿不成，就先借给你穿着吧，等你赶考回来再还我。"

"哎哟，这怎么能成……"

"咋不中？谁叫咱是老乡哩？好。吕先儿，上马走吧。"

"这……不合适吧？""哎呀，啰唆个啥？快上马！"不由分说，就架着吕蒙正上了马，开始赶路来了。

【二八】

好一个家院小刘三	扶蒙正上了马雕鞍
一边走心中暗盘算	吕先儿他钻进了我的圈
想办法把东西都给他	我好交差回城关
刘三暗暗拿主意	吕蒙正还蒙在鼓里边
吕蒙正骑着能行马	不由一阵心不安
老乡待我这样好	我拿什么将情还
不紧不慢往前赶	不觉这太阳已落山
日落西山天色晚	得找个店房把身安
正然思想抬头看	面前就是黑石关
刘三牵马把关进	有一个店房在面前

---

[1] 茨磨：辨音记字。洛阳方言中茨磨有"磨蹭"、"做事拖拉"之意。

（白）刘三拉住马："吕先儿，下马。"

吕蒙正下了马，说道："老乡，你先住店吃饭吧，我到那边去走走。"

刘三一伸手拉住："去哪？又想去要饭哩？拉倒吧！我说啥是啥，吃饭不叫你掏饭钱，住店不叫你掏店钱，怕啥？走，进店！"

"哎呀，你看……这……"吕蒙正推辞不过，被刘三拉进店房，这时堂倌急忙迎了上来，说道："哎哟，客人，快请进，是吃饭，还是住店，咱这里是酒馆、饭馆、带茶馆，一套三的大浑馆。你要想吃饭，马上给你端，蒸馍热又软，麻花酥又甜；你要想喝酒，这也不作难，状元红、葡萄绿、竹叶茅台老白干；你要想住店，咱这更方便，店房多宽敞，还可开雅间，床铺多干净，被褥松又软，东墙挂琵琶，西山挂三弦，客人你闷倦，取下弹着玩……"

刘三摆摆手："哎，伙计，你别啀[1]啦，先给俺们备一桌上等的酒席，越快越好。"

"好嘞！"堂倌朝后边喊道："喈——，灶上的老厨们听真，前边要高等酒席一桌，越快越好喽——"

堂倌这一喊，不打要紧，惊动了那灶上的师傅慌啦，忙啦，四面摸不着墙啦。一个个束上水裙，操起菜刀，一拉溜坐一十三口大锅。大炒锅、小炒锅，滋滋啦啦油翻波；大案板、小案板，刀飞肉舞乱动弹。只慌得烧的烧，燎的燎，煎的煎，炒的炒，搋的搋，捣的捣，端的端，跑的跑，不多一时就端好。做的是啥酒席，有八八的，六六的，二十四碗净肉的，鸡丝儿、鱼丝儿、蛤蟆丝儿，黄焖鸭子扣小鸡儿；鸡片儿、鱼片儿、蛤蟆片儿，黄焖鸭子扣鸭蛋儿，月月红，巧十三，中间夹个猛一窜。什么猛一窜？爆汤鲤鱼。

刘三说："吕先儿，还愣着干啥？快吃啊。"

吕蒙正看着满满当当的一桌酒席，说："老乡，真的让你破费了啊。"

"说那外气话干啥？来，先吃饭，后喝酒。"

---

[1] 啀：念 pēn，音同"喷"。在洛阳方言中是"说大话"或"滔滔不绝"的意思。

话不必啰唆，简短截说，两个人就吃过饭啦。刘三说："吕先儿，我还有一件心事，想跟你商量商量，不知道你肯不肯给面子啊。"

"哎哟，老乡，你待我这样，还客气啥哩？有话请讲当面。"

"吕先儿，嗯，我……想跟你拜个干弟们，还恐怕嫌俺是大老粗，不愿意……"

"哎呀，老乡此话从何讲起？我一个要饭的，承蒙你这样照护，感激尚且来不及，何言'嫌弃'二字？既是老乡有此心愿，也正合我意啊。"

"哈哈，吕先儿，这么说你愿意啦。"

"岂有不允之理？可只是你我做一个八拜相交生死弟兄，绝不是一句空言，需乞求神明，焚香盟誓。可这店房之内，一没香案，二没香烛，可如何是好？"

刘三一听，说道："哎，吕先儿，这好办，不是没有香炉吗？我去院里捧一捧土堆起来不就中啦？至于香嘛，哎，咱睡觉那床铺下边铺的不是干草？拽一根儿，点着当香烧不是也中？常言说，心到神知嘛。"

吕蒙正一听，点头说道："嗯，也好，你我也学个古人，就来个'扒土为炉，插草为香'吧。"

"中，还是吕先儿，说话都是文绉绉的，和咱这大老粗就是不一样！说办就办。"刘三就捧来黄土，扯一根干草，就着烛光点着，插在上面，两个人就开始结拜了——

【二八夹连口】

好一个刘三、吕蒙正　　　他们两个拜弟兄
这边跪下了小刘三　　　　那边蒙正跪溜平
吕蒙正有语开言道　　　　再叫声，天上过往的众神灵
我与刘三同结拜　　　　　就好像一母同胞生
只求同年同月同日死　　　不求同年同月同日生
他若有难我来救　　　　　我若有难他帮成
谁要有三心并二意　　　　叫老天五雷将他轰
吕蒙正刚刚发罢誓　　　　刘三紧跟着把誓盟

俺与蒙正拜干弟儿	老天爷在上作证明
他富了俺也跟着富	他穷了俺也陪着穷
俺吃肉不叫他吃素菜	他吃肉俺也得沾点腥
俺发财一半分给他	他当官不能嫌俺穷
谁要是以后变卦了	老天爷，你叫他死到那
五黄六月血化脓	
两个人盟罢洪誓愿	刘三开口说了一声

（白）"哎，吕先儿，咱们都盟过誓啦，成干弟们啦，我也不能再叫你吕先儿啦。咱俩得论论谁大谁小，谁是大哥，谁是兄弟啊。"

"言之有理，既已结盟，当论年庚。俺今年一十有八，不知老乡贵庚如何？"

"哟，那你把哥给抢走啦！哈哈，俺的'庚'也不贵，打罢新春才十七啦，比你小一岁。看来得给你叫大哥啦。大哥在上，受兄弟一拜！"刘全说着，倒头便拜。

吕蒙正慌忙拉住："贤弟请起。"

刘三说："大哥，咱今天拜成弟兄啦，现在兄弟我比你强点儿，往后你就不用再跟兄弟推推让让啦，这一路吃的喝的，穿的用的，兄弟我包啦。可只是大哥啊，你要是以后当官啦，可不敢把兄弟忘了啊！哪怕叫兄弟给你端个水，送个茶也行啊。"

吕蒙正说："贤弟说到哪里去了？为兄岂是那种忘恩负义之辈。"

一夜光景不必细表。第二天吃罢早饭，出了店门，刘三说："大哥，上马吧。"

"哎，贤弟，今天该你骑了，待为兄与你牵马。"

"说啥哩，大哥。哪有这兄弟骑马让哥牵的道理？就别再让啦。快上！"

吕蒙正只得又上了大马，刘三前边牵着，赶路来了——

【二八】

吕蒙正上了马雕鞍	刘三牵马奔阳关
一边走一边暗盘算	不由得一阵喜心间

既然俺俩已结拜　　　　　　俺送他，包袱盘缠理当然
只要把东西交给了他　　　　相爷交代俺任务就办完
我不能陪他走得远　　　　　走得远，我跑路回去越麻缠
刘三低头就有计　　　　　　"哎哟"声，一下子蹲到路一边
吕蒙正一见不怠慢　　　　　慌忙勒马下了鞍

（白）刘三走着，腰一弯，眉头一皱，"哎哟"一声，蹲在了路边。吕蒙正慌忙下马，问："贤弟，你是怎么了？"

刘三说："大哥，我现在突然肚子疼起来了。哎哟——"

"哎呀，走得好好的，怎么说疼就疼起来了啊？这前不着村，后不着店的。既是如此，为兄扶贤弟快快上马，到前边村庄寻医诊治吧。"

"大哥你不用害怕，我这肚子疼是老毛病啦，说犯就犯，说好就好。你不用管，我先在这里歇一会儿。大哥，你先骑着马走吧，别误了考场啊。"

"哎，贤弟有病，为兄岂能坐视？走，陪你治病要紧。"

"哥，你要是陪我治病，仨俩月也治不好，年儿半载也能拖，等治好我的病，你这考场就耽误啦，功名也不用再想啦，当官也没指望啦。"

"兄弟，看你说得吓人，什么病年儿半载也治不好？"

"哥，你不知道，我这是老病根儿，犯的次数可多啦，一次犯的时间又长。"

"怎么犯的次数多了？"

"一年能犯十二次，你说多不多啊？"

"啊，是多了点，每个月都犯一次了。犯一次病得多长时间？"

"哎呀，大哥，你不知道，犯一次至少得一个月时间啊。"

"哎哟，兄弟，都什么时间了，你还开玩笑？这么说来，你一年十二个月三百六十五天都在肚子疼啊。"

"哈哈，哥，说句笑话。给你说吧，反正我这肚子疼的病也不是啥大病，但确实一时半会赶不成路。东京汴梁做生意我也不想去啦，准备回去哩。哥，我把这匹大马就交给你啦。马背上的垫子下有一个包袱，里边有二百两银子，还有一身替洗的靴帽蓝衫，我也不要啦。你都拿着花吧，上

京赶考，没有银子可不中啊。"

"这如何使得？不，不能……"

"哎呀，大哥，你啰唆个啥？快走吧，再磨蹭考场就耽误啦。来，我扶你上马！"刘三说着，连拉带拽，把吕蒙正凑上了能行大马。吕蒙正还想下马，刘三夺过鞭子，照住马屁股上"啪"地一鞭。那匹马疼痛难忍，"咴儿、咴儿、咴儿"仰天大叫三声，四蹄一蹶，照定阳关大道飞奔起来，不多一时，可把刘三远远给撇在后边了——

【二八】

刘三马上加一鞭	那匹马，蹶起四蹄一溜烟
不多一时跑得远	回头看，不见刘三在哪边
回头不见兄弟面	叹坏了蒙正一生员
好一个刘三弟侠义肝胆	患难中赠银两将我周全
若不是，兄弟把银两马匹赠	吕蒙正，想上京赶考可难上难
如今有银两马匹在	到汴梁我也好周旋
这真是天无绝人路	人到难处天助俺
此一番到在汴梁地	为考功名拼一番
倘若此去不得中	一笔勾销话不谈
倘若皇榜成名显	贤弟啊，我一层恩报你加倍三

【二八夹连口】

想到此，路途之上莫迟延	扬鞭催马奔阳关
走了一日又一日	走了一天又一天
蹚过一水又一水	翻过一山又一山
走过了张家牌坊李家店	赵家庄来孙家湾
越过了高山走平地	穿过了丘陵过平川
天色黑定才住店	启程不待日出山

【武口】

吕蒙正打马行程许多日	这一天，汴梁城终于到面前
有的说，吕蒙正走得这样快	都是俺说书的嘴巴快无边

哪怕他十万八千里　　　　　　搁不住俺嘴角儿冒股烟

【紧二八】

说他到，他就得到　　　　　　他要不到算不粘
吕蒙正马上抬头看　　　　　　哟，汴梁城里真威严
远看垛口赛流星　　　　　　　近看城门高丈三
一个垛口一门炮　　　　　　　一杆旗下将一员
两个门军把城门把　　　　　　出来进去查得严
马走吊桥如擂鼓　　　　　　　人走吊桥直忽闪
吕蒙正心有事不观城头景　　　过出吊桥进西关
此一番吕蒙正把京进　　　　　准备着皇府金殿去求官
也不知能中不能中　　　　　　下回书中再开篇

第八回
探　窑

【二八】

小战鼓一打慢来弦　　　　　　论说书咱还是开长篇
上回书唱啥还唱啥　　　　　　哪时断了哪继弦
上回书唱的是吕蒙正　　　　　汴梁赶考上金銮
把吕蒙正寄在汴梁地　　　　　花开两朵另有缘
回文书再唱哪一个　　　　　　把书插到洛阳城东关
这一天，老太太坐在堂楼上　　又想起了闺女刘瑞莲
俺女婿赶考把京进　　　　　　寒窑里，撇下了闺女实可怜
寒窑里哪来的米和面　　　　　更缺酱醋少油盐
衣食寒暖无着落　　　　　　　女流辈过日子太艰难
亲生闺女受熬煎　　　　　　　咋不叫老婆好心酸
缺衣少食还好办　　　　　　　一个人，身处寒窑太孤单
如今世道有点乱　　　　　　　怕只怕，歹人操下坏心肝

在寒窑万一出点事	老婆我，抓起石头去撞天
越思越想越害怕	坐卧不宁心不安
出言来只把丫鬟喊	把"老狗"叫到楼里边

（白）单说老太太在堂楼上边想着她闺女刘瑞莲的处境，又是心疼，又是担心。心想：唉，闺女在寒窑吃点苦，受点罪，倒也没啥。谁让她走这一步路呢？这是她自找的，怨不得别人。老婆心疼也心疼不上啊。可那吕蒙正上京赶考一走，单撇下闺女一个人在寒窑里，万一出点事咋办啊？到那时候可后悔也来不及啦。老婆越想越难过，越想越担心，越想越害怕，越想越恨，越想越恼火。一恨闺女不争气，二恨我那个老狗做事没人性，把闺女撇在寒窑不管不问。老太太想着想着就坐不住啦，叫一声："丫鬟，过来。"

"来啦，来啦，听见太太喊，急忙到跟前。不知太太有何吩咐？"

"丫鬟，去，到下边客厅里边，叫那老狗给我滚上来！"

"是。"小丫鬟一边下堂楼，一边想着，俺太太又发火了，俺家老爷又没有好果子吃啦。正想着进了客厅，见了相爷一声禀道："见过相爷。"

刘丞相说道："丫鬟，禀报何事？"

丫鬟心想，俺家太太说，老狗你滚上来，俺总不能照原话学呀？只得改口说道："老爷，俺家太太让你到堂楼上叙话。"

刘丞相一听，不禁皱了皱眉头，胡子动了几动，身子不由得打了个颤儿：唉，这死鳖老婆子，成天啰哩啰唆事不少。这不，也不知这回喊我做啥哩，八成又是说闺女瑞莲那事儿。去吧，动不动就拿她的拐棍。不去吧，她寻死觅活地闹。唉，还是去吧——

【二八夹连口】

有听丫鬟禀一声	倒叫老夫心内惊
老夫我这两天刚安宁	这老婆又把是非生
有心不把楼来上	老婆闹起来鬼神惊
有心上楼去见她	看见她就觉得头发蒙

磨磨蹭蹭把楼上	问老婆唤我为何情
老太太未曾开言眼落泪	骂了声老狗你没人性
老婆我坐不安来睡不宁	你清闲自在乐融融
你不是人，是畜生	难道说，闺女不是你亲生
刘丞相压住心头怒	老婆你说话真难听
不知道咋又招惹了你	平白无故把气生

（白）"老婆子，你真是无事寻事啊！我咋惹你了，骂我这样难听？"

"老狗，那吕蒙正都上京赶考走啦，你咋有事还当没事哩？"

"老婆子，那吕蒙正上京赶考走啦，不假。我不是都照你说的去做了嘛。打发刘三改名换姓王三，追赶上了吕蒙正，结拜成弟兄，把马匹银子包袱都给了他。这你还不放心啊？那吕蒙正即使考上了官，回来只要刘三把话说透，不是啥事没有了？他还得承我的情呐。老婆，如今刘三回来说啦，你也知道啦，还有啥不放心的地方？真是你这老婆，烦死人。"

"你这老狗，还嫌我烦。我来问你，那吕蒙正走啦，就剩下咱闺女一个人在寒窑啊。原来吧，好歹是他们两个，吃苦受罪吧，该他们受，可现在就咱闺女一个人在寒窑，你老狗黑地睡觉也怪心静！你就不想想，万一半夜三更的，遇着个歹人，把闺女给害啦，或者给毁了清白。到那时候，你个老狗也不管不问？闺女不是你亲生闺女？骂你是畜生，你还觉得不好听哩。连那狗都知道护娃儿，猪都知道护崽儿，你不是连猪狗都不如吗？"

"哎哟，这……"刘丞相一听，老婆骂得有道理啊，把闺女一个人放在寒窑，也确实不是事儿啊，出点事我怎么办？闺女再不好，噎我，气我，火头上说不要她啦。可说到天边也是我亲闺女啊。尘世上这父女亲情是打不断，扯还连啊。刘丞相想到这里，说道："老婆子，你说这话提醒了我。闺女再不好，也是我闺女的。我这当爹的咋会不管不问？是这吧，老婆子，不如咱打发丫鬟去把咱闺女接回来算啦。不叫他在那寒窑受苦，咱们担心受怕了，还不行吗？"

"你这老东西，吃的灯草，说得轻巧！咱闺女那脾气你还不知道？给她送盘缠都让她扔啦，还寻死觅活的。让小丫鬟去能把她接回来？"

"哟，可不是。那要是这，老婆子，我给你备个轿子，干脆你跑一趟算啦，闺女不听别人的，还不听你这个当娘的？"

"你说叫我去接她回来？门儿都没有！咱闺女那性子，犟起来，老婆我也是一点办法都没有。"

"老婆子，那你说咋办？"

"老狗，常言说，解铃还须系铃人。三年前是你把咱闺女撵出去的，前些时回来，又是你把她给骂跑的，你不去接咱闺女，叫谁去呀？闺女那脾气我知道，她是争一口气啊。你可知前些时来咱家借盘缠，你们争吵了以后，闺女一气之下走了。我叫丫鬟送银子，她就打听是我让送的，还是你让送的。结果小丫鬟说了实话，说是我让送的。咱闺女一气之下把包袱给摔了。当时丫鬟如果说是你送的，也许咱闺女就收下了。你今天亲自去接闺女，她一看你个老东西回心转意了，闺女一高兴就跟着你回来啦。老狗子，窟窿是你戳的，你不补，谁补？豁子是你扒的，你不垒谁垒？"

"啥，老婆子，你让我去接？亏你想得出来！老夫做了一辈子官，向谁低过头，说过好话？让我腆着个脸去求那个丫头回来？她不回来拉倒，叫我反过来去给她低三下四的说好话？不去！"

"老狗，你真不去？"

"不去！"

老太太一听气坏啦："你这老狗想气死我哩不是？丫鬟，把我那拐棍拿来！"老太太往两边去找拐棍，刘丞相赶紧挡住："搁那，搁那。我去，我去！我……嘿嘿，急着去哩。"

老太太说："你不是不去吗？"

刘丞相苦着脸说："老婆子，我好心好意去接咱闺女，她要是不搭正[1]我，叫我这老脸往哪搁啊？"

"你这老狗，自家的闺女，从小在咱跟前长这么大，啥脾气、禀性你还不了解？见了闺女，也别装你的官架子啦。不要吊着你的丝瓜脸，瞪着你的鸺鹠[2]眼，噘着你的尿臊胡，咱闺女肯定不会吃你那一壶。你好声好气地

---

[1]　不搭正：方言，"不搭理"、"不理睬"之意。

[2]　鸺鹠：这里指猫头鹰。

跟咱闺女商量，咱闺女也不是一点也不通情达理呀。不管你怎么哄，把咱闺女哄回来，让老婆我心装到肚子里，啥都不再说。老东西，你要把闺女得罪了，接不回来，老婆我跟给你不到底！"

"老婆子，你说我得走上一趟？"

"不赶快去吧，还磨蹭啥哩？"

刘丞相慌忙答应："哎，好，我这就到下边收拾，探寒窑去了——"

【二八】

刘丞相退到楼下边	叫家院刘全听爷言
快快备下八抬轿	咱到在城南寒窑走一番

【连口】

刘全答应好，好，好	八抬轿备到府门前
刘丞相府门以外上了轿	四人小轿跟后边
刘全前边引着道	后边还跟着小丫鬟

【二八夹连口】

刘丞相一边走来一边叹	忽然想起三年前
打前门赶出了吕蒙正	打后门撵出了小瑞莲
三年前，火头上我把闺女撵	三年后，我还得接她回家园
一来是亲生父女情难断	打断了骨头还筋相连
二来是她的娘昼夜把女念	堂楼上成天叨得老夫烦
此一番要把闺女探	不由得一阵阵心不安
到寒窑，没脸再见闺女的面	见闺女受罪我好心酸啊
俺闺女她要不搭理俺	可叫我老脸放哪边
不想去，真是不想去啊	作难、作难、太作难
有心搭轿回府转	怕只怕，老婆子又把拐棍掂
正思想来到了寒窑外	刘丞相叫了一声小丫鬟

【散板】

叫丫鬟你快把寒窑进	给你家姑娘把信传
你就说为父亲自把女探	让她接到窑外边

她要是答应了能见面　　　　她不答应可是见着难

【二八夹连口】

小丫鬟就说好，好，好　　　俺进寒窑禀一番
先不说小丫鬟把寒窑进　　　再说说小姐刘瑞莲
刘小姐寒窑把棉纺　　　　　忽听得外边闹声喧
听声音不像别的事　　　　　咋好像，俺家爹爹到面前
罢，罢，罢，俺到外边去走走　外边喧嚣为哪般
刘小姐，把花绒儿搭在线穗上　松松锭子放放弦
伸一伸杨柳细腰忙立站　　　打外边进来了小丫鬟
姑娘面前打一躬　　　　　　问了声小姐可安然
刘小姐闪动秋波看　　　　　小丫鬟来此为哪般

【对口二八】

丫鬟说，姑娘啊，你可知　　今天谁把你来看
让俺丫鬟把喜传
小姐说，不知道来了哪一个　为什么，寒窑外边闹喧喧
丫鬟呀，要知道来了哪一个　俺相爷，看你来到寒窑边
姑娘你赶快去迎接吧　　　　你还站着为哪般

【二八】

刘小姐闻听吃一惊　　　　　老爹爹，为何来到寒窑前
一听说爹爹把寒窑探　　　　猛然想起三年前
打前门他把蒙正赶　　　　　打后门赶出了俺瑞莲
借盘缠又与爹爹翻了脸　　　楼上楼下吵半天
俺有心出去把父亲见　　　　父女俩见面咋开言
有心不出去把父见　　　　　老爹爹，恁大的年纪到窑前
不见俺爹礼不端啊
刘小姐畏难了多一会儿　　　小丫鬟一旁催翻了天
罢，罢，罢，硬硬头皮把父见　且看俺爹咋开言
想到此，款动金莲出窑门　　抬头看，大轿不远在面前
刘小姐一时难开口　　　　　愣在那里她不动弹

（白）刘小姐猛一见她父亲的大轿，想到前些日子还和爹爹吵啊，闹啊，把相府闹翻了天，现在要和爹爹见面，总觉得面子上过不去，又害怕再遭爹爹数落，所以站在那里，迟迟疑疑，扭扭捏捏，不肯过去相见。

【散板】
就这样，女看父，父看女　　　　　看了半天没话言
丞相想，当老的我不能先问她　　　当小的，她先问我理当然
俺闺女她今天不把我来问　　　　　叫我先开口可难上难啊
小姐想，按理说我应该先将父来问　爹要不搭理我就难堪
刘小姐思思想想难开口　　　　　　小丫鬟一旁扯衣衫

（夹白）"小姐，你还愣着干啥？俺家相爷老远的风尘仆仆地前来看你，到门上啦，你还不问，也说不过去呀。快去给相爷问安啊。"
"这……丫鬟。"
"啥这这那那的？不用再不好意思啦，再不去见你爹，就是你的不是了。快去。"

【散板】
刘小姐这才款金莲　　　　　　　　徐徐来到大轿前
暗闪秋波轿里看　　　　　　　　　看见了爹爹好心酸啊
【悲平板】
见老爹爹银髯苍苍年纪迈　　　　　两鬓斑白愁纹添
老目纵横含热泪　　　　　　　　　口中不住叹连天
刘小姐不看谅拉倒　　　　　　　　这一看，止不住两眼泪水擦不干
一霎间，只觉得心肠软　　　　　　把所有的怨恨抛九天
细想想，老爹爹没有多男并多女啊　实指望闺女行孝在膝前
谁料想，他前世积下我这个不孝女　只落得风烛残年影孤单啊
老爹爹就在面前我不问　　　　　　落一个，忤逆不孝何心安

罢，罢，罢，刘小姐两眼含泪鼻子酸　　"扑通"一声跪轿前
先问声爹爹你可好　　再问声爹爹你可安
要知我是哪一个　　我本是你不孝的闺女小瑞莲啊
刘丞相睁开了昏花眼看　　眼前边跪下了爹心肝
只慌得下了八抬轿　　急急忙忙把女搀
三年多又听见把"爹"喊啊　　这才是，拨开了乌云见青天
叫女儿你赶紧起来吧　　闺女跪着父心醉哪

【对口二八】
瑞莲说，爹呀爹，千错万错儿的错　　儿不该，生来禀性太裂天
丞相说，儿啊儿，千悔万悔肠悔断　　父不该，亲生骨肉赶外边
瑞莲说，爹呀爹，千不怨来万不怨　　全怨儿，不知地厚与高天
丞相说，儿呀儿，千不念来万不念　　全念咱，父女亲情血水连
瑞莲说，叫爹爹请到里边歇一歇
丞相道，闺女啊，咱同到寒窑叙饥寒

【二八】
父女俩携手把寒窑进　　刘小姐弯腰搬起了一块砖
叫爹爹你赶快落座吧　　也免得站着两腿酸
刘丞相坐在了砖头上　　细把寒窑打量一番
寒窑四面透着风　　西北风吹来阵阵寒
火台前缺米又少面　　灶下不见冒炊烟

【叹腔】
刘丞相看到了伤心处　　心里边好像钢刀剜
我只说女儿寒窑受了难　　谁知道缺衣少食咋恁可怜啊

【苦滚白】
都只怨老父心肠狠哪　　撇亲生寒窑受熬煎

【散板】
儿呀儿，今日为父把寒窑探啊　　有件事咱得做商谈
也自从蒙正赶考把京进　　寒窑里撇下我儿甚孤单
我的儿寒窑里把罪受　　你的娘堂楼上盼女眼望穿

我的儿缺吃少穿都好办　　　　怕只怕遇着了歹人起祸端

【二八】

万一有个好和歹　　　　　　　怎不叫人把心担哪
叫女儿跟为父回相府　　　　　咱欢欢喜喜庆团圆
刘小姐低头暗盘算　　　　　　爹爹不知听俺言
临走时蒙正再三交代俺　　　　让俺苦等寒窑间
俺若私自回相府　　　　　　　怕的是，他怪罪下来难承担

【对口二八】

丞相说，吕蒙正现在不能把你管　　小姐说，他是俺头上一层天
丞相说，叫女儿不用把心担　　　　这件事老父我周旋
小姐说，三年前父把女儿赶　　　　只落得，穷困潦倒身贫寒
我现在回到相府里　　　　　　　　还恐怕，相府的上下耻笑俺
等以后，闺女若能把身翻　　　　　再回到相府好团圆
刘丞相一听把眼瞪　　　　　　　　女儿且把心放宽
为父不把女低看　　　　　　　　　是哪个他敢胡乱言
小姐说，我这样失魂落魄回相府　　爹爹的脸上也不体面
丞相道，说什么体面不体面　　　　父女亲情大如天
只要咱举家能团圆　　　　　　　　老夫我，先把老脸搁一边吧
叫丫鬟快扶姑娘把轿上　　　　　　再磨蹭，休怪老夫把脸翻

【二八】

小丫鬟一听不怠慢　　　　　　急慌忙拉住刘瑞莲
连推带噙把小轿上　　　　　　众轿夫抬起轿子一溜烟
刘小姐轿内回头看　　　　　　心里边一阵欢喜一阵酸
喜的是，父女团圆乌云散　　　酸的是，留恋寒窑举步难
众人等欢天喜地回相府　　　　准备着摆下酒席庆团圆
咱不说丞相府里摆酒宴　　　　再唱唱，汴梁城吕蒙正一生员
吕蒙正进京三天整　　　　　　东京皇王开科选
吕蒙正顺顺当当进金殿　　　　考场上回答自如不一般

【武口】

三篇文章如锦绣	万岁爷钦点头名文状元
这真是受尽十年寒窗满	一朝成名天下显
大街上夸官三天整	金殿奏本回家园
吕蒙正要回到洛阳地	准备着洛阳城里闹一番
也不知他想怎么闹	下回书中交代全

第九回
团　圆

【二八】

古往今来多少年	争名夺利人皆然
十年寒窗无人问	一朝成名天下传
吕蒙正皇榜得了中	奉旨夸官御街前
大街上夸官三天整	想起了家中之事愁眉间
我的妻寒窑苦苦将我盼	吕蒙正耀武扬威心何安
想到此无心夸官无心转	上金殿，九龙口里把君参
双腿扎跪金殿上	万岁呀，微臣有本奏殿前
皇恩浩荡臣得中	臣妻寒窑受熬煎
还望万岁准下本	洛阳探亲回家园
真宗皇爷开金口	一道圣旨往下传
恩准状元把亲探	朕加封八抚巡按官
有几件案子代朕办	明察暗访走河南
查一查，哪家官员把法犯	访一访，哪一家豪绅把赃贪
当殿上朕赐下天子剑	依法严惩不容宽
吕蒙正金殿领了一道旨	带人马，浩浩荡荡离京川
心急只嫌路途远	恨不得插翅飞回寒窑间
日夜兼程把路赶	这一天，不远就是黑石关

吕蒙正触景生情心感叹	想起了结拜弟兄好王三
想当初蒙正赶考把京进	多亏他，赠送我马匹银两和盘缠
今日里为兄得中回家转	先找找我那好兄弟在哪边
一层恩当作十层报	俺弟兄同富贵来同患难
寒窑里想起了我的妻	患难中不弃不离又不嫌
此一番赶考如了愿	也不枉，你陪我寒窑受罪两三年
此番接你上京去	咱夫妻，同享荣华到百年
正思想人马离洛阳已不远	传下令，十里长亭扎营盘

（白）话说吕蒙正得中头名状元，官封八抚巡按，赐下皇王玉印两封，天子宝剑一支，私访河南，兼回洛阳探亲。带领人马浩浩荡荡，日夜兼程，这一天来到了离洛阳十余里的十里长亭扎下营盘。吕蒙正轿内说道："人役们听真。"

两个人役一声说道："不知大人有何吩咐？"

吕蒙正道："二位人役，速速到前边五里之外的寒窑打探，看看刘瑞莲小姐，我那状元夫人是否在寒窑之内。打探清楚，速速回话，不得迟误。"

"是！"人役们不敢怠慢，立即行动。不多一时，转了回来，来到轿前："启禀大人，我们已前去打探清楚，寒窑里边一片荒凉，人迹罕至，空无一物，并无状元夫人居住。"

"啊，你待怎讲？不知我那贤妻哪里去了啊。人役们再去附近打听，看有没有人知道刘小姐的下落。"

"禀大人，俺们就估计到你会让我们去打听这事儿，我们已经打听过了，省得跑二次腿，费二回事儿。"

"啊，打听清楚没有？"

"回大人，已经打探清楚，刘瑞莲小姐已被刘丞相接回相府去了，所以寒窑荒芜。"

"啊？"吕蒙正心想，贤妻啊，贤妻，当初上京赶考之时，你我约好，在寒窑苦等，皇榜高中之日，夫妻团聚之时。如今为夫风尘仆仆，千里迢迢，赶来与你相聚，不料想今日却人去窑空！莫非说你在寒窑形影孤单，难耐寂寞贫寒，就回相府享福去了？此去相府，把俺蒙正置于何地？好了，若不免，我如此这般行事也就是了。

吕蒙正想到这里，说道："人役们，来侍候我更衣。"人役们侍候着吕蒙正脱去了官衣，摘掉了乌纱。吕蒙正从轿座下拿出一个包袱，打开一看，原来是一身要饭花子穿的衣服，"人役们，快帮我把这衣服换上。"

人役们一看，感到奇怪："大人，你穿这要饭花子的衣裳干啥啊。"

吕蒙正说道："不必多问，照我吩咐也就是了。"人役们也就不敢再多嘴了，帮大人把衣服换好。嘿，这一下堂堂的头名状元一霎时又变成了要饭花子啦。

吕蒙正收拾已毕，说道："众位人役，本大人要进洛阳去私访一个案子，你们不准声张，更不可走漏半点风声，在此静心等候。一个时辰后，如果不返回，你们就抬着八抬大轿，带着本大人的官衣，还有状元娘子的凤冠霞帔，进洛阳城，打听到丞相府，直接进府找我也就是了。"

"是，大人，俺们记下了。"

吕蒙正吩咐已毕，就打扮成一个要饭花子，要进洛阳，到丞相府去了——

【二八】

吕蒙正定下了巧机关	要试探小姐刘瑞莲
摘下了纱帽换毡帽	脱下了官衣把破袄穿
堂堂巡按文状元	一霎间变成了要饭男
一边走来一边叹	我的妻，你回相府为哪般
我风尘仆仆把你见	哪知道，热身子掉到了冷水潭
莫非你孤身形影单	寒窑内，难耐寂寞和贫寒
贪图享受回相府	想当初，约定的言语忘一边啊
莫非你日久天长把心变	把夫妻恩爱一刀剜
罢，罢，罢，此一番假扮落第回家转	到相府试探走一番
倘若是没把心来变	凤冠霞帔叫你穿
倘若是你把良心变	休怪蒙正我不义男

想起了丞相势利眼　　　　　说出大话太欺天
他言说我要能把官做　　　　他情愿追鞍认蹬把马牵
此一番再试试刘丞相　　　　看你是否把蒙正嫌
你若相府不低看俺　　　　　咱翁婿和好全不谈
你若把俺来小看　　　　　　定叫你追鞍认镫把马牵
【连板】
思思想想抬头看　　　　　　不觉进了城东关
心有事不观大街景　　　　　穿街过巷一溜烟
相府前门不想走　　　　　　绕弯转到后门前
吕蒙正来到后门口　　　　　"当，当，当"拍了三下门环
要知惊动了哪一个　　　　　惊动了相府的小丫鬟
后花园里把花浇　　　　　　猛听得后门外面响门环
款动朴莲迎上去　　　　　　问一声何人到门前

　　（白）"外边是谁呀？""丫鬟，是我，快开门吧。""你，你是谁，没有名呀？""丫鬟，我是你姑爹啊。"

　　"哼，我倒是你姑奶奶哩？你这人，俺姑爹上京赶考走啦，你还来冒充哩。快滚，要不然，小心俺喊来家郎院公揍你。"

　　"丫鬟，我真是你的姑爹吕蒙正了，快开门吧。"

　　"咦，我都不相信，待俺去看看。"小丫鬟款动朴莲来到后门跟前，"哗啦"拉开门闩，一看："哟，真是俺姑爹回来啦！哎，姑爹，你咋不从前门走，来到后门偷偷摸摸像做贼似的。"

　　"唉，丫鬟，我看我流落成现在这个样子，能从前门走吗？只好从后门进来，丫鬟，麻烦你跟你家姑娘通个信吧，就说俺蒙正回来啦。"

　　"哎，姑爹，你咋还穿着这身要饭花子的衣裳？看这打扮这次赶考没得中吧。"

　　"唉，吕蒙正俺时运不济，落榜而归。"

　　"哎哟，都说你是个才子，怪不得俺家相爷说你是个吃才、笨才、狗才、奴才，俺家姑娘实指望你这次得中了，给她争光哩。这可好，你落得

个这般模样。这一次回来呀,还不知姑娘认不认哩。算啦,我先暂时给你叫着'姑爹',等见俺姑娘,看人家啥口气,如果人家不嫌穷,认你啦,我就正式叫你'姑爹'啦,如果不认你,哟,这'姑爹'可就收回去啦。"

"丫鬟,你叫不叫'姑爹'都可。快去给你家姑娘禀报吧。"

"中,你等着。"小丫鬟一阵风似的跑到绣楼上边,见了刘瑞莲小姐,说道:"姑娘呀,我来给你报喜来啦。"

刘小姐说:"丫鬟,喜从何来?"

"姑娘,俺姑爹赶考回来啦,这不是一大喜吗?"

"啊,丫鬟,此话当真?"

"哪个敢哄你不成?现在就在后门等着哩。"

"啊,丫鬟,你姑爹可曾得中?"

小丫鬟心想,我要是说没有得中,恐怕她一时接受不了,不如先开开玩笑,逗她开心一下,说道:"哎哟,小姐,我只顾慌里慌张跑来给你报信哩,忘问他得中没有。"

"你这丫头!得中不得中,看他的穿戴打扮不就知道了,还用问?他头上戴的是啥?"

"哎哟,姑娘,他要得中了,头上应该戴啥呀?"

"只要得中,不管是状元、榜眼、探花,都应该是头戴花帽啊。"

"哎哟,那要是这,俺姑爹像是得中啦!他头上戴的帽开的花可多啦,前边也是花,后边也是花,左边也是花,右边也是花。"小丫鬟背过身去,心中暗想,那是烂棉帽,露出来的是棉花,嘻嘻……

"丫鬟,他身上穿的是啥?"

"姑娘,如果得中应该穿啥呀?"

"这你都不懂?得中了话,应该是身穿龙衣。"

"哎哟,那可真是得中啦。俺姑爹穿那衣裳呀,前边也是龙(窿),后边也是龙(窿),左边也是龙(窿),右边也是龙(窿)。"丫鬟暗想,是窟窿!嘿嘿……

"丫鬟,他脚上穿的是啥?"

"姑娘,你说得中应该穿啥?"

"如果得中了,应该是足蹬木底靴。"

"哎哟,姑娘你咋猜得那样准哩?我姑爹穿的靴就是木(没)底啊。"

"啊,这么说来,你姑爹真是得中了?"

"姑娘,真得中了。"

"哎呀,丫鬟,既然如此,快领我下楼接你家姑爹去吧——"

【二八】

好一个聪明伶俐的小丫鬟	将错就错把小姐瞒
刘小姐听说相公得中了	欢天喜地笑开颜
也不枉三年寒窑苦	俺相公果然才气不一般
从此后俺也能直起面	再不用忍气吞声在人前
人逢喜事精神爽	小金莲跑起来一溜烟
穿宅过院来好快	后门不远在面前
暗闪秋波仔细看	有一个要饭花子怪可怜
观前相他是吕蒙正	观后相他是奴夫男
小丫鬟她说得中了	为什么,穿戴打扮是这般
小姐看罢猛一愣	出言叫声小丫鬟

(夹白)"你这死鳖丫头,说你姑爹得中啦,到底得中没有?"

"哎哟,姑娘,我哪说得中了啊?是你说的,咋赖起我啦?我是说他头上戴着开着花儿的烂帽,身上穿着满是窟窿的衣裳,脚上穿上没有底儿的靴子,我没说他得中呀?"

"你……,你这丫头!"刘小姐明白丫鬟在给她开玩笑,只得上前问道:"相公,你回来了?"

吕蒙正长叹一声:"唉,贤妻,我回来了。"

"看此景象,相公好似没有得中?"

"唉,贤妻,一言难尽哪——"

【二八】

未曾开言连声叹　　　　　　　如今世道暗无边

为夫赶考把京进　　　　　　　遇上贪赃的主考官

他要我交银三百两　　　　　　不做文章也能做官

我要是不交手续钱　　　　　　想做官比那登天难

因此上为夫我落榜选　　　　　只得要饭回河南

回寒窑不见妻的面　　　　　　才一路寻到相府前

相府前门不敢进　　　　　　　后门里喊喊小丫鬟

今日愧对贤妻面　　　　　　　心中阵阵不得安

辜负了，小姐对我情一片　　　辜负了，小姐寒窑苦三年

都只怨，吕蒙正没有富贵命　　连累得小姐跟着受饥寒

今日咱夫妻见一面　　　　　　从此后，你东我西各一边

吕蒙正大街去讨饭　　　　　　小姐你，回相府再把高枝攀

我走我的独木桥　　　　　　　你走你的道阳关[1]

不让你跟我受牵连　　　　　　咱两个，七不连来八不粘

【悲平板】

吕蒙正嘴上说的是绝情话　　　气坏了小姐刘瑞莲

相公啊，你把为妻看得贱　　　刘瑞莲岂能那样无心肝

咱本是一对苦命鸟啊　　　　　一根枝上把咱拴

大不了还跟你去讨饭　　　　　咱吃糠咽菜度百年

一席话，只说得吕蒙正连声叹　刘小姐忠贞贤惠可对天

小姐说，相公呀，咱赶快到在绣楼上　夫妻两个细商谈

【武口】

他们两个正说话　　　　　　　不好了——，打那边过来了小刘全

一眼看见了吕蒙正　　　　　　穿的是要饭的破衣衫

看起来吕蒙正没得中　　　　　我给俺相爷把信传

刘全来到客厅里　　　　　　　连把相爷叫一番

---

[1] 道阳关：阳关道。说书人为了押韵而前后倒置。

我看见吕蒙正回来了	穿戴打扮真寒酸
刘丞相就问，在哪里	刘全说，和小姐说话后花园
刘丞相就说走，走，走	赶快领我去看看
刘丞相说罢客厅离	天井院，碰着了蒙正一生员
刘丞相不看谅拉倒	这一看，只气得七窍生了烟
人都说，吕蒙正此番能得中	谁料想，落榜要饭回家园
看起来，老夫没有看走眼	穷酸命，想爬到河沿[1]难上难
刘丞相越想越有气	只气得，胡子动弹几动弹

【二八】

吕蒙正一看就知道	老岳父，看见自己不耐烦
既是岳父面前站	施礼问安理当然
丞相跟前打下躬	问了声，岳父贵体可安然

（白）"见过岳父大人，门婿给你问安来了。"

刘丞相鼻子里哼了一声："嗯——，门婿，此番上京赶考可曾得中？"

"回岳父大人，小婿时运不济，主考官不识良才，不曾得中，落魄而归。"

刘丞相冷笑两声："哼哼，什么良才？分明是庸才！老夫早就说过，你不是当官的材料，普天之下，要饭的当官有几个？你要能当官，老夫追鞍认镫牵马，可我那丫头偏不相信，这回她可该信了吧。"

吕蒙正说道："岳父大人，别说小婿没有得中，就是得个一官半职，哪有岳父给小婿追鞍认镫牵马的道理？"

刘丞相喝道："怎么没有道理？只要你能当官，老夫追鞍认镫牵马又有何妨？怕的是你此生没有当官的命啊。"

【散板】

丞相道，生来就是要饭的命	纵然再闹腾也枉然

---

[1] 爬到河沿：洛阳一带有"一辈子也爬不到河沿上"的说法，意为穷人永远也不能成为富翁。

老夫我，驷马难追出一言	何妨认镫去追鞍
刘丞相只管说气话	哪知道，中了女婿的巧机关
翁婿两个正争持	打门外，跑过来俩门官
相爷相爷，不好了	相府外边出事端

（白）"见过相爷，外边来了一班人役，声称要进相府，找他家的状元老爷、巡按大人，小人们拦挡不住，已经闯了进来……"

刘丞相冷笑两声："哼，何人发疯！相府里边哪来的状元老爷和巡按大人？"回头看见吕蒙正，猛然一想，发觉不对，啊，莫非……，没来得及细想，就见从门外冲进了一班人役，直奔到吕蒙正跟前，一齐跪倒："见过状元老爷，巡按大人。"

事已至此，吕蒙正也就不再瞒了，说道："人役们，快快与我更衣！"

"是。"人役们将吕蒙正团团围住，慌里慌张给他更衣。不一会儿，要饭花子不见啦，变成了堂堂的巡按大人。吕蒙正又吩咐："快将凤冠霞帔拿来，与状元娘子换上。"

"啊，这……"刘丞相一看，傻脸啦。愣在那里，半天说不出话来。

吕蒙正撩袍端带，重新整过了衣衫，朝刘瑞莲小姐，刘丞相及众家丁拱手施了一礼，一声说道："岳父大人，瑞莲贤妻。不好意思，刚才多有冒犯，我这厢给你们赔礼了。"

刘小姐恍然大悟："啊，相公，原来你已经得中，为何不早说啊。"

吕蒙正哈哈大笑："娘子，你有所不知啊——"

【二八】

为夫皇榜得了中	奉旨探亲回家园
寒窑不见贤妻面	相府试探走一番
贤妻没把蒙正嫌	患难之时见心田
岳父把俺来低看	见面恶语又冷言
刚才言语都听见	一言既出重如山
叫人役拉过能行马	少不得，岳父大人把马牵

刘丞相，面红耳赤无言语　　今日里，老脸丢到人面前
都怪老夫失眼色　　　　　　不该一时出狂言
要知道惊动了哪一个　　　　慌坏了小姐刘瑞莲
急急忙忙双膝跪　　　　　　叫声相公你听言
老爹爹说话他有错　　　　　你不能，仇见仇来冤见冤
老爹爹，两鬓苍苍白发染　　给你牵马心何安
千不念，万不念　　　　　　念在为妻我的面
千不看，万不看　　　　　　看一看，为妻跪在你面前
吕蒙正忙把小姐搀　　　　　贤妻呀，为夫禀性你了然
你的父，说我别的都能忍　　说出这话伤尊严
今天这话不兑现　　　　　　吕蒙正，枉为男子在世间
贤妻再莫把情讲　　　　　　也免得，伤了和气不耐烦
刘小姐一听连声叹　　　　　吕蒙正，犟起来，九头牛也难拉回还
这时候，堂楼上走下来老太太　吕蒙正，急忙忙，撩袍端带跪平川
门婿参拜有迟延　　　　　　还望着，岳母大人多包涵啊
老太太摆手说不要紧　　　　叫声门婿听娘言
论理说，都是你岳父他的错　他不该，口出狂言欺了天
门婿你，从古到今看一看　　哪有这，晚辈骑马长辈牵
这件事情传出去　　　　　　你落个，无礼无义人笑谈
念及老娘把情讲　　　　　　得饶人处把人宽

【武口】

吕蒙正再次拱拱手　　　　　岳母无须再多言
一言既出如泰山　　　　　　说得多了也枉然
今日里，岳父给我牵牵马　　回头来，我磕头赔罪客厅前
眼看看，举家讲情讲不下　　吕蒙正，一头撞南墙不回还
正在紧要关头处　　　　　　打门外进来了小刘三

（白）刘三一边慌慌张张走着，一边喊着："大哥——，你可回来啦，我来看你了。"吕蒙正一看，不是别人，正是自己的结拜兄弟王三！慌忙迎

上前去:"哎呀,兄弟,我正要找你,你可来了。"

"哈哈,大哥,你当官啦?"

"嗯,兄弟,大哥一步侥幸,拾了个头名状元啊。"

"哎呀,那可太好啦。你这一当官,兄弟我跟着也得沾点光啊。"

"那是自然。若不是兄弟赠送马匹银两,哪有为兄今日?哎,兄弟,你家在哪里啊,回头我去拜访啊。"

"俺家?哈哈,大哥,这就是兄弟的家啊。"

"说什么笑话?这相府怎么成你的家了?"

刘三哈哈大笑:"大哥,王三也不是王三,是刘三;马匹银两也不是俺的,是相府的啊。"刘三就把事情的前后经过说了一遍,吕蒙正愣了半天,唉,说来说去,马匹银两还是相府的啊。

刘三说:"大哥,你千万不敢让俺家相爷给你牵马啊。不是俺家相爷送你银子,你这官儿能当成吗?"

一切真相大白,吕蒙正再也无话可说了。只得走到丞相跟前,施了一礼:"见过岳父大人,适才小婿多有冒犯,还望见谅。"

"哈哈……,门婿不必如此。"

【二八】

这才是,满天乌云风吹散	翁婿和好合家欢
刘丞相,手拉着门婿把客厅进	一家人前呼后拥跟后边
刘丞相,叫了声家丁们快摆宴	咱举家吃一个团圆盏
到后来,吕蒙正官拜内阁大学士	三朝元老官位显
这本是《彩楼记》书一段	千古佳话万人传

唱腔选段

大宋朝一统镇江山

《彩楼记》选段第一回（之一）

1=C 2/4　中速、平稳地　　　　　　　　　　　　　　吕武成 演唱记谱

彩楼记

河洛大鼓传统大书选

(5̇2 5̇3 | 2̇3 2̇1 | 1̇1 2̇3 2 | 1̇ 0 | 3̇3̇2 3̇3̇ | 2̇3 2̇1 | 6̇5̇ 3̇2 | 1̇ 0 |

‖: 5̲1̲ ↓ | 1̲6̲5̲ :‖ 5̲.1̲ 6̲5̲ | 5̲5̲ 3̲2̲ | 1̲2̲ 3̲5̲ | 2̲1 5̣ | 1 - | 1̇) 2̇ 7 |

　　　　　　　　　　　　　　　　　　　　　　　　　　　　　　　　洛 阳

7̲6̲ 5̲6̲ 5 (5̲1̲ 1̇ | 1̇6̲ 5̲6̲ 5̲2̲ | 5) 1̇ | 1̇ - | 1̇ 2̇ 7 | 6̇1̇ 6̲5̲ |

城 有 一　　个　　　　　　　吕　　　蒙　正，

5 - | (1̲.6̲ 1̲1̲ | 6̲1̲ 6̲5̲ | 5̲1̲ | 5 5 -) | 2̲.3̲ 2̲1̲ | 2̲5̲ 1 | (2̲3̲ 2̲1̲ |

相 姑 庄 上

2̲5̲ 1) | 0 5 | 5̲↓ 3̲2̲ | 1 (5̲5̲ 5 | 3̲2̲ 1̲2̲ 1̲5̲ | 1) 5 | 5̲3̲ 3̇ |

　　　　　有 家 院，　　　　　　　　　　吕 蒙 正

2̲3̲ 2̲1̲ | 2̲7̲ 6 | 5 - | (3̲3̲ 3̲3̲ | 2̲3̲ 2̲1̲ | 2̲1̲ 7̲6̲ | 5 -) | 6 6̇1̲ |

当 年 不 得 地，　　　　　　　　　　　　　大 街

5 - | 1̇.3̲ 2̲1̲ | 2̲5̲ 1 | (2̲3̲ 2̲1̲ | 2̲5̲ 1̲1̲ 1) | 6̲3̲ 3 | 3̲2̲ 1(2̲ 1̲5̲ |

上　　讨 茶 要 饭　　　　　　　　　　度 日 难，

1) 5 | 5̲↓ 5̲↓ 5̲↓ | 2̲ 2̲5̲ | 1 - | 2̲3̲ 2̲1̲ | 2 - | 5̲3̲ 3̇ |

　　　白 天 大 街 把 饭 要，到 夜 晚　　城 南

2̲3̲ 1 | (2̲3̲ 2̲3̲ | 2̲1̲ 1̲1̲ 1) | 2̲5̲. 5 | 1̲5̲ | 1(2̲ 1̲5̲ | 1) 0 | 6̲6̲ 5 |

寒 窑　　　　　　　　　　把　身 安，　　　　　　吕 蒙 正

3 1̇ | 6 6̲5̲ | 3 - | 6̲6̲ 1̇ | 6̲5̲ 3 | (6̲1̲ 6̲1̲ | 6̲5̲ 3̲3̲ | 3) 6 |

虽 然 身 贫 穷， 满 腹 的 文 章　　　　　　　　　压

3. 5 | 1̲3̲3̲ 3 | 3 - | 3 - | 3ᵛ 3̲5̲ | 2 2 | 2ᵛ 1̲2̲ | 5 - ‖

圣　　贤。

彩楼记　439

【连口】

咱记住蒙正且不表，再说说洛阳城有一个城东关，城东关有一个刘丞相，他有一个闺女刘瑞莲。刘小姐长到了二八一十六岁，低门不就高门不攀。

叫丫鬟端过来净面盆

《彩楼记》选段第一回（之二）

吕武成 演唱记谱

1=G 2/4 中速稍快

‖:(52 53 | 2323 21:‖ 22 76 | 5 5 ‖: 65 61 | 5 5 :‖ 55 32 | 12 35 |

【二八】

21 56 | 1 13 | 21 5 | 1 5 | 1 1 | 565 | 51 16 | 565 |
　　　　　　　　　　　　　　　　刘　小　姐　绣楼上

5) i | i 5 | i 65 | 5 — | (56 11 | 655) | 25 2 | 121 |
把　　话　　　云儿，　　　　　　　　　　　叫丫环端过来

【连口】

(25 52 | 121 | 1) i3 | 3 32 | 1(2 15 | 1) 0 | 55 6 | 1 — |
　　　　　　净　面　盆儿，　　　　　　　　水盆放在

5 6 | 1 — | 5 5 | 23 21 | 5 15 | 1 — | 24 12 | 4 — |
木　架上，　梳妆　台前　停住　身儿，　捧起北　方

24 21 | 13 — | 53 5 | 53 1 | 15 | 1 — | 44 1 | 4 — |
壬癸　水儿，　洗去　了脸　上旧　官　粉儿，　抓过一把

24 21 | 13 — | i3 3 | 23 21 | 21 15 | 1 — | 32 3 | 6 — |
香皂　蛋儿，　擦到　脸上　香喷　喷儿，　象牙　梳子

5 12 | 3 — | i3 3 | 23 21 | 1 21 | 5 — | 35 6 | 1 — |
拿在　手，　打开　了青丝　散乌　云儿，　左梳右　梳

16 12 | 3 — | 3. 5 | 65 5 | 5 32 | 1 — | 32 3 | 6 — |
盘龙　髻，　右　梳左　梳水　波纹儿，　盘龙　髻里

16 12 | 3 — | i3 3 | 2 1 | 5 15 | 1 — | 22 i | 2 2 |
插香　草，　水波　纹里　香草　熏，　打中间梳上

彩楼记

442　河洛大鼓传统大书选

【二八】

小丫环端过来那胭脂粉，姑娘她擦罢官粉

【连口】

点嘴唇，小嘴唇只点成明珠一颗，

小脸蛋只擦得呀赛银盆。用手打开了描金柜，

取出几件衣裳怪合身，上身穿缨哥绿粉红紧衬，

系一副紫罗裙实在景人，前一幅只绣下一老一少，

后一幅只绣下一武一文，老的是老寿星八百单八载，

少的是少甘罗他一十二春，武的是伍子胥临潼斗宝，

文的是姜子牙斩将封神，一不长二不短多么可体。

紧缀着大飘带七十二根，飘带上坠铃铛叮当作响，

彩楼记

走一步 摇三摇 如同驾云， 红绣鞋 本是她 亲手所做，
穿 脚 上 不 歪 不 斜 不 歪 不 斜
不 倒 跟。 刘小姐梳洗
打 扮 就， 叫丫环领我 下 楼
门， 穿宅过院 来好快， 不多时出了
相府门， 府门外上了四人轿， 不多时
彩楼 下边停住身， 主仆两个 把彩楼上，
刘小姐 叫一 声丫环听原
因。

当一个穷人难不难

《彩楼记》选段第二回（之二）

吕武成 演唱记谱

1=G 2/4 中速 稍慢 哀怨

就这样 吕蒙正大街 把饭要，
刘小姐寒窑 来纺棉，熬过了一日
又一日， 熬过了一年又一 年。
（咳）

春天的日子 还 好 过，

彩楼记

夏天的日子过着难。吕蒙正头顶着烈日把饭要，刘小姐寒窑里织布纺棉。臭虫咬蚊子叮，小姐累得热汗涟。到秋天秋风扫落叶，难就难在过冬天，鹅毛大雪纷纷下，那北风吹来透骨寒。有时候大雪封住门，漫天飞雪乞食难。

河洛大鼓传统大书选

忍饥挨饿还好受，冻坏了一双小金莲。

熬过了一日又一日，过日子好像过刀尖，熬过了一天又一天，熬过了一年又一年，就这样，就这样整整熬过三年。

彩楼记

(乐谱略)

这一天 吕蒙正大街把饭要，
一街两巷 乱 讲谈，
这个说 东京的皇王开科选，那个讲
普天下举子前去求官，
这个说 咱河南才子出哪里，
那个讲 洛阳的才子 出哪边，
这个说 论才子还数吕蒙正，
那个讲 满腹的文章压圣贤。

448　河洛大鼓传统大书选

这个说　是才子咋不上京去赶考，那个讲　八成是赶考没有盘缠。

大街上　一街两巷乱谈论，　吕蒙正

【连口】
字字句句听心间，是呀是东京皇王开科选，普天下的举子去求官，没有钱就不能上京去赶考，你看看当一个穷人难不难。

【二八】
想到此，

彩楼记 449

叫一声姑娘太太把饭餐

《彩楼记》选段第三回（之二）

吕武成演 唱记谱

彩楼记　　451

兑上油，撒上葱，吃到这肚里最舒坦。俺姑娘不好吃蒸馍，我给她烙烙馍，一斤细白面，能烙三十三。皮儿薄个儿圆，对着烙馍吹口气，滴溜溜溜溜能上天。姑娘不好喝烧酒，我给她一壶凉酒顺手搋。丫鬟饭菜来做好，一盘一碗往上端，酒席放到桌子上，叫一声姑娘太太把饭餐。

拗天裂地的瑞莲女

《彩楼记》选段第四回（之一）

吕武成 演唱记谱

1=G 2/4

(夹白) 丞相道：楼上边听着 (唱) 楼上边　那不是　我拗天裂地的瑞莲女，

(夹白) 刘小姐说道：楼下边听着——　楼下边　那不是　我嫌贫爱富的老年残。

咳　咳　　咳　咳

【二八板】

丞相道：　你咋说老夫我爱富，　小姐说：

你咋说闺女我裂天，

丞相道：不裂天，你咋不听老夫我的话，

小姐说：不爱富，为啥把俺夫妻赶外边，

彩楼记

为啥把俺夫妻赶外边。

丞相道：我嫌贫爱富

为了你，

小姐说：穷死俺也不叫你连

念。　　　　　丫头　我问

你出了相府哪里去，

小姐说：城南寒窑把身安。

丫头，我问你，你在那寒窑

吃点啥，小姐说顿顿五碗四拼盘。

河洛大鼓传统大书选

| 6 $\widehat{65}$ 3 - | 66 $\widehat{65}$ 3 - | i i | 6 $\widehat{65}$ | $\widehat{53}$ $\widehat{12}$ 3 - |
吕蒙正， 他也不是 东 西 吃来 南北管，

(i i i | 6i 65 | 35 12 | 3 -) | $\dot{6}$. 5 | 5 - | 6i 65 | 6i 65 |
小姐说： 大 命 人 吃饭

$\dot{3}$ 1 | 1 - ‖:(6i 65 | 6i 65 | i 332 | 1 -):‖ 5. | 1 | 1 - |
靠 的 天。 （夹白）丫头，这回你不说那羊肉包子吃着有膻味了。 小 姐 说：

‖:i 66 65 | 6 6 | $\dot{3}$ 32 | $\widehat{5}$ - :‖:(i 66 5 | 6 6 | i 332 | 1 -):‖
稀溜 溜溜 米 汤 喝 着 甜， （夹白）丫头，这一回你不说那绫罗绸缎穿着不光了。

5. 1 | 1 - | 3 i | 6 5 | 5 $\widehat{32}$ | 1 - ‖:(i i i i | 6i 65 |
小姐说： 论穿 还是 粗布 棉。 （夹白）丫头，这一回你不

55 32 | 1 -):‖ 5. | 1 | 1 - | 2. 1 | 2 - | 5 | 1 | 1 - |
说那四人抬轿坐着不稳当了。小 姐 说： 脚 踏 地 跑，

i i | 6 5 | 5 $\widehat{32}$ | 1 - ‖:(i i i i | i i | i $\widehat{32}$ | 1 -):‖
脚 踏 地 跑 老 清 闲。

6 $\widehat{53}$ 3 - | 6 $\widehat{65}$ 6 - | 6 $\widehat{65}$ 3 - | 6. 5 | 6 6 |
丫 头， 我问 你， 吕 蒙 正， 他 在 那 寒

6 6 0 | 6 $\widehat{33}$ | 3 - | 3 - $\vee$ $\overset{3}{6}$ - | 6 - | 6 - |
窑 做 点 啥。

6 - | (67 65 | 35 6 | 67 65 | 35 66 | 6) 0 | 6. | 3 | 5 - |
小 姐 说：

i. 6 | i 5 | i 3 | 5 - | (i i i | i i | i 6 | 5 - |
才 子 不 过 念 圣 贤，

彩楼记

是才子他咋不上京去赶考,小姐说,赶考恐怕做高官。不用人说我知道,八成是赶考没有盘缠。

丝绒记

故事情节概述

明万历年间,山西洪洞县人白顺卿于大比之年得中两榜进士,后应宛平县令张九成之邀,偕妻子孙秀英、儿子白金庚、女白桂萍进京取文凭[1]。因张九成赴山东查案未在京中,白顺卿全家便下榻西关方虎店房。

三月三香烟大会,白顺卿夫妇进香途中遇国舅李士龙。李士龙垂涎孙秀英姿色,将其强抢入府。白顺卿彩棚告状,不料奸臣张居正与李士龙狼狈为奸,反定白顺卿诬告之罪。白顺卿心中愤懑不平,以致身染重疾,无钱医治,其子白金庚自愿卖身救父,于集市巧遇定国公徐延昭,并被其收为义子,更名徐紫龙,世袭爵位少国公。

白金庚为复仇救母,乔装为丝绒线货郎,欲潜入国舅府内探听消息。机缘巧合下与李士龙养女李凤英及丫鬟春红私订终生,并在两人帮助下顺利见到母亲。白金庚恐李士龙起疑,便连夜离开国舅府,商定由春红次日送大印调兵救母。不料白金庚误入张居正的兵部府,失手被擒。

次日春红送印途中遇无赖王小虎纠缠,虽侥幸脱身却不慎将大印遗落。大印落入国舅府家将李奇之手,并被其藏匿于宝安寺中。幸而家将王英弃暗投明,报信定国公后协同众家将盗印宝安寺。兵部府丫鬟春青乃春红胞妹,探明情形后以大义劝说张居正的女儿金萍私放白金庚。白金庚获救后与金萍定下婚约,两人与丫鬟春青连夜逃回国公府后,发兵擒贼救母。

---

[1] 文凭:旧指用作凭证的官方文书。

版本来源

根据张建坡2011年7月20日至8月30日在孟津小浪底镇刘庄现场演出录音记录整理。

传承历史

《丝绒记》又名《白金哥私访》，在被改编成大鼓书之前，其文本是清末民初的同名鼓词小说。在光绪年间，《丝绒记》的鼓词小说已经由山东成文信、京都泰山堂、河北乐亭聚德堂等多家书局出版发行（李豫、于红，2011，页84），而后又有上海锦章书局等数个石印版本。清末民初鼓词小说往往不在主流出版物之列，然而在民众间却极受欢迎，因此在市面上销售迅速，为书局带来丰厚的商业利润，故而能得以出版、再版和重印。《丝绒记》的诸多清末民初的木刻版和石印版足可说明这部鼓词小说在当时的流行程度。而这些文本又常常成为许多说唱艺人的书目来源，在搬上舞台书场后进一步用表演的方式传播原书的影响力。河洛大鼓、河南坠子、山东琴书、道情、三弦书等曲种中均有此书目。

由于《丝绒记》的故事情节曲折，受到许多听众的喜爱，因此艺人们称其为"米面书"，即靠演出此书能养活说书人的书目。《丝绒记》在河洛大鼓艺人中间的流传时间较久。本书收集的这个版本是有明确传承脉络的：演唱者张建坡得师傅李玉山亲传，而李玉山又学书于河洛大鼓第二代艺人李富德。

在将《丝绒记》改为河洛大鼓书目的过程中，艺人们做过一些修改。本书收录的这个版本将原书中的主要人物"白金哥"改名为"白金庚"。据张建坡介绍，他从师傅李玉山那里学书时就唱"白金庚"了，而为何要把"哥"改为"庚"，他认为是"为了押宽韵"的需要，"因为韵同'哥'的字在洛阳方言里太少了，所以豫西一带都唱白金庚，但是豫东地区有唱白金哥的"（张建坡，私人通信，2014年9月28日）。在山东地区的一些曲艺说唱中，例如鲁南的平调丝弦大鼓中，仍保留了原著中"白金哥"的人物名称（樊传庚、杜靖，2005，页65）。除了个别用字的不同，张建坡也提到一些剧情细节上的不同，比如他在"白金庚进府"的情节里说的是白金庚从后门出，而在上街地区行艺的老艺人袁金柱所说的与他略有不同，是白金庚从正门出。这虽是细节上的变动，然而在艺人的即兴表演中却极有可能衍生出一些不同的描写环境的附加段落。上述两个例子说明，同一部大鼓书在不同地区经过口头传统的传播后确实存在不同程度的差异，而当这种差异深化到剧情层面上时，就会形成不同版本。

演唱艺人简介

张建坡（1969—），孟津白河镇河清村人，系河洛大鼓第四代艺人。张建坡自幼喜欢音乐、戏剧表演，17岁时经亲戚介绍师从艺人李玉山[1]学习河洛大鼓。由于张建坡有非凡的模仿能力和记忆力，拜师十天后即可跟随师傅演出唱垫场，学艺两年掌握了六、七部大书，遂出师独立行艺。出师至今，已在洛阳、济源、巩义、孟津等地区享有盛名，其代表大书有《回杯记》、《丝绒记》、《包公案》、《大八义》、《小八义》等。

张建坡的演唱音色纯正、嗓音洪亮、吐字清晰、委婉浑厚、韵腔细腻，唱词考究。在长期的演出中，他积累了大量的书串（即常备的赋赞），并且学习了许多河南的地方戏曲音调，因此可以运用种类繁多的曲调形态进行即兴创作，在丰富书词的同时兼顾唱腔的音乐表现力。许多河洛大鼓艺人是独立行艺的职业说书人，并不隶属于国家文化系统。他们也因此难以在官方的各级正式"汇演"中崭露头角。许多曲艺业内人士组成的协会经国家文化部门审批后举办的一些比赛及文化展演则为这些"体制外"艺人提

---

[1] 李玉山：男，孟津白河镇范村人，河洛大鼓第三代艺人，1998年因病去世，享年62岁。

供了展示自己技艺的平台。张建坡就是这样一位在艺人群体中享有较高声望的"体制外"河洛大鼓名家。他迄今为止所获得的诸多荣誉主要来自于地方文化组织主办的活动以及通过同行评议所产生的专业评比奖项：1999年获河南省首届大鼓书比赛一等奖；2001年、2004年荣获由河南省曲艺家协会主办的河南省鑫旺杯河洛大鼓表演一等奖；2006年获由河南省文学艺术界联合会及河南省文艺厅联合主办的宝丰杯河南省鼓曲说唱大赛一等奖；2009年，在由河南民间文艺家协会主办的第二届中国郑州炎黄文化周河南民间艺术展演中获金奖。

伴奏琴师简介

李宏民（1948—2013），男，巩义人。河洛大鼓第三代艺人，是第二代知名艺人李富德的儿子，拉优于唱，因此以担任伴奏为主。经常为巩义河洛大鼓第三代、第四代等艺人伴奏。李宏民熟练掌握豫剧、曲剧、坠子等地方曲种、剧种的唱腔，能够跟随艺人的演唱风格灵活运用，使艺人随心所欲、表达自如，而充分发挥其演唱水平，因此受到业内艺人的高度评价。

书词全文

第一回
徐延昭回京

（定场诗）

世事一朵锦花	人情俱都是假
指亲吃饭不饱	靠朋穿衣冻煞
雪里送炭有几家	俱是锦上添花
克勤克俭无生涯	此家可以发达

（开场白）

上有几句诗曰道罢不论，后有古书半封，各位书友稳坐书场，

（唱）听俺讲来一回

【起腔】　　　　　　　　　　　【送腔】

当嘟嘟三声书归正　　　　　　　书友们稳坐慢慢听

【二八板】

哪回书都经过千人唱　　　　　　哪回书都经过万人听

咱们千人唱，万人听　　　　　　各自嘴内变巧能

说动了人心方为妙　　　　　　　说不动那人心白搭功

咱们唱唱一回《丝绒记》　　　　剪头去尾对恁明

【武口】

眼不花，会看书都往北京看　　　雾霭霭，咱一眼看见北京城

一言难表尽城头景　　　　　　　打城里人来人往是闹哄哄

也有老来也有少　　　　　　　　也有二八女花童

咱记住闲杂人等且不论　　　　　打那西关外，跑进来一个小玩童

这娃娃，大者也不过十五岁　　　小说也不过十四冬

只长得天庭饱满，多饱满　　　　地阁方，方方圆圆福禄增

眉清目秀长得俊　　　　　　　　唇红齿白老干净

【二八】

虽然说娃娃长哩俊　　　　　　　可就是，身上穿得多贫穷

头上插着黄白草　　　　　　　　自卖自身跑进城

小娃娃奔到那十字街　　　　　　"扑通"跪倒地溜平

出言不把别的叫　　　　　　　　大娘大伯叫连声

大伯大娘，大叔大婶，　　　　　都来买，都来买，都来我跟前买玩童

谁要买我当螟蛉　　　　　　　　十两银子到手中

谁要买我打短工　　　　　　　　五两银子倒也行

并不是自己把我自己卖　　　　　为的是，给俺爹爹治病情

【武口】
小娃娃大街上一叫也都不当紧　　才惊动一街两行老百姓
老百姓"哗啦"一声围上去　　把娃娃围到正当中
高的捺着低的看　　低的后边打能能
瞎子就说看不见　　聋子就说听不清
哑巴光会来比画　　"呜哩呜喇"好几声
老百姓把娃娃围到当中来议论　　哥叫弟来弟叫兄

（夹白）"兄弟？"
"哥！这娃娃长得真好啊，咋会来到这大街自卖自身哩？"
那个说："不知道，为着啥事儿哩。咱有心上前问问，哎呀，咱也老年轻啊！"

【武口】
老百姓大街上边来谈论　　这时候，打南街来了个员外名叫赵忠

（白）书家们，这算开书啦！有的同志该问：唱的哪一回哪一段？我唱这一段啊，书名也就叫《丝绒记》，也叫《少国公》。这本书就发生在大明朝万历皇爷驾坐北京燕山，传出这本野史。

咱们言话未尽，会看书，都住北京城大街观看。就只见大街一上，那真是有男的，有女的，有老哩，有少哩，有高哩，有低哩，有黑哩，有白哩，有胖哩，有瘦哩，有丑哩，有俊哩，推车哩，担担儿哩，箍撸锅哩[1]，卖蒜哩，赶集哩，卖青菜哩，卖米卖面哩，卖针卖线哩，铁匠、木匠，镶牙，画像，山南哩，海北哩，挖窑哩，脱坯哩，打井哩，箍桶哩，老弱残病，失目神经……啥人都有！北京城大街可热闹啦。

咱记住生意买卖暂且不讲，这个时候，打那西关以外，"踏、踏、踏"跑过来一个十四五岁的小孩。这个娃娃只长得眉清目秀，唇红齿白，可就

---

[1]　箍撸锅哩：指专业修补铁锅的匠人。

是头上插着一根黄白草啊。有的同志该问,插草干啥?这在过去旧社会,就是卖人的标号啊!

小孩子跑到十字儿大街,"扑通",街上一跪,高声叫喊:"大娘、大伯、大叔、大婶们都来买吧,谁要买我当孩子,纹银十两,谁要买我打短工、长工,银子五两。"

这一喊叫不要紧,惊动北京城赶会的老百姓,"哗——"把娃娃围在当中啦。高哩捺着低哩,低哩扒着高哩,往里面观看。众人正在观看,就在这个时候,打那南街"嗯——呔!"咳嗽一声,过来了一个老员外,名叫赵忠。这赵员外啊,是个富足员外,今天在家心烦意乱,来到大街游玩散心来啦。刚刚来到大街,往那一看,咦,那边围着那么多人,那是在那干啥呢?蹬缸蹬台哩?是跑马卖蟹哩?玩狗黑子哩,还是玩长虫哩?

"都往两旁闪闪,叫老汉我进去看看!"

老百姓闻听回头一看:"咿,哎呀,原来是赵老员外啦不是?赵老员外,来吧,来吧,这里面也不是耍长虫哩,是一个小孩,自卖自身哩。老员外,你不是乏子无后,跟前没儿没女?来到跟前看看,要是看中,你把他买回去,叫他给你养老送终,岂不美哉!"

"呃,是这样吧,那恁都往两旁闪闪,叫老汉我进去看看。"

众人一听,"哗——",闪开了一条路,老员外迈步进入人群,往那地上一看,不错,果然跪着一个小孩,头上插草。老头一声说道:"小孩啊,我问你头上插草,是指草卖人,还是指人卖草啊?"

"大伯,我若是指人卖草,这根草啊,恐怕分文不值。此乃是指草卖人哪。"

"噢,指草卖人。娃娃啊,我听你说话的口音,可不像俺北京城的人啊。家住哪里?姓甚名谁,你为何大街自卖自身哩?"

"大伯呀,俺家不是北京人氏,是那山西洪洞县里,离城十里白家营人氏,爹爹名叫白顺卿,娘叫孙秀英,我叫白金庚,还有个妹妹叫白桂萍。大比之年,皇王开科,俺爹爹进京求名,一步侥幸,就得中了两榜进士。俺有个表伯姓张,名叫张九成,做的是宛平县令,给俺爹去了一封信,言说北京城有了个缺位,叫俺爹进京做官上任。俺举家千里迢迢来到京城,谁知道，表伯山东查案，没有在京。俺举家人就住到西关方虎的店房，谁知道，三月三香烟大会，俺爹娘前去玩会烧香。烧了香，往外就走。谁知道去了个国舅，姓李，名叫李士龙。他观俺娘人才出众，抢到国舅府，拜堂成亲。俺的爹爹彩棚告状，就遇到个大奸贼张居正，给俺爹爹定了个诬告之罪，打了四十板子，轰出彩棚。俺爹爹回到店房以里，得了重病，店掌柜又逼俺给他清账。俺家又没有钱，就抢走了俺的妹妹，前去顶店账，把俺爹爹扔到马棚下边。老爹爹身染重病，奄奄一息，有命难保。我为了给俺爹爹治病，才来到大街，自卖自身了，大伯。"

"噢，娃娃，说了半天，恁娘是被国舅，士龙抢走了。唉，李士龙身为当朝国舅，他家姐姐名叫李艳妃，是当初的正宫娘娘，现在是老皇太后啊！那国舅李士龙仗着与皇家有亲，在北京城抢男霸女，无恶不作，血肉[1]百姓啊。娃娃，恁娘被国舅抢走了，恐怕再想见到恁娘就不容易了，娃娃十四五岁，就知道为父行孝，来到大街自卖自身，好，好啊！你看老汉我，一辈子乏子无后，跟前无子无女，有心把你买到府下，当一螟蛉义子，你可愿意？"

"大伯，只要你给钱，我情愿前去。"

"好，你要多少银两啊？"

"大伯呀，谁要买我当孩子，纹银只要十两。"

"噢，要的不多。"老头说着，就从怀里掏出来十两银子，递给了白金庚："娃娃，接住，啊。"

白金庚接过来十两银子，一声说道："多谢老大伯呀！"

"呃，以后不要再管我叫老大伯啦。既然把你买到我府，就是我的孩子。从今后你就不能姓白了，得随我的姓，你就姓赵。我给你起个名讳，你就叫个赵……，赵什么哩，这？"

这员外一说起名字哩，大街上的老百姓都又巴结开啦："老员外，叫我给那孩子起个名吧？叫钢蛋儿吧？"

"啥呀，钢蛋儿？嗯，不中，不中！我多半辈子啦，没有孩子。今天得

---

[1] 血肉：指"屠杀"，与此处语境不甚相符，疑是"鱼肉百姓"之误。

一个孩子,叫钢蛋儿,那钢蛋儿是圆的,轱辘走哩龟孙啦!不中,不中!"

　　"哎,娃娃,你叫个什么名字啊?"

　　"大伯啊,我叫白金庚。"

　　"咿,金庚这个名字好听!老汉我姓赵,你就叫个赵金庚吧,啊!"

　　"大伯,那好,我先给你磕个头,见个礼吧。"

　　"哎,好,好,这娃娃啊,真懂礼式。"

【二八】

好一个懂事的白金庚	走上前才望着老汉打下躬
先问声爹爹身体好	再问声您老可安宁
谁知道,这一句"爹爹"喊出口	不对,赵员外咋忤着眼前发黑头发蒙
白金庚"扑通"跪倒地	谁知道,老员外大街上边站不定
"扑通"倒在地溜平	老员外倒在溜平地
两只手扒几扒,两只脚蹬几蹬	弹腾弹腾算不中

【武口】

白金庚这一句爹爹喊出了声,	不对,老员外被叫死大街中
老员外丧命也不当紧	气坏围观这些老百姓
这个开口喊兄弟	那个开口把哥称

(夹白)"兄弟。""哥。"

我看这个娃娃他不是人	想必是高山上下来的狐狸精
一句爹爹喊出口	把员外叫死丧性命
今天咱将他来抓住	街门内,好给员外冤申申
老百姓,伸手上前要抓白金庚	小孩子吓得可真不轻
慌慌忙忙站起身往外走	分开人群扔了蹦
白金庚前面逃了命	随后边,紧追这些老百姓

(夹白)"站住,别跑!"

你要站住倒还罢	不站住，追上叫你活不成
老百姓后边来追赶	白金庚前边跑得凶
跑哩快，追哩快	追哩也倒比跑哩凶
眼睁睁一伸手就要抓住小孩子	同志们，乱子该闹气该生
就在这个节骨眼儿	就听得，北京城南门外
大炮连珠炮一连响九声	九声大炮天地动
吓坏街上老百姓	

（夹白）"哥？"

"兄弟，这万岁爷出动，才炮响十二声哩，一般的官员，都是三声炮哩。九声大炮，不是千岁，就是国公王爷回来呀！咱要是闯了王爷的道，有命不保！咱跟这小孩也无仇无恨，抓他干啥？这老员外八十多了，也该死啦。咱赶快抬着员外的尸体，回家吧。"

【武口】

老百姓，商量定	抬起来员外叫赵忠
老百姓抬起来员外回家走	大街上，单剩下娃娃白金庚
白金庚顺着大街正往前跑	南门外"哇哇"叫回来一哨兵

【马趟子】

又只见五色彩旗空中展	扑扑棱棱飘在空
打两杆红旗红似火	两杆蓝旗天染成
两杆黑旗墨[1]染就	两杆白旗白纱绫
打两杆黄风旗	黄旗上边黄澄澄
又只见红旗上边绣八卦	蓝旗上边造七星
黑旗上边绣飞虎	白旗上边绣飞龙
打两杆黄风旗	斗大的"徐"字写得清

---

[1] 墨：在洛阳方言中念 mēi。

又跑开，八百八十八匹对子马　　一半黑来一半红
铜盔铜甲马上将　　　　　　　　铁盔铁甲步下兵
枪一层刀一层　　　　　　　　　枪刀剑戟耀眼明
马队搅着步队走　　　　　　　　步队也跟着马队行
竹竿标别成雁别翅　　　　　　　鬼头大刀坠红缨
又跑开前五队，后五队　　　　　左五队，右五队，中五队
五五二十五队兵　　　　　　　　又跑开前五哨，后五哨
左五哨，右五哨，中五哨　　　　五五二十五哨兵
又跑开前五营，后五营　　　　　左五营，右五营，中五营
五五二十五营兵　　　　　　　　人马滔滔往前动
打后边，跑着一哨更威风　　　　只摆开，八队板子八队棍
八队铁锁八队绳　　　　　　　　八队喇叭八队号
八队唢呐八队嗡　　　　　　　　"肃静"二字前边走
"回避"二字随后行　　　　　　　这一些人役都走过去
打后边，闪闪呼，呼呼闪　　　　走过来八抬轿一乘
轿杆本是槟榔木　　　　　　　　拉纤也本是红绒绳
轿四角，雕得都有胡椒眼儿　　　转圆圈都用绸缎蒙
掀开轿帘往里看　　　　　　　　大轿内坐一家王爷好威风
只见他，三山王帽头上戴　　　　身穿着红缎子蟒袍绣金龙
腰里系着九龙宝带　　　　　　　粉底子朝靴二足蹬
观年纪有八十一二岁　　　　　　雪白的胡须飘前胸
黑虎铜锤怀中抱　　　　　　　　威风凛凛杀气腾
怹要问老王爷他是那一个　　　　这本是，大明朝徐延昭千岁定国公
老王爷七十二岁云南去闯边　　　八十二岁回北京
坐着八抬大轿把城进　　　　　　就听得，半天空
那沉雷"呼噜噜——咔嚓！"　　　沉雷不住响连声
老王爷，慌忙忙黑虎锤挑开轿帘往上看——"呜呼，呀——"
打空中"呼——啪！"　　　　　　半天空降下来一条龙
老王爷一见紫龙往下降　　　　　出言来，马方、赵飞叫连声

（夹白）"马方赵飞？""在！"

老王我今天把城进	半天空，为什么有条紫龙往下行
不用人说我知道	一定是大街上来了刺客要行凶
恁两个莫在这里来久站	到前面把街净
马方、赵飞就说："得令！"	手持钢刀往外行
"踏、踏、踏"往前走	打前边，呼呼呼刮过来一个大旋风

（白）好啦，徐延昭是大明朝的定国公啊。七十二岁云南阅边，八十二岁回了北京，坐着八抬轿刚刚进城，就听得半天空沉雷响动，老王爷挑开轿帘一看，半天空有一条紫龙下降啊——就是有条紫色的龙降到凡间而来。老王爷看见紫龙下降，不由心中暗想，莫非，这大街上面有了刺客行凶？

"马方，赵飞？"

"在！"

"你们到在前边净街。"

"是！"马方、赵飞是老王爷家两个得力家将，闻听此言，不敢怠慢，单刀一抽，就这样迈开大步"踏踏踏踏……"。谁知道刚刚来到队伍的前面闪目一看，咦，又只见前面"呼——呼——"平地起了一个大旋风！马方一看："兄弟，旋风拦道啊！"

赵飞说："哥，旋风拦道，赶快禀报！走，禀报咱老王爷。"

马方、赵飞不敢怠慢，慌慌忙忙来到八抬轿跟前，走上前去，单膝跪倒："见过王爷，旋风拦道。"

"噢？"老王爷一声说道，"既然旋风拦道，必有冤枉！去，看一看它是有头之鬼，还是无头之鬼。"

"咦？"马方看看赵飞，赵飞看看马方，"兄弟？""哥，咱老王爷真是老啦，糊涂啦。哎，你说说，那是一个旋风，咱会能看出长着底脑[1]没有？问问他。"

---

[1] 底脑：方言，指脑袋。

"王爷，有头之鬼咋说，无头之鬼又该咋讲哩？"

"无用的奴才，有头之鬼就地打旋，无头之鬼铺天盖地。"

"哎，老王爷，有头之鬼，就地打旋。"

"既然是有头之鬼，去看一看，他是男鬼，还是女鬼。"

"啊！"马方，赵平一听又傻眼啦，"老王爷，这旋风还分公母吗？那男鬼咋说，女鬼又咋讲哩？"

"常言说，男左女右嘛。"

"噢，男左女右？明白啦。"

单说马方赵飞"踏、踏、踏"又来到队伍前边，用手一指："咻！旋风，俺老王爷问你，你是男鬼，还是女鬼？说！——不会说话？那好办！要是男鬼，你往那路东边刮，要是女鬼，你往那路西边刮。啊，快点！"

随着话音刚刚落定，那旋风又好像懂得人语似的，"呼——"刮到路东边。马方一看："乖乖，男鬼啊。"

谁知那话音刚落定，旋风"呼——"又刮到路西边去。"咦，哥，变了哦，成女鬼啦。"

谁知他俩个话音刚刚落定，那旋风"呼——"，又刮到路当中啦。赵飞一看："哥，这是啥鬼啊？"

"兄弟，我知道！走，禀老王。"

两个人，"踏、踏、踏"来到轿前，马方走上前："禀王爷，此乃二刘子[1]鬼。"

"嗯，真乃胡讲！普天之下哪有二刘子鬼不成？"

"哎呀，王爷，一会儿刮东，一会儿刮西，说男不男，说女不女，半男不女，你说不是二刘子鬼，是啥鬼？"

"嗯，此乃男女二鬼。马方，赵飞？"

"在。"

"旋风挡道，必有冤枉，你们给我听令！"

"是。"

---

[1] 二刘子：北方方言中指不男不女的中性人。

【二八】

老王爷轿内下了令　　　　　马方、赵飞我的家将听

旋风拦道必有冤　　　　　　恁两个给我追旋风

旋风上西恁上西　　　　　　旋风上东恁上东

旋风上天恁把天上　　　　　旋风入地，恁两个

头顶地皮给我钻窟窿

【二八夹连口】

马方、赵飞就说："得令"　　慌慌忙忙往前行

旋风面前开言道　　　　　　出言再叫大旋风

旋风呀你有冤你有恨　　　　你再次面前领路径

今一天你上西咱就上西　　　你上东来俺也上东

千万间你可不敢把天上　　　俺没有上天那种本领

千万间你可不敢入了地　　　可不敢入地十八层

倘若你要入了地　　　　　　俺两个，也还得头顶地皮钻窟窿

旋风好像懂人语　　　　　　"呼呼呼呼"刮得洪

旋风前面刮的老快　　　　　好马方与赵飞，二人后边紧追踪

跑得快追得快　　　　　　　追的倒比跑得凶

两个人这才追到十字街　　　那旋风一拐向正东

两个人这才追到东街上　　　谁知道有一座牌坊面前迎

（白）二个人追到牌坊跟前，"呼——"旋风不见啦。赵飞说："哥，这旋风刮到牌坊跟前不见了啊，不知这牌坊有冤枉了？"

"胡说八道！牌坊它会有啥冤枉？"

"哥，你没有听说？前朝有个黑老包还审过那龙王爷哪。那龙王爷有冤枉，说不定这牌坊今天也有冤枉。咱不胜把这牌坊拴住，叫咱老王爷来审审牌坊。"

"唉，兄弟，别胡说了，咱找找旋风，看看那旋风是不是刮在了牌坊后面啦，走。"单说两个人来到了牌坊后面，闪目一看。咦？赵飞说："哥，这

牌坊下面拱着一个人那！头在里面拱着，屁股在外面撅着。"

马方一看："兄弟，叫他出来。"

有的同志该问啦：这里面拱这个人是谁啊？不是旁人，这就是刚才在大街上自卖自身的娃娃白金庚。白金庚没处躲了，生意铺门都封门闭户，没处藏躲了啦。一看，来到了牌坊下面，头拱进去了，身子在外面露着。他想着呀，只要他看不见人家，人家都看不见他。

谁知赵飞一看这下面还拱着一个人，打脚对着这个人的屁股上，"嘣！"

"出来！拱到这下边就看不见你啦？"

白金庚被人家蹬了一脚，这才一退，退了出来，将身一站，把眼一揉："恁叫我出来干啥哩？"

"干啥哩？你拱这下边干啥哩？"

"我在这下面拱着睡觉哩"

"睡觉哩？这路上有床？"

"没那……床上会有路？"

"呀，你这小孩年纪不大，说话是猫吃糨子，粘牙带沾爪子哩！俺说路上有床，你竟敢说床上有路？实话给你说，今天俺老王爷回京，你大街上闯了老王爷的道子就有罪，走，去见俺家老王爷去！"

"啥？我闯了恁老王爷的道子？恁老王爷闯了我的道子啦。"

"啥啊？俺老王爷闯了你的道子啦。"

"那咋？他闯我的道子啦，包[1]我的瞌睡。"

"咦，兄弟，你看这孩子，年龄不大，口气不小啊？说不定不是百姓家的孩子啊，听说北京城有十八家国公，十八家国公有着十八家国公娃呀！这不着是哪府的国公儿子出来了？乖！要真是国公儿子，咱可不敢得罪哩！那国公儿子都是少国公哩，少千岁哩呀！你看这孩子长的头发黑，黑得黑似铁；嘴唇红，红得红似血；脸皮儿白，白得白似雪。白哩光想叫我说不上来，长得老好看啦，肯定是少国公，少千岁，说好话吧。"

马方、赵飞上前，打躬施了一礼："少王爷，少千岁，不知是你老人家

---

[1] 包：方言，"赔"的意思。

来到大街上了，多多冒犯，还望你海涵，少千岁。"

"问问恁，两个都叫啥名字？"

"好说，好说！我叫马方，他叫赵飞。少千岁，不管咋着说，你年纪轻轻哩，俺家王爷今年都八十多啦。哎呀，你去吧，给俺老王爷见上一面，打声招呼，你情走啦，都没事啦，俺两个也好交差啦，你看行不行啊。"

"恁老王爷，他是谁啊？"

"哎呀，俺家老王爷，是大明朝定国公，姓徐，叫徐延昭。"

"那恁家老王爷，他是个清官，还是个赃官哪？"

"少千岁，你可不敢乱说呀！俺老王爷，是大明朝的清官哪，清如千江水，明如万盏灯，爱民如子，大大的清官哪。"

"清官？"白金庚一听，不由得仰天长叹一声，"天呐，要是清官，俺家里冤枉可就有处报了。"

"啥？恁家里冤枉有处报了？说了半天，你是庶民百姓家的孩子？你把俺吓一跳，走！"马方、赵飞走上前，去一伸手，抓住少爷白金庚，胳膊一拧，刀压住脖子，"踏踏……"，书要简短，一句话，就来到八抬轿跟前。

马方上前一声说道："禀老王爷，有个娃娃闯了你的道子。"

徐延昭闻听此言，不由一声说道："既然如此，人来，与我停落八抬。"

"喂——"，八抬大轿坠落长街，人役们将轿帘一挑挑起，老王爷闪目往外一看，面前站着十四五岁一个娃娃："这一娃娃，见了本王爷为何立而不跪呢？"

"老王爷，我上跪天，下跪地，中跪父母。我一不犯法，二不犯律，为什么要跪你呀？"

"娃娃，闯了王爷的道子，你就有罪啊！"

"啥我闯了你的道子啦，那我问问，北京城大街是你的不是？"

"哎，这个嘛……，不是！"

"那是你掏钱买下了不是？"

"也不是。"

"那你没有掏钱买，那这是朝廷爷的大街，兴你走，也兴我走，啥我闯了你的道子？你闯我的道子啦。"

"娃娃，年纪不大，口气不小啊。哈哈哈哈。娃娃，我观你说话不像本地人氏啊，两眼含泪，头上插草，必定有什么委屈之事吧。你若有冤情，今天对本王爷讲来，我与你冤冤相报，也就是了。"

【滚白】

白金庚闻听此言，不由得扑通一声地上一跪，一声叫道："王爷，今天既然你要问，你就听草民我对你讲来——"

【二八】

白金庚开口热泪涌	老王爷连连叫几声
王爷呀俺家可不在这北京城	千里迢迢山西洪洞县
俺家住山西洪洞县	离城十里地白家营
祖辈姓白一个字	有一个白字传万宗
老爹爹姓白白顺卿	母亲娘姓孙孙秀英
二爹娘并未生多男共多女	所生俺兄妹人两名
我的名叫白金庚	小妹妹年幼叫桂萍
我比俺妹妹大两岁	我是属虎她属龙
大比之年皇开选	老爹爹进城求功名
老爹爹侥幸得了中	得中两榜进士公
老爹爹得中回家下	原郡家下等文凭
只要是文凭领在手	就能够，走马上任理民情
俺有个表伯北京地	宛平县令叫张九成
虽然说他是七品小县令	宛平知县代管朝廷
给俺爹去了一封信	叫俺爹来到北京领文凭
俺举家，千里迢迢把京进	北京城里走一程
谁知道来到北京地	俺表伯一本查案下山东
俺举家万般无有奈	西关地，方虎店房把身停
老爹爹店房他身染病	俺的娘跪当院求神灵
言说是只要爹爹病体好	一本到，紫云庵里降香笼
许了口愿，俺爹爹的病体渐渐好	老爹爹病体慢慢见轻

三月三，紫云庵起了香烟会　　爹娘玩会降香笼
降罢香来往外走　　　　　　谁知道去了国舅李士龙
【悲平板夹连口】
李国舅，他观俺娘长哩好　　抢本到那贼府里边拜堂红
老爹爹彩棚去告状　　　　　才遇住当朝兵部张居正
张居正与国舅有来往　　　　他两家暗暗有私通
把俺爹定了一个诬告罪　　　四十板子身上棱
把俺爹轰出那彩棚外　　　　老爹爹一瘸一拐往回行
回店房，店掌柜一看俺家穷　立逼俺给他把账清
俺家没钱还不上账　　　　　店掌柜又抢走妹妹白桂萍
把俺爹扔本到马棚下　　　　奄奄一息难活成
我为了给俺爹把病治　　　　自卖自身大街中
这本是真情实话对你讲　　　老王爷，你看俺屈情不屈情
【武口】
白金庚来龙去脉讲一遍　　　大街上气坏了老王爷定国公
老王爷一听心头恼　　　　　暗暗地骂声李士龙
你不该仗着皇家有亲眷　　　抢男霸女胡横行
老奸贼，张居正　　　　　　你不该，与国舅同中作弊把人坑
这一场官司我要问　　　　　我要与娃娃冤申申
下一回，老王爷回到黄沙府　他要给娃娃冤报明
眼睁睁就是一场闹　　　　　您看这事该怎么行
要闻后来端底事　　　　　　下回书中另讲清

第二回
银安殿封官

【起腔】　　　　　　　　　【送腔】
闲谈不论书归正　　　　　　咱们书接上回继续听

【二八】

上回书说的老王爷	咱再说徐延昭定国公
云南阅边回京转	大街上遇住少爷白金庚
白金庚跟前他来告状	状告国舅李士龙
老王爷听罢那冤情状	不由心里恼心中
暗骂国舅狗贼子	又骂奸贼张居正
老王爷发罢了一阵哑巴恨	出言来我连把娃娃叫一声

（白）咱们书接上回，本纲原词。上回书咱就说到老王爷听罢了冤案不由心中大怒，暗骂国舅抢男霸女，暗骂老奸贼张居正不为百姓做主。老王爷心中暗想，我这十年没有在京，不料想你们竟敢依仗权势，横行霸道，单等我回到府中，要与娃娃冤冤相报。

老王爷主意拿定，开口叫道："这一娃娃，今天老夫我就准了你的冤枉大状。娃娃，不过报仇可不是一天两天说报就能报的，现如今你来到大街自卖自身，为的是给你爹爹治病。娃娃，你看老夫我一辈子乏子无后，跟前只有一女，名叫徐金定，早已出阁，我有心把你买到我的府下当一螟蛉义子。唉，说什么螟蛉义子，全当亲生儿子看待，你可愿去？"

"老王爷，那我愿去。"

"好，既然愿去，我得给你起上一个名讳，从今后，你不姓白，姓徐，就叫徐紫龙。"

有人该问啦，老王爷为啥给他孩子取名叫徐紫龙呢？因为呀，刚才王爷进城的时候，天上有一条紫龙下凡。心中暗想，这紫龙下凡，就收留一个孩子，这不是给我孩子送名来了吗？所以说呀，他给孩子取名就叫徐紫龙。

白金庚一听，说："老王爷呀，那咱先得商量一件事。"

"娃娃，商量何事？"

"老王爷，你坐到你的轿里，我跪到你的轿前，先喊你三声爹爹，要是无是无非哩，你就是俺爹哩，你看行不行啊？"

"哦"，老王爷一听，一声说道："娃娃，这倒不难，跪到轿前，尽管的叫来。"

"老王爷呀,那咱可得先说好,我要是给你叫出啥好歹了,可不能怪罪于我呀。"

"娃娃,尽管放心,尽管地叫来,叫哇!"

白金庚在地上心中暗想,这是当朝老王爷哩,可与刚才那位赵大伯可不一样啊,我要是再把这老头叫出啥好歹了,他带着这么多兵哩,我想走都走不了呀,这一回我得慢慢哩,试探着叫。白金庚想到这里,一声说道:"老王爷呀,你可要坐好啊。"

"娃娃,老夫我坐好,尽管地叫来。"

白金庚说:"那轿内坐的你可是俺家爹爹?"

"嗯。"

白金庚听见"嗯"了一声,偷偷地往那轿里一看,呀,没事呀!看起来这个老头比那个老头结实得多哩,叫我再喊一声试试:"轿内坐的你可是俺家父王?"

"嗯。"

少爷又一看,还没有事哩。"轿内你是俺家爹爹。"

"嗯。"

喊叫三声没有事,老王爷一声说道:"娃娃,你叫了我啦,反过来,我得唤你三声,你若无是无非,就是我儿,若有什么好歹,可不要后悔呀。"

有的书家该问了,老王爷咋也说这话哩?是因为老王爷乏子无后,跟前只有一女,从五十岁上他就开始买孩子了呀。到在街上,只要观见谁家的小孩长得好了,他只要见爱,用手一指,说:"那本厢[1]你可是我儿?"一说是他儿,用手一指,人家的孩子好好在街上正跑着哩,"扑通"地上一躺,就不行了,他就给人家喊死了啊!光那好孩子都喊死二十多个了呀,所以说今天哪,老王爷他也要先商量这件事了。

白金庚一听,一声说道:"父王啊,你尽管叫吧,反正是俺娘也被那国

---

[1] 那本厢:也称"那边厢",同"这本厢"、"这边厢"一样,都是说书人的习惯用语,意为"这边儿"、"那边儿"。

舅抢走了，俺妹妹也被店掌柜抢到他家了，俺爹也身染重病……举家人就剩下我一个啦，你叫吧，叫死了拉倒。"

"唉，不要伤心掉泪。"老王爷心想，这一回我得慢慢试着叫啊。这个孩子长得太好了，要再把这个孩子喊出啥好歹了，人家就该捣我的脊梁筋了呀。徐延昭，你是那老缺德呀。

老王爷想到此处，一声说道："轿前跪的可是我……儿？"老王爷吓得眼都不敢睁，老害怕把这小孩叫出啥好歹了。

谁知道这一喊，白金庚在这地上喊"爹爹——"。老王爷一听喊他爹爹，慌慌忙忙把虎目一睁，闪目把轿前一看，嘿，没有事儿！面不改色，气不发喘哪！看起来这一个才是我儿啊！老王爷心中高兴，又一声叫道："轿前跪的你是我——儿？"

"爹爹。"

"我儿紫龙。"

"父王。"

"咦——呵呵呵呵，哈哈。"

【二八】

老王爷轿内笑连声	不由得心中老高兴
只说一辈子乏子无有后	无有人养老来送终
我这云南阅边回京转	大街上我收留一个小螟蛉
回府去见了我的夫人面	老诰命她一定会高兴
老王爷撩袍端带把轿下	上前去一把拉起来我儿紫龙
儿呀，随老父同把我的八抬坐	回府去我给恁举家冤申申
老王爷拉住金庚把轿上	白金庚拦住说一声

（白）"父王，慢来。"

"儿呀，你还有何事？"

"父王啊，我有心随你回府，可是俺家亲爹在西关店房身染重病，我想到在那里看看爹爹，然后再随父王回府，不知父王意下如何？"

徐延昭一听这话，自己叫着自己的名字：徐延昭呀，徐延昭，这就是你的不对了！人家天伦父还在西关店房，怎能随你回府呀？老王爷想到这里，一声说道："儿呀，真乃是一个孝子。马方、赵飞！"

"在！"

"领着你家小少爷赶快到在西关店房看看那白老先生，看他愿不愿意叫他儿去到咱府，他要愿意，领你家少爷回来，他要不愿意，不要勉强于他。"

"是！"

马方、赵飞一听，马方说："赵飞，看看啥劲？这小孩子一转眼可成咱少爷啦！刚才在牌坊下边，你还蹬人家一脚哩，赶快上前去说说好话，巴结巴结吧。"

马方、赵飞走上前去，打拱施一礼："哎，少爷，刚才不知道是你老人家，多多冒犯，还望小少爷海涵。少爷呀，我知道你年纪轻，走得慢；俺俩呀都会飞檐走壁，跑得快。少爷，来来来，背着你走吧！"马方说完往地上一蹲，少爷往肩上一趴。两个人这就领着小少爷白金庚直到西关店房，不到西关店倒还罢了，要到西关店房，下卷书可就热闹起来了——

【二八】

马方、赵飞二英雄	背起来少爷白金庚
顺着大街往前走	一心心西关店房走一程
小少爷肩膀上心暗想	心中不由得暗暗叮咛
心暗想我为了给爹爹来治病	自卖自身到在街中
应应地遇住了老王那徐千岁	才把我买到府下当螟蛉
今天我到在西关店房内	看看爹爹他的病情
我把俺爹爹安置好	然后间，我去到黄沙徐府求人情
我求告，老父王校军场上发人马	国舅府，好搭救俺的娘亲生

【快二八】

小少爷思思想想来好快	好马方与赵飞，迈开了飞腾术快似风
咱有心叫他慢点走	啥时候才能唱到热闹中

恁的心急我嘴快　　　　　　　小弦拉的也不透风
叫他到，他就到　　　　　　　他要是不到咱就嗡
马方、赵飞正是往前走，抬头看，到了呀　西关店房面前迎
这才来到店房外　　　　　　　马方、赵飞说一声

（白）"到了少爷，下来吧。"单说马方地上一蹲，把少爷地上一放："哎，少爷，稍等一时，待俺去叫门，啊。"

马方、赵飞一来来到店房外边，"哎！店房里有人没有啊？带胳膊、长腿的，轱辘出来一个！店房里的人都死完了！"

这喊着没人吭气，一说死完了，有人听见啦！咋回事哩？店掌柜方虎领着那一群店小二在后院正搁那逮猪、杀猪哩。这猪叫唤着，没有听见；这脖上戳了一刀，一放血，这猪不叫拉，听见啦。

店小二们一听，"咦，这谁说话咋这么不甜还[1]人哩？死完了？死完了还会杀猪哩？出去看看，是家儿算完，不是家儿捞进来，趁着咱这一摊儿，戳他一刀子，去看看！"

"要是那呀，叫咱掌柜去。"

单说店掌柜方虎一摇三晃，三摇九摆可出来啦："吵吵闹闹为着啥事啊？"

你看他说着话来到了店房外边，抬头一看，咦，头戴红，身穿青，不是衙役就是兵啊！这当兵哩来找我干啥哩？店掌柜吓得浑身打战，皮笑肉不笑地："哎，军爷，你哪阵香风刮到我这店房外边了，今天找我有啥事哇？"

"你是店掌柜？"

"哎，军爷，啥店掌柜，我在这里招呼着哩。"

"你就是那方虎？"

"对对对，我是方虎。"

"哦，方掌柜，听说你这店里住着一个姓白的？"

"嘿，有，有，你说的是两榜进士白顺卿吧？"

"不错！"

---

[1] 甜还：念 tián huán，洛阳方言，指甜言蜜语；"不甜还"即指"不好听"的意思。

"军爷,那快死的人了,你问他干啥哩?"

"去,到里边给我找一杆大秤!"

"你要秤干啥哩,军爷?"

"他孩子把他爹给卖啦。"

"咦?"这店掌柜一听,这卖人还按斤秤卖哩?"呵呵,军爷,中,中,卖了也行!整天在我那马棚下边躺着,哼——哼——比那念藏经都难听。卖了也行,我去给你找秤去。"

店掌柜方虎进到店房找秤不说,回来单说少爷白金庚,领着马方、赵飞进了店房,穿宅越院就来到后边马棚下边。

少爷来到马棚下边闪目一看,哎呀,只见他家爹爹躺在地上哼声不断,奄奄一息了呀。小少爷看到爹爹成了这般模样,心里就好像扎了万把钢刀,拧了几拧,晃了又晃啊!不由得扑到爹爹跟前,一把将爹爹的头怀中一揽:"爹爹,你睁眼看看,孩儿我回来了。"

"哎,儿呀,你回来了?"

"爹爹,我回来了。"

"儿呀,我叫你讨一条活路,到在大街上卖给人家,你卖了没有啊?"

"爹爹,我卖了。"

"你卖给何等人家了呀?"

"爹爹,我卖给当朝王爷定国公徐延昭了。"

"啊,儿呀,你待怎讲?卖给老王爷了?"

"爹爹,我卖给徐老千岁了。"

"儿呀,你卖得好哇,只要能卖给老千岁,就能给咱举家申冤报仇!可要记住,把你娘救回来呀。"

"爹爹,你就放心,安心养病吧爹爹。"

父子俩个正在讲话,就在这个时候,就听外面"踏、踏、踏、踏",店掌柜方虎扛了一杆大秤进来了,一来来到马棚下边:"军爷,给,这不我给你找的秤,赀[1]吧,军爷。"

---

[1] 赀:音 zī,意为"计量"。洛阳方言把用秤称东西称为"赀东西"。

马方一把上前接过来大秤，来到白顺卿跟前一看，咦，这是一个人呀，没办法赘。没有办法咋办哩？马方、赵飞照着白顺卿身上就这样"喔——"抡了一圈："店掌柜，赘了啦。一百五十七斤三两三。"说着话从怀里拿出来一百两银子，"给，接住，一百两纹银。"

"军爷，他家争[1]店账没有这些[2]，只有二十两银子呀。"

"接住，有话说！"

"军爷，这钱是叫我花的不是？"

"对。"

"中！哎呀，常言说，钱是无价宝呀，花到哪里，哪里好，叫我花的，我都接住了啊。"

你看掌柜方虎把这百两银子往怀里这么一揣，正然高兴。"店掌柜，你认识这个小孩不认识呀？"

"哎呀，军爷，咋能不认识哩？在我店房住了两个半月了，我能不认识？认识！"

"现在他是俺家小少爷哩。"

"他咋成了小少爷了？"

"刚才去到大街自卖自身，卖给俺家老爷定国公徐老千岁，地上躺着这个，就是白老太爷哩。把那白老先生安置在你店里好好招待，好好侍奉。一天不说多，一天你叫他长上一斤肉，再迟半个月，我重来过秤。敢说少了一两一钱，下半截儿给你打掉！"

"哎哟，我的妈呀！军爷，这是个人呀，不是别啥东西，你说一天叫他长一斤肉，军爷呀，恐怕连四两都长不上啊。不管咋着说，我好好侍候，好好招待就是的了。小——，小——。"

这一喊小，不要紧，打外面噔噔跑进来两个店小二："哎，掌柜，喊啥哩？"

"你这些店小二，咋不会办事哩？这地上躺着是白老太爷，白老先生哩！咋把白老先生扔到这马棚下边，又骚又臭哩？抬住！抬到上房以里，

---

[1] 争："欠"的意思。
[2] 这些：即"这么多"的意思。

哪个床铺干净，放在那个床铺以上，听清楚了没有？"

"掌柜，不是你说叫扔在那马棚下边，死了算完！今天从葱地过来了，你咋恁开通哩？"

"这孩子，你？你？你？我啥时说这话了，你没有吃兔肉，咋光拔豁子哩你！走，抬住，抬住，真不会讲话！"

单说两个店小二抬住白顺卿，一来来到上房里，一边床铺上一放："去，去，去，去，到前边给白老太爷搅碗甜汤[1]端来，啊。"

"哎呀，掌柜，拿个馍啃啃算完。"

"胡说啥哩？先喝汤后吃馍，一辈子也吃不着[2]，去，别胡说。"

单说店小二不敢怠慢，到在外边，书要简短，搅了一碗甜汤端来。这店掌柜方虎亲自用调羹勺[3]，一勺一勺地灌到白先生腹下。一灌灌了，说店小二："去，去，去，去俺家。"

"掌柜，去你家干啥哩？"

"去俺家把他闺女白桂萍叫来。"

"噢，掌柜，你不是说，把他闺女拉到你家，跟着你娘学织布、学纺花，单等长到十七八，跟你拜堂成一家吗？喊她干啥哩？"

"你，你，你……这孩子，没有吃兔肉咋光扒豁子哩？我啥时候说这话了？咋哪壶不开掂哪壶哩你，去，去，去，真不会说话！"哎呀，可把那店掌柜吓坏了呀。

单说店小二不多一会儿把白桂萍小姐也叫来了。店掌柜假惺惺地说道："嘿嘿……小姑娘，好吃点心不好？我这店房里边有大金枣、小金枣，好吃的可多了，想吃啥随便拿啊。好好侍奉你家爹爹，侍奉好了就是你的万福，啊。"

白桂萍一看，"哥，你可要救咱娘，我可老想咱娘啊！"

"妹妹，你好好伺候咱家爹爹，我一定把咱家母亲救回，啊。"

---

[1] 洛阳方言中，"甜"是"淡"的意思。甜汤，指没有放盐滚煮的汤，如米汤、面汤等。这里所指的甜汤是指将面调成糊状，水烧开时快速搅拌入锅内做成的面汤，也称"面疙瘩汤"。

[2] 吃不着：这是指身体吃不出什么毛病的意思。

[3] 调羹勺：一种喝汤用的小勺。

"哥……"

"妹妹，以后有事，到在黄沙徐府前去找我。"白金庚跪在地上，给他家爹爹磕了三个响头，站起身来，就领着马方、赵飞来到店房以外。

赵飞一看："少爷，刚才俺哥背着你来，现在回去，我背着你走吧？还不让你走，来。"

单说赵飞背着少爷白金庚，书要简短，一句话，到啦！到哪儿了？就来到八抬轿跟前。马方、赵飞把少爷地上一放，走上前去一声说道："老王爷，我们回来了。"

"马方，那白老先生愿意不愿意叫他儿去到咱府？"

"王爷，不但愿意，而且还很高兴啊。"

"嗯，既然如此，把你家少爷搀扶到我的八抬轿里。"

单说马方搀着少爷坐在八抬轿老王爷的一旁，然后把轿帘一放。老王爷一声说道："人来——，打道回府！"

【二八】

吩咐一声起了程	人马滔滔顺街行
老王爷轿内高了兴	心中不由暗叮咛
十年里我没有这回京转	想不到那砖头瓦块想成精
今天我要是回府转	我要与我的儿冤申申
思思想想来好快	黄沙府不远面前中
人马来到府门外	又只见家郎院公跪到大门庭
八抬轿就落到那地溜平	走出来王爷一品大卿
老王爷这里闪目看	又只见全家人跪到地溜平
老夫人跪到溜平地	迎接王爷定国公
老王爷一看受感动	慌忙忙上前去，搀起来夫人把话明

（白）徐延昭下了八抬大轿一看，就只见老诰命领着全家人三百多口跪倒在大门外。老王爷一看，慌慌忙忙上前一把搀住了老夫人，一声说道："夫人，赶快请起。"把老诰命一搀搀起。

老诰命拄着龙头拐杖:"老爷呀,今日回府来了。"

"夫人,我回府来了。"

有的书家该问啦?谁跟谁喊老爷?就是徐延昭的老婆跟徐延昭喊老爷。有人说了,她俩个老夫老妻,肩膀头平的,咋喊老爷哩?这都是封建社会的坏处,封建社会男的做官了,家里的人就得喊老爷。有说现在还喊不喊?现在不喊,别说不喊老爷啦,连老哥也不叫了。现在是新社会,男女平等啊。

老诰命一声说道:"老爷呀,这十年不见,你可老多了,嗯?"

"夫人,你可也不年轻了哇。夫人呐,你看看,我娶你一趟,展红挂绿,你只给我生下一个女孩,也没有给我生下一个男孩,连老头我也不胜啊。我也会给你生个孩子呀。"

"你个老东西,十年没有见,学成打瓜蛋[1]了!你要是会生孩子呀,那公鸡就要下蛋哩,叫驴就要下驹哩。"

"夫人,你不信?"一声叫道,"我儿紫龙,上前拜过你家母亲。"

【二八】

好一个聪明伶俐的白金庚	走上前望着老诰命打了一躬
扑通一声跪到地	那响头磕得嘭嘭嘭
先问声俺娘身旁好	再问声俺哩娘恁老可安宁
娘呀娘,说啥亲,说啥义	孩子权当你哩亲生
恁二老在世儿行孝	二老下世送坟茔
我把恁送本到那坟台上	痛痛哭上几百声
娘呀娘,你看看相应都不相应	
小少爷一句话两头把娘叫	老诰命一听老高兴
老诰命听罢心欢喜	
也不知身上哪痒拱哪疼	头上痒,挖脖子
脖子痒了挠前胸	前胸痒她就挠大腿

---

[1] 打瓜蛋:打瓜,指爱说笑话,说话不严肃。打瓜蛋,指爱说笑话的人。

不大会儿浑身抓的干肚红	出言来就把孩子叫
孩子呀，你起来吧，你起来吧	你要是跪着娘心疼

（白）老婆一看真高兴坏了呀，慌忙上前一把捞起来，"孩子呀，起来，起来。老爷呀，这府门外边不是谈话之地。走，走，走，咱们回府慢慢叙谈"。

徐延昭一声说道："说好便好。马方、赵飞把人安排停当，随后进府。"

"是。"

马方、赵飞安排人暂且不说，单说老王爷、老诰命领着全家人等进了黄沙府舍呀，一来来到客厅，上下一坐坐好。老诰命就说话啦："老家院，赶快吩咐咱那厨上老师儿备上一桌上等席面，居家人要吃团圆酒席，越快越不嫌快啊，快点。"

单说老家院徐能一吩咐不打要紧，那厨房伙计、老师儿可忙开了呀，就听见案顶上，砰砰啪，锅子里面，嘶啦啦，煎的煎、炒的炒、擀的擀、捣的捣、烧的烧、燎的燎、端的端、跑的跑，不多一会儿都做好，一托盘、一托盘都端上了，有说啥东西？上等席面。一说上等席面，萝卜、白菜、金针、海带有多少？那东西一点儿都没有！那啥做成的？先说那粗菜，小鸡儿、炸拌儿、肉丝儿、肉片儿……这是粗菜；那细菜有鸡丝儿、鱼丝儿、海马丝儿、黄焖鸡子扣小鸡儿、鸡片儿、鱼片儿、海马片儿、黄焖鸡仔扣鸭蛋儿、大麻、二麻、油盐烹炸提花去骨，月月红、八大碗、巧十三，内面夹着"猛一窜"，有的说，窜着还咋吃哩？窜汤大鲤鱼。还有八咸、八甜、八荤、八素，四八三十二碗。中间还有四大拼盘。四大拼盘是海参、鲍鱼、猴头、燕窝。中间围着一个暖锅，有回锅不烂的肘子，青花、玉兰片、称心如意的清汤，你要是调羹勺舀上一勺一喝，嘘，嗯，最少最少能想二十多天呀！

有的说，说书人呐，真是能啐，啥汤嘛，都能想二十多天？其实呀，也想不了那二十多天，不过呀说明人家那汤做得很好，再过二十天，想起来那个味儿，光想流口水，就恁好。

书要简短，不要啰唆。一句话，一家人吃了团圆酒席，徐延昭一声说道:"夫人呐,今天天色已晚,明天一早,我要上殿面君。今晚上啊,我得到后宅有要事要办,就叫咱儿随你去到堂楼上边安歇。你们两个也好好拉拉家常,叙谈叙谈。"

老诰命一听,说:"老爷呀,我正有此意。"

单说马方、赵飞领着老爷到后宅办事,暂且不讲。回来单说老诰命一声说道:"丫鬟哩,前面带路,回堂楼而去。"小少爷白金庚聪明伶俐,慌慌忙忙一把上前搀住了老诰命,出离客厅,就直奔堂楼来了啊——

【二八】
聪明伶俐的少年郎　　　　　搀起来诰命离客房
才顺着砖铺的甬路往前走　　前边闪出一楼房
迈步才把堂楼上　　　　　　上了这楼梯一十三桩
进了楼门仔细看　　　　　　堂楼拾掇的真叫排场
又只见纸糊的天棚白如雪　　石灰掺粉涂满墙
【小口】
八仙桌子迎门放　　　　　　两把交椅列两厢
桌上摆着细瓷茶壶　　　　　紧围绕当中细瓷茶缸
靠后墙放张条茶几九尺半　　上摆着玉石骆驼玉石羊
玛瑙瓶斜插着花三朵　　　　一朵绿来两朵黄
隔扇也本是鹦哥绿　　　　　转圆圈也都用那红边镶
掀开门帘往里看　　　　　　暗间也倒比明间强
大立柜,小皮箱　　　　　　许多被褥搭到箱上
盆架衣架立柜架　　　　　　那桌子也油的明晃晃
朝后墙观了一眼　　　　　　摆着透花顶子床
那提花单子三缎被　　　　　枕头上边绣鸳鸯
脚踏板上送二目　　　　　　只放着替新换旧的鞋几双
又朝床下观了一眼　　　　　床下放着夜夜忙
有人说啥是夜夜忙　　　　　也本是赤金打成的尿盆子
转圆圈也都用那猴毛儿镶　　为啥要用猴毛儿镶

怕的是老诰命	年纪大，半夜解手着了凉
小少爷观罢也不怠慢	走上前去喊声娘

（白）"娘，孩子这厢有礼。"

老诰命一声说道："孩子，家礼不可长叙，长叙外观不雅。一旁有座，坐下盘话。"

"多谢母亲了。"

少爷椅子上一坐，老诰命就说话了："我说孩子呀，听你说话的口音，不像咱本地人氏。家住哪里，姓甚名谁，咋叫你爹买到咱家了呀？孩子，给娘我说说。"

老诰命不问此言倒还罢了，老诰命这么一问，就勾起来少爷伤心之泪，不由得两眼的泪水"扑嗒嗒"地往下掉，就这般如此、如此这般，把他家里冤情讲叙一遍。老诰命一听："孩子啊，咃，说了半天了，你家的冤枉还这么大哩？你娘被国舅抢走了？孩子，不用哭，啊。明天一早，我把你领到咱那银安宝殿，叫你家老父王给你封个官。封个官你就能抓国舅，就给你娘报仇了。啊，听着了没有？孩子。"

"娘，俺爹能给我封官？"

"嗯，能封！你爹是朝廷的老皇伯，可是能封。"

有的书家该问，徐延昭咋是朝廷的老皇伯哩？谁看过《二进宫》的戏就知道，《二进宫》里边有兵部侍郎杨波和定国公徐延昭，他们两个二进宫院、保太子，就是保的这个万历，现年一十四岁，面南登基了。那个时候哇，这万历才刚满一岁啊！徐延昭抱着他登基了。就是这，万历见徐延昭、老杨波都得喊老皇伯哩。

"孩子呀，你爹给你封官的时候，看着你娘的眼色行事，我这龙头拐杖点三点晃上三晃，就是让你谢恩哩；这龙头拐要是不点不晃，可不敢谢恩。你不知那官职大小，知道了没有？孩子。"

"娘，那我记下了。"

"好，孩子呀，我也知道你累了，天色也不早了，你去吧。咱这楼房一明两暗，你去到西间安歇，为娘我今晚上就躺到东间安歇。明天一早，咱就起来去到银安殿，叫你爹给你封官。啊，去吧，孩子。"

单说小少爷就来到堂楼西间，牙床上边一躺，想起来自己在黄沙徐府享福，亲生母亲给国舅抢走还不知是死是活，想起来亲娘国舅府受罪，小少爷一晚上都睡不着觉啊，翻来覆去，覆去翻来，就听谯楼里面打了五更，小少爷就慌慌忙忙起床更衣，老诰命也起来了。

这母子俩都商量好了呀，就这样，下了堂楼，来到银安宝殿。谁知道刚刚来到银安宝殿，正好碰上老王爷徐延昭。

这徐延昭领着马方、赵飞正准备出那银安宝殿，上金殿见君交旨。一看："夫人，这大清早天还未明，你领着咱儿来到这银安宝殿，为着何事呀？怎么不多睡上一会儿呀？"

老婆一声说道："老爷呀。"

"嗯。"

"你看看咱孩子的冤情这么大，来到咱国公府，一官半职也没有。我想着呀，叫你给封个官也能给他家申冤报仇了，我是叫你给咱孩子封官来了。"

"哎呀呀，夫人呐，你真是老糊涂了吧？这封官都是万岁的事情，我怎么能封得了官呐？"

"哎，你是朝廷的老皇伯哩，咋封不得？能封得，搁咱家封封，然后你再领到金殿上叫万岁给孩子再封封。官封得越大越好，啊，封吧。"

"夫人，封不得。"

"你个老东西，我说能封得。"

"封不得。"

"你个老东西，你说你封不封？"老婆说着，把龙头拐杖举起来她打徐延昭了呀。你说她敢打？敢打，这龙头拐杖是经过万岁封着哩，上殿打君，下殿打臣，代管三宫六院，万岁头上都管着三分。她连当今万岁都敢打，不敢打徐延昭哇？

这徐延昭一看，"哎哎，夫人，慢来，慢来。老夫老妻了，你咋光动脾气哩？"

"你说你封不封？说吧？"

"哎呀，夫人，那你说封得了，咱就封得了。"这徐延昭呀做这大的官也是怕老婆呀。说："夫人呐，你说叫我给他封官哩。我十年都没有在京，也不知道哪里有缺，哪里无缺，让我怎样封官呐？"

"老爷呀，那吏部年年给咱发的有官簿，你打开一看不就清楚了？"

"噢，好，好。"单说徐延昭慌慌忙忙拿过来官册子桌案上面一放，"扑棱"一声打开，简单地看了一遍，一声说道，"我儿紫龙，你今天就跪倒在银安宝殿，听你家老父王我给你加官封职！"

【二八】

老王爷上边开了声	我连把我的儿叫一声
儿啦，这叶县缺少一个小知县	三个月都没人理过民情
我封你到叶县地	七品县官管百姓
老王爷他还要往下讲	老谙命拦住说："封那不中！"

（夹白）"你封咱孩子一个啥官啦？"

"夫人，这山东掖县[1]缺少一个知县。三个月了都没人做过县令，没有人理过民情，咱孩子年纪小，我想先封他一个七品县官叫他到在山东掖县。"

"不中，那不中！常言说，小官光被大官欺。你往那大处了封哩啊。"

【散板】

| 徐延昭万般无有奈 | 银安宝殿又开声 |
| 儿呀，这七品县官恁娘她嫌小 | 我再封你四品皇堂在朝中 |

【二八】

恁要问惊动那一个	惊动了少爷白金庚
小少爷偷偷把他娘看	哎呀呀，俺的娘椅子上，头不抬眼不睁
龙头拐也不晃，也不动	那不用人说我知道
俺娘嫌我官职低	叫俺爹他给我再封封
小少爷地上没有动	老王爷上边又开声

---

[1] 掖县：即今山东省莱州市。

【武口夹连口、叹腔】

儿呀，四品皇堂你嫌小	再封你二品都督领大兵
小少爷一听是都督位	心暗想二品都督官不轻
在下边偷偷地把他娘看	哎呀呀，俺的娘，椅子上边没动静
不用说，俺的娘昨夜晚她没有睡好	今天银安宝殿睡朦胧
银安宝殿睡着觉，我的娘呀娘	活活可要把我坑
小少爷正把他娘盼	盼他娘赶快来苏醒
谁知道，少爷地上没有把恩谢	老王爷上边又开声
儿呀，二品都督你还嫌小	再封你当家宰相一品卿
小少爷听说宰相位	这一品大官真不轻
在下边偷偷把他娘看	谁知道老诰命头不抬眼不睁
看起来的娘真是睡着了	活活的要把我来坑
盼了声俺的娘醒来吧，醒来吧	你赶快叫孩子谢恩情
小少爷才把他娘盼	他跪倒地上没谢封
跪倒地上没有把封谢	不对
小少爷下边没有把封谢	在上边恼坏了老王定国公
老王爷一恼也不要紧	还恐怕，小少爷，再想活命万不能
也不知后来怎么样	同志们，下回书中接着咱往后听

第三回

私访国舅府

【二八】

小弦子一拉啊愣愣愣	书接上回往下听
上回书说的是老王爷	咱还说徐延昭定国公

【武口】

老王爷一看孩子不把恩谢	不由得，无名的大火往上冲
用手一指破口骂	胆大的奴才敢做精

我封你宰相你不坐	难道说，你还想坐大明朝的二朝廷
我看你人小野心大	怎能留你尘世中
今天我把你当作灵芝草	原来你是颗臭蒿蓬
我把你当作金镶玉	原来是块臭黄铜
我把你当作一只虎	原来是小小狸猫多不中用

（夹白）"马方、赵飞？""在！"

把奴才给我绑、绑、绑	拉出去，斩桩上边问斩刑
"是！"马方、赵飞不怠慢	一伸手，上前抓住白金庚
推推拥拥往外走	要绑到桩橛上边问斩刑
同志们，眼睁睁少爷难活命	这一回惊动了老诰命
老夫人上前忙拦住	叫了声，马方、赵飞你且慢行

（白）"马方、赵飞，给我站住！"

马方、赵飞一看，老诰命拦住啦！不敢再走了。老诰命一声说道："老爷呀，咱孩子身犯何法，罪犯哪条？为啥拉出去就杀哩？"

"夫人，你刚才难道没有听清，还是没有看见呐？我封他当家宰相，他跪在地上，连个'谢'字都没有！他还想做啥官哩？当家宰相他还嫌小哇！野心勃勃，留在世上，终究是个后患呐。杀了算啦！"

"咦，老爷呀，你看看你！咱孩子是那庶民百姓家的孩子，没有做过官，他会知道那官职大小？你就是给他封个老天爷，他也不知道谢恩。老爷呀，实话给你说吧，那是我不叫他谢。咱孩子他不敢谢恩。"

"啊，夫人，你怎么不叫他谢恩呐？"

"你没有封到时候哩。"

"夫人，封他一个当家宰相，没有封到时候，还能封他一个啥官哩？"

"老爷呀，你都没有拿一个镜子照照，两鬓苍苍，胡须大长，八十多啦，保不得国啦，劝不得龙啦，你还不该让哩？"

"夫人，你说我这定国公之位该让啦？"

"该让啦。"

"哎哟夫人,我这定国公之位可是不能让哇。"

"老爷,咋不能让,你忘啦,咱家可是那世袭国公,世袭王位,这是先皇封的。你都八十多啦,还能干几天哩?你不叫孩子当当国公?你趁着身体扎实,给他照料几年,百年以后下世了,你不放心啦?叫我说呀,让给咱孩子吧。"

"哎,夫人,这……"

"这啥哩这?该让啦。"

徐延昭一听,俺夫人说得也对呀。俺家是世袭国公,万岁封,俺的孩子是国公;就是万岁不封,俺的孩子还是国公!子承父职,俺是铁帽子,抹都抹不下来。我都八十多啦,还能干到一百不成?夫人说得有理,不胜就把这国公王位让与我儿!

老王爷想到这里,一声说道:"马方、赵飞,赶快把你家少爷放回来!"

单说马方、赵飞又把少爷放了回来。小少爷慌慌忙忙跪倒在地:"多谢爹爹不杀之恩。"

"儿啊,刚才都怪老夫我糊涂啦,没有把你封到时候哩。儿啊,你就二次跪倒在银安宝殿,听你家爹爹二次给你加官封职——"

【二八】

徐延昭上边又开声	再叫声我的儿紫龙听
儿啊,当家宰相你不想坐	老父我封你当朝少国公
我先传给你这一根九龙宝带	他的用处对你明
儿呀,这根九龙带是好宝	他的好处你记清
我的儿,你要出外去查案	无灾无难倒还罢
有灾有难,解下来	九龙宝带掂手中
抓住龙头抡三抡	咱徐府,就能刮起黄沙风
不刮黄风倒还罢	刮黄风,就知道我儿有灾情
就知道我儿有灾难	老父王,我在家下好差兵
再传给你这一把黑虎铜锤	它的用途对你明

这把黑虎锤，左边刻了一条龙　　　右边刻了两只凤
上边有七十二条棱　　　　　　　上边还有无数窟窿
打死一个昏君抹条龙　　　　　　打死一个娘娘抹上只凤
打死个奸贼抹条棱　　　　　　　打死百姓填住一个窟窿
你要是把龙凤窟窿都抹平　　　　儿呀儿，咱黄沙徐府还能造成
再传给你，扭头狮子烈火大印　　儿呀，大印今天传儿手中
这块印，本是你先祖汗马功劳挣　今天流到你的手中
我叫你忠心耿耿把国保　　　　　赤心耿耿保江红
你要是落个清官名　　　　　　　咱黄沙徐府耀祖光宗
你若是落个赃官名　　　　　　　儿呀儿，万古千秋落骂名
交代的话儿牢牢记　　　　　　　莫当耳旁吹来风

【武口】

老王爷说了这些话　　　　　　　在一旁，喜坏了夫人老诰命
龙头拐，点三点，晃三晃　　　　不住她还咳嗽几声
小少爷一听也不怠慢　　　　　　上前去，谢过父王把儿封

【叹腔】

上前去，把这三件宝贝都接在手　才想起来亲娘孙秀英
母亲娘，被国舅抢到贼府内　　　还不知是吉还是凶
既然我是少国公　　　　　　　　我一定搭救俺娘出牢笼

【武口】

小少爷想到这里不怠慢　　　　　手举大印开了声

（夹白）"马方！" "在！" "赵飞——" "有！"

马方、赵飞恁俩听

（夹白）"是！"

恁两个，莫在这里来停站　　　　速速速，拿令箭，校军场上去点兵

校军场，恁给我点齐三万人共马	随我杀到国舅贼府中
杀到国舅贼府内	好搭救俺娘孙秀英
马方、赵飞就说得令	手接令箭往外行
手接令箭往外走	要到在，校军场上去点兵
恁要问惊动哪一个	惊动了老王定国公

"马方、赵飞，慢来。"老王爷扭回项来，又说道，"儿啊，你为什么让马方、赵飞前去点兵？"

"父王啊，俺娘被国舅抢走，还不知是死是活。我要去搭救俺家母亲！"

"唉，真乃是孩娃之气哪！儿啊，光知道去搭救你家母亲，你可知道，那国舅李士龙他是九门提督，手下有兵有将，那国舅是心狠手辣啊！你若带着大兵，搭救你家母亲，他若得知此信，先把你娘给害了，给你来个死无对证，到那时候，你怎么办哪？"

"父王，那你说孩子该怎么办才好啊？"

"儿啊，依老夫之见，你不如乔装改扮，去卖绒线，国舅府先打听打听你娘的吉凶祸福，先把你娘救出来，然后再访出国舅府的赃证，到那个时候，我的儿再上殿面君，前去奏他一本，叫万岁给他定罪。这不就给你娘报了仇嘛。"

"父王，孩子没有卖过绒线，我不会呀。"

"这不要紧，老夫我教你几句，你就学会了。马方、赵飞，赶快打后边把我当初卖绒线的箱子背来，快去。"

这老王爷徐延昭少年时期，也卖过绒线，也出去私访过。单说马方把绒线箱子背到银安宝殿，小少爷一看，这个绒线箱子是个二层底，把二层底打开，把他的黑虎铜锤放到了绒线箱子的二层底里边。然后，赵飞就把卖绒线的东西货物备齐，摆到了箱子的头一层上边，把盖子一盖。在这期间，老王爷就交代少爷怎样喊叫，怎样叫卖。小少爷聪明伶俐，一学便会。

"儿呀，现在你学会了吆叫，可是你这身穿装打扮不行，赶快换，跟着马方、赵飞到在那更衣厅打扮成小货郎的模样，快去！"

"是！"单说马方、赵飞不敢怠慢，领着他家少爷更衣厅更衣来了哇——

【坠子口】

马方赵飞把路引	小少爷随后紧紧相跟
跟着家将往前走	更衣厅也不远面前存
随家将只把更衣厅进	来到更衣厅更换衣襟
一把抓帽子头上戴	青布的长袍穿在了身
下穿中衣颜色俊	象鼻子纱鞋刚沾尘
恁别看少爷他打扮这个样	这国公大印在怀里存
小少爷你梳洗他才打扮好	随后他出离了更衣厅门
这才来到银安殿	走上前去父王尊

"父王,你看孩儿打扮起来,像不像一个卖绒线的呀。"

老王爷从上到下看了一遍:"儿呀,好啊,确像个小货郎的模样。儿呀,现如今天色已亮,你就背着绒线箱子,拿着小珍铃,到在国舅府去吧。"

老诰命一看,慌忙上前拦住,一声说道:"孩子,听说那国舅贼子惨无人性,到在他家,你可要小心点啊。我听人说那国舅私自盖下九间九檩朝王殿,七间七檩剥剁厅,杀人场,剥皮厅,吃人猛虎叼人的鹰啊!孩子,你到在贼府,你可要千万千万的小心哪。天不黑早点回来,免得为娘我挂念,啊。"

"母亲,你就放心吧。"

【平板】

小少爷,绒线箱子背身中	一伸手又拿起来小珍铃
你看他出离了银安殿	不多时来到当院中
有心我从大门走	还恐怕,被家郎院公走漏风
大门不走后门离	小少爷,这一回出离黄沙府中

【垛子板】

小少爷来到了大街以上	一街两巷都是闹哄哄

在这边咯哩咯吱轧和罗[1] 　　　在那边噼里啪啦打烧饼

油条锅里来翻滚 　　　松籽包子一笼挨一笼

【连口】

也有路南路北走 　　　也有路西上路东

小少爷来到大街也不息慢 　　　一伸手，抓起来他的小珍铃

轻轻地晃，咯嘟嘟地响 　　　咯嘟嘟，咯嘟嘟

站到街上喊高声 　　　卖线了，卖线了

姑娘们学绣花 　　　都来我面前买线绒

扎朵花儿，红又红 　　　扎个叶来青又青

扎个蝴蝶扑棱棱 　　　扎个蜜蜂活生生

都来买，都来买 　　　都来我跟前买丝绒

【二八】

小少爷，无心来叫卖 　　　十字街不远面前迎

小少爷，来到了十字大街下 　　　举目抬头用眼洒

【连口】

朝着路西观一眼 　　　又只见，有一家门楼盖得高大

又只见那门楼刚盖好 　　　大门还用黑漆刷

门下站着一个大嫂 　　　大嫂也不过二十七八

【五字垛】

大嫂长得俏 　　　赛过活菩萨

上穿毛蓝褂 　　　绿边大襟压

中衣颜色俊 　　　绣鞋扎满花

大嫂吐唾沫 　　　好像飘雪花

怀里抱着胖娃娃 　　　这娃娃长得可是老可夸

头戴虎头帽 　　　银铃儿缀十佮

孩子摇摇头 　　　银铃儿哗啦啦

上穿小蓝袄儿 　　　扣门儿缀了佮

---

[1]　轧和罗：即轧面条。疑即"饸饹"，方言读作"和罗"。

下穿鸳鸯裤　　　　　　　　朴穗儿颤沙沙
穿了双小红鞋　　　　　　　上边绣蛤蟆
手拿皮叫具　　　　　　　　一拍一捏一唧哇
【连板】
这个小孩想吃奶　　　　　　小佳人，解开怀
露出来粉粉的乳疙瘩
孩子噙住打冷战　　　　　　咬得佳人龇着牙
咬得佳人疼难忍　　　　　　嘿，嘿，轻轻地捣他两指甲
小冤家从小你就把娘咬　　　长大也还想把娘杀
她把孩子放到地　　　　　　佳人转身就回家
佳人就在那前边走　　　　　她的小孩在后边，出出溜溜往前爬
佳人前边跺跺脚　　　　　　小孩后边喊了一声妈
佳人前边拍拍手　　　　　　这个小孩，能能就能打两仨
小佳人往回走，心高兴　　　上前去，一弯腰，抱起娘的宝贝疙瘩
乖乖娃儿，麻糖蓝儿　　　　暖心疙瘩顺气丸儿
登登登，耿耿耿，你是娘的乖乖虫　哭一声，娘不心疼谁心疼
【小叹腔】
小少爷看见大嫂逗小孩来玩耍　想起来俺娘孙秀英
想必是，我小时候
俺的娘也是这样给我玩耍　　擦屎刮尿把我养成
把我养到十四五岁　　　　　我没有报答母亲的养育情
俺的娘才被国舅抢　　　　　抢到贼府不知吉凶
今天乔装改扮卖绒线　　　　国舅府打探俺的娘亲生
心中不把别人怨　　　　　　我连把国舅怨一声
你抢男霸女都不行　　　　　正苦害多少好百姓
你抢别人还则可　　　　　　你不该，要抢俺的娘亲生
【武口】
你怎知道，少爷我是个国公位　我一定要报俺家的冤情
我看你人有多大多大的胆　　吃了云彩把天蒙

你真是太岁头上来动土　　　　　如来佛手心打能能
孙悟空面前耍铁棒　　　　　　　当着杨叔拉硬弓
有多少珍酒美味你不用　　　　　来俺这老虎嘴里掏苍蝇
有多少大江大海你不洗澡　　　　来俺这滚油锅里打能能
今天，少爷我到在你家里　　　　我把你真赃实据访查清
真赃实据访清楚　　　　　　　　贼国舅，想逃过爷手数你能
小少爷，心中恼恨往前走　　　　恨不得插上翅膀腾上空
咱有心叫他慢点走　　　　　　　啥时间，少爷才到贼府中
你的心急，我嘴快　　　　　　　小弦子拉得也不透风
咱叫他到他就到　　　　　　　　他要不到算不中
少爷正然往前走，到了哇——　　国舅府不远面前停

【垛板】
小少爷来到国舅府门外　　　　　抬起头来观分明
贼府高有两丈二　　　　　　　　五色彩旗飘在空
一对石狮子把门把　　　　　　　黑油漆大门光又明
两个门军站门外　　　　　　　　龇牙咧嘴可真叫凶
这贼府，我咋看好像一座森罗殿　李国舅就好比阎王无二宗
这俩门军也好比牛头和马面　　　进府去，还恐怕我少着吉来多着凶
欲再说我不把贼府进　　　　　　俺的娘还在他家中

（滚白）罢，罢，罢，常言说忠臣不怕死，怕死焉为忠！

抖抖精神壮壮胆　　　　　　　　抬腿迈步台阶登
一边上台阶一边来喊叫　　　　　卖线卖线喊连声
这一叫卖线可不当紧　　　　　　惊动了两门军，张狗、李牛人两名

【武口】
张狗就把李牛叫——

（夹白）"牛？""狗？"

这街里边，从哪里来的小畜生
说什么，口口声声卖绒线　　叫我看，是哪家官员来私行
咱不如今天逮住他　　　　　到客厅，叫咱国舅爷爷问分明
李牛就说好，好，好　　　　那你说怎行就怎行
张狗、李牛商量定　　　　　上前去，一伸手抓住白金庚

"站住！干啥哩？"

小少爷一愣："啊，门军老总，我是卖线的。"

"卖线的？唧啦啦，唧啦啦，跟磨扇儿压住狗尾巴的样儿！唧啦啥哩唧啦？我看你不像是卖线哩！"

"老总，你看我咋不像是卖线的呀？卖线脸上漆着字儿哩？兴谁卖，不兴谁卖？[1]"

"卖线的脸上也没有漆字儿！不过呀，来俺府卖线，都得从后门进去，跟那姑娘小姐打交道的，这前门走的是王爷、侯爷、公子、大人，走的都是大男人。你不去走那后门，从这前门进，就冲这事儿，你就不是卖绒线的！你是不是哪家当官的乔装改扮，来私访俺国舅爷哩？是不是！"

少爷心中想道，我来私访国舅，他咋能知道？肯定是吓唬我哩。"哎呀，老总，看你说的吧，我这么大一点儿的年纪，会是哪家当官的？我是卖线的。"

"卖线？我看你不像！听说北京城有十八家国公，十八家国公有那十八家国公娃儿，你是不是哪府的少国公出来私访的你？是不是？！"

"哎呀，老总，你抬举我啦。我要是哪家少国公，还卖线干啥哩？我是卖线哩。"

"卖线哩？我咋没有见过你哩？"

"哎呀，老总我是头一回来卖……"

"啊，头一回。要是头一回呀，今天就饶恕于你。牛？"

"狗儿，说啥哩？"

---

[1] 兴谁卖，不兴谁卖：即"谁能卖谁不能卖"之意。

"这孩子长得不赖呀,你看看,又白又胖,跟那银娃娃似的。这孩子要是抓到客厅呀,国舅爷一审问,免不得要受那皮肉之苦,要把这孩子打出点毛病,真可惜他这好人才啦。你看咱俩一辈子没有行过好,三十多里舅子[1]啦,还是光棍一条,连老婆也没混到手,今天咱就放了他,行行好,久后咱要是有了老婆子啦,还不积个五男二女哩。是不是?"

"狗儿,对,对,对,饶了他。"

"小孩呀,今天观你长得好,从后门进去,跟姑娘小姐打交道,啊!去吧!"

"多谢门军老兄。"小少爷这个时候,心里一块石头才算放下啦。心中想想,这俩门军给我说清楚啦,就从后门进去。小少爷下了台阶,溜到后门以外,闪目一看,后门看好[2]开着哩,往里边一瞅,里边也没有人。小少爷迈步就进了国舅爷的后门,来到后院以里,把绒线箱子往地上一放,拿过来小珍铃空中一摇,就听见"咯嘟嘟嘟……咯嘟嘟嘟……"小珍铃一晃,可就吆叫起来了哇——

【二八】

小少爷来到了国舅后院	小珍铃一晃开了言
出言来我不把别的叫	叫了声,国舅府的姑娘丫鬟
都来买,都来买	都来我跟前买绒线

【连板】

我卖的,苏州绫,杭州缎	木梳笸子出到庐山
南京城出的凤头簪	北京城出的好匀线
大针小针样样有	五色绒线颜色鲜
都来买,都来买	都来我跟前买绒线

【二八】

| 这一喊叫也不要紧 | 打那前院过来个小丫鬟 |

---

[1] 舅子:方言,是说话时夹带的脏字。在洛阳一带,在句尾带"舅"字,有骂人之意,因此有"该叫舅,不叫舅,人家就要揍;不该叫舅胡叫舅,人家还揍"的说法。

[2] 看好:即"刚好"、"恰巧"之意。

小丫鬟来到后院里	出言来再叫一声买绒线

（白）"哎——，卖线的。"

少爷抬头一看，是个丫鬟，说："丫鬟，你喊我哩？"

"咦，你敢叫我丫鬟，咋不跟我喊姑娘哩？"

"看你那脚恁大，穿着梅香褂，不是丫鬟你是啥？"

"咦，你还老聪明哩，嗯？卖线哩，你那东西全不全？"

"丫鬟，你来我跟前看看便知。"

"那好。"小丫鬟款动朴莲，"扑扑通通"来到了少爷跟前。小少爷把他的绒线箱子打开，小丫鬟定睛往里边一看："哟，卖线的，你这小小的年纪，东西还老齐全哩。咦，不过呀，我看你就不像是个卖线的。"

"丫鬟，你看我咋不像个卖线的呀？"

"咋不像？不管大街上的卖线的，来俺府卖线的，我都认识，咋不认识你哩？"

"哎呀，我是头一回来到咱国舅府。"

"头一回？"这小丫鬟一听说是头一回，她欺生啊，仗着国舅爷的势力，你看她把手往嘴里边一含，就听得"嘟……"打了一个口哨，四面八方就听见"扑扑通通，片儿片儿"，不大一会儿，后院里来了二十多个丫鬟哪！这丫鬟们把少爷围住，这个小丫鬟给丫鬟们一使眼色，一嘟嘴儿，众丫鬟就明白意思啦，就一弯腰，有的去拿针，有的去拿线，有的拿木梳，有的拿箆子，把东西都一抢，小丫鬟再一使眼色，众丫鬟"扑扑通通，片儿片儿"起来就走啦。

"啊？"小少爷不由得吃了一惊——

【慢二八起腔】

这国舅贼子太无人性	我想不到，连贼府的丫鬟也欺生

【二八】

在府我遵了父王的命	乔装改扮卖丝绒
卖绒线我刚来贼府内	就遇着丫鬟来欺生

【连板】

把我的东西都抢走	我怎敢贼府里边来久停
我若是被国舅发现了	十有八九活不成
小少爷,只急得地上一坐来掉泪	不由得把头一低放悲声
小少爷正然来掉泪	这时候,打前院,"扑通通"
来了个丫鬟名叫春红	

（白）少爷急得没有办法呀,就往地上一坐,哭开啦。正然掉泪,这个时候,从那前院"扑扑通通,扑扑通通",又来一个丫鬟。这个丫鬟哪,十五六岁。书中暗表,她姓康,名叫康春红。这小春红来到后院里边："哎,卖线哩,你在那哭啥哩？"

小少爷一看："又是个丫鬟！这丫鬟都没有一个好的！"

"咦,你说啥,丫鬟都没有一个好的？你说那是咋？"

"咋？我来到你府卖线哩,你家的丫鬟都不论理,把我的东西都抢走啦,一个钱儿都没有给我留！俺这小本儿生意,还不够可怜哩？咋！"

"啊,说了半天是为这事呀？要是这不用哭,你不知道啊,我叫春红。"

"你叫春红？你叫春红你老架势[1]？"

"啥？我老架势？给你说吧,我呀,能叫她们把东西给你送来。"

"真的？"

"谁能跟你哢哩？等着！"小春红也是把手往嘴里边一含,"嘟……",打了一个口哨,不大一会儿,跟那下饺子似的,"扑扑通通",二十多个丫鬟哪,都又跑来啦。来到跟前："春红姐,你喊俺们干啥哩？"那个说："春红姐,你叫俺有啥事儿？"

"有啥事儿？人家这小本生意还不够可怜？来到咱家卖线,买了买,不买了拉倒,没有一点王法啦,俺？赶快,刚才拿人家的啥东西,给人家送来！"

"是！"小丫鬟们不敢怠慢,不多一时把东西都又送了回来。往那箱子

---

[1] 架势：方言,"有阵势"、"有派头"的意思。

里边一扔，扔得乱七八糟。春红一看可不愿意啦，把眼一斜，嘴一咧，脚一跺，腰一叉："嗯——，哼！人家刚才就是那个样子，摆好！"众丫鬟不怠慢，弯腰一样一样又把东西都摆整齐："春红姐，还有事没有？"

"没有啦，都走吧！"

众丫鬟"扑扑通通"回楼而去。有的同志该问啦，这丫鬟春红咋恁吃得开哩？这春红啊，是国舅府的丫鬟头儿，国舅府有三十七个丫鬟，都由这春红所管。所以说呀，都害怕春红。

众丫鬟一走，小丫鬟春红一声说道："卖线的，我看你就不是卖线的！"

少爷一听奇怪了，今天怎么谁见了我都说不像个卖线的，说："春红丫鬟，我咋不像个卖线的？卖线脸上漆着字儿哩，兴谁卖，不兴谁卖？"

"卖线脸上也没漆字儿，你来到俺家卖线，不是丫鬟要抢你的东西，你连这规矩你都不懂！"

"规矩？"少爷心中暗想，卖绒线有啥规矩，俺老父王可没有交代过呀，"丫鬟，卖线的还要啥规矩哩？"

小丫鬟一声叫道："啥规矩？你听着吧——"

【三弦书】

| 小春红上前走了半步 | 叫了声，卖绒线的你听了清楚 |
| 你来到俺家卖绒线 | 你见了，见了俺丫鬟们有个称呼 |

（夹白）"咦，啥称呼？"

你见了老的喊奶奶	见了少的喊姑姑
小少爷朝后退了半步	丫鬟妮儿你听清楚
我来到你家卖绒线	你见了，见了俺卖绒线的也有称呼

（夹白）"咦，啥称呼？"

| 你见了老的喊爷爷 | 见了少的喊姑夫 |

小春红一听见把眼瞪	骂了声，卖绒线的你不正经
来到俺家卖绒线	你不该，说出话来怎难听
走走走，行行行	你随我去奔到那待客厅
客厅里见了国舅爷	叫国舅给咱把理评
你要问吓坏哪一个	吓坏了少爷白金庚

"哎，丫鬟，慢来、慢来。哎呀，今天这事儿，你先骂我哩，我才还你啦。咱是骂个两够本儿，你也没吃亏，我也没有占相应[1]啊。丫鬟，见啥国舅哩！咱不去吧，啊？"

"不去就不去，卖绒线的，那我问问你，听说话口音啊，可不像俺北京城的人，你家是哪的？姓啥叫啥？"

"嗯，那……你不知道，我，我姓白……"

"你姓白？你叫啥？"

"我……我叫痴。"

"你姓白，叫痴，你叫白痴？"

"啊，白痴是我，我是白痴。"

"咦，谁给你起的名字，白痴！白痴呀，走吧。"

"我卖线哩，你叫我往哪去哩？"

"走，也没人要你那绒线，去到我那屋里歇会儿，走，到在我那房里，咱俩喷喷[2]。"

"看你恁大的妮啦，说话都不嫌丑！你是一个女的，我是一个男的。常言说，男女授受不亲，分别才是一番正理。大白天，去到你那屋里，像啥哩。恁府的家郎院公看见啦，说些闲话，捣些疙瘩，我不去。"

"咦，你还嫌丑哩，咹？我给你说呀，我跟俺姑娘最好啦，俺是丫鬟哩，会要你的绒线？我把你领到俺姑娘的绣楼上，给俺姑娘说说，把你的绒线都给买下。你看，行不行？"

---

[1] 相应：方言，"便宜"之意。占相应，即占便宜。

[2] 喷喷：即聊聊之意。

"你姑娘？你姑娘是谁？"

"俺姑娘呀，是国舅的闺女，姓李，叫李凤英。"

"李凤英？那我不去！我听说国舅的闺女都统厉害哩，恐怕到在楼上，她不叫我回来，到半夜，把我绑在床腿上，打我四十八棒槌，我不去！"

"去！你骂俺姑娘哩？走吧！"

"那……我不敢去。"

"那要不去呀，你情走啦，我可是走啦，啊？"

"哎，丫鬟，慢来，慢来。"少爷心中想想，我来到贼府就是来私访俺娘哩，要是不和姑娘丫鬟打交道，啥时候才能访出来俺娘哩？对，我就跟她走上一趟！"春红哪，那我问问，你那姑娘楼上有那好吃的没有？"

"咦，真是白吃（痴）！还没上俺姑娘的楼哩，就想那好吃的哩！俺姑娘楼上那好吃的统多哩，走吧。"

"要是好吃的统多的，那中！就是我这人有个毛病，老是怕狗，你家喂狗了没有？"

"要是这不用害怕，俺家冇狗。"

"冇（母）[1]狗？母狗前边走。"

"啊，啥母狗前边走？"

"哎，丫鬟，我是说没有狗了，你前边走。"

"咦，你小小的年纪，心眼儿还不少哩。"一声说道，"哈巴狗，你随我来吧——"

【二八夹小口】

小春红前边把路领	白金庚随后紧跟从
心暗想，这个白吃长得好	时时打动我的心情
我不如，把他领到绣楼上	叫他跟我把亲成
小丫鬟，下一回，把少爷领到她的楼上	要给少爷把亲成
也不知后来怎么样	下回书中再讲清

---

[1] 冇：音 mǎo，没有的意思。发音近似"母"。

第四回
白金庚许亲

【二八】

不讲西来不讲东	咱们还说少爷白金庚
小少爷乔装来改扮	国舅府打探娘亲生
后花园遇着个小丫鬟	她的名讳叫春红
春红看少爷长得俊	暗暗起下了爱慕之情
假意领他把楼上	要上姑娘的绣楼棚
小丫鬟边走回头看	暗暗打量这个卖丝绒

【连板】

卖绒线的长得好	卖绒线长得老枝棱
心暗想，我要是与他成连理	那胜似昭阳坐正宫
常言说，俺这女孩家	也不图庄，也不图地
只图找一个好女婿	
为人找一个好丈夫	走走娘家也派气 [1]
也就是河里洗脸庙里住	拉棍子讨饭我也愿意
也就是每一天，他打几打，踢几踢	扇我几下也不嫌弃
早晚要是肚饿了	我看看女婿也不着饥
我不如把他领到小楼上	今天逼他跟我成夫妻

【武口】

小丫鬟，领着少爷才把自己的小楼来上	小楼也不远面前立
领少爷来奔到在小楼上	小少爷回过头来把话提

（白）咱书接上回，本纲原词。上回书咱就说到，小丫鬟春红观少爷人才出众，就起下了爱慕之情。明的是要把他领到姑娘的绣楼，谁知道啊，暗暗地就把少爷领到了自己的小楼上边啦。

---

[1] 派气：即气派，为押韵而倒置。

有的同志该问啦，给人家当丫鬟哩，咋还有资格住楼哩？上回书咱说得清楚，国舅府三十七个丫鬟，春红是一个头儿，住了一座小楼。把少爷领到她的小楼上边，把门一开："哎，白吃，进来吧。"

白金庚背着绒线箱子往里边一进，小丫鬟回过身来，走上前去，把楼门"哗啦"一关，门闩"哧棱"，把门上住啦。这一上门儿，可把少爷白金庚给吓坏啦，少爷一看："哎，春红，你把我领到这是什么地方啊？这大白天哩，你上门干啥哩？春红，门开开。"

小春红一扭脸："白吃，实话给你说吧，这可不是俺姑娘的绣楼，是我住的地方。说吧，今天我咋看你呀，就不像是卖绒线哩！说了实话倒还罢，你要不讲实话，我在楼上一喊，惊动俺国舅爷，带着家将李奇、王英，手掂着钢刀，来到我这小楼以上，拿着钢刀搁到你那脖子以上，'哧啦儿'，头跟屁股分家儿，骨头能搓这一箩头筐儿，一辈子都不能再喝那稀米汤儿。说吧！"

小少爷一听，心中想想，莫非这个春红看出破绽啦？哎，她有来言，我有去语，我不胜今天半真半假，跟她讲说一通："春红，你要不问我倒还罢了，你要问起呀，你就听我给你讲来——"

【坠子口】

小丫鬟楼上追问实情	惊动了少爷白金庚
出言只把丫鬟来叫	我有话儿对你明
俺的家住山西洪洞县	离城十里地白家营
俺的爹姓白叫白守易	俺的母亲娘家本姓冯
二爹娘，并未生多男共多女	所生我白痴是个孤仃
那时我年长到九岁以上	不料想二爹娘有病丧了性命
也是我万般无有计奈	我才流落街上叫穷
俺有个表伯在北京地	木匠铺掌柜叫他来应
俺的表伯给我去了一封信	他叫我来到了北京城
我才来到北京地	大街上边卖丝绒
卖绒线来到恁家里	遇着你丫鬟叫春红
这本是真情实话对你讲	并没有虚言把你蒙

"啊，白痴，说了半天啦，你家是那山西洪洞县的，离城十里白家营的人氏，对不对？"

"春红，不错，俺是白家营的。"

"白痴，俺向你打听一个人，你可知晓哇？"

"丫鬟，只要是俺白家营的人，你请说啦。你只要说出他家里锅底门儿，我就知道他家有几口人儿。"

"那好吧。这个人大大的有名，上京赶考，得中两榜进士，姓白，名叫白顺卿，你认识不认识呀。"

"啊？"小少爷心中想想，那是俺爹哩，我能不认识呀？"哎，春红，认识，认识！那两榜进士赫赫有名，在俺白家营啊，人人知晓。"

"他妻名叫孙秀英，你认识不认识呀？"

白金庚一听，这丫鬟咋又说出俺娘啦？嗯，现在正在打探俺娘的好机会呀："春红，认识。我给你说实话吧，俺两家住的是隔边儿邻居，白顺卿是俺叔哩，孙秀英是俺大婶子哩，我咋能不认识哩？认识。"

"他有个闺女叫白桂萍，有个孩子叫白金庚。你认识那白金庚不认识？"

少爷一听，心中想想，嘿，俺家的人她咋都认识啦？她咋恁清楚哩："哎，春红，认识。我不瞒你，我跟那白金庚从小是一般长大，赤肚子孩子长大啦，经常一块儿玩耍，咋能不认识哩？认识。丫鬟，那他家住山西洪洞县，你在国舅府当丫鬟，你两家有亲还是有故，你咋会认识他家人呀。"

"哎哟，白痴呀，你可不知道，那孙秀英，你那大婶子可是遭了大灾大难了啊。"

"春红，他举家咋了啊？"

"白痴啊，你要不问起此事倒还罢了，你要是问将起来，你就听我给你讲来。"

【二八】

小春红未开口泪双倾　　　　叫了声白痴听我明
三月二紫云庵香烟会　　　　俺国舅爷带领那家将四十名

明的他是把会赶　　　　　　暗暗地去抢人家女花容
紫云庵抢回来美貌小佳人　　姓孙名叫孙秀英
把孙氏女抢进俺的国舅府　　中官院里拜堂红
孙氏女破口大骂不愿意　　　骂恼俺国舅李士龙
【连板】
俺国舅爷一见心生气　　　　吩咐家将李奇和王英
才把孙氏上了绑　　　　　　又把她扔进老虎笼
把他扔进虎笼内　　　　　　那猛虎连骨头带肉都吃清
【叹腔】
叫了声白痴你想一想　　　　你看看，恁大婶屈情不屈情
白金庚前前后后听一遍　　　就好像，那大海抛锚吃了一惊
高楼失足一个样　　　　　　心里边，就好像万把钢刀刺心胸
在心里，暗暗地叫了一声我的娘　母亲娘死得可真屈情
【叹腔夹连口】
为亲娘，我曾到大街自卖自身　　为亲娘，我卖给人家当螟蛉
为亲娘，我才乔妆来改扮　　乔装改扮卖丝绒
为亲娘，我才来到贼府内　　为的是搭救母亲出牢笼
不料想，孩子我晚来一步不当紧　母亲娘你死得真苦情
母亲娘一死也不当紧　　　　怎不叫孩儿我心疼
妹妹天天她把娘盼　　　　　小妹妹两眼哭得熊猫红
爹爹店房为了亲娘身得病　　奄奄一息难活成
我只说，把母亲救出国舅府　咱举家老少得重逢
【二八】
不料想，我这些愿望成了泡影　想见面，除非是鼓打三更一梦中
白金庚在一旁哭得如酒醉　　谁知道，倒被春红看得老清
小丫鬟一见开言道　　　　　再叫白痴你听听

"白痴，哟，我说那孙秀英死啦，你咋哭得恁痛哩？"
"春红啊，你没听人家说嘛，亲不亲，故乡邻；美不美，泉中水。俺是

乡亲,又是那隔边儿邻居,乡亲乡亲,出了远门,那是格外的亲近啊。你还哭哩,我咋能不哭哩?"

"哟,你说得怪好哩。我咋看着呀,你比哭亲娘哭得还痛。我咋看着呀,你恁像孙秀英的孩子白金庚啦,是不是?"

"丫鬟,你可不敢胡说呀。我是白痴,可不是白金庚啊。"

"那我咋看着恁像哩?"

"哎呀,普天下像的人通多哩。你没听人家下象棋,士是士,象是象,士跟象,不一样。你光看着像,不是!"

"啊,不是?不是算啦。白痴,常言说,人死不能复生,也不用再伤心啦。咱说点别的吧,白痴呀,那我问问你,今年你贵庚几何?"

"你恁大妮啦,把我领到你的楼上,问问这,问问那!你管我多大啦?"

"咦,常言说,人过留名,雁过留声。我问你多大啦,以后咱俩认识啦,你再来俺国舅府卖绒线啦,我就给你端点水,叫你喝喝。我不能给你介绍点生意?"

"丫鬟,你要是说这啦,那我今年虚度一十五岁啦。"

"啊,你十五啦,我十六啦。我才比你大一岁啦。白痴,你都十五啦,我问问你,在家有那同床的没有?"

"铜床?看俺家穷成这样,连那铁床还没有哩,哪还有那铜床!净都是那木床。"

"咦,我不是那意思。"

"那你是啥意思?"

"我是说呀,你在家有那屋里人[1]没有?"

"屋里人?屋里人这个来啦,那个去啦,屋里人统多着哩。"

"咦,精脸憨,憨脸精,你娘咋生你个闷得兴哩?看着俩眼忽灵灵,其实心里闷腾腾!我不是那意思。"

"你是啥意思?"

"我是说呀,你在家有妻,没有妻?"

---

[1] 屋里人:方言,指妻子。夫妻之间,男主外,女主内,故丈夫称为"外边人",妻子称为"屋里人"。

"有漆没漆?哎呀,俺那漆桌子,漆椅子,都是漆漆出来的哟。"

"我不是说那哩!"

"你是说啥哩?"

"憨子,迷死你哩!我是说呀,你在家有那花媳妇儿没有。"

"啊,花媳妇?那花媳妇儿俺家统多哩。"

"统多哩,有多少?"

"有多少?你都不知道,我小时候,有六七岁的时候,俺娘纺花里,纺到半夜里,花絮儿断啦,车子也不响啦。就听见那墙窟窿里头'唧、唧、唧'乱叫唤。我说:'娘呀,那是啥东西乱叫唤,黑啦他还不睡觉。'俺娘说:'孩啊,睡吧,那是花媳妇儿……'俺家那花媳妇统多哩。"

"咦,你说那毛老鼠是花媳妇儿?你怎会骂人哩!我不是那意思。"

"那是啥意思?"

"哎,白痴呀——"

【二八夹连口】

小丫鬟开口脸先红	再叫白痴你听听
今年你贵庚十五岁	俺丫鬟打罢新春十六冬
十五岁,十六冬	我才比你大一生
今天来到我这小楼上	我看白痴长得老干净
今天把你领到我的楼上	我想着,叫你跟我把亲成

【武口】

白金庚一听把眼瞪	用手一指骂连声
丫头,婚姻都是爹娘定	哪像你,憨皮赖脸自己找相公
任凭我,一辈子打光棍不娶妻	也不要你这疯魔童
现在我要把楼下	我一本街上卖丝绒
小少爷说罢往外走	小春红拦住说一声

(夹白)"白痴,慢着!""干啥哩?""干啥哩?"

今天你不愿意谅拉倒	你不该，说出话来真难听
你说我疯就算疯	今天，你不愿意算不中
说着话身子往前动	一伸手就去抓白金庚
白金庚一看大事不好	慌忙忙，把桌子拉到屋当中
白金庚围着桌子跑	小丫鬟，她在后边撵得红
两个人围着桌子来回跑	就好像，正月十五跑马灯
小少爷，不小心绊住了桌子腿	"啪嚓"，一下子倒在地溜平
小少爷倒在溜平地	不好！打怀里，掉出国家印一封
小丫鬟弯腰忙拾起	拿到手里观分明
拿到手里只一看	原来是，扭头狮子烈火印一封
出言不把别人叫	再叫白痴敢作精
白痴！小小的年纪真胆大	你竟敢偷来了，国公王爷印一封
现在我要把楼来下	将大印，交到国舅爷他手中
小丫鬟，假意就把楼来下	这一回吓坏了少爷白金庚
小少爷扒扒擦擦忙站起	上前拦住不放松

"春红，慢来……"

"白痴，我问问，这大印跟哪偷来的你？"

"春红，那不是我偷的，不是我偷的呀！"

"咋着？不是你偷哩？你一个卖绒线的，这印搞哪来哩？"

"春红，你说这印谁有啊？"

"谁有？只有定国公徐延昭，只有他有，谁有？"

"你说得也不错，那徐延昭，他是俺爹哩，我是他孩子哩。"

"胡说八道！那谁人不知，何人不晓，老王爷一辈子乏子无后，跟前没有一个孩子，只有一个闺女。你说是他的孩子，唉？"

"春红啊，我不是他的亲孩子，是他的螟蛉义子啊。"

"你是他的螟蛉子？那你的真名实姓叫啥？"

"你说那也不错，我就是孙秀英的孩子，我是那白金庚啦。"

"啊，你真是白金庚啦？咦，我说你是白金庚吧，你说叫白痴。说了半天,你还是那白金庚啦!白金庚哪,那大印咋到你手啦,啊?跟我说说。"

"丫鬟哪,你不问起倒还罢了,你要是问将起来嘛,你就听我给你讲,说实话吧——"

【二八】

自从那一天俺娘被抢走	俺的爹告状进彩棚
应应地[1]遇住了老奸贼	遇住了当朝的兵部叫张居正
老奸贼他与国舅有来往	他两个暗暗有私通
把俺爹定了一个诬告罪	四十板子身上棱
把俺爹头上顶子来拧去	从今后再想做官做不成
把俺爹轰出了彩棚外	老爹爹一瘸一拐回到店房中
店掌柜一看俺家穷	又抢走俺的妹妹白桂萍
把俺爹扔本到那马棚下	奄奄一息要把命扔
为了给爹爹来治病	我自卖自身到在街中
应应的遇住了徐千岁	遇住了老王回了北京
大街上他观我长得好	买到他家内当那螟蛉
银安殿又给我加封官职	才封我当朝少国公
传给我一根九龙带	黑虎铜锤也传我手中
最后又传给我国公印	那时节,校军场上我要点兵
老父王才将我来拦住	他叫我乔装改扮卖丝绒
卖绒线我来到恁家里	后花园,遇住你丫鬟叫春红
你把我领到你的楼上	不小心,掉落大印整一封
这本是三三见九实情话	并没有虚言把你来蒙
小少爷前前后后讲说一遍	惊动了春红喜心中

"哟,白公子,说来说去呀,你现在是当朝的定国公啦。那……想要你

---

[1] 应应地:方言,"刚好"、"碰巧"之意。

那大印不想啊？"

"春红，为了给俺娘报仇，没有大印，我调不成兵啊。你赶快把那大印给我吧。"

"那……我要是把大印给你，你得给我封一封。"

"丫鬟，你叫我给你封啥哩？"

"封啥哩？我不想当丫鬟啦，那你得给我封……封一封。"

"你不想当丫鬟啦？你就是那当丫鬟的命啊，不想当丫鬟，你想当啥哩？"

"当啥哩？那你给我封得好了，大印就给你啦；封不好，大印啊，我可要交给俺国舅爷的啊。快点吧。"

小少爷一听没有办法啦，说："春红，那中，我给你封封，你千万不要把大印给你家国舅爷。来，来，来，你跪倒在楼板上，叫我给你封封，啊。"

"好！"小春红"扑通"，楼板上边一跪，"少国公啊，封吧。"

"丫鬟，你听——"

【二八】
白金庚上边开言道	再叫声丫鬟叫春红
到以后我要是不得地	话有千番都不明
到以后我要是得了地	把你接到俺家中
我把你接到俺家里	我封你摘菜带剥葱
你还得把那丫鬟应	
小丫鬟一听心生气	少国公，你封那是他大那灯 [1]

"说我啥呀？"

"丫鬟，到久后我要报了仇，我不叫你在国舅府里当丫鬟，我把你接到黄沙徐府，还叫你当个丫鬟头儿，你看中不中？"

---

[1] 大那灯：大，指父亲。"大那灯"、"大那蛋"等都是豫西农村骂人的俚语。

"我才不当丫鬟哩!"

"你不当丫鬟,想当啥哩?"

"我想当那少诰命,少夫人哩!"

少爷一听,就知道小春红还是叫许亲哩。少爷说:"丫鬟呐,不是我不愿意给你许亲,也不是看你长得老丑,最主要啊,这两家结亲都得门当户对。你想想,我是当朝的定国公,你是贼府里的一个丫鬟,这定国公与贼子的丫鬟怎能成为连理啊?这岂不是让天下人耻笑?别说我不愿意,俺父王也不愿意,当今万岁他也不会答应!"

"那你说贼府的丫鬟都是下贱?都没有一个是好的?"

"啊,难道说,你还是个好的?"

"少国公啊,我的来历你可不知呀。"

"哎呀,小小丫鬟,还有啥来历?"

丫鬟一声叫道:"少国公,你听来——"

【坠子口】

小春红未开口她那热泪涌	出言来叫了一声少国公
你不提俺的家院事	这一笔勾销话不明
你要是提起俺的家院事	铁打的人心也会心疼
俺家住可不在北京地	千里遥远住到南京城
俺家住南京金陵府	离城二十五里康家营
俺的爹姓康叫康国立	俺的母亲娘家本姓邢
二爹娘并未生多男共多女	所生俺姊妹人两名
我的名叫康春红	还有个妹妹名叫春青
那一年俺的爹进京城来赶考	得中了状元第一名
正月十五花灯会	俺举家晚会观灯到在街中
谁知道观灯来到了大街以上	就遇住国舅叫个李士龙
李国舅观俺娘长得人才好	暗暗地他才把那歹计生
把俺爹娘他来请呀	请到了他家里饮刘伶

好酒里边兑好酒	蒙汗药下到了状元红
才把俺的爹来灌醉	捞住了俺的娘就把亲成
俺的娘破口大骂才不愿意	她一头碰死待客厅
国舅他才把俺爹也来害死	害死了爹娘都丧残生
那一年我刚刚才七岁	就在他家里我把丫鬟应
这本是真情实话对你来讲	你说说咋不能与我把亲成
小丫鬟冤情之事讲说一遍	气坏了少爷白金庚
出言我不把别人骂	骂声国舅狗娘生
你不该仗着与皇家有亲眷	苦害了多少忠良大卿
现如今，我今天来到了恁家以内	我要把真赃实据访查清
真赃实据访清楚	回本到，黄沙徐府就调兵
大兵发到恁家内	抄杀恁举家的大门庭
白金庚想到这里也不怠慢	出言来再叫丫鬟小春红

"春红，说来说去，你的家也是被国舅残害！咱两家本是俩苦瓜结在了一根藤上啊。放心，我一定给你爹娘申冤报仇！今天你提起这成婚之事嘛，咱两家也算是门当户对，我愿意了！"

"你真愿意了？"

"我真愿意了。赶快把大印给我吧。"

"那你要是真愿意呀，这大印我就不给你啦。"

"丫鬟，我真愿意了，你咋还不给我哩？"

"你没常听人家说掌印夫人，啥叫那掌印夫人？这就叫那掌印夫人，掌握着你的印哪，就不给你啦。"

"哎，春红，这掌印夫人，也得等你过了门哪。现如今，我来到贼府就是为了打探俺娘，可是俺娘被国舅撂到老虎笼里，被老虎给吃啦！我现在要手拿大印回府调兵！"

"哟，我说相公啊，那要是为了这事呀，你不要走哩。咱娘呀，可是还没有死哩。"

"啊！你说啥？俺娘还没有死！"

"没有死,刚才我是吓唬你哩。我看你不说实话,才故意吓唬你哩。你不知那一天国舅把咱娘抢到中宫院里,天地桌前捞住咱娘拜天地,成亲。谁知道咱娘是个贞节烈女,她不愿意。国舅掂刀要杀,是我上前求情,我说:'国舅爷呀,你要把她一杀,真可惜她这好人才啦。常言说,饥不嫌丑。你不如把她关起来,饿上几天,饿得饥了,她也就不嫌丑了,到那个时候,她就情愿给你拜堂成亲啦。'这国舅一听,就把咱娘交给我啦,叫我把她锁到那后院的冷楼上边,一天我给她端吃端喝,侍奉咱娘。要不然,我怎能知道你家的事儿啊?"

"啊,丫鬟,原来是你救了我家母亲,那我就多谢你了。"

"咦,不用谢了,算了吧,咱现在呀,都成一家人了。"

"丫鬟,既然俺娘没有死,那你能不能领着俺到在冷楼上见见俺娘啊?"

"那可是能!不过呀,这大白天的可是不中,俺府的家郎院公,丫鬟仆女甚多,要是看见我领着你去冷楼啦,禀报给国舅,到那时候,相公呀,恐怕你想走也走不了啦。"

"那你说,啥时候能领我去见俺娘啊?"

"等到那夜至三更,人脚已定,咱再去,你看好不好?"

"那好吧,你说白天不能去,晚上去,为了见俺娘,那我就等到晚上吧。"

"相公,不过等到晚上啊,咱得想上一个好办法,要不碰见人啦,那是万幸;要万一碰见人啦,人家要说:'春红,你那后边跟那是谁啦?'你叫我咋说哩?我能说,那是俺那个他啦?那可不行哪。"

"那你说咋办哩?"

"哎,叫我说,我得给你打扮打扮,来个男扮女装。把你打扮成一个女的,穿上我的衣服,也扮成丫鬟,他们看见啦,只当是俺府的丫鬟。俺府的丫鬟三十多个哩,他们也看不出来,你看好不好?"

"春红,你说这呀,是个好办法,那行吧。"

【散板起腔】

好个丫鬟叫春红　　　　　　忙给少爷把衣裳更

【二八夹连口】

又只见，一把把帽子来抹下　　青布长袍脱身中

又只见，穿上丫鬟梅香褂　　那兜裆裤子穿身中

又只见，脸上就用官粉抹　　苏州胭脂点口红

上上下下打扮好　　可就是，头发老短梳不成

这小丫鬟一看："相公呀，这头发太短啦，梳不成，我去给你找一样东西。"

单说小丫鬟说罢此话，就这样款动朴莲，"扑扑通通"下了小楼，真奔大街。同志们，你要问丫鬟去找什么东西，咱们下回分解。

第五回
男扮女装

咱们书接上回，本纲原词。上回书说到小丫鬟下了小楼，出离国舅府，来到大街，找了一家屠夫店。有的说来到屠夫店要找什么东西呀？你们都不知道，这小丫鬟来到屠夫店里边找了一个猪尿泡，拿到国舅府，水盆里边一洗，洗干净，然后来到楼上，拿着那剪子，"咔嚓"一绞，两半个，一声叫道："相公，来，来，来，我给你做顶帽子戴上，来！"

少爷一看："春红，白洒洒的，拿那是啥东西呀？"

"哎，你那头发太短啦，我给你打扮打扮，来，来，来。"

小丫鬟拿着那半个猪尿泡上前去"扑咄"，可戴到她相公那头上啦。小少爷打手一摸，鼻子跟前一闻："丫鬟，这啥东西，咋又臊又腥啦？"

"哎，相公呀，你那头发短，我给你打扮成一个秃丫鬟。"你看春红呀，她又找到一些锅灰，对着小少爷头上一抹，然后喝了一口水，"噗"一喷，那脸上黑一坨子，白一坨子，要是到在晚上，一猛[1]看见，真也跟那秃子差

---

[1] 一猛：即猛然间，冷不防。

不多。"相公啊，你会学那女子走路不会呀？"

"那女子走路咋走哩？"

"哎，你没听人家说嘛，男子走路大甩手，女子走路风摆柳。来，来，来，跟着我学学。"单说春红前边扭着，少爷后边脚后跟踩着地，跟着学着，不大一会儿，也学得差不多了。说："相公呀，你会学那女子说话不会？"

"那我不会。"

"不会咱就装个哑巴，省得露出破绽。别人要不问倒还罢，要问，我就说你是俺娘家侄女，我是你姑哩。我就说你是个又憨又傻一个傻丫头。"

"咦，春红，看你说得多美。咱俩都定了亲啦，成夫妻两口啦，我咋成你娘家侄女啦？我咋还得给喊姑哩。"

"那你想见咱娘哩，我要不编点瞎话，说咱有点亲戚，那咋办？就这，啊。"

"那我可老吃亏呀。"

"为了见咱娘，吃啥亏哩！就这儿，啊。"

白天无书，到在天色已晚，太阳落山，小丫鬟到在厨房里边，把饭菜端到小楼上边，夫妻两口吃罢晚饭，把碗筷送到厨房以里，天色黑啦。少爷说："春红，咱啥时候准备去呀？"

"相公，现在天才刚黑，天还早，府下边还有人走动，咱最少也得等到那二更天。"

"那好，二更天就二更天吧。"

【散板起腔】

| 小两口楼上正然把话明 | 就听得，打楼下噔噔传来脚步声 |

【武口】

这个人噔噔来到绣楼上	上前去，啪啪啪，把楼门拍得啪啪声
一拍楼门也不要紧	在楼里，吓坏他夫妻人两名
小少爷只吓得浑身颤	小丫鬟只吓得，腿肚子转筋扭成绳
哑巴鼓打得叭叭响	在这里边把话明

"呀，那外边是何人在叫门呀？"

"春红姐——，我是丫鬟秋风啦——"

"啊，是秋风啦？"

"啊，春红姐，今夜晚上，咱姑娘说啦，心烦意乱，坐卧不宁，叫我喊你，赶快去到她那楼上哩——"

"啊，秋风妹妹，那好吧，你先回到楼上，对咱姑娘言讲，就说我一会儿就去啦。"

"春红姐，你可快点啊，咱姑娘今天晚上可是脾气不好。快点啊！"

"我马上就去啦，你先走吧。"

就这样，没有开楼门儿，她们说了这几句话。丫鬟秋风一走，小春红一声说道："相公啊，你看看今晚上这事儿，咋真不凑巧哩这！俺只说去冷楼见娘哩，谁知道俺姑娘叫我去楼上陪她哩。相公，是这，俺姑娘可是脾气不好，从小练武，十八般兵器样样精通，上马能挡百员战将，下马能挡百万雄兵。俺姑娘可是统厉害着哩。你在这楼上等着，要是瞌睡啦，就先躺到我这床上睡一会儿，我去陪俺姑娘。单等俺姑娘安歇下，我再来到这楼上，领你去见咱娘，你看好不好啊？"

"春红，你千万可不敢去呀。你把我打扮成这个样子，男不男，女不女的，又叫我装成哑巴，又叫我装成憨子。你要一走，等一会儿谁要再来到你这小楼上，一问我这样，我啊啊吧吧不会说话。人家不由分说，把我一抓住，带到客厅，交给国舅。你说说，要是交给李士龙，哪还有我的命在？我要一死不打紧，咱两个定下亲啦，这后半辈子看你咋过哩吧，你爹娘的冤仇看谁给你报哩！"

"哎呀，那……那俺姑娘要是怪罪下来，我可是吃当不起呀这。"

"春红，不管咋着说，任凭你姑娘给你打一顿，骂一顿，你也不能去，啊？"

春红一听，俺相公说这也有理呀。我要一走，俺相公若有什么不测，这岂不是叫我后悔一辈子呀！"罢，相公，任凭俺姑娘给我打一顿，任凭俺姑娘把我杀了，我今晚上也不去陪她！相公，等二更天，我就领着到冷楼，去见咱娘。"

咱记住他们夫妻两个在小楼上边不说，回来单说丫鬟秋风。这小秋风下了小楼，来到了姑娘的绣楼，一声叫道："姑娘。"惊动姑娘李氏凤英，"秋风啊，春红那个丫头她来了没有？"

"姑娘，俺春红姐说，马上就来。"

"好吧，趁现在她还没有来哩，去厨房里给你姑娘打上一盆水，叫姑娘我梳洗梳洗，打扮打扮，今夜晚上等着春红到来，到后花园咱去游玩散心。快去！"

小丫鬟不敢怠慢，慌慌忙忙端过脸盆，一声说道："姑娘，遵命——"

【小连口】

小秋风端过脸盆儿	扑通通下了绣楼门儿
到厨房打来一盆水儿	放到盆架正中心儿
李姑娘，往前走	梳妆台前停住身儿
捧起北方壬癸水	洗去了脸上的灰土星儿
拿过一人香皂蛋儿	抹到脸上香喷喷儿
绫罗汗巾拿在手	沾沾脸上的水零星儿
洗罢脸，头前走	梳妆台前停住了足儿
象牙梳子拿在手	扑棱棱，扑棱棱，打开青丝发万根儿
左梳左挽盘龙戏儿	右梳右挽水墨鱼儿
盘龙戏儿，加草料	水墨鱼儿里麝香熏儿
七根小簪儿别北斗	五根小簪压乌云儿
耳戴八宝镀金坠儿	滴溜当啷多惊人儿
又只见中间梳了一座庙	庙里还梳着四尊神儿
梳黑脸儿，毛张飞儿	梳红脸儿，是关公儿
三绺胡须是刘备儿	后边跟着赵子龙儿
前大殿梳了八百小和尚	后大殿又梳九百小道人儿
小和尚，吹管子儿	小道人儿，吹小笛儿
那嘀嘀嗒嗒可是多惊人儿	
剩了两撮乱头发	只梳着，两个狮子把着庙门儿

又梳卢沟桥一座　　　　　　　那桥上，只梳着来来往往几个人儿
要问桥上梳的啥人儿　　　　　七个和尚八道士儿
都去到那庙降香笼儿
大披风儿，小披风儿　　　　　八幅罗裙坠银铃儿
下穿一双红绣鞋，你可没有见　那绣鞋，费了姑娘多少心儿
只做了，前三针，后三针儿　　稀三针儿，密三针儿
不稀不密又三针儿
隔着三针儿蹦三针儿　　　　　扭三针儿，撇三针儿
不扭不撇又三针儿　　　　　　里七针儿，外八针儿
里七外八十五针儿　　　　　　整整一千单三针儿
脚尖儿扎到那个脚后跟
鞋尖儿起，扑棱棱　　　　　　打了一个五色缨儿
缨儿里边有铜丝儿
铜丝上，卧蚰子儿　　　　　　那蚰子儿，伸着一个腿儿，蹬着一个腿儿
呼噜噜噜噜喝露水儿
还有一个小蜜蜂儿　　　　　　那蜜蜂儿，歪着头，弓着脊儿
瞪着俩眼偷看人儿
八十老头它都不看　　　　　　嫌他嘴上有胡荏子儿
八十老婆它也不看　　　　　　它嫌那，老婆脸上有枯皱纹儿
月子毛孩儿，它也不看　　　　它嫌那，月子毛孩儿奶腥气儿
要知专看哪一个　　　　　　　它专看一二十儿，二三十儿
像俺拉弦这种人儿

【二八】
李凤英本来长得干净　　　　　打扮出来更滋棱
李姑娘那里打扮好　　　　　　要等着丫鬟小春红

【武口导板】
咱记住姑娘暂且不讲

【武口】
就听得谯楼上边打罢一更

谯楼上打罢一更鼓　　　　　　紧接着就是打二更
鼓打二更也不要紧　　　　　　小楼上，惊动少爷白金庚

（夹白）"春红，天不早了，咱该去了吧？""相公，好。"

小丫鬟呼啦啦开开门两扇　　　她手搭凉棚观分明
对着楼下观了一眼　　　　　　大院内，院内无人冷清清

（夹白）"相公，没见人，快点走吧。"

小两口前前后后把楼来下　　　悄悄地，才下了扶梯一十三层
蹑手蹑脚往前走　　　　　　　瞅瞅西来望望东
两个人悄悄才把后院进　　　　刚进后院，咋听着，半空里传来啼哭声
【武口转叹腔】
你要问何人来啼哭　　　　　　冷楼上，也本是苦命的佳人孙秀英
孙氏女冷楼上边哭得才痛　　　盼了声丈夫白顺卿
相公呀，你在至店房怎知晓　　怎知道，为妻我，国舅府冷楼受苦情
我只想着，随丈夫北京把福享　谁知道，滔天大祸降身中
不怨天，也不怨地　　　　　　都怨为妻我长了一副好面孔
我恼上来，恨不得抓破为妻这一张脸　也免得我给丈夫落臭名
【叹腔夹连口】
这李国舅，逼为妻给他把天地拜　为妻我破口大骂都不依从
他才将我锁到冷楼上　　　　　他言说，三天后要与我把亲成
到明天就是三天满　　　　　　还恐怕，李士龙逼我婚配成
为妻我若是再不愿意　　　　　十有八九活不成
死了为妻不当紧　　　　　　　撇下咱那一双儿女谁照应
叹了声丈夫咱难得见　　　　　想见面，除非是南柯一梦中
孙氏女冷楼上边哭得痛　　　　十人听了九人心疼

丝绒记　　525

要知哭坏哪一个	在冷楼下，叹坏了少爷白金庚
心里边暗暗把娘叫	娘呀娘，别哭啦，别叹啦
孩子我来到贼府中	

【连板转武口】

现在我就把楼上	到冷楼，救下母亲咱出火坑
把母亲救出黄沙府	由孩儿，鼓打五更就调兵
大兵发到贼府内	好给亲娘宽申申
小少爷跟着春红来得快	冷楼下抬腿就把楼梯登
抬腿刚说把冷楼来上——，不对	
打前院，"扑腾腾、咯噔噔"来了人两名	
怎要问来了哪两个	一个是秋风，一个是国舅的闺女李凤英
李姑娘一边走，一边骂	暗暗地骂声死丫头小春红
今白天没有见你面	到晚上，你又跑到哪里疯
今夜晚，我叫你领我把心散	谁知道，到在现在影无踪
今晚上我要遇见你	我要叫你的脖儿平
李凤英，明的是把心来散	暗暗地，掂宝剑后花园里练武功
手掂宝剑后花园进	咋听着，冷楼上边有哭声
才对着冷楼方向看了一眼，啊	咋观见，冷楼下边有两条黑影
这二更天是何人他还不睡觉	要上俺家冷楼棚

（夹白）"哎——，那谁在那冷楼下边哩？二更天都不睡觉！那谁啦？"

李姑娘一问也不要紧	冷楼下，吓坏他夫妻人两名
小少爷一听吓了一跳	小姑娘一听吃了一惊
相公啊，不好了，不好了	来了俺姑娘李凤英

（夹白）"相公，你快跑，快跑吧！"

小少爷一听是李姑娘	两条腿好像灌铅一般同
想要逃跑万不能	
两个人冷楼下边也不敢言语	在一旁，气坏了姑娘李凤英
李姑娘一看无言语	心暗想，这两个人会不会做坏事情
我不胜到在跟前看一看	去到跟前观分明
李凤英款动金莲噔噔噔来好快	咋观见，这个人男不男，女不女
也不知他是哪一名	
黑夜间他把冷楼上	一定是，俺家爹爹的对头兵
李凤英越思越想心越恨	扑棱棱，才把宝剑举空中
宝剑往上只一亮	海底捞月下绝情
就听见"呼——啪"砍下去	小少爷要想活命万不能
恁要问吓坏哪一个	在一旁吓坏了丫鬟小春红

（白）"姑娘，慢来，姑娘，慢来呀。"

李凤英一听，是春红的声音，把宝剑一收："春红，是你啦？"

"姑娘，是我啦……"

"我来问你，刚才我叫秋风给你送信，叫你到在我的楼上，等了这么长时间不去，现如今，怎么在至这里呀你？"

"哎呀，姑娘，你不知道，我就是准备下楼去你那绣楼上哩，谁知道俺娘家侄女来看我哩，在楼上说了几句话，等把他送走了，就去你那楼上哩。这不，我正准备送她走哩，姑娘你可来啦。"

"哪是你娘家侄女？"

"姑娘，这不，这就是俺娘家侄女啦。"

"过来！叫我看看你娘家侄女长啥样儿。"

"姑娘，不用看，长得统丑哩，又憨又傻，还是个哑巴，不会说话。"

"啥？不会说话？刚才在楼上，你不是说给她说了几句话吗？"

"这……姑娘，你不知道，没常听人家说，聋子爱打岔，哑巴看比画。我是跟她比画着说了几句话呀。"

"啊，叫我看看！"

"哎。(转向白金庚)这是俺姑娘哩,别害怕,见过俺家姑娘。"

小少爷一听,慌忙来到姑娘跟前,把嘴一张,"啊啊啊巴、啊啊啊巴"。李凤英一看,哟,真是个哑巴呀:"春红,这是你娘家侄女哩,天都二更多啦,女孩之家,你把她送到何处呀?"

"姑娘,你不知我看见他那个样儿,都熬糟[1]啊。我一会儿都不想看见她,又憨又傻,把她送出咱那后门儿,随便她去哪儿,管她哩。"

"春红,你的心平常恁好,这是你娘家侄女哩,怎么对她恁坏呀?你就不怕到在街上遇见坏人,把她陷害啦?不要叫她走啦,来到咱府了,那么大的地方,没有她住的地方吗?你要不想看见她,今夜晚上叫她随姑娘到在绣楼,陪姑娘我安歇。"

"咦,姑娘,那可不中啊。"

"咋啦?不中啊?"

"姑娘,你都不知道,她长得统丑哩,有腥气,有狐臭,谁要闻见谁难受。统熬糟着哩呀。"

"不要紧,我不嫌她熬糟。住上一晚,明天一早再叫她走。姑娘今天晚上看见了你呀,现在我的心也不老烦躁啦。——秋风,你先回房安歇吧。"

"是。"小秋风答应一声,回房安歇而去。姑娘说:"春红啊,我也不到后花园练武散心啦,领着你娘家侄女,走,到我那楼上!"

"这……"

"这什么的这?快点!"

"是,姑娘。"小丫鬟也不敢再多说啦,害怕多说姑娘再起下疑心了。(转向白金庚)"哎,去俺姑娘的楼上哩,俺姑娘为人可好啦,心地良善,你不要害怕,啊。"

小少爷"啊吧啊吧",意思是说,去只得去啦,别的也没有办法啦。小丫鬟就这样前边领路,小少爷后边紧跟。今夜晚上白金庚不去姑娘绣楼倒还罢了,要是到在姑娘绣楼,下卷书可就闹出滔天大祸来了啊——

---

[1] 熬糟:北方方言中指因环境或身体不清洁,使人心中产生腻烦或厌恶的意思。

【二八】

小丫鬟前边把路领	随后边跟着少爷白金庚
心暗想，我只说冷楼把娘见	谁知道，遇住了丫头李凤英
要叫我去到她的楼上	还恐怕露出破绽我要遭凶
罢，罢，罢来讲不起	我也只得见风使船把事行
万般他才无有奈	跟着春红上了楼棚
三个人这才来到绣楼上	李姑娘那里说一声

"春红，今晚上姑娘呀，心烦意乱，去吧，到在楼下厨房里边，火生着，炒上两个菜，温上一壶酒，来到楼上，咱主仆两个饮上几杯。"

丫鬟一听，哎，俺姑娘想喝酒哩，中！那我今天把酒温成，端到楼上，叫俺姑娘多喝几杯，把俺姑娘喝醉啦，我拉住相公到在冷楼，去见俺的婆母娘。丫鬟想到这里说："姑娘，你等着啊，我一会儿就回来啦。"

小春红跑得可快，款动朴莲"扑扑通通"下了绣楼，到在厨房以里，把火生着，把锅坐上，就听得"嗞啦啦，咕嘟嘟"，不大一会儿，菜也做好啦，酒也温好啦。用托盘儿端到姑娘绣楼上边，桌案上一摆："姑娘，请来用酒。"

"春红啊，这是你娘家侄女哩，别让她傻愣愣地站到那儿，叫她坐到桌边，也吃点饭，喝点酒……"

"咦，姑娘，她是憨子、哑巴，你可不敢叫她喝酒啊。"

"那她要不敢喝酒啦，你也别让她傻愣愣地站到这儿，叫她去到暗间儿，躺到姑娘我那牙床上边儿，先叫她去安歇。今夜晚啊，你就陪姑娘我喝酒。"

"咦，姑娘，你的床，她可不能躺啊！"

"咋啦？"

"姑娘，你看她懂那个样子。往常你说啦：'春红啊，我那床上有个疙皱纹儿，你姑娘我就睡不好。'姑娘，你看看她，千万不敢叫她躺你的床上。"

"我不嫌熬糟，就叫她躺到我那床上！"

"姑娘啊，你还不知道，她还有统多毛病的呀。"

"她有啥毛病？"

"哎呀，你不知道，她好打呼噜，好踢梦脚，打梦拳……"

"那不要紧，姑娘我从小练武，还能怕她这梦拳梦足还不成？这个呀，不算毛病。"

"咦，姑娘，还有最大一个毛病。"

"啥最大的毛病？"

"姑娘啊，最大的毛病是她好尿床啊！"

"好尿床？那才不是毛病哩。你看看，我那柜子里被子、褥子多得是，尿湿这一床，再换那一床，怕啥哩？去吧！就让她躺到我那床上，不要多说啦。"

丫鬟心中想想，俺姑娘今天晚上是咋啦。我咋看俺家姑娘是歪嘴儿吹灯，有点邪气儿这！万般无奈，上前拉住她的相公，一拉到暗间，把他往那牙床上边一推，然后对着相公的耳朵门儿："相公……"说了几句密言。说的啥？说得低，怕姑娘听见了。不过得叫咱听书的人知道她说的啥。她对着相公的耳朵门儿，就说："相公呀，俺姑娘她可是武艺高强啊，你躺在床上可千万千万不敢睡着呀。若有个风吹草动，我捞住俺姑娘，你起来可跑啦，啊。"

白金庚点点头，把手一摆，意思说，来干啥的，我会睡？你去吧。

小丫鬟出离暗间，这少爷呀，也真累啦。你看小少爷就这样往那床边儿一歪，就躺在姑娘牙床上边。咱记住少爷躺在姑娘牙床暂且不讲，回头来单说小丫鬟春红来到明间："姑娘，请来吃酒吧？"

"丫鬟哪，陪姑娘喝两杯。"

"咦，俺当丫鬟哩，俺可不会喝酒。"

"不会喝不要紧，今天少喝点儿，明天少喝点儿，慢慢你就会啦。咱两个就猜枚行令。"

"俺不会呀。"

"不会不要紧，姑娘教你。咱猜那螃蟹枚，说一只螃蟹八只脚，两只眼睛直朔朔,一个肚子一个壳,谁要是说得慢了叫谁喝。春红啊,咱就说这几句,谁说得慢,谁喝酒;谁说错,谁喝酒,行不行?"

小春红一听:"姑娘,那中,要是这我先说,要说对了,姑娘,你可得喝酒!"

"中,你说吧,只要你说得对,姑娘我喝酒。"

"姑娘,那你听着啊。"

"说吧。"

"说一个螃蟹八只脚,两只眼睛两个壳……"

"说错啦,来,喝酒!"姑娘李凤英就给丫鬟倒了一杯。小丫鬟从来没有喝过酒,也不知道酒喝着啥味儿,端起酒杯往这嘴边儿一放,就这样"咕咚、咕咚……"

有的说啦,人家端住酒杯往上一凑,"味溜儿"就喝下去啦,这春红喝酒咋跟灌老鼠窟窿样,咕咚、咕咚哩?人家这酒杯大,一杯能盛二两,小丫鬟从来没有喝过酒,这二两酒一喝喝到腹内,咋觉着喉咙眼儿是烧的,肚子里边也是烧的:"咦,姑娘,这酒喝着咋真烧哩?"

"丫鬟哪,头一回喝酒,都是这个样。你要喝惯啦,不喝你也想喝,还能喝上瘾哩。丫鬟哪,说错啦,来,重说。"

【散板】

两个人猜枚来行令	小春红光输她不会赢
姑娘喝酒本来她就是假意	为的是要灌醉这小春红
小春红左一盅来右一盅	不大一会儿,她喝了一个醉酊酊

【二八】

小春红喝醉趴到桌上	趴到桌上昏迷不醒
你要问惊动了哪一个	惊动了姑娘李凤英
李姑娘坐在桌边可是想心事	心中也不由暗叮咛
一天我不见这春红面	到晚上,从哪里来了娘家侄女傻不棱登
我咋看,她娘家侄女男不男来女不女	为什么咋来到俺家中
李凤英她一边想心事	

【武口夹连口】
这时候，忽听得暗间里传来说话声
李国舅，李士龙　　　　　　　你真是一个狗畜生
你要问何人来叫骂　　　　　　原来是小小少爷白金庚
白金庚躺到姑娘牙床上　　　　谁知道，他呼呼噜噜睡朦胧
呼呼噜噜睡着觉　　　　　　　一梦梦得也真叫凶
一梦间他才回到黄沙徐府　　　徐府里见了他爹老国公
走上前去身施一礼　　　　　　连把父王尊一声
我的父王呀，发兵吧，发兵吧　去搭救俺娘孙秀英
俺娘就在冷楼上　　　　　　　冷楼上边受苦情
徐延昭也就说好，好，好　　　儿呀，你到在校军场上去点兵
小少爷校军场点齐人共马　　　带着大兵往前行
骑在马上高声骂　　　　　　　出言来，骂声国舅李士龙
李国舅，李士龙　　　　　　　你真是一个狗畜生
这一叫骂也不要紧　　　　　　小少爷做梦也还会发吃症
他发吃症出了声　　　　　　　李姑娘听了吃一惊
李姑娘正在桌边坐　　　　　　啊，这暗间内，咋传出男子说话声
口口声声将俺爹骂　　　　　　骂的是俺爹李士龙
哎呀，我只说她是个女流辈　　原来是男子大汉上楼棚
今夜晚来到我的绣楼上　　　　又躺到我的牙床中
躺我床上睡了半夜　　　　　　原来他是男子形
这件事儿若是传出去　　　　　还恐怕，我跳到黄河也洗不清
今夜晚，小畜生来到我的楼上　再想活命万不能
这李凤英越思越想心越气　　　一伸手，打墙上摘下剑钢锋
三尺宝剑掂在手　　　　　　　款动金莲咯噔噔暗间走进
牙床旁边把身停
常言说，明枪容易躲，暗箭最难防　今天，我杀了你这个小畜生
李凤英宝剑往上只一亮　　　　海底捞月下绝情
就听得"呼——啪！"砍下去　　小少爷眼睁睁死到牙床中

可谁知道，李姑娘宝剑往下一落　　且慢！忽然她一事上心中

（白）姑娘一看，且慢！我要是杀了他，不知道他姓啥叫啥，还不知他男扮女装来到俺家为了何事呀。这春红咋说这是她娘家侄女哩？我不胜把他唤醒，问清问明，再杀也不迟。我料想，今天来到俺家以里，插上翅膀他也难飞！

李凤英想到这里，宝剑一收，伸开左手，对着少爷的肩膀上一推："醒醒！醒醒！"

推了两把，少爷被推醒啦，打个哈欠儿，伸个懒腰，闪目一看，啊！小少爷一看姑娘手掂宝剑，站在床前，柳眉倒竖，杏眼圆睁！只吓得"骨碌"爬将起来，一跳跳下了床，"啊吧，啊……吧……"

"刚才睡着了会讲话，这一醒，你就变成哑巴啦！我叫你给我装！"李凤英打个箭步上前，对着少爷头上一抓，"扑咄"！咋啦？把少爷头上的猪尿泡给抓掉啦。拿到手里一看，"扑嚓"地上一扔："啊，真是个男的呀！好你个强盗，看年纪也不大，前发披盖眉，后发披盖脑，十四五岁，你竟敢男扮女装，混进俺家。说！来俺家干啥？说出真情实话倒还罢了，如果说错半句，姑娘我的宝剑就是你的对手！快说！"

啊？少爷四下一看，心中想道，春红，你个死丫头，跑到哪里去啦！赶快来救救我呀。小少爷东张西望一看，姑娘说："不用看啦，春红喝酒喝醉了，她也救不了你！说出实话，也许有你的活命；不说实话，有命难保！说！"

少爷一看，不说实话是不中了啊。反正不说恐怕也是死，说了也是死，那我不胜临死给她说说实话，叫她也知道知道我是当朝少国公，也叫他知道知道我的厉害。小少爷想到这里，壮了壮胆，把嘴一张，用一手一指，一声说道："丫头！"

"你会说话啦？说吧，家是哪里的？姓啥叫啥？"

"丫头，你听——"

【二八】
小少爷开口怒冲冲　　　　　　黄毛丫头你是听
说起家来家倒有　　　　　　　并不是少姓没有名
俺家住山西洪洞县　　　　　　离城十里白家营
俺的爹姓白白顺卿　　　　　　母亲娘姓孙孙秀英
我的妹妹白桂萍　　　　　　　我的名讳白金庚
我比俺妹妹大两岁　　　　　　我是属虎她属龙
俺的爹北京得了中　　　　　　两榜进士有功名
俺举家来本到那北京地　　　　俺的爹来领文凭管百姓
我的爹来到了北京地　　　　　俺的表伯，一本本放粮下山东
俺举家住本到那西关店　　　　访个店房把身停
三月三紫云庵里香烟会　　　　俺的爹娘，一起逛会降香笼
降罢香来就要走　　　　　　　谁知道，才去了你爹李士龙
观俺母亲长得好　　　　　　　抢到恁家拜堂红
俺的爹彩棚把状告　　　　　　遇住了当朝的兵部张居正
把俺爹定了一个诬告罪　　　　四十板子身上边扔
把俺爹轰出彩棚外　　　　　　老爹爹回到店房把病生
我为了给爹爹去看病　　　　　自卖自身去换银铜
【连板】
自卖自身大街上　　　　　　　应应地，遇住千岁定国公
把我买到黄沙府　　　　　　　收我义子为螟蛉
银安宝殿加封官　　　　　　　封我当朝少国公
【二八夹连口】
我才乔装来改扮　　　　　　　乔装改扮卖丝绒
卖绒线我来到你家里　　　　　后花园遇住一个丫鬟叫春红
小春红观我长得好　　　　　　把我领到她的绣楼棚
俺两个私自把终身定　　　　　二更天，要上冷楼去见俺娘孙秀英
谁知道，我男扮女装把楼上　　冷楼下，遇住你丫头李凤英
你把我逼到你的楼上　　　　　又叫我躺到你的牙床中

牙床上边做梦发了呓症　　被丫头看出破绽
掂宝剑要要我性命　　这本是真情实话对你讲
丫头哪，杀剐存留任你行　　小少爷来龙去脉讲一遍
惊动姑娘李凤英　　同志们，要知少爷是生还是死
下回书中交代清

第六回
定计救母

【垛子板】
小弦子一拉格愣愣　　书接着上一回往下再听
上回书咱说的小少爷　　咱再说少爷名叫白金庚
小少爷前后讲了一遍　　惊动了姑娘李凤英
【连口】
李姑娘上前开言道　　出言再叫少国公
今天你来到我的绣楼上　　我叫你，一莫要害怕二莫要担惊

李姑娘前后听了一遍，一声说道："少国公啊，既然来到我的绣楼上边，你一莫要害怕，二莫要担惊。"

"姑娘，你不杀我啦？"

"少国公啊，咱两个无仇无恨，我杀你做甚啊？"

"姑娘，没仇没恨？你爹把俺娘抢到你家拜堂成亲，怎么说没仇没恨哪？现在你不杀我，要将我放走，到以后我发来人马，可要杀了你！"

"哎呀，少国公，我的来历你可不知呀。"

"你的来历？你什么来历？"

"少国公，我可不是李士龙的亲闺女呀。"

"啊，这么说，你不是国舅的亲闺女？那，你怎么会来到他家来啦？"

"不提起俺家之事倒还罢了，提将起来嘛——真叫我一言难尽……"

"姑娘,不要啼哭。你一哭,说话一乌啦,我听不清楚,也听不明白。你到底是怎么一回事儿?慢慢地讲来!"

"少国公,你听啊——"

【二八】

李姑娘未曾开口泪盈盈	叫了声少国公洗耳恭听
俺家住可不在北京地	千里迢迢住到凤阳城
俺家住在凤阳地	离城十里地郭家营
头辈爷姓郭叫郭广庆	他跟着朱元璋打江红
打下来天下朱家坐	扶起了朱元璋驾坐南京
自从朱元璋登龙位	一心要害保国大卿
御街口盖下庆功楼一座	满朝的文武请上楼棚
朱元璋,给大臣们敬罢了三杯酒	他才迈步下楼棚
迈步他把庆功楼下	下边他就用火药轰
满朝文武一个个惨死在庆功楼上	俺的爷回乡前去务农
三一辈也就是俺的天伦父	郭子岐就是他的名
俺的爹从小把武练	大比年赶考进北京
校军场上武艺出众	万岁爷,才封他武状元本是第一名
才封他中军都督位	中军都督领大兵
那一天,李国舅下书把俺爹请	把俺爹请到他的待客厅
客厅里边摆酒宴	他言说,要跟俺的父拜弟兄
到以后他想把基坐	面南背北想坐朝廷
只要俺爹保他登龙位	封俺爹开国元勋做国公
俺的爹说了一声不愿意	贼国舅酒里下毒害他生

【二八夹连口】

把俺爹害死到他家内	又差下家郎把信通
言说是,俺的爹他家有了病	叫俺娘过府看病情
那时候我才刚刚半岁整	俺的娘抱着我离开了门庭
坐轿车来本到贼李府	谁知道,贼国舅看中俺娘好面容

看中俺娘长得好　　　　　　拉住俺娘就要把亲成
俺的娘一见俺爹丧了命　　　一头又碰死待客厅
那时节，李国舅收我做他干闺女　就叫我在此他家把闺女应
李国舅给我把教师请　　　　叫我在他家练武功
十八般兵器都学会　　　　　样样的武艺比人能
那时我长到十四岁　　　　　那一晚散心到在后花园中
散心到在后院内　　　　　　遇住了喂马的老汉给我讲实情
言说俺爹本是中军都督郭子岐　俺母亲娘家本姓冯
俺爹娘也给我把名起　　　　真名实姓叫郭兰英
喂马老汉给我讲实话　　　　当时节，不由我恼心中
一再说，我去找国舅把仇报　　还恐怕独自一人不能行
常言说单丝不能成线　　　　孤树再大难把林成
今年小奴家我年长十七岁　　爹娘的冤仇没有申
今天你男扮女装把楼上　　　原来你是当朝少国公
你举家也被国舅害　　　　　咱两个，也本是俩苦瓜结在一根藤
这本是真情对你讲　　　　　少国公，你看俺屈情不屈情

【武口】

李姑娘前前后后讲一遍　　　在一旁气坏了少爷白金庚
出言来我不把别人骂　　　　骂了声国舅狗娘生
你仗着与皇家有亲眷　　　　苦害了多少保国卿
单等我人马发到贼府内　　　我叫你举家老少，再想逃生万不能
出言来再把姑娘叫　　　　　姑娘呀，我有话儿你听听

"姑娘，原来你是郭门的后代，举家也是被奸贼害得好苦！不要掉泪，你只要放我出了国舅贼府，回到府下发来人马，为死去的冤魂申冤报仇！"

"少国公，你只要能给俺爹娘报仇，我一定帮你半膀之力。"

"好，姑娘，我来问你，春红现在哪里去了？"

"春红刚才喝酒喝多了，睡着啦，待我把她唤醒。"

姑娘李凤英这才款动金莲"咯咯噔噔"来到明间桌子旁边。这小春红

啊，趴在桌子上，还在睡哩。姑娘上前推她两把："哎，春红，醒醒！"推了两把，把春红一推推醒。

春红把眼一睁："姑娘，我咋睡着啦？"

"别睡啦，喝酒喝多啦。你娘家侄女呀，在暗间喊你哩，快去吧！"

"啊？"小春红一听说她娘家侄女喊她哩，当时把酒劲儿也吓醒啦，"呼"站起来啦，款动朴莲"扑扑通通"来到暗间，闪目一看，啊！就只见他家相公头上的猪尿泡也不戴了，站在那里。丫鬟只急得张嘴跺脚的："你……你……"意思是说，头上的猪尿泡为啥不戴啦你？要装你装到底！

"春红，不用再挤眼儿跺脚啦，姑娘都知道了，我啥话都跟姑娘说明白啦。"

"啊？"小春红一听，慌慌忙忙来到姑娘面前："哎呀，姑娘，你看，你啥都知道了……"

"春红，都是你个死丫头办的好事儿！他是个男子大汉，你竟敢让他男扮女装，来到楼上，又叫他躺到我那床上，这传扬出去，叫姑娘我还咋活呀？"

"哎呀，姑娘，这不都是被你逼的嘛。我说不敢叫他躺你的床上，你说不嫌他熬糟，非叫他躺到你的床上。姑娘，那事到如今，你说咋办呀？"

"春红呀，你跟他讲讲，我要跟他吟诗答对。他要对上我的诗，我就助上半膀之力，叫他去到冷楼跟他娘见面，要是对答不上，今夜晚上，可别离开我这绣楼。"

"好，姑娘。"

单说小少爷来到明间，姑娘说的话他也听清啦，上前打躬施礼："哎呀姑娘，还恐怕我才学疏浅，对答不上啊。"

"哎，说啥对答上对答不上？只要你有心就能对答上。"

"啊，那好，请姑娘讲来！"

"少国公，你听啊——"

【二八】
李姑娘楼上开了言　　　叫了声少国公听我谈
桃子摇摇三月三　　　　私自姻闺结红鸾

要得一点心腹愿	再有一句算说完
少爷说，桃子摇摇三月三	私自姻闺结红鸾
要得一点心腹愿	姑娘，北京赶考中状元

（夹白）"不对，你现在都是少国公啦，还考那状元干啥呀？"

"哎哟，姑娘，那我对答不上啊。"

"来，我叫你再对上一首，你听啊——"

小姑娘楼上又开口	叫了声少国公听来由
关关雎鸠在河之洲	窈窕淑女君子爱逑
要得一点心腹愿	再说一句算到头
少爷说，关关雎鸠在河之洲	窈窕淑女君子爱逑
要得一点心腹愿	姑娘，北京赶考中鳌头

（夹白）"不对，你是不是得了官迷啦？你咋光想着做官哩你！关关雎鸠在河之洲，窈窕淑女君子爱逑。要得一点心腹愿嘛……"

春红说："姑娘，我知道，那是'恩爱夫妻到白头。'"

"就你的话稠，就你知道！"

少爷一听，啊，这姑娘说来说去，她是想叫我应亲的啊。少爷一说道："姑娘啊——"

【滚口】

蛟龙被困到黄沙滩	彩凤被锁到笼里边
只要你开笼把鸟放	我情愿，许下同床共枕到百年

【二八】

李姑娘一听心喜欢	叫了声相公听我言
既然你应下这门亲事	我问你，你有何物做证见

"相公哪，既然你应下亲事，你用什么东西作为定亲之物？"

"哎呀，姑娘，在银安殿俺家父王给我封官的时候，加封我一把黑虎铜锤。姑娘你武艺高强，我想把黑虎铜锤作为定亲之物。不知姑娘意下如何？"

"哎呀。"姑娘一听用黑虎铜锤做定亲之物，这黑虎铜锤可是厉害呀，上殿打君，下殿打臣，代管三宫六院，万岁头上都管着三分，有啥东西比这黑虎铜锤还要好啊？姑娘心中高兴，说："相公啊，这黑虎铜锤现在何处啊？"

"啊，就在春红她的小楼上边。"

"咦——"春红说，"我可没有见那东西！"

"哎，在我那绒线箱子里边放着。"

"啊。"姑娘说，"春红啊，去吧，到在你那楼上，把他的东西都拿到姑娘的楼上，快去！"

"是！"小丫鬟答应一声，不敢怠慢，款动朴莲"扑扑通通"下了绣楼，来到自己的小楼上边。背起来少爷的绒线箱子，还有小珍铃，又拿着少爷这一身衣服，下了小楼。

书要简短，又来到了绣楼上边，把东西楼板上边一放，惊动少爷白金庚走上前去，把绒线箱子二层底"呲棱"一打打开，从里边就取出来这一把黑虎铜锤！

"姑娘，这把黑虎铜锤我交给你，可要保存好，千万万千不要丢失，若是丢失黑虎铜锤，圣上怪罪，俺举家可就有命难保了哇。"

姑娘上前一把接过："相公，请你放心。"就把这黑虎铜锤锁到了描金柜里边。少爷说："姑娘啊，咱现在许罢了亲事，就成为了一家人，你能不能领我到在冷楼上边，叫我跟俺家母亲团圆相会啊。"

"哎，相公，这有何难呀？不过看你穿这身衣裳，男不男，女不女，被人家一看，就起下疑心。你赶快到在暗间，脸上官粉洗去，口红擦掉，还把来时候卖绒线那衣裳穿上，快去。"

"好，好，好，姑娘啊，我穿着这一身衣裳也真乃别扭。"小少爷就拿着衣裳到在暗间，把丫鬟春红的衣裳一脱脱下，把他来时候卖绒线的衣裳一穿，脸上官粉洗去，口红擦掉，这才来到明间。惊动姑娘李凤英闪目一看，哎呀，俺家相公他可是长得真俊哪——

【小口】

小姑娘，用眼轮	打量相公俊俏人
俺家相公长得俊	相公长得老景人
就好像，他爹姓金，娘姓银	姥姥家住到那银山根
常言说，好里好表做好袄	好爹好娘好儿孙
就好像，刚生下来，金盆里边洗过澡	银盆里边净过身
洗过澡，净过身	放到雪窝一秴轮
胭粉盒，熏三熏	从头白到脚后跟
我给俺相公起个外号	他的外号，也就叫勾走奴家的魂
世上的男人见多少	都没有，俺相公长得这样俊
小姑娘，把头抬	打量相公他的好身材
俺相公，长得白，真叫白	白得叫我说不上来
就好像，他爹也白，娘也白	那生个孩子还是白
收生婆，身穿白	收生婆慌忙把他抱起来
收生婆那里没抱好	"扑里腾"掉到白面台
抱起来，拍拍打打还是白	
星星门掐上一指甲	"咕嘟嘟"白水儿流出来
世上的男子见多少	都没有，俺相公长得恁气派
小姑娘越看越是爱	话到嘴边口难开

（白）姑娘见相公成了男子的身形，越看越俊，越看越走不动，越看越爱。少爷一声说道："姑娘，你就别看了，把我都看丑[1]啦。"

"哎呀，相公，那现在咱们就走。"说，"春红啊，你先前边探路，到在冷楼上边，先给咱家婆母通风报信，我们随后就到。"

"是。"

---

[1] 丑：这里并非指"丑陋"，而是"害羞"之意。

【散板起腔】

好个丫鬟叫春红　　　　　　打着灯笼把路领

打着纱灯把楼下　　　　　　下了楼梯一十三层

穿宅越院来好快　　　　　　一心心要到冷楼棚

【二八夹小口】

小春红才把冷楼上　　　　　有一串钥匙拿手中

才把钥匙拿在手　　　　　　对准锁上猛一拧

"咯嘣"一声锁头开　　　　　"哗啦啦"开开门两封

【叹腔夹小口】

打着纱灯往里进，哎呀不好——　婆母娘上吊落了绳

小丫鬟一见吓了一跳　　　　慌忙忙，纱灯放到楼板棚

搬了把椅子站上去　　　　　就要搭救孙秀英

慌忙忙身子往上凑一凑　　　把头这才抽出套空中

然后双手抱住把凳子下　　　放在楼板正当中

这才放到楼板上　　　　　　"大婶，大婶"叫连声

（夹白）"大婶，醒醒——"

大婶啊，你莫走阴路归阳路　　再回阳间过几冬

你怎知道，你的儿才把贼府进　马上就来到这冷楼棚

大婶若有个好和歹　　　　　岂不是，叫你儿子，竹篮子打水落场空

小丫鬟推推前，拿拿后　　　捋捋喉咙掐人中

连声喊叫多一阵　　　　　　又只见，孙秀英慢慢她又把眼睁

"大婶——"

"春红……"

"你怎么会寻死上吊啊，大婶子？我要再晚来一会儿，恐怕你就得过那边了吧。"

"春红，你每天上楼都是给我端茶捧水，今天晚上怎么给我叫起大婶来了哇？"

"哎呀，大婶子，你的年纪比我的年纪大，我给你叫大婶这也没有啥呀。大婶，你咋为啥寻死上吊哩？常言说，好死不胜赖活，哪一天不吃个白馍？"

"春红，你大婶我是不能活了啊。"

"大婶，咋啦，不能活了？"

"刚才我在楼上啼哭，哭着哭着就睡着啦。睡着了我做了一个梦，这梦做得老不好，我想，我不能活了。"

"大婶，你做了一个梦？做的啥梦？说出来叫我给你圆圆。"

"丫鬟，你还会圆梦吗？"

"咦，大婶子呀，我统会圆梦着哩。我知道啥梦好，啥梦赖，啥梦能吃肉，啥梦能吃菜。说吧，叫我给你圆圆。"

"丫鬟，我做了一梦，梦见去那瓜园摘瓜吃瓜哩，那个看瓜老头给我摘了一个瓜，杀开一看，一尝，是苦的。杀了一个是苦的，再杀一个还是苦的，最后摘了一个大西瓜，杀开一看，黑籽儿红瓤，是甜的。我想着这个梦老不好啊，明天李国舅逼我要跟他拜堂成亲，要不愿意，他掂着钢刀将我一杀，血水流了出来，不就好像杀瓜一样吗？"

"咦，大婶，可不是那意思啊！你说做梦去花园摘瓜吃瓜，摘个瓜是苦的，摘个瓜是苦的，最后摘一个大西瓜是甜的。这就是说呀，你在国舅府受苦一天，又是一天，受苦受到头啦。这叫苦尽甜来，大婶，该享福啦，该过那好日子啦。这个梦啊，好得很！"

"丫鬟，那你说这是好梦？"

"好梦。可不能死！"

"丫鬟，我翻翻身，又做了一梦啊。"

"咦，大婶做梦做得还不少哩。又做了个啥梦？说出来，叫我再给你圆圆。"

"我梦见去那井台上边担水，太阳出来了，照到我那身上暖融融的。这梦都是反的，我想着这梦老不好。"

"大婶，一个梦比一个梦都好！你说去井台担水，太阳出来了，照到身上了。这太阳啊，又叫吉星。你没听人家说呀，吉星高照啊。照到你身上啦，照到你家啦，说不定呀，你那孩子还要当大官哩！好梦！"

你看这丫鬟能不能，她就知道人家的孩子是当朝的少国公，就说人家的孩子要做大官哩。这梦别说她会圆，叫我？我也会圆！

"春红啊，我翻翻身又做了一梦。"

"咦，看大婶子吧，成黑不睡觉，光做梦哩！又做个啥梦？说出来，叫我给你圆圆。"

"我又梦见去那荒郊野外剜菜，高高山上跑下来一只斑斓猛虎，张牙舞爪要吃我。我想着这个梦不好，明天国舅要逼我跟他拜堂成亲，要不愿意，他把我扔进猛虎笼，不就被猛虎吃掉了吗？因此上，我不想被那猛虎吃掉，我才寻死上吊哩。"

"咦，大婶子呀，一个梦比一个梦都暄[1]哪，一个梦比一个梦都好！你去那荒郊野外剜菜哩，梦见老虎啦。你没听人家说吗？'虎郎儿，虎郎儿！'梦见那老虎和狼，那是要给孩子们见面哩。大婶子呀，说不定你那孩子一会儿就来看你哩！"

你看这春红多能？她都知道人家的孩子在后边跟着哩，就说人家的孩子一会儿就来看哩。

【滚口】

他两个正然把话明　　　就听得，冷楼下，噔噔噔传来脚步声

【二八】

怎要问上来哪一个　　　上来了少爷白金庚

小少爷一心把娘见　　　恨不得一步踏上冷楼棚

背着绒线箱子把楼上　　才上了冷楼一十三层

【叹腔】

背着箱子冷楼进　　　　一眼观见了他的娘亲生

---

[1] 暄：方言，愿意指"温暖"，这里是很好的意思。

又只见，俺的娘披头散发像活鬼　　两只眼哭得熊猫红
看见亲娘成了这个样　　　　　　心里边就好像，万把钢刀刺进胸
慌忙忙把绒线箱子放到地　　　　走上前一头扎进娘怀中
娘啊娘，咱不能见面又见面　　　不能重逢又重逢
你在贼府受了苦　　　　　　　　怎不叫孩儿我心疼啊
母亲——小少爷扑到娘怀哭得痛　惊动了孙氏叫秀英
哎呀，叫娘你是哪一个　　　　　叫娘的你是哪一名

（夹白）"你是谁啦？"

母亲，是不是你把孩儿忘记了　　我是你的娇儿白金庚

（夹白）"啊，你是我儿？""娘，我是你儿啊！"

哎呀，是不是冷楼上想儿想迷了　咱母子相见在梦中

（夹白）"娘，不是做梦哩。孩儿我来冷楼救你来啦，母亲！"

孙秀英就说我不相信　　　　　　一伸手，对准腿上猛一拧
拧了一把也不要紧　　　　　　　咋觉着浑身阵阵疼
就知道不是来做梦　　　　　　　母子俩相见冷楼棚
孙氏女一伸手忙揽抱　　　　　　狠狠地将娇儿抱到她怀中
我的娇儿呀，我想儿想得肝肠断　盼娇儿盼得两眼红
肝肠断，不见面　　　　　　　　两眼红也不重逢
今夜晚我的儿来到贼府内　　　　咱母子相见冷楼棚
【悲平板】
娇儿，我先问你爹他身旁可好啊　你的爹安宁不安宁
你妹妹想娘不想娘　　　　　　　你咋会来到贼府中
娘，你问爹好爹倒好　　　　　　你问他安宁他可不安宁

丝绒记　545

小妹妹每天哭着把娘盼	店房里哭得叫人疼
娘呀娘，自从你被国舅来抢走	俺的爹告状进彩棚
遇住了奸贼张居正	他与国舅贼子有私通
把俺爹定了一个诬告罪	四十板子身上扔
把俺爹轰出彩棚外	哭哭啼啼店房中
回店房，店掌柜逼咱清店账	咱没有钱，又抢走俺的妹妹把账顶

（哭白）"闺女，桂萍啊——"

我的娘呀娘，俺的爹店房身染病	奄奄一息难活成
我为了给俺爹爹把病看	自卖自身大街中
自卖自身到街上	应应地，遇住了徐老千岁回北京
老王他观孩儿长得好	买到他家当螟蛉
又给孩儿改名换了姓	改名换姓徐紫龙
银安殿老父王给我来封官	才封孩儿当朝少国公

（夹白）"儿啊，你做官啦？""娘啊，我是当朝定国公之职！""儿呀——"

【二八】

你说你是国公位	为什么不搭救为娘出牢笼
娘，我校军场上点人马	老父王，他叫我乔装改扮卖丝绒
卖绒线来到贼府内	为打探娘的吉与凶
既然母亲没灾没难	今夜晚，孩儿我就搭救母亲出牢笼
他母子们冷楼上面见了面	离别之话讲不清
母子俩冷楼上边把话明	这时候，就听得冷楼下"咯咯噔"
上来一位女花童	
你要问上来哪一个	这就是姑娘李凤英
李小姐款动金莲冷楼上	到冷楼，上前去"扑通"声跪倒楼板棚

出言来不把别的叫	婆母娘呀叫连声
婆母娘，不知道你在冷楼来受罪	儿媳妇，我没有首先把你侍奉
从今后咱就成了一家人	媳妇我天天端茶把你侍奉
李姑娘跪倒楼板把婆母喊	一旁边惊动小春红
小丫鬟她"扑通"声也跪倒楼板上	婆母婆母叫连声
这小春红一喊婆母也不要紧	惊动了孙氏女说一声

"哎呀，孩子，她们为啥给我喊婆母呀？"

"娘。"这小少爷就把前后之事如此这般，这般如此讲说一遍。谁知这么一讲啊，孙秀英真高兴了，收了两个媳妇儿，一个比一个都长得漂亮。心中高兴，慌忙上前一把搀住："哎呀，媳妇，赶快起来，赶快起来！你要跪着，婆母娘我还心疼的呀。——孩子，现在天色不早，咱是不是赶快出离贼府呀？"

"娘，说好便好！"

姑娘李凤英一声说道："春红，你先到门外边去探探路径，看看有什么动静没有。"

"是！"小丫鬟答应一声，不敢怠慢，就这样款动朴莲"扑扑通通"来到了冷楼外边。

【散板】

小春红来到冷楼外	这时候谯楼上边打三更
谯楼上打罢三更鼓	春红望着楼下观分明
手搭凉棚只一看，哎呀，不好	打前院照过来一盏亮纱灯

【武口】

李奇、王英前带路	打后边，只跟着国舅李士龙
李国舅在至客厅把酒用	忽听得谯楼打三更
出言不把别的叫	王英、李奇叫连声

（夹白）"王英、李奇！""在！"

今夜晚，随国舅到在后院内　　　藏兵洞内咱去练兵
藏兵洞人马练齐毕　　　　　　八月中秋反皇宫
推翻万历小皇帝　　　　　　　恁国舅爷，面南背北把基登
恁国舅爷我若是登龙位　　　　封恁俩开国元勋当国公
王英、李奇就说好，好，好　　掂着纱灯前边行
三个人这才来到后院里　　　　李国舅忽然他一事心上生
猛然想起，紫云庵抢来美貌小佳人　孙秀英长得老干净啊
把她抢到我府内　　　　　　　中宫院内拜堂红
不料想破口大骂不愿意　　　　我掂刀要杀她性命
多亏春红把情讲　　　　　　　将她锁到冷楼棚
三天后我要给她成婚配　　　　她不愿意算不中
今夜晚，藏兵洞练罢人共马　　回来时今晚去到冷楼棚
今晚去到冷楼上　　　　　　　我要与孙氏把亲成
她若愿意倒还罢　　　　　　　不愿意，我将她绑到美人床
她不成亲也算不中
李国舅想起美貌小佳人　　　　不由得抬头观分明
对准冷楼观一眼　　　　　　　啊？这冷楼上边咋还点着灯
这是何人他不睡觉　　　　　　三更天，为什么在至冷楼棚
今天我要到冷楼看一看　　　　看看他是哪一名
李国舅才把冷楼上　　　　　　下一回，小少爷白金庚再想活命万不能
也不知少爷生共死　　　　　　下回书中恁接着听

第七回
误入兵部府

【二八】

咱们不讲西来也不讲东　　　　书接上回继续听
上回书说的李国舅　　　　　　咱再说贼子李士龙

李国舅后花园藏兵洞把兵练　　这才来到后花园中
望着冷楼观一眼　　　　　　只观见，冷楼上边点着灯
三更天何人不睡觉　　　　　为何在此冷楼棚
【武口】
李国舅紧走几步到冷楼下　　侧着耳朵仔细听
咋听着，楼上传来一男子　　传来男子说话声

（夹白）"王英、李奇！""在！"

随你国舅爷把冷楼上　　　　咱到在冷楼观分明
今夜晚，我叫你绑来你就绑　我叫你上绳就上绳
王英李奇就说："得令！"　　手掂纱灯往上冲
这才来到冷楼上　　　　　　李国舅闪目观分明
闪开贼目只一看　　　　　　他一眼观见少爷白金庚
这是哪来的小畜生　　　　　黑夜间咋来俺家中
我听说孙秀英她有一子　　　年纪也不过十四五冬
看这娃娃大小也不过十四五岁　莫非说，他就是孙秀英之子到楼棚

（怒白）"王英、李奇！""有！"

把娃娃你给我绑，绑，绑　　拉下去，你给他扔进老虎笼
王英、李奇也不息慢　　　　顺手掂着一根绳
上前去一把忙抓住　　　　　上前抓住白金庚
推推嗡嗡把楼下　　　　　　要把少爷扔进老虎笼
你要问惊动哪一个　　　　　惊动了姑娘李凤英
心暗想，俺相公，有灾难　　我不救星谁救星
我有心抽出来宝剑动了手　　不能，李国舅他的武艺精
王英、李奇武艺好　　　　　府里边，有三百教师三万精兵
罢，罢，罢，我不如暂息雷霆怒　走上前去讲讲情

李凤英"咯噔噔"上前去　　　　挡住了李奇和王英

"王英、李奇，站住！"

"咦，姑娘？"

李凤英来到国舅面前："爹。"

国舅一看："闺女，三更天啦，女孩之家，不在你那绣楼前去安歇，来到冷楼为着何事，闺女？"

"哎呀，爹爹，还不是为了你的事嘛。"

"嗯？为了我的啥事啊？"

"哎呀，爹爹不知，你抢来这个美貌佳人儿孙秀英，叫她给你拜堂成亲，她不愿意。你叫春红劝说于她，可是无用的丫头，劝说两天，人家还是不愿意。春红没办法啦，就去到闺女的绣楼，叫闺女来冷楼前来劝说。你闺女呀，来到这冷楼上边，不用三说两劝，她就愿意啦。"

"啊，闺女，愿意啦？啥时候跟你爹我拜堂成亲哪？"

"爹爹，人家说还得再等三天。"

"愿意就是愿意了，怎么还要再等三天呀，闺女！"

"爹爹，她说啦，跟爹爹拜堂是一场大喜，要准备做些东西。我呀，就叫丫鬟到在街上，找来了一个卖绒线的。谁知这个丫鬟，天黑啦，找来一个，还是个小孩。不过呀，人家虽然年龄小，东西可齐全哪。在咱府吃吃饭，就来到冷楼，叫那孙秀英挑了几色绒线，准备叫人家走哩，爹爹你可上楼啦。不由分说，把人家捆住，要扔到老虎笼里。人家才十四五岁啦，爹爹，你咋心恁狠哩？叫人家一死，不可惜了人家的一条人命了嘛？"

"闺女，他是个卖绒线的？"

"爹爹，人家就是个卖绒线的嘛。"

李奇一听："呵呵，国舅爷，没见过半夜三更来卖绒线的呀。"

"对呀，没见过半夜三更来卖绒线呀。"

姑娘把眼一瞪："李奇，刚才姑娘我说得清楚明白，来的时候天才黑啦，又在咱家吃吃饭，才来到冷楼。你说他不是卖绒线的，是干啥哩！你说。"

"呵呵，姑娘，你说他是卖线的，就，就是卖线的。"

"哎，罢啦。我说闺女呀，我看他年纪幼小，背着绒线箱子，也真是个卖线的。闺女呀，只要他是个卖线的，不是坏人，那就行。不管要多少钱，都把人家的东西给买下！啊。只要孙氏女高兴！闺女，你看孙氏女长得，那个头，那个脸儿，伸开手，描花腕儿，下厨房，擀面片儿，你爹我不饥不渴能斗[1]他个七八十来碗儿！你看看她长得，头发黑丁丁的，眉毛弯睁睁的，杏眼忽灵灵的，脸皮儿白生生的，身子直宁宁的，小金莲一星星儿的，走起路来都是'咯嘣嘣'的。小金莲又尖又瘦，打手一撮两头不露，鼻子跟前一闻，嗯，光香不臭啊。这真是人见不走，鸟见不飞，狗见不咬，驴见不踢，老母猪见了也会笑嘻嘻，一辈子不吃糠，八辈子不着饥，天上少有，地上遮稀，老虎见了闻闻都不吃啊！哈哈……王英，下楼！"

小春红来到冷楼外边，一看他们走远，慌慌忙忙回到冷楼以里，说道："相公，姑娘，今天晚上咱娘恐怕救不走了哇。"

白金庚一听："春红，此话从何讲起啊？"

"国舅贼子心狠手辣，刚才我看他那脸色，已经起了疑心，还恐怕他差下贼子，在至暗中盯看。若是带着咱家母亲逃命，还恐怕到那个时候，恐怕咱们一个都难以活命啊。"

"哎呀，这可怎么办哪？"

姑娘凤英一声说道："相公，是这样吧。不如你独自一人离开，连夜晚上回府调兵。大兵人发到贼府，我保着咱娘往外冲，你带着大兵往里杀。咱们来个里应外合，一举攻破贼府，抓住国舅，救出咱娘。"

小少爷白金庚一听，一声说道："姑娘，言之有理。不过我想，咱们在楼上应定上一条妙计。"

"相公，定什么妙计呀？"

"姑娘，春红。"

---

[1] 斗：这里是"吃"的意思。

【滚口】
今夜晚上我往外走　　　　　　　绒线箱撇到这冷楼棚
今夜晚我定上一个丝绒计　　　　丝绒计你们牢牢记心中
恁脖项内挂上红绒线　　　　　　襟头上都得拴上红绒绳
今晚回府把兵调　　　　　　　　我对手下人役交代清
到天明，贼府内戴绒线的我不杀　不戴绒线全杀清

【二八】
此计就叫丝绒计　　　　　　　　丝绒计你们记心中
现在天色已不早　　　　　　　　我得回府前去调兵
娘，你先委屈在冷楼上边度一夜　到天明，孩子我府下发来兵
孙秀英就说好，好，好　　　　　我的孩子呀，小心谨慎把事行

（夹白）"放心吧，娘。"

少爷说罢站起身来往外走　　　　小春红，李凤英送相公下了冷楼棚
他们来到冷楼下　　　　　　　　少爷转身把姑娘称

（夹白）"姑娘，俺刚来的时候，我听俺诰命母亲言讲——"

她言说，贼府内，私自盖下九间九檩朝王殿
七间七檩剥杀厅
杀人场，剥皮厅　　　　　　　　吃人的猛虎叼人的鹰
吃人虎只吃得"哞儿哞儿"叫　　叼人鹰叼得俩眼通红
我要把贼府访清楚　　　　　　　各个角落都要访清
问姑娘是真还是假　　　　　　　你领我贼府里边观分明
李姑娘就说一点不假　　　　　　相公呀，我领着你各个角落都看清
叫相公，你往那边观一眼　　　　那就是贼子建的剥皮厅

（夹白）"姑娘，那剥皮厅上边搁那都是啥东西呀？""相公，那都是人

皮呀。""啊，人皮？多少？""多少？你看看一摞一摞的，一摞四十八张，四十八张为丁，总共是四十八丁啊。""啊——"

叫相公再往那边看	也就是贼子的老虎笼
吃人虎只吃得"哞儿哞儿"叫	叨人鹰叨得俩眼通红
这下边也就是贼的一个藏兵洞	窝藏着国家三万兵
一日人马练齐毕	带着大兵反进皇宫
他想推翻万历皇爷	面南背北把基登
叫相公，你不看吧，快走吧	走得晚了走不成
叫丫鬟，赶快后门跟前看一看	有没人把守在后门庭

【连板】

春红就说好，好，好	你看她，款动朴莲"扑扑通通"
"扑扑通通"来好快	后门也不远面前迎
这才来到后门前	站到那里说一声

"哎，谁在那把守后门的呀？有人没人？"

"春红，有人把守。我在这把守后门哩。"

"你是谁啦？"

"呵呵呵，我是王赖毛啦。春红，来，来，来，没有人，我独自一人在这把守后门，哎呀，连个人说话都没有。来，拍打[1]一会儿。"

"鳖孙货！谁跟你拍打哩。"

"春红，没那，你干啥哩？黑夜之间，咋不睡觉哩，你？"

"我呀，尊了咱姑娘之命，来巡哨哩。咱姑娘说啦，叫我到后门跟前看看，有人把守没有。"

"要是这，你给姑娘说说，没有一个人出入，我把守得可好啦，没事儿。"

"要是没事儿，你可把守好，我可回房走啦，啊。"

"啊，春红，别别别，你替我站一会儿。"

---

[1] 拍打：方言，这里指"聊天，拉家常，扯闲话"。

"你干啥哩？"

"哎呀，你不知道，今白天我吃肉吃得有点儿多，喝凉水喝得有点过，这肚子'咕噜噜'上来啦，'咕噜噜'下去啦，想到茅房方便方便，也没有一个人替我站岗。春红你来啦，替我站会儿，一会儿就来啦，啊。"

王赖毛说罢站起身来，迈开两条腿"踏，踏，踏"就往边跑啦。"王赖毛，你那门锁好没有？"

"呵呵，钥匙在座底下放着哩。"这春红问他门锁好没有，他说钥匙在座下放着哩。王赖毛去茅房不讲，单说春红来到座下一摸，"唿啦——"，摸住钥匙啦。对准后门门搭上的大铁锁一投，"咯嘣、哗啦"，把锁给拽掉啦。然后把门闩儿轻轻一抽："哎，现在是春红把守着后门哩，任何人都不准出入！哼！"这是给姑娘少爷调明句[1]的呀。姑娘一听："相公，快，快走！"

就这样两个人来到后门跟前："相公，快走吧，王赖毛回来你就走不成啦。"

【滚口】

小少爷就说好，好，好	抬腿迈步往外行
谁知道少爷刚说往外走	哎呀，忽然他想起来事一宗
春红，你赶快把大印给我	没有大印，回到府下可难调兵

（夹白）"相公，大印不在我身上啊。"

"怎么，不在你身上？"

"那大印在我楼上箱子里边锁着的，我去给你取吧？"姑娘说："不行！"

王赖毛回来他就走不成	
叫相公你先把府回	单等明天叫春红起个五更
叫春红五更天把印送	相公呀，送去大印你好调兵

---

[1] 调明句：这里有传递暗号的意思。

【二八】

小少爷就说好，好，好	好好地保护咱的娘亲生
小姐就说放心吧	我管保险，咱母亲冷楼无事情
就这样，他们夫妻后门分了手	单说少爷白金庚
出离了贼府心高兴	就好像小鸟出了笼
心暗想，我私访到在贼府内	冷楼上见了我的娘亲生
又收留丫鬟春红人一个	还有姑娘李凤英
单等着，明天一早春红丫鬟来送印	校军场上调大兵
校军场人马点齐毕	发到贼子他家中
把贼子满门抄杀净	好给那死去的忠良把冤申
心中高兴往前走	一心心要回黄沙府中
咱有心叫他慢点走	啥时候才能说到热闹当中

【连板】

你的心急，我的嘴快	小弦子拉得也不透风
叫他到，他就到	他要是不到算不中
小少爷正然行走抬头看，到了吧	府门不远面前停
迈步才把台阶上	用手一推，大门上得紧绷绷
少爷他手拍门板连声叫	马方、赵飞叫连声

小少爷抬头一看，哎呀，到啦！心想，好快呀，这黑夜之间走路就是快。上了台阶，用手一推，里边上着哩。小少爷就手叩门板（以简板击桌面模拟叩门声）："马方赵飞，赶快开门，恁家小少爷回转。"

他这一叩门，一喊叫，在大门里的耳房里边，惊动了两个人。有的说，是谁？一个姓张，叫张龙，一个姓张，叫张虎。有的说张龙、张虎是谁啦？不是别人，本是兵部司马张居正府下的两个得力家将。有的同志该问啦，这少爷黑夜之间摸到哪个府门外边啦？他没有回到黄沙府，迷失方向，摸到了老奸贼张居正的府门外边啦！

这张龙、张虎正准备睡觉哩，一听外边有人叫门。龙说："虎。"虎说："龙。""嘿，'马方、赵飞赶快开门，小少爷回转。'"这马方、赵飞是老王爷徐延昭的贴身家将啊，又从哪里来个小少爷哩？莫非说这个人摸错路了啊，咋办？"

"虎，你在这等着，叫我去到后宅，禀报咱家兵部爷。"

"好，快，快去！"

单说张龙轻轻地把耳房门一开，迈步出离耳房，高抬轻落，慢慢地就来到了后宅里边，到张居正睡觉的房门外边（以简板击桌面模拟叩门声）："老爷，老爷！"

一喊"老爷"，惊动老奸贼张居正。张居正刚刚睡下："嗯，外边何人叫门哪？"

"老爷，我是张龙。出事啦，老爷。"

"嗯？出什么事了？"

"老爷，夜至三更以后，咱府门外边有人叫门，说'马方、赵飞赶快开门，小少爷回转。'"

一说这话不打要紧，老奸贼张居正"呼"，把被子一撂，"嗯——"，坐将起来，下了床，穿上靴子，把门一开："龙，你待怎讲？"

"老爷，外边来个人，说'马方、赵飞赶快开门，小少爷回转。'"

"嗯，马方、赵飞乃是徐延昭老儿的家将，从哪里来个小少爷？莫非老儿徐延昭云南阅边回来，中途路上收留一个义子也是有的。去，把他骗至咱府，我在客厅等候。"

"是！"单说张龙不敢怠慢，慌慌忙忙转身来到门里："少爷，我来给你开门来了啊。"单说张龙、张虎把这门闩一抽，门搭儿一扣，端着大铁门哗——："少爷，你怎么到在现在才回来呀？俺家老，老王爷都等急啦，在至客厅等候。"

"马方、赵飞，前边带路。"

"好。"单说张虎不敢怠慢，端住这一扇门"哗——"把门一关，门闩儿"呲棱"一插，顶门杠子"咚"，把门顶紧啦。这就叫关住门逮鸡，飞跑不脱！

张龙、张虎前边带路，小少爷随后紧跟，不到客厅倒还罢了，到在客厅小少爷有命可就难保了——

【二八】
张龙、张虎领路径　　　　　后跟着少爷白金庚
跟着家将府门进　　　　　　穿宅越院来到客厅
小少爷来到这客厅内　　　　客厅里灯光半暗半明
桌子后坐着人一个　　　　　袍袖遮脸睡朦胧
不用人说我知道　　　　　　一定是老父王客厅把我等
走上前去施一礼

（夹白）"父王，孩儿我回来了。"

问了一声没有言语　　　　　小少爷心里一咯噔
是不是私访国舅回来得晚　　老父王他把气来生
罢，罢，罢来讲不起　　　　我不如跪下问安宁
小少爷慌忙跪倒地　　　　　我连问父王你安宁
担待担待多担待　　　　　　担待孩儿我太年轻
父王啊，你高高手，孩儿过去　一低手我就活不成
今天我尊了父王命　　　　　乔装改扮卖丝绒
卖绒线我到在国舅府　　　　我把国舅的真赃实据来访清
国舅府私自盖下九间九檩朝王殿　七间七檩剥杀厅
杀人场，剥皮厅　　　　　　吃人的猛虎叼人的鹰
后院里还有一个藏兵洞　　　窝藏着国家三万大兵
俺的娘也被国舅锁到冷楼上　冷楼上边受苦情
孩儿回府把兵搬　　　　　　父王啊，发兵吧，搭救俺娘孙秀英
【武口】
小少爷字字句句往下讲　　　在上边惊动了奸贼张居正
老奸贼袍袖一抖开言道　　　娃娃呀，你没有抬头看一看
老夫我是哪一名
小少爷闻听抬头看　　　　　啊？这家官咋与爹爹的相貌不相同

丝绒记

俺爹爹是一个红脸汉　　　　　　这家官奸白脸，三角眼
酒糟鼻子血点红
他年纪也有五十多岁　　　　　　花白的胡须飘前胸
问大人你是哪一名
娃娃，要问老夫是哪一个　　　　我本是，当朝的兵部张居正
小娃娃天堂有路你不走　　　　　地狱无门偏要行
今天来到兵部府　　　　　　　　小娃娃，你再想活命万不能
小少爷一听冲冲怒　　　　　　　"嗯"，站起身来把话明
用手一指破口骂　　　　　　　　骂了声奸贼张居正
三月三紫云庵香烟会　　　　　　俺爹娘逛会降香笼
李国舅抢走我的生身母　　　　　我的爹告状去到东彩棚
彩棚以内把状告　　　　　　　　遇住老奸贼你张居正

【武口连板】
你与国舅有来往　　　　　　　　恁两家暗暗有私情
给俺爹定一个诬告罪　　　　　　然后间，四十板子身上棱
帽上顶子来拧去　　　　　　　　从今后，再想居官万不能
今夜晚，你少爷来到你家里　　　你还想要害我性命
要害把你家少爷来害死　　　　　害不死，到以后拿住你
我砍你一刀问你一声
娃娃，今夜晚你就好比一个小老鼠　小老鼠掉进油瓶中
老鼠掉进油瓶里　　　　　　　　转圆圈儿，八只狸猫围着哼
要想老鼠你得活命　　　　　　　除非是，打死狸猫砸碎瓶
老奸贼说着恼来带着恨　　　　　一伸手，明晃晃单刀拽手中
单刀往上只一亮　　　　　　　　海底捞月下绝情
就听得"咔嚓"一声响　　　　　　把桌角砍落地溜平
桌角砍落没有砍住　　　　　　　二次把钢刀举在空
第二次钢刀往下一落　　　　　　小少爷，再想活命万不能
你要问惊动哪一个　　　　　　　在一旁，惊动张虎、张龙二家丁

（白）老奸贼单刀往上一亮，"咔嚓"一声，小少爷身子一趔，这一刀砍到了桌角上边，把那八仙桌子的桌角儿砍掉一个！四个角的桌子砍掉了一个，变成了五个角啦。老奸贼张居正把刀往上一亮，还要往下砍！这一刀若是砍下，小少爷只有九死，没有一生啊！

就在这个时候，张龙、张虎慌忙上前拦挡："哎，老爷，慢来，慢来啊，老爷。"

"嗯——，你们两个是不是给他讲情来了？"

"老爷，不敢。"

"不是来讲情，干啥哩？"

"老爷息息怒，叫小人多少说两句儿，啊。"

"老爷，你看，这小孩子来到咱家，十四五岁，你想杀他，那还不是打脚踩死一只蚂蚁恁容易啊。不过，老爷，咱这客厅可不是杀人的场合呀。你看，这财神爷都在客厅坐着哩。咱要把他一杀，血里呼啦，拾掇得再干净，也难免要有点儿血腥气啊。你没听人家常说，血臊气，血臊气。再说啦，他年纪轻轻，死得老凶啊。咱三个要在客厅吃酒，要是吃酒吃到那半夜，他那阴魂不散，往那门后边一站，'吽——'嗷嗷乱叫。到那个时候，老爷，恐怕人心惶惶，家宅不宁啊。老爷，不能杀。"

"那你说咱把他放了？"

"哎，老爷，不能放！"

"杀不能杀，放不能放，难道说敬着他？"

"老爷，杀，杀不得，放，不能放。咋哩，放虎归山，回头必定伤人。老爷，你不胜把他交给俺弟兄俩。俺弟兄俩最好打人啦，三天不打人，鳖爪子痒……呵呵。你不如叫俺把他拉到那马棚下边，吊在梁上，鞭子蘸水，照住他身上就打啦。打烘，打脓，骨头给他打惊，灵魂给他打飞！打得没有灵魂了，死得也不凶啦。咱抬着往咱后院那浇花井里一扔，石板儿一盖，黄土一封，过百天再把井打开，打里边打上水，浇花浇树，鲜花鲜嫩着的呀，老爷。"

"嗯，说好便好。张龙、张虎，我就把小畜生交给你们两个了！"

"是！"

【散板起腔】
张龙、张虎二畜生　　　　　　　上前去一把抓住白金庚
推推嗡嗡客厅离　　　　　　　　一本本要到后马棚
【二八】
推推嗡嗡来好快　　　　　　　　把少爷推进后马棚
才把少爷蹾翻在地　　　　　　　顺手掂过来一根绳
"扑棱棱"脚脖上边来拴住　　　　拿住绳头梁上扔
【武口夹悲平板】
"嗖"一声，绳头搭到二梁上　　　有张虎拽住绳头用上功
使力往下猛一拉　　　　　　　　"扑棱棱"，把绳头绑到桩橛中
绳头一拉也不要紧　　　　　　　把少爷吊一个头朝下脚朝上
把少爷吊成倒栽葱
二家丁把对花鞭子掂在手　　　　水缸里一蘸用上功

（夹白）就听得"呼——啪！呼——啪！""哎呀，我的娘呀。"
"啥，老凉？老凉给你接着再热热。"

噼里啪啦鞭子响　　　　　　　　一鞭子更比一鞭凶
鞭子上去龙摆尾　　　　　　　　鞭子下去虎生风
龙摆尾，还好受　　　　　　　　虎生风来实难行
一鞭子上去一道紫　　　　　　　二鞭子上去两道红
只打得小少爷梁上撒声叫　　　　救命啊，救命救命喊连声
小少爷梁上连声叫　　　　　　　并没有一个来救生
出言来我不把别的叫　　　　　　家郎大哥你听听
家郎大哥，张居正跟我结的有仇恨　咱们结的啥冤情
饶了吧，饶了吧　　　　　　　　少打几下积阴功
只要你今天别打我　　　　　　　得了地，一层恩报你一百层
任凭是少爷撒声叫，苦苦哀告　　那两个畜生就不听

一鞭子更比一鞭子狠	一鞭子更比一鞭子凶
噼噼啪啪往下打	只打得小少爷浑身钻心疼
心里边不把别人盼	我连把父王叫几声
父王啊,你在至黄沙府里怎知晓	怎知道孩儿遭了灾情
我只说回府把兵调	谁知道,摸到了兵部他府中
摸到了奸贼他的府	张居正,一心心要孩儿我的性命
盼了声父王发兵吧	快差马方、赵飞来接应
来得早了还能救	来得晚了可救不成
死了孩儿不当紧	是哪一个,贼府内搭救俺娘孙秀英
死了孩儿如同蒿草	是哪一个,去抓奸贼李士龙
我盼了父王盼不到	心里边再盼声姑娘李凤英
李姑娘,人人说你的武艺好	十八般兵器样样精通
你在至贼府绣楼上	绣楼上边怎知情
你在至绣楼若是得一信	也能够到贼府,搭救相公活性命
小少爷马棚下边把亲人盼	两个贼子瞪双睛
噼噼啪啪往下打	一鞭子更比一鞭子凶
才开始,小少爷还会来哀告	到后来,他连那小声也不会哼
一再说咱叫少爷丧了命	这本书再唱就不好听
常言说,人不该死终有救	回来咱给他找个救命星
你要问,救命星他是哪一个	打前院,扑通通,来了个丫鬟叫春青

(白)小少爷眼睁睁要被张龙、张虎打死在马棚下边呐。就在这个时候,打前院"扑扑通通"传来脚步之声,来了一个丫鬟。只因为这鞭子声,哭叫声把丫鬟春青给惊醒啦。有的说,春青是谁呀?前文书咱已经交代过,小春红有一个妹妹,名叫春青,也就是这个丫鬟。只因为爹娘丧命啊,春红流落到国舅府当丫鬟,这春青呢,就流落到兵部府当丫鬟啦。

这小春青一觉醒来,听见外边"噼噼啪啪"鞭子声。哎呀,这谁又在这打人哪?叫我得起去看看。这小春青嘴快腿快,起了床穿上衣,来到房门外边。听着这鞭子声,好像从后院马棚里传过来的。她就来到了马棚外边,闪目一看,马棚里边点着灯光,就着灯光一瞅,梁上吊着一个人!哎呀,头朝下,脚朝上,张龙、张虎掂着那鞭子,把人家打得浑身是血啊。我看这个人年纪也不会老大呀,好像是个小孩。咦,这个小孩不是俺府的人哪。我得去问问。

小春青款动朴莲"扑扑通通"来到马棚里边:"哎,张龙、张虎?"

张龙张虎掂着鞭子正打得有劲哩,回头一看:"咦,春青,是你啦。"

"啊。你在这干啥哩?"

"干啥哩?你没有看看,打人哩!"

"这个人跟你有仇?""呵呵,没有。"

"跟恁俩有恨?""啊……没恨。"

"没仇没恨,你咋把人家打真狠哩?"

"哎呀,跟俺俩无仇无恨,跟咱老爷有仇有恨。咱老爷说,叫把他打死哩。"

"他是谁啦?跟咱老爷有恨?"

"不敢对你说,你的嘴老松!"

"这一回呀,我的嘴不学恁松啦。往常嘴松啊,人家都说是吃豆腐吃的啦。这些天我都没有吃过豆腐,吃的净些豆腐渣。我的嘴统紧着哩,这一回呀,你给我说说,我就是沤烂到肚子里也不向外人说!"

"春青,你真的不向外人说?""真的不说。"

"那我给你说啊。这个人是徐延昭的孩子……"

"胡说八道!徐延昭乏子无后,从哪里来了这个孩子?"

"丫鬟,不是他的亲孩子,是螟蛉义子。他的真名实姓,听说叫白金庚。三月三,两榜进士白顺卿不是到东彩棚告状,状告国舅抢了他的妻子孙秀英?咱老爷跟国舅爷他两个关系好,把白顺卿定了一个诬告之罪,四十板子打了一顿,轰出彩棚。谁知道呢?这是他孩子白金庚啦,不知咋卖到黄沙府了,现在呢,私访国舅,回府调兵,摸到咱家啦。咱家老爷叫把他打死哩。"

"啊,原来如此呀?咦,要是这,恁两个歇歇吧,不用打啦,看把人家打成啥啦？恁两个想喝酒不想？"

"光胡说哩，这半夜间想喝酒，哪来的酒？"

"我给咱姑娘卖了一瓶酒，还没有送哩，你在这等着，我去取。"

"啊，春青，要是这，快去。"

单说春青把身一转，也就取酒去了哇——

【连口】

小春青出离了喂马棚	心中不由把气生
俺家老爷心肠狠	为什么要害老王他的螟蛉
恁要害，我要救	今天我要救这一个小玩童
下一回，小春青才去把酒拿	要救少爷活性命
也不知救下没救下	书家们，下回书中接着再听

第八回

国公府送印

【二八】

闲谈不论书归正	书接上回继续听
上回书说的小丫鬟	咱再说丫鬟小春青
心中不把别人怨	连把老爷埋怨几声
你身为兵部司马位	你不该每天定计把人坑
你害别人倒还罢	你不该，要害老王他的螟蛉
今夜晚，你要害，我要救	要搭救这一个少国公
丫鬟她思思想想来好快	不多时来到小房中
桌上掂起一瓶酒	忽然她一事上心中

（白）咱们书接上回，本纲原词。话说丫鬟春青一心心要搭救少爷白金庚，你看她出离马棚，来到自己小房以里，桌上掂过来一瓶酒，往外就走。

要把张龙、张虎灌醉，要搭救少爷。这丫鬟正在往外走哩，心中一想，咦，这一瓶酒他两个人用，恐怕喝不醉呀。哎，我想起来啦，前两天哪，我在当院拾了一包药，听说张龙、张虎找哩，说是蒙汗药啥的，看好今晚上用上啦！小丫鬟把酒瓶塞子一拔，拿出来那一包蒙汗药，往那酒瓶里边一顺，抓住酒瓶一晃，酒瓶塞子一堵，这才掂着这一瓶酒，离开小房，就来到后院马棚下边啦。

"哎，张龙、张虎，这不是白天给咱姑娘买的一瓶酒，还没有给咱姑娘送哩。你两个就先用吧，明天一早我重去给咱姑娘买也就是了。"

张龙、张虎这两个家伙是个酒鬼呀，见酒他都走不动！两个人打了半夜，累得浑身是汗："丫鬟，中，中，中，正想喝点酒解解乏哩。来，拿过来吧！"

单说张龙上前一把接过酒瓶，塞子"噗"一拔，常言说，要想美，嘴对嘴呀。抱住酒瓶嘴边儿一顺，把脸一仰，"咕咚咚咚"一口气喝了半瓶哪！张虎上前一把夺过："龙，给我剩点儿，别喝完啦。"张虎接过来这半瓶酒，嘴边儿一放，把脸一仰，"咕咚咚咚……"两个家伙把这一瓶酒喝在腹内！两个人刚刚把酒喝下，咋觉着头重脚轻："龙，好酒呀，这半瓶酒咋觉着头重脚轻哩？"

龙说："虎，看起来这酒劲可真不小啊。""哗——通！"两个家伙栽倒在马棚下边。

小丫鬟春青不敢怠慢，慌慌忙忙桩子上边绳头一解解下，就这样"呲溜溜溜……"慢慢把少爷卸将下来，然后把脚脖上绳子一解："哎，少国公，少国公！"

小少爷被打得昏迷不醒啊。地上一放，丫鬟连喊两声，小少爷慢慢地强忍疼痛睁开双目，啊，原来面前是个丫鬟。慌忙坐将起来，再往地上一看，这张龙张虎两个家伙倒在地上沉睡，就知道是这个丫鬟救了自己。慌慌忙忙忍疼痛站起身来打躬施礼："多谢这位丫鬟救命之恩。"

"哎，我听他们两个说，你是老王爷的螟蛉义子，名叫白金庚。听说你是少国公哩。少国公啊，这黑天半夜哩，你咋会摸到俺家啦？这是怎么一回事，啊？"

"这位丫鬟,我来问你姓甚名谁呀。"

"实不瞒你,我姓康,名叫春青。"

"啊,春青,你可有个姐姐?"

"有啊,俺家姐姐名叫春红,她在国舅府里当丫鬟哩。"

"哎呀,这么说你就是我的春青妹妹了。"

"咦,谁是你的妹妹?我咋成你妹妹啦?"

"春青妹妹,你哪曾晓知,我私访到在国舅府内,后花园遇着个丫鬟春红。我们两个私订终身,冷楼上见罢俺娘,访罢国舅,我回府调兵。谁知道迷失了方向,就摸到老奸贼张居正府内,被张居正陷害,将我吊在马棚,皮鞭朝我身上抽打。多亏春青妹妹搭救,你不是我的春青妹妹吗?我是听你家姐姐说,他有个妹妹。"

"啊,你跟俺姐定终身啦?"

"正是。"

"哟,这么说,你就是俺的姐丈到了。"

"哎呀,妹妹,你赶快救救我的性命啊。"

"那好啊,既然咱是一家人,他两个喝酒喝多啦,我赶快领着你出离张府的后门,咱赶快跑到大街。姐丈,走吧。"

"哎呀,妹妹,你哪曾晓知,我被这两个家伙打得浑身是伤,是寸步难行啊。"

"你走不成路?那我搀着你吧?"

"哎呀,恐怕搀着我,我也是难走啊。"

"咦,看你说的吧,搀着你也走不成!还只有背着你?"

"哎呀,那我就多谢妹妹了。"

"咦,你不是那黄香膏药,咋恁粘哩?我还没有说哩,你可说'多谢啦',我才不背你哩。你是个男的,俺是个女的,黑天半夜哩,被人看见啦,像啥哩?传扬出去,好说不好听,我才不背你哩。"

"哎呀,妹妹,这件事儿只有你知,我知,别人谁能知晓啊?你要是不背我逃命,等一会儿他们醒过来,我就难走!我走不了就活不成。到那个时候,见了你家姐姐怎么向她交代呀?"

"咦,说得也是,姐丈啊,可是这,俺只背你这一回。"

"哎呀,妹妹,我只叫你背这一回,我就多谢了哇。"

"那来吧。"小春青无有奈,来到跟前把身子往下边一蹲,小少爷往她肩膀上边儿一趴。小春青就背起少爷白金庚出离马棚,也就逃命来了哇——

【二八】

好一个丫鬟叫春青　　　　　背起来少爷白金庚
出离马棚往前走　　　　　　瞅瞅西来望望东
穿宅越院来好快　　　　　　后门也不远面前停
轻轻地开开门两扇　　　　　她迈步离开后门庭

【二八夹武口】

小丫鬟背少爷来到大街上　　肩膀上喜坏了少爷白金庚
今夜晚,我迷失方向摸进张府内　老奸贼要要我的性命
将我吊在马棚下　　　　　　皮鞭蘸水身上棱
眼睁睁将我来打死　　　　　多亏了妹妹叫春青
小妹妹她将我来救　　　　　才让我死里又逃生
今夜晚我要回到黄沙府　　　到天明春红送来印一封
小春红送来国公印　　　　　校军场上点大兵
人马发到国舅府　　　　　　抄杀贼子满门庭
我把他举家老少来杀净　　　搭救出俺娘孙秀英
到那里,我若回来路过兵部府　老奸贼张居正
能逃过我黑虎铜锤算你老能
小少爷肩膀上边来思想　　　这时候,谯楼上边打了四更
谯楼上打罢了四更鼓　　　　小丫鬟,背少爷来到十字街中
将少爷背到十字街　　　　　把少爷放在了地溜平

"咦,姐丈啊,赶快下来吧,你给我压死啦!"

"妹妹,这才来到十字街了,你咋不走啦?"

"姐丈，不敢走啦。你顺着东街再走不远，就到黄沙府啦。四更多天啦，我得赶快回去哩。要是回去晚了，被俺家老爷发现，我就活不成啦！我得赶快走哩。"

"哎呀，妹妹，你就多少再背会儿吧。"

"嗯，一会儿也不敢背啦，我得走哩。你慢慢走吧，你要小心。"小丫鬟春青说罢不敢怠慢，将身一转，"扑扑通通，扑扑通通"款动朴莲回到兵部府暂且不讲。

回来再说老奸娥张居正在至客厅里边左等右等，也不见张龙张虎前来禀报一声。老奸贼张居正他坐不住啦，你看他迈步离开客厅，就直奔后院马棚。来到马棚外边一看，呀咳，里边也没有鞭子声啦，也没有哭叫的声音。啊，莫非说把那个小畜生给打死啦？撂到浇花井啦？待我进去一观！

老奸贼张居正迈步进入马棚，闪开二目一看，啊，地上放着一根绳，张龙、张虎躺在地上打着呼噜，睡着啦。嗯，闻着还一股酒气，不用说这两个家伙今晚上喝酒啦。张居正走上前去，把脚一抬，对准两个人的身子"嘣"，每个人踢了一脚："张龙、张虎，起来！"

两个人被蹬了一脚："啊……嗯……好酒哇……"闪目一看，"啊！老爷……"

"给我爬将起来！"

"啊呵，是，老爷，你咋来啦，老爷。"

"张龙、张虎，那个小畜生呢？"

"呵呵呵呵，都打……打得不会出气啦，昏迷不醒啦。"

"在至何处？"

"呵呵，梁上吊着哩。"

"卸下来看看！"

"啊，是。"张龙、张虎一扭脸，呀？地上放着一根绳子，人不见啦！"啊，老爷，这，这，这……咋不见啦……只，只怕跑了吧？"

"怎么说跑啦？"

"啊，不，不见啦，不是跑啦是，是龟孙！"

"你两个畜生，无用的奴才！"

"俺俩真是无用的奴才……"

"盛馍的布袋，压马的墩子！小畜生今夜晚上逃走，回到府下，要是对老儿徐延昭一讲，他那个黑虎铜锤可是不讲情面哪！到那个时候，别说老爷我不能活，你们俩更活不成！走，随我去到客厅！"

"啊，是。"老奸贼张居正领着张龙张虎一来来到客厅以里："老爷，这，这，这咋办哩呀，老爷？"

"你们两个速速到在更衣厅上，给我打扮成马方、赵飞的模样。马方、赵飞平时在穿什么衣裳，你们就穿什么衣裳，再给我掂过两盏纱灯，来到客厅！"

"是！"单说张龙张虎慌慌忙忙来在更衣厅，就打扮成马方、赵飞的模样，然后掂过来两盏纱灯，来到了客厅："老爷，准备就绪。"

"给我砚墨。"

"是。"张龙慌慌忙忙把墨砚浓，老奸贼掂笔在手——

【滚口】

老奸贼张居正要把毒计定　　　七寸竹笔他掂手中
一盏灯，上边写着黄沙府　　　另盏灯写着定国公
张龙、张虎，你们掂着纱灯把府门离　　　大街上给我追回来那个小畜生
一边走一边恁喊叫　　　恁就说是马方、赵飞二弟兄
在家遵了王爷的命　　　大街上边来接应
把小畜生给我骗回转　　　一笔勾销话不更
若是今晚骗不回那小畜生　　　我将你俩脖儿平

（夹白）"快去！"张龙、张虎就说"得令！"

【散板夹二八】

掂着纱灯离门庭
开开大门往外走　　　不多时来奔到大街中
一边走一边来回看　　　要寻找少爷哪边停
瞅瞅西，望望东　　　嘴里也不住喊高声

（夹白）"小少爷，少爷——，你在何处呀，少爷——"

在家俺尊了王爷的命　　　　　俺马方与赵飞来接少爷回家中
两个家伙一高一低来喊叫　　　就好像草驴来打更
二贼子掂纱灯来奔到那十字街　这十字大街瞪双睛

（夹白）"小少爷——俺马方赵飞来接你来啦——你在何处呀？"

这二贼子吆叫着才往东街走　　在前边，前边也惊动白金庚
小少爷忍着疼痛往前走　　　　咋觉着身上钻心地疼
心中我不把别人怨　　　　　　埋怨着奸贼张居正
咱两家到底有何仇恨　　　　　你不该，一心想要害我的性命
多亏着春青妹妹将我救　　　　才使我死里逃性命
到以后若是得了地　　　　　　拿住你，我砍你一刀问你一声
一瘸一拐往前走　　　　　　　隐隐约约，咋听见后边喊叫声

（夹白）"小少爷——，俺马方、赵飞接你来啦——，小少爷，你在何处呀——"

小少爷一听马方、赵飞　　　　不由得心里暗高兴
是不是，老父王在家等急了　　差下来马方、赵飞来接应
不由得回头只一看　　　　　　哎呀，打后边照过来两盏亮纱灯
一盏灯写着黄沙府　　　　　　一盏灯写着定国公
不错不错真不错　　　　　　　真是我府的人役兵
想到此，心高兴　　　　　　　站到那里喊高声

（夹白）"马方——赵飞——你少爷我在这里呀——""啊！"

【武口】

张龙、张虎一听此言心高兴　　　打个箭步往上冲
上前去，一伸手，一把把少爷来抓住　　抬手就把胳膊拧
将少爷胳膊来拧住　　　　　　"呲棱棱"这才上了绳

（夹白）"马方、赵飞，你咋跟少爷这样呀！"
"谁是少爷？我是你少爷哩！"

你把俺当就哪一个　　　　　俺本是张龙、张虎二弟兄
只说娃娃逃了命　　　　　　现如今还在大街中
走，走，走，行，行，行　　随俺二次兵部府中
推推拥拥来好快　　　　　　兵部府也不远面前迎
推着少爷府门进　　　　　　不多时来到待客厅
客厅里边忙禀报——

（夹白）"老爷，俺两个把这小畜生给抓回来了。""啊——，哈哈哈哈……"

老奸贼一听心高兴　　　　　　哈哈哈大笑两三声
娃娃，我只说今天逃命走　　　不料想，你难逃兵部爷我手心中
现如今，张龙、张虎，你把小畜生　给我绑到咱那后院桩橛上
一时三刻要他生　　　　　　　"是！"
张龙、张虎也不急慢　　　　　推着少爷往外行
将少爷这才推到后院内　　　　桩橛上，"呲棱棱"绑个紧绷绷

【悲平板】

将少爷绑在桩橛以上　　　　　这一回，可苦坏了少爷白金庚
我只说今晚逃了命　　　　　　谁知道，又中了老贼计牢笼
他才定计将我骗　　　　　　　二次又抓回贼府中
把我绑到桩橛上　　　　　　　桩橛开刀问斩刑

我盼了声国舅府的李姑娘　　你赶快前来兵部府里救我的性命
人人都说你武艺好　　　　　你的武艺比人能
来得早了还能救　　　　　　来得迟慢救不成
盼了声姑娘快来吧　　　　　搭救相公活性命
小少爷桩橛上才把姑娘来盼　惊动了张虎与张龙

（白）张龙、张虎一听，咦！龙说："虎，今天咱要杀他哩，你听他哭的啥？盼着国舅府的李姑娘。咦，赶快来搭救相公的性命？虎，不敢杀！说来说去，这是咱国舅爷的门婿哇！要是把国舅爷的门婿杀啦，那国舅爷怪罪下来，咱还能活哩？虎，你在这看着，我去禀报咱家老爷，问问老爷，看这事咋办。"虎说："龙，快去，快去！"

单说张龙不敢怠慢，张开他的哭爹嘴，迈开他娘的报丧腿，就这样"腾、腾、腾"来到了客厅："见过老爷。"

"讲！"

"老爷，杀不了啦。"

"嗯——，怎么杀不了啦？"

"我正掂刀杀他哩，老爷，他哭着叫着国舅府的李姑娘，说叫赶快来搭救相公的性命。哭着说他是国舅爷的门婿哇。要是将他一杀，国舅爷以后怪罪，老爷，到那个时候可如何是好啊？"

"嗯——，别听他胡言乱语。国舅李士龙，我们两个常来常往，他若是招个门婿，能不先给老夫我言讲吗？能不叫老夫我去喝他的喜酒吗？他呀，是胡哭哩，别听他胡哭！将他杀了也就是了！"

"那……老爷，国舅爷以后要是怪罪……"

"怪罪由你家老爷我一人承担！"

"啊，那中，天塌了，我们只要有地顶就行。"这张龙没有办法啦，"腾腾腾"出离客厅，来到后院："虎。"

"龙，咋办哩？是不是老爷叫把他放了哩？"

"咱老爷说叫杀哩。虎，杀！"

虎说："龙，往常我杀人不害怕，今天杀人光吓挲[1]。万一是国舅爷的门婿咋办哩？常言说啊，要想不害怕，还得小让大。你是大的，哥，你杀吧。"

龙说："虎，常言说，要想好，大让小啊。还是你杀！"

"哎呀，哥，还是你杀吧……"

"虎，不管咱俩谁杀，咱老爷说啦，有啥事儿有咱老爷承担，天塌了有地顶着哩，你怕啥？不用怕。你要不敢杀，胆小，过去，看我的！人人说我是杀人老师，杀人就属我行[2]。今天看看哥咋杀这个小畜生哩。闪在一边！"

张虎一旁边一闪，单说张龙手掂着钢刀，来到跟前，把钢刀往上一举，掂着钢刀正要往下落，就在这个时候，就听见那谯楼上边"梆，梆，梆，梆，梆，咣，咣，咣，咣，咣"打了五更！

【马趟子】

谯楼上打罢五更鼓	这时候，北京城大街以上
人马滔滔过官兵	
小少爷桩概要遭难	大街上，哇哇叫过来了一哨兵
打前边，只排开八十八匹对子马	一半黑来一半红
铜盔铜甲马上将	铁盔铁甲步下兵
枪一层，刀一层	枪刀剑戟耀眼明
马队搅着步队走	步队也伴着马队行
竹竿标别成雁别翅	鬼头大刀坠红缨
又只见八队板子八队棍	八对铁锁八对绳
八对喇叭八对号	八对牛角八对嗡
"肃静"二字前边走	"回避"二字随后行
这些人役走过去	打后边，忽忽闪，闪闪忽
抬过来青纱轿一乘	

---

[1] 吓挲：挲，念 sa。指害怕，浑身颤抖的样子。

[2] 行：即在行、行家的意思。

轿杆也本是槟榔木　　　　　　　拉纤也本是红绒绳
轿四角雕的都有胡椒眼儿　　　　转圆圈儿也都用那绸缎蒙
掀开轿帘往里看——　　　　　　坐一家老爷真威风
只见他头戴一顶乌纱帽　　　　　身穿着蓝袍绣花荣
腰里紧系白玉带　　　　　　　　粉底朝靴二足蹬
眉清目秀长得好　　　　　　　　方脸大耳多端正
观年纪也不过四十一二岁　　　　三拶胡须飘前胸
恁要问这老爷他是哪一个　　　　这本是，白金庚他家表伯
宛平县令叫张九成
张老爷山东查案回京转　　　　　晓行夜宿进北京
坐轿来到大街以上　　　　　　　忽然他一事上心中
在京时，我给俺表弟顺卿去了封信　我叫他来到北京领文凭
想必是他举家早已来到北京地　　在至何处我心不明
今天回到宛平县　　　　　　　　要找找表弟白顺卿
坐着青纱往前动　　　　　　　　这应地，路过兵部府门庭
人马滔滔顺街跑　　　　　　　　兵部府吓坏了张龙、张虎二弟兄
张龙把钢刀来举起　　　　　　　呀，打外边人声嘈杂乱咚咚
不用人说我知道　　　　　　　　一定是，老王爷黄沙徐府里发来兵
慌忙忙钢刀只一收　　　　　　　"踏，踏，踏"一溜小跑进客厅
这才来到客厅内　　　　　　　　"老爷！"我连把老爷叫一声

"不好啦，老爷。"

"龙，又出什么事了？"

"老爷你听，咱这府门外边，人声嘈杂，人欢马嘶，老爷，过兵的呀。想必是那老王徐延昭知道他孩子在此咱府，带着大兵围困咱兵部府，来搜人要人的吧，老爷？不，不敢杀啦……咱要是一杀，徐延昭那把黑虎铜锤可是厉害啊。"

"嗯——"老奸贼张居正一听，果然不错，心中想想，徐延昭哇，徐延昭，你是会掐，你是会算，你还是会看哪？怎么知道你的孩子就在此我府

呢？也罢！"龙，虎！先不要杀，将他卸将下来，下到咱那水牢里边。徐延昭不来搜人倒还罢了，要是搜人，搜着了，那咱就说昨夜晚上，手下人抓了一个强盗，把他当成贼抓起来了，还没有审问，下到水牢里了。到那个时候啊，他也不能将咱怪罪。他要是搜不出来人，这天已快亮啦，单等着今白天过去，到在夜晚夜至三更，人脚已定，将小畜生拉出水牢，咱再一刀两断，腰断三截，要了娃娃的狗命！快去！"

"是！"单说张龙不敢怠慢，慌慌忙忙来到后边："虎，咱老爷说赶快把他放了，下到水牢里边，快！"

单说张龙张虎不敢怠慢，"呲呲棱棱"把少爷绳子一解解开，连推带拉，把少爷拉到了水牢门跟前啦，将水牢上边的锁一打打开，门一推，对着少爷的身上打脚一蹬："给我进去吧你！""嗵！哗啦！"就把少爷踢进了水牢以里，然后就把水牢门一关，"哗啦"门儿一关，拿把锁"啪！"锁住啦。

两个家伙扬长而走暂且不表，单说少爷白金庚——

【滚口】

小少爷被下到这水牢以里	"哗通通"倒在水坑中
扒扒叉叉忙站起	水牢里边是黑咕隆咚
这水牢往下一摸是稀泥水坑	往上摸，上边滚木上钉着狼牙钉
坐不能坐，站不能站	只能弯腰来打躬
这水坑里，放有蝎子和蛤蟆	还有蜈蚣带长虫
蝎子蜇来蜈蚣叮	怎想想少爷他疼不疼

【悲平板】

小少爷不由得忍悲痛	暗骂声老贼狠心情
把我下到水牢里	水牢里边受些苦情
今早上，小春红她若是送去印	是哪一个，到在校军场上点大兵
是哪一个，带兵兵发国舅府	是哪一个，能搭救俺娘孙氏秀英

【二八夹连口】

小少爷水牢里边来受罪	这时候东方发白天已明

回文书单表哪一个　　　　　回来咱再说丫鬟小春红
小丫鬟，清早起慌忙忙大印拿在手　把印揣到她的怀中
下了小楼绣楼上　　　　　　辞别她姑娘叫李凤英
给她姑娘讲了一遍　　　　　小丫鬟，慌慌忙忙下了楼棚
穿宅越院往外走　　　　　　不多时来奔到大街中
小丫鬟来奔到在大街上　　　大街上边没有人行
心暗想，昨夜晚相公把府离　把这大印忘到我的楼棚
他叫我今早把印送　　　　　送去大印就能调兵
大兵发到贼府内　　　　　　抄杀国舅满门庭
只要能逮住李国舅　　　　　就能够，为俺死去的爹娘冤申申
小春红，心高兴　　　　　　顺着大街跑得红
顺着大街往前走　　　　　　这时候，忽听得有人喊春红

"春红——"

咦，丫鬟一听，大清早的，谁喊我哩？哎，大街上人多，重名重姓的也多。也兴[1]不是喊我哩，叫我再听听。

"春红——，就是喊你个死丫头哩，还愣啥哩？"小春红一听，回头一看，哟，不是别人。谁啦？原来是春红她家干娘。有的说她干娘是谁啦？姓王，叫老王婆，在大街上开了一个茶馆，卖茶为生的。

这小春红一看是她干娘啦，慌慌忙忙来到近前："干娘，是你喊我哩？"

"你这死闺女！多天也不来看你干娘啦！把干娘我也想死啦。哎，大清早的，去哪的？走走走，去到干娘我的茶馆里边，叫干娘我给你做点好吃的，啊。走，闺女。"

"哎呀，干娘，还有事哩，我不敢去。"

"有啥事哩？都不能跟干娘坐那儿说会话？干娘啊，你不知道俺国舅爷又抢一个美貌佳人，叫我到在街上去给她买绒线哩，我回去得晚了，国舅

---

[1] 也兴：即也许。

爷怪罪,还打我哩,我可不敢去!干娘,我走啦,啊。"

"死闺女,这大清早的,生意铺都还没有开门哩,你去哪儿买绒线哩?不用说你还没吃饭哩,干娘我也没吃饭哩,走,闺女,干娘一会儿就把饭做成啦,等着吃了再去,不耽误事儿。"上前一把拉住了春红,春红不去也没有办法啦。这老婆,把春红拉拉扯扯就拉到茶馆啦。

"闺女,来,坐椅子上歇一会儿,先喝着茶,你干娘我去后边给你做饭,啊。"老王婆说罢就往后边而去。

小春红坐在茶馆桌子旁边椅子上,等她干娘。谁知小丫鬟正然等着等着,就听得茶馆以外传来脚步之声,由远而近,"扑嚓,扑嚓",打外边进来一个人。有人说,这个人长得啥样儿?这个人头顶尖,脑门宽,四个门牙往外煽,一双腿走路来回颠,不往左颠往右颠,放屁如同放火鞭。这家伙最好吸大烟,歪戴帽,解着怀,扑拉着裤腿儿趿拉着鞋。观他年纪二三十岁。有的说,这个人他是谁啦,不是别人,这就是春红她的干娘的孩子,名叫王小虎。

有人说,王小虎是干啥哩?不务正业,不走正道儿,他会吃!有人说不会吃不饿死啦?他会吃、喝、抽、赌、坑、蒙、拐、骗、偷,不但会干这,每天到在村里,打个傻子,骂个哑巴,欺负个老实人儿,钻个寡妇门儿,扒个墓,截个路,半夜黑地偷棵树。偷鸡摸狗,牵个牲口,拽个卦鸟儿……啥都干!头顶上生疮,脚底跟儿流脓,坏到底的人!

这王小虎最好去赌博场赌钱了,昨夜晚上赌了一夜,入[1]啦。身上钱输光了,今天大清早回来,想问他的娘再要几个钱,去赌博场再赌上一把。单说这王小虎来到茶馆外边一听,哎呀,嗨,我听着俺娘和里边谁说话哩?我得听听,看看是男的,还是女的。要是女的倒还罢,要是男的,娘,可别说你是俺娘哩,我是你孩子哩,我可不客气!

王小虎这个家伙茶馆外边仔细一听,咂,嘿,是个女子的声音!听着说话,年纪还不大,好像还是小姑娘之家。进去!呵呵呵呵。单说王小虎迈步进到茶馆里边,闪目一看:"咦呀——,呵呵呵呵,我当是谁啦,这不

---

[1] 入:方言,即输的意思。

是我的春红妹妹啦?"

春红一看是她干哥:"干哥,你回来啦?"

"回来啦,呵呵。"

"干哥,你坐,你坐。"

"呵呵,我坐。妹妹,这两天干哥就是去找你哩,你可来啦。"

"干哥,你找我有啥事啊?"

"呵呵,妹妹,嘿嘿嘿嘿,你就听干哥我慢,慢,慢,慢,道来——"

【花口】

王小虎,开了声	春红妹妹你听听
那一天我正在那家里坐	有人给哥提媒红
这闺女,国舅府里当丫鬟	国舅府里把丫鬟应
也不知模样长得怎么样	还不知针线活儿中不中
干哥,国舅府丫鬟三十多个	但不知,干哥你说的是哪一名
呵呵,妹妹,个子跟你一般高	模样跟你一般相同
你要问她的名叫啥	她的名叫小春红

【武口】

小春红一听怒冲冲	干哥你说话都不正经
盘古至今从头论	哪有这,他哥跟妹子把婚配成
我看你吃的不是馍和饭	一定是麦秸草料把你喻

(夹白)"咋?妹妹,骂你干哥哩?"

今天妹妹你愿意倒还罢	不愿意,你要想走算不中
王小虎说着往前动	上前去,要抱这个小春红
要与春红成婚配	眼睁睁小春红茶馆要遭凶
也不知端的后来怎么样	下回书中另表明

第九回
盗印宝安寺

【二八】
小弦子一拉响连声　　　　　　咱们书接上回往下听
上回书说的小丫鬟　　　　　　咱再说丫鬟小春红
小丫鬟一听她怒冲冲　　　　　骂了声小虎是个狗畜生
盘古至今从头论　　　　　　　哪有这兄妹把亲成
王小虎一听把眼瞪　　　　　　我连把妹妹叫了几声
我说妹妹呀，你干哥今年三十一二岁　我还没有把婚成
你给人家当丫鬟　　　　　　　咱两个是门当户对好结亲情
今天你愿意也得愿意　　　　　你不愿意算不中

【武口】
王小虎说着话来不怠慢　　　　上前去，一伸手揽住小春红
小春红她想挣脱挣不掉　　　　只急得把嘴一张喊连声

【悲平板】
干娘啊，你快来吧，快来吧　　俺干哥房里他不正经

【武口】
这一喊叫也不当紧　　　　　　在后院惊动她干娘人一名
老王婆一听明白了　　　　　　就知道，是王小虎这个小畜生
慌慌忙忙往外走　　　　　　　房门外边把足停
心暗想，我有心这样走进去　　这疯疯傻傻啥光景
罢，罢，罢，我不如　　　　　咳嗽一声将他惊
这一咳嗽也不当紧　　　　　　吓坏了小虎狗畜生
王小虎一听心头恼　　　　　　暗暗地埋怨俺娘理不通
你孩子今年三十二岁　　　　　三十二没有把婚成
眼睁睁生米已经做成熟饭　　　你在至外边咳嗽不绝声
王小虎又恼又是气　　　　　　抓住春红猛一嗡

这一推也不要紧	把春红推倒地溜平
小春红爬爬叉叉忙站起	那大跑小跑往外行

【紧二八转武口】

小丫鬟身上的灰尘顾不得打	一心心，黄沙府要送大印一封
同志们，书要简短方为妙	啰哩啰唆都不耐听
一句话，小春红来到了黄沙徐府门庭	
款动朴莲把台阶上	迈步就要进门庭
你要问惊动哪一个	惊动了，把门的老家院名叫徐能

"站着！大清早从哪来真大一个闺女，慌慌张张干啥哩？哪里的丫鬟？"

"哎呀，老家院哪，我是国舅府的丫鬟，名叫春红。你赶快往里传禀，就说我有要事要见老王爷。"

"啥呀，有要事要见俺老王爷？哎呀，没看看，你在哪份地狱，俺老王爷在哪份天堂。你也够着跟老王爷说话喽？去去去，从哪里来还从哪里走，别说是你来啦，就是那国舅李士龙来了，俺老王爷见不见那还是两说哩。走走走！"

"你不知道，俺有亲戚呀。"

"亲戚？啥亲戚，也不过是驴尾巴上绑勾担[1]，滴溜搭连的那亲戚。不是啥吃紧的亲戚。走走走！"

"我有要事，要耽误了大事，你可吃当不起！"

"哟。"这老家院徐能一听，还真有亲戚哩，我可不能小看她呀。常言说，万岁爷还有三门穷亲戚啊。不管咋着说，我跑跑腿儿，禀报禀报："哎，小丫鬟哩，稍等稍等，我去给你禀报禀报。"

老家院徐能转身迈过头门儿，越过二门儿，来到客厅。老王爷徐延昭大清早起来是坐卧不宁哪！茶水未进，在那客厅是踱来啦，踱去啦，正在着急，老家院徐能走进来啦："见过老爷，府门外边来到国舅府的丫鬟春红。她言说跟咱有亲，有急事求见。"

---

[1] 勾担：即担水用的扁担，因两头带钩，所以叫勾担。

"啊？老家院，快快叫她进来。"

咦，真有亲戚嗨！我跟老王爷一说，老王爷让她快快进来。咦，幸亏禀报得早，一步迟慢，恐怕我这脑袋就长不住啦。老家院徐能迈步又来到头门外边："丫鬟，嘿嘿，真有亲戚，都怪我不知道。走，赶快随我进来吧。"

"老家院，前边带路——"

"哟，我还得给你带路哩？走，你随我来吧。"

【二八】
老家院徐能领路径　　　　随后边紧跟小春红
跟着家院往里进　　　　　不多时来奔到待客厅
她走上前去双扎跪　　　　见过了老王爷俺的老公公

（夹白）"嗯？小小的丫鬟，怎样的称呼？怎么给我称起'公公'来了哇？丫鬟，这是怎么回事啊？""老王爷——"

昨天你的儿私访到在俺的国舅府　　我看他长得老聪明
俺两个私自把终身定　　　　　　大印给我做证凭
昨夜晚我领他把冷楼上　　　　　见了俺的婆母孙秀英
我送着你儿把楼下　　　　　　　谁知道，才去了国舅李士龙
因此上没有救出俺的婆母娘　　　叫你儿独自一人回府调兵
昨夜晚慌慌忙忙把府离　　　　　把大印搁在了我的小楼棚
今早上我来把印送　　　　　　　老王爷，你说说，咋不是俺的老公公
【武口】
小丫鬟前后讲了一遍　　　　　　在上边惊动了徐延昭定国公
心暗想，我的儿昨天去私访　　　直到如今未回程
今早起小丫鬟言说前来送印　　　她与我儿子终身定成
丫鬟春红，你言说给我把印送　　来，来，来，呈上来我的印一封
小春红就说好，好，好　　　　　站起身，怀里边去取那印一封

【悲平板】

站起身才对准怀里摸了一把　　哎呀，不好！这怀里不见印一封
老王爷，也是我中途路上不小心　大印失落大街中
老王爷客厅等一等　　　　　　到街上我去给你找印一封

【武口】

小丫鬟说着往外走　　　　　　"回来！"在上边惊动了老王定国公
丫头！分明是我的儿昨天去私访　不用说，露出破绽
被你国舅爷爷害了性命
国舅李士龙将儿害　　　　　　大印落在他手中
今天说什么来给我把印送　　　分明是黄沙府来耻笑我定国公

（夹白）"马方，赵飞！""在！"

将丫鬟你给我绑到斩桩以上　　斩桩上你给我绑个紧绷绷

【连板】

马方、赵飞也不怠慢　　　　　急慌忙，上前去，一伸手
抓住丫鬟叫春红
推推拥拥往外走　　　　　　　要绑到斩桩上边问斩刑
拉住丫鬟往外走　　　　　　　谁知道，打外边
这一回来了老诰命

（白）徐延昭真气坏了啊，吩咐马方、赵飞要把春红绑到桩橛问斩。马方赵飞推着春红正往外走哩，谁知道，打外边来了老诰命。老诰命慌忙上前一把拦住："马方、赵飞，慢来。"来到了徐延昭的面前："老爷，你为啥要把丫鬟开刀问斩哩？"

"夫人，你哪曾晓知，不用说国舅将咱的孩子给害啦，大印落在他手！她言说给我送印，她言说给我孩子定亲，咱孩子把大印给她啦，这分明是来到黄沙徐府来耍笑本府！想把老夫我气死，才称那国舅贼子之意啊。"

"哟，老爷呀，你是聪明一世，糊涂一时啊。那国舅差人来耍笑你，他

为啥不差个男子,咋差一个小小丫鬟哩?老爷呀,不能冤杀好人,万一是咱媳妇哩?咱孩子要是等会儿回来了,你把她给杀啦?这老公公给儿媳妇杀了,传扬出去不成笑谈啦?老爷呀,叫我说,先把这个丫鬟看管起来,等咱孩子回来,再做道理。咱孩子是生是死还不知道哩,你不会差派人役到街上打探打探,啊。"

"嗯,夫人,言之有理。马方、赵飞,把丫鬟给我锁在房中,派人看守。"

"是!"单说马方、赵飞把丫鬟锁在房内,派下人役看守暂且不讲。回来花开两朵,各表一枝,把书也就插到茶馆以里。

单说说这个王小虎,王小虎气得瞪着眼,噘着嘴,一看丫鬟一走,往那椅子上边一坐,心中暗暗叫道,娘啊娘,都是你今天坏了我的好事儿!——咦,那地上啥东西?黄绫子包着,叫我看看。王小虎走上前去拿起来,咦,沉腾腾的!慌慌忙忙往桌子上一放,把那绫子一打打开,拿到手里一看,咦,方整整的,又明又光。这一疙瘩儿是啥东西这?掂着真沉,也不知是金啊,也不知是铜,我不认识。没有上过学,不识字。我不认识,有人认识,我不胜去找找我那朋友,叫我那朋友看看是啥东西。嘿嘿嘿……要是金子,我可都发财啦。

他把这大印一包,怀里边一揣,要去找这个朋友。有的该问,他这个朋友是谁?不是别人,也就是国舅府国舅李士龙的贴身家将,姓李,名叫李奇。王小虎怀揣大印,你看他出离茶馆,顺着大街,"喳,喳,喳"要到国舅府前来找李奇,这一回不找李奇倒还罢了,一找李奇,下段书也就闹大了啊——

【坠子口】

说起来小虎这个狗畜生	怀揣着大印要到国舅府中
一边走心里暗暗想	腹里边翻上复下暗暗叮咛
小丫鬟失落了这样宝	也不知是金还是铜
要是金子该着发财	要是铜也能换来酒两瓶
今天我要到在国舅府	找找李奇认分明
咱有心让他慢点走	啥时节才说到热闹当中

你们心急我嘴快	送送小虎狗畜生
王小虎正然往前走	抬头看，国舅府不远面前停

嗨嗨，到啦！王小虎一来来到府门外，上了台阶，迈步往里就进，惊动把门的门军张狗李牛："站住，干啥哩？"

"呵呵，狗儿，牛儿，干啥哩，来找找我那李奇兄弟。"

"不能进！"

"咋，咱不能进？"

"俺国舅爷说啦，你来到俺家，不是偷这，就是拿那，手脚不干净，不能进！"

"哎呀，狗儿，咱都多年的老朋友啦，我不是偷这，就是拿那，不是咱穷，没有嘛，有了我会偷？叫我进去吧。"

"中，今天再叫你进一回，下次别再来了，啊？"

"哎，放心，放心。"单说王小虎迈步进了国舅府，一来来到后院："李奇——，李奇兄弟？"

他这一喊，李奇干啥哩？李奇正在房中睡大觉哩，一听，谁在这喊我李奇哩？都是喊我李大官人哩，谁真胆大！我出去看看。是街儿（家的意思）算完，不是街儿我扯他两耳刮子！奶奶一回！李奇下床蹬上靴子，来到房门外边："谁在那喊我李奇哩？"

"哎呀，李奇兄弟，我是你小虎哥啦。"

"小虎哥啦？成天你没事儿，找我干啥哩？"

"哎呀，走，走，走，到你房里。"

"啥事儿？在这外边说！"

"哎呀，到你房里再说。"就这样推着李奇进了小房，一来来到小房以里："啥事？"

"兄弟，今天我拾了一样东西，我不知那是啥，想叫你来看看。"

"看你能拾那啥稀罕东西？拿出来。"

王小虎从那怀里边把扭头狮子烈火大印一拿拿出："兄弟，你看。"

单说李奇一看，哟，黄绫子包着，方整整的，好像是当官的大印。李奇慌忙上前接住，桌子上一放，绫子一打，拿在手中一看，啊？咦，这原来是国公王爷徐延昭的大印哪！"小虎，这东西你在哪弄哩？"

"不用管我在哪弄哩，你先给我说说那是啥？"

李奇心中想想，我可不能跟他说实话呀，我给他一说实话，这东西恐怕他不给我，落不到我手啦："嗨嗨，小虎哥，看你会拾那啥好东西，这是那压花儿石头，姑娘们用的，臊气，扳了[1]吧。"

"啥？这是一块石头？"

"你没看看，这石头磨得明晃晃的。姑娘们好绣花儿，在楼门外一起风，这是压花儿哩。压花儿石头，不值几个钱，啊。扳了吧，妇女们的东西，男子大汉拿着臊气。"

"咦，我当是啥主贵东西哩，原来是个压花石头？"

"小虎哥，这东西给我吧。"

"你不是说这是妇女们的东西，男人拿着臊气，你拿那干啥哩？"

"哎呀，你不知道咱家还有一个小妹妹？她说了多回啦，要叫我给她买一块压花儿石头，可是也就没有碰着合适的。今天我看这一块儿不赖，给我了吧？"

"那你叫我白拾一回哩？"

"不叫你白拾，卖给我！说要多钱的吧。"

"没那……给我十个麻钱吧？"

李齐一听，心中想想，万两黄金难买的大印哪，他只要十个麻钱！"嘿，小虎哥，中，中，中。咱俩又不是外人，十个麻钱，算事！"

咦？王小虎一听心中想想，今天这个李奇咋真痛快哩？往常俺俩到街上酒店喝上几杯酒，他都跟我算和清楚，不想掏钱啊！今天他说这是一块儿石头，咋真利索哩？不知是榷我哩，这东西值得多？我往上再蹭蹭："哎呀，兄弟，十个麻钱太少啦，不够我跑腿钱儿。最少最少啊，得五十个钱儿。"

---

[1] 扳了：方言，是"扔掉"或"丢弃"的意思。

"哎呀,虎哥,你看看你!男子大丈夫,咋恁不阔利[1]哩?五十个钱儿就五十个钱儿!算事了,啊!"

哟,要十个就给十个,要五十个就给五十个?这东西也不知道值得还多?叫我再蹭蹭:"兄弟,五十个钱儿不够一句话啦,最少最少啊,你得给我二百个钱儿。"

这李奇一听,我不能再答应啦,要再答应他,还往上要哩。低头把印轻轻地往桌上一放:"虎哥,我是跟你开玩笑哩,这东西啊,掏上几个麻钱,到街上啊,多得是!哎,不要啦,拿走,拿走!"

王小虎一看,咦,缰绳挣断了,扳抹[2]脱了!"哎呀,兄弟,刚才说好啦,你咋又不要啦?说话不算话啦?还是咱头回说的,十个麻钱儿,不要也得要,给,给,给。"硬塞着塞到李奇的手里啦。

"虎哥,这一回可是你塞给我的,不能再反悔了。"

"不反悔,掏钱吧。"

李奇慌慌忙忙拿过来十个大钱递给小虎:"虎哥,慢走。"

单说王小虎拿着十个大钱儿扬长而走,李奇心中高兴啦。俺国舅爷天天晚上到在后院兵洞里边练兵,人马练齐,八月中秋,推翻万历皇帝,俺国舅爷想当朝廷哩。我要是将这一块大印给他,立上一功,到时候国舅爷面南登基,不封我一个进宝的状元?我要是当上一个进宝的状元,可比当家将强百层啊!呵呵呵呵,我不胜去找找国舅爷。

单说李奇拿着这一块大印,"踏,踏,踏"直奔客厅找国舅李士龙来了——

【二八】

说起来李奇是个狗畜生	客厅里要找李士龙
迈开大步小房离	心中也不由暗高兴
这才来到客厅里	不见他的国舅在客厅
慌忙忙出离客厅往回走	小房内桌上掂起来酒一瓶

---

[1] 阔利:洛阳方言,原意是指一件事情办理完毕,这里是"干脆"、"利落"的意思。
[2] 扳抹:方言,丢的意思。抹,念 mā,音同"妈"。

酒瓶盖子来取下　　　　　　嘴对嘴"咕咕咚咚"喝得红
一瓶酒下肚也不要紧　　　　头重脚轻躺倒床中
"呼呼噜噜"来睡觉　　　　　一觉睡到日落西山峰
就在这个节骨眼儿　　　　　忽听得外边有人声

"李奇——"打外边就走过来了家将王英，来到小房里边："李奇！"这李奇睡到这天色黑了，这酒劲儿也过去啦，"嗯"起来啦："英哥，是你啦？"

"李奇，干啥哩！今天国舅爷叫我找你找不着，咋在房内睡觉的你？"

"呵呵，英哥，你去干啥啦？"

"我去干啥啦？咱国舅你叫我跟着他，带着咱的家将到七里营抢亲去啦，谁知一个美貌女子也没抢来扫兴而归，刚刚回府。"

"英哥，我今天得了一个宝贝啊。"

"啥宝贝？"

"老王爷的国公大印哪。"

"大印？咋到你手啦？"

"王小虎拾的，十个麻钱儿卖给我啦。"

"胡说八道，哪有恁便宜的事儿？"

"英哥，你看看。"说着从怀里把这块儿大印拿出来了："英哥，我想着呀，国公王府的能人老多，一个人保护不了这个大印，恐怕丢失。我知道你的主意好，咱两个保护一块大印，等着咱国舅爷面南登基了，咱把这大印献给他，不封咱两个进宝状元？到那个时候，咱要是当官啦，可比咱当家将强得多呀。"

"兄弟，老王爷丢了大印，必定派人要找。这块大印哪，咱俩恐怕保不了。叫我看，咱跟着国舅爷每天不行正道，抢男霸女，落下万人唾骂的罪名。那一天我回家了，俺爹见我啦：'英啊？'我说，'爹，做啥哩？''去国舅府多年啦，学会啥本事没有？'我说，'爹，啥本事没有学，学会剥人皮，薅人腿，放脖血啦。爹，你到百年以后也不用埋啦。''咋办哩？''叫我捞着你给剥剥算啦，爹。'俺爹一听伸开巴掌就打开啦，'从今后再不学好，不要去啦！'再不学好，俺爹都不叫我干啦。我想着趁这个机会，拿着大印，今夜晚上去到那黄沙徐府，见过老王爷，咱去弃暗投明！你看好不好？"

"英哥，国舅爷可是待咱不薄呀。跟着国舅爷吃香的，喝辣的，穿得好，吃得好，能背叛咱家国舅爷？好吧，你想去弃暗投明，我还想跟着咱国舅爷干哩！不过为了这一块大印，不必伤了咱弟兄俩的和气。现在天色已晚，到在后院的演武厅上，咱俩去比试比试。都说你的武艺好，我不服气。咱两个比比武艺，谁的武艺好，这个大印就交给谁来掌管。你胜过我了，就拿着大印去弃暗投明了；我胜过你，这块儿大印还是我的，去见国舅爷，好不好？"

"兄弟，这……"

"就照这样办。"

王英说："兄弟，那好！"两个人就这样拿着大印，出离小房，来到后边演武厅，把这块大印往窗台上边一放，立即丁字步，架子一站站好。"英哥，进招吧。"

王英一声说道："兄弟，我是哥哩，你是兄弟，先让你进招！"

李齐说："哥，那我就不客气了！"

两个人为了争夺这块大印，演武厅可就比试起来了啊——

【二八转武口】

李奇、王英比武能	一来一往排战争
好李奇泰山压顶往下打	好王英二郎担山往上迎
这一个，使了个老鼠来偷面	那一个，玩个妈妈来端灯
这一个，耍了一个扫堂腿	那一个，旱地拔葱蹦上空
往下落，使了个老鹰来抓兔	这一个，使了个兔子来蹬鹰
两个人只打了三十回合六十趟	不分高低与输赢
到后来王英越打精神越勇	这李奇汗流浃背往下冲
李奇打着心暗想	突然一事上心中
人人说王英功夫好	他的武艺真叫能

这大印说什么不能输给他	我不胜拿着大印逃了生
这李奇虚打一拳往后退	一伸手,窗台上抓过来国公印一封
慌忙忙揣到他的怀里	打个箭步往上冲
打箭步才把演武厅离	"嗖"的一声上了房顶
李奇才把房坡上	好王英在后边追着也上到房坡顶

(夹白)"李奇,说话不算话,哪里走!给我站住!"

王英后边来喊叫	贼李奇脚踩瓦棱快如风
"嗖嗖嗖",房坡以上跑得快	在后边气坏了豪杰叫王英
李奇前边跑得快	王英后边追得红
跑得快,追得快	追的倒比跑的红
眼睁睁就要追上贼李奇	这李奇,暗暗地他把歹心生
万宝囊内摸了一把	飞黄走石拿手中
对准后边猛一打	"叭",在后边惊动了豪杰叫王英
王英一看,身子一闪躲过去	飞黄石落到房坡中
王英一见肺气炸	一伸手,打背后拔下钢刀耀眼明
王英后边用上陆地飞腾术	一心心要追杀李奇狗畜生
两个人,这才追到城墙以上	"嗖嗖嗖"李奇这才出了燕山城
出了燕山北城门外	"踏踏踏"顺着大道一阵风
出京城大约跑了四十里	抬头看,有一座寺院面前停
李奇他才进了这座寺院	在外边,吓坏了豪杰叫王英

(白)这王英追着李奇出离北京燕山北城门,闪出来一座宝安寺院,李奇就直奔寺院而去,把王英给吓坏啦。王英一看,啊?宝安寺!这宝安寺住着一个秃驴和尚,名号法通,是李奇的师傅哩。我听人说这法通和尚他会邪术,挤挤眼会下雨,吹口气会刮风,抓一把豆子能变兵啊!他的武艺好,恐怕我一个人进到寺院,盗不回大印,还恐怕有命难保!罢了,我不如连夜回京,到在黄沙徐府,弃暗投明,见那王爷而去!想到这里,把钢

刀背后一插，迈开陆地飞腾术，就这样"嗖，嗖，嗖……"书要简短，几句话进了北京城，穿街越巷，来到了国公王府的墙外边，也不走大门，你看他"嗖"的一声，上了房坡。谁知道刚刚上了房坡，就惊动徐府的马方、赵飞发现。马方、赵飞一看房上有人，身子一抖："哪方刺客？"

王英一声说道："可是马方、赵飞二位英雄？"

马方说："正是，你是何人？"

"我乃是国舅府的家将名叫王英，前来弃暗投明来了。"

"既然如此，把你的利刃交过来！"一说要利刃，王英"嗖"的一声，拔下单刀，一声说道："照刀！"，"嗖"将刀一扔扔了过去。马方让过刀头，"叭！"抓住刀尾，三个人燕子抄水，身子一抖，"唰——"往下一落，就落在当院以里。领着王英进了客厅来见老王爷："禀王爷，国舅府的王英前来弃暗投明。"

王英慌忙忙地上一跪："王英见过王爷。"

老王徐延昭往下一看："王英，不在国舅府，前来见我弃暗投明，有何事情了吧？"

"王爷，我是来给送大印的消息来了。"

"啊，我的大印？你怎知晓？"

王英没有瞒哄，前后之事就这样讲说了一遍，老王徐延昭一听大吃一惊，一声说道："王英，我先记你一功！——马方、赵飞，今夜晚上王英前边领路，你们两个随后紧跟，到在宝安寺盗回我的大印，若是盗回我的大印倒还罢了，盗不回大印，不要回来见我！"

"是！"三位英雄就这样离开客厅，来到当院，身子一抖，"嗖，嗖，嗖"上了房顶。三位英雄就要离开北京，到宝安寺前去盗印也就跑将来了啊——

【二八】

好王英前边领路径　　　　　后跟着马方、赵飞二位英雄
三个人出离了北京城一座　　一心心宝安寺盗印走一程
书要简短才为妙　　　　　　啰哩啰唆都不耐听

离北京城也不过四十里　　　　三英雄走起来可是不费功
三英雄这才来到寺院外　　　　悄悄地上了寺院房顶

（夹白）马方一声叫道："赵飞、王英，你们房顶上边观好，我下去找上一找。"

"马方，你可小心！""放心！"

好马方手搭凉棚往下看　　　　大院里无人冷清清
燕子抄水落在了地　　　　　　他直奔大雄宝殿走一程
这才来到大殿下边　　　　　　窗户下边仔细听
就听里边有人说话

（夹白）"师傅，徒儿李奇见过师傅。"

"阿弥陀佛，不在国舅府当差，半夜来到师傅的宝安寺，有何事干哪？"

"师傅，我得了老王爷徐延昭的一块大印，来献给师傅。"

"嗯？呈上来我看。"

"师傅，想要看印，你得先拜印，见了大印，你就好像见了吾主万岁一样啊。"

"嗯，徒儿，将大印放到供桌以上，待师傅我先拜上三拜。"

【滚口】
这李奇慌忙忙大印放到供桌上　　这才惊动他们师徒两个跪溜平
师徒俩跪倒溜平地

（夹白）"见过吾主万岁，万万岁！"拜了一拜，在外边惊动马方。马方一看，心中想到，我可是不能等到他们起来啊，他们要是拜了三拜，我想偷走大印比登天还难！

【武口】

好马方打箭步来到大殿门口	潜进大殿,这供桌旁,一伸手
将大印抓在了他手中	
将大印他才抓在手	他"嗯"的一声吹了灯
才将蜡烛来吹灭	打个箭步往上行
打箭步来到房坡以上	站到房坡喊高声

(夹白)"李奇、和尚秃驴法通,咱明人不做暗事,俺马方把印盗走了!"

"哎呀,师傅,大事不好!有人将印盗走了,师傅!"

"阿弥陀佛!"

恁要问气坏哪一个	气坏了秃驴和尚老法通
拿过来日月方便铲	打一个箭步往外冲
打箭步这才上到房坡上	四下一看影无踪
咱记住那秃驴和尚且不讲	回来再说三位大英雄
宝安寺盗回国公大印	一句话进了北京城
这才来到黄沙府	客厅里来见定国公

"老王爷,俺马方把印盗回来了,请王爷过目。"

徐延昭慌慌忙忙接过,拿在手里一看,啊!分量怎么这样轻啊?慌慌忙忙把黄绫子打开一看:"哎呀呀,马方,你们中了他的移兵之计了!"

"王爷,此话怎讲?"

"恁来看,这是一块儿方蜡呀。黄蜡做成的假印,你们中计了。"

当时吓了一跳,来到跟前一看,一点儿也不假,一块黄蜡,黄绫子包着。把马方、赵飞、王英三位英雄一个个气得牙齿咬得"咯嘣嘣"直响啊!

"马方、赵飞、王英,你们二次前去给我盗印,天明以前,大印给我盗回来,天明以前若是盗不回来印,这件事要是被万岁知道,咱举家大小可有命难保哇！"

"王爷，请你放心！"三位英雄这才离了客厅，出离了黄沙徐府，穿街越巷出了北京，二次宝安寺盗印可就走起来了——

【二八】
说起来三位好英雄	宝安寺盗回假印一封
二次尊了王爷命	要到在宝安寺盗印走一程
一边走心里暗暗骂	骂了声秃驴和尚叫法通
你不该将你三位爷爷骗	盗回黄蜡假印一封
这一次我到在你宝安寺	不盗回大印决不回程
三位英雄来好快	宝安寺也不远面前迎
二次要把宝安寺进	要盗回国公印一封
也不知，大印盗回没盗回	书家们，下回书中恁接着听

第十回
发兵救母

【垛子板】
小弦子一拉格棱棱	书接着上一回往下再听听
上回书咱说的三位豪杰	宝安寺要盗回国公印一封
咱记住三位英雄前去盗印	咱把书拆开另表明
回文书单表哪一个	咱再说老奸贼张居正
老奸贼客厅以里把酒用	出言来张龙、张虎叫了一声
叫声龙虎靠前站	恁老爷今夜晚有话对恁明

咱记住三位英雄宝安寺盗印不提，回来再说老奸贼张居正。老奸贼在至客厅饮酒，一声说道："龙，虎！"

"见过老爷，有何吩咐？"

"今天早晨我要杀了那个小畜生,街上过了人马。我只当是徐延昭老儿前来搜人,不料想是宛平县令张九成山东回京,把老夫我吓了一跳,现如今将那个小畜生押到水牢里边,我来问问,那个小娃娃他死了没有?"

"哎,老爷,这一天还没有过,他怎么会死呀?老爷,还活着哩。"

"好,既然活着,单等夜至三更,人脚已定,恁两个把那小畜生拉出水牢,将他一刀两断,两刀三截!"

"老爷,请你放心!"

【散板起腔】
三个贼客厅里边把计定　　谁知道,这房门外边有人听
【二八】
你要问何人来听话　　原来是丫鬟叫春青
小丫鬟客厅把茶送　　前前后后听得清
心暗想,昨夜晚我把俺姐丈送出府　　怎么说,现如今还在水牢中
罢,罢,罢,我不往客厅把茶送　　我到在水牢听分明
小丫鬟端住托盘往回转　　将茶盘放到那厨房中
然后款动朴莲往前走　　水牢也不远面前停
【悲平板】
刚刚来奔到这水牢外　　咋听着水牢里传出啼哭之声
出言不把别的盼　　我盼声妹妹叫春青
昨夜晚你把我送出府　　谁知道,老奸贼定下计牢笼
差张龙、张虎人两个　　大街上才把马方、赵飞充
才将我二次抓回府　　又把我下到水牢中
言说是三更天拉出要开刀　　要要我的活性命
盼了声妹妹春青你快来吧,快来吧　　搭救姐丈我的活性命
小少爷水牢里边来啼哭　　在外边,小丫鬟春青听得清

小春青一听,哎呀,真是俺姐丈在此水牢里边哪!这可咋办哪?他在这水牢里边锁着,今夜晚上我怎样救他呀?三更天他就不能活啦!哎,我

不能救，不如上到俺姑娘的绣楼上边，跟俺姑娘说说。俺家姑娘心地良善，我不胜叫俺家姑娘下楼将姐丈救下。小丫鬟想到这里，主意拿定，你看她款动朴莲"扑扑通通"就直奔绣楼给她姑娘送信。

有的书友又该问，她家姑娘是何人？不是别人，也就是老奸贼张居正的独生闺女名叫金萍。

小丫鬟主意拿定，就直奔绣楼走将来了哇——

【二八】
说起来丫鬟叫春青　　　　　一心心要上绣楼棚
绣楼上要给姑娘把信报　　　你看她款动莲步快如风
小丫鬟刚刚来到绣楼下　　　绣楼上传来了啼哭声
出言来我不把别人盼　　　　盼了声母亲你是听
亲娘啊，你只顾一人把世下　撇下女儿无人照应
老爹爹每天他不行正　　　　抢男霸女把人坑
这些恶名传出去　　　　　　哪一个还给恁闺女提媒红
你闺女今年十八岁　　　　　还没有出嫁待在绣楼棚
小姑娘楼下正然想心事　　　倒被丫鬟听得老清
小丫鬟"扑扑通通"把楼上　　叫了声姑娘你是听

"姑娘，你又哭啦？"

姑娘一看："哎呀，丫鬟，姑娘我……没有哭呀。"

"没有哭？看你那脸都哭成红的啦，还说没有哭哩！姑娘呀，我想问问你，这人生尘世，是救人者好啊，还是害人者好啊，姑娘？"

"你个死丫头！只有救人者好，哪有害人者好之理啊？"

"哎哟，谁不知是救人的好哩，谁知今天俺家老爷又要害人了啊！"

"啊，丫鬟，你老爷他又害何人了啊？"

"姑娘，不是别人，本是当朝定国公王爷的螟蛉义子——少国公白金庚哪。"

"丫鬟，这是怎么回事呀？"

小丫鬟没有瞒哄，把前后之事给她家姑娘讲说一遍。姑娘一听，心中暗暗埋怨道：爹爹呀爹爹，你害别人吧，还要害老王爷的孩子，这件事若是被老王爷知道，他那一把黑虎铜锤，咱举家怎能逃过他手啊？"丫鬟，那你说这件事儿该咋办呀？"

"姑娘，叫我说呀，咱不胜到水牢里，砸开水牢门上边锁，把他救下，咱把他救出咱的府啦，叫他在老王爷面前求个人情，求得好了，也许能饶恕咱举家人的性命啊。"

"丫鬟，那你说这能行吗？"

"姑娘，能行，能行！"

"那好，既然如此，给姑娘前边带路。"

"姑娘，救人如救火，你赶快随我下楼来吧——"

【二八夹连口】

小春青前边把路领　　　　随后边跟着姑娘张金萍
姑娘下楼心暗想　　　　　埋怨爹爹理不通
你不该要害少国公　　　　今天我要搭救他出牢笼
跟着丫鬟把楼下　　　　　下了楼梯一十三层
穿宅越院往前走　　　　　水牢也不远面前迎
这才来到水牢旁　　　　　姑娘那里吩咐一声

"丫鬟，赶快找石头把上边的锁给我砸掉！快点！"

"是，姑娘。"小丫鬟不敢怠慢，找了一块石头，对准上边的大铁锁用力，就听"啪，啪！"把锁一砸砸坏，把锁一拿拿掉，门搭儿一去，把那水牢门儿就这样"吱"一开："哎，少国公？我是丫鬟春青呀。"

少爷一听："哎呀，春青妹妹……"

"俺姑娘下楼救你来啦，赶快出来吧，啊。"

单说少爷不敢怠慢，蹚着水"哗——，哗——"出了水牢，一来来到水牢外边。

"姑娘，咋办哩？"

姑娘说："丫鬟哪，你赶快把他送出咱府。"

"哎呀，姑娘，今夜晚上俺家老爷恐怕是前门落锁，后门加封啊。前后门都有人把守，恐怕今夜晚上他是走不了哇。"

"丫鬟，走不了？啥时候他能走啊？"

"姑娘啊，那得等着天快明，家郎换班的时候，在那个节骨眼儿，才能将他送出咱府呀。"

"丫鬟，那现在咱将他救出，把他发落何处啊？"

"姑娘，常言说杀人杀死，救人救活。最好的办法，叫我看哪，不胜把他先救到你的楼上，先藏一时吧。"

"你个死丫头，胡说八道！他是一男，恁姑娘我是一女，常言说男女授受不亲，黑更半夜，怎能叫他去到我那绣楼以上啊？"

"哎呀，姑娘，这件事只有天知、地知，你知、我知、他知，别人谁能知道？到在明天，我就去那街上吆叫吆叫，说昨夜晚上，俺姑娘的楼上跑去一个大男人？不能这样说呀！姑娘，就这了，啊。"

姑娘一听也没有别的办法："春青，那就照如此，走，领他上楼。"

单说丫鬟春青就这样领着她家姐丈白金庚，三个人就来到了绣楼上边，姑娘一看："哎呀，丫鬟，你看看他，这一身衣裳在这水牢里边都泡湿啦，你赶快到在更衣厅上，给他拿来靴帽蓝衫，叫他换换，啊。"

小丫鬟不敢怠慢，到在楼下给他拿来一身新衣裳，拿到楼上。姑娘说："少国公啊，你还没有用饭吧？饿不饿呀？"

"哎呀，姑娘，实不瞒你，我一天了都没吃饭，早都饿啦。"

"饿了？好，丫鬟，去，到在咱那厨屋里边备上酒菜，叫他充饥。"

单说丫鬟也不敢怠慢，到在厨房里边温酒炒菜，找盘一托托住，端到楼上，桌案上边一放："哎，姐丈，赶快来用饭吧，啊。"

单说少爷你看他桌子上一坐，狼吞虎咽，刚刚把饭一吃吃了，姑娘一声说道："丫鬟哪，把咱的楼门儿给上住，啊。"

"是！"小丫鬟把楼门一关，门闩儿一插，回到明间以里。姑娘说："丫鬟哪，你看看，这今夜晚上把他救到我的楼上，这件事情要是传扬出去，可叫姑娘我怎样活在尘世呀？"

"哎呀，姑娘，那你说咋办呀？"

"今夜晚上，我想叫他给我对对混沌语儿，他若对上我的混沌语儿，我就送他下楼；他若对不上我的混沌语儿嘛，他可是走不了……"

少爷一听："姑娘，对啥混沌语儿哪？"

姑娘一声说道："少爷，你就给我对吧——"

【二八夹连口】

姑娘楼上开了言	叫了声少国公听我言
我问你天上黄河几道湾	哪道窄来哪道宽
哪道湾里能跑马	哪道湾里能行船
哪道湾里仙姑过	哪道湾里有沙滩
哪道湾里出彩女	哪道湾里住八仙
哪道湾，有桃园	几棵甜来几棵酸
什么人看桃桃不丢	什么人看桃桃不全
什么人担桃大街卖	什么吃桃成神仙
什么人嘟嘟桃胡籽	一溜跟头飞上天
大闹天宫多少载	到后来，保何人取经上西天
你要对上我的混沌语儿	我今晚送你下楼间
你要对不上我混沌语儿	想下我绣楼可是难上难
少爷说，天上黄河九道湾	头道窄来二道宽
三道湾里能跑马	四道湾里能行船
五道湾里仙姑过	六道湾里有沙滩
七道湾，住彩女	八道湾里住八仙
九道湾，有桃园	五棵甜来四棵酸
王母娘看桃桃不丢	孙膑看桃儿桃儿不全
赤脚神担到大街卖	杨二郎吃桃成神仙
孙悟空嘟嘟桃胡籽	一溜跟头儿飞上天
大闹天宫五百载	到后来，保唐僧取经上西天
姑娘啊，今天我对上你混沌语儿	你赶快送我下楼间

姑娘说，我再问你赵州桥是谁修　　玉石栏杆何人留
桥上有多少个石狮子　　几个站，几个卧
哪几个狮子扭着头
套车用的谁的车　　那拉石头用的谁的牛
什么人桥上看过戏　　什么人桥上卖过香油
什么人骑驴打这桥上过　　什么人拉车压了一道沟
今天对上我这混沌语儿　　马上我送你下绣楼
你要对不上我混沌语儿　　可说少国公，今天难下我的绣楼
少爷说，赵州桥来鲁班修　　玉石栏杆圣人留
套车用的鲁班的车　　拉石头用的孙膑牛
把石头运到那河两岸　　修桥他也从那两头修
桥上有十二个石狮子　　四个站，四个卧，四个狮子扭着头
秦阿女桥上唱过戏　　鲁郑恩桥上卖过香油
张果老骑驴桥上过　　那柴王拉车压了一道沟
今天对上你的混沌语儿　　姑娘啊，你赶快送我上绣楼
少爷对上混沌语儿　　姑娘她那里又开口

"少国公哪，常言说，三回为定。最后再对一首，这一首要是对上，我就送你下楼离府。""姑娘，那好，请讲啊。"一声叫道："少国公，你听——"

【二八夹连口】
小姑娘楼上把话说　　少国公少国公你听着
我问你，什么星出来是花一朵　　什么星出来独自个
什么星星走娘家　　什么星后边紧跟着
什么星星看不过　　拔下什么划什么
把什么隔[1]奔到那河东岸　　把什么又隔到那河西坡

---

[1] 隔：在方言中念 gāi，音同"该"。

什么问什么，什么不理　　　　　拔下什么攥什么
把什么攥到那东北角
什么问什么，什么不理　　　　　拔下什么扔什么
把什么又扔到西南角
他两个都是什么样了　　　　　　我叫你一一对我说
少爷说，扫帚星出来花一朵　　　紫微星出来独自个
织女星星走娘家　　　　　　　　牛郎星后边紧跟着
王母娘娘看不过　　　　　　　　拔下金簪划天河
把织女隔本到河西岸　　　　　　牛郎隔到河东坡
牛郎问织女，织女不理　　　　　慌忙拔下黄牛梭
对准织女攥下去　　　　　　　　这才攥到东北角
织女问牛郎，牛郎不理　　　　　慌忙忙拔下那织布梭
对着牛郎扔过去　　　　　　　　织布梭扔奔到那西南角
他两个本是小两口　　　　　　　姑娘说，少国公
今夜晚，咱俩应该跟他俩学

"姑娘，你说什么呀？"

"少国公，他们本是两口，那咱们……也该向他们学上一学啊。"

"哎哟，姑娘，别的能学，这件事呀，可是不能学。"

"姑娘，你都没有想一想啊，你家爹爹三番五次加害于我，咱们两家怎么能成为亲眷哪？你提出别的事，我都能答应，唯有这件事，我实难从哪。"

"你真不愿意？"

"我真不愿意。"

【含韵】

"哎呀！"小姑娘一听不由得两眼扑簌簌掉泪，不由得把嘴一张她就放悲声——

【悲平板】

哭了声亲娘你下世早　　　　　撇下了女儿无人照应

老爹爹每天他不行正	定计苦害好百姓
你闺女年长到十八岁	没有人给你闺女提媒红
今夜晚，我将他救到闺女楼上	我亲自叫他许亲情
谁知道，闺女提起求婚事	人家没有把恁闺女我相中
既然是人家不愿意这亲事	你闺女再没脸活到那尘世中
娘啊娘，阴曹地府你等一等	恁闺女，我要随你一路行
张姑娘哭罢她罗裙一拉蒙住脸	就要碰头丧性命
要知惊动哪一个	惊动了丫鬟小春青

"姑娘，慢来！姑娘，可不要寻死，普天下的好男人多着哩！咋？就那一棵树上能吊死人！他不愿意算啦，姑娘你也不值得为这无义之人寻死。你等着姑娘，我现在下楼，去到那前厅里边，对俺老爷说说，我就说他来到你的楼上啦，叫他带着张龙、张虎来到楼上，拿着钢刀将他一杀，叫他人头落地。他不愿意算啦，姑娘，你等着，我去啦！"

小丫鬟说着假意就要下楼，谁知道这一回把少爷吓坏了啊！"哎哎，春青妹妹，慢来，慢来！"

"你说吧，愿意不愿意？你都没有想想，俺姑娘女流之辈，抛头露面，半夜三更砸开水牢，把你救到她的楼上，啊？虽然说俺老爷害你啦，可是俺姑娘心地良善。要不然啊，我也不会来到楼上给俺姑娘通风报信，叫俺姑娘下楼去救你。你咋真无义啊，你！你愿意不愿意？你要不愿意，我真的下楼哩！"

"哎，丫鬟，别慌哩，你叫我先想想，中不中？"

"快点儿！"

少爷心中暗想，欲再说我不愿意，这丫鬟下楼禀报给奸贼张居正，上楼哪还有我的命在啊？一死不当要紧，俺娘还在国舅府冷楼受罪，我还没有将俺娘救出呀。我不能死！虽然说老奸贼张居正作恶多端，可是他的闺女心地良善，不能并提相论。少爷想到此处，一声说道："春青妹妹，我想好了，愿意就是。"

"愿意啦？有何东西作为证凭哩？"

"嗯……我想起来啦,在银安殿俺家父王给我加封官职的时候,传给我一根九龙宝带。"

"九龙宝带?现在在至何处呀?"

"现在就在我的腰里紧系。"

"那你还不赶快解下来。"

少爷这才慌忙从腰里解下这根九龙宝带,一声说道:"姑娘,给,这一根九龙宝带给你,做为定亲之物。"

姑娘一看,哎呀,九龙宝带?喜出望外,高兴坏啦,慌慌忙忙上前一把接过九龙宝带,心中高兴,就这样抓住龙头,"呼——"一抡。谁知道这一抡,坏啦!

【紧口】

张姑娘九龙宝带接手中	把九龙带"舞棱"抡在空
九龙带一抡也不要紧	就听见,打楼门外,"呼呼呼呼"刮黄风

【武口二八】

一刮黄风也不要紧	这黄风只刮到黄沙徐府中
要知惊动哪一个	惊动老王定国公
徐延昭正在客厅打坐	咋听见,打外边呼呼刮起风
慌忙忙客厅外边来观看	咦?
谁知道刚刚来到房门外	狂风突然之间它就停

有的同志该问,这黄风咋停了哩?谁知道啊,张姑娘拿着九龙宝带抡了一圈儿,谁知一刮风,把她给吓坏啦,只吓得慌忙"扑塌",把那九龙宝带扳[1]到了楼板上边,所以说黄风当时给停啦。她要是敢抡上三圈儿,这黄风就不会停了,可惜她只抡了一圈儿!

单说张姑娘只吓得慌慌忙忙把九龙宝带重新拾起。少爷一声说道:"哎呀,姑娘,可千万不要拿住这当玩具呀,你要把它保存好,可不要丢失。"

---

[1] 扳:"扔"、"丢弃"之意。

"相公，我知道啦。"单说姑娘慌慌忙忙把这一根九龙宝带往她的内衣里边一系。

"姑娘，啥时候你能送我出府呀？"

"相公，现在天色尚早，前后门儿都有人把守，咱等到五更头上，家郎换班的时候，我送你出府。相公，来来来，坐到桌边，我陪相公你再饮上几杯。"

【散板起腔】

夫妻两口绣楼上边把酒用　　忽听得谯楼上边打三更
谯楼上打罢三更鼓　　咱再说客厅里边张居正

【二八】

老奸贼在至客厅坐　　我再叫张虎、张龙听
三更天也不早　　水牢里，给我拉出那个小畜生
一刀两断，两刀三截　　要要娃娃的活性命
张龙、张虎也不怠慢　　慌忙忙这才来到水牢中
水牢旁边只一看　　水牢门开得圆睁睁

两个家伙来到水牢一看："咦，虎，这水牢门咋开啦？"两个人来到近前，慌忙把火一打打着，闪目一看："咦，我说龙，有人把这水牢上面的锁砸开了哇！那个小畜生也不知跑了没有，赶快进里边看看。"单说张龙、张虎打着灯光一照，水牢里边没人！只吓得慌慌忙忙来到前厅，上前去："禀老爷，大事不好！"

老奸贼张居正一声说道："出了何事？"

"哎呀，老爷啊，水牢门锁也不知被谁砸开啦，把那小畜生给救走了啊！"

"嗯？今夜晚上，前门落锁，后门加封，我院墙高大，他能逃出我府？我想，他一定还在咱府，你们两个到在前后院，前去给我搜查！"

"是！"单说张龙张虎不敢怠慢，慌慌忙忙点着纱灯，到在前后院可就搜拿起来了——

【二八夹连口】
张龙、张虎二弟兄　　　　手掂着纱灯往外行
前后院这才看了一遍　　　不见娃娃白金庚
两个人这才往回转　　　　绣楼也不远面前停
这才来到绣楼下　　　　　咦，绣楼上边咋还点着灯
来到楼下仔细一听　　　　咦，楼上边那一男一女说话声
这个开口叫小姐　　　　　那个开口叫相公
啊，我只说娃娃哪里去　　原来是，跑到姑娘绣楼棚
张龙、张虎也不怠慢　　　慌忙忙，这才迈步到前庭
前厅里边来禀报　　　　　禀报老爷得知情

"老爷……"
"搜着了没有？"
"呵呵，老爷，前后院都搜遍，没有。"
"搜完啦？"
"哎……呵呵，也算是搜完啦。"
"混账！搜完就是搜完，怎么算是搜完啦？"
"呵呵，这，这，这……老爷到处都搜遍，就是还有一个地方没搜。"
"什么地方没有搜啊？"
"这……小人不敢说……"
"说出来无妨！"
"就是俺，俺……呵呵，俺姑娘那楼上没有搜。"
"嗯？龙，虎！过来！"
"老爷，说啥哩？"

张居正看他们到在跟前，就巴掌一扬，对着他们的脸上"啪，啪，蹦！"，"你他娘的真乃混蛋！那个小畜生，他能摸到你姑娘的楼上？他去你姑娘的楼上跳锅哩？"

"哎呀，老爷，不听不听罢，下边蹬一脚，上边俩耳刮。你说没有摸到俺姑娘的楼上，那半夜三更的，俺姑娘楼上咋还有灯光哩？俺到在楼下一

听，还能听见楼上有男子说话的声音的，老爷。"

"嗯？此话当真？"

"哎呀，老爷，俺们两个啥时候敢在你老人家面前说瞎话呀？"

老奸贼张居正一听，心中暗想，这个小娃娃他能跑到何处呀？莫非真在丫头的楼上？一声说道："张龙、张虎，给我前边带路，咱到在楼上一观——"

【武口】

张龙、张虎把路领　　　　　在后边，紧跟着奸贼张居正
一边走一边暗暗骂　　　　　骂了声丫头敢学疯
你竟敢半夜把楼下　　　　　打水牢救出那个小畜生
把小畜生救到你的绣楼上　　今夜晚，我叫你两个难活成
老奸贼领张龙、张虎把楼上　才上了楼梯一十三层
楼门外边，"叭，叭，叭"把门扣　丫头开门！

【悲平板】

这一喊叫也不当紧　　　　　在里边吓坏他主仆人三名
小少爷只吓得浑身塌塌颤　　姑娘她，只吓得腿肚子转筋拧成绳
下巴骨打得叭叭响　　　　　她呜呜啦啦也说不成

【连板】

要知惊动哪一个　　　　　　惊动丫鬟叫春青
小丫鬟慌忙一串钥匙拿在手　把柜子打开圆睁睁
拉住他姐丈往前走　　　　　把她姐丈藏到柜子当中
然后拿锁只一锁　　　　　　再叫姑娘你是听
赶快前去应住腔　　　　　　你要见机把事行

单说姑娘一看丫鬟把她家相公藏起来啦，这才慌慌张张来到门里："外边是何人叫门哪？"

"丫头，赶快开门！连你爹爹我的声音也听不出来啦？"

"哎呀，爹爹，你黑夜之间不睡觉，来到闺女楼上有何贵干啊？"

"嗯……丫头,是这样,今夜晚上有个贼人来到咱家偷东西,被张龙、张虎发现啦。他在前边跑,两个人在后边追,追着跑着,跑着追着,他两个言说跑到闺女的楼上啦!我来抓贼来了!"

"爹爹,这个贼是个男的,是个女的呀?"

"男的!"

"有多大的年纪?"

"嗯,有……十五六岁。"

"你家闺女我多大啦?"

"闺女,怎么越长越憨,不如起先[1]?闺女不是十七大八啦?"

"哎呀,爹爹,你到街上说吧,你到街上讲吧!"

【叹腔起板】

就说半夜三更你闺女楼上跑过来一个大男子,这件事要传扬出去,还叫你闺女我还咋活哩呀——"

小姑娘楼上泪纷纷	叫了声爹爹听在心
那一天闺女我在门外站	大街上人儿议论纷纷
他们都说每天你不行正	老爹爹定计光害黎民
这一些恶名传了出去	到现在没有人给闺女我来提亲
你言说男子跑到我的楼上	跑到了闺女我的绣楼门
爹爹呀,你要是愿意这回事	今夜晚就承做大媒人

"丫头,胡说!我怎么能叫你与贼人成亲哪?赶快开门!"

"爹爹,我要开开楼门儿,我这楼上没有男子,你待怎讲?"

"嗯,要是没有,你爹我就放心啦。"

"那不行!谁要给你通风报信,搜出来,我情愿跟贼人一同丧命,要是搜不出来,我非杀了他!"

张龙、张虎一听,龙说:"虎,这可是你给老爷说的。"虎说:"你放

---

[1] 起先:洛阳方言,"原来"、"从前"等意思。

屁！不是你说的？到现在害怕啦？"

张居正把眼一瞪："不要害怕，有我哩。——丫头，开门吧！"

"那好。"单说姑娘不敢怠慢，把那楼门儿一开，张居正一声说道："搜！"

单说张龙、张虎手掂钢刀，来到门后一看，没有。然后又看了桌子下边，没有。来到暗间床底下，拿着钢刀"呼啦啦，呼啦啦"，还是没有。哎，张龙、张虎心中想想，听得明明白白，为什么没有啊？这两天上火，听岔音啦？"老爷，没有哇。"

"嗯，龙，虎，两个奴才，既然没有，下楼！"

"爹爹，慢走！谁给你通风报信，我非得杀了他不中！"

"哎呀，老爷……"张龙张虎只吓得"踏，踏，踏"起来就跑！张龙、张虎跑下楼了，老奸贼张居正呢，也跟着下楼走啦。

小丫鬟一看他们三个人直奔前厅而去，慌忙忙来到柜子跟前，把锁一打打开，打里边放出了小少爷。丫鬟说："姑娘啊，恐怕今天等不到五更天啦，俺家老爷若是二次上楼，恐怕他都不能活啦。姑娘，叫我看哪，咱豁上啦！哎，咱不是还有一个偏门吗？前后门都不走，今夜晚上咱走个偏门儿，赶快偷偷地逃出张府。"

"丫鬟，好，快走！"

【散板起腔】
丫鬟前边把路领　　　　随后边跟着夫妻人两名
三个人才把楼来下　　　下了绣楼一十三层
【武口】
三个人前门后门都不走　这才来到偏门门庭
偏门跟前无人把守　　　"呼啦啦"开开门两封
三个人刚刚出离偏门也不当紧

（夹白）"老爷，俺姑娘跟着那小子跑了啊，老爷——"张居正一声说道："追！"

老奸贼三个人后边来追赶　　回来再说他夫妻人三名
小少爷跟着丫鬟跑得老快　　一本本黄沙徐府前去调兵
下一回才回到黄沙府　　　　有马方和赵飞还有王英
宝安寺盗印转回程
校军场点起三万人共马　　　发到国舅贼府中
人马发到贼府内　　　　　　救出他娘孙秀英
这本是半部丝绒记　　　　　咱唱到这里完了功

丝绒记

唱腔选段

白金庚大街上自卖自身

《丝绒记》选段第一回（之一）

张建坡 演唱
李宏民 伴奏
林 达 记谱

（吟诗）世事一朵锦花，人情俱都是假，指亲吃不饱，靠朋穿衣冻煞，雪里送炭有几家，俱是锦上添花，克勤克俭无生涯，此家可以发达。上有几句诗句道罢不论，后有古书半封。

（唱）听俺哎讲一回哎哎哎哎哎

河洛大鼓传统大书选

丝绒记

610　河洛大鼓传统大书选

丝绒记

啪啪叫跑进来一个小顽童。这娃娃大说也不过十五岁，小说也不过十四冬，只长得天庭饱满多饱满，地阔方方方圆圆福禄增，眉清目秀长得俊，唇红齿白老干净，虽然说娃娃长得俊，可

河洛大鼓传统大书选

丝绒记

614　河洛大鼓传统大书选

才　惊　动　一　　街　两　行　老　百　姓。

（夹白）哥，这娃娃长得真好哇，咋会来到大街上自卖自身哩！　老百

姓　　哗　啦　一　声　围　上　去，　把

娃　娃　围　到　正　当　中，　　高　哩　按　着

低　哩　看，　再　低　哩　后　边　打　能　能，　瞎

子　就　说　　看　不　见，　聋　子　也　说　他　听　不

清，　　哑　吧　光　会　　来　比　划，　他　呜　哩

呜　啦　好　几　声。　　老　百　姓

把　娃　娃　围　在　当　中

来　议　论，　　　　这　哥　叫

弟　来　弟　叫　兄，　　　　这

丝绒记　615

3 3 ｜3 - ｜(3̣ 6 1 2 ｜3 3 3) ｜4 4 3 ｜3 3 ｜
老 百 姓　　　　　　　　　　　　　　大　街　上 边

0 2 ｜5 3 ｜0 #1 ｜2 - 2 - 2 - ｜(2 ³₂) ｜
来 谈　论，

2 ³₂) ｜0 2 ｜2 5 3 ｜2 - 2 5 3 ｜2 - ｜(1 2 5 3 ｜
　　　　这　时　候　　　打　南 街

2 ³₂) ｜0 6 ｜5 6 ｜2 7 6 5 ｜1 1 ｜1 3 2 ｜
　　来 了 个 员　外　　　名 叫 赵　忠。

2 1 ｜1 (1 ｜6 1 6 5 ｜3 5 6 5 ｜1 -) ‖

卖绒线的你可听清楚

《丝绒记》选段第二回（之一）

张建坡 演唱
李宏民 伴奏
林 达 潘红团 记谱

1＝F $\frac{2}{4}$ 中板稍快

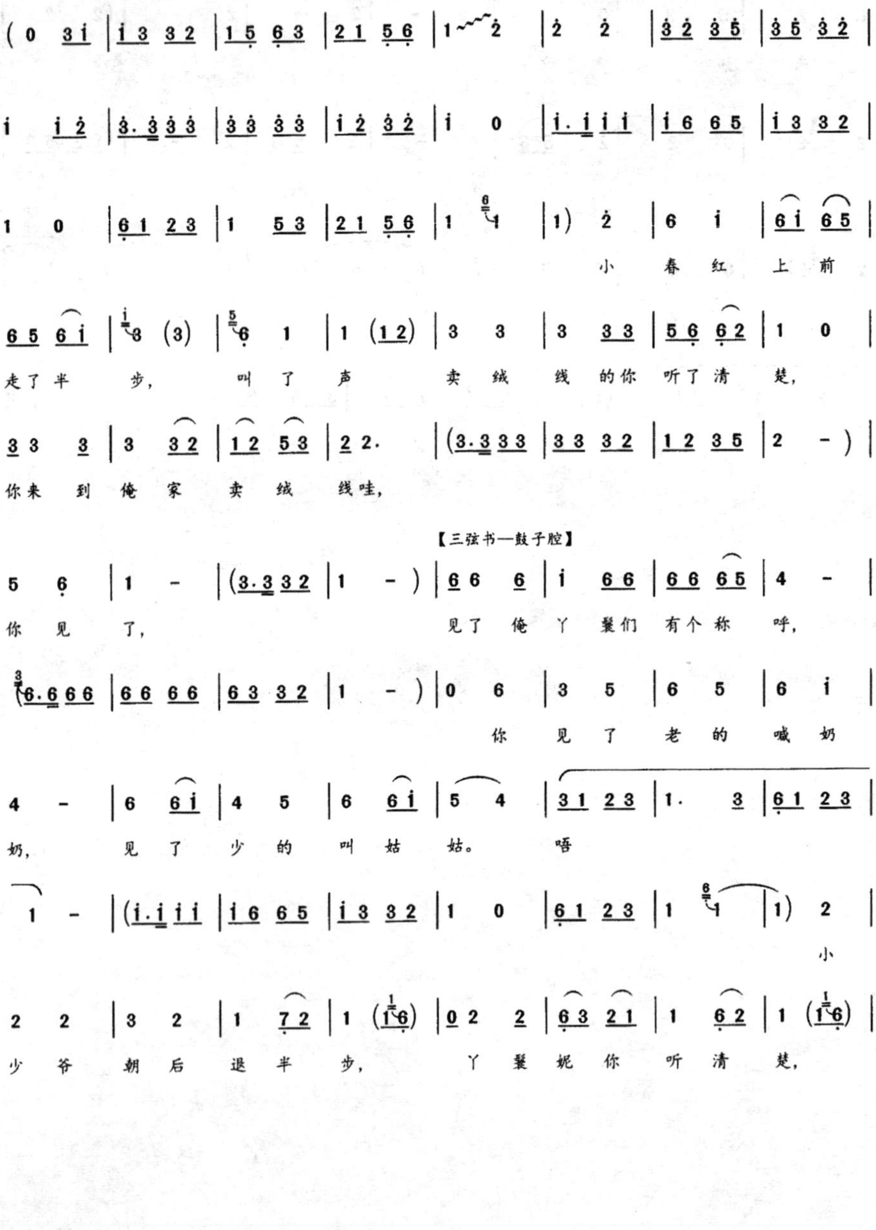

丝绒记

我来到你家卖绒线呀,

你见了, 见了俺卖绒线的也有称呼。

见了老的你喊爷爷,

见了少的你喊姑夫。唔

小春红一听见把眼瞪,骂了声卖绒线的你

不正经,你来到俺家卖绒线,这你不该

说出话来你怎难听,走走走 行行行,

你随我去奔到那待客厅, 客厅咱见了国舅爷,

叫国舅给咱把理评。

618　河洛大鼓传统大书选

你要问吓坏哪一个，吓坏少爷白金庚。

要与春红成婚配

《丝绒记》选段第八回之一

张建坡 演唱
杨现力 伴奏
马春莲 记谱

1=F 2/4 小行板

(白)你找我有啥事？啥事？妹妹，嗨嗨嗨……，你就听十哥我慢慢慢慢道来哎

620　河洛大鼓传统大书选

6 6 6 6 | 1 3 3 2 | 1) - | 3 3 3 0 6 | 6 6 3 6 | 3 3 5 |
　　　　　　　也不知　　模样　长得　怎么

6 - | 6. 1 | 1 - | 6 6 6 6 6 | 6 1 3 | 2 - | (3 6 6 |
样，　还不知　针线活儿　中不中。

6 6 | 6 1 1 3 | 2 -) | 0 3 | 2 - | 0 3 6 6 6 5 |
　　　　　　　　干哥　　　国舅府丫鬟

6 6 6 1 | 3 - | 3. 6 | 6 - | 0 3 | 2 7 | 3 6 5 | 3 - |
三十多个，　但不知　　干哥　你说的　是哪

6 - | 1 3 - | 3 - | 0 2 | 0 2 | 0 2 | 1 6 1 6 | 6 1 |
一　名。

6 - | (1 2 1 2) | 0 3 | 3 3 3 1 3 | 3 3 2 | 3 - | 6 3 |
　　　　　　　　这闺女　与你一般　高，　模样

3 6 | 1 3 3 2 | 3 - | 0 3 6 | 3 3 3 | 1 2 6 - |
与你一般　同，　你要问　她的名　叫啥

3 6 | 1 3 2 | 1 3 2 | 3 1 - | (2. 2 2 2 | 2 6 1) - |
她的　名字叫　小春　红。

【武口】

0 3 | 2 3 | 2 1 | 0 3 | 3 1 1 | 2 2. 3 1 - |
小春红　一听　怒冲　冲，

0 (2 | 2 5 | 5 3 | 2 1 2 5 | 1 7 1 7) | 0 1 1 7 |
　　　　　　　　　　　　　　　　　　　　干哥你

6 6 | 6 6 6 | 6 - | (6 5 6 6 5 6) | 0 1 1 7 | 6 - |
说话　多不　正经。　　　　　　　　盘古至今

6 6 | 5 - | 1 1 | 5 - | 0 5 | 1 1 1 | 6 6 6 6 |
从头　论，　哪有　这　　她哥　跟他　妹子婚配

丝绒记　　621

成。我看你吃的不是馍和饭,

一定是麦秸草料把你喂。

妹妹你愿意倒还罢,不愿意你要想走算

不中。王小虎说着往前动,上前

去 上前去 要抱这个小春

红。要与春红成婚配,

眼睁睁看春红茶馆要遭凶。也

【落腔】
不知到后来怎么样,下回书中

听表明。

回杯记

故事情节概述

　　明代江西南昌进贤县木匠张权,率妻陈氏及子廷秀、文秀逃荒至苏州。遇员外王宪将其请入家中修花亭。王宪见张廷秀聪明伶俐,将其收为义子并将二女儿王月英许配与他。是逢大比之年,张廷秀与王宪的大女婿赵能一同赴京赶考。孰料赵能嫉贤妒能,途中将张廷秀推入江中。张廷秀幸为一渔翁所救,流落京城三年终高中状元。第六年奉旨出京至苏州察查皇亲苏玉意欲结党谋反一案。

　　至苏州后,张廷秀微服假扮乞丐,入王员外府试探未婚妻王月英。月英不嫌弃张廷秀贫寒身份,并告知张廷秀其家人已被赵能勾结苏玉害得家破人亡。两人相认并商定到衙门告状鸣冤后,张廷秀暂别,却不慎将官凭印玺遗落月英处。数日后,张廷秀途中冲撞杀弟仇人染不清,被其殴打,命悬一线。小贩金哥路见不平,用计巧激侠士陈应龙出手相助救下张廷秀。张廷秀赶回王员外府确定印玺由月英捡到并代为保管后放心离开,继续微服私访。不料途中遇赵能并被其识破乞丐伪装。赵能将张廷秀强迫带到赵府,欲设宴下酒将其毒害。未遂后,将张廷秀关入书房,意欲待到深夜将其杀害。赵府小姐赵梅英的丫鬟春红探得此事,立即报与赵小姐。赵梅英一直痛恨哥哥赵能的奸诈为人,和春红一起到书房救出张廷秀,并属意于他,定下终身,并于当夜将张廷秀送出赵府。

　　张廷秀逃出赵府后遇见王员外府家童王纪,王纪带领张廷秀同义父王宪相见并表明八府巡按的身份。王宪授意张廷秀扮作算命先生套出苏玉的犯罪证据。张廷秀依计顺利拿到苏玉罪证，遂命人捉拿苏玉、赵能一行人等，并救出生父张权及妹妹，而后携月英、梅英等家人回京复旨。

版本来源

此书根据巩义著名河洛大鼓艺人尚继业2006年演出实况录像记录整理。2012年7月22日，笔者参加了一个在洛阳举办的关于河洛大鼓与洛阳海神乐商品化发展的研讨会。年近七旬的尚继业受邀在会议期间表演河洛大鼓。令人感动的是，尚继业带领弟子在炎炎夏日从巩义赶到洛阳，而那场演出并没有报酬。为了宣传河洛大鼓，他经常做这种义务演出。在这之后，笔者因收集长篇大书而专程拜访尚继业时，他表示："现在说长篇大书的机会已经很少了……我们都是凭记忆说大书，从来没有文本，长期不说词都忘了。如果有书（词），带徒弟就方便了。"（尚继业，私人通信，2012年8月23日）于是，尚继业向笔者提供了他所擅长的《回杯记》的实况录像，并授权笔者对该书的书词唱腔记录整理。

传承历史

《回杯记》亦名《张廷秀私访》，取材于冯梦龙《醒世恒言》第二十卷《张廷秀逃生救父》，是河洛大鼓长篇传统书目。目前所见的最长版本可演唱40场左右。《回杯记》在说唱艺人间具有极高的知名度和影响力。据河洛大鼓名家吕武成介绍说，河洛大鼓艺人每开始说唱长篇大书的时候，大都要临场发挥，即兴在前边加上一段书词儿，作为大书开头的铺垫和引子，俗称为"序儿"。三十多年前，他跟随老师王新章学说书的时候，就常听到很多艺人唱这样的"序儿"："想听文来想听武，想听奸来想听忠，想听文唱一唱《包公案》，想听武唱一唱《杨家兵》，半文半武《双掉印》，苦辣酸甜

《挂红灯》。所谓的半文半武《双掉印》指的就是《回杯记》。"（吕武成，私人通信，2012年1月30日）可见，这部书在河洛大鼓几代艺人的书目中都是经典。

《回杯记》的刻本有诸多版本。从清代文盛堂的石印《新刻回杯记》和北京百本张手抄本《回杯记》，到民国初年上海锦章图书局出版的绣像本以及上海茂记书庄石印《回杯记唱本》，这个故事随着不同时期的各种刻本流传至今，并被评剧、山东大鼓、西河大鼓、梅花大鼓、乐亭大鼓、河南坠子等多个曲种的艺人改编为曲书目（苏景春，2011，页89）。

河洛大鼓各派艺人也均有演唱《回杯记》。据尚继业介绍，他所演唱的《回杯记》是胡派[1]第二代艺人高廷武传于他的师父，即第三代艺人崔坤（巩义人），而后崔坤又传于他的。当时崔坤传授的版本演唱总时长将近40个小时。除师傅崔坤外，尚继业也曾向著名河洛大鼓第三代艺人王周道学唱此书。在认真研习崔、王二人的版本后，尚继业剔除了重复拉杂的内容，形成了现在的这个12小时版本。

演唱艺人简介

尚继业（1943—），河南省巩义市北山口镇高尚村人。河洛大鼓第四代著名艺人。现为中国曲艺家协会会员，河南省曲艺家协会理事，巩义市曲艺家协会主席，曾任巩县说唱团团长、汝州市歌舞团团长、巩义市法制文艺宣传队队长等职。2008年6月，被河南省文化厅命名为第三批河南省省级非物质文化遗产项目代表性传承人。2006年7月被河南省委宣传部、省文联命名为"河南省民间文化杰出传承人"。

尚继业1964年拜河洛大鼓第三代艺人崔坤为师学唱河洛大鼓，不但学习演唱，而且也学会用坠琴、琵琶、三弦等乐器伴奏。除此之外，在常年的演出实践中，尚继业也练就了惊人的即兴表演能力，可以见景生情，即

---

[1] 河洛大鼓艺人将第一代艺人胡南方的弟子统称为胡派。

席编写唱词,并谱写唱腔。在河洛大鼓艺人中间有"五把叉"(即无所不能)的名号。在老师崔坤的唱腔基础上,尚继业又将许多河南地方曲种,如豫剧、曲剧、越调、道情、坠子等的音乐融入河洛大鼓的唱腔中。

在长达半个世纪的行艺生涯中,尚继业获得过许多曲艺界奖项。1986年,他创作的唱词《枪打高仙爷》、《巧治秃老三》、《刘志厚致富》等获郑州市1986—1987年度文学艺术优秀作品奖,随后他演唱的《枪打高仙爷》、《货郎翻箱》被郑州市广播电台录播。2003年4月获河南省鼓曲唱曲大赛特别表演奖,伴奏一等奖。2005年在河南省第二届民间文艺大赛演唱河洛大鼓《卖驴》获金奖。2007年,在红红火火中国年中原民间文艺展演中凭《姜子牙卖面》获金奖。2008年,在首届中国郑州炎黄文化周中,河南省非物质文化遗产民间艺术展演,他演唱的《罗成算卦》获金奖。2013年演唱《劝人要有好心态》在全国第十届艺术节获群星奖。

除了演出之外,尚继业也致力于河洛大鼓的艺术创作和学术研究,自2004以来,已出版《河洛大鼓初探》、《河洛大鼓古今曲目选》、《尚继业曲艺作品选》、《河洛大鼓书帽集锦》、《河洛愿书》、《河洛新曲》、《说古论今唱道德》等多部专著。他演唱的《三兄弟哭活紫荆树》、《鞭打芦花》、《回杯记》等作品,被河南文化音像出版社、河北文化音像出版社、北京青少年音像出版社出版发行。他新创作的河洛大鼓唱词《男女都一样》、《认爹》分别于2001年、2003年《曲艺》杂志上发表。

为了传承和发展河洛大鼓,尚继业从1980年至2013年以来,免费传授河洛大鼓技艺,累计招收学员300多名,正式拜师收徒63人。2005年至2008年期间,尚继业自己出资录制老艺人演唱的传统长篇大书21部、中篇4部、短篇19部,共计724小时。2012年10月31日,尚继业和其他12位艺人共同组成了巩义市河洛大鼓传承演艺中心,自编反腐倡廉、实现中国梦等内容的小段,深入农村、学校、社区进行宣传演出。

伴奏琴师简介

崔洪周,男,41岁,巩义市大峪沟镇和沟村人。河南省曲艺家协会会员。崔洪周既精通乐器,也可以演唱书词,在正式演出中常以伴奏为主。曾获河南省曲艺大赛伴奏奖。

书词全文

第一回
私访进王府

(定场诗)
虎离深山被犬欺	落架凤凰不如鸡
得势狸猫欢如虎	休笑穷人穿破衣
(道白)	(唱)
上场四句诗曰道罢不叙	听俺慢慢给恁道来一回——
【起腔】	【送腔】
小战鼓一敲归板正	咱不唱小段开正封

【二八】
有的爱听文,有的爱听武	有的爱听奸来,有的爱听忠
爱听文唱一唱包公案	爱听武唱一唱(那个)杨家兵
半文半武双掉印	一苦到底老红灯
啥公子光好听什么小姐	啥小姐光好听什么相公
老头儿好听那个老婆笑	老婆儿光好听那老头儿哼
哑巴好听来比画	那聋子好听说大声
二百五儿光好听那两响炮	嗑囔鼻儿光好听那哼哼哼

回杯记

一人难称十人意　　　　　一堵墙难挡八面的风
带来一本《回杯记》　　　多天不唱可是有点生
有心咱打从头讲　　　　　一半会儿说不到热闹当中
有心咱打后边论　　　　　书到结尾可是净毛松
咱学个三岁的孩子吃角子　捏住两头咱啃当中
会听书您都往大道看　　　在那苏州城大道上
走过来一位要饭穷　　　　观年纪也不过二十二
少说也不过一半冬　　　　只见他头戴着一顶开花帽儿
身穿小袄儿都是窟窿　　　他那黄灰裤子露着胯
叉合板儿鞋二足蹬　　　　左手里掂了一个黄瓷罐
右手里打狗的枣条拿手中　这个人，要饭吃可不是真要饭
他本是头名状元离北京　　这个人姓张名叫张廷秀
还有个学名叫张飞龙

张廷秀在京中领了皇圣旨　带领着人马离北京
出京来带了三千御林军　　还有八百校刀兵
才来到，苏州城十里长亭安下寨　打扮成一个要饭穷
此一番到在苏州地　　　　八件大款要访清
头一件访访贼苏玉　　　　访一访苏玉小朝廷
二一件访一访狗知州　　　看看他做官清不清
三一件访一访他条串[1]　　访一访条串叫赵能
四一件访访他岳丈　　　　他岳丈名叫王顺清
五一件访访家人小王纪儿　六一件访访他表弟陈应龙
七一件访访小妹妹　　　　访一访妹妹张桂英
八一件访访未婚妻　　　　访一访未婚妻子叫王月英
六年不在苏州地　　　　　还不知他妻啥心情
张廷秀思思想想往前走　　心暗想俺可到那里前去私行
俺有心先到大街访　　　　还恐怕丢掉怀内大印一封
俺不如先到王府内　　　　访一访未婚妻子叫王月英

---

[1] 条串：河南方言，是姊妹之夫的互称或合称，书面称呼为连襟。

俺六年不在苏州地	还不知我妻啥心情
俺的妻若嫌我是要饭吃	想要活命万不能
不嫌我是要饭吃	诰命夫人叫她应

【连口】

张廷秀思思想想往前走	抬头看后花园也不远面前停
张廷秀来到门口停足站	你看他一个眼合一个眼睁
使个木匠来调线	隔着门缝看分明
隔着门缝往里看	见里边只跑过不高不低
不高不低不黑不白不胖不瘦	花不愣登女花童
只长得好头发黑叮叮	脸皮儿白白生生
没有麻子没有坑	"扑哧"一笑两酒坑

【二八】

看罢多时明白了	那就是丫鬟小秋凤
六年俺不在苏州地	小丫鬟已把大人长成
张大人手拍门板儿连声喊	我连把小丫鬟叫了几声

（白）好啦，开书啦！有的同志问啦，你说的这是哪一回呀？咱说这一回就叫《回杯记》，也就是《张廷秀私访苏州》。

说这头名状元张廷秀在京中领了皇王圣旨，带着三千御林军、八百校刀兵，要到下江苏州私访。

那有的同志问那："私访哪个？"私访那小朝廷苏玉呀。

张大人有心先到大街私访，还恐怕丢掉怀中的印玺。心中暗想：我六年不在苏州，还不知未婚妻子王月英她跟我变心没有变心。如果她嫌在[1]我这个要饭的花子，想逃我张老爷的铜铡，势比登天还难；她要不嫌弃我是个要饭的花子，我把她接到北京城里，叫她当这诰命夫人。

张大人想到这里，就一直来到后花园门口，隔着门缝往里看，小秋凤正在花园玩耍。张廷秀手拍门板连声喊道："秋凤，开门！"

---

[1] 嫌在：河南方言，嫌弃的意思。

小丫鬟秋凤十七八岁，正在花园玩耍，闻听得有人叫门，心中暗想：咦，他娘那脚儿啊，谁叫门哪？秋凤长、秋凤短、秋凤鼻子、秋凤眼，你是叫啥哪？俺秋凤是那王府的秋凤，叫你随便叫哪？哦，我知道了，一定是学生娃放学了，在那门口调皮哪。"你走不走？要不走我开开门出去，嘴不给你撕叉儿！"

张大人说："丫鬟，不要耍嘴，我是你姑爹回来了啊！"

丫鬟一听，姑爹？哪个姑爹呀？一共有两个姑爹啊，一个张门姑爹，一个赵门姑爹。六年前啊，俺家张门二姑爹和赵姑爹一块上京赶考，去了三个月，俺家赵门姑爹回来了，言说俺张姑爹不中了啦，死清啦，沤脓啦，一点气儿都没有啦。今天这是哪个姑爹回来了？叫我问问他："哼，你是哪个姑爹回来了？"

"丫鬟，我是你张门二姑爹回来了啊。"

"打鬼，打鬼！"

"丫鬟，你看这青天白日，朗朗乾坤，大白天哪来的鬼啊？丫鬟，给我开门吧！"

"不是鬼你是啥啊？出去五六年都没信儿了，你不是鬼是啥？走不走！你要不走我开开门出去拿着杆草火棍儿呼噜[1]你。"

"丫鬟，不要耍嘴，我真是你姑爹回来了啊！"

丫鬟一听，这声音都不对。咋啦？我听说那鬼叫唤的声音尖着那，鬼要一来，那都是"嗷——"，是这声啊。这个人说话瓮声瓮气的，可是不像鬼啊："那你说不是鬼，我也不相信。我常听人家老年人给俺说啦，人死了手是凉的，人活着手是热的，你说不是鬼，把手伸进来让我摸摸，看是热的还是凉的。"

"丫鬟，你不给我开门，我的手从哪儿伸进去啊？"

丫鬟说："门闸板底下。"

你看张大人万般无奈，把腰一弯，把头一低，手掌朝上往里一伸："丫鬟，摸摸吧。"

---

[1] 呼噜：这里指用火烧燎的意思。

丫鬟说:"咦,他娘那脚儿啊,俺才不摸哪。你那手掌朝上,俺不摸倒还罢了,俺要一摸,你'吭哧'抓住了,拿死不丢,俺想跑也跑不了啊。不中,翻过来!"

"咦,你这丫鬟妮子,心眼还不少。"张大人万般无奈,把手抽回,手背朝上,往里一伸:"丫鬟,摸吧。"

丫鬟想,就这我也得小心着呀。上前"嘭"捺住啦,越摸越热,热咕隆咚的。

"丫鬟,死了没有?"

"咦,多少还有点气儿哩。"

"丫鬟,那你给我开门吧。"

你看那小丫鬟左手抽插,右手抠搭儿,把门一开,"咔嚓,吱呀——","咦,你娘那脚儿啊,好一个要饭的花子!苏三啊,苏三,你这个鳖儿可真做精啊。头一回,我在那花园玩耍,你在那叫门。你说:'丫鬟姑,开门!'我想着叫'姑'哩,是俺娘家侄儿过来了,谁知道开开门一看是你。我问你干啥哩,你说老饥,两三天都没有要来饭,肚子饿得跟那狗翻肠一样。我看你说着怪可怜,我给俺老爷喝掉的剩面条给你盛一碗,你喝喝爬走了。又过几天啊,我又在花园玩耍呐,你又来叫门,你说:'丫鬟姐,开门!'俺想着叫姐是俺娘家兄弟过来了,谁知道开开门一看,又是你!我问你干啥哩,还是说老饥,我背着俺老爷给你挖一瓢蜀黍面,你爬走了。我说苏三啊,苏三,你是那毛老鼠上梯子,一蹬一蹬往上扒哪!头一回,你在那叫姑哩,我打发一回,你给我叫姐哩,我又打发一回,你可成姑爹了,我敢再打发一回,你成姑爷了,我再打发你一回,你成……这没法估啦,你!苏三,你走不走?要不走,我给那家郎院子叫出来,拿那大棍子'扑出扑出'把你捶死。"

那有的问了,小丫鬟为啥把头名状元当成了要饭子苏三呢?只因张廷秀这次来到下江苏州私访,带了三千御林军、八百校刀兵,在苏州城外十里长亭安营下寨。他就打扮成要饭的花子,因为没有要饭穿的衣服,就派他手下的书童到苏州城大街买了一套要饭花子的衣裳,正好买住苏州城要饭的苏三的衣裳。小丫鬟光认衣裳,没有认人,因此她把张老爷当成要饭花子苏三了。

张大人闻听此言："丫鬟，你再睁着眼好好看看，我是你姑爹啊！可不是那要饭的苏三。"

小丫鬟仔细一看，真是认错人了，这脸都不一样。咋了？苏三是那黑豆儿眼儿、夹巴脸儿。你看这个人多么大一对眼、多么大一副脸，富态态，再说这声音也不是。咋啦？苏三说话尖声格拉气，这个人说话瓮声瓮气。"哎呀，你说不是苏三，我这一看，你还真不是那苏三。那你说，咋穿着苏三那衣裳，你那衣裳咋跟这一模一样？你说你是姑爹，我给你说俺姑爹有劲儿啊！"

"咦，丫鬟，你姑爹有啥劲儿啊？你姑爹不就是个人，不是长个头、两只眼、一个鼻子，他人有啥劲儿啊？"

"哎，我给你说，俺姑爹鼻窝前长个白麻子。有那老年人说是诸侯印哪！圣贤书说那白麻子通好着那。你那要饭的抹着一脸灰，俺也看不清楚，往前走走！"

"中，往前走走。"

"再走走！"

"中，再走走。"

"皱着眼！"

"恩，皱着眼。"

小丫鬟看他抖着劲儿，皱着眼，走上前"呸"！

"咦，这死妮子啊，你咋吐我一脸唾沫啊？哎呀，你可真敢捉弄人。"

丫鬟说："哎，俺这一吐，这一擦，黑灰也擦掉了，白麻子也露出来了。哎呀，姑爹啊，姑爹，要说啊，我该给你端一盆热水，给那脸上的灰好好洗洗，你想想，咱这深宅大院一来一回老不容易啊。我这热唾沫吐到你这脸上看好不凉，正好给你脸上的灰擦掉。不错，就是有个白麻子。就这也不中，俺姑爹还有记号那！"

"哦？丫鬟，你姑爹还有啥记号啊？"

"俺姑爹啊，脖子上长个肉瘊儿，肉瘊儿上长了三根瘊毛，你多一根也不中少一根也不行，叫我看看有没有？"

"咦，你这丫鬟妮子，咋知道的真清楚呢？"

"俺姑爹从小光叫我给他梳头，就这，我知道他脖子上长个肉瘊儿，肉瘊儿上长了三根瘊毛，叫我看有没有？"

张廷秀万般无奈，把腰一弯、把头一低，"丫鬟，看吧。"

小丫鬟扒着肩膀头一看，"不错，哎呀，就是个肉瘊儿，肉瘊儿上长了三根瘊毛。就这也不中！你别说记号对上了，说你是俺姑爹！我来问你姓啥叫啥，家住哪里？爹爹叫啥？恁娘啥氏？怎样来到下江苏州？到了下江苏州以后怎样进到俺王府？到王府以后，你咋跟俺姑娘你俩成了亲事？你多大了，俺那姑娘多大了？说得清楚、讲得明白倒还罢了，要是说的一字之差，小心我萝卜疙瘩儿给你齐[1]了！"张廷秀闻听此言——

【滚白】

说小丫鬟你站到花园以内　　细听俺把家乡居住从头至尾

一端一底，慢慢讲来——

【二八】

头名状元张飞龙　　　　　　未曾开言叫秋凤

小丫鬟你站到花园内　　　　细听俺把家乡居住对恁明

说起来家来，俺家确远　　　俺不是少姓没有名

俺家住在南昌府临江小县　　离城十里地有个张家营

老爹爹姓张叫张权　　　　　母亲娘陈氏女多么安宁

未生多男并多女　　　　　　所生俺兄妹人四名

我的名字叫张廷秀　　　　　张文秀本是俺二弟的名

三兄弟的名字叫张飞虎　　　还有一个小妹妹她叫张桂英

遭不幸原郡遭荒旱　　　　　大旱三年不收成

只饿得，人吃人那个犬吃犬　毛老鼠只饿得啃铁灯

小外甥不敢往他舅家去　　　他妗子捞住要上笼蒸

针穿黑豆上市卖　　　　　　河里的杂草上秤称

---

[1] 齐：这里是切掉的意思。"萝卜疙瘩儿给你齐了"，意为阉割。

回杯记

大街上设下了卖人市儿	一街两行扯成了绳
妇女们，过四十多岁无人要	三十多岁也不中
二十四五的小寡妇人材好	大吆喝才要一个烧饼
居家万般无计奈	才一担两筐出了门庭
逃荒来到苏州地	才到那关王庙内把身来停
老爹爹在家会木匠	把那镢、锛、刨、斧挂在门庭
那一天，恁老爷行走在大街上	才和俺爹爹商量通
才把俺请到了恁家内	请到恁家修盖花厅
那时候俺才十二岁	来到了恁的府做小工
我雕龙，我雕凤	我雕狮子前去滚绳
恁老爷看我聪明又伶俐	才和俺爹爹商量通
才把俺买到恁家内	买到了恁的家当个螟蛉
那时候堂楼以上把安问	看见了恁姑娘王月英
她看我，我看她	二人观看多有情
观看已毕把话论	俺们两个论年庚
谁为大，谁为小	谁为姐弟好相称
我把我生辰八字对她来讲	她把她生辰八字对我明
俺本是同年、同月、同日、同时带同庚	
掐时辰我比她大三刻	她为妹妹我为长兄

丫鬟说："别说啦，二更打两点儿，一点儿都不错！你要不是俺姑爹，都不知道跟俺姑娘同年、同月、同日、同时、同庚，掐时辰你比她大三刻。这回呀，总算让你说着了。我，姑爹啊，姑爹，看着你聪明伶俐，咋那么憨啊？你都没有想想，自从你上京赶考走了以后，俺姑娘在家今儿个扒，明儿个扒，扒着姑爹不回家；今儿个瞅，明儿个瞅，瞅着姑爹不回头；今儿个哭，明儿个哭，哭着姑爹不回屋。哭的老爷没有法，给俺姑娘又找了个家啊！"

"啊？丫鬟，你待怎讲？"

"给俺姑娘又找了个家！"

"丫鬟，我来问你，又把姑娘找了个哪家啊？"

丫鬟说："小朝廷苏玉！"

"丫鬟，我六年不在苏州，咋不知道小朝廷苏玉，他是何人啊？"

丫鬟说："咦，老天爷啊，出去六年没回来，回来成憨子啦！小朝廷苏玉在苏州可有名啦，大人孩子没人不知没人不晓。我给你说吧，那苏玉啊，原来是个御儿干殿下，就是朝廷的盖儿。原来苏玉在朝廷做官，上欺天子，下压群臣。因此满朝文武、九卿四相、八大朝臣、龙子龙孙，上至金殿统奏一本，万岁皇爷才把那小朝廷贬到那下江苏州为民。苏玉来到下江苏州之后，本来应该安分守己，好好当个老百姓。谁知道，你看他到在下江苏州抢男霸女、无恶不作、血债累累、罪恶滔天。贼子修下了九间九檩朝王殿，七间七檩剥杀厅，杀人锅，蒸人笼，炙人鳌子是熟铜，养下猛虎，喂下黄鹰，招兵买马，地穴藏兵，准备着八月中秋攻打北京，想夺那嘉靖皇爷的江山！因此人送外号'小朝廷'。俺姑娘就是许给他了。"

张大人闻听此言，心中暗想：我来到下江苏州，万岁王爷就是让我私访小朝廷苏玉的罪恶。我不如趁此机会打听一下。这小朝廷苏玉究竟抢了谁家的男、霸了谁家的女，到底做了多少恶？想到这里就说道："丫鬟，你说那小朝廷苏玉真坏，到底抢谁的男了、霸谁家的女了？你能给我说得清楚一点不中？"

"咦，老天爷哪，你那穷要饭的花子啊，还打破砂锅问到底呢！实话我给你说吧，那苏玉啊是头顶上长疮、脚底板流脓，坏透了！头发丝儿穿尿罐，提不起来啊！那苏玉骑着大马来到大街，不管哪妇女长得好看，不管好成啥样。只长得那个头儿、那个脸儿、那个鼻子、那个眼儿。天上少有、地下真稀、人见不走、鸟见不飞、狗见不咬、驴见不踢。小金莲缠得又尖又瘦、打手一挪、两头不露，鼻子一闻，嗯，光香不臭！他看见这号女人都走不动啦。你看他骑到马上，把那鳖虎[1]眼一瞪：'家郎们，给我抢，抢回去给我拜堂成亲！'姑爹，你看他孬种不孬种？不管谁家的闺女媳妇，抢回去给他拜堂成亲。那女子如果顺情倒还罢了，有些女子烈性敢骂他几

---

[1] 鳖虎，即蝙蝠。

句,你看那苏玉闻此言,心中好恼,把眼一瞪,说:'拉下去,拉到那剥皮厅上,把人皮给我剥了!'姑爹,你也不知道,光人皮不知剥了多少,光钉人皮那钢钉都使坏了五百六啊,那一个钢钉下可不是只钉一个人皮啊,一个钢钉下都钉着四十八张人皮啊!姑爹啊,姑爹,俺没有上过学,也不会算。你看他害死多少人啊,老天爷!"

张大人说:"丫鬟,照你这么说,谁家的妇女长得好,碰上他该倒霉了?"

丫鬟说:"谁家的妇女长得赖,他也抢!"

"丫鬟,他抢那长得赖的妇女,回去也是拜天地哩?"

丫鬟说:"屁!听我给你说说,姑爹。那苏玉骑着大马,不管看见谁家的妇女长得赖啦,敢说赖成啥样?只长得是脚儿又大、脸又丑,长的一脸麻个头,顿顿吃饭抓圪篓[1],红薯饭一顿能吃八圪篓,睡觉放屁还扯呼噜!他看见这号妇女眼都不想睁,骑在马上,把那眼一闭:'哼,这号人来到世上糟蹋粮食哪,这蛤蟆爬到脚面上,不咬人还膈应人哩!家儿们给我抢!抢回去扔到那老虎堆里,戳烘、戳脓,让那老虎吃了!姑爹,长得赖的妇女回去喂他的老虎啊,这是好赖一起搓啊!"

"哦?照你这么说,这妇女碰着他该倒霉了不是?"

"他光抢女的呢?男的也抢!"

"丫鬟,他抢男的是干啥的?"

"你看,苏玉骑着大马来到大街,不敢看见哪小伙子三十多岁,二十多岁,长的年轻力壮、膀扎腰圆,抢回去以后关到地穴里叫他当兵哩!姑爹啊,不说抢那年轻力壮的小伙子,看见谁家的小孩长得好,他也抢啊!"

"哦?丫鬟,他抢人家恁大点儿孩子干啥呀?"

"干啥哩?苏玉骑着大马来到大街,不管看见谁家那小孩长得好看,敢说长得啥样?只长得七八岁、十来岁,天庭饱满、地阁方圆、双手过膝、两耳坠肩、走有走相、坐有坐相、立有立相、站有站相、人有人才、貌有貌才、口有口才,真是一貌三才。他看见这小孩都走不动啦!他说'小孩,你是吃啥长的啊?咋长得真排场啊!家郎们,背回去,给我叫爹。'姑爹,

---

[1] 圪篓:方言,指粗瓷烧制的尺寸最大的碗。

看他孬孙不孬孙？不管是谁家的孩子，背回去得问他叫爹啊。有的孩子胆小不敢不叫；有的孩子胆老大，一说叫爹哩，眼儿一翻一翻哩，看你那鳖样！你是俺爹哩？我是你爹哩！你看那苏玉闻听此言，心中好恼，上前抓住小孩的两条腿，打脚儿一蹬，哧啦，一撕两半，给那孩子扔到鹰笼，叫那鹰给他叨吃啦。因此上，人送外号'小朝廷'。俺姑娘就是许给他了呀！"

"哦，这么说你姑娘就是许给那小朝廷苏玉了啊？"

丫鬟："对。姑爹啊，五六年你都没有回来，今儿个回来看[1]是时候，你看好跟上。"

"丫鬟，我跟上啥？"

丫鬟："你跟上帮轿。你都没有想想，一到后天，那好儿[2]就到了，人家拉着板儿、喝着道、打着灯笼、吹着号，嘀嘀嗒嗒多热闹。连锅带饭都端蹔了，你还回来弄啥哩？"

"丫鬟，你看我回来，可不是争亲来了啊。"

丫鬟："咦！争也不中。没看衣裳、没看帽子、没看你身上绌[3]的稻草腰子。你头戴一顶开花帽儿、身穿小袄露着套儿，穿对鞋踢踏踢踏光想掉，腰面绌个稻草腰。你是那走一步掉一块儿，咋了？穷酥了啊。田老鼠走背街，人牲口都上不去事儿了，房顶上有个窟窿，你算瓦透了，你争也不中，你争啥争哩？"

"哼，丫鬟你看。我道我是争也不中，可是我临走的时候你家姑娘赠给俺两件表记，她给我一个戒指儿和一个白玉杯啊，今天我是给你姑娘送表记来了。这两件表记交给你姑娘，我还得大街上要饭哩啊。"

丫鬟："咦，要是这儿，拿过来吧，不是就那两件表记，叫我给俺姑娘捎回去哦。该爬哪儿要饭，爬到哪儿要饭哦。"

"耶，那可不中。这两件表记是你姑娘亲手交给我，我还得亲手再还给她，可不能叫我给乱捎啊。"

---

[1] 看：方言，和下文的"看好"都是正好，刚好的意思。
[2] 好儿：这里指看下的良辰吉日。
[3] 绌：即束，疑束为本字，方言读作绌。

"咦,我知道你老想见见俺姑娘,五六年没看见俺姑娘老想跟她见见面。想见啊,你就去见见。咱可说好哦,你在花园等着,我上楼送上一信儿,俺姑娘下楼了,下楼。不下楼可不能怨我。"

"丫鬟,你要速去速回呀!"

丫鬟说:"放心吧。"

你看那小丫鬟扭项回头,才说要走,转念一想,不对,"姑爹,俺上楼送信儿哩,我给你藏到哪儿里?"

"哎呀,我真大个人,你能给我藏到哪儿?我就站到花园等着。"

丫鬟说:"不中,咱府里家郎院子甚多,要来到花园,说'哪里来个要饭的花子,来到府下采花盗柳!'拿那大棍子'扑哧,扑哧'不给你锤死!"

"不要紧,咱府里家郎院子我都认识,这都是熟人,谁还敢打我?"

丫鬟说:"不中,最近添的新人老多,你不认识。"

"那也不要紧,我鼻子下长的有嘴,我会给他们学说,我说我是他姑爹哩,谁还敢打他姑爹嗯?"

丫鬟说:"就这也不中,最近咱府里添的狗老多呀,白毛狗、狸狗、花狗、黑狗、白狗……都成狗啦,狗来不给你撕吃了!"

"咦,照你这么说,还非得把你姑爹藏起来不是?"

"对!不藏起来不中!"

"丫鬟,那你准备把你姑爹藏到哪里呀?"

小丫鬟说:"随我来!"

你看小丫鬟前面走,张大人随后紧跟。两个人一前一后,不多一时来到葡萄架跟前,小丫鬟拿个长竹竿往里头一窜,往那上头一抬,"姑爹,爬进去吧。"

张大人说:"丫鬟,这底下会能藏住人?"

丫鬟说:"不要紧,你甭儿看外面地方小,到里头打滚儿都有地方啊,进去吧!"

你看张大人万般无奈,一只手掂着黄瓷小罐儿,这只手拿着打狗枣条儿,把腰一弯钻进了葡萄架,还没有瞅个地方坐好,小丫鬟"扑拉"给竹竿一松,"咦,丫鬟,再往上抬抬吧,压住我脖颈了,老难受"。
　　丫鬟说:"压会儿吧,小伙子哩,搁不住压?"
　　"咦,我这是压豆腐哩?丫鬟。不压不出浆?抬抬吧,老难受。"
　　丫鬟说:"你少难受会儿吧,我一会儿就回来了。"
　　"丫鬟,你要速去速回呀!"
　　小丫鬟说:"放心吧!"

【二八】

好一个丫鬟小秋凤	此一番要到绣楼把信来通
那个小丫鬟一边走着一边想	不由心中暗想情
前六年,俺姑爹还是宦门公子样	现如今混个要饭穷
此一番到在绣楼上	要给俺姑娘把信来通
俺姑娘要是把楼下	可该俺姑爹再不受穷
俺姑娘要是不把楼来下	妈那脚,小丫鬟趁机拾个剩相公
别看俺姑爹穿得破	人物头儿长得老支楞
只长得天庭饱满多主贵	地阁方圆福禄星
左眉头长了一颗龙探爪	右眉头长了个凤戏龙
鼻凹间长颗诸侯印	好似皇上一盘龙
要能给姑爹拜天地	娘那脚,不穿棉袄能过冬
也就是,河里洗脸庙里住	见一天,打俺三顿踢俺九脚也不嫌疼
三天五天不吃饭	扭回头看看俺女婿老高兴
女孩家寻个女婿好	走走娘家逞逞能
女孩家寻个女婿丑	妈那脚,我天天吃肉也嫌腥
小丫鬟思思想想来好快	抬头看,绣楼不远面前停
小丫鬟扑扑噔噔把楼上	上了护梯十一层

(白)

　　有的说拉倒吧,人家那护梯都是十三层,她为啥只上了十一层?这护梯呀,也是十三层。小丫鬟上到十一层上,她不上了。为啥不上了?她在那想哩：咦，他娘那脚儿哩，俺光知道上楼送信儿哩，俺姑娘是啥心哩？她是想着那张廷秀哩？还是想着那贼苏玉哩？她要想着张廷秀啦，我上楼一送信儿，跟着我就跑下来了。那你说她要想着那贼苏玉了，我上楼送信儿不是白搭吗？哎，我咋听着俺姑娘在那绣楼上在那哭哩。

【滚白】
单说说王姑娘王二妹头戴麻冠身穿重孝，怀抱着张二哥的灵位——

那有的同志问啦，啥叫灵位啊？人家夫妻两个感情好啊，她认为她的丈夫已经死到外边了，因此上去集上买一张黄表纸叠个三尖儿，写个牌位儿，上写着"张廷秀郎君之灵位"。

【散板】
说："我有心痛痛哭上几声　　还恐怕，丫鬟那鳖妮子偷听！"

（白）二姑娘想：我有心痛痛哭上几声，还恐怕丫鬟那鳖妮子偷听。这鳖妮子那嘴儿通松着呢，走到哪儿说到哪儿，她说在楼上哭俺女婿哩，她该扫我的气哩，我得诈诈她，看她上楼了没有上楼？要是没有上楼，我好好哭哭俺二哥。

你看王二姑娘想到这里，在绣楼上就开腔啦："丫鬟啊！要上楼，你就上楼；要下楼你就下楼。你站到那护梯上，'圪出出，圪出出'，跟那老鳖出头儿一样，你是出啥哩出？"

咦，小丫鬟吓得舌头一伸，又往下退了一蹬。"老天呀，她咋真能哩？我没看见俺姑娘，俺姑娘咋可看见我了？隔着真厚的木隔扇，俺姑娘长的是那过木眼儿？"丫鬟想，不对。咋了？俺姑娘是那读书人，心眼老多，弄不好她是诈我哩。我要再等会儿。她说，丫鬟啊！你咋不上来哩？又往下退一蹬了？那她就真看见我了。我要再等会儿她不吭声，就是诈我哩。就这我也得走走过场儿，她要问我，咋说哩？哎，有了，俺给那绑腿带解开了，解开重系住，系住重解开。她不问俺算完，她要问俺：丫鬟啊，你弄啥哩，咋不上来哩？姑娘，俺绑腿带儿开了，你不叫俺系住？小丫鬟站到护梯口暂且不讲。

【叹白】
单说说王姑娘王二妹诈了几声，不见丫鬟上楼，恁看她两只眼扑扑嗒嗒往下掉泪，好也似珍珠断线，雨打莲叶一样，说，我苦哇——

（白）小丫鬟想：咦，老天爷呀，往日俺姑娘都是这样偷哭、闷哭啊。咋是偷哭、闷哭哩？有时候是蒙着那被子，有时候是扒到那桌子上，有时候两手捂住那脸，这是偷哭、闷哭哩。老天爷，今天是咋着了？直扯着那嗓子，亮洒洒的声音，"我苦哇，老天爷"。"哇"这么长，还没"哇"出来，这是哭谁哩？叫我听听！她是哭张哩，还是哭苏哩？她要哭着"张廷秀啊，你一顿[1]死了吧，我要嫁给那苏玉……"她要哭着"张廷秀啊，你赶紧回来吧，我死也不跟那苏玉拜堂成亲呀！"哎，我就上去送信儿了，叫我看看，她到底是哭谁哩。

小丫鬟站到护梯偷听，暂且不讲。

【叹白起腔】
单说说王姑娘王二姐坐在绣楼以上，痛洒洒地可哭起来了——
【二八】
好一个姑娘王月英	哭啼啼坐在绣楼棚
哭了声俺的二哥名叫张廷秀	再哭声俺二哥张飞龙
我的二哥呀！	恁的原郡可不在苏州地
恁本是逃荒来到了苏州城	恁的爹在家会木匠
才把恁请到了俺家修盖花厅	那时候二哥哥恁才十二岁
来到了俺的府做小工	那个你雕龙，那个你雕凤
你雕狮子前去滚绳	俺老爹爹看二哥聪明又伶俐

---
[1] 一顿：方言，这里是"赶快"的意思。

才把恁买到俺的家内当个螟蛉　　那时候堂楼以上把安问
看见了二哥哥张飞龙
【连口】
你看我，我看你　　　　　　　二人观看多有情
观看已毕把话论　　　　　　　俺们两个论年庚
谁为大，谁为小　　　　　　　谁为姐弟好相称
我把我，生辰八字对恁讲　　　恁把恁，生辰八字对俺来明
咱本是，同年同月同日同时带同庚　掐时辰恁比我大三刻
我为这妹妹恁为兄
【二八】
那个二姑娘哭哭啼啼绣楼上　　盼望着二哥哥咋不回程
二姑娘哭得肝肠断　　　　　　还不知张廷秀现在已回到苏州城
眼见的夫妻要相会　　　　　　少歇一会儿接着听

第二回

二姑娘思夫

【起腔】　　　　　　　　　　【送腔】
小战鼓一敲归板正　　　　　　咱不唱小段开正封
【二八】
上回唱的是《回杯记》　　　　还有很多没唱清
哪里打断哪里找　　　　　　　打断了青丝续红绒
人人都说俺忘记了　　　　　　小弦子一拉俺记得清
书回文单表表哪一个　　　　　再说说王二姑娘她叫王月英
二姑娘坐在绣楼上　　　　　　盼望着二哥哥早早回程
我的二哥呀！那一年你整整十二岁　来到了俺的府做小工
那个你雕龙，那个你雕凤　　　你雕狮子前去滚绳
俺的老爹爹看二哥聪明又伶俐　　才和恁的爹商量通

才把恁买到俺的家内　　　　买到了俺的家当个螟蛉
那时候堂楼以上把安问　　　看见了二哥哥呀张飞龙
你看我，我看你　　　　　　二人观看多有情
观看已毕把话论　　　　　　咱们两个论年庚
谁为大，谁为小　　　　　　谁为姐弟好相称
我把我生辰八字对恁讲　　　恁把恁生辰八字对俺来明
咱本是，同年同月同日同时带同庚
掐时辰恁比俺大三刻　　　　我为妹妹恁为长兄
从此后，张二哥就在俺王府内　咱俩个在一个桌上来用功
哪一字儿不会写我教恁写　　那一句不会念我念恁听
论家规咱本是兄妹俩　　　　论学规，我的二哥呀
俺还算你的女先生——　　　我的二哥呀
十三岁你就把学进　　　　　身入那黉门是个廪生
十四岁恁就科了举　　　　　苏州城，就二哥的文章写得老精
老爹爹看恁文采好　　　　　因此上才把疑心来生
怕二哥今后把官做　　　　　怕你认姓前去归宗
同着俺三叔王三老　　　　　才把俺许配给张二哥结成婚盟
虽然说咱本是夫妻俩　　　　年纪幼小未曾拜花灯
从此后俺回到绣楼上　　　　回到了绣楼上学做针工
白天绣楼做针线　　　　　　到夜晚我偷偷摸摸下楼棚
偷偷来到了书房内　　　　　陪着俺二哥哥来用功
二哥哥恁读书到一更　　　　小妹妹陪伴到一更
二哥哥恁读书到二更　　　　小妹妹给恁来拨灯
【连板】
二哥读书到三更　　　　　　小妹妹亲自去到厨房中
亲自去到厨房内　　　　　　四盘子四碗给恁做成
酒菜端到书房内　　　　　　陪着二哥喝几盅
打发恁吃罢饭饮罢盅　　　　铺床叠被把恁侍奉
打发俺二哥安歇下　　　　　小妹妹再回绣楼棚

【二八】

我的二哥呀！那一年恁整整十六岁　　一心心上京求功名
一听说张二哥要上京走　　我为恁七天七夜没有熄灯
俺这七天七夜没有睡觉　　靴帽兰衫为恁做成
哪一针不好拆开重做　　哪一针不好拆开重缝
为什么做活真细心　　我的二哥呀
心想着恁当官俺把那太太应　　眼见得二哥要上京走
头一天，我和小丫鬟　　才把恁请到了观花凉亭
那才把恁请到花厅上　　摆上了酒宴给恁饯行
临行时俺敬恁三杯酒　　交代的言语俺记得清
头杯酒无事无非把京进　　二杯酒但愿二哥哥能中头名
三杯酒倘若是京中魁名中　　不要招驸马转回程
临行时俺赠恁表记整两件　　给恁戒指和这白玉盅
我言说，出门去恁要想念俺　　看看戒指白玉盅
全只当看见王月英
眼见得，第二天恁就要上京走　　我和小丫鬟才把恁送到后门庭
就有心跟二哥说句知心话　　小丫鬟在此俺说不成
无奈何试试摸摸跟前站　　二哥跟前把身停
捞又捞，拽又拽　　二哥呀，光怕恁的衣裳不齐整
眼见二哥上马走　　小妹妹，亲手递给恁马缰绳
要知道同行的哪一个　　本是那，俺的姐夫恁的条串叫赵能
眼见的二哥恁去得远　　我才和小丫鬟回楼棚
送恁时只觉得浑身怪有劲　　回来时无精打采回楼棚
后门里离绣楼也不过半箭地　　二哥呀，饭时[1]间走到了黑洞洞咚咚
也自从张二哥恁上京走　　小妹妹每日间等恁在绣楼棚
恁去了一天俺画了一道　　去了两天两道画成
也不知恁去了多少天　　画道道画满了咱那绣楼棚

---

[1] 饭时：河南方言，原意是吃饭的时间，后常特指中午吃饭的时间。

要不是老爹爹管得老紧　　　我的二哥呀！画道道我画到待客厅
自从恁去后三月整　　　　那一天，小丫鬟给俺把信来通
【连板】
他说姑娘呀！别哭啦　　　别划啦，俺的姑爹转回程
现在就在那个待客厅　　　我闻听此言多高兴
随定小丫鬟，咯噔噔噔咯噔噔噔噔　咯咯噔噔下了绣楼棚
二人来到客厅外　　　　　客厅门口把身停
有心俺把客厅进　　　　　还恐怕老爹爹看见说俺老疯
无奈何偷偷来到窗户下　　窗户下边把身停
舌尖湿破了窗棂纸　　　　星星指噗出戳了个小窟窿
使个木匠来吊线　　　　　一个眼合来一个眼睁
隔着窟窿往里看　　　　　瞅不见二哥张飞龙
二哥呀！我瞅你瞅哩脖筋疼
【二八夹连口】
但只见正中间坐着老爹爹　一旁边坐着狗赵能
俺爹爹说：赵能门婿　　　你回来，廷秀儿咋没回来
赵能说：张二哥在京得下寒风　二哥哥病死在店房内
他把你埋到荒郊中　　　　三天后给恁去烧纸
他说你犯天狗星　　　　　连骨头带肉都吃清
我闻听此言心好恼　　　　咯咯噔噔进客厅
指着赵能破口骂　　　　　骂声贼子狗赵能
你言说，俺家二哥死故了　他死后，你给他披麻戴孝守过灵
用嘴骂着不解气　　　　　咔哩咔嚓耳巴棱
打得赵能乱唧哝　　　　　老爹爹一见心好恼
才把俺赶出了待客厅　　　那时俺回到绣楼上
我蒙着被子哭得红　　　　从早上哭到天晌午
天晌午哭到黑洞洞　　　　二哥呀！为哭恁把半截枕头我哭湿清
从此后俺在那绣楼上　　　盼望着二哥哥咋不回程
那一天我在那绣楼上　　　小丫鬟给俺把信通

回 杯 记

【连口】

她言说：姑娘呀！别哭啦！别叹啦！　　那门外来了一个先生
我听说，那个先生算卦算得老是灵　　你去算算，俺的姑爹死没有死？
姑爹他可还在尘世中　　姑爹可曾把官做
俺姑爹何时转回程　　我闻听此言多高兴
随定小丫鬟咯噔噔噔噔　　咯噔噔噔俺咯咯噔噔下了绣楼棚
二人来到花园内　　把先生请到观花亭
我言说：先生呀！　　你算算俺的二哥死无死？
二哥他还在尘世中　　二哥可曾把官做？
二哥何时能转回程？　　我把我生辰八字对他讲
又把恁生辰八字对他来明　　那个先生眯缝着两眼掐子平
算了多会儿开了口　　再叫姑娘王月英
别哭啦，别叹啦　　恁的二哥没有死
二哥还在尘世中　　二哥已经把官做
不到年底就回程　　我闻听此言多高兴
赏给了先生两串铜

【二八夹连口】

从此后，每日间坐在绣楼上　　盼着那二哥哥早早回程
正月盼恁二月节　　三月盼恁到清明
四月八，不回来　　五月端阳影无踪
六月六，不见面　　七月七天上牛郎织女星
牛郎只在河东岸　　织女就在河西停
牛郎就用梭头攒　　织女就用梭子扔
梭头攒不见面　　梭子扔来也不中
他夫妻，一年、一月、一日、一时、一相会
我的二哥呀！　　咱整整六年都没重逢
八月十五月儿明　　俺居家，男男女女，老老少少
大大小小，一个一个到在花厅　　俺全家到在花厅上
到在花厅赏月明　　俺的娘倒上一杯酒

叫丫鬟递给俺王月英　　　　　　端起酒想起了张二哥
想起来二哥张飞龙　　　　　　　哭着我也喝不成
俺妈说：月英儿不喝酒你是哭啥哩？我说：说妈呀妈！这几天我的眼怕风
俺的娘心中多明白　　　　　　　差丫鬟才把俺送回楼棚
那时候回到绣楼上　　　　　　　盼望着二哥哥早早回程
盼恁盼到九月九　　　　　　　　十月一日影无踪
十一腊月不见面　　　　　　　　盼到腊月二十三
家家户户都祭灶　　　　　　　　不见二哥转回还
盼你盼到二十九　　　　　　　　是小尽明天就过年
往年里都是丫鬟包饺子　　　　　今年俺想着二哥转回还
亲自去到厨房里边　　　　　　　自己剁馅儿自己包
饺子包了两大盘　　　　　　　　下一盘，剩一盘
捞两碗，吃一碗剩一碗　　　　　锁到箱柜衣里边
二哥回来你好餐　　　　　　　　初一初二不回来
初三初四没回还　　　　　　　　到在破五掀开看
一碗饺子都放酸　　　　　　　　我哩二哥呀！
二姑娘一阵泪点滴　　　　　　　低头看，楼门下跑来一群鸡
公鸡只在前面走　　　　　　　　后面跟着那个老母鸡
公鸡叼了一个虫　　　　　　　　"咯咯咯咯"喂母鸡
扁毛还有怜妻意　　　　　　　　张二哥恁在外边咋不想妻
真可叹俺还是个大闺女　　　　　二姑娘一阵泪点落
楼底下跑过来一群鹅　　　　　　公鹅就在前面走
后面跟着老母鹅　　　　　　　　公鹅叼了一个食
"哽哽哽哽"喂母鹅　　　　　　　扁毛还有怜妻意
张二哥，恁在外边咋不想我　　　恁把俺耽误到二十多
二姑娘一阵泪哗哗　　　　　　　低头看桌子上的算盘红雅雅
想起来俺在这南学内　　　　　　算盘打得也算不差
人人说算盘是无价宝　　　　　　俺今天，打打二哥在哪家
先打三八二十四　　　　　　　　再打二九一十八

打个三七二十一　　　　　　　　再打七九六十三
打个归法和乘法　　　　　　　　这一打那一打
咋打着，张二哥　　　　　　　　他在俺花园葡萄架底下
光打算盘也不中用　　　　　　　要这算盘干什么
"乒嚓"声算盘摔到地底下　　　算盘子蹦跶蹦跶几蹦跶
二哥回来重买它　　　　　　　　那也不值啥！
二姑娘一阵泪巴巴　　　　　　　耳听得隔扇上"吱啦啦，吱啦啦"
吱吱啦啦几吱啦　　　　　　　　不用说我知道啦
一定是二哥死故啦　　　　　　　他的灵魂回到家
二哥呀！进来吧，进来吧　　　　这里边没有丫鬟就俺自家
二姐上前仔细看　　　　　　　　见一个尖肚蝎子上面爬
不用说俺知道了　　　　　　　　一定是二哥死故啦
变成蝎子回到家　　　　　　　　上前就把蝎子抓
"吭哧"声，金钩蛰住银指甲　　手又痛，胳膊又麻
又跺脚，又咬牙　　　　　　　　"乒嚓"声把蝎子摔倒地底下
早知蝎子是毒虫　　　　　　　　哪个鳖妮把你抓
如今要有二哥在　　　　　　　　手也不疼，胳膊也不麻
不跺脚，不咬牙　　　　　　　　再蛰上八百肚子也不嫌麻
二姑娘一阵泪双悲　　　　　　　哭了声张二哥哥呀三不归
一不归，父母堂前难行孝　　　　二不归，夫妻恩爱难双飞
三不归曾子曰：慎终追远民德归　孟子云，不孝有三，无后为大
恁看看，千金姑娘亏也不亏　　　楼上有花恁不采，相公呀
咱没有孩子恁埋怨谁

莫非说，张二哥参加军伍队　　　爱中了谁家的女中魁
再不然，张二哥恁住在破庙内　　身铺着席片儿头枕着坯
再不然，张二哥店房得下了病　　熬汤煎药你指望谁
昔日里，王三姐盼的是薛平贵　　李三娘担水把磨来推
机房教子魁名中　　　　　　　　隔门吊孝秦雪梅

孟姜女哭得长城累[1]　　　　　滴血认骨来背回
王月英，虽然不比前朝古　　　我也曾读过三从和四德
就有心抬身离离位　　　　　　怎对起二哥是个文魁
二哥呀，恁好比长江漂浪水　　奴好比深宅这大院向日葵
恁好比野马松开辔　　　　　　奴好比深山背后冷淡梅
恁好比前朝那个陈世美　　　　陈世美他也是无义贼
以我看你比老陈赖十倍　　　　父不喜来妻不偎
秦楼风月纵然得　　　　　　　劳民伤财总有亏
恁想想，尘世女子千千位　　　谁有俺月英真倒霉
恁把俺耽误到二十二岁　　　　张二哥，谁家的闺女会吃这亏
二姑娘一阵悲哀痛　　　　　　哭了声，狠心的二哥张飞龙
眼看后天好儿就到　　　　　　贼苏玉要俺给他把亲成
说实话，我不跟苏玉拜天地　　也不在王家把闺女应
张二哥，鬼门三关等等俺　　　小妹妹我要随恁赴阴城
我有心自杀没有刀　　　　　　俺有心上吊俺无有绳
有心跳河无有河　　　　　　　有心跳井无有井
欲再说俺再多哭会儿　　　　　小丫鬟上楼俺难死成
二姑娘想罢多时有，有，有　　恁看她，箱柜跟前把身停
"咯嘣"声投开三簧锁　　　　　箱柜里取出来一匹雪白绫
扑棱棱，绫子搭到画梁上　　　桌子搬到楼当中
二姑娘扒扒杈杈桌子上　　　　挽个套空似盘冰
【小叹腔】
二姑娘站到桌子上　　　　　　眼望着北京城内放悲声
二哥呀，鬼门三关等等俺　　　小妹妹我要随恁赴阴城
我不图庄，不图地　　　　　　我的二哥呀，光图着
死去咱俩个拱拱一个墓坑

---

[1]　累：河南方言，辨音记字，这里是塌方的意思。

【连口】

这二姑娘心暗想
怕的是小丫鬟上楼难死成
你看她把头伸到套孔中
底下就用脚来蹬
姑娘吊在绣楼棚
叫我看她也难活成
小丫鬟"扑扑噔噔"上楼棚

有心俺再多哭会儿
把心一横死了吧
把头伸到套孔里
只听扑通一声响
人人说姑娘她该死
眼看姑娘命难保

（白）小丫鬟正站在护梯偷听哩，听着听着，咦，俺姑娘哭着咋不哭了？只听见"扑通"，咦，俺姑娘气死了？栽倒那楼板上了，叫我赶紧上去吧，老天爷！小丫鬟"呼啦"一声把那楼板一推，抬头一看，咦——老天爷呀，俺姑娘在那楼上打秋哩。

小丫鬟一见也不怠慢，慌慌张张扶起了桌子，就搬把椅子，上了桌子，一只手用劲儿揽着王姑娘，这一只手解开了梁上的雪白绫子，用劲儿扯断，把二姑娘放到桌子上了。有的说用么大劲儿干啥？这卸吊得得门儿[1]，使劲儿扯着这个人，不敢叫这个人的元气散。咋了？元气一散，这人可就不中了，你们没听说，吊不死，也松死了。你看小丫鬟又扯又叫，搔搔前胸、擀擀喉咙："姑娘，醒醒吧，姑娘！睁睁眼吧，姑娘！回来穿花袄哩，姑娘！"你看小丫鬟又扯又叫，叫了多会儿。

【二八】

单说说王姑娘王二妹
见面前闪出来两盏灯
明灯那指的是阳关道
二姑娘顺着明灯走下去
慢慢地睁开了流泪眼

慢慢地睁开了昏花眼
一盏昏来一盏明
那昏灯指的是枉死城
悠悠一气又回了生
原来是小丫鬟秋凤面前停

---

[1] 得门儿：得到窍门儿。

二姑娘说:"哎呀,你这死妮子,早不上楼,晚不上楼,偏偏姑娘我寻死上吊哩,你爬到这楼上来了。"

"二姑娘,看你说这算啥?幸亏啊,俺早上来一会儿,俺敢晚上来一会儿,老天爷呀,你过到那边[1]啦,吓人不吓人?哎呀,姑娘啊,姑娘,这桌子上也不是咱盘话的地方,万一有人上楼了,该说,你俩在桌子上唱的哪一场啊?下来吧,姑娘。"

你看小丫鬟扶着姑娘下了桌子,又搬把椅子让王二姑娘坐下,说:"姑娘啊,姑娘,坐着吧。常言说好死不如赖活着,哪一天不吃糠馍馍?真好的福气哩,你咋想着寻个无常哩?"

二姑娘说:"丫鬟呀,丫鬟,你姑娘过这日子可是老不称心啊!"

"姑娘,咋不称心了?你想想吃的珍酒美味,穿的绫罗布匹,侍奉的有丫鬟仆女。冬有暖阁,夏有凉亭,热了小扇'扑闪,扑闪'给你扇着。整天吃着大米饭、肉浇头,吃得都顺嘴角儿流油。真好的日子,你还不称心哩,俺当丫鬟的都别活了,俺出去都栽死了啊?"

二姑娘说:"丫鬟啊,那你不知道,你姑娘我老生气。"

"姑娘,生啥气哩?生气你都不能跟我说说?"

"那我咋说哩?我生的是闷气、暗气、窝囊气,对你没法说,见人俺都没法提!"

"姑娘,哎哟,年轻轻的,你那气还不少哩!又是闷气、暗气、窝囊气,都成气啦。姑娘啊,也别置气,也别生气,我呀,木锨板儿踩[2]火,我一踩(猜)就着,我都知道你生啥气哩。"

"你说我生啥气哩?"

"姑娘,你是想俺姑爹了不是?"

"哼,我不是想他,我是想谁哩?"

"咦,姑娘,你想姑爹,咋不早给我说说哩?早点给我说说,俺姑爹都

---

[1] 过到那边:意思是过到阴间那边了,意指死亡。
[2] 踩:河南方言,指用锨在地上铲东西。

回来了啊。"

也不知王二姑娘怎样学说，且听下回分解！

第三回
花厅间相会

【二八】

上场来小书帽唱罢归板正	论听书咱还是开开正封
有心俺光把那小段来唱	大家坐着都不愿听
上回书唱啥咱还唱啥	接着上一回再往下听
上回书唱的本是《回杯记》	《张廷秀私访苏州》还没唱清
哪里打断哪里找	打断了青丝续上红绒
人人都说俺忘记了	小弦子一拉俺都记得清
书回文单表表哪一个	再说说王二姑娘叫王月英
二姑娘绣楼上哭得多悲痛	寻死上吊在绣楼棚
小丫鬟一见不怠慢	慌忙忙她上了绣楼棚
小丫鬟救下王姑娘	你看她让姑娘坐到绣楼棚

（白）书接上回，小丫鬟秋凤从梁上卸下了王姑娘，又把王姑娘又推又叫地叫醒，搬把椅子让姑娘坐下，说："姑娘啊，姑娘，常言说好死不胜赖活着，哪一顿不吃个糠馍馍？真好这日期，你咋寻死哩？"

二姑娘说："丫鬟啊，丫鬟，你姑娘我可是老生气呀。"

"姑娘，你生啥气哩？都不能给我说说？咱俩是外人？"

"哎呀，你叫我咋说哩？俺生的是闷气、暗气、窝囊气，对你没法说啊！见人俺也没法提！"

丫鬟说："姑娘，你也别这气，那气。我呀，木锨板铲火，一铲（猜）就着，我都知道你生啥气哩。"

"你说我生啥气哩？"

"姑娘,你是想俺姑爹了不是?"

"哼,不是想他,我是想谁哩?"

"姑娘,你想俺姑爹哩,咋不早给我说说?"

"丫鬟,我给你说说,还能有啥法,能叫你姑爹回来?"

丫鬟说:"有啥法?我一肚子两肋把儿,胳老肢儿[1]夹两疙瘩,我都成'法'啦。"

"丫鬟,你能有啥法,能叫你姑爹回来呀?"

"我有啥法?我有那圈人法。"

"丫鬟,啥是那圈人法?"

"想谁哩,盼谁哩,一掐指,一念咒,叫他回来就回来了,那就是圈人法,这法通好着哩。"

"丫鬟哪,丫鬟,你跟谁学的这圈人法,我咋不知道哩?"

"哎呀,姑娘,小孩没娘,说句话长。还在去年的时候啊,我在咱那后花园玩耍哩,只听那花园门口有人叫门,说给俺寻点儿吃吃吧。我开开门一看,咦,进来个老婆儿,那老婆儿黑踏踏的,七十多哩,一脸枯皱皮,一头白毛羽,一说话一股老婆儿气,挎儿个篮儿都没有底,说给俺寻点吃吃吧。我说:'走吧,走吧,饭时饭俺吃了啦,晌午饭没做成哩,爬出去!'老婆说:'咦,看着你这闺女儿怪好,说话咋真抠[2]哩?行行好吧,你给俺寻点吃吃吧,两三天我都没吃饭啦,饿得话都说不动了。'姑娘,你知道俺是那刀子嘴,豆腐心,一看老婆儿说得老可怜,我说,稍等一会儿,赶快跑到厨房,给俺老爷喝掉[3]的空心儿面疙瘩甜汤端来一碗。"

"丫鬟呀,啥是那空心面疙瘩甜汤?"

"咦,姑娘,成天喝的,啥是空心面疙瘩甜汤,你都不知道?就是给[4]那冰糖大块儿砸成小块儿,小块儿都砸得跟那黍黍豆儿[5]一样,在那水盆儿

---

[1] 胳老肢儿:方言,指腋下。
[2] 真抠:方言,指为人吝啬,说话、做事不宽容的意思。
[3] 喝掉:这里是喝剩下的意思。
[4] 给:这里是把、将的意思。
[5] 黍黍豆儿:这里指玉米籽儿。

里一罩儿，放到那面上一轱辘，外面粘的面，里头是冰糖，搁到锅里滚[1]啦。面滚熟了，冰糖也滚化啦，那就是空心面疙瘩，喝着通甜哩。我端了一碗，说：'喝吧。'那老婆儿接着一碗甜汤，'呼噜'喝了一口，说：'咦，这是啥？真甜，总共仨牙，给我甜掉俩牙，老甜哩。'我说：'喝吧，喝吧，别说闲话。'那老婆儿'呼噜呼噜'，一会儿给那甜汤喝完了。老婆儿说：'咦，你太好了呀！要给你积作[2]那五男二女哟。'我说：'爬过去吧，俺大闺女还没出门呐，说这是啥哩？'老婆儿说：'咦，我这眼花啦，没看清。咦，闺女儿你心地太好了呀，我教你一样本事吧？'我说：'走吧，走吧，啊！成年我当丫鬟，还不够倒霉哪！还跟你学要饭儿吃？我不学你那要饭儿的本事。'老婆儿说：'咦，可不叫你学我那要饭儿吃，我教给你个圈人法，想谁哩、盼谁哩，一掐指、一念咒，人都回来啦，这圈人法通好着哩。"

"丫鬟，你想谁哩，学这圈人法？"

"姑娘，我想街上的小货郎子哩。"

"咦，你这死妮子，你啥时候跟那小货郎子勾扯上了？"

"去，姑娘，看你说那算啥哩？你都没有想想，你整天叫买针儿哩，买线儿哩，撕绫罗哩，打缎儿哩，遇到好天还行，遇到刮风下雨我踩泥带水都得给你跑到街上买啊。我有个圈人法，一掐指、一念咒，'呼啦'，货郎子来了，我买了东西，他'吱溜'出来蹿啦。省得我跑了，你说要那干啥，嗯？姑娘，别看是当丫鬟哩，俺这心窍通灵着哩，那老婆儿一走，叫我试试那圈人法中不中？一掐指、一念咒，来了小货郎子：'丫鬟姐，买啥哩？'我一松，他'出溜'蹿啦。从那以后啊，姑娘，我这圈人法算在苏州出名了啊。哎呀，光最近我都圈回了三百多口啊。有的人死到外面七八年了，骨头灰都圈回来啦。这法通好着哩，姑娘。"

"丫鬟哪，那你会圈人法，咱王府咋就没有人知道哩？"

"呀，姑娘，我是对外不对内啊，咱府人都知道成天央着我，我咋弄哩？"

---

[1] 滚：这里是"煮"的意思。
[2] 积作：指积德的成果。

二姑娘说:"丫鬟啊,丫鬟,既然你会圈人法,就行行好,把你姑爹圈回来吧!"

小丫鬟一想,往日里我当丫鬟哩,俺姑娘一会叫我买这哩,一会叫我拿那哩,光想给我这腿跑折,今天哪,趁着机会我先治治她再说。小丫鬟想到这里说:"姑娘啊,姑娘啊,往日里俺当丫鬟哩都得听你说啊,今天啊,可是用着我了,你叫俺给你圈俺姑爹哩,可得听话啊,要不听话,这人我可是给你圈不回来哟。"

二姑娘说:"丫鬟啊,丫鬟,只要能给你姑爹圈回来,叫俺上东,俺不上西;叫俺坐着,俺都不立;叫俺吃稠,俺不喝稀;叫俺打狗,俺不撵鸡。你叫我干啥,我干啥。"

老天爷啊,你看为了女婿多大劲儿吧。"中,姑娘,脸儿冲着后楼门给我跪那。"

"嗯,跪着就跪着。"

"捧着手!"

"哦,捧着手。"

"搭蒙着眼[1]!"

"哦,搭蒙着眼。"

"屏住劲儿!"

"哦。屏住劲儿。"

"不要出气儿!"

"丫鬟,那不出气儿不憋死了。"

"你少憋一会儿吧,哦?"

小丫鬟一看,二姑娘可真听说。光想笑她不敢笑,不敢笑吧,老想笑。老天爷啊,你看为了女婿多大劲儿吧。

二姑娘真憋不住啦:"丫鬟,咋不念了?你快给我憋死了。"

"看看,看看,俺说念哩,你一出气儿,跑啦!再来一回啊,这回可不敢出气儿了啊。"丫鬟一想,装得像,强似唱,"开始啦,姑娘!我可是念

---

[1] 搭蒙着眼:方言,指闭着眼睛。

哩，啊。"

（说书人双手拂面，闭目，做施法状）"说，一二三来一二三，自幼学艺在茅山，茅山有个茅老道，他有那仙法对人传，一传孙悟空，二传孙百灵，早传早到，晚传晚到，要是不到，时辰还没有到哩……姑娘，看俺姑爹回来了没有？"

二姑娘睁眼一看："没有回来呀！"

"嘣啦，你咋真会说话哩？把戏儿，把戏儿，争的是口气儿。你睁着眼看看，回来，也得说回来；没回来，也得说回来啊！你都没有想想，你在那后楼门跪着，俺姑爹从那前楼门回来啦，你一说没回来，他'出溜'蹿啦。这回蹿了十万八千里，我可是圈也圈不回来了啊。"

二姑娘说："丫鬟，看你姑爹回来，你咋不捞住他，咋叫他跑了呀？"（哭）

"你真是想俺姑爹想疯了、想憨了、想傻了、想迷了啊！你都没有想想，我会圈人法？我要会圈人法，成天出去圈个人，挣的钱花不完，我还想，没有个丫鬟伺候着我哩，我给你当丫鬟啊？实话给你说吧，今天早上俺在那后花园玩耍哩，只听那大街上这个说回来个张，那个说回来个张……"

"丫鬟，是你姑爹不是？"

"掌鞋哩！别打岔哟。这个说回来个张、那个说回来个张。"

"丫鬟，是你姑爹不是？"

"张箩[1]哩！不叫打岔非打岔，不要吭气，存住气。这个说回来个张廷秀、那个说回来个张飞龙，我一听说俺姑爹回来了，赶紧开开门可出去了。出去门一看，过去个人，老像俺姑爹了，头上挽个糖妞子、扯着脊梁、腰里绔个粗布腰巾、推着那大红脚儿的车子，'叽叽叽叽、叽叽叽叽'，咋看着后像老像俺姑爹，我说那不是俺的姑……"

"丫鬟，你咋是这喊哩？"

"哎，姑娘，我有我的用意啊，我说那不是俺的姑……他扭脸一看，是

---

[1] 箩：一种筛面的器具，把箩底固定到箩圈上，称为"张箩"，后把从事这种职业的人称为"张箩"。

俺姑爹哩，我这'爹'字接着，不耽误事。他扭脸一看，不是俺姑爹，我就说，'咕，咕，咕，咕'，鸡子吃食哩，都不'姑'他了啊。我也省得吃亏，你也省得吃亏，咱俩都不吃亏。我说，那不是俺的姑……他扭脸一看，就是俺姑爹！我说'爹……'，他说'哎'。我说：'姑爹，姑爹，老天爷，出去五六年都没有信儿，你今天回来啦？俺姑娘在家整天想你，眼哭得给桃样，嘴咧得给瓢样，看着老可怜人。你也不回去看看俺姑娘？'俺姑爹说：'秋凤，你回去给你姑娘说说，我得赶紧做生意哩，这场生意老关紧啊。'我说：'姑爹，做啥生意哩？你车子上推的啥？'他说：'推了一车砂锅。'我说：'推砂锅你去哪卖哩？'他说：'去那日南交趾国。'我说：'你卖砂锅啥时候才回来哩？'俺姑爹说：'秋凤，这回要发大财了，日南交趾国这砂锅老贵啦。哎呀，给你姑娘说说，叫她再耐住性儿等我五十年，回来我跟她拜天地。'你都没有想想，姑娘，再等五十年，七十多了，牙也掉啦，头发也白啦，那拜天地还拜动拜不动了？"

王二姑娘闻听此言，两眼落泪，说："丫鬟啊，丫鬟，你看你那姑爹卖砂锅，咋不拢住他，又叫他跑了？"

"咦，姑娘，你真是想俺姑爹想疯了、想憨了、想傻了啊！我说啥话你都相信？你都没有想想，俺姑爹是个文弱书生，那推车子卖砂锅，他推动推不动？那是他干的活？我实话给你说吧，俺姑爹回来了，就在那后花园的花厅上等着，叫我上楼给你送信哩。你想想姑娘，六年都没有见面，今天终于见面了，你寻个无常过到那边儿啦，可惜不可惜？"

王二姑娘说："你这死妮子，该爬哪爬哪，你再说啥，我都不信你那话了。"

"哎，看看，看看！我给你说瞎话，你相信；说实话，你又不相信！姑娘，你要不信，跟我下去看看。俺姑爹真回来啦，就在那后花园的花厅上等着哪，叫我来给你送信哩。因为这，我还再给你赌个咒？中，我要诓你了，我是这中不中？河里爬的鳖儿子儿。姑娘，俺姑爹真回来了。"

二姑娘说："丫鬟，这么说，你姑爹真回来了？"

"看，回来就是回来了，我给你说啥瞎话哩？"

"那我来问你，你姑爹是骑马回来了？还是坐轿回来了？"

丫鬟一想，骑马？蛤蟆！坐轿？萝卜窖！咋啦？要饭儿吃哩！他在前头走，狗在后头撵，撵回来啦！不敢给她说实话："哎呀，姑娘啊，俺姑爹是撵回来，坐撵（辇）回来啦"

"咦，皇王才坐那金车辇哩。你姑爹是个啥官，咋会坐辇回来哩？"

丫鬟心想：屁！啥金车辇，要饭儿吃哩！他在前头走，狗在后头撵，撵回来啦，不敢说实话："那……反正是坐撵……撵，撵，撵，撵回来的。"

"丫鬟啊，丫鬟，那你姑爹头上戴的啥？"

"咦，姑娘，你都不知道戴那帽子通好着哩，都是花儿。"

"哦，那是游那三宫六院，帽插金花儿啊。"

丫鬟心想：屁！纸花儿都不是！咋啦？帽子烂的太很啦，提溜着那套朴穗儿，开罢花都快结籽啦！不敢给她说："那反正都是花儿，咱也不懂哩，谁知道那算啥花儿？"

"丫鬟哪，丫鬟，你姑爹身上穿的啥？"

"咦，姑娘，穿的衣裳都是龙，通好着哩，你都不知道。"

"哦，那是身穿蟒袍，上边绣的金龙啊。"

丫鬟心想：屁！一个窟窿连一个窟窿，再没我看得清楚啦，不敢给她说："那……反正都是龙、都是龙，谁知道是啥龙哩。"

"丫鬟哪，丫鬟，那你姑爹腰里束的啥？"

"咦，束的蓝的、黄的，疙里疙瘩，谁知道那算啥，咱是不懂哩。"

"咦，丫鬟哪，疙里疙瘩的是那八宝白玉带啊。"

丫鬟心想：屁！稻草是一个疙瘩挨一个疙瘩，再没有我看得清楚了，不敢给她说："那反正是疙里疙瘩哩，谁知道那算啥哩。"

"丫鬟哪，丫鬟，那你姑爹脚儿上穿的啥？"

"咦，穿的鞋都是齐掉鞋[1]，通好着哩。"

"咦，你姑爹真是当官有钱了啊，哎呀，那七吊钱买这一双鞋，这鞋好

---

[1] 齐掉鞋：指两只脚的鞋走路时，抬左脚左脚掉，抬右脚右脚掉。

到哪了？咋真贵哩，老天爷！"

丫鬟心想：屁！啥七吊钱买的鞋？鞋底子跟那鞋帮儿连得不多了，抬左脚，左脚掉；抬右脚，右脚掉；俩脚儿一起走，一齐掉，就是这齐掉！不敢给她说实话："那……姑娘，反正是齐，齐掉。"

二姑娘闻听此言，心中欢喜，一声说道："丫鬟哪，既然如此，前边带路，领我下得楼去与你姑爹重逢相会。"

丫鬟说："不要慌哩，这六年都等啦，这一会儿你着急啦？你没瞅瞅镜儿，看你那样，脸不洗跟那胡墨画的样，脚不缠跟那俩锨把样，头不梳跟那老鸹窝样，哭那一脸泪道子，穿那一身白衣裳，这是见你女婿哩？还是叫你去吊孝哩？五六年了姑爹都没回来，今天回来了，你也给那脸洗洗，头发梳梳，换一身新衣裳，俺姑爹看见你不是相中了？"

王二姑娘一看自己身上穿的白色孝衣，也不觉暗自好笑，一声说道："丫鬟哪，丫鬟，既然如此，赶快端过来洗脸盆，让你姑娘净净手脸，梳洗梳洗、打扮打扮，下得楼去与你姑爹重逢相会。"

【连板】

好个姑娘王月英儿	叫声丫鬟你端脸盆儿
小丫鬟也不急慢	急忙端过洗脸盆儿
二姑娘洗脸盆儿洗过了脸	梳妆台前停住了身儿
象牙木梳拿在手	扑棱棱棱，扑棱棱棱棱
打开青丝三尺零儿	一缕儿头发分三缕儿
三缕儿头发分九根儿	前梳昭君抱琵琶
后梳齐王点三军儿	昭君娘，怀抱琵琶眼掉泪儿
齐王点军儿爱煞人儿	周围百鸟来朝凤
正中间滴溜溜溜溜，扑棱棱棱	梳一朵菊花罩顶门儿
又梳吕布桥三孔	桥上边来来往往净行人
这边梳个老和尚	那边梳了一个老道士儿
老和尚咚哩咚隆会打鼓	老道士钢哩钢啷会撞钟儿

后边梳着一座庙	庙里坐着三尊神儿
看红脸是关公儿	看黑脸是张飞儿
三缕胡子是刘备儿	后边站着一个赵子龙儿
庙门口还有两撮乱头发	梳两个狮子把庙门儿
这边梳个小蚰子儿	那边梳了一个小蜜蜂儿
那个蚰子，伸着腿儿	亮着庵儿，弓着脊儿，吱吱吱吱吱吱
眯缝着两眼偷看人儿	八十老公它不看
专看那十七八，十八七儿	十七八岁的小相公儿
为什么不把老头儿看	他嫌他嘴上有胡子儿

【二八】

这个二姑娘上穿着石榴绣花袄	八副罗裙系银铃
三尺白绫缚脚裹	红缎子绣鞋二足蹬
梳洗打扮多停当	再叫声丫鬟小秋凤
丫鬟哪，快领恁姑娘把楼下	与恁姑爹来重逢
小丫鬟就说好好好	姑娘啊我现在领恁下楼棚
丫鬟就在前面走	后跟姑娘王月英
两个人"咯噔噔"才把绣楼下	下了护梯十三层
穿宅过院来好快	抬头看，后花园也不远面前停
两个人才把花园进	不多会儿来到观花凉亭
两个人来到花厅上	二姑娘这里叫秋凤

"丫鬟哪，丫鬟，你说你姑爹在这后花园的花厅上等着俺哩，为啥现在花厅上空无一人啊？"

"咦，姑娘，可能我上楼去送信哩，去的时候太长，俺姑爹等得着急了，他起来又走了？"

二姑娘说："这死妮子，你都没有想想！你姑爹五六年都没有回来了，今天回来叫你上楼给我送信哩，你在那拐弯抹角儿、磨磨蹭蹭，让你姑爹等得着急了，他起来可又走了。"

"姑娘，别哭姑娘，想着他也不会走多远儿，弄不好在花园转着看花儿哩。你在这等着，叫我出去给你找找。"

你看小丫鬟"扑扑噔噔"出了花厅，不多一时来到那葡萄架跟前，给那长竹竿往上一抬，"姑爹，爬出来吧！"

张廷秀闻听此言，一只手掂着黄瓷小罐，这只手拿着打狗枣条，把腰一弯钻出了葡萄架，说："秋凤，哎哟，你这死妮子，叫你上楼给姑娘送信儿哩，你去真长时候，哎呀，快给我这脖子压折了，再不回来啦。"

丫鬟说："压会儿吧，那么大小伙子搁不住压？"

"丫鬟，你姑娘下楼来了吗？"

"刚下来了，你穿得多排场、多阔气，哪会不下来？没看看你那样儿，头戴一顶开花儿帽，身穿棉袄露着套儿，穿对鞋，踢踏踢踏光想掉，腰里束个稻草腰，真排场个人，咋会不下来？下来啦！"

"哦？那你姑娘现在哪里？赶快让我与她重逢相会。"

丫鬟说："这六年都等了，这会儿你着急啦？我给你说，见俺姑娘了，不要抱着你的膀儿跟那偷鸡贼样，学那缩头夹尾的！"

"你这丫鬟妮子，张口骂人，人只能缩头，咋能夹尾？我又没有尾巴。"

"我说的意思，见俺姑娘了，给你的男人架子装起来，胸脯挺起来，走着胳膊甩起来。"

"那你说我咋走哩？我能是这？是这，是这，是这？"（学各种奇怪的走路姿势）

"去，叫你拉钻哩？知道你会木匠，我叫你甩起来，你都甩那么高？你手里掂的是啥？"

"这？这是我的聚宝盆啊。"

丫鬟说："鳖孙要饭吃罐，咋成聚宝盆了？"

"哎，丫鬟，你不知道啊，这几年你姑爹吃的喝的，全凭我这聚宝盆了。早上要的饭吃不完放到中午，中午要的饭吃不完放到晚上。你看一天到晚我这罐里就不断饭啊，你说这不叫聚宝盆，这叫什么啊？"

"嘿，老天爷啊，俺姑爹真是那读书人，要饭这罐儿取名叫聚宝盆，老好听哩。姑爹，你那罐儿里掂的啥？"

"掂的啥？你都没想想，我为了给你姑娘见面，攒了多天劲儿了啊，要了满满当当一罐儿饭。俺两口六年都没有见过面，今天见面好些话儿得说的啊。我要说话说得时候长了，要肚子饿了，我说你给我找点吃吃？我也不好意思。这不，我就带过来了，我用仨砖头一支，俩柴火一呼噜，热热我喝饱了，俺俩接着重说。"

丫鬟说："咦，只要俺姑娘认了你，叫你吃那大米饭、肉浇头，吃得多，顺嘴流油，还叫你喝这剩饭哩？端过来我看看。"

"丫鬟，你可不敢给我喝啦。"

"我稀罕？"小丫鬟接过饭罐儿，一看一闻，嗯，这又酸又臭，能喝不能啊？"咕噜"，一下把那饭泼到地下了。

"咦，你这死妮子，真不成才啊。好不容易要的一罐儿饭，你给我泼了，这罐儿我得拾起来。"

丫鬟说："姑爹，你那手拿那是啥？"

"嘿嘿，这？这是我的护腿龙啊。"

"咦，那鳖孙打狗棍咋成你那护腿龙了？"

"哎，你没看，这几年你姑爹要饭儿吃哩，我在前头走，狗在后头撵，我就拿着这东西，'扑嘞嘞，扑嘞嘞'，狗咬不住我的腿啊。你说这不叫护腿龙，这叫什么啊？"

"嘿，老天爷呀，俺姑爹是那有学问的人，打狗棍给起个名字叫护腿龙，老好听哩。"

"丫鬟，不要啰唆，前边带路。"

小丫鬟说："姑爹，随我来。"

你看小丫鬟前边走，张大人随后跟着，两个人一前一后向花厅走来了——

【二八】

头名状元张飞龙　　　　　　　随定着丫鬟往前行
张廷秀一边他走着一边想　　　不由得心中暗想情
六年俺不在苏州地　　　　　　今天回到了苏州城
此一番到在花厅上　　　　　　见见俺二妹妹王月英

俺那王二妹若嫌我是个要饭吃
不嫌在我是个要饭吃
这本是张廷秀他哩心腑话
思思这想想来好快
张廷秀这一回来到厅门口
她想要活命万不能
诰命夫人叫她来应
并没有讲出真大声
抬头看花厅这不远面前停
小丫鬟挡住说了一声

"不要走哩！"

"咋了？到门口你不叫走了？"

"看你那没出息劲儿。你在这稍等一会儿，我进去给俺姑娘禀报一声，叫她出来迎接你。你都没有想想。你这不吭不哈[1]地进去，趁得跟秃尾巴驴一样，多难看。"

"你这丫鬟妮子，张口骂人，这人咋跟着秃尾巴驴一样？"

"我说的意思，你在这等着，叫我给俺姑娘禀报一声，叫俺姑娘迎接迎接你。"

"对，对，对，叫你姑娘迎接迎接我。"

你看小丫鬟扑扑噔噔进了花厅，王二姑娘闪开秋波一看，只见小丫鬟回来了，说："丫鬟哪，丫鬟，你姑爹他回来了没有？"

丫鬟说："回来了！"

"丫鬟哪，那你姑爹现在哪里？赶快叫他跟俺重逢相会。"

丫鬟说："都是真性儿急！看见姑爹啦，俺姑爹问，你姑娘在哪哩，重逢相会；看见你了，又问，姑爹在哪哩，重逢相会。这不是，姑娘，看见了没有，花厅门口站的就是，卖不了的田黍杆儿一捆儿，在那竖着哩，那就是俺姑爹。"

王二姑娘闪开秋波一看，啊？只见花厅门外站着一个要饭的花子，一见此情，不由心中生气，说："哝，胆大的丫鬟妮子，我叫你给我叫你姑爹，你竟敢给俺领来个要饭的花子，把他轰出去！"

"姑娘，不敢轰出去啊。你别看要饭的穿得怪破，那可是土地爷的帽扑

---

[1] 不吭不哈：意为不声不响。

扇儿，是个宝哩！有的人穿的怪排场、怪阔气，那不是俺姑爹哩。这人穿的真破，那可真是俺姑爹哩。"

王二姑娘闻听此言，不由心中暗想：想不到俺家二哥一去六年，混成个穷要饭花子回到家里，有心上前迎他三头五步，转念一想，这小丫鬟在此有些不便，回到楼上又该臊我的气啦，该说我老想见女婿，看见个要饭的，跑出去接住了。哎，也罢，说："丫鬟哪，丫鬟，既然是你姑爹，就说花厅上有请。"

丫鬟说，崩啦，俺姑娘不迎接他了，花厅上有请。小丫鬟"扑扑噔噔"来到花厅门口，"姑爹，姑爹！"

"咋啦？"

"俺姑娘叫你进去哩，说花厅上有请，不迎接你了。"

张廷秀闻听此言，不由心中暗想，可说二妹啊，二妹，我这一去六年都没有回来，今天回到王府，你就出来迎上我三头五步，可能大了我多少，能小了你多少？有心扭项回头就走，转念一想，俺那二妹有心前来迎接于我，小丫鬟在此不便，也是有的。再说俺两个没有见面，也没有说话，也访不出她的真正心思，想到这，说："丫鬟，叫我进去哩？"

"嗯，叫你进去。"

张大人说："进去就进去。"

你看张廷秀一只手掂着黄瓷小罐儿，这一只手拿着打狗枣条，一摇二步摆，三摇四步甩，他可进去啦。一上上去门台，看见门板儿，往那门板儿上一靠，抻着脖子往里瞅。

丫鬟说："你凑恁高弄啥哩？看你那没出息劲儿！看见门板儿你都靠着，不靠急死你啊？"

"嘿嘿，丫鬟，你不知这几年你姑爹要饭靠门板儿靠惯了，常言说习惯成自然。哎呀，早晚看见谁家的门板儿就想靠，怪舒服。"

丫鬟说："别在那没出息了，进来吧！"

"进去就进去。"

你看张廷秀进去花厅，黄瓷小罐儿地上一放，打狗枣条儿靠墙一竖，他抱着膀儿靠着墙可立到那了。

二姑娘说:"丫鬟啊,丫鬟,既然是你姑爹,快给你家姑爹看座。"

小丫鬟搬把椅子,"嘭",往那地上一放:"姑爹!"

"啥呀?"

"叫你坐这哩!"

"咦,叫我坐这哩?我可不敢坐,你看你家那椅子漆得又红又明,高处铺着那椅披子、椅垫子,绣着真大的牡丹花儿。刚才我穿着这一身儿,在街上掉进那大粪坑里啦。再说哩,丫鬟,这一年我身上老多那东西呀。"

丫鬟说:"啥东西?"

"啥东西?你知道,这几年你姑爹入冬立夏穿的就是这身衣裳。那一天吃饱饭了,我在那太阳地下晒暖哩,哎呀,觉着身上跟那虫爬的一样,乱咕茸。我说,这是啥?打手一摸,抓出来一把黑森森的。"

"那是啥?"

"虱!"

"你要给我恶心死了!赶紧挤挤吧!"

"挤挤?挤挤可是老便宜他了!我说,虱啊,虱,你太不该呀!我整天要饭,还不够可怜人的,你还喝我的血?你吃我,我吃你!"(做吃虱状)。

"咦,你要给我恶心死了!"

"丫鬟,那东西吃着不赖。你不知道,'咯嘣,咯嘣'跟吃芝麻盐儿一样,通香着哪。嘿嘿,从那以后你姑爹也算吃对门了,咋啦?逮住那小的我还不舍得吃哪,咋啦?吃了可惜啦,放到身上再长长,长大了我再吃!你没看你姑爹要饭吃的,咋吃得胖乎乎的?天天吃肉,那东西可好了。"

丫鬟说:"你别在那恶心人了,你坐那吧!"她"扑噔"给张廷秀摁到椅子上了。

张大人往那椅子上一坐,故意把那大腿压着二腿,鞋底子搭着那脚后跟儿,"啪嗒嗒,啪嗒嗒"。

丫鬟说:"你干啥哩?你不踢踏,都不知道你穿那鞋是齐掉鞋?你是鬼[1]你那齐掉鞋哩?"

---

[1] 鬼:方言,这里是显摆、炫耀的意思,含讽刺意味。

"丫鬟，我坐那没事，我踢踏着也怪得劲儿哩。"

王二姑娘一见此情，不由心中暗想：想不到俺家二哥一去六年，变得是憨憨傻傻，说话前言不着后语，难道说这就是我六年前的张廷秀张二哥吗？又一想，不对。也许有人知道俺家二哥死到外边，今天冒充俺家二哥前来冒认官亲，也是有的啊。想到这里一声说道："丫鬟呀，丫鬟，你去问问，他说是你姑爹哩，你来问他姓啥、叫啥，家住哪里，爹爹叫啥，娘门啥氏，怎样来到下江苏州，到咱下江苏州以后怎样进到王府，到俺王府以后俺两个怎样成了亲事，他多大了，我多大了？说得清楚，讲得明白倒还罢了，要是说的一字有差，小心他的性命有险。"

"姑娘，别问啦。刚才一进花园门，这一番话我都问了啦，说得一字都不错，错了都管换！姑娘，你不相信他，还不相信我？我问问，你再问问，你要还不相信，你问问他啥时候上京赶考，从这往后去的事情情问啦。前头的事我已经问了了，人家说得都不错。"

二姑娘说："丫鬟呀，丫鬟，既然如此，你问问他，啥时候上京赶考，临走前我交代他的啥话，赠给他啥表记，他跟谁一块儿去了，为啥一去六年没有回来？他好好给俺说说。"

小丫鬟"扑扑噔噔"来到张廷秀跟前，说："姑爹，俺姑娘问你哩，问你啥时候上京赶考了，你跟谁一块儿去的，临走前交代你的啥话，赠给你啥表记，为啥一去六年没有回来？好好给俺家姑娘说说。"

张廷秀闻听此言——

【滚白起腔】

说，小丫鬟你站到花厅以上，我的王二妹，你稳坐到隔扇以内，细听俺把上京之事从头至尾哪，一端一底慢慢讲来——

【二八】

好一个头名状元叫张飞龙	出言来再叫声二妹妹王月英
王二妹你稳坐到花厅上	细听俺把上京之事对恁明
那一年我整整十六岁	一心心上京求功名
那时候俺就要上京走	我的王二妹，你为俺七天七夜没有熄灯

七天七夜没有睡觉　　　　　　　　靴帽兰衫给我做成
眼见得我就要上京走　　　　　　　头一天，你和小丫鬟
就把俺请到了这座观花厅
花厅上摆上了酒和宴　　　　　　　你给恁二哥来饯行
临行时王二妹敬俺三杯酒　　　　　交代的言语我都记得清
说头杯酒，无事无非把京进　　　　二杯酒，但愿俺进京中头名
三杯酒，如若是京中魁名中　　　　不要招驸马转回程
临行时，赠俺表记整两件　　　　　给我戒指和白玉盏
你言说，出门去俺要想念您　　　　看看戒指白玉盏
全只当看见了王月英
第二天，张二哥我上京就要走　　　你和丫鬟，才把俺送到后门厅
那时候俺才上马走　　　　　　　　二妹妹，亲手你递给俺马缰绳
要知道同行的是哪一个　　　　　　本是那恁的姐夫，俺的条串叫赵能
俺两个上京去赶考　　　　　　　　夜晚住到店房中
俺两个住到店房内　　　　　　　　赵能贼看我的文章写得老精
他看我的文章写得好　　　　　　　怕我进京中头名
因此上起下害人意　　　　　　　　第二天花言巧语把俺瞒哄
他言说，廷秀哇，旱路走着有些慢　咱不如坐船上北京
那时候听了他的话　　　　　　　　随赵能坐到舟船中
俺两个坐到舟船上　　　　　　　　赵能贼站到船头喊高声

【连板】

他言说，叫声廷秀快来看　　　　　你看江心有条龙
那时候我不解其中意　　　　　　　跑到船头看分明
我在船头正观看　　　　　　　　　赵能贼在至后边打脚蹬

【叹腔】

才把俺一脚那蹬到江水内　　　　　我的王二妹，我顺着江水漂得洪

【二八】

二姑娘闻听一番话　　　　　　　　不由得，泪水滚滚滴湿前胸
心中不把别人骂　　　　　　　　　暗骂声贼子狗赵能

俺二哥与你何仇恨　　　　　　你不该把他蹬到江心中
二姑娘两眼含泪要说话　　　　惊动了廷秀张飞龙
眼看着夫妻二人要会面　　　　暂且休息几分钟

第四回
计访王月英

【起腔】　　　　　　　　　　【送腔】
上场来小书帽唱罢　　　　　　咱都归板正——
【二八】
论听书咱还是开正封
上一回唱啥咱还唱啥　　　　　接住上回往下听
上回唱的是《回杯记》　　　　张廷秀和二妹相会在观花凉亭
书回文单表表哪一个　　　　　再说说廷秀张飞龙
张廷秀这里开了口　　　　　　再叫声二妹妹王月英
那时候我上京去赶考　　　　　随赵能坐在了舟船中
俺两个坐到那舟船上　　　　　赵能贼站在船头喊高声
他言说，叫声廷秀快来看　　　你看江心有一条龙
【连口】
那时我不解其中意　　　　　　跑到船头看分明
我站到船头正观看　　　　　　赵能贼在此后边打脚蹬
才把俺一脚那个蹬到江水内
【叹腔】
我的王二妹　　　　　　　　　我顺着江水漂哩洪
【二八】
二姑娘闻听一番话　　　　　　不由得泪水滚滚滴湿前胸
心中不把别人骂　　　　　　　暗骂声贼子狗赵能
俺二哥与你何仇恨　　　　　　你不该，把二哥蹬到江心中

想到这里开了口	再叫声丫鬟小秋凤

（白）"丫鬟哪，丫鬟，去问问你姑爹，赵能贼一脚给他蹬到江心，是哪个救了他的性命啊？"

丫鬟一听，咦，老天爷啊，俺姑娘跟俺姑爹坐哩离这么远，那心还老近哩！俺姑爹说，赵能一脚给他蹬到江心啦！俺姑娘的泪一"咕噜"，可出来啦！那真是春菇菇，根连根，俺姑娘待俺姑爹亲啊！到底人家是两口，叫我哭啊，泪挤都挤不出来。"姑爹，俺姑娘叫问你哩，赵能一脚给你蹬到江心里，都没给你淹死，谁给你救出来了？好好给俺姑娘说说。"

【散板】
大人说，人不该死总有救	遇上了打鱼的一位老公

【二八】
那老汉才把俺救到舟船上	浑身衣裳都湿清
老汉船头将俺问	我才把被害的原因给他说明
老汉闻听也受感动	拿出来干衣裳叫俺换更
拿出来这衣服叫俺换	又给俺十两银子叫俺进京
那时候感动地掉下泪	跪倒船头我把"干大"称
二姑娘听了这一番话	不由得心中多高兴
要不是打鱼的老汉将他救	哪有俺二哥哥他的活性命
心中不把别人谢	先谢谢俺的干公公
想到这里开了口	再叫声丫鬟小秋凤

（白）"丫鬟哪，丫鬟，你去问他，既然打鱼老汉救了他的性命，又给盘缠叫他上京赶考，他是考上没有考上啊？没有考上他咋不赶紧回来哩？这五六年都在外面干啥事？哪一年干得啥？叫他好好给俺说说哦。"

丫鬟说："姑爹，俺姑娘问你哩，既然救了你的命，又给你哩盘缠上京赶考哩。你是考上了没考上啊？没考上你还不赶紧爬回来，都在外面干啥事哩？哪一年干哩啥？给俺姑娘好好说说。"

【起腔】

大人说：那时候我上京去赶考，夜晚间住到了店房中

【二八】

都只为，江中受凉俺身得病	发冷发烧又头疼
在店房害病俺害了半月整	病好后我才进京求功名
也是俺一步去的迟慢	那个考场已毕我都中不成

（夹白）丫鬟说："中不成吧，还不赶紧爬回来！"

"我说丫鬟哪，有心回家我都没盘缠。可惜是，身上无有分文铜，无奈何流落大街上，才学会，砸砖、叫街、呜嘟嘟嘟哩带吹嗡。"

丫鬟说："你咋光干点稀罕事哩啊！啥是砸砖、叫街、呜嘟嘟哩带吹嗡？你干这算是哪一行哩，啊？"

"丫鬟，你不懂哩。砸砖、叫街哩都是那缺胳膊、少大腿的残疾人，没有办法生活了，咋办哩？给那衣裳一脱，光着膀子，拿着刀坯子，照那胸脯上，啪擦擦，啪擦擦，啪擦擦，啪擦擦，打得身上是又红又肿，谁看着怪可怜，打发俩钱。要再不打发，丫鬟，俺还能开刀哩。"

"咦，啥是'开刀哩'？"

"啥是开刀哩？拿住那剃头刀子照那顶门上'嘭！'砍一刀，那血'嘟噜噜'顺脸流，走到哪，扑甩到哪。谁那杂货摊怕给他扑甩脏了，赶紧打发俩钱。"

"咦，老天爷，你那不是讹人哩嘛。"

"那可不是？不讹人没饭吃。"

"那……姑爹，啥是那'呜嘟嘟哩带吹嗡'？啥是嗡？我咋没见过哩？"

"哎呀，'嗡'你都不知道？'嗡'啊，就是这么长，这么粗（比画）的竹竿筒子，前头弄那破布一缠，没有事了俺坐到那大门底下，对住那竹筒，俺歇喝[1]着，嗡……嗡……说咋难听有咋难听，叫你睡也睡不着，坐

---

[1] 歇喝：方言，指吆喝，大声喊叫。歇为辨音记字。

也坐不稳,听着心焦。谁不想听了,打发俺钱换换家儿,不打发俺只顾在他门边吹。"

"咦,老天爷,你可真膈应人哦。嗯,姑爹你的'嗡'哩?叫我看看,你的'嗡'是啥样,我还没见过'嗡'。"

"我的'嗡'嗡年数多了,嗡坏哩舅子[1]啦。"

"啊?你那'嗡'劲还不小哩!"

二姑娘说:"丫鬟哪,丫鬟,你姑爹砸砖也好,叫街也行,吹嗡也可以。你问他还干啥事了啊?"

"姑爹,姑娘叫我问你,还干啥事了?嗯,捡那稍微排场的说,哪好捡哪说啊,再不要说那丢人事!"

"啊,丫鬟!"

【二八】

砸砖叫街有一年整　　眼看着难以来顾穷
无奈何俺又改了行　　又学会刮瓢过营生

(白)丫鬟说:"你咋光干点稀罕事哩?那瓢光捻捻哩,刮那瓢弄啥哩?啥是'刮瓢'?我咋没听过'刮瓢'是啥生意哩。"

"哎呀,丫鬟哪你不懂得啊。刮瓢啊,在那街上也是大生意哩,我跟你说。你要是不懂得我是干啥哩,给你说说俺门上的对联,你就知我是哪一行。上一联:一无官二无宦,门前竖着独旗杆;下一联:不管拔贡和宰相,按住脑袋不敢犟。旁边有个招牌是:搓又搓,揉又揉,按着脑袋就剃头。"

"咦,老天爷!姑娘听见了没有?俺姑爷再没啥学哩,学剃头哦!往后去,你那脸上哩汗毛长了,也不用拿根线绳儿去除脸啦啊,叫俺姑爹掂一个剃头刀给你刮刮算了,有啥仗势啥!"

二姑娘说:"丫鬟哪,你姑爹刮脸也好,剃头也行。你问他,干得好好的吧,咋又改行?"

"姑爹,姑娘又问你哩,你剃头剃得好好哩吧,咋又改行了。这会捡那

---

[1] 舅子:河南一带骂人的俚语,是语尾带的脏字。

排场事说，再不要说那低呱[1]事了啊。"

【二八】
那个大人说，剃头俺剃了一年整　　也是我手艺没有学成
那一天剃头俺不小心　　　　　　把人家头上剃个大窟窿
人家捞住把我打一顿

（夹白）"啊，没出息！挨顿打回来学学[2]？"
"那……这就是六年里的事儿，我能给它隔过去？"

掌柜哩才把俺赶出门庭　　　　　无奈何俺又改了行
又学会唱戏把台登

"哎呀，姑娘听见了没有？俺姑爹放下剃头刀又去学唱戏！真是哪样儿不排场，他干哪样事儿。"

那有人说啦，唱戏老下贱？旧社会呀，唱戏哩、修脚哩、剃头哩、要饭哩这都属于下九流啊，因此上张大人故意说他学唱戏了。

二姑娘说："丫鬟哪，你姑爹唱戏也好，唱戏也行。你问他，他在那戏班上唱的是哪一角儿，唱的大脸，还是唱哩二脸；唱哩武生，还是唱哩小生。他那样儿，他还会唱啥啊？你问他。"

"姑爹，俺姑娘叫问你哩。你在那戏班上唱哩啥？唱哩大脸，唱哩二脸，唱哩武生，唱哩小生？捡那好哩说啊，千万别说唱那里门头[3]，捡那好哩说啊。"

【散板】
大人说，唱武生　　　　　　　　俺没有练过这武身子

---

[1] 低呱：方言，这里指下贱。
[2] 学学：有说说的意思。
[3] 里门头：戏曲行话，指坤角，即女性角色。

唱包家，我没有这大喉咙啊　　瓣眼窝儿俺不会两头捣
无奈何才学会扭扭捏捏　　　扭扭捏捏把花旦儿应

（白）"咦，姑娘听见了没有？哎呀，俺姑爹再没啥唱啦，唱花旦哩！天天当你的秀才，你看说着说着，他可扭起来了！你看他身底儿多活络吧，老天爷！哎呀，真不排场，再没啥唱哩，去唱花旦，当那女角哩哦。"

二姑娘说："丫鬟哪，唱花旦也好，唱戏也行。你问他，他唱戏唱哩好好哩吧，咋又改行了啊？"

"姑爹姑爹，姑娘问你哩，唱戏唱得好好哩吧，咋又改行了啊。这会捡那排场事儿说，再别说那丢人事儿啊。"

【二八】
大人说，唱戏俺唱了两年整　　满台子就我唱得红
常言说同行是冤家　　　　　　喉咙药，药坏了俺的喉咙
掌班哩才把俺赶到大街上　　　无奈何又学会要饭背挎笼

（白）"咦，你咋光干点稀罕事哩？要饭就是要饭吧，咋还要饭背挎笼哩？啥是那背挎笼哩啊？"

"哎呀，丫鬟，那你不懂得啊。要饭吃分着好多种哩，有里八说，外八说哩。有一种要饭的叫清要，啥是清要？就他一个人，挎一个篮，掂一个棍，拿一个破碗，没有事啦，往你那门帮上一靠：'大娘，给俺找点吃哩吧，大娘！行行好吧，哦！给俺寻点吃的吧。'人家打发哩打发，不打发了再换一家。这种要饭哩就叫清要。俺这要饭背挎笼哩，是有个要饭哩头儿领着，有人管着俺哩！一人背一个挎笼，出去要那东西都不准吃，到天黑了交给那要饭哩头儿，你要哩馍，他要哩菜，你要哩酒，他要哩肉……就这往地上一摆，就地一大桌，吃啦！俺那通排场着哩。"

"去！没听那要饭吃老排场啊！"

二姑娘说："丫鬟哪，丫鬟，我听说那背挎笼要饭吃的，通会唱那莲花落歌哩。那莲花落唱得通好听哩，你就说姑娘我想听唱莲花落哩，叫他给

那莲花落唱几段，叫我听听啊。"

小丫鬟一听说："姑爹，俺姑娘说啦，你背挎笼哩要饭吃啊，通会唱那莲花落歌哩，俺姑娘想听哩，我也想听哩。给你那莲花落歌唱几段叫俺听听啊。"

张大人闻听此言，不由心中暗想：说什么俺家二妹想听我唱莲花落歌，分明是有意试探于我呀！今天我要会唱莲花落歌，证明是要过饭背过挎笼；我要不会唱，证明是乔装打扮回来私访。低头一想，有了，刚才在那苏州城大街过的时候，听那背挎笼要饭吃唱了有几段，哈欠糊涂[1]，我也能记他几句，不管咋说能蒙混过去也就是了。

那有人说了，张廷秀就恁聪明，听人家要饭吃背挎笼唱一遍，他可记住啦？

你想想，他是苏州城有名的才子，又是个头名状元哪，你别说他听人家唱一遍能记住，你就是叫他编，也出口成章，也能编上一套啊。

张大人想到这，说："丫鬟，光咱说哩，这背挎笼哩要饭吃啊，这莲花落歌他没有啥正经词，他不是唱戏哩有剧本，照住剧本上，你当的秦香莲，他当的陈世美，他当的黑老包……照住那本上情背啦，背背再一排，都记会了，照那本上去戏台上给人家唱啦。也不是说书哩，有那说书本儿，说书词儿，照住读好啦，给人家唱啦。背挎笼要饭吃唱这莲花落哩他没有正经词，看见啥说啥，见景生情啊。现编哩啊。比如说，俺要饭哩一来来到大街，看见那大街上摆哩杂货摊，俺一看见杂货摊，俺就要说这杂货摊哩啊。"

【快板】

哎哎！往前走拐个弯	前面不远杂货摊儿
长哩香，短哩炮	不长不短是黄表
不是那杂货卖哩贵	漂江过海报过税

---

[1] 哈欠糊涂：意指马马虎虎，凑合，与前面的"哈天糊涂"同。

（白）"再往前走，看见啥哩？看见过去那粮食贩子卖粮食哩，俺都不说这杂货啦。"

【快板】

哎哎！青豆青，黄豆黄	青豆更比黄豆强
不是那麦子卖哩贵	十冬腊月受过罪

"咦，姑娘，你听听！俺姑爹唱哩多得门儿[1]吧！那个舌头还会给人家打梆子哩啊。"

"比如俺再往前头走，看见啥哩？看见那木匠铺。木匠铺不做家具，专做那货哩。"

"啥货？"

"啥货，做棺材哩。"

"咦，那你咋说哩！"

"咦，那俺说哩才得门儿哩，听听啊。"

【快板】

哎哎！往前走，迈大步	前面来到了棺材铺
掌柜哩，恁这棺材真正好	一头儿大一头儿小
死人装里头跑不了	

"咦，你还老会说哩啊！别说那死人装里头跑不了，就是那活人只要装里边，钉住口儿，蹿也蹿不出来啊，你看他老会编哩啊。"

"再往前头走，还往那门边儿一立，你家那狗，'汪、汪、汪'，叫着咬俺哩啊，我说——"

【快板】

哎哎！这小狗儿，你别吭	掌柜吃馍你喝汤

---

[1] 得门儿：得法儿，指唱得很熟练。

这小狗儿，你别怪	反穿皮袄儿毛朝外

"哎呀，姑爹，说起来让你唱一回哩，都是那兔子尾巴——不长，这回捡那长哩最后给俺来一段啊。"

"哎，咱先说好哦，最后一段。"张大人一想：再叫我唱，我是真没啥唱啦！"哎，丫鬟，说好哦，最后一段，再叫我唱我可不唱了，这一段可是长长哩这一段。就说要饭哩一来来到大门口了，看见人家大嫂子，添头一个孩子，老娇。俺还没往人家门边立哩，'要饭吃的，爬过去！别给孩子吓着啦。过去，过去！'俺一看见她孩子，就要说她孩子哩。"

【快板】

哎哎！你这大嫂真有福	抱一个孩子也不哭
不是女，便是男	是男是女不一般
是女送到绣楼上	是男送到那南书馆
读诗书，念文篇	进举会文中状元
恁做官，俺站班	恁出票子俺把人拴
咚咚咚，三声炮	从今不打莲花落儿
恁看热闹不热闹	

"大嫂子给大哥找点吃吃吧。"

"咦，姑娘，听见了没有，俺姑爹还老孬孙哩啊，要饭吃还巧骂人哩啊。大嫂子给大哥找点吃吃吧，他还占人家便宜哩啊。"

二姑娘说："丫鬟哪，丫鬟，你姑爹背挎笼也好，要饭吃也行。你问他在北京城要饭哩，离下江苏州这么远，他咋回来啦？叫他好好给俺说说啊。"

"姑爹，姑娘问你哩。你在北京城要饭哩，离下江苏州这么远，咋回来啦啊？走了多少天？好好给俺姑娘说说哦。"

【二八】

大人说，要饭吃要了两年整	在北京结拜了很多好宾朋

有名的要饭吃花子有三百六　　那个无名的，乱似牛毛我都数不清
那一天，要饭吃要到金銮殿　　万岁皇爷把俺来封
才封俺一个要饭吃头儿　　　　俺本是要饭吃花子第一名
也是俺要饭吃势力大　　　　　在那午朝门外打了严嵩
打罢严嵩遭下罪　　　　　　　万岁爷才把俺贬出北京
人家的罪小坐囚车　　　　　　张二哥你罪大坐个木笼
才把俺装到木笼内　　　　　　八个人抬着离北京
这个出京来红风刮过黄风起　　黄风刮过刮白风
白风刮过紫风起　　　　　　　紫风刮过刮绿风
五色杂风空中刮　　　　　　　空中沉雷响连声
空中沉雷连声响　　　　　　　木笼底崩了一个大窟窿
才把俺掉到溜平地　　　　　　睁眼看今天回到苏州城
今天俺回到苏州地　　　　　　见见俺妹妹王月英
两件表记交给你　　　　　　　我还得大街要饭走一程
张廷秀从头至尾讲一遍　　　　二姑娘她糊里糊涂弄不清
心暗想，是文举　　　　　　　他咋能大街上来要饭
他咋会砸砖叫街又吹嗡　　　　不用说，俺知道
张二哥在此北京来当先生　　　小学生背书他好似把街叫
那学生，要背书　　　　　　　背不会他打学生
也好像砸砖一般同　　　　　　俺那二哥说他在京中学剃头
学会了刮瓢过营生　　　　　　不用说，俺知道
张二哥在此北京来当先生　　　他改文章好比那拿着梳子来梳头
他改文章也好像刮脸无有二宗
二哥说，他在京中学唱戏　　　学会了唱戏把台登
不用说，俺知道　　　　　　　张二哥在至北京把官升
头戴着一顶乌纱帽　　　　　　身穿着蟒袍绣金龙
腰中还系着白玉带　　　　　　也好像唱戏把台登
俺哩二哥说，他在京中来要饭　结拜了很多好宾朋
有名的要饭吃花子有三百六　　无名的乱似牛毛数不清

要饭吃要到金銮殿　　　　　　　万岁皇爷把他封
才封他一个要饭吃头　　　　　　他本是要饭吃花子第一名
不用说，俺知道　　　　　　　　张二哥在北京进了考棚
那个三百六，好比就三百六进士　无名的上京举子，乱似牛毛数不清
张二哥三篇文章写得好　　　　　万岁爷点他头名状元公
才点他一个文状元　　　　　　　他本是头名状元梗、梗、梗[1]
俺的二哥说，要饭吃他的势力大　在午朝门外打了严嵩
打罢严嵩遭下罪　　　　　　　　万岁爷才把他贬出北京
人家的罪小坐囚车　　　　　　　张二哥的罪大坐个木笼
才把他装到木笼里　　　　　　　八个人抬着离北京
出京来五色彩风空中起　　　　　空中沉雷响连声
空中的沉雷连声响　　　　　　　木笼底崩了一个大窟窿
才把他掉到流平地　　　　　　　睁眼看，这才回到苏州城
不用说，俺知道　　　　　　　　张二哥，在此北京把官来升
这个出京来坐定了一乘八抬轿　　也好像一个大木笼
那五色风好比就五色旗　　　　　空中的沉雷
也好像放炮一般同
张二哥出京来放了九声炮　　　　带领人马离北京
带了三千御林军　　　　　　　　还有八百校刀兵
才来到苏州城十里长亭安下寨　　打扮成一个要饭穷
今天他来到王府内　　　　　　　分明是私访俺王月英
我今天，若嫌他是个要饭吃　　　想要活命万不能
不嫌他是个要饭吃　　　　　　　诰命夫人叫俺应
我这张二哥，看你聪明又伶俐　　小妹妹，俺也不是迷瞪生
我就有心给二哥说句知心话　　　小丫鬟在此说不成
想到这里开了口　　　　　　　　再叫声丫鬟小秋凤

---

[1] 梗、梗、梗：方言，意为头一个、最大、最厉害。

"丫鬟哪，丫鬟，你想听唱戏不想？"

"咦，姑娘我通想听唱戏哩，成辈子你都不叫我看戏，我可好听唱戏了哦。"

"你想听唱戏哩，姑娘我也想听。刚才我听说你姑爹在北京城学会唱戏了，去吧，好好去端点茶，端来叫你姑爹润润喉咙，拣他得手[1]戏给咱唱几出，给咱听听啊。"

小丫鬟一听来到张廷秀跟前，"姑爹，听见了没有？俺姑娘想听唱戏，我也想听唱戏哩，俺姑娘说啦，叫我给你端点茶，好好润润喉咙，拣你那得手戏给俺唱几出，叫俺听听啊。"

张廷秀闻听此言，不由心中暗想：说什么俺家二妹想听我唱戏，分明是想给我说两句知心话，见小丫鬟在此有些不便，故意把她支出去。哎，想到这里，偷眼看一下王二妹，二姑娘又给他递了个眼色，看来俺两口真想到一块了。张大人一想，她去端茶哩，我得想法让她出去时候长一点啊。她要是出去时候短了，俺还没说上三言五句哩，她给茶端回来了，啥话俺也说不成啊。你看他想到这，说："丫鬟啊，刚才你没听我说？我这喉咙啊，是人家用药给我药坏了呀，我要是喝茶，那一般的茶可是不中啊。"

丫鬟说："不用管啦，咱家有的是好茶，龙井哩、毛尖哩、香片哩、红茶哩、绿茶哩，要啥茶我给你泡啥茶。"

"不中，我这喉咙得喝那茶膏哩。"

"咦，老天爷，那啥是茶膏？"

"啥是茶膏？那一天啊，我在那大街上过的时候，见一个大街上行医的郎中，他给我说了一个偏方，常言说偏方治大病，人家说要想治好我的喉咙，叫我那知心人，知心人的贴近人给我熬茶膏。嘿，你看今天回来哩怪是时候，你姑娘是我哩知心人，你是你姑娘哩贴近人，换换旁人谁的，熬这茶膏还不中哩。"

丫鬟说："不用管了，你给我说说咋熬哩吧，我通会熬哩。"

"丫鬟，这可老费事啊。"

---

[1] 得手：得心应手，拿手。

"哎呀，不怕费事，你给我说吧，姑爹，咋熬的吧。"

"人家先生说，找上一口大锅。"

"多大哩锅？"

"二十四印[1]的大锅。"

"咦，老天爷！叫杀猪哩，弄恁大个锅？"

"哎，那先生说了，找上一口大锅，给那锅哩一支，支起来，添那弥溜扯沿儿的一锅水，还不能盖儿盖儿。"

"不要紧，咱家有的是劈柴棒子，逮住劈柴棒子情烧了，还能给你烧不滚？"

"不中，先生说了，劈柴棒子熬出来的茶喝着心里扎扎歪歪地不好受。"

"哦，不中？破[2]一个麦秸垛！"

"不用，麦秸垛有一股烟熏气。"

"咦，不叫使唤劈柴，不叫使唤麦秸，姑爹，我指着啥给你熬茶膏哩？"

"哎呀，这先生说的都有法呀。去那药铺买上三根灯草，一根灯草都截那二寸恁长。"

"咦，那三根灯草会能给那锅底燎热不能？"

"不要紧，先生说了，引柴不拘数，你拉它三百车，五百车都中。"

"那要啥做引柴哩？"

"啥做引柴哩？那先生说的都有法。用这鸡毛、蒜皮、羊疙瘩、驴蹄儿，这四样做引柴，引柴一点点着，给那灯草情往上头续啦。三根灯草着完，一大锅水熬成半茶碗那点，那茶膏算是熬成啦。你叫我一喝，这嗓子跟一杆笛儿一样，唱它三天三夜都不管哑。丫鬟，去给我熬茶膏吧。"

丫鬟一听，他娘那脚啊，这叫我难为死啦！老天爷，恁大一锅水，还不让盖盖儿，还不叫使唤劈柴，不让使唤麦秸！还没说哩，三根灯草多整点引材，那鸡毛、蒜皮、羊疙瘩、驴蹄儿，光沤不着个鳖孙哩，啥时候才能给那锅底燎着哩！哎呀，这要给我难为死哩！哎，不对！他两口可是跟

---

[1] 二十四印：即二十四英寸。
[2] 破：方言，竭尽全部之意。

我玩事哩啊，俺姑爹挤挤眼儿，俺姑娘给他噘噘嘴儿。哦，我知道啦，你家两口想说话哩，嫌我在这碍事，叫我出去哩。咦，我说姑娘啊，姑娘，老天爷，你这心眼还不少哩。恁想说话哩，可不说'丫鬟，出去会儿，我给你姑爹说几句话。'我十七八啦，我也不是老小，不知道啥，我情出去啦。老天爷呀，偷嘴吃，哄老灶爷吧，连老灶奶奶恁也想哄！中，恁哄我，我哄恁！看咱谁榷住谁！我跑快点，跑到厨房，挖那半茶碗稠汤根，你还没说句话哩，茶膏熬成啦，喝吧！咱看谁榷住谁。

小丫鬟想到这里，说："姑爹，你在这坐着，我可去给你熬茶膏哩。——哎，咱先说好，别说你趁着我去熬茶膏哩，你唱着戏，叫姑娘一个人听哩，那可不中！等我回来你才能唱。我给你那脚，照着你那鞋底子给画个印儿，回来不能给我错一点儿！我看了啦，你那嘴唇是干的，回来湿啦，我可不愿意啊！我走了啊。"

小丫鬟说罢，"扑扑噔噔"出了花厅，抬头一看花厅门口不远有一棵大刺玫架，小丫鬟往那莉荔架后面一藏，一蹲：这地方不赖。我也能看见，也能听见，哎呀，我看你俩说啥话哩，不叫我听？哎呀，我隔着刺玫架，你看不见我了，我可能看见你。

小丫鬟躲在刺玫架后面偷听，暂且不讲。单说说王姑娘，王二妹闪开秋波一看，只见小丫鬟已经走远，你看她起得身来，掀开珠帘，"蹬、蹬、蹬、蹬"上前走了几步，来到张廷秀跟前，躬身施了一礼："二哥，你回来了？"

"二妹，你在家中一向可好？"

"二哥，你在外面身体可安？我说二哥呀，二哥，你看一去六年没有回来，小妹妹应该给你摆上酒宴，与我的二哥哥接风洗尘，可是这花厅以上，一没酒，二没有菜。这桌子上只放一把寒茶壶。"啥叫寒茶壶？茶壶里茶放凉了啊。说："二哥呀，这个茶壶权当酒壶，这个茶杯权当酒杯，小妹妹是以茶代酒，敬你一杯，这叫礼轻……"

张廷秀端住茶杯："情意重啊！二妹。"

你看张廷秀端住茶杯当酒杯，二姑娘端住茶壶当酒壶，以茶代酒给他敬酒哩。看见倒满了,二姑娘故意把脸一扭,"突,突,突"倒了张廷秀一手脖子。"咦,二妹,你看看,幸亏这是个凉茶,要是热茶,岂不把你二哥烫坏了嘛。"

你看,王二姑娘一见此情,慌忙掏出来绿绫子汗巾儿,抓住张廷秀的手脖子,擦了又擦沾了又沾,仔细一看,露出来白生生的肉皮。哦,这时二姑娘心中暗想,看起来呀,他真是乔装打扮,私访于俺,你看——

【滚白】

王二姑娘"蹬,蹬,蹬,蹬"上前跑了几步,她一头扑到张廷秀的怀内可哭起来了——

【二八】

| 二姑娘一见此情哭哩痛 | 口叫声二哥张飞龙 |
| 眼睁睁两个人花厅上要讲话 | 暂且休息几分钟 |

第五回
佳人诉冤情

(定场诗)

| 平生志气运未通 | 蛟龙困在浅水中 |
| 有朝一日春雷动 | 得会风云上九重 |

【滚白起腔】

上场四句诗曰道罢,听俺慢慢给恁道来一回哎——

【二八】

小战鼓一敲归板正	咱不唱小段开正封
上一回唱啥咱还唱啥	接住上回咱都往下听
上回书唱的本是《回杯记》	《张廷秀私访苏州》咱还没唱清
书回文单表哪一个	再说说王二姑娘王月英
二姑娘和廷秀相会在花厅上	她看出张廷秀是乔装打扮来私行

有心给廷秀说上几句知心话	小丫鬟在此她都说不成
用巧计这一回哄走小丫鬟	二姑娘这里叫了一声

（白）好，书接上回。话说王二姑娘啊，用巧计将小丫鬟哄走，一看丫鬟走远，起得身来走到张廷秀跟前，一声说道："二哥，你回来了？"

张廷秀说："二妹，你在家中一向可好？"

说："二哥呀，二哥，你在外面身体可安？"

你看，王二姑娘啊，就趁此机会呀，拿住桌上的凉茶壶，以茶代酒，把水"呼"一下倒到张廷秀的手脖上，掏出来汗巾擦了又擦沾了又沾，仔细一看，露出来白生生的手皮。王二姑娘想，她可不是以茶献酒，给他敬酒哩。她想啊，张廷秀要真是个要饭吃花子，常年在外面要饭，不经常洗手脸，这黑灰都入到这汗毛眼里头，别说用凉茶一冲，手绢一擦就能擦掉，就是用热水洗他三遍五遍都不一定能洗干净。所以她故意把这凉茶倒在张廷秀的手脖上，掏出汗巾擦了又擦沾了又沾，仔细一看，露出来白生生的手皮。二姑娘想，看起来张二哥真是乔装打扮回来私访。你看她想到这里，"蹬、蹬、蹬、蹬"上前跑了几步。

【滚白起腔】

她一头扑到张廷秀的怀内	呜呼号啕可哭起来了

（夹白）"二妹，咦，你看我身上多脏！有啥好好说，不要哭，哭了我心里难受。"

【二八夹连口】

二姑娘在花厅里哭得痛	哭了声狠心的二哥哥张飞龙
也自从你上京去赶考	小妹妹每日等你在绣楼棚
你去了一天俺划了一道	去了两天两道儿划成
也不知怎去了那个多少天	划道儿道儿划满了咱那绣楼棚
要不是老爹爹管哩老紧	我哩二哥呀！划道儿道儿划到待客厅

回杯记

我的二哥呀！自从恁去后仨月整　　小丫鬟她给俺把信儿来通
她说姑娘哇！别哭啦，也别划了　　听说俺姑爹转回程
我闻听此言多么高兴　　随定着小丫鬟下了楼棚
偷偷俺来到了客厅外　　客厅门口把身来定
我有心俺把客厅来进　　还恐怕爹爹看见说俺老疯
无奈何才偷偷来到窗户下　　窗户下边把那身来停
舌尖我湿破了窗棂纸　　用手指"扑出"俺戳了一个小窟窿
使个木匠来吊线　　我那一个眼合一个眼睁
隔着窟窿往里看　　瞅不见二哥张飞龙
我哩二哥呀　　瞅你瞅得脖筋疼
但只见，正中间坐着俺老爹爹　　一旁边坐着贼赵能
俺爹爹说赵能门婿　　你回来，廷秀儿咋没回来
赵能说　　张二哥在京得下寒病
二哥恁病死到店房内　　他把恁埋到荒郊中
三天后给恁去烧纸儿　　他说你犯天狗星，连骨头带肉都吃清
我闻听此言心好恼　　"咯咯噔噔"进了客厅
指着赵能破口骂　　骂声贼子狗赵能
你言说，俺家二哥死故了　　他死后，你给他披麻戴孝守过灵
嘛[1]着骂着我不解恨　　咔哩咔嚓耳巴棱

【散板】

从此后，赵能贼跟咱才结下了仇和恨　　我哩张二哥呀！
他把咱一家人害得可真不轻

【悲平板】

恁哩爹，俺哩老公公　　每日在大街上他去做木工
那一天　　赵能贼把公爹请到他赵能府
言说他要修盖观花凉亭　　这个赵能贼
存心把俺的公爹害　　他言讲，家中丢了银子五十封

---

[1] 嘛：方言，同"骂"。

把公爹送到县衙内　　　　　　苦打成招问罪名
苦打成招问成罪　　　　　　　下到了南监受苦情
咱的娘在关王庙里得一信　　　为救咱爹，无奈何，把咱二兄弟张文秀
卖给何家当个螟蛉　　　　　　才卖了银子二百两
到县衙要救恁哩爹　　　　　　俺的老公公
谁知道　　　　　　　　　　　赵能贼用银钱把上上下下都买好
各班的衙皂都买通　　　　　　咱的娘二百两银子她都花净
也没救出恁爹　　　　　　　　俺哩公公
还剩下可怜的小兄弟　　　　　每日间要饭大街中
那一天，俺三兄弟张飞虎　　　大街去要饭碰见了贼子他叫染不清
染不清，仗着他表哥苏玉的势力大　在苏州横行霸道害百姓
他言说小兄弟挡了他的道　　　把咱小兄弟活活地打死到大街中
还剩下可怜的小妹妹　　　　　剩下咱小妹妹她叫张桂英
那一天小妹妹大街上来要饭　　碰见了苏玉那个小朝廷
贼苏玉，他看咱妹妹人材好　　把妹妹抢到了他的府中
有人说小妹妹已经上了吊　　　有人说小妹妹卖到了烟花院中
光剩下可怜的婆母娘　　　　　她每日间大街要饭受尽苦情
白天大街来要饭　　　　　　　到夜晚关王庙内把身来停
每日间关王庙内受尽欺凌　　　我的二哥呀！这个贼赵能
用那花言巧语将爹骗　　　　　又把俺许配给苏玉小朝廷
我说二哥呀，正好今天你回来转　我问你，这一门儿亲事你都争不争
眼看看后天好儿就到　　　　　贼苏玉，要叫我给他把亲来成
【连口】
我说张二哥，你想想　　　　　我等恁等了整六年
盼恁盼了整六冬　　　　　　　今天你虽然是要饭吃回来转
张二哥　　　　　　　　　　　要饭吃我也不嫌你穷
快给咱居家把仇报　　　　　　快给咱居家都把冤申
【悲平板】
二姑娘哭哭啼啼往下讲　　　　张廷秀背过脸来暗伤情

哭了声老爹爹你在受苦　　　　　　我的老爹爹，你在监牢内受尽屈情
实指望，恁孩子北京我把官做　　　接咱举家进北京
想不到赵能贼存心思把咱害　　　　把爹爹下到了那监牢中
老爹爹监牢里先忍耐　　　　　　　过不久我定要救你出牢笼
再哭声可怜的小兄弟　　　　　　　哭了声兄弟大街中
我的小兄弟，想起来六年前　　　　我上京去赶考
小兄弟拉住我的衣裳也不松　　　　你言说只要哥哥京中魁名中
带着俺小兄弟进进北京　　　　　　想不到恁哥哥做官回来转
小兄弟年纪轻轻丧性命　　　　　　我的兄弟呀，你哥哥今天回来转
我定要，拿住凶手叫个染不清　　　我把贼子来拿住，定给俺兄弟把冤申
再哭声可怜的小妹妹　　　　　　　哭了声小妹妹张桂英
曾记得，六年前我上京去赶考　　　小妹妹说的言语我还记得清
你言说，叫哥哥放心上京走　　　　你在家照顾咱爹娘把孝来行
谁知道，小妹妹如今你遭了难　　　是死是活我还不知情
我说妹妹呀，如若是小妹妹死故了　你哥哥我，定要给你把冤申
如若是小妹妹在人世　　　　　　　你哥哥，我定要救你出火坑
再哭声可怜的母亲娘　　　　　　　你为俺们兄弟们受尽苦情
实指望，恁孩子京中我把官做　　　接咱们一家进北京
想不到赵能贼把咱的一家害　　　　把咱们害得真不轻
我哩娘啊娘　　　　　　　　　　　每日间大街里来要饭
老爹爹他下在监牢中
我哩娘啊娘　　　　　　　　　　　怎知道恁孩子我回来转
今天回到苏州城　　　　　　　　　老娘亲关王庙里暂忍耐
过不久定把恁接到北京城　　　　　又一想，俺本是那乔装打扮来私访
不能对二妹妹吐露真情

【二八】
想到此强压着悲痛装笑脸　　　　　再叫声二妹妹呀王月英
二妹！爹爹坐监是他命老苦

（夹白）"你没听人家说，人的命，天注定啊。他就有那监牢之灾，你说他不坐，你能替他坐？我能替他坐？"

【连口】
咱的娘大街上要饭命里该穷　　　　三弟死怨他的命老短
小妹妹外姓之人我也管不成
你看看我现在混成个要饭吃　　　　咋能够娶起你千金姑娘王月英
任凭你嫁给小苏玉　　　　　　　　二妹呀，这门亲事我不敢争
张廷秀说出了这话不要紧　　　　　花厅上气坏了王二姑娘王月英
张二哥，等恁等了整六年　　　　　盼恁盼了整六冬
实指望，你回来给咱们一家把仇报　张二哥，想不到你是个狠心虫

【武口】
今天你不报冤仇谅拉倒　　　　　　小妹妹我不活了
俺今天要活活碰死你怀当中　　　　二姑娘哭哭啼啼碰头死
花厅上　　　　　　　　　　　　　这一回吓坏了头名状元张飞龙

（夹白）"咦，二妹，二妹，不要寻死啊"

【散板】
叫声二妹你可别寻死　　　　　　　并不是您二哥我不想把冤申
你看看，我现在混成个要饭吃　　　咋能有钱到衙门中间把状攻

（白）"哎呀，二妹，你都没有想想啊，人家苏玉是有钱有势，我是个穷要饭吃花子，你没听人家说，衙门口朝南开，有理无钱莫进来呀。再者，人家不是经常说，屈死不告状，饿死不做贼呀。二妹，这我都认了啊，咱没有钱，咱跟人家打啥官司哪？"

【散板起腔】
姑娘说：二哥，只要你打算把状告　　我说张二哥，咱那黄金白银都现成

【二八】

张廷秀闻听心欢喜　　　　再叫声二妹王月英
只要你有钱咱就告状　　　　我今天我问你，今天咱状告哪一名

（白）"二妹，常言说钱是人的胆呀，只要说你给我出钱，这状我敢告！那你说告状哩，这几年我成天要饭吃哩。哎呀，吃饱饭啦，挺倒太阳地儿晒晒暖，我这脑筋都不中了，也糊涂了。你给我说说，咱告谁哩？第一款告谁，第二款告谁？我好写状子。"

"二哥，你是真糊涂，还是装糊涂哩？"

"哎呀，我装啥糊涂哩啊？你没看我混成这样，成天街上要饭的呀，你给我说说我好写状子哦。"

【散板】

姑娘说，头一条先告告俺的老爹爹

"呀，您爹？我是他的螟蛉义子，他是俺老丈人哩。咱都是亲戚，咱爹犯啥法了啊？犯哩啥罪，咱告他哩啊？"

"咦！二哥，你是真糊涂，还是装糊涂哩啊？"

【二八】

我的二哥呀　　　　头一条告告咱老爹爹
他不该　　　　　　把一女许配俩相公

（夹白）"中！你这一说，提醒了我啊。你说这老先生咋这么糊涂呢。我还没有死呢，他又给你许配给苏玉啦！对，告他！咱爹也不中！二妹，咱这第二条告谁哩啊？"

我的二哥呀，第二条告告恁条串　　　　告告恁条串叫赵能

"咦,你今儿个是憨了啊?俺条串是你姐夫哩啊,这都是亲戚摞亲戚哩,他犯啥法了,咱告他啥哩?"

"咦,二哥,恁是真糊涂,还是装糊涂哩啊?"

【散板】

我说二哥呀!	赵能贼六年前把你蹬到江心内
要害二哥丧残生	
赵能贼把咱爹爹下到南监内	眼看着十八天这案要问斩刑
赵能贼又花言巧语将爹骗	又把俺许配给那苏玉小朝廷

(夹白)"对,你这一说,你那姐夫可是真孬孙啊!俺这一家上上下下可都是被你姐夫给坑了,都是叫你姐夫害了!对,就告他!那,二妹,咱还告谁?"

【二八】

二哥呀,第三条儿告告贼苏玉——

(夹白)"哎呀,苏玉我就没见过人家的面,也不认识他,你说人家咋着咱了啊?你告人家干啥哩啊?"

"咦!二哥,你真是装糊涂哩啊。"

这个贼苏玉,在苏州城内不行正	抢男霸女胡乱行
贼苏玉抢走了咱的小妹妹	抢走了咱妹妹张桂英
二哥呀,今天你正好回来转	快给咱举家冤申申

【武口】

二姑娘从头至尾往下讲	花厅上,惹恼了廷秀张飞龙
出言来再把二妹叫	再叫声二妹你是听
二妹,你在至王府以内把俺等	我现在要到衙门把状攻

回 杯 记　691

我到这衙门里边告一状　　　　定给咱满门居家把冤申
张廷秀说罢他迈步就要走　　　这一回，惊动了姑娘王月英
【小叹腔】
走上前忙拦住　　　　　　　　叫了声二哥这张飞龙
俺等你等了整六年　　　　　　盼你盼了整六冬
今天回到咱的府　　　　　　　饭未吃来茶未冲
张二哥随妹妹去到那绣楼上　　我今天摆上酒宴来接风
【武口】
张廷秀就说我不去　　　　　　多谢二妹好心情
叫二妹你在王府把我等　　　　我现在就要告状大街中
张廷秀说罢他迈步出门走　　　那二姑娘走上前一伸手
抓住他腰里的稻草绳　　　　　一个走，一个拽
拽断了腰里的稻草绳　　　　　只听见"扑噔"一声响
俩人倒在观花亭　　　　　　　张廷秀倒个头朝西
二姑娘倒个脚朝东　　　　　　头朝西，脚朝东
两个人好像拜花灯　　　　　　两个人倒在花厅上
惊动了丫鬟小秋凤

（白）小丫鬟在那刺玫架后边看哩，看着看着，咦，老天爷，这俩人说着说着，说恼了啊，捞住在那打架哩，咦，老天，都挺那啦！我赶紧去拉架吧。小丫鬟"扑扑噔噔"进了花厅，低头一看，哎哟，两个人都在那地上躺着哩。

丫鬟说："起来，起来，我咋说你哩啊！我不叫你唱文戏，你还唱武戏哩啊！起来，姑娘，你想拜天地哩，也给我说一声，叫我禀明俺家老爷得知，择下良辰吉日，红砖铺地，芦席造顶。老天爷，这地下啥都没有，你这地上一躺可拜开天地啦？你都不嫌地下脏？"

几句话说得王二姑娘面红耳赤，慌忙按地爬起，打落身上的土："咦，谁喜欢跟那要饭吃花子拜天地？给我轰出去！"

丫鬟说："听见了没有？叫我轰你哩，咋还不起来！你是长虫爬到那车

壕里不走，等着碾（撵）哩不是？起来，快起来走！不听老的言，必定受艰难。临走时我咋交代你哩，不叫你唱文戏，你还在这唱武戏哩！起来，出去！"

张大人弯腰从地上爬起，拾起来稻草绳往这腰里一束，一只手掂着黄瓷小罐，这只手拿着打狗枣条，慢步出了花厅。

丫鬟说："快走！咦？"丫鬟低头一看，弯腰从地上拾起一件东西，往那袖口一装，"走走、走，快走、快走，快点！"

你看张大人前边走，小丫鬟随后紧跟，不多一时，来到后门口，张大人迈步出了花园，小丫鬟"圪里叉"，给那门可就上住啦。

小丫鬟"扑扑噔噔"回到花厅。二姑娘说："丫鬟哪，丫鬟，恁姑爹他上哪去啦？"

"姑娘，我给他轰出去啦，真不排场，门我都给他上住啦。"

二姑娘闻听此言两眼含泪，说："这死妮子，你都不想想，恁姑爹一走六年都没有回来，今天回到咱府，连一口凉水都没有喝上，你就给他轰走了。"

"姑娘，别哭，我给你说，一会他就回来啦。"

"你都给他轰出去啦，他还会来干啥？"

"干啥？他的东西丢了，就这我把这里呢，他非回来找不中。"

"丫鬟哪，他哩啥东西丢了？我看他那要饭吃的罐，他也掂走了，打狗棍他都拿走了，他有啥东西丢了，他还回来哩？"

"姑娘，他有东西丢了，我拾起来了。就这，我知道他非回来找不中。"

"丫鬟哪，你拾你姑爹啥东西？你能叫我看看中不？"

"中，想看了叫你看看。"小丫鬟一摸一摸从袄袖里摸出来，说："姑娘你看，就是这。老天爷啊，还是绸子包着哩啊，咱看这里是啥哦。"小丫鬟揭开一层黄绸子，咦，里头还有一层白绸子，叫我再揭一层，包两层哩。又揭开一层白绸子。"咦，姑娘你看，就是这。这几年俺姑爹真是要饭吃吃饱了没事了，用一块玉石磨了又磨蹭了又蹭，高处还刻了两条龙，咦，明晃晃的还怪好看哩啊。"

王二姑娘闪开秋波一看，啊！只见小丫鬟手里托着一个印玺，又走近仔细一看，是个八府巡按的印玺啊！

有的问啦，小丫鬟为啥不知道这是印玺，王二姑娘为啥知道这是印玺啊？只因那王二姑娘的爹爹王顺清老爷原来在朝做官，她的母亲就是个掌印夫人，二姑娘啊，从小她就见过这当官的印。她知道官越大，印越小，官越小，印越大。你没看那七品芝麻官桌子上搁多大个印啊。

王二姑娘一见此情，不由心中暗暗高兴，看来俺家二哥真是做官了啊！他是乔装打扮回来私访。想到这里一声说道："丫鬟哪，丫鬟，你知道那是啥东西不知？"

"咦，姑娘，谁知道这是啥东西？明晃晃哩，怪好看。咱也不懂得这是啥东西。"

"丫鬟，我给你说吧，那东西啊，就叫那穷八辈石头。"

"咦，姑娘，真好个东西咋起个这名啊？咋成穷八辈石头了啊？"

"丫鬟哪，你都不想想，原来你姑爹啊，在咱府的时候，他没有这穷八辈石头，是个宦门公子，有他吃哩，有他喝哩，有他穿哩，有他戴哩，伺候的有丫鬟仆女。自从出去以后，得住这穷八辈石头，这不是吃不饱穿不暖，天天大街要饭，谁拿住呐，就要穷八辈哩啊。"

"咦，老天爷啊，我成年当丫鬟还不够倒霉哩！叫我再拿住这，去大街上要饭吃，穷八辈我不要了啊，我给它扔街上的大粪坑吧。"

"咦，丫鬟别扔，扔了可惜了。"

"给，给！你想穷你穷，我不想穷！给，你拿住吧。"

二姑娘伸手接过来了，说："丫鬟哪，丫鬟，这东西啊，你没用处，恁姑娘有用处。"

"姑娘，那你有啥用处？"

"我有啥用处？你知道，你姑娘老好铰花儿呀[1]，我拿那剪子剪的花儿，一放放到那桌子上，咱那桌子哩，正好在那窗户底下放着哩。哎，风一刮，光给我那花儿刮跑。我拿这东西压住那花儿，不叫它刮跑，我再给它改个名，叫'压花石'，都不成那穷八辈石头啦，啥东西都是跟人起名哩。"

---

[1]　铰花儿：即剪花儿。河南许多地方把用剪刀剪东西称为"铰"。

"咦,姑娘,那你当那压花石吧。反正你会铰花儿,俺也不会铰花儿,你当你的压花石吧。"

二姑娘说:"丫鬟哪,丫鬟,你看,也没见你拾过东西,艰难百易[1]拾这一回东西啦,我也不能白要你哩啊!你看,你要几个钱哩,我出几个钱,算你卖给我不中?"

"咦,姑娘你咋真外气哩?别说穷八辈石头了,又是拾哩,不要钱,送给你啦!"

"咦,我可不好占你的便宜哦。那是你拾哩东西,我能白要你哩?"

丫鬟说:"姑娘,你要是真是老过意不去了,你给我出这些钱(比画)。"

"一百钱?"

"咦,你还老舍得说哩,再少点!"

"哦,十个钱?"

"哎呦,姑娘,你今天咋真大方哩?实话说吧,你给我一个钱就中了。我老好吃嘴,叫我去街上买块山楂糕吃吃,一个钱就中了哦。"

二姑娘说:"丫鬟哪,丫鬟,一个钱哪,两个钱,恁姑娘啊,我也不在乎这,也看不到眼里头。既然你要一个钱哩,恁姑娘我给你十个钱。"

丫鬟一想,咦,不对,俺姑娘就不是那大方人哪!往日里,叫买针哩,买线哩,撕绫罗哩,打缎哩,回来还盘我的底儿哩:"秋风,买了几钱针,几钱线,剩几钱给我掏出来。"老天爷,今天这鳖孙穷八辈石头,我要一个,她就给我十个?弄不好我是不懂哩,这东西值得多,我得再往上蹭蹭哩。"咦,姑娘啊,好不容易拾一回东西哩,钱少了俺不卖,你最少得给俺二十个钱。"

"你这死妮子,三十个钱,二十个钱,恁姑娘我也看不到眼里头,要二十个钱哩,我给你五十个钱!"

嘭啦,又要得太少啦!还得往上蹭哩:"咦,姑娘啊,姑娘啊,俺拾一回东西哩,三五十个钱俺不卖,你最少得给我一百钱哩。"

"哎哟,看你这死妮子!百儿八十个钱,恁姑娘我也不在乎。要一百钱哩,给你二百钱!"

---

[1] 艰难百易:方言,"好不容易"的意思。

嘭啦，又要得太少啦！还得往上蹭哩："咦，姑娘啊，姑娘啊，拾一回东西哩，一二百钱俺会卖？你最少得给俺那一千钱。没有一千钱，我不给你。"

"不要啦，谁去掏那一千钱买个石头当压花石哩？给，不要啦！"

嘭啦，要哩太老啦，人家不要啦。"你要不要，我这一个钱都不值啦。姑娘，拿住吧，你咋真不识耍哩，姑娘？给你说笑话哩。拿住，接住。"

"不要啦！"

"哎哟，不要会中？姑娘，拿住。"

二姑娘说着不要，又接住啦："哎，丫鬟，这可是你要给我的哦？"

"不错，我要给你哩。"

"咱说好啦，十个钱就是十个钱。我先赊住帐，回到楼上就给你了哦。"

"咦，姑娘给了给，不给算了啊，就是这，给你啦。"

"哎，丫鬟，咱可说好了哦，这是十个钱，你卖给我了哦。"

"中，卖给你啦。"

"嗯，你可不能再给我翻嘴[1]了啊。"

"哎哟，翻啥嘴哩，鳖孙不就是穷八辈石头，不翻嘴啦。"

"丫鬟你要再给我翻嘴了哩？"

"我要是再给你翻嘴，给我那嘴撕叉，撕烂，撕得不能吃饭，中不中啊？"

二姑娘说："丫鬟——"

【散板】

我说丫鬟哪，你光知道得了这十个钱　　　掌印夫人你可当不成啦

丫鬟说："你说这是咋回事？啥得了这十个钱，掌印夫人当不成了？我咋不知道这是咋哩啊？"

"丫鬟哪，丫鬟，你知道这是啥东西不知道？"

"哎哟，穷八辈石头，你刚说了，我这心劲儿就真赖，我可忘啦？"

---

[1]　翻嘴：有反悔的意思。

"丫鬟哪，这东西可不是那穷八辈石头。"

"咦，那是啥？"

"这东西叫印玺啊。"

"咦，啥是印玺，姑娘？"

"当官全凭着印玺哩，丫鬟。"

"咦，当官全凭印玺，姑娘，俺姑爹要饭吃，在哪偷人家当官哩这，人家捞住捶不死他！"

"咦，我说丫鬟哪，丫鬟，憨死你哩！实话说吧，恁姑爹是当上官啦，乔装打扮回来私访哩啊，谁拿住这，就要去那北京城里享那荣华富贵哩。"

【武口】

小丫鬟闻听心生气	再叫声姑娘王月英
俺不卖啦，不卖啦	赶快还俺印一封
还不知，小丫鬟要印要不回	暂且休息几分钟

第六回
陈应龙除奸

【二八头】

小战鼓一敲咱归板正	咱不唱小段开开正封

【凤凰三点头】

小战鼓一敲咱归板正	咱不唱小段开开正封
方才间[1]唱啥咱还唱啥	咱接住上回再往下听听
适方才唱哩《回杯记》	《张廷秀私访苏州》没有唱清
哪里打断哪里找	打断了青丝续红绒
书回文单表哪一个	再说说丫鬟哪小秋凤

---

[1] 方才间：即刚才。

【悲平板】
小丫鬟闻听的姑娘讲一遍　　　不由得一阵她都怒气生
说姑娘啊，俺不卖了，不卖了　　你把俺诓的可真不轻
小丫鬟哭哭啼啼她要印　　　　花厅上气坏了王二姑娘王月英

"丫鬟，刚才你咋说哩啊？你说你不翻嘴了，你可又翻嘴哩！中，你想要也中！先过来，让我给你那嘴撕叉，撕烂，撕得不能吃饭。然后，这印我重给你。"

丫鬟一听，哎呀，老天爷啊，都怨我这嘴了呀！你说撕叉，撕烂，撕得不能吃饭。啥都不能吃了，还去北京城里享啥福哩？哎哟，打打我这嘴吧，打着老疼。啥都怨咱呐，也不怨人家，怨我这嘴太没把门哩，啥不想，"扑出"可说出来啦。小姐家的娘就给我说啦，秋凤啊，秋凤，可别吃豆腐啊，吃豆腐，嘴老松。谁知我就不好吃豆腐，光好吃那可白可白的啥？豆腐渣！谁知吃吃那，比那豆腐还松！凭啥事，我这嘴"扑出"可说出来啦！是我说哩，再翻嘴了，叫你给我这嘴撕叉、撕烂、撕得不能吃饭哩。哎呀，都怨我这嘴啦！反正我也说了啦，话说出去也收不回来了！哎，反正人家是姑娘哩，咱也拗不过。

丫鬟正在思想，二姑娘说："丫鬟哪，丫鬟，你也别生气啊，你看今天既然拾了你姑爹的印玺，你也是他的恩人。咋啦？当官全凭印玺呀。你想想，当官如果丢了印，就要犯了杀头之罪啊。我说丫鬟哪，丫鬟，你不用管了啊，等你姑爹回来，你要金子，叫他给你金子，要银子给你银子，亏不了你的。"

丫鬟说："去！老稀罕你们的金子银子！我都没见过钱？小看人！"

"咦，你这死妮子啊，不要金子银子，你想要啥哩，啊？"

"我想要啥哩？反正就咱俩，我也不嫌丑。你没想想，到时候你都去当诰命夫人哩，跟着去那北京城享受荣华富贵哩，你给我往哪安插呢？啊？"

"哎哟，你这死妮子，你是我的贴身丫鬟，我去北京不就给你带走了？"

"咋呀？还叫我去给你当丫鬟嘞？我不当了！"

"咦。你这闺女！你不想当丫鬟想干啥啊？你想当啥哩？"

丫鬟说:"想当啥嘞?反正就咱俩,旁边也没人,我也不嫌丑。到时候,你想当啥,我也想当啥!"

【散板】

| 二姑娘听了一番话 | 不由得心中暗想情 |
| 小丫鬟她想进那北京地 | 想到那北京也把诰命应 |

"我说丫鬟呐,光咱给你说嘞,丫鬟,我想当啥,你也想当啥。我也不能答应你,那家儿还是你姑爹当着嘞。实话给你说吧,当官全凭印玺嘞,丢了印玺就要犯杀头之罪。丫鬟呐,你可不敢给人家说哦,你姑爹给印玺丢了,丢到咱这花厅上,你拾起来了,可不敢说这事啊。"

"哎呀!"丫鬟说,"姑娘放心吧啊,我是不见人不说。"

"咦!你这死妮子!见人你才不敢说哩!"

"我不说我图啥哩啊?恁都去北京城里当诰命夫人哩,你去拽哩,你去崴哩,我不说,我图啥哩啊?到时候就是这,你想当啥,我也想当啥!"

【二八起腔】

| 姑娘说,小丫鬟今天你拾了恁姑爹的印 | 也算是他的救命星 |

【二八】

如若是到在那时候	我把你一同接到北京城
咱们一同去到北京地	同在北京享花荣
小丫鬟你要是不嫌小	我叫你当一个二房行不行
小丫鬟闻听心欢喜	"咯嘀嘀"笑得肚子疼
我说姑娘哇,别说叫俺当二房	十房八房我都不嫌轻
二姑娘闻听心欢喜	再叫声丫鬟小秋凤
你赶快后门将他等	单等你姑爹转回程
单等恁姑爹回来转	你把他领到咱那绣楼棚
绣楼上摆上酒和宴	咱给恁姑爹来接风
小丫鬟就说好,好,好	姑娘啊,放心大胆回楼棚

小丫鬟门口等候咱不讲	把书那个岔开另表明
书回文单表表哪一个	再说说头名状元张飞龙
那个张廷秀迈大步走出了后花园	不由得心中暗暗高兴
王二妹真算是一个贤良女	要饭吃也不嫌俺穷
像二妹这样的好女子	普天下还算是第一名
我说二妹呀,如若是到在那时候	我把你接进北京城
咱一同去到北京地	同在北京享花荣
张廷秀这思思想想往前走	我还得先访苏玉小朝廷
张廷秀迈开大步来好快	大街也不远面前停
张廷秀来到大街用目寻儿	打量着,一街两行都是生意人儿

【连口】

生药铺儿紧对熟药铺儿	绸缎庄对着京货棚儿
饭馆儿门外碗摞儿碗儿	酒馆儿里边盅儿摞儿盅
木匠铺儿里锛刨响	铁匠铺里砧子声儿
这边卖哩羊肉面	那边卖哩是肉包子儿
这一边卖的是豆杆子儿	那一边卖哩是豆芽子儿
糖角子儿,米粽子儿	馄饨锅里下鸡丝儿
又往旁边看一眼儿	刚出锅的热饭汁儿
说饭汁儿,道饭汁儿	饭汁下的是好吃食儿
粘江米儿,花生仁儿	白莲藕切的本是鸡丁子儿
飞箩面,打糊子儿	下得不稠又不稀儿
又往那边看一眼儿	杂货摊,摆的东西怪景人儿
甜瓜子,咸瓜子	栗子核桃花生米儿
只引得一群小孩转圈子儿	
酒店里香喷喷儿	大雁曲儿,小雁曲儿
状元红,葡萄绿	金波酒配着五加皮儿
一样一样有名气儿	
旁边紧衬煎炒馆儿	炒得本是好吃食儿
猪肉、牛肉、烧羊肉	另外还有香肠子儿

又往那边仔细看　　　　　　　那边过来个小伙子儿
小伙子儿，没年纪儿　　　　　不是十九是二十儿
肩膀上，扛弦子儿　　　　　　檀木杆，梨木芯儿
弦筒糊的是蟒皮儿　　　　　　走起路来多有劲儿
嘴里边"哼哼哼哼"哼小曲儿
张廷秀心有事不观大街景　　　我还得到苏府访访苏玉小朝廷
【武口】
张大人顺着大街正然走　　　　耳听见大街以上喊高声
嘚——，大街以上高声喊　　　说到了苏州城，一街两行老百姓
染大爷今天来到大街上　　　　我叫恁一街两巷快躲清
我叫恁男站西，女站东　　　　男女混杂可不中
哪一个胆敢闯了染爷的道　　　我叫你一时三刻难活成
染不清这一喊叫不要紧　　　　这吓坏了苏州城一街两行老百姓
老张回头喊老李　　　　　　　老李回头喊老丁
父叫子，子叫父　　　　　　　哥叫弟来弟叫兄
染不清今天来到大街上　　　　谁要碰见该谁崩
生意们一听说来了染小子　　　只吓得"咔里咔嚓"把门封
【散板】
要知道大街惊动哪一个　　　　惊动了头名状元张飞龙
张廷秀闻听说来了染小子　　　不由得无明的怒火往上冲
染不清，仗着你表哥苏玉势力大　你竟敢把俺三兄弟张飞虎
活活打死到大街中
今天张老爷街上我碰见你　　　要认认你小子长哩啥面容
到时候我把你小子来拿住　　　定给俺兄弟把冤申
【武口】
想到此张廷秀顺着大街往前走　你看他冲着染不清往前行
染不清横里八叉街上闯　　　　猛抬头，打迎面来了一个要饭穷
要饭吃，胆大、胆大、真胆大　了不成带着了不成

老百姓看见我远远都躲开	没躲哩站到两边不动星 [1]
你今天竟敢挡了爷的道	我今天定要教训要饭穷
染不清想到此"噗"打个箭步窜上去	一伸手抓住了大人张飞龙
"啪嚓"声把廷秀摔到大街上	怎看他上使拳打下脚蹬
染不清拳打脚踢多一会儿	只打得张廷秀遍体鳞伤血染红
眼睁睁头名状元命难保	这时候气坏了一街两行老百姓

（白）话说染不清抓住张廷秀"啪嚓"声摔到大街上，上使拳打，下使脚蹬，打得张廷秀遍体鳞伤，就地打滚，浑身是血。这时候一街两行的老百姓可真气坏了。这个说："哥？""兄弟，这鳖儿真孬孙啊，你看那要饭的，不是眼不得劲儿，就是耳朵不治 [2]，再不就是聋子，没有听见他吆喝。这么宽的大街人家咋挡他的道了？抓住人家摔到地上，上使拳打，下使脚蹬，眼看要打出来人命了，这鳖儿可是真孬孙啊！"他说："打！"我说："打！"都是握着拳头，瞪着眼，光想打染不清啊！光说打不敢打，咋啦？都知道染不清簸箩里睡觉——会拳（蜷）啊！有武术，老厉害。你别说三五个人、百八十个人，你打啥哩打哩？打灯笼拾粪——寻死（屎）哩！老百姓可是真气坏了。

就在这个时候，打正东过来一个小孩，年纪不过十一二岁，肩膀上扛个托盘儿，一边走一边吆叫："瓜子儿，瓜子儿，五香咸瓜子儿，花绿豆儿，咸瓜子儿——，嘿——谁要花绿豆儿——哎——五香咸瓜子儿。"这是谁啊？苏州城卖瓜子儿的小孩儿，名叫金哥。金哥一看，哎呀，这边人这么多，他不知都在那看染不清在打那要饭吃哩，他想着卖东西哩不是哪人多跑哪去么？一看挤到人角儿里头，"瓜子儿瓜子儿，五香咸瓜子儿，花绿豆儿，谁要咸瓜子儿——"

"过去！我不叫你在这卖瓜子儿！"

"不叫我在这儿卖，去恁家卖？这是街啊，我是非卖啊，你为啥不叫我卖瓜子儿啊？"

---

[1] 动星：即动静。
[2] 不治：即不管用。

"金哥儿，我不叫你卖啊。"

"我就非卖，瓜子儿，瓜子儿！"

这时候过来个老先生说："哎，金哥，你看他说话怪难听，他不是冲你啊。"

金哥说："不是冲我哩，是冲你哩？眼看他不叫我卖瓜子儿，还是冲你哩？"

"金哥，你没看，那街上染不清在那打要饭吃嘞，眼看快打出来人命了，谁有心吃你瓜子儿啊？"

金哥说："恁没心吃，我会叫恁吃？掏钱吃，不掏钱恁吃屁！染不清打要饭花子哩，恁有本事，恁跟染不清斗，恁就拿我这小孩子出气！实话说吧，我可不是喷哩，不是抢哩，我只用喊过来一个人，不给那染不清捶轰、捶烂、捶得不中。"

"咦，金哥，你这孩子！可真敢吹大气啊，你给谁喊过来，给那染不清捶轰、捶烂、捶得不中？"

他一说，这金哥把架子往地上一支，托盘瓜子儿往那架子上一放，"嘿，给谁喊过来？染不清他算啥东西！俺陈大爷陈应龙真是算个英雄好汉，专好抱打不平，杀奸救忠，专管这不平之事，我只用给俺陈大爷陈应龙喊来，染不清，不给他染干！染得没一点！他不想活啦！"

"咦，金哥，就凭你十一二岁一个孩子，能给恁陈大爷喊来？你只要能给恁陈大爷喊来，给这染不清打一顿，救救要饭花子，不用管了，你这一托盘瓜子儿，俺几个给你分吃喽。"

"咋着呀？！你说的老美呀！我给俺陈大爷喊来，给这要饭哩出出气，打打染不清，你再给我一托盘瓜子儿分吃喽？啊？光都成你的啦，没我一点啦不是！"

"哎呀，你这孩子，听话儿你也不会听音儿。俺说的啥意思嘞？恁只要给陈大爷陈应龙喊来，给染不清打一顿，给要饭的出出气，不用管了，这一托盘瓜子儿不叫你一把一把抓着卖了。你说值多少钱，这钱俺几个包了，给你掏出来，这还不中？"

金哥说："嘿，这还差不多嘞。"

"哎！你别差不多，你要给恁陈大爷喊不来了呢？"

金哥说："喊不来？我，我头朝下见人！我这一托盘儿瓜子儿一分钱儿不要，送给你们。"

"中！说话算数哦。金哥，那你去喊吧。"

金哥说："喊是喊，你说我去找人呢，我扛着一托盘瓜子儿多不方便？那我这瓜子儿交给谁？谁给我照住头儿，回来收着瓜子儿钱嘞。"

金哥这么一说，那老头说："好，你要找照头哩不是？恁谁想照头？"

这时候过来一年轻小伙子，二十多岁："照住我的头！金哥。"

"照住你的头？你叫啥？"

"嘿嘿，我叫罗头儿。"

"呦，罗头儿！中，你这名儿好记，中，回来我照住你罗头主儿要钱啊。咱先说好，我这瓜子儿交给你了，回来不敢给我少一个啊，我走了。"

金哥说罢，扭项回头就走，就那年轻人老调皮，一看那孩子扭脸走了，去那托盘里捏一个瓜子儿，"蹦儿"可填到嘴里了。

金哥说："哎哎，你咋吃开我的瓜子儿了！"

"哎，搁里头，搁里头！"他搁里头一个皮儿，又捏起一个仁儿。

金哥说："你狠吃！我回来只管照住罗头儿要钱儿嘞！"

你看金哥说罢，大跑小跑，一阵好跑，跑着想着，想着走着，穿街过巷，心中暗想：这么大一个苏州城，我去哪见那陈大爷陈应龙嘞？咦！有了！我想起来了，俺陈大爷专好去那朝阳酒楼喝酒，莫非说，陈大爷现在还在朝阳酒楼？你看小金哥想到这里，顺着大街"踏、踏、踏、踏"，不多一时，来到朝阳酒楼下边，抬头一看，朝阳酒楼就在面前。你看金哥他一直进到酒楼，"腾、腾、腾、腾"上得酒楼，只见酒楼上面放着一张八仙桌子，抬头一看"嚄！俺陈大爷好威风啊！"

单说好汉陈应龙，头上戴着一顶六棱英雄扎巾，鬂插牡丹花一朵。上穿黑缎子夹袄，团团绣花，钮里纽扣，坠的是十三太保的扣门儿。腰里束着青皮板带，下穿骑马兜裆鼎裤儿，足穿薄底快靴。脊背上插着单刀一口，长有三尺，明晃晃耀眼。肩上披个英雄大氅。他是一只手把着一只鹌鹑，这只手端着酒杯，一边喝酒，一边遛他的鹌鹑（做喝酒遛鹌鹑状）。

金哥一看，俺陈大爷好威风啊，你看金哥上前作揖儿："大爷，孩子给你见礼喽——"

单说好汉陈应龙，只顾喝酒，只顾遛鹌鹑（作喝酒遛鹌鹑状）。金哥一看，不中啊，这人心没二用，大爷只顾喝酒遛鹌鹑哩，喊着他"大爷"，他也不理我，不照头。哎，有了，我装哭吧！咋啦？俺大爷那心底老软，只要听见孩子哭，他就要搭上腔嘞。又一想，这装哭没有泪咋弄嘞？哎，对啦，我抹点唾沫。咦，抹的太靠上啦，抹到眼壳上了。你看他两只手捂住那脸，手露着缝儿，"嗯，嗯……"（装哭）

单说好汉陈应龙，正在喝酒遛鹌鹑，闻听有人啼哭，低头一看："金哥，不在街上卖你的瓜子儿？来到酒楼以上，哭哭啼啼为了何来？"

"大爷，瓜子儿不能卖了！大爷啊，你都不叫我卖瓜子儿了啊。你都不知道啊，街上那染不清在那打花子啊，快把那要饭吃的打死啦，人家都不买我这瓜子儿了啊！大爷啊，你赶紧下去吧！大爷，你下去给那染不清打一顿，不然他们都不想买瓜子儿了啊！嗯……（哭）"

陈应龙一听："你这孩子！这染不清打的是要饭的花子，他并没有惹咱啊！金哥，咱不能无事生非，没事找事！去，去，去，卖你的瓜子儿吧，去吧！"

金哥一想：完了，头朝下见人不说，我这一托盘瓜子儿要打水漂了。咋啦？我给人家夸下海口，说能把俺陈大爷喊去，这陈大爷他不去啊！哎呀，又一想，不中！这会儿得真哭嘞。要不真哭，俺大爷可是真不下去。可真哭得想点伤心事啊，没有泪会中？哎，我想着，今儿出来前，俺爹还有病，在那床上挺着呢，叫我出来给他买药哩。我都指望着卖瓜子儿挣两钱儿，去药铺给俺爹捏点药，这要是一托盘儿瓜子儿一打溜儿，也没钱儿了，也没法儿给俺爹捏药了。要是俺爹没有药，俺爹就要死了。俺爹一死，就剩我独个了！我咋过嘞？嗯……（哭）

陈应龙一听，"金哥！谁欺负你了？你咋哭这么伤心呢？"

"大爷，人家不是欺负我啊，人家都是欺负你嘞，大爷！"

"恩？谁敢欺负恁陈大爷我！"

"大爷，你都不知道。刚才我在那街上卖瓜子儿嘞，染不清在那打那要饭吃嘞,他们都不吃我的瓜子儿。我说染不清孬种,我给俺陈大爷喊去,不给他捶轰、捶烂、捶得不中,谁知道我一提你的名儿,人家那老百姓都是骂你嘞,大爷。"

"嗯?骂我的啥?"

"人家说了,说你好有一比,比做一个老黄脚儿,也不知道啥是老黄脚儿。"

"兔子!"

"啊,就是那!人家都说了,你在地那头儿,染不清在地这头儿,染不清一跺脚儿,吓得你头也不敢扭,一下跑了四十八里。大爷啊,你对孩子不赖,我来给你送个信儿。咱赶紧走吧,大爷,不然一会儿染不清来了,酒也喝不成了。"

陈应龙说:"金哥,你说这话可是当真?"

"大爷!那鳖孙榷你嘞?我说的都是真话!"

你看陈应龙闻听此言,霎时间气得三杀神暴跳,五灵豪气飞空,浑身的总筋气得"叭叭"乱响,说:"金哥!既然如此,前边带路!叫你陈大爷去会会这染不清,到底长了几个脑袋!"

"嘿嘿,大爷,你打架嘞不是?你不用管了,你只要打架嘞,我到那搂住他的腿,我死不丢儿!咱俩人打他独个儿。大爷,不用管了!大爷,你看你打架嘞,还披着你那英雄大氅,'扑棱棱'的多不方便,叫孩子给你拿着。"

"中!"陈应龙"呲楞",给英雄大氅带子一解。"金哥,接住!"

金哥把英雄大氅往肩膀头儿上一搭:"哎,大爷,你打架呢,把住你那鹌鹑,咋给人家打呢?叫孩子我先给你把住。"

"给,金哥,这鹌鹑你可得给我把好啊!这是刚从北口外掏三十两银子买的鹌鹑啊,我还没有玩够一天嘞。你可不敢叫飞了啊,给我把好!"

金哥说:"你放心吧。"金哥一接接过这鹌鹑,咦,这鹌鹑就是不赖。哎呀,俺大爷说刚从北口外掏三十两银子买嘞。嗯,鹌鹑,鹌鹑,好鹌鹑,玉石眼儿,骨头嘴儿,莲花穗儿,齐盘腿儿。咦,就是不赖!俺大爷说了,不敢叫飞了,我得抓得紧死点儿,越抓越紧,越抓越紧,"唧!"抓死个舅子啦！"大爷，你这鹌鹑布袋儿嘞？这鹌鹑瞌睡了，让它躺那睡会儿。"

陈应龙从那腰里"呲楞"抽下来鹌鹑布袋儿，金哥接过鹌鹑布袋儿，把死鹌鹑往布袋儿里一装："大爷，鹌鹑布袋先别到我这腰里啊，打完架了，我再给你。"

"金哥，不要啰唆，前边带路！"

你看小金哥闻听此言，前边带路，陈应龙随后紧跟，两个人"踏，踏，踏，踏"下了朝阳酒楼，顺着大街，找染不清，走起来了——

【二八】

好一个好汉陈应龙	你看他随定金哥往前行
陈好汉一边走一边想	不由得心中怒气生
染不清仗着他表哥苏玉势力大	在苏州横行霸道胡乱行
今天我去到大街上	我定要教训教训染不清

【武口】

陈应龙随定金哥来好快	抬头看，十字街不远面前停
陈好汉这一回来到十字街	但只见，染不清正在毒打要饭穷
陈应龙一见此情心好恼	你看他打个箭步往前冲
打个箭步窜上去	这一回开拳要打染不清
眼睁睁染不清小子要挨打	陈应龙忽然这一事想心中

（白）话说陈好汉随定金哥，不多一时来到十字大街，抬头一看，染不清正在毒打那个要饭的花子，只见要饭的是遍体鳞伤浑身是血！陈应龙一见，心中生气，"嗖"打个箭步跑上前去，举拳在后面准备要打！拳头举起来了，又一想：不对，我不能背后伤人啊！作为一个英雄好汉，要光明磊落，正正当当！嗯！想起来了，不如我好言好语劝他几句。嗯，多一事不如少一事，叫他放这要饭的花子一条活路，也就是了。

你看陈应龙想到这里，强压住满腔怒火，抱拳当胸，一声说道："染好汉，染杰士，我这里有礼了！"

染不清正在打这个要饭吃的，听见有人给他见礼，扭头一看，背后边来个大个子,"还礼了。"

"我说染好汉,染杰士,身为一个英雄豪杰,咱要斗,斗个马上的好汉,要打,打个马下的英雄。你何必和这要饭的花子一般见识?以我之见,你就高抬贵手,放这要饭吃的一条活路,叫他去吧。"

染不清闻听此言,把那陈应龙上一眼,下一眼,左一眼,右一眼,前前后后看了十来眼,心中暗想:他敢管我的闲事儿,啊?一声说道:"你叫什么名字儿?"

"姓陈,名叫陈应龙。"

"你就是陈应龙?"

"对,我就是陈应龙。"

"我来问你,你跟这要饭的沾亲?"

"一不沾亲!"

"你带故?"

"二不带故!"

"一不沾亲,二不带故,你敢管你染爷爷我的闲事儿?"

陈应龙闻听此言,"呲楞"头上火往上蹿一蹿:"小子!我来问你,你是哪个染爷?"

"咦?你想跟我打架呢,不是?"

陈应龙说:"我今天要教训教训你!"

【武口】

两个人话不投机动了手	十字大街赌输赢
陈应龙,你看他紧了紧腰里皮青带	染不清,牛皮战靴蹬几蹬
两个人大街以上开了打	在街上你来我往赌输赢
陈应龙泰山压顶往下打	染不清"嘣"二郎担山往上迎
陈应龙使了个黑虎来掏心	染不清使了个老君把门封
陈应龙使了个白蛇来出洞	染不清枯树盘根打得精
陈好汉底下使个扫堂腿	染不清使了个旱地来拔葱
两个人打了三百回合六百趟	染不清越打劲儿越凶

陈好汉适方才酒楼多喝几杯酒　　打起来只觉得眼发花来头发蒙
要是这样打下去　　怕的是今天败到他手中
陈应龙，你看他虚点一拳假败阵　　你看他，"踏踏踏踏"奔正东
染不清一见此景心欢喜　　他在此后边追的红
上天我要赶你灵霄殿　　你入地爷爷赶到水晶宫
你就是佛爷头上金翅鸟　　我今天追上拔掉几根翎
陈好汉"踏踏踏踏"往前跑　　染不清在此后边追的凶
眼睁睁染不清追上陈好汉　　陈应龙在此之前边暗用功
你看他正跑猛一收一伸腿　　绊倒小子染不清
陈应龙打个箭步跑上去　　一伸手抓住脚脖儿也不松
两膀使上千斤力　　这一回把染不清举到正当空
这一回举起染小子　　"扑棱棱，扑棱棱"扑扑棱棱抡得凶
染不清一见此情心害怕　　高叫声好汉爷爷你饶性命
好汉爷爷你饶了俺　　你光敢抡来可不敢松
染不清口口声声来哀告　　大街上喜坏了一街两行老百姓
百姓们大街以上高声喊　　陈大爷，不能饶他
你要给苏州老百姓把冤申　　打死他！老百姓大街以上齐喊叫
这一回惊动好汉陈应龙　　我今天定要给苏州老百姓来除害
我要给屈死的冤魂把冤申　　想到此两膀使上千钧力
只听见"刺啦"声　　把小子一撕两半停

话说陈好汉力劈了染小子，把这染不清是一撕两半。

【散板】
我有心把尸首扔到大街上　　还恐怕，肮脏了苏州城里老百姓
你看他想到此处一用力　　把这尸首扔到城墙外边沤麻坑

（白）这陈应龙啊，把这小子一撕两半，捞住他两条腿，把那尸首扔到城墙外边啦！这时候一街两行的老百姓可高兴啦。这边说：陈大爷！那

边说：陈好汉！那个说：陈英雄！你算办了个大好事啊！这时候过来一个老头年纪要有六七十岁，走着路拐着腿，说："大爷啊，大爷，你算给我这仇报了！哎呀，前有俩月的时候，我担着俺那梨儿来这街上卖哩，谁知人家都吆喝哩，老头我跑不快，碰见那染不清了呀！他一看我担了一担梨儿，抓住就吃。他说梨怪好吃，叫我给他送到他家啊！谁知道，送到他那大门口了，他叫了几个家郎，连我这梨挑子，连梨儿都给我担走了呀，啥也不给！临走哩，我说：'大爷，没你不多少弄俩？家里腾锅还没有米下呀。'谁知道一说这话不是要紧，他'啪啪'给我两个耳光，照我这胯上又蹬了一脚儿，胯都给我蹬掉了呀！他说：'你打听打听，你染大爷啥时候给人家掏钱买过东西？'哎呀，幸好碰见一个老乡，给我抬到家。这不是，在床上躺了俩月，现在走路腿还是这样，成瘸子啦。"

陈应龙说："好了，好了，染不清在苏州城是作恶多端，死有余辜！今天我打死染不清，为咱苏州城除了一害。可是，我听金哥言讲，恁这老百姓骂我的言语很不中听！"

"谁骂了？谁骂了！大爷你说谁骂了，你只要点出来名儿，不用你动手，打他鳖儿！谁敢骂咱陈大爷陈好汉。谁骂了？"

陈应龙说："金哥，过来！你看看，是谁骂我了？"

金哥一听，"大爷，那鳖儿你一来给他吓跑了，这里人都是好人，都没人骂你。那人走了啦。"

陈应龙一看心中明白，算了算了，骂也好，不骂也行，我也不跟恁计较这些小事："我说乡亲们啊，今天我打死了染不清，这里算出了人命案了。说不定以后官府就要来抓我，这里是个是非之地，不可久留。乡亲们，该做买的做买，该做卖的做卖，各干其事，恁都去吧。"

老百姓闻听此言，霎时间是一哄而散。街上光剩下金哥、陈应龙，还有那张廷秀在街上。

陈应龙说："金哥，我的英雄大氅呢？"

"咦，大爷，给！叫我赶紧给你披上吧。老天爷啊，打打架，出一身汗，小心冻着了。"

陈应龙把英雄大氅一披披好，带子一系。"金哥，鹌鹑呢？"

"嘿，大爷，鹌鹑瞌睡了，在这里睡着了。"一递递给陈应龙。

陈应龙接着鹌鹑布袋儿："看给我捂死了没有。"

"大爷，没捂死，睡着了。"

陈应龙一掏掏出来这鹌鹑一看："你这孩子，我咋交代你哩，啊？只给你说我这是刚从北口外三十两银子买来的鹌鹑，没玩够一天，你这可给我捂死了啊！"

"大爷，那不是捂死的，是睡着了。"

"啥睡着了？要着死鹌鹑干啥哩，扔了吧！"

"哎，大爷别扔！叫我拿回去喂俺那猫吧。"

"给，给，给，连鹌鹑带儿都给你了。"

小金哥把鹌鹑布袋儿往腰里一塞。

"嘿嘿，金哥，卖你的瓜子儿吧。"

金哥说："大爷，瓜子儿咱先别说，你忘啥不忘啥？"

"不忘啥！英雄大氅披着呢，死鹌鹑不要，给你啦。"

"大爷，你真不忘啥？"

"啊！还有啥事哩？"

"嘿，大爷，你要不忘啥喽，你听我再给你说一句话。"

"别啰唆，快说啊！"

"嘿，大爷，常言说'杀人杀死，救人救活。'你看，你给那染不清打死了，一撕两半儿。还有那街上躺的要饭吃的，是死是活还不知道，你这可就起来走哩？"

陈应龙一想，对啊。"好，好，好，金哥，你说得有理！去，赶快叫苏州城浑馆儿，做上一碗姜汤，把这要饭的花子给我救醒。"

"是！"小金哥闻听，像领了皇王圣旨一样，站到十字街上把腰一掐，说"嘚——苏州城的浑馆儿听着——俺陈大爷叫我说哩，赶快做上一碗姜汤，救这要饭花子哟，越快越好——"你看金哥这一吆叫，不是要紧，苏州城的浑馆儿慌的，忙的，四下摸不着墙的，圪里圪啪，刀切葱花儿，滋哩滋啦儿……不多一会，把姜汤端来，救张廷秀走起来了——

【连口】

浑馆的掌柜不怠慢　　　　　　不多会才把姜汤来做成
才把姜汤来做好　　　　　　　下一回要救廷秀张飞龙
还不知张大人救活没救活　　　稍微歇会接着听

第七回
寻印结良缘

【二八起腔】
上回书唱的是《回杯记》　　　《张廷秀私访苏州》咱还没唱清
哪里打断哪里找　　　　　　　打断了青丝续红绒
人人都说俺忘记了　　　　　　小弦子一拉俺记得清
书回文单表表哪一个　　　　　再说说好汉陈应龙
陈好汉朝阳酒楼得了一信　　　要救廷秀张飞龙
大街上打死了染不清　　　　　把尸首扔进沤麻坑
把尸首扔到了城墙外　　　　　惊动了金哥说了一声

（白）书接上回，单说陈好汉陈应龙把染不清一撕两半儿，"扑通"扔到城墙外边。这时候街上一街两巷的老百姓都是高高兴兴，欢天喜地的离去。大街上单剩下陈应龙、金哥儿，还有张廷秀在那街上躺着哩。金哥说："陈大爷，你看，杀人杀死，救人救活。你把那染不清一撕两半啦，那要饭吃的还在街上挺着哩啊。是死是活都还不知道，你可准备起来走哩？"陈应龙一听，对啊，小孩子年龄虽小，说得有理。说："金哥儿，到浑馆儿做一碗姜汤，给这要饭吃花子救醒。""是！"你看小金哥儿听了此言，跟领了皇王圣旨一样，站到十字街上把腰一掐，说"嗯——，苏州城的浑馆儿听着——俺陈大爷叫我说哩，赶快做上一碗姜汤，救这要饭花子哟，越快越好——"

小孩子这一吆叫不是要紧，你看苏州城的浑馆儿慌的，忙的，四下摸不着墙的，只听见圪里圪啪，刀切葱花儿，滋哩滋啦儿……不多一会，又有稠的，又有汤。不大一会儿，来了四个小堂倌儿，端了四个小条盘儿。这堂倌儿都是二十多岁，肩膀上搭着白毛巾，嘴里叫着："金哥儿，金哥儿，端来叫谁喝哩？"

有人说啦，叫做一碗清汤，为啥端来了四碗呢？为啥来四个小堂倌哩？因为苏州城共有四家浑馆，这金哥吆叫哩，叫做姜汤哩，也没说叫哪家浑馆儿做哩。一听说陈应龙陈好汉叫送姜汤救人哩，这四家浑馆就一齐送来了四碗。"金哥，金哥，叫你喝哩？"

"叫你喝哩！瞎眼圪泡虫！你没听我说，救这要饭吃花子哩，你没看人家挺倒啦，起不来啦！叫他喝哩。"

小堂倌端着条盘一看："咦，金哥，你看看，俺成天端吃端喝伺候人哩。你看看要饭吃的，滚得一身土，衣裳上还有血，脸抹得跟那胡墨儿画似的。你看金哥，你叫俺送哩，俺就把姜汤给端来啦，你就喂喂他吧，唉？"

金哥说："咋着呀？你不想喂他？你端吃端喝伺候人哩，我成天抓着瓜子儿一把一把地不是伺候人哩？我是喂狗哩，唉？你说你喂不喂？你要不喂，我跟俺陈大爷一说，下半截不给你打掉！"

"哎，金哥，不要说，不要说！谁说不喂啦？"你看那堂馆把条盘往地下一放，弯腰从地上扶起张廷秀，让他半躺半坐，枕着一只胳膊，说："伙计，姜汤端来！"过来一个小堂倌，端了一个菊花青碗儿，碗儿里搁了一把调羹勺。你看那小堂倌一勺一勺端起来，"噗"，用嘴吹吹，不热了，用筷子别着张廷秀的嘴唇儿，"咕噜噜……"一连灌了三勺。金哥说："花子，醒醒吧，花子——，睁睁眼儿吧，花子——，我来救你呀，花子——，回来穿花袄啊，花子——"

你看小金哥叫了多会儿——

【散板】

单说说张廷秀哇，躺到大街上，耳听得身旁有人叫喊，唉——，我的，我的救……我的救啊……

（夹白）金哥说："嘿，你们小堂倌可都是他舅哩，喊你们咱不答应哩？"

【滚白】
我的救啊……我的救命恩人哪——

（夹白）金哥说："哎——，这我可得答应，喊'舅'是喊你们哩，喊'救命恩人'可是喊我哩，这可不能乱答应！哎呀，要饭吃花子，这回你可说着[1]啦，我是你的救命恩人。可话又说回来啦，要说我是你的救命恩人，也不过是跑跑腿儿，动动嘴儿，给俺陈大爷陈应龙喊来了，给那染不清一撕两半儿，救了你的命。要说你的真正的救命恩人哪，花子，你那边看——，就是那个大个子，就是他来把染不清打了一顿，一撕两半儿，救了你的性命，要谢，你还是谢谢他吧，啊！"

【二八】
张廷秀抬起头来看	见街上只站着一位少英雄
看前相，咋恁像俺陈表弟	看后相，咋恁像俺表弟叫陈应龙
六年我不在苏州地	想不到，俺表弟已把大人长成
就有心走上前去把表弟认——	不行！俺是私访进了苏州城
大街上认下了表亲不要紧	怕的是，街上的人多走漏风声
走漏了风声可不得了	怕的是，张廷秀私访我难访成
罢，罢，罢，狠狠心	我不认表弟回头走
想到此，张廷秀站起身来往前行	
顺着大街往前走	不由得心中暗伤情
张廷秀，我倒运、倒运可真倒运	头一天来到这个苏州城
大街上碰见了染小子	碰见了小子叫染不清
染不清把俺摔到大街上	上使拳打下脚蹬

---

[1] 说着：意为说对了，说的正确。

只打得遍体鳞伤多疼痛　　　　　噫——，这不好了

【武口夹叹腔】

咋不见怀中印一封　　　　　　　张廷秀这一回不见怀中的印
只急得汗水不住往下倾　　　　　丢了印玺不要紧
怕的是，张廷秀私访难访成　　　莫非说，这印玺掉到大街上
如若是，叫人拾走可都了不成啊　想到此，我还得回头去找印
张廷秀顺着原路往回行　　　　　顺着原路往回走
在街上，瞅瞅西来看看东　　　　大街小巷都找遍
咋不见俺的印一封　　　　　　　当官的丢了印玺不要紧
怕的是，张廷秀有命难活成　　　张廷秀这一回找不着怀中印
只急得眼发花来头发蒙　　　　　只觉得，天也转来地也转
"哗通"声，栽倒地溜平

【散板】

张廷秀这一回栽倒溜平地　　　　你看他昏沉沉躺到了大街中
人人说廷秀他该死　　　　　　　叫我看，张廷秀有命是难活成
张廷秀昏沉沉躺在大街上　　　　昏迷不醒也不吭声
大街上躺了多一会儿　　　　　　顺街上，"嗖，嗖，嗖"刮过来一阵风
一阵冷风吹过来　　　　　　　　张廷秀——

【慢二八】

慢慢地才把眼来睁　　　　　　　慢慢地睁开了昏花眼
又只见，他一个躺在地溜平　　　张廷秀捺地才坐起
不由得心中暗想情　　　　　　　仔细想，适方才我在王府内
和二妹相会在观花凉亭　　　　　那时候俺就要出门走
我的王二妹，一伸手拉住了稻草绳　那时候，一个走，一个拽
拽断了腰中稻草绳　　　　　　　俺两个倒在了花亭上
莫非说，印玺掉在观花凉亭　　　想到此，张廷秀捺地忙站起
顺着原路往回行　　　　　　　　心有事不观街上景
慌忙回到花园中　　　　　　　　张廷秀迈步来好快
抬头看　　　　　　　　　　　　后花园也不远面前停

这一回站到后门外　　　　　　手拍着门板儿叫秋凤
"秋凤开门——"

（白）小丫鬟秋凤就在那门后边儿站着哩，心暗想，哎呀，老天爷，你可回来啦！你喊门哩，我就不理你，叫你很喊哩。张大人喊了一声，不见里边有人言语，一想，哎呀，我也真糊涂啦，我都走真长时间了，莫非说小丫鬟秋凤已和她家姑娘回到绣楼上啦。如其不然，叫我隔着门缝儿看一看。张廷秀隔着门缝儿一看："咦，秋凤，你这个死妮子，在门里边立着哩，咋不理我呢，咹？"

秋凤一想，不中啦，他已经看见我啦！你看她故意捏着那腔："嗯，那是谁叫门哩？"

"丫鬟，我是你姑爷回来了。"

"我是你姑爷哩！都给你撵走啦，还爬回来干啥哩，咹？"

"呵呵，丫鬟，你看，我的东西丢到你府了啊。你开开门儿，叫我进去找找。"

丫鬟说："啥东西，咹？你的罐儿也掂走了，啥都拿走了。你的啥东西丢啦？跟我说说，不说，不给你开门儿！"

张大人一想，不敢跟她说实话啊。我要跟她一说实话，小丫鬟走漏风声，说我是回来私访哩，国公大印丢啦。这不是坏我的大事哩？一想，小丫鬟好哄："嗯，丫鬟，要说吧，也不是啥主贵东西，你不知道啊，我是个要饭吃头儿，万岁爷给我了个要饭吃戳子。我的要饭吃戳子丢啦，你开开门儿，叫我寻寻，啊。"

"屁，我还不知道！要饭吃的，要啥戳子哩？不用哄我，不给我说实话，不给你开门儿！"

"嗯……丫鬟，那我跟你说实话吧，你知道，那几年我没要饭的时候，我是学打烧饼哩，我那烧饼模儿早晚在身上揣着哩，今儿我的打烧饼模儿丢啦，你开开门，叫我寻寻有没有。"

丫鬟说："咦，你哄谁哩，咹？人家那烧饼模儿都是圆的，哪见过你这方烧饼模哟？"

张大人一听,咦,有门儿,看起来这丫鬟她是看见了,拾起来啦。说:"丫鬟,既然如此,我也不背[1]你啦,给你说实话吧,我的印玺丢了啊。"

"啥是印玺?"

"咦,轻点儿!当官儿全凭印玺哩。"

丫鬟说:"当官全恁印玺哩,要饭吃在哪偷人家的印玺?人家打不死你哩!"

"咦,丫鬟,别嚷嚷,我实话跟你说吧,我是中了头名状元,万岁爷派我来到苏州私访哩,封个八抚巡按。当官全凭印玺哩,刚才在那花厅上,你姑娘撕拽着不让我走,我的印玺可能掉在那花厅上啦。你到底见了没有,唉?"

丫鬟说:"哎哟,你说了实话,我想着你说的也是真的。你叫我咋说哩?要说见吧,俺没有见,要说没见吧,我多少也见点儿。"

"咦,你这个丫鬟妮子,说话似是而非,见了就是见了,没见就是没见。你说这话咋真急人哩,唉?"

丫鬟一听,老天爷!我说一句话不打要紧,你看要把他急疯了啊。你说这是俺女婿哩,要是有点啥病儿了,我还心疼哩:"啊,见啦,见啦!"

"哎呀——"张大人长叹了一口气,"见了就好,见了就好哇!丫鬟,你给我开门儿吧,啊?"

"哼!没有吃灯草,你说得老轻巧!这说给你开门,就开门啦?你都没想想,我是一女的,我听俺姑娘说啦,丢了印就要犯杀头之罪哩,我也是你的救命恩人哩,今儿给你开门也中,得跟我说说,你咋谢我哩?我才给你开门儿,啊!"

"哎呀,丫鬟,你小小的年纪,都是我的救命恩人。你开开门儿,到时候,你要钱儿给你钱儿,要金子给你金子,要银子给你银子,要多少给你多少!"

丫鬟说:"咦,小看人!俺都没见过那金子银子!俺老稀罕你那钱儿!"

"丫鬟,你不要钱,你想要啥的呀?"

丫鬟说:"要啥哩?实话跟你说吧,往后去呀,我听俺姑娘说,你都去

---

[1] 不背:不瞒的意思。

那北京城享受荣华富贵哩,你给我往哪安插哩?就是这,说了啦,我去给你开门儿。"

张大人说:"丫鬟,你听啊——"

【二八】
张廷秀闻听这些话　　　　　再叫声丫鬟小秋凤
我说丫鬟哪　　　　　　　　今天拾了你姑爹的印
也算是俺的救命星　　　　　若是到在那时候
我把你和姑娘　　　　　　　一同接进北京城
咱们一同去到北京地　　　　同在北京享华荣
小丫鬟你没有想一想　　　　你看这事儿中不中

(夹白)丫鬟说:"咋着呀?把我接到北京享福,享啥福哩?叫我干啥事儿哩,你给我说清楚。再给你开门儿。"

我说丫鬟哪　　　　　　　　如若是到在那时候
我把你和姑娘　　　　　　　一同接进北京城
咱们一同去到北京地　　　　同在北京享华荣
到时候你还到俺府　　　　　伺候你姑娘王月英

(夹白)"咦,说来说去,还叫我当丫鬟伺候你们哩,我不干哪!"
"咦,不干?你想干啥哩?"
"我想换换活儿哩!"
"啊,中,中,换换活儿——"

张廷秀闻听开了口　　　　　再叫声丫鬟小秋凤
到时候同到北京地　　　　　同在北京享华荣
从此后不叫你铺床来叠被　　光叫你摘摘菜,剥剥葱
你看这事儿中不中

（夹白）"不中！不叫铺床叠被了，又叫摘菜剥葱，还是伺候你们哩，我不干！"

"咦，你这个丫鬟妮子，到底想干啥哩？你给我说清楚点，中不中，咹？不要叫我猜你的心事。"

"那……你们享福哩，就不兴我享福？我也享福哩，啥都不想干！"

"哦，中，中，中，叫你享福！"

【二八】

张大人闻听开了口	再叫声丫鬟小秋凤
如若是到在那时候	我把你和你姑娘，
一同接进北京城	同在北京享华荣
现给你觅上一个小丫鬟	每日里把你来侍奉
小秋凤你没有想一想	你看这事儿行不行

（夹白）"不行！咋着呀？觅一个丫鬟伺候着我？我算哪一场儿哩？不明不白的福，我还不想享哩！"

"咦，你这个丫鬟妮子，光想叫我猜你的心事哩。你给我说句老实话儿，你想干啥哩，想叫啥哩，跟我说清楚，啊？"

"说说就说说！反正隔着门哩，也没人哩，你也看不见我，我也看不见你，我也不嫌丑啦！实话说吧，到时候，俺姑娘当那诰命夫人哩，那……我也想当当！"

【散板】

小丫鬟说出了这句话	张廷秀只羞得面通红
看起来小丫鬟今天她是有用意	她叫俺给她把亲许成

【二八】

欲再说我不把这亲许下	怕的是小丫鬟出门走漏风声
走漏了风声可不要紧	张廷秀私访我都难访成
罢罢罢，有有有	我还得花言巧语把她瞒哄

想到了这里开了口	再叫声丫鬟小秋凤
如若是到在那时候	我和你，和你姑娘
一同接进北京城	咱一同去到北京城
同在北京享华荣	丫鬟妮儿你要不嫌小
我叫你当一个二房行不行	小丫鬟闻听心欢喜
"圪嘀嘀"笑了好几声	别说叫俺当二房
也就是，三房五房我都不嫌轻	张大人闻听开了口
丫鬟哪，赶快开开门两封	

"丫鬟，这回许你了啦，开门吧！"

丫鬟说："开门？那还不要慌哩。你都没有想想啊，就咱俩在这说哩，你说许亲事啦，到时候又不承认这回事啦，谁给咱当证见哩？既然你许亲啦，先说好，你得先跪到地下给我盟盟誓。你不盟誓，这亲事我也不相信，啊？"

"咦——"张大人说："你这丫鬟妮子，心眼儿还不少哩！我恁大的男子大汉，说话能不算数，唉？还盟啥誓哩！你就是叫我跪哩，也开开门，叫我跪到里头。这跪到街上，万一人来了，这是干啥哩，唉？"

丫鬟说："你跪吧，这不要紧。咱这是背街，成天都没人过。你不跪那地下盟誓，我就不给你开门儿！"

"啊？"张廷秀一想，反正隔着门哩，我也看不见她，她也看不见我。我往这地下一箍缩[1]，一蹲，哎，我就说跪下啦，只要膝盖儿不使劲儿，盟那誓就不算誓儿！（做蹲倒状）张廷秀说："丫鬟，我跪这啦。你跟我说说，这誓是咋盟的吧。"

丫鬟说："叫我看看，跪好了没有！"隔着门缝儿一看："咦，娘那脚呀！你在地下箍缩着，你说跪啦！不中！我都看见你啦。跪好！"

张廷秀一想，不中啊，人家能看见。张大人万般无奈，只好跪到地上，说："丫鬟，你跟我说说，这誓是咋盟哩。"

---

[1] 箍缩：方言，指蹲倒，缩成一团的意思。

"咋盟哩？你就说天灵灵，地灵灵，过顶三尺有神圣。今天你跟我许亲事啦，往后去有三心二意了，天叫你怎么长，天叫你怎么短！"

"啊！"张廷秀说："天灵灵，地灵灵，过顶三尺有神圣，今天你跟我许亲事啦，往后去有三心二意了，天叫你怎么长，天叫你怎么短。"

"哎，我叫你跟我学哩，咋？"

"没你不是叫我跟你学哩？"

"哎哟，我知道你是当官哩，你的心眼儿老多啊。既然你都不愿意，这婚姻大事不能强求，不愿意就算啦。你在这跪吧，不中了，我把今天这事儿给捅出去。"

"咦，丫鬟，不要捅，不要捅！我盟誓——"

【二八】

张廷秀万般无有奈　　　　也只好跪到街上把誓盟

天灵灵，地灵灵　　　　　过顶三尺有神灵

我跟秋凤定亲事　　　　　许下她，同床共枕过百冬

往后去，我要有三心并二意　才叫那，头发梢上流黄脓

（夹白）

"咋着呀？头发梢上流黄脓？你那头发成黄糊涂也死不了，离心远着哩！啊，我知道你不愿意！不愿意算啦，你在那跪吧，我走哩！"

"咦，丫鬟，不中再来一回——"

【二八】

张大人万般无有奈　　　　也只好第二次跪到大街把誓来盟

天灵灵，地灵灵　　　　　过顶三尺有神灵

我跟秋凤许亲事　　　　　许下她，同床共枕过百冬

往后去，我要有三心并二意　才叫我，过河去掉到船舱正当中

(夹白)

"咦,你咋不说掉到河里淹死,掉到船舱正当中?老保险!中,中,中,我知道你不愿意啊,不愿意也就算啦,你在那跪吧,我走哩!"

"咦,丫鬟,不要走,这一回我真盟誓哩——"

【二八】

张大人万般无有奈	也只好,狠狠心跪到街上把誓盟
天灵灵,地灵灵	过顶三尺有神灵
我跟秋凤许亲事	许下她,同床共枕过百冬
往后去,我要有三心并二意	才叫那天打五雷把我崩
小丫鬟闻听心欢喜	"唰啦啦"开开门两封
"唰啦啦"开开门两扇	出言来再叫俺的相公

(白)"咦,相公,起来吧,相公!"

张大人说:"你咋乱叫哩?我是你姑爹哩,咋叫开相公啦?"

"哎,你盟那誓不算了不是?打呼雷崩你吧?"

"哎呀,你这丫鬟妮子,咋恁性急哩。你想想,我是乔装打扮,回来私访哩,你叫相公不打要紧,走漏了风声,还要坏了我的大事哩。丫鬟,你要存住气,给我还叫姑爹,给你姑娘还叫姑娘啊。单等着苏州城访完以后,拿住苏玉,上京缴旨。到时候,咱拜拜天地,成为夫妻。到那里你给姑娘再叫姐姐,给我再叫相公,中不中?"

丫鬟说:"中,中,中,我听你的话!"

张廷秀说:"拿过来吧。"

"拿啥?"

"哎,我跟你说恁些好话,印玺哩?"

丫鬟说:"你那印玺,实话给你说吧。我拾起来不错,俺姑娘她给我哄走啦。俺姑娘拿着哩,她拿着又回到绣楼上啦。"

"哎呀,丫鬟,你可要跟你家姑娘说说,叫她好好保存,千万不敢把我的印玺丢掉啊。"

【散板起腔】
丫鬟说，俺姑娘楼上把你等　　摆上酒宴给你来接风
【二八夹连口】
张廷秀就说我不去　　　　　　多谢姑娘的好心情
你现在　　　　　　　　　　　回到楼上对你姑娘来言讲
你让她保护好印玺在楼棚　　　我还得大街上去私访
天色晚你再来到后门中　　　　到时候，你来到后门把我等
我和你姑娘来重逢　　　　　　小丫鬟就说好，好，好
姑爹呀，你说怎行就怎行　　　小丫鬟回到绣楼暂不讲
到下回　　　　　　　　　　　张廷秀私访去到大街中
私访去到大街内　　　　　　　大街上，碰上贼子狗赵能
眼睁睁地一场闹　　　　　　　暂且休息两分钟

第八回
被逼入赵府

【起腔】　　　　　　　　　　【送腔】
咱不唱小段归板正　　　　　　书接上回往下听
【二八】
上回书唱的是《回杯记》　　　《张廷秀私访苏州》咱还没唱清
书回文单表表哪一个　　　　　再说说廷秀张飞龙
张廷秀这一回离开了后花园　　顺着大街往前行
张廷秀一边走着一边想　　　　不由得心中多么高兴
小丫鬟她为俺跑前又跑后　　　也算是一个好心情
要不是小丫鬟拾走了俺的印　　怕的是，张廷秀私访难访成
丫鬟哪，如果是苏州我访完毕　到时候也把你接进北京城
咱们一同去到北京地　　　　　同在北京享华荣

【武口】
张廷秀思思想想往前走
大街以上高声喊，喂——
进士爷赵能行围回来转
我叫恁，男站西，女站东
哪一个胆敢闯了进士的道
小家郎这一喊叫不要紧
老百姓慌慌忙忙来躲开
生意人，闻听说赵能贼来街上
要知道这一回惊动哪一个
心暗想
赵能贼，他把我一脚蹬到江心中
怕的是，张廷秀想要走脱万不能
先躲躲这一个贼子狗赵能
就只见，有一家门楼一旁停
这一回上到门楼下

这时候，耳听得大街以上喊高声
说与了，苏州城一街两巷老百姓
带人马现在回到苏州城
男女混杂可不中
我叫你满门举家难活成
吓坏了苏州城一街两巷百姓
没躲离，站到两边也不敢吭
只吓得"咔哩咔嚓"把门封
惊动了头名状元张飞龙
六年前我和他一同上京去赶考
我今天大街以上碰见他
我还得找个地方躲一躲
张廷秀想到此慌忙抬头往前看
张廷秀慌忙忙
你看他面朝门板也不敢吭

【散板】
张廷秀门楼下躲避咱不讲
赵能贼骑马到在大街上
又只见，那边谁家的媳妇长恁好
赵能贼两只贼眼四下看
看后像，咋恁像那张廷秀
六年前，俺两个一块儿上京去赶考
想不到，张廷秀没死又回来了吧

再说这贼子狗赵能
他两只眼瞅瞅西来望望东
那是谁家的姑娘长得可怪支楞
猛抬头，见门楼下站着一个要饭穷
咋恁像廷秀张飞龙
我把他一脚蹬到江心中
要饭吃来到大街中

【二八】
又一想，闻听人言
万岁爷叫他来到苏州城
他今天乔装打扮来私行
怕的是我赵能有命难活成

十里长亭来了一位张大人
莫非说，那张大人就是张廷秀
如果是张廷秀来到苏州地
又一想，说什么不能放走张廷秀

回杯记 723

我定要拿住廷秀张飞龙

【散板】

想到此，在至马上开了口
门楼下，要饭吃花子
你可是我那贤弟张飞龙
张廷秀站在底下也不吭声
再叫声门楼下要饭吃花子你当听
你可是我那张贤弟
赵能贼喊了多一会儿

（夹白）赵能一想，不对呀，我指名道姓门楼下的要饭花子，你就不是张廷秀，也得扭脸儿看看我呀。他连脸儿都不敢扭！又一想，这一定是张廷秀不敢见我！你看赵能想到这里，催鞍离镫下马，"踏，踏，踏，踏"上了门台儿，来到张廷秀身后，拍了他的肩膀："张贤弟，你过来吧！"

【二八】

张廷秀万般无有奈
出言来俺只把大哥叫
六年前一同上京去赶考
也是俺不小心自己掉到江水内
多亏了打鱼老汉将俺救
上岸来找不着大哥哪里去
一人大街来要饭
并不是兄弟不认你
赵能贼闻听哈哈笑
六年前，咱两个上京去赶考
你哥我顺江水找了十几里
无奈何我才一个把京进
兄弟呀，今天既然碰上你
来，来，来，随大哥去到我赵府内
从此后你就住在俺的府
单等着大比之年王开选
也只好回过身来打上一躬
再叫大哥你当听
咱一同坐到舟船中
顺着江水漂得红
才救了恁兄弟我的性命
也只好一人流落北京城
要饭吃回到了苏州城
大哥呀，你看看我现在混成个要饭穷
哈哈大笑好几声
你不小心掉到江水中
找不着兄弟张飞龙
得了个十七名武进士转回程
咋忍心叫你要饭再受穷
摆上酒宴给你来接风
每日间住书房来用功
兄弟上京求功名

回杯记

如若是侥幸身荣贵	我说呀，你大哥我也跟你享华荣
张廷秀就说我不去	多谢大哥你的好心情
叫声大哥你回去吧	我还得要饭大街中
张廷秀执意不肯随他走	这一回，气坏了贼子狗赵能
出言来只把能盖儿叫	再叫声能盖儿小家童

（夹白）"能盖儿，过来，这是你家张二叔，啊！来，来，来，给你张二叔抬到马上，骑着马去到咱府！"

【散板】

这一吩咐不要紧	跑过来四个小家丁
跑上前抓住张廷秀	抓住廷秀张飞龙
说，张二叔	你上去吧
把张廷秀抬上能行马	张廷秀也只好骑到马上随他行

【二八】

张廷秀骑在大马上	前后围着众家丁
张廷秀万般无有奈	也只好随定着家郎往前行
张廷秀骑着大马往前走	耳听见，空中乌鸦
"乌啦，乌啦"叫连声	乌鸦叫的本是鸟兽语
句句叫的张飞龙	不进府好，进府不好
不进府中来，进府不中	进府去走的阳光道
出府来，准备着要脱皮一层	乌鸦叫的本是鸟兽语
张廷秀怎能听得清	张廷秀虽然不懂鸟中语
有几辈古人都记得清	昔日里韩信听见了乌鸦叫
临死死到了未央宫	楚霸王听见了乌鸦叫
乌江岸上丧残生	杨老将听见了乌鸦叫
李陵碑前丧性命	杨七郎听见了乌鸦叫
芭蕉树上箭穿灵	小罗成听见了乌鸦叫
淤泥河里丧残生	张廷秀，今天我听见了乌鸦叫

怕的是，此一番有命我都难活成　　此一番一定遭凶险
怕的是，我难出赵能他的府中　　我今天遇难不要紧
怕的是，苏州城私访我都难访成
张廷秀思思想想往前走
随定着赵能往前行　　　　　　　不多一时来好快
赵能府不远面前停　　　　　　　这一回来到赵能府门口
赵能贼马上叫了一声

（夹白）"兄弟，到啦！赵二，快给你张二叔抬下来！"你看赵能说罢，催鞍离镫下马。能盖儿带领一个家将抬住张廷秀："张二叔，你下来吧！"赵能走上去抓住张廷秀的手脖子："兄弟，走，到咱家啦！去到咱家，不比你在街上要饭强，咹？走，走，走，去到咱家，我要好吃好喝，招待于你。"

【散板起腔】
张廷秀万般无奈，也只好随着赵能进得府门，向着客厅走起来了——
【二八】
张廷秀随定着赵能往前走　　　　穿宅过院往前行
随定着赵能来好快　　　　　　　抬头看，待客厅也不远面前停
张大人来到门口睁双目　　　　　打量着赵能贼这一座客厅屋
但只见，五间房子出前檐　　　　明柱足有一搂恁粗
左边拴着一只狗　　　　　　　　右边拴着一只梅花鹿
屋门上边写对联儿　　　　　　　字字行行写得清楚
【连口】
上一联，诸葛一生多谨慎　　　　下一联，料理军事不糊涂
中间写着四个字　　　　　　　　"半耕半读"官写得清楚
精工雕刻棂子门儿　　　　　　　龟背猴子有指头粗
进到客厅抬头看　　　　　　　　顶棚本是白纸糊
纸糊的天棚如雪洞　　　　　　　四方八砖把地铺

八仙桌子玉石面儿	周围镶的是紫檀木
玉石茶盅银杯子	赤金打就一把壶
卷金条几一丈二	条几上放着几卷书
两个插瓶儿两边摆	插瓶里，插的是木笛儿带子凤阳竹
两把藤椅两边放	颜色本是红花绿
东山墙，看一眼	挂的本是孝顺图
檀香女哭瓜惊天地	那一边画的丁郎去刻木
西山墙，观一眼	挂的本是烈女图
秦雪梅吊孝贞节女	孟姜女滴血去认骨
李三娘受罪十六载	祝英台坟前把墓哭
南山墙，看一眼	挂的本是三国图

【五字垛】

赵云黄鹤楼	去见周都督
桃园三结义	关公称丈夫
挂印又封金	去见刘皇叔

【连口】

过五关，斩六将	古城会上一声哭
又往那边看一眼	画的蒋干去盗书
北山墙，观一眼	挂的本是寿星图
寿星老人光着头，赤着脚	左跨仙鹤右跨鹿
一只手里拄拐杖	拐杖上头挂葫芦
葫芦上边写金字儿	上写着金玉满堂全逢福
张廷秀看罢以后心暗想	赵能贼，好排场一座客厅屋

【二八】

张廷秀站在客厅正观看	惊动了贼子狗赵能
赵能贼这里开了口	再叫声兄弟张飞龙
既然来到咱的府	来，来，来，赶快坐下把茶冲

"兄弟，到咱家啦。你看，来到咱府里，你也不要客气，坐，坐！能盖

儿，快给你张二叔倒茶！"

"是！"一说这话，不敢怠慢，小能盖儿给张廷秀斟上了一壶茶。赵能说："盖儿啊，你看，你张二叔，可都是五六年没有见面啦，今天来到咱府，可是贵客啊！去，去，去，赶快吩咐厨下，拣那高等桌，做上一桌，速速给我端来。另外，记住给咱那好酒拿来啊。好酒！听见了没有？赖的可不中！"

能盖儿闻听也不怠慢，你看他慌慌张张出离客厅，来到后边厨房，吩咐头等桌做上一桌。这一喊叫不打要紧，你看惊动厨下慌啦，忙啦，四面摸不着墙啦，刀切葱花儿，圪里圪啪儿，不多一会儿全都做好啦，来了几个人，一下子端了满满当当一桌啊。那能盖儿听他大叔说叫掂好酒哩，一使眼色，他就知道那好酒就是毒药酒啊！能盖儿掂了一瓶儿毒药酒往那桌子上一放。

赵能说："兄弟，今天哪，我摆一桌上等的酒席，与我的兄弟接风洗尘，来，来，来，不成敬意，先倒上一杯，这杯酒啊，是你哥敬你哩，接住！"

【散板】
张廷秀抬起头来看　　　　　咋看着，这酒的颜色真发红
分明他掂的是毒药酒　　　　要害俺廷秀张飞龙
欲再说不用这杯酒　　　　　赵能贼岂肯把俺来宽容
【二八】
想到这里开了口　　　　　　再叫声大哥你听听
你兄弟向来我不会用酒　　　喝上一口，兄弟我就犯头疼
欲再说不用这杯酒　　　　　赵能贼岂肯把俺来宽容
多谢大哥的好心意　　　　　这杯酒说啥我都不能用
赵能贼闻听瞪瞪眼　　　　　再叫兄弟张飞龙

（夹白）"接住！不能喝一杯，不能喝半杯？不能喝半杯，不能沾沾嘴儿？端起来能放下？你哥敬你哩，接住！"

张廷秀万般无有奈　　　　　　也只好接过赵能酒一盅
欲再说不喝这杯酒　　　　　　赵能贼岂能把俺来宽容
欲再说喝罢这杯酒　　　　　　怕的是，张廷秀我有命难活成
罢，罢，罢，有，有，有　　　忽然一计上心中
出言来再把大哥叫　　　　　　再叫大哥你当听
六年俺不在苏州地　　　　　　今天回到了苏州城
头杯酒不用俺都敬天地　　　　"哗啦啦"头杯酒泼到地溜平
张廷秀倒罢了头杯酒　　　　　赵能贼接着倒下了酒二盅

（夹白）"嗯，兄弟，到底是读书人啊，知书达礼。头杯酒敬天地，敬得好，敬得好！哎，兄弟，这二杯酒你哥可是敬你的啊。接住，端起来了，还能再放下？"

【二八】
张廷秀万般无计奈　　　　　　也只好接过来赵能酒二盅
张廷秀接过来二杯酒　　　　　再叫大哥你当听
六年我不在苏州地　　　　　　今天回到苏州城
今天我来到咱府内　　　　　　大哥呀，二杯酒不用我敬神灵
张廷秀说罢这句话　　　　　　"哗啦啦"泼了赵能酒二盅
张廷秀倒下了二杯酒　　　　　赵能贼连倒上酒三盅

（夹白）"好，兄弟到底是读书人哪，你那道道儿就多。头杯酒敬天地哩，敬得好，敬得对。二杯酒敬神灵哩，应该的！这三杯酒可是你哥敬你哩，接住！"

【二八】
张廷秀万般无计奈　　　　　　也只好接过赵能酒三盅
张廷秀接过来三杯酒　　　　　不由心中暗想情

今天我喝下这杯酒　　　　　　　　　怕的是有命难活成
无奈何出言来再把大哥叫　　　　　　再叫声大哥你当听
并不是你兄弟不喝酒　　　　　　　　说实话，怕的是喝下去有命难活成
张廷秀说罢这句话　　　　　　　　　一转身，"哗啦"声，把酒泼到老鼠窟窿
也不知这酒的毒劲儿有多大　　　　　这一窝老鼠都毒死清
【武口】
张廷秀一连连泼了三杯酒　　　　　　客厅内，这一回气坏了贼子狗赵能
张廷秀胆大胆大真胆大　　　　　　　了不成带着了不成
我好心敬你三杯酒　　　　　　　　　你不该，杯杯泼到地溜平
今天犯到我的手　　　　　　　　　　我定要，教训教训你这要饭童
出言来家郎一声喊　　　　　　　　　家郎们，赶快给我抓住张飞龙
你把廷秀来抓住　　　　　　　　　　把他吊到待客厅
赵能贼这一吩咐不要紧　　　　　　　"唰啦啦"，客厅外跑过来几个小家丁
这边跑过人四个　　　　　　　　　　那边跑过人四名
不多不少整八个　　　　　　　　　　对着廷秀上了绳
单三馈，双三馈　　　　　　　　　　哪馈不紧打脚蹬
这一回，把廷秀绑个紧又紧　　　　　"扑棱"声，绳头儿扔到梁当中
只听见"吱啦"一声响　　　　　　　　把廷秀这一回吊在待客厅
把廷秀吊到客厅上　　　　　　　　　赵能这里说一声
把他吊到客厅上　　　　　　　　　　拿住皮鞭身上棱
家郎闻听不怠慢　　　　　　　　　　这才把打人的皮鞭拿手中
打人的皮鞭拿在手　　　　　　　　　水缸一沾硬菊龙 [1]
手举皮鞭往下打　　　　　　　　　　照定大人下绝情
鞭子举起龙摆尾　　　　　　　　　　鞭子下去虎生风
龙摆尾，还好受　　　　　　　　　　虎生风来了不成
【叹腔】
只打得张廷秀浑身衣服都破烂哪　　　那血水都把这衣裳来染红

---

[1] 硬菊龙：变硬的意思。

【武口夹叹腔】

赵能贼打着打着不解恨　　　　　　家郎们，我叫你皮鞭头上钉钢钉
家郎闻听不怠慢　　　　　　　　　皮鞭上，这一回钉上枣核儿钉
手举皮鞭往下打　　　　　　　　　照着大人下绝情
打一下，拽一下　　　　　　　　　霎时间，张廷秀浑身上下血窟窿

【散板】

张廷秀在此梁上破口骂　　　　　　骂一声狠心的贼子狗赵能
你张老爷，我与你无仇又无恨哪　　你为啥，害俺一层又一层
纵然是，把你张老爷活活来打死　　我说赵能贼，我也到阴曹地府把状攻

【二八夹连口】

张廷秀画梁上不住破口骂　　　　　气坏了贼子狗赵能
出言再把家郎叫　　　　　　　　　我叫你活活打死张飞龙
家郎闻听不怠慢　　　　　　　　　手举皮鞭往下棱
打着打着张廷秀不言语　　　　　　把头一低也不吭声

（夹白）家郎一看："哎，大叔，不好了，打死啦！"

赵能说："打死啦？不能这样便宜他！叫我看看，死透了没有。不能叫他好好的死！人来，把他给我冷水激醒！"

一说冷水激醒，来几个家郎端过那凉水，照张廷秀的身上"唰——唰——"一连泼了三盆哪！

【滚白】

张廷秀在此画梁上"激灵灵"打了一个寒战，慢慢地睁开双眼：我说赵能贼，你要杀便杀，要剐便剐，何必叫你张老爷活活地受罪——

【二八】

张廷秀少气无力说了话　　　　　　惊动了贼子狗赵能
赵能说，张廷秀，　　　　　　　　今天你犯到了我的手
我叫你早死早托生　　　　　　　　可是临死前，我不能叫你当个糊涂鬼
我把这几件事儿，　　　　　　　　一件一件来说清

廷秀，六年前咱们一块上京去赶考　　咱一同住到店房中
我看你文章写得好　　　　　　　　我怕你进京中头名
你若京中魁名中　　　　　　　　　你回来，还跟我赵能把家产争
因此上我把你骗到　　　　　　　　舟船上，也是我把你蹬到江心中
谁知道，张廷秀命大你还没有死　　你今天，要饭吃你又转回程
实话说，你爹就是我　　　　　　　诬陷他偷盗银子五十两
我把他下到南监中　　　　　　　　王月英，王二妹
就是我跟咱爹商量好　　　　　　　我把他许给苏玉小朝廷
今天你犯到我的手　　　　　　　　我叫你早死早托生

【武口】

赵能贼，他说罢杀人的钢刀掂在手　　把手一指说一声
张廷秀，既然想死我叫你死　　　　　送你早早归阴城
赵能贼手举钢刀往下砍　　　　　　　张廷秀想要活命万不能
眼看着廷秀命难保　　　　　　　　　跑过来能盖儿小家童

（白）话说赵能手掂钢刀，要照张廷秀的头上砍去哪，这一刀下去，张廷秀的脑袋搬家啊！就在这个时候，家院能盖儿跑上前去，抓住赵能的手脖子："大叔大叔消消气儿，听我给你说不两句儿。"

赵能把那钢刀"蹦啷"一声，往那地上一撂："盖儿，你还想来给他讲情哩，唉？"

"大叔，不讲情，消消气儿，借一步说话。"

能盖儿前头走，赵能随后跟，两个人来到客厅外，赵能说："盖儿，你有啥话？快说！你想救张廷秀哩？嗯？"

"哎呀，大叔，张廷秀不能杀！"

"啊？不能杀，放了？"

"哎，也不能放。"

"咦，你这孩子，不能杀，不能放，你说咋办哩？唉？"

"大叔，你想想，青天白日，朗朗乾坤，张廷秀是王顺清老爷的螟蛉义子，也是他的门婿啊，大天白日你把人杀啦？常言说，杀人偿命。你想想，

咱府的家郎院公甚多，有的跟咱一心，有的跟咱不一心哪。常言说，人心隔肚皮，虎心隔毛羽。万一有人走漏风声，传到王顺清老爷的耳朵里。你把他的螟蛉义子杀啦，他岂能与你善罢甘休？"

"盖儿，那你说咋办？唵？咱把他放啦？"

"大叔，不能放。这是你的仇人，咋能放？"

"不叫杀，不叫放，那你说咋办哩？"

"大叔，你附耳过来。"

赵能把脖子一伸，能盖儿的嘴唇对着赵能的耳朵门，在那咕哝起来啦（做耳语状）。"啊，盖儿，你这一计可真妙啊！庙后头一个窟窿，庙（妙）透啦！一溜三座子孙堂，庙（妙）、庙（妙）、庙（妙）！盖儿哪，这事啊，你大叔就交给你啦，我回去歇一会儿。"

有的说，能盖儿跟赵能说的啥？他趴他耳朵上说哩，你没有听见，我也没有听见，等一会儿大家就知道啦。

你看赵能一走，能盖儿掐着腰，一来来到客厅，把眼一瞪，把脚一跺："呸！你们这些奴才，刚才大叔多喝了一些酒，错说一句话不是要紧，你竟敢把张二叔打成这个样子？解下来！"

一说叫卸下来，家郎说："能盖儿是能盖儿啥哩？刚才绑的时候，你也上去上一绳子，蹬一脚，现在装好人！卸下来就卸下来！"家郎把张廷秀卸了下来。

"给我解开！"

"啊，解开，解开。"把张廷秀身上的绳子一解。

"都爬过去！"

"啊，爬过去，爬过去。"

能盖儿说："哎呀，我说二叔，刚才俺大叔喝酒喝多啦，错说一句话不打要紧，给你打成这样！刚才我给他一叫出去，一刮风，他酒也醒啦，我一说，他后悔晚啦！走，走，走，往后去，再不叫你受症啦。俺大叔说啦，叫我给你领个地这儿[1]，好好在那书房读书啊。"

---

[1] 地这儿：方言，指地方。

你看能盖儿带着张廷秀，才朝后边书房走起来了——

【连口】
小能盖儿这一回带着张廷秀　　下一回把他安顿书房中
张廷秀关到书房内　　　　　　单等着夜至三更丧性命
眼看大人有危险　　　　　　　暂且休息五分钟

第九回

美人救钦差

【二八】
小战鼓一敲归板正　　　　　　咱书接上回往下听
方才间唱的是《回杯记》　　　《张廷秀私访苏州》咱还没唱清
书回文单表表哪一个　　　　　再说廷秀张飞龙
张廷秀被赵能吊到客厅内　　　眼看着有命难活成
眼看廷秀命难保　　　　　　　过来个家郎小家童
小能盖儿才和赵能定了一计　　把廷秀领到了花园中
把廷秀领到花园内　　　　　　你看他要害廷秀张飞龙

（白）书接上回，话说能盖儿把张廷秀从梁上卸下，搀着张廷秀穿宅过院，不多时来到后花园门口，能盖儿掏出钥匙，"咯嘣"声透开三簧锁，搭子一扣，把门一推："呵呵，二叔，这是咱的花园，花园里有一座书房。俺大叔说啦，往后去就叫你在这书房读书哩。来，来，来，我搀着你，走，走，走。"

不多一时，来到了书房门口，这书房门也还落着锁哩。能盖儿掏出钥匙，"咯嘣"声透开三簧锁，搭子一扣，把门一推："二叔，进来吧。哎呀，这书房多天都没有住过人，灰尘太厚。来，来，来，我搬把椅子，叫我把这灰尘擦擦，你先坐这。"

张廷秀往那椅子上一坐，能盖儿说："二叔啊，你先坐这等着，我去叫几个丫鬟，把灰尘打扫打扫，然后再给你掐[1]来一床被子。往后去，这就是你的地方，就叫你在这读书哩。我再叫丫鬟端过来一盆热水，拿点那刀疮伤。你的身上好好洗洗，伤口再上点药。再拿点儿新衣裳，换身新衣裳。往后去你情安心在书房里读书啦。有你吃的，有你喝的，有你穿的，有你戴的，有你铺的，有你盖的。伺候的有丫鬟仆女，家郎院公。往后去，就叫你享福哩，再也不用到街上要饭啦。"

能盖儿说罢，退出书房，把房门儿一关，搭子一扣，拿过来三簧锁，"咯嘣"，把门一锁，一看四外无人，趴到门缝儿说："张廷秀，你等着吧！刚才我不叫大叔杀你，可不是救你哩！是怕家郎院公甚多，走漏风声。传到王顺清老爷的耳朵哩，于俺大叔不利。因此上我跟他定下一计，先把你安顿到书房，单等着夜至三更，夜深人静，俺大叔说啦，叫我手掂钢刀一把，来到这书房里，我把你一刀两断，两刀三截儿！给你的尸首扔到护城河里，叫那鱼鳖虾蟹'咯吱，咯吱'，给你嚼吃了！张廷秀，你等着吧！"

你看能盖儿说罢，"踏，踏，踏"离了花园——

【滚白起腔】

单说说张廷秀哇，你看他闻听能盖儿讲说一遍，坐到书房以内，思前想后，他可想起来了——

【二八】

张廷秀坐在书房多悲痛	思前想后好伤情
心中也不把别人骂	暗骂声贼子狗赵能
我与你无仇又无恨	你不该，害俺一层又一层
今天把我锁到你书房内	眼见得夜至三更难逃生
我说赵能啊，纵然是我去到阴曹府	我也要五阎君跟前把状攻
想起了我的万岁爷	想起来嘉靖皇爷更伤情
实指望为臣来到苏州地	为苏州百姓把冤申

---

[1] 掐：这里是"抱"的意思。

想不到如今我遭了难　　　　　　被赵能关在了他的府中
眼看着今夜晚要丧命　　　　　　是哪个到北京把信来通
是哪个北京报一信儿　　　　　　来救为臣出火坑
又想起王府的王二妹　　　　　　二妹你等俺等得多苦情
实指望今天俺回到苏州地　　　　接俺的二妹妹进北京
想不到你二哥如今遭了难　　　　今夜晚有命难活成
是哪个能到王府去送一信　　　　报与俺二妹王月英
让二妹拿着印玺出门走　　　　　到那十里长亭，找找俺一块来的马总兵
叫马总兵速速发出人共马　　　　连夜围住狗赵能
把赵能贼子来拿住
二妹呀，你二哥我才能出牢笼

又想起了可怜的小丫鬟　　　　　想起了丫鬟小秋凤
你为我跑前又跑后　　　　　　　实指望一同进到北京城
实指望去到北京地　　　　　　　你跟着我北京享华荣
叫声丫鬟你快来吧　　　　　　　快来吧，快给你姑娘把信来通
张廷秀思思想想多悲痛　　　　　耳听得谯楼上，"钢啷"打一更
谯楼上打罢了一更鼓　　　　　　张廷秀想起了老娘亲更伤情
我的母亲娘你为我受了罪　　　　每日间省吃俭用在破庙中
实指望你的孩子京中把官做　　　接俺的举家享华荣
娘为儿哭瞎了你的两只眼　　　　娘盼儿盼得两眼红
我只说今天做官回来转　　　　　接俺的老母亲进北京
想不到你孩子今夜晚又遭难　　　眼见得夜至三更我都难活成
又想起可怜的老爹爹　　　　　　现如今住在监牢中
老爹爹你住在监牢内　　　　　　眼看着，十八天这案就要问斩刑
我只说今天做官回来转　　　　　要救俺爹爹出牢笼
可谁知未救爹爹先遭难　　　　　眼见得今夜晚有命难活成
张廷秀哭得肝肠断　　　　　　　耳听得谯楼上"钢啷，钢啷"打了二更
谯楼上打过了二更鼓　　　　　　想起来我小妹妹张桂英

小妹妹如今遭了难	是死是活我还不清
我只说今天回来转	救我的小妹妹出火坑
想不到你哥哥如今遭了难	眼见得夜至三更难活成
张廷秀这一回困到了书房内	眼睁睁夜至三更难活成
张廷秀书房内被困且不讲	把书岔开另表明
书回文再表哪一个	再说说赵能的妹妹赵梅英
赵姑娘坐本到绣楼上	不由得思前想后好伤情
哭了声二老爹娘下世早	我跟着俺哥过营生
俺哥哥赵能不行正	每日间在苏州，抢男霸女胡乱行
你不该苏州来作恶	更不该勾结那苏玉小朝廷
俺心中也不把别人怨	连把俺哥怨几声
眼看看俺今年二十多岁	也没有说媒到府中
出言来我把媒人骂	我连把说媒的媒婆骂上几声
我说媒婆呀，莫非说出门说媒跑折了腿	再不然你的眼瞎耳朵又聋
你咋不到俺家来说媒	把姑奶奶耽搁到二十冬
赵姑娘口口声声把媒婆骂	进来了丫鬟小春红

（白）话说赵姑娘在绣楼上高一声，低一声，在那骂说媒的媒婆哩。就在这个时候，小丫鬟春红"咯噔噔噔"上了绣楼，把绣楼门一推，说："姑娘啊，你在绣楼上胡嚼乱骂哩，是骂啥哩？你想想，你的婚姻不透，怨那说媒的媒婆啦，哎？你都没有想想，俺大叔整年光办坏事，成天抢男的，霸女的，无恶不作，横行乡里。那种名声，谁给你说媒哩？姑娘啊，不要埋怨别人啦，要想婚姻透，为人得行好哩呀。人要不行好，婚姻透不了！"

"咦，春红啊，你说我成天不出门儿，能行啥好哩？我只知道人家没新衣裳啦，给我的新衣裳拿去叫人家穿，谁家没钱儿花啦，我连慌地取俩儿……"

"咦，姑娘，你行那'好'，都是小'好'，要想婚姻透，行那小'好'不中，要行大'好'哩。"

"咦，春红，咋算能行大好哩？"

"咋算能行大好哩？救下一条人命，那就行下大'好'了。这边儿救了人，那边儿你的婚姻就透啦！你不知道，只要行下大好，婚姻说透就透了。"

"你这个死妮子光说憨话哩。你姑娘不出三门四户，也不下咱这绣楼，吃饭都是你端的，不得了啦，去到那后花园转转。我都不出门儿，咋去救人命哩，咳？着见[1]谁跳河啦，我拉住不叫人家跳；谁上吊啦，我赶紧给人家卸下来；谁服毒啦，我不叫他吃，我救救人家的命？我咋救命哩我？"

"咦，姑娘，你若想行大好，想救人命啊，现成的'好'，光看你去行不行。"

"哎哟，春红，有啥你就直说吧，不要给你姑娘拐弯儿抹角啦。"

春红说："中！姑娘，我给你说个人，你知道不知道？"

"哎呀，你不说，我咋会知道哩？"

"我说的是呀，王府有个张廷秀，你认识不认识？"

"哎呀，我可认识！不过就跟他见过一面儿。听说他通聪明哩，长得人材可排场。他不是上京赶考，死到外边啦，五六年都没信啦，现在又提他干啥哩？"

"哎，姑娘，你只要知道张廷秀，我跟你说说啊。今早上你叫俺去到街上给你买那绣花线哩，谁知道我一到街上，刚刚买了线，听那能盖儿在街上吆喝哩：呔——进士爷行围回来啦，人都赶紧躲开哟——。前头一吆喝，人吓得'嗯'声都跑啦。就在这时候，俺大叔骑着马起来啦。我看见他从马上下来，在门楼底下看见个要饭吃的，他两个咕咕哝哝半天，也不知说的啥。俺大叔对他可好了，抬着可把他抬到马上，来咱府啦。我一想，俺大叔往日里看见穷人，跟屙他眼里头样，今个咋心肠真好哩，叫要饭吃的骑着他的马来咱家啦？他在前头走，我在后头跟。一跟到大门口，我听他吆喝，才知是张廷秀啦。给他领到客厅，摆上酒宴，叫吃酒哩。他在那门道儿[2]说：'盖儿，把好酒拿来一瓶啊！'一使眼色，能盖儿那个鳖儿拿着一瓶毒药酒啊！逼着人家张廷秀喝哩，第一杯他不喝，说是敬天地哩，泼

---

[1] 着：在洛阳方言中念 zháo，"着见"意为"看见"、"发现"。
[2] 门道儿：原意是大门与院之间的过道。河南方言所称的"门道儿"一般指门口。

地下啦。第二杯，人家还不喝，说是敬神灵哩，又泼地下啦。第三杯他说不敢喝，喝了怕不能活，把酒泼到后边那老鼠窟窿里啦。咦，就这，你不知道，惹恼俺大叔了啊！说：'盖儿，把他绑起来，画梁上给我吊起来！'将那张廷秀五花大绑绑起来，吊到梁上，叫家郎拿着皮鞭子打啊。打着还不解恨，给那皮鞭头上钉的钢钉，打得浑身上下流血，可怜人哪！就这他还不死心啊！张廷秀说：'我跟你无仇无恨，要杀就杀，要剐就剐，叫我受这罪干啥？'谁知俺大叔说：'张廷秀，临死叫你死个明白！六年前就是我把你蹬到江心了，我怕你得中状元回来跟我争家产！你爹就是我把他下到南监了，十八天要开刀问斩哩！你那王姑娘王月英就是我给她许给苏玉了……'他说着，手举钢刀照着张廷秀头上可砍下去啦……"

"咦，春红，砍死没有？"

"砍死还说啥哩？就在这个时候，俺能盖儿哥跑来啦，拉住俺大叔的手脖儿，说：'大叔大叔消消气儿，听俺说那不两句儿。'捞住俺大叔出去啦，拉到那门外头，咕咕哝哝，也不知道咕哝的啥。一咕哝了，俺大叔起来走了。能盖儿回来把家郎们吆喝走，把张廷秀从梁上卸下来了，绳子一解，搀到后花园了。我跟到后花园门口，不敢单独进去，也不知道是咋着哩。迟会儿能盖儿出来了，我说：'干哥呀，刚才你搀那要饭吃的是谁啦？'他说：'春红，嘴严点儿，不要说闲话，不要管闲事儿！''盖儿哥呀，干哥，咱俩是外人？说说吧。说说啦，我给你做双鞋。'我一说做双鞋，能盖儿高兴啦：'春红，这事儿啊，只有你知，我知，咱大叔知，天知，地知，可不敢叫旁人知道啊。实话给你说吧，那是咱大叔的仇人张廷秀啦，六年前咱大叔把他蹬到江心要害他哩，没有害死。今天他又回来啦，看好[1]在街上碰见了咱大叔。咱大叔要杀他哩，我怕咱府的家郎院公甚多，走漏风声，与咱大叔不利。因此上我跟大叔定了一计，先把张廷秀安置到后边书房以内，单等着夜至三更，夜深人静，俺大叔说啦，叫我手掂钢刀，给那张廷秀一刀两断，两刀三截儿，扔到护城河里，叫那鱼鳖虾蟹给他嚼吃了！就这啊，春红，你可不敢跟别人说，千万不敢走漏风声。'我说：'盖儿

---

[1] 看好：意为"刚好"、"恰巧"。

哥，你放心吧，啊。我不见人不说。''咦，你这死妮子，不敢说！说了坏大事儿哩。'我说：'盖儿哥，我跟你说笑话哩。''春红，你赶紧给我做鞋哟。''你放心吧，做成我都送去啦。'咦，姑娘啊，姑娘，你想想，人家张廷秀跟咱家一无仇，二无恨，俺大叔害了一回又一回啊。说姑娘啊，张廷秀可真个好人哪！你是不知道，那人才长得是天庭饱满，地阁方圆，双手过膝，两耳坠肩，也就是福人相啊。真好个人，三更都不能活啦，这个人看你能救不能救。"

赵姑娘说："春红啊，春红，你说现在他在书房锁着哩，咱咋救哩？"

春红说："不管咋着，先把他放出来，藏到咱那绣楼上，遇着机会了，再把那张廷秀送出去，这不是你救了一条人命，唉？"

赵姑娘闻听此言，说："春红，说好便好。"

两个人说说话话，听见谯楼上"咣，咣"打了二更——

【滚白起腔】

主仆二人一看夜深人静，小春红前边带路，赵姑娘随后紧跟，二个人轻手轻脚下了绣楼，可到后花园去救张廷秀，走起来了——

【二八】

好一个丫鬟小春红	说服了姑娘赵梅英
主仆俩夜深人静把楼下	下了楼，顺着墙根儿往前行
为什么她不敢走正路	怕的是见了家郎救不成
两个人蹑手蹑脚往前走	抬头看，后花园也不远面前停
两个人来到了园门口	小丫鬟拿出来钥匙在手中
"咯嘣"声扣开了三簧锁	轻轻地推开门两封
两个人这一回才把花园进	顺着甬路往前行
不多一时来好快	书房也不远面前停
两个人来到书房门口	赵姑娘这里叫春红

"春红，咱都到在书房门口啦，你赶快叫他出来吧，出来咱给他领走啊。"

"咦，姑娘，光说憨话哩，书房门都锁着呀！花园门的钥匙我有，这书房门的钥匙就俺干哥有啊。我看他锁住门儿，把钥匙拴到他裤腰带上啦，咱没钥匙咋办哩？"

"咦，那他锁里头了，咱咋救他出来哩？春红，去，赶快拿个石头，锁给他砸了！"

"咦，姑娘，光说憨话哩，你都没想想，咱走个路，都嫌脚步声大，叫人听见哩。夜深人静啦，拿着石头一砸，家郎院公惊醒了，想救也救不成啦。"

"哎呀，咱人到门口啦，干急把人救不出来，这会中？"

春红说："叫我想想。——哎，对啦，姑娘，咱这书房有个窗户，窗户上半截儿有个天窗。那天窗啊，要是热的时候，给他推开，凉快哩；要是不热，就把它放下来啦。弄不好那天窗没有锁，里边也没有插，咱推推试试，看能推开不能。要能推开，叫他从那天窗上翻出来啊。"

你看赵姑娘下边托着春红，春红一上上了窗台儿，手推住窗台上边的半个天窗，用力一推，天窗推开啦，"哗"，那高处的灰尘落了一地。一看天窗推开啦，春红说："张廷秀，俺大叔叫我三更杀你哩，快出来吧。"

张廷秀一听是个女人的声音，说："哎呀，大姐呀，大姐，你看咱俩一无仇，二无恨，你来杀我干啥哩？"

小春红一想，现在不是开玩笑的时候，说："张廷秀，实话跟你说吧，我不是来杀你哩，我是救你哩！"

"救我哩？"

"你知道我是谁啦不知道？"

"咦，不知道。大姐，你到底是谁啦？"

"我叫春红，俺姐叫秋凤。俺姐呀，在王二姑娘府成天伺候你哩，我在这伺候赵梅英、赵姑娘哩。我跟俺姑娘说好啦，现在来救你哩，快出来吧！上到桌子上，在那天窗上翻出来吧。"

你看张廷秀战战兢兢，搬把椅子，往椅子上一上，又扒扒叉叉上了桌子，一上上了窗台儿。赵姑娘和春红在外边说："上来吧，上来吧！"

小春红拉着张廷秀的手，一用劲儿，在那天窗上可翻了过来，"扑通"

跳到地上。张廷秀一见此情,走上前去躬身施了一礼:"多谢大姐救命之恩!大姐,你赶快开开门儿,叫我走吧,我在你家可是一会儿也不能呆啦。"

小丫鬟春红说:"哎,张廷秀啊,你不要害怕,随我来。"你看小丫鬟前边带路,张廷秀随后紧跟,赵姑娘赵梅英在后边断后,你看他们三个人蹑手蹑脚,向绣楼走起来了——

【二八】

好一个丫鬟小春红	救出了廷秀张飞龙
小丫鬟前头把路领	后跟着廷秀张飞龙
赵姑娘后边来断后	瞅瞅西来望望东
三个人这一回出了后花园	顺着墙根儿往前行
不多一时来好快	绣楼棚也不远面前停
三个人才把绣楼上	抬头看,绣楼上边点着灯
三个人才把绣楼进	小春红"唰啦啦"上住门两封
张廷秀来到绣楼上	来到绣楼用眼睁
但只见,纸糊的天棚如雪洞	木板铺地光又平
一旁边有一个木隔扇儿	有一个梳妆台面前停
八仙桌子窗下放	这一边放着茶壶和茶盅
有两把椅子两边摆	椅子摆得怪齐整
又往一边儿只一看	罗帏帐就在隔扇里停
张大人一看心明白	原来是上了姑娘绣楼棚
张廷秀进得绣楼正观看	惊动了姑娘赵梅英
赵姑娘闪开秋波仔细看	打量着廷秀张相公
观年纪也不过二十二岁	少说也不过一半冬
只长得天庭饱满多主贵	地阁方圆福禄星
左眉头长了一个龙探爪	右眉头好似凤戏龙
鼻凹间长了一颗诸侯印	好似皇上一盘龙
又好像天上的金童把凡下	又好像唐朝的小罗成

谁家的姑娘嫁给他　　　　　　　　　官太太就在手当中
【连口】
这真是，爹姓金，　　　　　　　　　娘姓银，外婆住到银山根
好里儿好表儿做好袄　　　　　　　　好爹好娘好儿孙
又好比，临降生，金盆里边洗过澡　　银盆里边净过身
洗过澡，净过身放到雪窝一辂轮　　　胭脂盒里熏三熏
我的娘呀娘，他从头白到脚后跟
【二八】
看他好像一棵梨　　　　　　　　　　青枝绿叶儿长得齐
小丫鬟好比那看梨汉　　　　　　　　牢牢看住这个梨
小丫鬟要是离开他　　　　　　　　　我偷偷上前摘一个梨
把他拿到绣楼上　　　　　　　　　　把他吃到那俺肚里
吃死他，甜死我　　　　　　　　　　把他吃到俺肚里
活着俺不能把天地拜　　　　　　　　到那阴间也做夫妻
看他好像一块儿姜　　　　　　　　　埋到土里不放光
小丫鬟要是离开他　　　　　　　　　上前拿住这一块姜
我把他放到绣楼上　　　　　　　　　埋到土里好好藏
倘若是多少有点病　　　　　　　　　吃块姜胜似把药尝
看他好似棵桃　　　　　　　　　　　青枝绿叶长得老好
小丫鬟要是离开他　　　　　　　　　俺偷偷上前摘一个桃
俺把他抱到绣楼上　　　　　　　　　拿来竹笔把他来描
【二八夹连口】
一天把他描三遍　　　　　　　　　　三天把他画九遭
描三遍，画九遭　　　　　　　　　　这才把他画成了
把他挂到绣楼上　　　　　　　　　　俺天天看着解心焦
赵姑娘楼上观看且不讲　　　　　　　再说说廷秀张飞龙
张廷秀闪开虎目用眼寻　　　　　　　打量着姑娘俊俏人儿
大者也不过二十岁　　　　　　　　　小者也不过一半春儿
只长得，好头发，黑丁丁儿　　　　　脸皮儿白，白生生儿

回杯记　743

没有麻子没有坑儿　　　　　　　小金莲缠得可是一宁宁儿
身子端正如笔杆儿　　　　　　　杨柳细腰直唪唪儿
也好像，月宫里嫦娥把凡下　　　也好像，貂蝉下世无有二宗儿
张廷秀正然来观看　　　　　　　惊动了丫鬟小春红
叫声相公你快坐下　　　　　　　来，来，来，坐下我给你把茶冲
他三人正然楼上把话讲　　　　　不好——
【武口夹连口】
耳听得谯楼上　　　　　　　　　"钢嘟钢嘟"打三更
谯楼上打罢三更鼓　　　　　　　下一回，能盖儿要去到花园中
一见跑了张廷秀　　　　　　　　那能盖儿，他定要去搜绣楼棚
一搜绣楼不要紧　　　　　　　　张廷秀，想要走脱万不能
眼睁睁地一场闹　　　　　　　　单等着下回接着听

第十回
绣楼棚招亲

（定场诗）
国正天心顺　　　　　　　　　　官清黎民安
妻贤夫祸少　　　　　　　　　　子孝父心宽
（白）　　　　　　　　　　　　（唱）
上场几句诗曰道罢　　　　　　　听俺慢慢给你道来一回——
【起腔】　　　　　　　　　　　【送腔】
小战鼓一敲咱都归板正　　　　　不唱小段开正封
【二八】
上回书唱啥还唱啥　　　　　　　还接住上回往下听
上回书唱的是《回杯记》　　　　《张廷秀私房苏州》还没唱清
哪里打断哪里找　　　　　　　　打断了青丝续红绒
人人都说俺忘记了　　　　　　　小弦子一拉俺记得清

书回文单表表哪一个	再说说廷秀张飞龙
张廷秀被能盖儿锁到书房内	多亏了小丫鬟叫春红
小丫鬟楼上送了一信	喊她姑娘下楼棚
主仆俩救出了张廷秀	把廷秀带回绣楼棚
张廷秀来到绣楼上	赵姑娘看廷秀长得老聪明
看廷秀人才长得好	有心跟他把亲成
这本是赵姑娘的心腹话	并没有讲出真大的声
赵姑娘走上前去把廷秀看	小丫鬟这里说了一声

（白）丫鬟说："姑娘啊，姑娘，上得楼哩，你看他，他看你哩。你还不叫张相公赶快坐这儿？"

"啊，丫鬟，快给张门相公看座。"

你看小丫鬟搬把椅子，往廷秀面前一放："哎，你是王府的张门二姑爷，我还给你叫姑爷。坐下吧，姑爷。"

张廷秀："多谢小姐和丫鬟的好意啊。我说你们行行好，这楼上我可是不敢坐了啊。要是到天三更，那能盖儿去到书房不见我，必定到处找我，如若找到绣楼上，我想走也走不了啦。"

赵姑娘说："我说张相公，你请放心啦。我的绣楼那能盖儿他不敢上来看，不敢上来搜，你就放心坐下吧。春红啊，人家一天都恐怕没有吃饭啦，去，赶快打开柜子，给那好点心拿来三四盘儿，再提上一壶水，叫张相公先用着，充充饥再说。"

小丫鬟也就不敢怠慢，打开柜子，取出来四盘好点心，往这桌子上一放，两边又放两双筷子，又倒上两杯茶。张廷秀看见这么好的点心，实在是吃不下去啊。饥不饥？他一天都没吃饭了，咋会不饥呢？但是眼下有命都难保了，咋还有心事去吃哩？他勉强叨出了一块点心，尝了一口，长叹一声，筷子放到桌子上，说："姑娘啊，感谢你的好心好意，请你高抬贵手，放我出门走吧。"

赵姑娘说："相公，既然来到我的绣楼，听说你的文采很好，有心和你吟诗答对，不知意下如何？"

"咦——"张廷秀说,"姑娘,这都啥时候了?眼看我的命都保不住了,哪有心跟你坐到绣楼上吟诗答对哩,唉?"

姑娘说:"今天我若作诗你要对得上,请下楼啦;要对不上,今天你可是不能下楼啊。"

张廷秀万般无奈,长叹一声,说:"既然如此,请讲——"

【二八】

姑娘说,关关雎鸠一对鸟	在河之洲成了群
窈窕淑女人人爱	君子好逑一片心
大人说,关关雎鸠一对鸟	在河之洲不成群
窈窕淑女不敢爱	君子好逑无有心
姑娘说,书馆紧对香花园	芍药牡丹开得老鲜
春光明媚景色好	盼着蜜蜂到身边
大人说,书馆紧对香花园	芍药牡丹开得鲜
对对游蜂把花采	姑娘呀,蜜蜂采花怕变天
姑娘说,书馆紧对香花园	芍药牡丹开得喧 [1]
要想叫开笼放飞鸟	相公呀,除非是许下同枕到百年
张廷秀闻听这些话	霎时间觉得脸通红
出言来就把姑娘叫	再叫声好心的姑娘赵梅英
你想想,你的哥跟我是仇人	仇人咋能结亲情
叫了声姑娘你行行好	赶快放我下楼棚
赵姑娘闻听面赔笑	出言来再叫声俺的张相公
我说相公啊,俺哥虽然老是坏	可我和俺哥不相同
只要你今天亲许下	俺保证你一身无事情
只要你今天亲许下	我打打包袱咱出门庭
打打包袱出门走	我情愿,跟你逃荒要饭往外行
张廷秀摆手说不中	你想想,我现在是一个要饭穷

---

[1] 喧:热闹,指各种花竞相开放的状态,宋祁"红杏枝头春意闹"的"闹"字即有此意。

回 杯 记　　747

我现在是一个要饭吃	咋能够养活起千金姑娘赵梅英
赵姑娘闻听面赔笑	出言再叫张相公
只要亲事你答应	黄金白银都现成
黄金白银打上一包袱	我跟相公出门庭
咱两个逃出了苏州地	一同去到北京城
住店房，我叫你好好把书攻	每天在书房来用功
单等着大比之年王开选	张相公你再上京求功名
侥幸你一步身荣贵	张相公，我也跟你享华荣

【武口】

两个人正在绣楼把话讲	耳听得谯楼上
"咣啷咣啷"打三更	谯楼上打罢三更鼓
再说说贼子狗赵能	赵能贼和能盖儿坐在客厅正用酒
耳听得谯楼打三更	赵能贼这里开了口
再叫声能盖儿小家童	谯楼上打罢三更鼓
我叫你到书房	快杀廷秀张飞龙
能盖儿闻听不怠慢	噌，一把钢刀掂手中
一把钢刀掂在手	从墙上摘下一个红灯笼
叫大叔你在客厅把我等	我现在到花园，要杀廷秀张飞龙
能盖儿说罢迈步出门走	你看他，打着灯笼一直就往后边行
穿宅过院来好快	不多会儿，后花园不远面前停
打着灯笼来好快	抬头看，书房门不远面前停

【散板】

| 小能盖儿来到书房门口 | 不由得心中暗高兴 |

（白）能盖儿打着灯笼一照，嗯，书房门还锁得好好的，张廷秀他是跑不了啦！你看他掏出来三簧钥匙，"咯嘣"声，透开了三簧锁，搭子一扣，"嗖"的一声，从背上抽下来钢刀。这只手打着灯笼，这只手掂着钢刀。打脚一蹬，"嘣"，书房门踢开啦！进得屋里一照：咦，这张廷秀上哪去啦？看看床底下，没有，门后边也没有。这房门锁着，他能上哪去呀，嗯？他能

上天？咦，这天窗咋开啦？咦，不好，桌子上有脚印儿！哎，看起来我没有想起来，这天窗是开着的，他翻窗户跑了啊！一见此情，心内害怕，你看大跑小跑，一阵来好跑，来到客厅，单膝跪倒："大，大叔……"

"盖儿，张廷秀给我杀了没有？"

"大叔，不，不好啦，张廷秀他，他……跑啦！"

"你这个胆大的奴才！今天在客厅，我要将他的头割下，哪有这事哩？你这个奴才给我出个主意，把他锁到书房，夜至三更去杀他哩，现在又叫他跑啦！我实话跟你说，十里长亭来了一家大人，来到下江苏州私访啦。我想着这人必然是张廷秀，你要是让他一跑，跑到察院点兵，到时候围住咱府，哪有你大叔我的命在，唉？唉，你这个奴才！"

"大叔，他，他跑不了！"

"嗯，咋跑不了？"

"大叔，你想想，这深宅大院的，前后门儿都落着锁，大门口还有家丁把守。你说张廷秀是一个文弱书生，他也不会飞檐走壁哇！我想啊，他不定在那花园啥地方藏着哩。叫我回去看看啊。"

你看能盖儿说罢"踏，踏，踏"出离客厅，打着灯笼，掂着钢刀，在花园搜了起来。葡萄架下，假山背后，前院后院，各个角落搜了一遍，大门口家丁也说没有出去。能盖儿想，他上哪去了呢？哎，想起来啦，也可能张廷秀想落个囫囵尸首。因为啥哩？白天我跟他说啦，给他一刀两断，两刀三截儿，莫非他想落个囫囵尸首，跳到那浇花井内寻死啦？叫我回去看看！

能盖儿又打着灯笼，跑到后花园里，去那浇花井跟前一照，也看不着。正好一旁有根竹竿，他将灯笼往那树梢上一挂，拿着竹竿往井里"哗哗啦啦"搅了半天，里头不像有人哪。唉，难道说他入地啦，还是上天？说到上天，他往那上头一看，咦，不对啊，俺姑娘的绣楼上咋还点灯哩？往日里不到二更，俺姑娘跟丫鬟就熄灯睡觉，夜至三更，绣楼上还是明灯彻火，莫非说张廷秀……对，我得跟俺大叔说说！

你看能盖儿想到这里，大跑小跑，一阵好跑，慌忙来到客厅，单膝跪倒："大叔……"

"找着了没有？"

"没有找到。前院后院各个角落我都找遍啦，连浇花井里我都搅搅看看，没有张廷秀的影子。也是找得没有办法啦，我说他能入地，还能上天？咦，大叔，我看见啦。"

"看见啥啦？"

"我看见俺姑娘的绣楼上还点着灯哩，莫非说张廷秀……"

他一说张廷秀，赵能"啪，啪！"给他两个耳光："滚出去，不许你胡说！"

能盖儿捂着脸出来啦：哎呀，大叔呀，你真是！都没想想，成天我一心一意跟着你干哩，好心好意想着给你仇人张廷秀杀了。我想着张廷秀没地方跑，跑到姑娘楼上啦，谁知不叫我说到头儿，就给我两耳光子。哎呀，牙都给我打活啦！不管啦，这是他的事儿，也不是我的事儿！

能盖儿"嘟嘟囔囔"说着要走哩，赵能在客厅听得一清二楚，心中暗想，莫非说张廷秀真投到俺妹子的绣楼上啦？说："盖儿，回来！"

"啊，大叔，回来就回来。"

"刚才我听你说啦，往日里，天一黑，你姑娘楼上的灯都灭啦，现在夜至三更，还明灯彻火。去，跑那绣楼上，给我偷偷听听，看到底藏有人没有！"

他这一说，能盖儿把挨打的事儿又忘记啦："大叔，你放心啊！你在这等着，叫我去看看，叫我去听听。要是有人了，我回来跟你报个信啊。俺姑娘的楼我不敢进，你没想想，我是个下人，会敢喊姑娘的门儿？到时候你情去啦，到那保险能逮住张廷秀！"

你看能盖儿说罢，高高兴兴出了客厅，大跑小跑，跑到楼门底下了，蹑手蹑脚，高抬轻放，轻轻地上到楼梯上头，耳朵挨住楼门儿一听，嗯，里头有男人在那说话！有男的，有女的，真不错，张廷秀就在里边哩！

你看能盖儿又蹑手蹑脚下了楼棚，大跑小跑来到客厅，说："大叔，不错，我听得清清楚楚，俺姑娘的绣楼上有个男人，他俩人在说话哩！大叔你去吧，就势掂着刀，见了他'咔嚓'一刀，砍死到楼上算啦，省得他再跑啦！"

赵能一听，说："好！盖儿，你在这等着啊，叫我去看看。"

赵能叫能盖儿在客厅等候，手掂钢刀，"踏，踏，踏"，抬头一看，来到了他妹妹的绣楼下边，"腾，腾，腾，腾"上了绣楼，手拍着楼门儿："妹子，开门！"

他一说开门，张廷秀听见啦："咦，姑娘，你哥来啦，你看去到哪里给我藏起来吧。"

赵姑娘说："不用害怕！"拉住张廷秀往那床底下一塞："蹲底下，俺哥来不定有啥事儿，说几句话起来就走啦。"

才把张廷秀藏好，赵能说："妹子，开门，开门！"

一说叫开门哩，赵姑娘说："哥呀，天都这时候啦，有啥事儿？"

"没啥事儿，你开开门，哥有一个事想跟你商量啊。"

"哥，你等着啊。"赵姑娘磨磨蹭蹭来到门口，把闩儿一抽，门一开，"哥呀，啥事儿？"

赵能一进进去，俩眼一瞅，屋里点的明灯彻火，就丫鬟她俩人在那坐着哩。"嗯？这桌子上咋搁着盘儿，搁着筷子哩？"

"那是丫鬟俺俩人坐得饥了，想吃点心哩。俺都不行吃点啦？"

"啊，啊……"

"哥，有啥事儿？"

"啊，要说也没啥事儿，你哥呀，明天我要出门走哩。你说我出门哩，不定十天半月的，我走哩，你说没咱爹，没咱娘啦，就咱姊妹俩，我不跟你交代交代，唉？没事儿，天不早了，歇吧，啊！"

赵能贼扭脸"腾，腾，腾，腾"下了绣楼，一来来到客厅，能盖儿上前说道："大叔，兜住[1]了吧？"

赵能一心嘈气[2]，照住能盖儿的脸上"啪！"，又照着屁股上"通！"踢了一脚："兜住啦！"

能盖儿嘟囔着：哎哟，今个不知咋着哩，光挨开打啦。我想着大叔去一会儿就回来了，想着到那兜住啦，谁知半天啦，又斗我一巴掌，又斗我

---

[1] 兜住：这里是"逮着"或"抓住"的意思。
[2] 一心嘈气：方言，指心中窝火的样子。

一脚！我都想啦，俺大叔这人不能交，咋啦？谁跟他一心，谁挨打！你看他去的时候，"咚咚咚咚"上得绣楼，脚步声怎响，到楼上开开门儿一看，搜也没搜，寻也没寻。那人家张廷秀就坐在明外等着他哩？人家不会拱到床底下，不会钻到桌阖旯[1]？他到楼上扭一圈儿回来啦，我该倒霉了，该了一顿打？不管这事儿！

能盖儿嘟嘟囔囔说着要走，赵能听得清楚明白，哎，就是呀！我上绣楼的时候，脚步声就是有点大，我"啪啪啪"拍着楼门儿，俺妹子迟迟不开，莫非说张廷秀在那楼上藏着哩？是藏到床底下啦，还是拱到箱子阖旯儿啦？嗯，我还得去看看！"盖儿，回来！"

"哎，大叔，我不敢啦。"

"呵呵，不敢啥哩？你这孩子，你大叔打你，是向你哩！你没听人说，打是亲，骂是爱！你给大叔最一心啦，你大叔生气了，不逮住你出出气，能打那旁人？旁人我还不打哩！盖儿，你说得不错，我走路脚步声就有点响，'啪啪啪'喊半天门，你姑娘都没开啊。磨磨蹭蹭半天开了门儿，我进去一看，屋里明灯彻火的，就她跟丫鬟俩，就扭脸出来走啦。我这再去看一回。"

能盖儿说："大叔，你再去啊，鞋脱了，不要叫脚步响。蹑手蹑脚地，你可上去啦。听清楚，听明白了，再喊门儿。大叔，你记着啊。可不要再冒冒失失的，早把人家给吓跑，或者藏起来了。再说，到楼上好好寻寻，好好搜搜啊。"

赵能说："中！盖儿，你在这等着。"赵能他掂着钢刀，"踏踏踏"来到楼棚底下，把鞋袜一脱，蹑手蹑脚上了绣楼。

赵能上了绣楼咱暂且不讲——

【滚白】

单说说那张廷秀藏到床底下，赵梅英送走他的哥哥，上好大门，从床底下拉出来张廷秀，说，张相公，你放心地坐下，俺哥明天他要出门走，就在

---

[1] 阖旯：方言，门扇角落等处的空隙。

俺府你住下来吧——

【二八】

两个人楼上落了坐	赵姑娘连连叫相公
适方才俺哥哥来言讲	到明天，他要出门不在家中
俺哥哥明天出门走	相公呀，你放心住到俺的绣楼棚
单等俺哥哥快回来	张相公，咱一同逃离赵府中
张廷秀就说俺不敢住下	谢谢姑娘好心情
叫声姑娘你行行好	赶快放俺下楼棚
如若是你哥再回来	我想要活命万不能
两个人绣楼一下把话讲	赵能贼隔着门板听得清
只听见这一个叫姑娘	还有那一个叫相公
底下说的是啥话	这影影糊糊也听不清
赵能贼一听心好恼	啪啪啪叫门喊了一声

"妹子，开门！"

"哥呀，又弄啥哩？"

"有事儿，关紧事儿！"

"哎呀，哥，有事儿明天不会说？天都这时候啦。"

"开开门儿，灯还着着哩，我知道你没睡，开门！"

赵姑娘没办法，捞住张廷秀，这回把他往哪藏啊。你看赵姑娘拿过来三簧钥匙，把柜子"咯嘣"一打打开，柜盖儿一掀，给张廷秀推到那柜子里啦。怕给张廷秀捂死，给那箱子角儿夹了一块小手绢儿，"咯嘣"，把柜子锁住啦。

"妹子，开门儿，开门儿！"

"哥呀，你等着啊。我就是准备睡哩，你又叫我开门儿哩！"赵姑娘来到门口儿，把闩儿一抽："哥呀，有啥事儿？"

赵能先往门后看，把刀背到后头。"哥呀，你寻啥哩？"

"寻啥我知道！"把床单儿一掀，"床底下有啥没有？啊，没啥。"又一看那柜子后头，也没啥。就是啊，就这么大一座楼，他能藏到哪？他一看没寻着人："啊啊,妹子,实话给你说吧,你哥刚才忘给你说啦,我明天走哩,说不定十天半月的,以后家院的事可不要光指望你嫂子,你也给哥应点心啊。以后家郎丫鬟有啥事儿,我不在家,你就当家儿,好好地照护好这个家,不要出差错。啊,没啥事儿,睡吧,睡吧!天也不早啦。"

赵能说罢又"嗵嗵嗵"下了绣楼,掂着钢刀,心里觉得老嘈气,哎呀,都是听了能盖儿的话啦,半夜三更的,跑到俺妹子楼上两回,结果啥也没搜着!哎,又一想,不对,又回来了:"哎,妹妹,开门,再开门!"

"哥,有啥事儿?"

"我想起来啦,刚才上楼的时候,咋听见这楼上有男人说话哩?这个说,姑娘;那个说,相公。这个说,相公;那个说,姑娘。这顶上没男人,你跟谁在这说话哩?"

"呀,哥,不要问不中?"

"嗯,你哥咋不能问?你都这样大啦,我不问谁问,咹?"

"哎呀,哥啊,你没有看妹子今年都二十多啦,也没人给俺说媒,俺还没出门儿哩。我和丫鬟春红睡不着,没有事儿,俺俩在这学四盘菜的呀!我装着姑娘,丫鬟装着相公。你看这桌子上摆着四个盘儿,俺俩在这耍的呀!就是这,你喊门儿哩,给我吓得跟啥样。"

"啊,这事儿怪你哥啊。你看妹子一二十啦,哥也没给你考虑这事儿。这事儿你不用管,我应点心,要给妹子找个好女婿哩。不早啦。你们说一会儿就算啦。"

赵能又回到客厅了,能盖儿说:"大叔,这回兜住了吧?约莫[1]去的时候不小,要好好搜搜哩。"

他一说兜住啦,赵能一心嘈气,"啪!""兜住啦!"

"咦,大叔,你咋光弄这哩?动嘴吧,还动手哩,你是打啥哩,咹?你都听见他们说话了……"

"她跟丫鬟说话哩!"

"咦,你都恁信她?姑娘的柜子恁大,不要说一个人,俩人也能藏!姑

---

[1] 约莫:即大约,估计。

娘那柜子你看了没有？"

"咦？"赵能说，"就是呀，仔细想，我喊开门儿的时候，俺妹子的脸色不对呀，看着有点惊慌。那春红丫鬟在那隔扇门前吓得浑身呵啦！就是，我咋没想起这？——盖儿，你等着，我再去看看。"

你看赵能"踏踏踏踏"又回来啦，一上上得绣楼，"啪啪"喊门。本来赵姑娘准备给那箱柜开开，叫张廷秀出来哩，才拿着钥匙去开，他哥又拐回来啦。她"噗"把灯给吹了，说："哥呀，啥事儿？"

"关紧事儿！"

"哎呀，哥，我都睡啦，你看我灯都吹了。"

"我见刚吹，才睡，重起来！"

"哥呀，我和丫鬟刚睡，你是来回跑啥哩？有啥事儿明天再说吧。"

"不中！老关紧，非得说不中。"

你看赵姑娘万般无奈，磨磨蹭蹭，掏出来火镰儿一打，引着火子，把灯点着了。布衫上的扣儿解开，解着走着，到门口了再系着。一扣搭儿，一拉闩儿："哥呀，啥事儿？"

"啥事儿？没事儿！你知道，哥明天出门哩，朋友老多。我记得咱娘下世的时候，给咱俩一个人一块金砖。那金砖呢，你哥成天三朋四友的，我也用了。现在你哥出门哩，身上也没有老多的盘缠，给你那块金砖先借给哥使唤使唤？"

"哥，那金砖我早就没有了。"

"啊，你买啥啦？成天吃喝都是我管着你哩，你都弄哪啦？"

"哎呀，真丢了。"

"给你那柜子打开，叫我看看，有没有！"

"哥呀，俺的柜子，我可不叫你打！"

"不叫我打？不叫我打不中！今天叫我打开，我也得打开，不叫我打开，我也要打开。钥匙拿出来！"

"钥匙弄丢了。"

"丢了？我把你的锁砸开。"

"那你不能砸我的锁。"

"不能砸你的锁？看我砸！"赵能歇喝着要砸锁，赵姑娘不叫他砸。

张廷秀在里边听得清楚，听得明白，吓得浑身乱抖，一抖不打要紧，那柜子底儿"咯嘣"响了一声。

"嗯，妹子，那柜子里是啥？"

"那……柜子里可能拱个老鼠。"

"老鼠？恐怕是个大老鼠吧，嗯？妹子，你开不开？"

"不开。"

"不开？今天你哥拿着刀，可非得把这柜子劈了不中！"

"哥，不能劈！"

"今天我非劈！"你看赵能一只手抓住赵姑娘往一旁一甩，手举钢刀可向柜子砍起来了——

【武口夹叹腔】

赵能贼，一把钢刀掂在手	你看他，手举钢刀下绝情
"咔嚓"一声砍下去	谁知道，赵能用力有点猛
这一砍下不要紧	钢刀夹到柜盖儿中
钢刀夹到柜子上	赵能贼想拔钢刀也不中
赵姑娘一见没有奈	你看她，开开楼门儿
站到楼上喊高声	我说乡亲们哪
俺的爹娘下世的早	跟着俺哥赵能过营生
谁知道，俺哥哥赵能不行正	半夜三更跑到妹妹绣楼棚
跑到他妹子绣楼上	要跟他亲妹子拜花灯啊
乡亲们您都听一听，想一想	赵能贼不是人来是畜生
赵梅英站到楼门口高声喊	这时候，气坏了贼子狗赵能

（白）赵能贼一听他妹子在那吆喝他哩，跑上前去，捂住妹子的嘴："妹子，我怯你中不中？你吆喝这算啥哩？叫那左右邻居听见，我成天也是出头露脸的人啊，以后叫我咋见人哩？妹子，我算服你啦，啊！不管你了，不要吆喝，我下楼哩。"

赵能的钢刀也不顾拿啦,"咚咚咚咚"地下了绣楼,气得肚子"咯咕咯咕"的,一进进得客厅。能盖儿说:"大叔,这回兜住了吧?"

赵能一肚子火无处发,照住能盖儿脸上这边"啪!",那一边"啪!""兜住啦!"

"哎哟,大叔,你今个是咋啦?咋光打开我了,咹?唉,我想着你去了这么长时间,又听见楼上'咔嚓'一声,一定是给张廷秀的头剁下来啦。谁知道,我问你兜住没有,你说兜住啦,又斗我两耳光子……"

"我说盖儿,你这一个瞎眼疙泡虫!你都没听见你姑娘在那楼上吆喝我的啥话,咹?我一心嘈气,回来你还问兜住没有,我不揍你揍谁?盖儿,你说得不错,那张廷秀就在那柜子里藏着哩,我听见柜子里'咯嘣、咯嘣'响,你姑娘不叫我开柜子哪!我拿出刀去劈哩,用劲太猛了,刀子夹里头了,拔不出来啦。你姑娘就立楼门口吆喝起来,说半夜三更跑到她楼上啦!唉,盖儿,听我说,今个你大叔打你,也不要生你大叔的气。咋啦?咱爷俩最近啦,我一肚子牢骚,不对你发,对谁发?盖儿,坐这,我跟你说:咱爷俩在这喝酒,喝到五更头上,你带几个家郎,去到柴草房里,抱上几捆柴草,放到那楼底下,到五更头上,我要火焚绣楼,给那张廷秀烧死!"

"咦,大叔,还有俺姑娘哩,是你亲妹子呀。"

"亲妹子也不能饶她!"

"呵呵,大叔,中!亲妹子不饶就不饶!谁叫她跟咱不一心哩。"

你看赵能和能盖儿在客厅喝酒,两个人商量着火焚绣楼暂且不讲——

【滚白】

单说说赵姑娘赵梅英看见她哥哥下了绣楼,慌忙忙将楼门上好,来到箱柜前,"咯嘣"声投开锁,打开柜盖儿,"相公,相公……",叫了几声不听有人言语,张廷秀被活活吓死到箱柜以内了——

【二八】

赵姑娘一见此情心害怕	慌忙忙叫过来丫鬟小春红
两个人柜子里抬出来张廷秀	把大人放在牙床中

张廷秀躺在牙床上	赵姑娘又掐又叫喊连声
叫声相公醒醒吧，醒醒吧	再回阳世过几冬
我的相公呀	你要一死不要紧
赵梅英，往后去	我也不在人世中
赵姑娘抱着廷秀掉下泪	小春红连把姑爹叫几声
叫声姑爹醒醒吧	再回阳世过同几冬
姑爹要有好和歹	小春红今后怎样在尘世中
两个人又掐又叫多一会儿	张廷秀双目紧闭不吭声
也不知张廷秀醒没醒	稍微歇会儿接着听

第十一回
火焚绣楼棚

【起腔】	【送腔】
小战鼓一敲归板正	书接上回往下听

【二八】

上回书说的《回杯记》	《张廷秀私访苏州》咱没唱清
书回文单表哪一个	现说廷秀张飞龙
张廷秀被吓死绣楼内	吓坏了姑娘赵梅英
把廷秀抬到牙床上	又掐又叫喊连声
叫声相公醒醒吧，醒醒吧	再回阳世过几冬
赵姑娘又掐又叫多一会儿	张廷秀慢慢地才把眼来睁
慢慢地睁开了昏花眼	面前边闪过来两盏灯
面前边闪过来灯两盏	一盏昏来一盏明
明灯指的是阳关道	昏灯指的是枉死城
张廷秀顺着明灯走下去	悠悠一气又回生
慢慢地睁开了两只眼	又只见赵姑娘就在身旁停
张廷秀一见眼含泪	慌忙站起，走上前去打上一躬

我说姑娘呀	看起来你是一心一意为了俺
张廷秀一辈子	忘不了你的大恩情
既然姑娘对我是真心实意	到现在，不能把姑娘来瞒哄
我说姑娘啊	说实话我已魁名中
万岁爷点俺头名状元公	在京中领了皇圣旨
带领人马离开北京	出京来带了三千御林军
还有八百校刀兵	这才来到苏州城
十里长亭安下寨	那时候我坐到察院中
我背着同来的马总兵不知晓	乔装打扮出了门庭
乔装打扮把苏州进	一心心要访小朝廷
头一天我才去到王府内	先访访俺二妹妹叫王月英
王二妹是一个贤良女	要饭吃她也不嫌俺穷
像二妹这样好女子	普天下还算头一名
还有小秋凤为我跑前又跑后	也算是一个好心情
说实话，头一房是俺的王二妹	二一房就是丫鬟小秋凤
都只为小秋凤拾起了我的印	她也是俺的救命星
如若是姑娘你要是不嫌小	俺叫你当个三房行不行
赵姑娘闻听心欢喜	出言来再叫俺的张相公
别说叫俺当三房	也就是四房五房俺也不嫌轻
相公呀，今天你对俺说实话	也算是相公好心情
出言来我再把春红叫	叫一声丫鬟小春红
我说春红啊	赶快下楼去打探
看你大叔和能盖儿	他在客厅干啥事情
若是他们已睡觉	咱赶快送俺的相公下楼棚
救俺的相公出俺府	到时候，赶快叫他去察院中
赵姑娘说罢这些话	小春红站到一旁不动静
小春红站到一旁噘着嘴	气坏了姑娘赵梅英

"春红，我说的话你都没听见，哎？赶快下去，到前边客厅看看，看你

大叔和能盖儿都睡觉没有。要是睡觉了,赶快叫相公出去走吧,啊?"

春红噘着嘴:"我不去!到时候你都去北京享那荣华富贵哩,当那二房哩,三房哩,我图啥哩?我不去!"

"哎哟,你这死妮子,真不听话哩!不叫你想干啥哩,唵?"

张大人说:"春红,你好心好意救了我的命,又为我跑前跑后,我亏不了你啊,赶快下去看看吧。"

春红说:"叫我看也中,你得给我许点啥。"

"咦,你这闺女咋不嫌丑哩?许啥哩许!只快去!"

"那……我就是不去!"

张大人说:"春红呀,春红——"

【散板】

| 有心俺把亲许下 | 细想想,你是个丫鬟在楼棚 |
| 俺本是一个文状元 | 文状元咋能跟下人把亲成 |

【二八】

春红说,既然俺是一个小丫鬟	俺的姐,小秋凤,她也还把丫鬟应
俺的姐都能够当二房	难道说,我当那四房也不中
大人说,你姐姐小秋凤拾了我的印	她算是俺的救命星
春红说,要不是俺上得绣楼送一信	那能盖儿早把你杀死到书房中
要不是,我跟俺姑娘把你救	你现在,想要活命万不能
只说得廷秀无言对	出言来叫声小春红
今天你救了俺的命	也算是一个好心情
要不是小春红跑前又跑后	怕的是,张廷秀我有命难活成
春红呀,如若是你要不嫌小	我今天,许你个四房都行不行
小春红闻听心欢喜	出言来再叫俺的张相公
我说相公呀	您两个楼上把俺等
俺下得绣楼看分明	小春红"咯噔噔"才把绣楼下
穿宅过院往前行	不多一时来好快
客厅不远面前迎	小春红来到客厅窗户下

隔着窗户偷偷听	只听见她大叔和能盖儿在喝酒
你一盅来他一盅	赵能说,能盖儿
单等着天到五更鼓	我叫你抱柴草火烧绣楼棚
到时候放火把楼烧	烧死那廷秀张飞龙
把你姑娘也烧死	除去这个祸害星
能盖儿就说好,好,好	大叔呀,你说怎行就怎行

【武口】

两个人客厅喝酒定巧计	小春红房门外边听得清
小春红一听心害怕	你看她,慌慌张张回楼棚
小春红慌忙忙回到绣楼上	叫声姑娘你是听
叫声姑娘快走吧,快走吧	俺大叔他要火烧绣楼棚
赵姑娘一听此言心害怕	出言来再叫张相公
叫声相公赶快走	我领你门外去逃生
张廷秀闻听此言不怠慢	跟着春红下楼棚
三个人慌慌张张往后跑	抬头看,花园不远面前停
三个人这回来到花园内	不多会儿,后门儿不远面前停
这一回,慌忙来到后门里	赵姑娘这里叫春红

"春红,赶快把后门开开,叫相公出去吧。"

"姑娘呀,光说憨话哩,我都没拿钥匙,咋开哩?"

"咦,那咋办哩?"

"咋办哩?砸门吧,不敢砸,前头大叔、能盖儿都还没有睡,在那喝酒哩。一砸门儿叫他听见还坏大事哩。这可咋办?哎——想起来啦。咱这里边还有个偏门哩,往常日我买针买线的,光走这个偏门儿。偏门轻易没人走,一般也没人落锁,叫我去看看。"

你看小春红慌慌忙忙来到偏门口,打手一摸,光扣个搭子,也没有上锁。把搭子一扣,把门闩一抽:"姑娘,来吧,偏门儿开着哩!"

三个人来到偏门口,张廷秀迈步就要出门——

【滚白】

赵姑娘赵梅英一把拉住张廷秀，你看她两只眼"扑扑嗒嗒"往下掉泪，说，我的相公你临走之前，再听我交代你几句吧——

【二八】

赵姑娘一伸手拉住张廷秀　　　　出言来叫声张相公
我说相公呀，今天你要出门走　　你要到街私访苏玉小朝廷
你私访时，小心，小心，多小心　千万小心把事行
你若是碰见贼苏玉　　　　　　　你要好言好语把他瞒哄
如若是张相公要有好和歹　　　　赵梅英，日后指望谁在世间过营生
我说相公呀，单等着你苏州城访完毕　到时候，张相公宿到察院中
察院里发出人共马　　　　　　　拿住苏玉小朝廷
给你举家把仇报　　　　　　　　我的张相公，别忘了苦命的赵梅英
赵姑娘哭啼啼不住地眼掉泪　　　惊动了廷秀张飞龙
出言来再把姑娘叫　　　　　　　再叫声好心的姑娘你当听
若不是好心的姑娘把俺救　　　　张廷秀苏州私访难访成
叫一声姑娘你放心吧　　　　　　我一定忘不了你赵梅英
单等着把贼子来拿住　　　　　　我把你一定接进北京城
咱们一同去到北京城　　　　　　同在北京享华荣
张廷秀两眼含泪往下讲　　　　　小春红拉住他的衣裳也不松
我说相公呀，单等着苏州访完毕　到时候宿到察院中
到时候，你接俺姑娘出门走　　　你可别忘了可怜的丫鬟小春红
三个人，哭啼啼站在后门难分手　只听见，谯楼上"钢啷钢啷"打了五更
谯楼上打罢五更鼓　　　　　　　客厅内惊动了贼子狗赵能

【武口夹连口】

出言来再把能盖儿喊　　　　　　我叫你现在去火烧绣楼棚
那能盖儿闻听此言不怠慢　　　　慌慌张张出客厅
叫了几个小家郎　　　　　　　　抱着稻草往后行
刚刚来到楼门下猛抬头　　　　　又只见，楼门开得圆咚咚
能盖儿上楼只一看不好了　　　　跑了姑娘赵梅英

一见此情不怠慢　　　　　　慌慌张张到客厅

（夹白）"大叔，不好了，俺姑娘跟张廷秀跑啦！"

赵能闻听心好恼　　　　　　再叫能盖儿小家童
赶快把家郎院公都喊起　　　我叫你追赶廷秀张飞龙
那能盖儿闻听此言不怠慢　　你看他站到院里喊高声

（夹白）"哒——，赵府的家郎院子听着！张廷秀跑啦，带着灯笼火把，撵张廷秀去喽——"

那能盖儿这一喊叫不要紧　　慌坏了赵能府的众家丁
家郎们慌慌忙忙把床起　　　慌慌张张把衣更
这有的拿着下身儿当上身儿　这穿那穿穿不成
还有的拿着靴子往头上戴　　这戴那戴也不中
众家郎拿着钢刀　　　　　　打着灯笼火把来到中官院
这时候，出来了贼子狗赵能　出言来家郎一声喊
家郎们，我叫恁给我追赶张飞龙　哪一个要是拿住张廷秀
恁大叔重重有赏送家中　　　家郎闻听好，好，好
那能盖儿打着灯笼前边行　　大叔，前门咱们落了锁
咱还是到后门看分明　　　　能盖儿和赵能领着家郎往后边走
不一会儿就进到花园中　　　这一回才进到花园内
又听见偏门一旁有人声　　　能盖儿这里高声喊——

（夹白）"大叔，偏门跟前有人，快点吧！"

众家郎"哗哩哗啦"往前涌　　张廷秀一见此情心害怕
叫好心的姑娘赵梅英　　　　叫声姑娘撒手吧
撒手吧，晚跑一会儿我难活成　只说得赵姑娘撒了手

张廷秀顺着大街跑得凶　　　赵能贼这回来到偏门口
赵姑娘堵住偏门不动星　　　赵能贼一见此情心好恼
胆大的丫头了不成　　　　　你今天放走张廷秀
想要活命万不能　　　　　　赵姑娘一见此情破口骂
骂声狠心的哥哥狗赵能　　　张廷秀，我今天要救他
你要杀，杀你妹妹赵梅英　　赵能贼一见此情心好恼
走上前抓住姑娘赵梅英　　　"叭嚓"声，把姑娘摔倒溜平地
叫家郎，对姑娘丫鬟都上绳　把她两个绑起来
把她们锁到柴草棚　　　　　这一喊叫不要紧
过来几个小家丁　　　　　　走上前抓住了小姑娘
又抓住丫鬟小春红　　　　　那能盖儿领着家丁出门跑
那前边看见廷秀张飞龙　　　大跑小跑前边跑
那能盖儿和赵能，带着家丁追得红　张廷秀大跑小跑跑得快
扭头看，后边追来众家丁　　猛然左边只一看
你看他这回跑进一个胡同　　张廷秀跑到胡同内
这是一条死胡同　　　　　　张廷秀闪目只一看
有一家门楼面前停　　　　　"哗啦"推开门两扇
这回跑到当院中

话说张廷秀前边奔跑，赵能贼后边紧跟，跑着撵着，撵着跑着。张廷秀一看，旁边有一个胡同，谁知跑进去，这是一个死胡同，没处出啦。扭头一看，有一家大门，慌忙把门一推，进到人家的院子里啦。

赵能在后边说："跑不了啦，进那胡同哩了！"看得清楚，看得明白，他跑到这一家啦。能盖儿说："大叔，他跑到院里头了，咱把这门儿围住。"家郎一聚聚齐，"哗啦"把门一蹬，都可进去了，抬头一看，哎，上房里还点着灯哩。众人"扑扑通通"跑到院子里，就见上房的灯"噗"灭啦。

赵能一来来到房门口，用手拍门："开门儿！"

就听里边有个女人答话啦："那是谁叫门哩？"

"谁叫门哩？我啦，开门儿！"

"哎呀，俺家没有男人啊。"

"没有男人也得开，开门儿！"

"那……你们干啥哩？"

"干啥哩？开门你都知道了。有人跑你家了！"

"咦，你看俺是个寡妇，说这话叫俺咋出门哩？谁会跑到俺家？"

"你开不开？不开门儿，给你踩开！"

"嗯，开门。"听见女人说罢之后，又把灯点亮了，不多一会儿，来到门口，把门一开。只见这个妇女披着衣裳，站在门里边："你们干啥哩？"

"寻人哩！"

"俺是个寡妇家，哪有人啊。"

"没人？叫我进去！"赵能进到屋一看，这座屋是一明两暗，三间草房，正中间放着一张破八仙桌子，桌子腿也没有了，用砖头蛋儿支住了。墙上挂满了蜘蛛罗网，桌子旁搁了一根木板凳，这一边儿还放了一辆纺花车子，一看这个家也不是富裕之家。说："这边儿是啥？"

"那里边是俺的柴草房。"

"开开门儿，叫我看看！"

"那门儿不就是开着哩？"

赵能打着灯笼，能盖儿后边跟着，朝里边一照，屋里啥也没有，就是放了一垛子柴禾。"盖儿，拿刀戳戳，看柴草窝里藏有人没有。"

那能盖儿拿着刀"朴出，朴出"戳了一会儿："呵呵，大叔，这里边没有，要有人叫我给戳死啦！刚进来就是往柴草底下拱也得一会儿的。"

"我明明看见这个人跑到这院里了，会去哪啦？——这里边是啥？"

"那是俺的卧室，俺在里头睡哩。"

"开开门儿！"

"那门儿不是都开着哩？你自己看吧，就自己在家哩。"

赵能进去一看，屋里放了一张破床，床上的被子补丁摞补丁。床头起放一个板箱，缝儿都裂大宽，都快不中啦。箱子盖连个鼻儿，连个搭儿也没有。赵能说："咦，奇怪呀，明明见有一个人跑到你家啦，这人去哪啦？——这箱子里边是啥？"

"没啥,净是破衣裳。"

"破衣裳?也得掀开叫看看!"

"破衣裳有啥看?俺是个寡妇,家通穷哩,也没有养活俺。都穷成这样了,就是偷东西的,抢东西的,也没有值钱儿的东西。你行行好,你们都走吧,啊?"

"不中!你给这箱子打开叫俺们看看。"

"那箱子……不能叫你们看!"那马寡妇说着就坐到箱子盖上啦,"你们看啥都中,就是这箱子的东西你们不能看。"

她越说不叫看,赵能越怀疑:啊,看起来人就藏到这箱子里了!她不叫看?哼!"盖儿,把她捞过去!"

一说叫捞过去,能盖儿拉住马寡妇,"啪!"可甩到了地上啦。赵能飞起一脚,"嘣——",把箱子踢开啦。拿着灯笼往箱子里一照,嗯?只见从箱子里边钻出来一个人。赵能一看,不是旁人,是他二叔啦。"二叔,你拱里边做啥哩?"

他二叔说:"不要问啦!你再问叫你二叔脸往哪搁哩,咹?爬出去!"

"啊,是,是,是。"

有的说啦,他去逮张廷秀哩,咋逮着他二叔啦?这张廷秀一进门儿拐啦,拐哪里啦?里边有厕所,拐厕所里了。赵能他二叔也是吃、喝、嫖、赌,不正干啊,给他二婶儿早早就气死了。每天晚上早早地出去打牌,打到那五更头上,回来跟那马寡妇通奸了。马寡妇早早给门给他闪着哩,只要他进去,才闩门哩。谁知道这回他回来以后,听见后边有人跑,还有人撵。进了门,也没顾得闩,赶紧跑到上房。到上房,听见外边吆喝哩,马寡妇给他藏到箱子里啦。张廷秀趁众人都拥进了上房,没有注意,大门又开着,就趁机出门走啦。

赵能真生气啊,跑到半夜,旁人没逮住,却逮住他二叔啦。叫他二叔给他日嚷了一顿,垂头丧气地说:"盖儿,走,走,走!回去!盖儿,我跟你说啊,到在明天,命令家郎到在苏州城大街,只要看见要饭吃花子,只要是男的,不管是哪的,统统给我抓住,宁可错抓一千,也不可放过一个啊!"

你看赵能回他赵府暂且不讲——

【滚白】

单说说张廷秀这一回脱离了危险，顺着大街，向着王府的后花园走起来了——

【二八】

张廷秀脱离了贼子狗赵能	顺着大街往前行
我还是去到王府内	见见俺二妹妹王月英
俺王二妹，叫她把印玺交给我	我准备回到察院前去搬兵
张廷秀思思想想来好快	抬头看，十字街上点着灯
十字街点着灯一盏	地下跪着人一名
张廷秀蹑手蹑脚往前走	来到前边看分明
看过多时明白了	原来是跪的王纪儿小家童
这个小王纪跪倒在大街上	眼望着北京城内放悲声
哭了声姑爹张廷秀啊	再哭声姑爹张飞龙
也自从姑爹进俺府	你待王纪儿，也好像弟弟一般同
虽然俺王府是家郎	我的姑爹呀，你对俺兄弟来相称
谁知道你的命真短哪	死到外边不回程
昨夜晚王纪儿做一梦	我梦见姑爹张飞龙
浑身的衣裳多破烂	满街乞讨多凄零
梦醒后惊得一般汗	因此上拿着纸马银钱到街中
纸马银钱街上摆	敬敬俺姑爹张飞龙
我说姑爹呀，地下的供食都摆好	银钱我烧在地溜平
要不够，姑爹你给俺再托梦	到时候我还到大街来祭灵
小王纪儿哭姑爹哭得悲哀痛	喜坏了廷秀张飞龙
看起来王纪他的心地好	没忘我这大哥张飞龙
想到此偷偷走上前	拿一个蒸馍揣到怀中

（白）小王纪正在这十字街口，给他姑爹张廷秀烧纸哩。虽说他是府中家郎，张廷秀是少爷，但对待他像亲兄弟一样，两个人的感情非常好。你看王纪做梦梦见姑爹要饭，就来到街上给他摆供哩。张廷秀见王纪儿只顾仰着脸哭哩，就抓住面前的蒸馍可揣到自己怀里啦。

谁知道王纪哭了啦，一看，咦，蒸馍咋没有啦？"姑爹啊，姑爹，我知道你是饿死鬼啊，你不用吓俺啊，你要没吃饱，我回去再给你拿点儿……"

张廷秀一拍王纪的肩膀："王纪儿！"

"哎哟，姑爹，你的魂回来了啊。"

【武口】
王纪一见心害怕　　　　　　　你看他大跑小跑喊得凶

（夹白）"哎呀，鬼来了——"

那王纪儿大跑小跑前边跑　　　张廷秀在至后边追得凶
那王纪儿大跑小跑跑得快　　　不多会儿，后门不远面前停
小王纪刚刚跑到门里边　　　　你看他"唰啦啦"上住门两封

（白）

"哎哟，要给吓死啦！上住门儿，可不敢叫鬼进来！"

张廷秀说："王纪儿，快给我开开门儿，我真是你姑爹回来啦。"

"哎呀，不敢啦，不敢啦，啊！我好心好意敬你哩，你咋吓我哩，姑爹？"

"哎呀，王纪儿，我可真不是鬼呀，我回来了啊。"

"那你回来啦？我不相信！啥时候不回来，这半夜三更的，天不明，你可回来啦？"

"王纪儿，实话跟你说吧，你梦见我是要饭吃的，我可真是要饭吃的。"

"我都不信，我圪挤着眼儿[1]哭那一会儿，你可把那大的小蒸馍吃到肚里啦？"

"哎，纪儿，我没吃啊，在怀里揣着哩，是故意吓你哩。要不相信，我隔着墙扔过去你看看啊。"张廷秀掏出蒸馍"扑通"又撂[2]到后门里头啦。

---

[1] 圪挤着眼儿：方言，这里指"闭着眼睛"。
[2] 撂：这里是"扔"的意思。

王记儿一看："就这也不中！天快明了，看鸡子叫唤不叫唤，那鸡子一叫唤，你要不走，那你真是人。鸡子一叫唤，你吓跑啦，那你就是鬼。那鬼怕鸡叫啊。"

正在那说话哩，那鸡儿"哽哽哽——"（学鸡叫）"姑爹，走了没有？"

"哎呀，走啥哩走？王纪，开门儿吧！看你，六年我都没回来了，回来你就是这样对待我哩，咹？"

王纪一听，兴[1]不是鬼！你看王纪把门一开："咦，姑爹，你咋混成这样啦？"

张廷秀说："王纪儿，我也访了你了，也不瞒你啦。实话跟你说吧，你姑爹我可是当官了哇！我是头名状元、八抚巡按，万岁爷是叫我回来私访的啊。纪儿啊，你老爷现在哪里，赶快领我跟他重逢相会。"

"哎呀，俺老爷成天在客厅想你、盼你，要想见老爷，姑爹，你随我来吧——"

【连口】

好一个王纪小家童	带领廷秀往前行
带领廷秀来好快	不多会儿，来到王府待客厅
下一回去到客厅内	要叫老爷王顺清
他们父子见了面	廷秀对他说实情
眼看父子要见面	暂且休息几分钟

第十二回
私访大结局

（定场诗）

山上青松山下花	花笑青松不如她
有朝一日严霜降	只见青松不见花

---

[1] 兴：方言，即"兴许"，有推测的意思。

(道白)	(唱)
上声四句诗曰道罢	听俺慢慢给恁道来一回——

【起腔】 　　　　　　　　　　　**【送腔】**

| 小战鼓一敲归板正 | 咱不唱小段开正封 |

【二八】

上回唱啥还唱啥	还接住上回往下听
上一回唱的是《回杯记》	《张廷秀私访苏州》还没唱清
书回文单表哪一个	再说廷秀张飞龙
张廷秀逃出了赵能府	在街上，碰见了王纪小家童
他跟王纪见一面	小王纪儿才跟他去找老爷叫王顺清
小王纪只在前边走	后跟着廷秀张飞龙
两个人穿宅过院来好快	抬头看，客厅不远面前停
两个人来到客厅外	但只风客厅里边点着灯
张廷秀慌忙挡住小王纪儿	再叫声王纪儿你当听

"王纪儿啊，你先别进去禀报你家老爷，咱先在门外边听听，看你老爷在里边干啥哩。"

王纪儿说："好！"你看两个人站到客厅门外，张廷秀就隔着门缝儿往里一看，只见老王宪坐在八仙桌子旁的椅子上，两眼含泪——

【滚白】

你看他不由得自言自语，在这客厅以内可就说起来了啊——

【二八夹叹腔】

老王宪独坐在客厅眼落泪	喊一声可怜的孩子张飞龙
也自从你上京去赶考	谁知道孩子你可是有灾星
年轻轻你就丧了命	落在了他乡一个鬼魂灵
想起来，老王宪我倒运倒运真倒运	到老来没有一子来继承
就认下一个螟蛉子	长得伶俐又聪明
因此上我才把二姑娘许配你	实指望你到北京城里把官升

想不到我儿你进京遭了难　　　　　一病你病死到店房中
也不知老王宪我干了什么亏心事　　落个老来丧子我痛伤情
想起来四更天老夫我做一梦　　　　我梦见了廷秀儿做官回到了苏州城
头戴着一顶乌纱帽　　　　　　　　身穿着蟒袍绣金龙
腰里边还系着白玉带　　　　　　　粉底朝靴二足蹬
廷秀儿回到王府内　　　　　　　　咱父子在客厅
我摆上酒宴来接风　　　　　　　　咱父子客厅把酒用
谁知道，这时候进来我儿赵能　　　赵能儿他只把客厅进
一见那廷秀他怒气生　　　　　　　恁两个话不投机动了手
那赵能，提宝剑照着我儿身上棱　　只听见"咔嚓"一声响
只吓得俺浑身汗水往下倾　　　　　猛醒来，只觉得浑身上下都冒汗
唉，原来是南柯一梦胧　　　　　　那时候我才把床起
这才来到待客厅　　　　　　　　　盼了声我儿回来吧
回来吧　咱们父子来重逢　　　　　老王宪想廷秀想得肝肠断
盼廷秀盼得两眼红　　　　　　　　张廷秀站在客厅外
客厅门口听得清　　　　　　　　　心暗想，看起来俺的老岳父没有忘记我
还想着俺廷秀张飞龙　　　　　　　想到此和王纪慌忙着进到客厅内
走上前，见了老王宪打了一躬

（白）话说张廷秀在至客厅外边听得清楚，听得明白，一见老岳父悲泪不止，做梦还是想着他啊。你看他感动得两眼掉泪，走进客厅。王纪上前说道："老爷，不要悲痛，你看俺家姑爹回来了。"

张廷秀走上前去，"扑通"声跪倒在地，说："岳父大人在上，不孝儿廷秀给你见礼来了。"

老王宪闪开虎目一看，啊，一旁跪着家人王纪儿，这一旁跪着要饭吃花子，仔细一看，真是他儿廷秀！走上前去，慌忙搀起："吾儿，一去六年，为什么落得这般光景啊？"

张廷秀闻听此言，两眼落泪——

【滚白】

我的岳父大人，你听孩儿把这六年的遭遇从头至尾，一端一底地给你讲来吧——

（夹白）"吾儿不要啼哭，坐下慢慢讲来。"

【二八】
张廷秀未曾开言眼落泪	我的岳父大人在上听
那一天我上京去赶考	赶考住到了店房中
赵能他看我的文章写得好	因此上他才把歹心来生
第二天花言巧语将我骗	他言说，叫我坐船进北京
那时候我听了他的话	随赵能坐到舟船中
俺两个坐在舟船上	赵能贼船头以上喊高声

【连口】
他言说叫声廷秀快来看	你看江心有条龙
那时俺不解其中意	跑到船头看分明
我在船头正观看	赵能他在至后边打脚蹬
才把俺蹬到江心里	我的老爹爹，俺顺着江水漂得红

【二八】
也是你儿不该死	遇上了打鱼一位老公
那老汉才把俺救到舟船上	那时我浑身衣裳都湿清
老汉船头将俺问	我才把被害的原因对他讲明
老汉闻听受感动	拿出来衣服叫俺换更
拿出来衣裳叫俺换	又给俺十两银子叫俺进京
那时候俺进京去赶考	有病俺病倒店房中
病好后我才上京去赶考	谁知道，考场已毕中不成
无奈何孩子流落北京地	流落北京当先生
在北京熬了三年整	第二次我又求功名
三篇文章做得好	万岁爷点俺头名状元公

才点俺一个文状元	头名状元在北京
六部效劳三年整	万岁爷下一道圣旨叫俺出北京

【连口】

这一次俺出京来到苏州地	要私访苏玉小朝廷
谁知道，我打扮一个要饭吃	偏偏大街上碰见贼赵能
赵能贼把俺弄到他府内	要害孩儿丧残生
多亏了赵能的妹妹将我救	才救恁孩子活性命
大街上碰见小王纪儿	我才回到王府中
我的老爹爹，这本是前前后后真情话	并没有虚言对恁明

【二八】

张廷秀从头到尾讲说一遍	喜坏了员外王顺清
心中暗把贼子骂	骂了声贼子狗赵能
我的儿与你何仇恨	你不该害他一层又一层
我的儿今天回来转	咱们父子又重逢
可就是，明天好儿就到	贼苏玉要叫你二妹拜花灯
今晚上眼看就天明亮	咱想个办法，对付那苏玉小朝廷

"哎呀，你回来的也怪是时候，自从你走了以后，那赵能回来说你死到外边啦，六年没有消息。他又花言巧语哄骗于我，又把我的二姑娘许配给了小朝廷苏玉。欲再说我不允这门亲事，苏玉在苏州城也是一霸啊！他是抢男霸女，无恶不作，家里养有众多的家丁，还想篡朝谋位，人送外号'小朝廷'！老夫我也是惹不起他啊！儿啊，既然你回来啦，我说王纪儿，快到后楼通知丫鬟，叫你姑娘赶快来至客厅，与你姑爹重逢相会。"

你看小王纪儿闻听不敢怠慢，慌忙去到后院绣楼底下，"当，当，当"敲起了云板："丫鬟秋凤听着，老爷有令。说张门姑爹回来啦，叫姑娘快快下楼与姑爹相会。"

小丫鬟秋凤闻听此言，心中高兴，你看她和二姑娘天不明就坐在绣楼，单等着相公回来啊。一听说王纪儿在下边叫她，两个人"咯咯噔噔"下了绣楼，可向客厅走起来了——

【二八】

好一个丫鬟小秋凤	带着姑娘下楼棚
两个人"咯咯噔噔"才把绣楼下	下了护梯十三层
穿宅过院来得好快	客厅也不远面前停
两个人才把客厅进	喜坏了员外王顺清
你看他举家人客厅落了坐	叫王纪儿，去厨下，赶快把酒席准备成
那王纪闻听此言不怠慢	慌慌忙忙到厨房中
这一吩咐不要紧	厨师个个不消停
不多一会儿做得快	才把那酒菜都做成
酒菜端到客厅内	一家人坐在客厅饮刘伶
酒过三巡菜五味	老王宪客厅说了一声

"我说儿啊，你今天来到苏州城私访，为啥要打扮成一个要饭吃花子？你想想，你一个要饭吃花子穿得又破又烂，人家谁能接近你？唵？看见你，人家大老远就跑开啦。"

张廷秀一想，我为啥打扮个要饭吃花子哩？也不能说，我是为了私访，看你嫌在我不嫌在？低头一想，说："岳父大人，依你之见，我应该打扮成什么样的人啊？"

"依我之见哪，你要打扮成一个算命先生。算命先生可以走东家，串西家，走南家，访北家。为啥哩？不管贫富贵贱，都会叫人给他算命啊。只有打扮成算命先生，你才能访出苏玉的罪恶啊。"

张廷秀说："岳父大人，可惜孩子没有算命先生的衣服，还没有毛竹卦板和《百中经》啊。没有这种套路儿，我咋去打扮算命先生啊？"

老王宪说："要这衣服，咱家就有啊。实话跟你说吧，三年前我有个同窗好友，因为功名不就，每天就钻研相书和算命。整天走南闯北，云游四海。看好前些时候，他有个亲戚叫他去做官哩，因此上他把算命的这一套东西都放到我这了。他一去三年，再也没有回来呀！儿啊，既然如此，我去拿出来叫你穿上，试他一试，看是否合体。"

老王宪说罢，回到内间，打开箱柜，取出来算命先生的这身衣服，叫张廷秀去到后边儿一换。你看张廷秀头戴一顶房坡帽，身穿蓝衫道袍，腰系丝绦垂穗儿，下蹬白袜云鞋，肩膀上搭着一个褡裢儿，拿着毛竹卦板儿，就往那一站。老王宪一看："咦，我儿真是个人才！装龙像龙，装虎像虎。适方才你还是个要饭吃花子，转眼一变，可成了算命先生啦！我说儿啊，你今天打扮成算命先生，你打算上哪去呀？"

张廷秀说："岳父大人，我准备穿着这算命先生的衣服，去到那苏玉府，要与苏玉算命！先稳住他，就说今天的好儿不利，不叫他前来迎亲。不管咋着，先哄过这一天再说。"

"好！儿呀，既然如此，你看天色已经大亮，此地也不可久留，老夫在家等候你的佳音！"

你看老王宪说罢，举家人送走张廷秀——

【滚白起板】
张廷秀离了王府，可顺着大街去找苏玉算命走起来了——

【二八】

头名状元张飞龙	打扮成算命一先生
张廷秀迈开大步往前走	你看他身上带着《百中经》
一边走，一边叫	连把卦歌唱不停
都来算，都来算	俺本是江南来的灵先生
俺能算几时天阴几时雨	几时天热几时天晴
人的生死我都能定	还能算何时有祸，何时遇凶

【连口】

蒙虫儿到俺头顶过	我能算，几个母来几个公
乌鸦到俺头顶过	我能算，乌鸦身上几根翎
张廷秀卦歌儿唱得连声响	并无有一人问一声

（白）说话张廷秀吆叫半天，也没人理他，没有问他。张廷秀又一想，就是有人问我，给人家算，咋算哩？我是想给苏玉算哩，还不知道他住在

哪里，在这街上憨吃喝个啥？自己越想越可笑，我是白吃喝呀。我不如打听打听，苏玉府在哪，去那府门口大声吃叫，只要苏玉能听见，必然请我去算卦。

你看张大人想到这里，抬头一看，前边有几个小孩在玩耍哩。他走上前去："小孩啊，你知道苏玉府在哪哩？"

小孩一听说苏玉，脸都吓白啦，"呀"的一声，起来就跑啦。咦，看起来苏玉就是老厉害啊，我一提他的名儿，给孩子们都吓跑了啊！对，我还是找一个年纪大的，比较老实的人问上一问。

张大人顺着大街一直往前行走，抬头一看，那边过来一个老汉，年纪就要有八十多岁，花白胡须，拄了一根龙头拐杖，走路上下喘着气儿。张大人走上前去，抱拳当胸："请问这位老先生，借问苏州城有一个苏玉，苏大人，他的府在什么地方啊？"

老头说："咋着呀？你问苏玉哩？你可不敢提他的名啊！你是沾亲，你是带故？"

"呵呵，俺两家有亲戚，多年没有来往，听说他在这住哩，我想去找找他。"

"咦，你算问着我啦，换换人还真不给你说！我看你是外地来的，大股远[1]跑来投亲的，那苏玉可是不好惹啊！你就是他亲戚，到他家也不敢说闲话，说得不对，你的命就没有啦！"

"啊，多谢指教。那……他家在哪里啊？"

"我说，你顺着这条大街一直往东，走到前边，有个岔路，有个小胡同，往北边一拐，大约过了三四家，看见一个高门楼，谁家的门楼高，就是那个门楼。你不是识字？上面挂着金字牌匾，上边写着'苏府'，门口有两个大石狮子。你去就赶紧去吧，啊。"

"多谢老先生指教。""呵呵，不用谢了。"

你看张廷秀问明了去苏府的路径，他顺着大街，去找苏玉走起来了——

---

[1] 大股远：方言，辨音记字，意为从很远的地方来。

【二八】

张廷秀顺着大街往前走	你看他不由得心中暗高兴
此一番来到苏玉府门外	我要把卦歌儿多唱几声
只要惊动贼苏玉	他必然，请我进府给他来算命
张廷秀思思想想往前走	抬头看，府门也不远面前停
张大人来到府门外	来到门外看分明
又只见苏府的门楼高又大	金字牌匾挂当中
门两旁有两个骑马石	有两个石狮子就在两边停
看罢多时明白了	苏玉府就在此外停
张大人一见此情心欢喜	在门外连把卦歌儿唱连声
张大人府门外他把卦歌儿唱	把书岔开另表明
书回文单表哪一个	再说说苏玉小朝廷
贼苏玉闷悠悠坐到客厅内	只觉得耳热眼跳心不宁
心暗想，这几天我可是做噩梦	每日间梦见鬼魂到家中
又是哭，又是闹	口口声声要俺性命
我在家白天黑夜难安睡	这几日坐也不安睡也不宁
贼苏玉坐在家中心烦闷	耳听见街上的卦板儿响连声
仔细一听明白了	原来是大街上来了算命先生
苏玉听说先生到	连叫声家奴叫苏兴

"苏兴，你看这几天你老爷我可是身心不爽啊。我咋听着门口有人在那喊叫哩。"

苏兴说："哎呀，老爷，门口是一个算命先生，打着毛竹卦板儿，在那吆叫哩。我说，要是你不想听啦，我出去把他打发走。他要是再不走，我把他抓进来，扔到那鹰笼里，叫咱那鹰给他叨吃了！"

"嗯，胡说！人家是个算命先生，来咱这做生意哩，不能这样对待人家！去，把那先生给我请来。你家老爷我这几天心情不爽，要叫他算上一算，看上一看。"

"是！"家郎苏兴闻听此言，也不怠慢，慌忙跑到门口，"咯噔"把大门一开,来到门台下边:"哎,先生,你是算命的不是?"

"呀,这位管家,我就是算命的。"

"算命的今天你算是有运气啦,俺家老爷请你哩。你看了没有?我这是苏府啊!苏府是苏州城有名的大户,该着你发财啦!走吧,走吧!"

"是!"你看苏兴前边带路,张大人随后紧跟,两个人一前一后,不多一时,来到客厅以内。张廷秀走上前去,躬身施了一礼:"这位老爷在上,我这里有礼了。"

"嗯,兴,快给这位先生看坐。"

"是。"苏兴搬把椅子,张廷秀坐下:"如此我就谢坐了。"

苏玉说:"兴,快给先生倒茶。"

"是。先生请用茶。"

苏玉说:"这位先生,不知你家住哪里,因何来到下江苏州算命?"

"大人在上,我因为功名不就,从小跟老父亲读了一些算命的书,出来混口饭吃也就是了。"

"啊,你是看相,还是推八字啊?"

"不瞒大人说,我看相看得还是比较准啊。"

"啊,如此说来,你就给我先看看相?看我最近运气如何?"

张廷秀走到苏玉跟前,上一眼,下一眼,前一眼,后一眼,前前后后看了七八十来眼:"哎,我说这位大人,这算命可不能说瞎话啊。我要给你实话实说啊,要是讲得不对,不好听,你可多多包涵啊。"

"哎,算命不留情,留情卦不灵。有啥只管讲来。"

张廷秀闻听此言,说:"这位大人稳坐客厅,细听俺给你算一回吧——"

【二八】

看面相,你最近气色不太好　　晚上经常做噩梦

晚上只要睡在床　　恶鬼到前闹不停

我算你手里可是有人命案　　所以你睡不安来心不宁

最近你就要有官司　　官司临头到家中

苏玉就说对,对,对　　先生你算得老是灵

"先生，你咋知道我有人命案啊？看起来你这先生不简单哪！你是外地的，又没在俺这苏州城。以前呢，我是害过人命，叫你说着啦，这几天晚上只要往床上一躺，冤魂齐喊，都是叫还命啊，弄得我昼夜不安哪！茶也不吃，饭也不想。你说我有官司缠身，闻听人言，苏州城十里长亭来了一个大人，来到苏州不知办啥案的。是不是这个官司牵涉着我哪？哎，我说先生，这有啥破法没有，咳？"

"论破法也有，但有你得听我说啊。"

"只要能免灾去难，你叫我咋办我咋办。"

"好！"张廷秀说，"既然如此，你稳坐客厅，听我把破法，如何免灾免难，对你讲来吧——

【二八】

我叫你，今晚上到在三更天　　把祭台搭到花园中
三张桌子来摆起　　　　　　　祭台搭到正当中
到时候我把祭台上　　　　　　你买些纸马银钱烧在地溜平
把你干的杀人之事都写下　　　一条一条来写明
从头至尾写一遍　　　　　　　然后你悔改祭祭神灵
我把你罪状都拿着　　　　　　火焚后交给阎君去执行
冤鬼们收了你的钱　　　　　　冤鬼不告罪就轻

【连口】

只要这事办完毕　　　　　　　我保你，从今以后无事情
苏玉闻听心欢喜　　　　　　　慌忙把一根竹笔掂手中
一根竹笔掂在手　　　　　　　从前到后，把他的罪恶都写清
把他的罪恶写一遍　　　　　　交给大人张飞龙
张廷秀，这一回才把罪状拿在手

【武口夹连口】

到下回，你看他察院里边点大兵　　察院里点出人共马
围住苏玉小朝廷　　　　　　　　　才把苏玉来拿住

到赵府，拿住了贼子狗赵能
关王庙接出了他的娘亲生
还有丫鬟小秋凤
还有丫鬟小春红
张大人下一回交旨上北京
张廷秀私访书一段

监牢里救出他的老爹爹
王府里接出王二妹
在赵府救出赵姑娘
他带着满门举家上京走
这本是《回杯记》
唱到这里算唱清

唱腔选段

看大道上走来一位要饭穷

《回杯记》选段第一回（之一）

尚继业 演唱
崔宏周 尚继安 伴奏
潘红团 林 达 记谱

（吟诗）虎离深山被犬欺，落地凤凰不如鸡，得势狸猫欢如虎，休看穷人穿破衣。上场四句诗曰罢

（唱）听俺慢慢慢慢道来 一回

回杯记

河洛大鼓传统大书选

回杯记 783

784　河洛大鼓传统大书选

回杯记

胯，叉合板鞋二足蹬，左手里掂了一个黄瓷罐，右手里打狗的枣条拿在手中，这个人要饭吃他可不是真要饭，那个他本是头名那个状元离北京，这个人姓张他名叫那张廷秀，还有个学名叫个张飞龙。张廷秀在这京中领了皇圣旨，带领着人马离北京。

786　河洛大鼓传统大书选

回 杯 记

788　河洛大鼓传统大书选

回杯记

河洛大鼓传统大书选

只长得　好头发　黑丁丁，　脸皮白白生生，　没有麻子没有坑，　噗咻一笑俩酒坑，　看罢多时明白了，　那就是丫鬟　　　　小秋凤，　　　　　　　　六年俺不在苏州地　小丫鬟已把　　　　大人长成。　　　张大人　　手拍门板　连声喊，　我连把小丫鬟叫了几声。

参考文献

Baranovitch, Nimrod. 2003. *China's New Voices: Popular Music, Ethnicity, Gender, and Politics, 1978-1997*. Berkeley and Los Angeles: University of California Press.

曹本冶，陈婷婷：《非物质文化遗产的保护——对曹本冶教授关于 UNESCO 专家小组会议的电话采访纪要》，《音乐艺术》2006 年第 1 期。

陈汝衡：《说书史话》，作家出版社 1958 年版。

戴健：《晚明优人与戏剧之场上传播》，《扬州大学学报》2004 年第 8 期。

樊传庚，杜靖：《平调丝弦大鼓及其传承艺人的调查》，《民间文化论坛》2005 年第 4 期。

傅谨：《新中国戏剧史：1949—2000》，湖南美术出版社 2002 年版。

弗里，约翰-迈尔斯著，朝戈金译：《口头诗学：帕里——洛德理论》，社会科学文献出版社 2000 年版。

纪德君：《从案头走向书场——明清时期说书对小说的改编及其意义》，《文艺研究》2008 年第 10 期。

李连生：《板腔体的形成与戏曲声腔演化的特征》，《学术研究》2007 年第 10 期。

李豫，于红：《清末民初上海石印鼓词小说文化现象透视》，《阅江学刊》2011 年第 1 期。

连阔如：《评书流派》，载《江湖丛谈》，当代中国出版社 2005 年版。

刘振南：《有关"曲艺音乐"的基本概念》，《中国音乐》1992 年第 2 期。

洛地：《词乐曲唱》，人民音乐出版社 1995 年版。

洛阳市地方史志编纂委员会：《洛阳市志》第十三卷，中州古籍出版社 1998 年版。

马春莲：《河洛大鼓的音乐形态探析》，《音乐研究》2004 年第 3 期。

马春莲：《口头传统艺术——河洛大鼓的程式化特征探析》，《中国音乐学》2012 年第 1 期。

马春莲，林达：《河洛大鼓艺人社会行为的初步分析》，《中国音乐学》2007年第3期。

Rees, Helen. 2009. "Use and Ownership: Folk Music in the People's Republic of China." In *Music and Cultural Rights*, edited by Andrew Weintraub and Bell Yung, 42-85. Chicago: University of Illinois Press.

尚继业：《河洛大鼓初探》，中国文史出版社2004年版。

苏景春：《从〈思夫〉到〈回杯〉的剧演流程》，《戏剧文学》2011年第7期。

王尊三，王亚平，白凤鸣，王决，沈彭年：《鼓曲研究》，作家出版社1959年版。

Witzleben, J. Lawrence. 1995. *"Silk and Bamboo" Music in Shanghai--The Jiangnan Sizhu Instrumental Ensemble Tradition*. Kent, Ohio, and London: The Kent State University Press.

杨荫浏：《中国古代音乐史稿》（上、下册），人民音乐出版社1981年版。

俞为民：《南戏〈破窑记〉本事和版本考述》，《文献》1990年第3辑。

Yung, Bell. 1983. "Creative Process in Cantonese Opera III: The Role of Padding Syllables." *Ethnomusicology* 27（3）:439-456.

Yung, Bell. 2001. "Chinese Opera: An Overview." In *Garland Encyclopedia of World Music*, edited by Robert C. Provine, Yosihiko Tokumaru and J. Lawrence Witzleben. New York: Routledge.

张凌怡，刘景亮，李广宇：《河南曲艺史》，河南人民出版社2007年版。

Zhao, Yuezhi. 1998. *Media, Market, and Democracy in China: between the Party Line and the Bottom Line*. Urbana: University of Illinois Press.

郑劭荣：《论元杂剧的口头编创特征》，《东疆学刊》2012年第3期。

周青青：《我国的说唱艺术与文学和语言》，《中央音乐学院学报》1998年第2期。

《中国曲艺音乐集成·河南卷》编辑委员会：《中国曲艺音乐集成·河南卷》，中国ISBN中心1996年。

中国艺术研究院音乐研究所《中国音乐词典》编辑部：《中国音乐词典》，人民音乐出版社1984年版。

鸣 谢

从构想到撰写的整个过程中，我们得到了许多来自艺人和学界同行的支持与帮助。首先要感谢的是五部大书的演唱者。尚继业先生无偿提供了他收藏的珍贵录音，吕武成先生为我们贡献了自己演唱的一部大书的书词，而张建坡先生则慷慨授权我们对他的演出进行现场录音。这些资料成为了本书的基础。不仅如此，在后期的整理过程中，他们不厌其烦地解答有关书词和板式的诸多问题，并在最后的校订中帮助笔者确认细节，使本书避免了大量错讹。王周道、段界平两位先生虽已谢世，然而王先生的家人，段先生的伴奏琴师、生前挚友白治民先生也为我们提供了尽可能多的帮助。尤其是白先生，为我们提供了段界平的宝贵录音。如果没有他们无私的帮助，我们就难以如此顺利地搜集到相关资料。

有关大书选段的记谱工作是从 2012 年开始的。这个过程中，我们获得了潘红团先生和吕武成先生不遗余力的帮助。潘先生曾在 1991 年参与编纂《中国曲艺音乐集成·河南卷》并负责收集采录河洛大鼓艺人段界平的演唱资料以及唱腔记谱工作，在记谱方面亦有着极为丰富的经验，在本书的谱例整理中承担了相当一部分的记谱工作。吕先生精于板式的辨别以及书词中方言的使用，在听记书词和标记板式时为我们提供了大量指导，并承担了部分记录工作，我们在此为他们的辛勤劳动特示谢意。

此外，我们还要特别感谢来自师友的热情支持。美国匹兹堡大学音乐系的荣鸿曾教授亲自审订导言部分，并针对提纲提出宝贵的修改建议。香港科技大学人文学部的焦磊博士在导言中涉及大书文学体例和音乐结构的部分上提出了关键性建议，并在本书最后的校对过程中提供了极为细致的帮助。

本书系国家社会科学基金艺术规划项目"河洛大鼓的考察与研究"（编

号 10BB016）的阶段性成果之一，在后期得到 2014 年河南省高等学校哲学社会科学优秀著作资助项目经费支持，以及河南省教育厅普通高校人文社科重点研究基地河洛文化国际研究中心、洛阳师范学院音乐学院的资助。在经费申请中，我们得到了洛阳师范学院科研处的大力支持。尤其要感谢时任洛阳师范学院副书记的张宝明教授（现河南大学副校长）、副院长潘留占教授、河洛文化国际研究中心主任毛阳光教授、音乐学院商立君院长、科研处陈立栋副教授，如果没有他们倾力协助，我们将难以毫无顾虑地进行研究和撰写工作。

　　最后，感谢家人及朋友长期以来的默默支持。他们的关心和鼓励成了我们漫长的编著过程中源源不断的动力。

马春莲　林达

2014 年 10 月